ZHONGGUO XIANDANGDAI WENXUE
JINGPIN DAODU

中国现当代文学精品导读（第二版）

第四卷

本卷主编　王鸿生

上海大学出版社
·上海·

图书在版编目(CIP)数据

中国现当代文学精品导读. 第四卷/王鸿生主编
.—2版.—上海：上海大学出版社，2020.12（2021.8重印）
ISBN 978-7-5671-4145-2

Ⅰ.①中… Ⅱ.①王… Ⅲ.①中国文学-现代文学-文学欣赏②中国文学-当代文学-文学欣赏 Ⅳ.
①I206.6

中国版本图书馆CIP数据核字(2020)第258371号

责任编辑　王　聪　江振新
封面设计　柯国富
技术编辑　金　鑫　钱宇坤

中国现当代文学精品导读　第四卷
（第二版）

本卷主编　王鸿生
上海大学出版社出版发行
（上海市上大路99号　邮政编码200444）
(http://www.shupress.cn 发行热线 021-66135112)
出版人　戴骏豪

*

南京展望文化发展有限公司排版
江苏凤凰数码印务有限公司印刷　各地新华书店经销
开本 787mm×960mm 1/16 印张 23.75 字数 389千
2020年12月第1版 2021年8月第2次印刷
ISBN 978-7-5671-4145-2/I·619 定价 48.00元

版权所有　侵权必究
如发现本书有印装质量问题请与印刷厂质量科联系
联系电话：025-57718474

《中国现当代文学精品导读》编委会

主　任　李友梅

委　员　王晓明　蔡　翔　王光东
　　　　王鸿生　袁　进

目录

Contents

艾青《光的赞歌》导读 ········· 胡国平　1

　　光的赞歌 ················ 艾　青　8

汪曾祺《受戒》导读 ··········· 王长国　20

　　受戒 ··················· 汪曾祺　24

林斤澜《十年十癔》导读 ········ 罗滋池　40

　　十年十癔 ················ 林斤澜　44

阿城《棋王》导读 ············· 梁艳芳　107

　　棋王 ··················· 阿　城　113

潘婧《抒情年代》导读 ········· 贾　鉴　142

　　抒情年代（节选） ········· 潘　婧　148

史铁生《原罪·宿命》导读 ····· 洪佳惠　185

　　原罪·宿命 ·············· 史铁生　188

韩少功《马桥词典》导读 ········ 邹范情　220

　　马桥词典（节选） ········· 韩少功　226

张炜《九月寓言》导读 ········· 张军府　269

　　九月寓言（节选） ········· 张　炜　273

王安忆《长恨歌》导读 史　娟　306
  长恨歌(节选) 王安忆　311
陈应松《马嘶岭血案》导读 王军珂　327
  马嘶岭血案 陈应松　332

艾青《光的赞歌》导读

 **作家简介**

艾青(1910—1996),原名蒋海澄,浙江金华人。

他生于地主家庭,5岁起被寄养在一个贫苦农民家里。1928年,考入国立杭州西湖艺术院绘画系。次年,在校长林风眠的鼓励下赴巴黎习画,并得以接触欧洲现代派诗歌,尤其喜爱象征主义。

1932年5月,艾青回到上海,加入中国左翼美术家联盟,并组织春地画社。同年7月,被捕入狱。狱中写就名作《大堰河——我的保姆》。1935年10月,保释出狱。抗战全面爆发后,艾青先到武汉、后去西北,1939年流亡到桂林,与戴望舒合办诗刊《顶点》。这年冬天,到湖南新宁衡山乡村师范学校任教。其间写下《雪落在中国的土地上》《北方》《向太阳》《我爱这土地》等诗。

1940年,艾青离开湘西去重庆,次年3月赴延安,在陕甘宁边区文化协会工作,后在西北各地辗转。1945年,到河北张家口任华北联合大学文艺学院院长。此时代表作有长诗《火把》《雪里钻》,短诗《黎明的通知》等。

1949年随军进京,任《人民文学》副主编。1954年,出访智利,结识著名诗人聂鲁达,结下深厚友谊,并写下组诗《南美洲的旅行》。1957年,艾青被错划为右派分子,1958年到黑龙江农垦农场劳动,被迫停止创作。次年,被转往新疆生产建设兵团,1975年回京治眼疾。1976年10月获得创作自由(1979年被平反),相继写下《光的赞歌》《古罗马的大斗技场》《清明时节雨纷纷》等大量诗歌。

艾青著有诗集《大堰河》(1936)、《北方》(1939)、《黎明的通知》(1942)、《春天》(1956)、《归来的歌》(1980)等,长诗《向太阳》(1938)、《火把》(1940)等,理论集《诗论》(1941)、《艾青谈诗》(1982)等。

创作背景

《光的赞歌》是艾青的代表作，写于 1978 年 8—12 月，发表于《人民文学》1979 年第 1 期。后来经过作者修改。

这首诗是艾青重返诗坛后写下的名篇，1980 年被收入诗集《归来的歌》。因为这本诗集的出版，那些曾被错划为右派、"文革"后得到平反重新回到文坛的一批中年作家（包括王蒙、张贤亮、高晓声、方之、陆文夫等等），被叫作"归来者"。这批作家复出后，重新燃起 20 世纪 50、60 年代的革命激情，并且直接对接五四新文学传统，反思"文革"、反省自身，进行现实关怀、理想求索。在这个意义上，《光的赞歌》是新时期之初一个具有代表性的文本，真切地反映了"归来者"作家归来后的姿态和他们对待过去、现在和未来的态度。

此诗和他次年创作的《古罗马的大斗技场》，被称为艾青新时期诗歌的双子星座。艾青诗作中早年就已形成的两种基本意识："光明"和"苦难"意识分别在这两首诗里得以再现。因此，《光的赞歌》是艾青新时期创作的重要标志，此诗基本上接近于他本人在 20 世纪 30、40 年代所创造的写作高度，诗中近乎单纯的理想姿态让人感动。

作品评点

诗歌名曰《光的赞歌》，中心意象当然是"光"。"光"的意象在诗中其确切的所指有所游移，可以是太阳、电、火等等，但基本的象征就是"光明"，这是本诗的主旨所在。"赞歌"确定了诗的基调：热情、富于希望。"赞歌"很容易让人想到那些粗制滥造、空洞无物甚至荒诞可笑的赞歌体。艾青将这首诗命名为"赞歌"，却写得十分丰富，具有非同一般的深度和厚度。

诗共九章。下面一章章细读。

第一章。

第一小段直接点明"光"的象征义，即"光明"：每个人"只要他一离开母体／就睁着眼睛追求光明"。这"每个人"在光明面前是无差别的或者说无等级的："不论聪明还是愚蠢／不论幸福还是不幸"。这里可以看出艾青的理想主义来,显然这无一例外地追求光明的"每个人"肯定不包括诗歌第四章所说的暴君、奸臣、贪婪无厌的人。所以,这"每个人"无疑是作者理想眼界中的人,是追寻到光明之后的人。或者用本诗第八章的原文说,"光明是属于人民的"。光明有阶级性。

第一章第二、三、四小段使用排比句式,从反方向写光明(诗中已简化为"光")的作用:"世界要是没有光"。艾青热衷于排比,这种排比符合情感的铺张。这种词语/意象的铺排也成为艾青诗歌中印象主义的表征之一。

第二小段写"世界要是没有光"的后果之一,我们就可能失去方向,或者说失去指引。光明之于世界,就像眼睛之于人,就像罗盘之于航船,准星之于枪支。没有光明,世界就失去方向,就不能分辨"毒蛇"、躲避"陷阱"。第三、四小段分别从时间和空间两方面写"世界要是没有光"的后果。时间上的后果是,无法领略四季的美丽风光。空间上的后果是,无法欣赏"江河""大海""森林"和"雪山"等各种地貌景观。

第二章。

写"一切的美都和光在一起",也就是写艺术之"光"。

第一小段,自如地把第一章末尾两段所写的时空意义上的"大千世界"(自然)转到了"可爱"的"人间"("只是因为有了光")。这时的"光"就转变成了"智慧""想象""热情"之光,它能"创造出不朽的形象"。这些不朽的形象在接下来的第三、四、五小段中,分别演化为建筑、诗歌、雕塑、绘画、舞蹈、歌唱所创造出的形象。艺术需要智慧之光,"艺术离开光就没有生命"。

第五小段,前四句出现了四种光是两两相对的:篝火——灯塔、繁星——焰火。前两种是自然的光(篝火、繁星),后两种是人造/社会的光(灯塔、焰火)。作者用的是相同的句式:"……是美的"。最终总结全诗第一、二章,即"一切的美都和光在一起",这里的光涵盖了自然光和人造光,也就囊括了自然和"人间"。

第三章。

这一章探讨了光的特性、来源和品质。第一小段写光的特性。光:"这是多么奇妙的物质",这里又返回到物质意义上的光,即自然光线。它"没有重量而色如黄金",是"无形体"的。这样的特性让作者想到光的品质:"睿智而谦卑。"也正因为有如此品质,光才"与美相依为命",上面两章的主题在此处得以再现。

第二、三小段写光的来源：撞击和摩擦、火、电、太阳。"太阳"主题在这里出现。作为"我们最大的光源"，太阳"滋长了万物""是永不消灭的光"。太阳是万物的来源，或者说是万物产生、存在的条件。同时，太阳也成为最大的光明的象征，成为最大的希望。艾青诗中的光明主题的一个突出意象就是太阳(此外还有"火"的意象)。一个在监狱中煎熬过三年多光阴的诗人，对光极为敏感，加上艾青早年还有解放区经历造就的革命血液，光成为他追求的一个极点，太阳是艾青找到的最好的"光"的象征。他早年写过《太阳》《向太阳》《给太阳》《太阳的话》等许多关于太阳的诗歌。这首《光的赞歌》是一个回归。

第四小段，再次回到光的特性。这次光被说成"不可捉摸的物质"。最后一小段，从光的特性向光的品质提升，赋予光以人格意义，寄托了作者对光的全部理想："胸怀坦荡、性格开朗/只知放射、不求报偿/大公无私、照耀四方"。

第四章。

这一章，写"害怕光的人"造成的黑暗以及光的胜利。

光具有上述的崇高品质，所以引来一些"害怕光的人"，这些"自私的"人"对光充满仇恨"。这里的光在象征义和原始义两个层面使用，既暗指光明，又具有自然光的特点(发出光芒，刺痛这些人的眼睛)。这些人是谁？第二小段有所交代，他们是"暴君""奸臣"和"一切贪婪无厌的人"。他们有自己的利益诉求(偷窃财富、垄断财产)，于是"千方百计想把光囚禁"。这里光已具有了"使人觉醒"的功能，成为启蒙之光。

第三、四小段在语义上是互文的。"剥削的人"也就是"压迫的人"，他们既"希望别人无能"，又"希望别人愚蠢"。这些无能而愚蠢的人，就是第五小段所说的"会说话的工具"——奴隶。"他们想把火扑灭"，即不让人们(奴隶)接受启蒙。他们的目的是"永远维持血腥的统治"，现在我们知道了，这些人就是历史上的残酷统治者(第六小段)。这些统治者"占有权力的宝座"，一边捞取荣誉("勋章")和财富("金钱")，一边是血腥的统治(皮鞭和锁链)(第七小段)。

这些统治者造成了历史上的黑暗。"黑暗凝固得像花岗岩"，这个句子坚硬、纯粹、冰凉，让人喜欢。但是人间有无数的"勇士"，他们"用头颅去撞开地狱的铁门"(第八小段)。"地狱的铁门"喻指统治者愚民政策所造成的对启蒙的障碍。"光荣"属于他们(第九小段)。最后一小段,多少能听到些高尔基《海燕》里"暴风"和"乌云"的回声。太阳主题再一次出现。太阳经过黑夜而来,光明经由黑暗而来。

第五章。

这一章回顾了"光"在整个人类历史上的历史进程。艾青的西学背景让他很容易想到"最早去盗取火的人"——即希腊神话中的普罗米修斯。他将天火盗往人间,被宙斯发现,将之锁在高加索山崖,让神鹰(诗中被说成"秃鹫")啄食其肝脏(诗中被说成"眼睛"),晚上伤口愈合,次日神鹰复来。雪莱为此写有长诗《解放了的普罗米修斯》。自此,光(这里包括下文艾青将"光"和"火"混用)"流传到人间"。第二小段紧接着写人类"告别了刀耕火种"之后的简要发展历史:蒸汽机、原子弹、人造卫星、X光、激光、光学望远镜、电子计算机……第三、四小段回到"目光"和"智慧之光",及其洞彻一切(灵魂、一切事物的底蕴、规律、运动和变化)的能力。最后两小段,终于把光的功用归结为"永无止境"的"认识"。最终引出实践、科学和真理。

第六章。

这一章,基本上可以看作是第四章的变奏。只作简略分析。

上一章作者打量了西方历史,这一章试图回到中国:"从周口店到天安门",光始终照耀着我们。但是,中国的视野在下文却隐遁了,出现的依然是一种人类视野。光在历史中与黑暗处于辩证法之中:觉醒/蒙蔽,聪明/愚弄,统一/矛盾,前进/逆转,运动/阻力,革命/背叛都是由"光明/黑暗"衍生出来的次主题。光下面虽然有毒蛇、老鼠、臭虫、蝎子,但是光明是最终的,因为"我们乘坐的是永不沉没的船"(船的隐喻让人想到"革命航船")。

第七章。

这一章写历史中的人。光明被指认为每一个生命的燃烧的总集,即使每一个生命十分渺小:像"认识银河星云中的一颗微尘"。"我们的生命就是燃烧",每一个人(回到诗的开头)要为"自己的时代燃烧"。这一章中一系列有关燃烧的隐喻:焰火、蜡烛、火柴、磷火均是当时流行的词语,一般用于个人对国家和时代的奉献之上。这些词经过无数人的使用、耗费、磨损,虽然也已经植入一个民族的集体无意识之中,同时却失去了其本身的光芒和力量。所以,这些词语相对有些空洞。李商隐以隐晦著称的《无题》中的名句"蜡炬成灰泪始干",被演绎和简化为单义的奉献精神,多少能说明一些问题。

第八章。

第一小段前五句是上一段开头的变奏,意思有所重复,在此不作赘述。第六句开始,回顾我和光的渊源。"我"开始出现。"我也曾经用嘶哑的喉咙歌唱"让人想起他20世纪30年代的名诗《我爱这土地》中类似的句子。诗人早年曾锒铛入狱,抗战期间颠沛流离,但他仍然保持诗人的本性:"在不自由的岁月里我歌唱自由。"接下来的诗句中,"我"又开始被带入一个集体的旋涡,并认同于一个"大我",第二小段中有诗句:"把'一'和'无数'融合在一起。"这也是诗人在30年代后期生活和诗歌急转直下的真实写照。一般人认为,他自此以后的诗歌大不如前,因为诗中丧失掉了"我"的原初经验。以下诗句开始出现大量充满战争味道的词语:解放、抗争、革命、胜利、队伍、前进、所向无敌等等。战争模式从全面抗战开始到新时期初期一直隐约控制着国内的文学创作,在艾青这里也不例外。此处,艾青以一个革命斗士的身份出现,这个"我"甚至等同于一个民族:"我是被压迫的民族,我歌唱解放。"此句以下又是第四章的主题的再现。"太阳"主题第四次响起:"在黑夜把希望寄托给黎明/在胜利的欢欣中歌唱太阳"。第二、三小段,就是"我"和人民一起组成"火的队伍"和"光的队伍"(火和光的两个光明主题开始合唱)。"未来"一词首次出现("未来"暗示下一章的主题):"未来是属于人民的",此句和前句"光明是属于人民的"的并置,说明了"未来"和"光明"的同构关系。到本章为止,作者的视角基本是回视,展望视角一直暗含其中,最后一章开始高扬。

第九章。

这一章开头两段还是采用回视视角,写"光荣的""祖先"。集中写了红军长征的简要路线和险阻:十万大山、岷山、金沙江、大渡河。第六章神秘失踪的中国视野终于得到稍许弥补。从第三小段开始,是一个鲜明的展望视角,到处是一些漂浮、飞翔的词语:前进、新时代、理想、阳光、翅膀、飞翔……在光的"鼓舞"下,"我们从今天出发飞向明天"最后光的主题达到高潮:"让我们从地球出发/飞向太阳……"太阳主题第五次也是最后一次出现,以一个省略号结束全诗,意味着光可以把我们带向无尽的未来。

全诗具有许多由"光"的主题衍生出的次主题,它们散布在各章节中——

再重复、变奏，使全诗成为多声部、多主题共振的"光"的交响诗。"光"在艾青诗中无疑成为对未来的一种信念。而"黑暗/黑夜"就被作为"文革"的隐喻，这在"文革"之后十分盛行，表明人们对"文革"的普遍否定（当然也和人对黑暗的无意识恐惧有关）。于是，"光"成为一代人寻求的东西。虽然时过境迁，我们已经很难想象当时的人们对诗中所带出来的历史去魅作用和通篇洋溢着的信仰重拾后的狂喜的震撼与激动。但在"文革"之后那个价值与信仰普遍缺失的年代，艾青的这首《光的赞歌》所传达出的解放感、让人睁开眼睛去寻找光明的敞开感和明亮感实实在在地震动了一代人。诗中所暗含的个人主体性的追寻、认知需求、平等和启蒙等主题具有永恒的价值。

尽管如此，艾青诗中也存在一些问题。比如高度的象征性必然要过滤掉历史的复杂性。对"文革"的谨慎的反思要远远少于轻率的否定。"文革"那样一个复杂的年代带来的极权主义过剩、偶像崇拜等问题没有得到深入的反思和清理；如何反省我们的文化、体制甚至人性等深层问题也不能被恰当地带出来。但是，这大概不能归咎于艾青一人，况且诗歌本身就需要含蓄与提纯。

艾青很少直接将批判的矛头直接对准意识形态，而用尚停于表面的人性批判取而代之。因此艾青相信对光明的信念会改变人类的处境，而意识形态问题是他的一个盲点，他是身处意识形态之中来作批判的。《光的赞歌》发表的那一年，朦胧诗人顾城写下名篇《一代人》："黑夜给了我黑色的眼睛/我却用它寻找光明。"所用的意象何其相似。所不同的是，顾城对一代人的思考，是以"我"为起点的，对大的意识形态有意忽视或深深地不信任。而在艾青的这首诗里，"我"基本缺席。艾青这一代老诗人，对意识形态的认同折射到作品中，就是喜欢"宏大叙事"（假如诗歌也可以用"叙事"来指称）。

《光的赞歌》的象征主义色彩比较明显。但是正如在分析第七章时指出的，诗中的很多词语经过反复的使用已经显得十分空洞。象征意象的作用就是推延认知。所以象征是进行时的，没有一劳永逸的象征。语言的隐喻就是不断使用新的隐喻。而"光"用作光明的象征在我们头脑中几乎已经处于无意识之中。同样是关于"光"的诗歌，有兴趣的读者可以找到贵州诗人黄翔早在1968年写下的《火神交响诗》，对照阅读，比较其语言、气势和观念的不同，并观察他是如何使用"光"的象征的。

　　艾青在诗中反复强调的"光"和"太阳"的主题,既有诗人自己在被打成右派复出后重新渴望光明的心态,也是改革开放意识形态在这位左翼诗人作品中的亮相。艾青对现代化的态度过于乐观,从第六章对西方科技文明的颂扬和最后一章太过激动的对未来的展望中多少可以看出,他对现代化的想象带上了那一时代普遍存在的积极憧憬,而对现代化可能带来的问题却缺少预见。如今,现代化的正负面效应已经或隐或现于我们周围的现实之中,我们在 21 世纪回顾这些诗句,应该可以做出公正的评价。

　　对"文革"与现代化问题的反思也可以在本书的以下导读篇章中获取更多的答案。

（胡国平）

光 的 赞 歌

艾　青

一

每个人的一生
不论聪明还是愚蠢
不论幸福还是不幸
只要他一离开母体
就睁着眼睛追求光明

世界要是没有光
等于人没有眼睛
航海的没有罗盘
打枪的没有准星
不知道路边有毒蛇
不知道前面有陷阱

世界要是没有光
也就没有杨花飞絮的春天
也就没有百花争妍的夏天
也就没有金果满园的秋天
也就没有大雪纷飞的冬天

世界要是没有光
看不见奔腾不息的江河
看不见连绵千里的森林
看不见容易激动的大海
看不见像老人似的雪山
要是我们什么也看不见
我们对世界还有什么留恋

二

只是因为有了光
我们的大千世界
才显得绚丽多彩
人间也显得可爱

光给我们以智慧
光给我们以想像
光给我们以热情
创造出不朽的形象

那些殿堂多么雄伟
里面更是金碧辉煌
那些感人肺腑的诗篇
谁读了能不热泪盈眶

那些最高明的雕刻家

使冰冷的大理石有了体温
那些最出色的画家
描出色授魂与的眼睛

比风更轻的舞蹈
珍珠般圆润的歌声
火的热情、水晶的坚贞
艺术离开光就没有生命

山野的篝火是美的
港湾的灯塔是美的
夏夜的繁星是美的
庆祝胜利的焰火是美的
一切的美都和光在一起

三

这是多么奇妙的物质
没有重量而色如黄金
它可望而不可即
漫游世界而无体形
具有睿智而谦卑
它与美相依为命

诞生于撞击和磨擦
来源于燃烧和消亡的过程
来源于火、来源于电
来源于永远燃烧的太阳

太阳啊,我们最大的光源
它从亿万万里以外的高空
向我们居住的地方输送热量

使我们这里滋长了万物
万物都对它表示景仰
因为它是永不消失的光

真是不可捉摸的物质——
不是固体、不是液体、不是气体
来无踪、去无影、浩渺无边
从不喧嚣、随遇而安
有力量而不剑拔弩张
它是无声的威严

它是伟大的存在
它因富足而能慷慨
胸怀坦荡、性格开朗
只知放射、不求报偿
大公无私、照耀四方

四

但是有人害怕光
有人对光满怀仇恨
因为光所发出的针芒
刺痛了他们自私的眼睛

历史上的所有暴君
各个朝代的奸臣
一切贪婪无厌的人
为了偷窃财富、垄断财富
千方百计想把光监禁
因为光能使人觉醒

凡是压迫人的人

都希望别人无能
无能到了不敢吭声
让他们把自己当做神明

凡是剥削人的人
都希望别人愚蠢
愚蠢到了不会计算
一加一等于几也闹不清

他们要的是奴隶
是会说话的工具
他们只要驯服的牲口
他们害怕有意志的人

他们想把火扑灭
在无边的黑暗里
在岩石所砌的城堡里
永远维持血腥的统治

他们占有权力的宝座
一手是勋章、一手是皮鞭
一边是金钱、一边是锁链
进行着可耻的政治交易
完了就举行妖魔的舞会
和血淋淋的人肉的欢宴

回顾人类的历史
曾经有多少年代
沉浸在苦难的深渊
黑暗凝固得像花岗岩
然而人间也有多少勇士

用头颅去撞开地狱的铁门

光荣属于奋不顾身的人
光荣属于前赴后继的人
暴风雨中的雷声特别响
乌云深处的闪电特别亮
只有通过漫长的黑夜
才能喷涌出火红的太阳

五

愚昧就是黑暗
智慧就是光明
人类从愚昧中过来
那最先去盗取火的人
是最早出现的英雄
他不怕守火的鹫鹰
要啄掉他的眼睛
他也不怕天帝的愤怒
和轰击他的雷霆
于是光不再被垄断
从此光流传到人间

我们告别了刀耕火种
蒸汽机带来了工业革命
从核物理诞生了原子弹
如今像放鸽子似的
放出了地球卫星……
光把我们带进了一个
　　光怪陆离的世界：
X光，照见了动物的内脏
激光，刺穿优质钢板

光学望远镜,追踪星际物质
电子计算机
　　　把我们推向了二十一世纪

然而,比一切都更宝贵的
是我们自己的锐利的目光
是我们先哲的智慧的光
这种光洞察一切、预见一切
可以透过肉体的躯壳
看见人的灵魂

看见一切事物的底蕴
一切事物内在的规律
一切运动中的变化
一切变化中的运动
一切的成长和消亡
就连静静的喜马拉雅山
也在缓慢地继续上升

认识没有地平线
地平线只能存在于停止前进的地方
而认识却永无止境
人类在追踪客观世界中
留下了自己的脚印

实践是认识的阶梯
科学沿着实践前进
在前进的道路上
要砸开一层层的封锁
要挣断一条条的铁链
真理只能从实践中得以永生

六

光从不可估量的高空
俯视着人类历史的长河
我们从周口店到天安门
像滚滚的波涛在翻腾
不知穿过了多少的险滩和暗礁
我们乘坐的是永不沉没的船
从天际投下的光始终照引着我们……

我们从千万次的蒙蔽中觉醒
我们从千万种的愚弄中学得了聪明
统一中有矛盾、前进中有逆转
运动中有阻力、革命中有背叛

甚至光中也有暗
甚至暗中也有光
不少丑恶与无耻
隐藏在光的下面
毒蛇、老鼠、臭虫、蝎子
和许多种类的粉蝶——
她们都是孵化害虫的母亲
我们生活着随时都要警惕
看不见的敌人在窥伺着我们
然而我们的信念
像光一样坚强——
经过了多少浩劫之后
穿过了漫长的黑夜
人类的前途无限光明、永远光明

七

每一个人都是一个生命
人世银河星云中的一粒微尘
每一粒微尘都有自己的能量
无数的微尘汇集成一片光明
每一个人既是独立的
而又互相照耀
在互相照耀中不停地运转
和地球一同在太空中运转
我们在运转中燃烧
我们的生命就是燃烧
我们在自己的时代
应该像节日的焰火
带着欢呼射向高空
然后迸发出璀璨的光

即使我们是一支蜡烛
也应该"蜡炬成灰泪始干"
即使我们只是一根火柴
也要在关键时刻有一次闪耀
即使我们死后尸骨都腐烂了
也要变成磷火在荒野中燃烧

八

作为一个微不足道的人
天文学数字中的一粒微尘
即使生命像露水一样短暂
即使是恒河岸边的一粒细沙
也能反映出比本身更大的光
我也曾经用嘶哑的喉咙歌唱

在不自由的岁月里我歌唱自由
我是被压迫的民族，我歌唱解放
在这个茫茫的世界上
为被凌辱的人们歌唱
为受欺压的人们歌唱
我歌唱抗争，歌唱革命
在黑夜把希望寄托给黎明
在胜利的欢欣中歌唱太阳

我是大火中的一点火星
趁生命之火没有熄灭
我投入火的队伍、光的队伍
把"一"和"无数"融合在一起
为真理而斗争
和在斗争中前进的人民一同前进
我永远歌颂光明
光明是属于人民的
未来是属于人民的
任何财富都是人民的
和光在一起前进
和光在一起胜利
胜利是属于人民的
和人民在一起所向无敌

九

我们的祖先是光荣的
他们为我们开辟了道路
沿途留下了深深的足迹
每一足迹里都有血迹

现在我们正开始新的长征

这个长征不只是二万五千里的路程
我们要逾越的也不只是十万大山
我们要攀登的也不只是千里岷山
我们要夺取的也不只是金沙江、大渡河
我们要抢渡的是更多更险的渡口
我们在攀登中将要遇到
　　更大的风雪、更多的冰川……

但是光在召唤我们前进
光在鼓舞我们、激励我们
光给我们送来了新时代的黎明
我们的人民从四面八方高歌猛进

让信心和勇敢伴随着我们
武装我们的是最美好的理想
我们是和最先进的阶级在一起
我们的心胸燃烧着希望
我们前进的道路铺满阳光

让我们的每个日子
　　都像飞轮似地旋转起来
让我们的生命发出最大的能量
让我们像从地核里释放出来似的
　　　极大地撑开光的翅膀
　　　在无限广阔的宇宙中飞翔

让我们以最高的速度飞翔吧
让我们以大无畏的精神飞翔吧

让我们从今天出发飞向明天
让我们把每个日子都当做新的起点

或许有一天，总有一天
我们这个古老的民族
我们最勇敢的阶级
将接受光的邀请
去叩开千万重紧闭的大门
访问我们所有的芳邻

让我们从地球出发
飞向太阳……

原载《艾青诗全编》，
人民文学出版社 1999 年版

汪曾祺《受戒》导读

 **作家简介**

汪曾祺(1920—1997),江苏高邮人,著名作家、戏剧家。20岁开始发表作品,曾先后在《文学杂志》《文艺复兴》和《文艺春秋》上发表《戴车匠》《复仇》《绿猫》《鸡鸭名家》等短篇小说,引起文坛注目。1943年大学毕业后在昆明、上海任中学国文教员和历史博物馆职员。1950年后在北京文联、中国民间文学研究会工作,编辑《北京文艺》和《民间文学》等刊物。1958年被错划为右派,下放到张家口地区的沙岭子农业科学研究所当农业工人,劳动四年。1962年调北京京剧团(后改北京京剧院)任编剧。著有小说集《邂逅集》《羊舍的夜晚》《汪曾祺短篇小说选》《晚饭花集》《寂寞与温暖》《茱萸集》,散文集《蒲桥集》《塔上随笔》以及文学评论集《晚翠文谈》等。他还创作和改编了京剧《范进中举》《王昭君》《一捧雪》等,参与改编过革命样板戏《沙家浜》。短篇小说《受戒》和《大淖记事》分别获得1980年度"北京文学奖"和1981年度"全国优秀短篇小说奖"。他的许多作品已被译成多种文字介绍到国外。

 创作背景

20世纪70、80年代之交正是我国政治上拨乱反正、文学艺术坚冰消融的时期。1979年4月,《上海文学》第4期发表了"本刊评论员"文章:《为文艺正名——驳"文艺是阶级斗争的工具"说》,直截了当地批评了几十年来中国文坛十分流行、无人敢碰、碰则遭难的一个权威观点——"文艺从属于政治",驳斥了"文艺是阶级斗争的工具"的说法,大声疾呼"为文艺正名"。1980年7月26日《人民日报》发表社论,正式提出"文艺为人民服务,为社会主义服务"的口号,这样,总算为文艺摘掉了"政治婢女"的帽子。

在这样的背景下,由几十年"左"倾思潮与极"左"政治所造成的人性价值的崩毁开始重建与回归,我国文学在经过了漫长的禁锢之后开始渐露春的生机,《受戒》正是在这种"大地回春、万物复苏"的气候下于1980年发表在《北京文学》上的。然而,据作者本人说,这个短篇小说写的是"四十三年前的一个旧梦",由此我们可以看出,文学中人性的自由抒写居然被无情的历史尘封得那么久!尽管如此,汪曾祺还是以这篇小说率先唤醒了尘封的人性中的那种淳朴、自然、和谐的美,给当时沉闷的文坛吹进了一股清新的空气。但由于当时正值改革开放不久,人的思想依然保守,观念仍很陈旧,这种大胆的人性美的展示和一直以来被压抑的传统名士风格的潜流的喷涌,在20世纪80年代初,还是引起了不小的争议。当然,我们也可以想象得出:改革开放之初,在新旧、中外各种思想的碰撞下,社会语境一时不能适应文学语境,这其间所产生的强大张力怎能不令人感到晕眩、不引起争议?当时甚至有论者认为,与新中国成立后十七年的小说相比,《受戒》没有集中的故事情节,其叙事方式信马由缰,无异于一本流水账。事实上,我们今天已经知道,这种看似不讲章法结构的创作方式是作者"苦心经营的随便"(汪曾祺《蒲桥集》),是其独特的美学风格。正因为此,他的小说后来才享有"散文化"小说的美誉。

在西南联大读书期间,汪曾祺深受写作老师沈从文的影响,终身铭记老师"千万不要冷嘲"的告诫,赞同他"最反对愤世嫉俗、玩世不恭"的人生态度,欣赏他"总是用一种善意的、含情的微笑来看待这个世界的一切"的人道情怀(汪曾祺《沈从文的寂寞》),因此,早在20世纪40年代,他的《鸡鸭名家》《老鲁》《职业》等作品,就表现了人道主义的基本主题。

由于汪曾祺年轻时受西方现代派哲学和中国古代思想家老子的道家思想影响较深,因而其作品中人性的抒写基本上暗合了西方人道主义理念和道家的自然主义传统这两个源流。这两个源流在他的作品中汇合,疏放中透出凝重,平淡中显出奇崛。汪曾祺晚年的作品更趋平实,提倡"回到现实主义、回到民族传统"(汪曾祺《回到现实主义,回到民族传统》)。

在文学超越社会政治层面,深入探究民间生存方式和民族性格,从而表现出自然本真状态下的人性美方面,新时期发表的《受戒》应该说是发轫之作,它具有里程碑式的意义。其灵动淡远之情韵、清逸秀异之风使汪曾祺成了当代最擅长写人性的作家之一。

作品评点

这篇小说的情节结构并不复杂：不守常规的荸荠庵，结满蒲棒的芦苇荡，一块忘俗天地，一对少男少女……作者通过对主人公明子和小英子的聪慧、活泼以及他们之间的纯真恋情的展示，在原始古朴、淳厚自然的民俗民风中，表达了作家希望这个世界处处充满人情美、人性美，不再拘泥于传统习俗甚至教会清规戒律的压抑以及向往人与人之间的那种自然、坦诚、敞开的理想生活。

按常理，和尚的生活必须严格恪守佛教教义，"出家"当和尚就意味着接受某些特定的异于常人的清规戒律，而《受戒》中二师父仁海公开接师母住在荸荠庵里消夏，三师父仁渡因会耍飞铙的绝技而拥有数个"相好的"，就连资深的老方丈，也在绣花方丈里藏了一个19岁的小老婆！这一群名义上摆脱了尘俗、超然世外的和尚居然同"俗人"一样地生活，就连当地人出家当和尚的缘由也深深地打上了世俗生活的烙印：谁的家里弟兄多，就派一个出去当和尚。当和尚也要通过关系。当和尚被视为同箍桶的、弹棉花的、花匠一样，是一种职业，一种生存方式，一种物质的而非精神信仰的生存方式。和尚们一样地娶妻生子，打牌赌博，唱山歌小调，一样地杀猪吃肉。他们吃肉也不瞒人，杀猪就在寺庙的大殿上，一切都和俗家人一样，只是宰杀之前要很庄重地念一道"往生咒"，为杀生提供一些经典依据而已。在庵里无所谓清规，连"清规"这两个字也没人提起。即使是在从事很神圣的宗教法事，如"放焰口"时，和尚们也像玩杂耍似的，年轻的和尚趁机大出风头，引得大姑娘小媳妇艳羡不已，甚至跟着小和尚私奔。

也许读者会对上述发生在和尚身上的世俗伦常、对作者所作的种种惊世骇俗的描写感到惊诧。实际上，作者的本意是向我们展示一种过滤了种种尘埃的至纯至真的生活方式，在作者建构的这种和谐松散的生活里，人的个性得到充分张扬，个体生命价值和现世人生意义得到尊重和体现。应该说，作者采用的是一种顺乎自然的流水式的叙述方式，正如他自己所说："水不但于不自觉中成了我的一些小说背景，并且也影响了我的小说的风格。水有时是汹涌澎湃的，但我们那里的水平常总是柔软的、平和的，静静地流着。"（汪曾祺《汪曾祺全集》第4卷）在这种温婉和谐的环境中，人的生活方式是率性自然的，小英子和明子的恋情的诞生因而也就显得水到渠成、合乎情理了。作品对人的原始天性的自由和恣意不事雕琢的铺陈，令我们这些坚守传统观念的文明人不禁怦然心动，猛然间我们突然发现，我们天性中的那种通脱、天真早就被洗涤殆尽了。

贯串这篇小说始终的主线是明子到善因寺去烧戒疤（受戒）。受戒是出家当和尚的一种正式仪式，是一种很庄重的"典礼"。而这一庄严的仪式在小英子看来却无异于活受罪，是一种不人道的行为，她因而不无关切地问道，"好好的头皮上烧八个洞，那不疼死啦？"其心疼、嗔怪、爱怜之情溢于言表。然而明子对这种仪式却不能不接受，尽管它违背了自然的人性，但是"受了戒就可以到处云游，逢寺挂褡"，而不受戒只能是野和尚，明子深知这一形式对于和尚的必要性——和尚虽几与常人无异，但和尚之所以是和尚，因为他必须会做法事，而前提是他首先必须接受烧戒。因此，对纯真少年明子看来，受戒并不只是痛苦，重要的是它是领取"和尚"这一身份的必要步骤，是出家的"入门仪式"。

男主人公明子天性羞涩，心地纯真美好。他对小英子有懵懂的好感但却不敢表白，只好让潜藏心底朦胧的爱在心里孕育、成熟。相比之下，小英子却更直白、大胆。她毫无顾忌地袒露心迹，但并不显得鲁莽。她清楚自己对那个漂亮少年的暗暗倾心，深信自己的可爱灵巧一定可以打动他，于是她把这种爱毫无掩饰地、自然直白地表露了出来："我给你当老婆，你要不要？"其直截了当、坦诚质朴而又至纯可爱令人在哑然失笑之余又至为感动。在小英子看来，既然威仪八方的方丈能金屋藏娇，她的心爱的小和尚就更加有理由娶她做老婆了。正是这种主动的交流和呼唤，才让她和明子走到了一起。

在中世纪时期的西方，有了以人权反对神权、以人性反对神性、以个性自由反对禁欲主义的文艺复兴；在中国，"文革"后的"新时期"文学在主导人性和主体的高扬方面也毫不逊色，《受戒》这篇作品便是很好一例。汪曾祺向我们传达了这样的信念：尽管世界上有很多东西是可以被束缚的，但人性却是永远无法被束缚的，人的自然属性和主体的力量会冲破一切樊篱枷锁而得到舒张。作为43年前的一个"旧梦"，这篇小说对自然人性的彰显可看作是汪曾祺对一种精神追求的"圆梦"，其中透露出的对主流意识形态的有意疏离的姿态，也让我们看到了中国现代文学中长期被边缘化的一脉的顽强生命：废名——沈从文——汪曾祺。从这一个角度，汪曾祺的小说也是现代中国知识分子的一份特别的精神档案。

　　这篇小说的语言是洗练的现代汉语,清新活泼、原汁原味的稍带地方特色的白话语言,与作者在全文营造的一种轻松活泼、令人赏心悦目的情感基调是密不可分的。汪曾祺对故乡高邮水乡——那里的民间语言,那里的民风民俗,那里的自然风光……,显然是倾注了极大的热情的。通篇看起来好像是作者漫不经心地在唠叨,实际上是其在精心地描摹自己的理想生活,是对超功利的、率性自然的思想的有意追求。作品中那一幅幅闲适、温馨的风俗画,让读者阅后仿佛做了一次充实而具诗意的风光游。作者用本真的天性看世界,用自然的感觉来面对生活,所看到和言说的是那种没有尔虞我诈、追名逐利的生活,是一种透明、透亮而又灵动、淡远的世界,这种温婉和谐的清新话语所构建的全新意境,不能不令读者的眼睛为之一亮并心驰神往。

(王长国)

受　　戒

汪曾祺

　　明海出家已经四年了。

　　他是十三岁来的。

　　这个地方的地名有点怪,叫庵赵庄。赵,是因为庄上大都姓赵。叫做庄,可是人家住得很分散,这里两三家,那里两三家。一出门,远远可以看到,走起来得走一会,因为没有大路,都是弯弯曲曲的田埂。庵,是因为有一个庵。庵叫菩提庵,可是大家叫讹了,叫成荸荠庵。连庵里的和尚也这样叫。"宝刹何处?"——"荸荠庵。"庵本来是住尼姑的。"和尚庙"、"尼姑庵"嘛。可是荸荠庵住的是和尚。也许因为荸荠庵不大,大者为庙,小者为庵。

　　明海在家叫小明子。他是从小就确定要出家的。他的家乡不叫"出家",叫"当和尚"。他的家乡出和尚。就像有的地方出劁猪的,有的地方出织席子的,有的地方出箍桶的,有的地方出弹棉花的,有的地方出画匠,有的地方出婊子,他的家乡出和尚。人家弟兄多,就派一个出去当和尚。当和尚也要通过关系,也有帮。这地方的和尚有的走得很远。有到杭州灵隐寺的、上海静安寺的、镇江金山寺的、扬州天宁寺的。一般的就在本县的寺庙。明海家田少,老大、老二、老三,就足够种的了。他是老四。他七岁那年,他当和尚的舅舅回家,他爹、他娘就和舅舅商议,决定叫他当和尚。他当时在旁边,觉得这实在是在情在理,没有理由反对。当和尚有很多好处。一是可以吃现成饭。哪个庙里都是管饭的。二是可以攒钱。只要学会了放瑜伽焰口,拜梁皇忏,可以按例分到辛苦钱。积攒起来,将来还俗娶亲也可以;不想还俗,买几亩田也可以。当和尚也不容易,一要面如朗月,二要声如钟磬,三要聪明记性好。他舅舅给他相了相面,叫他前走几步,后走几步,又叫他喊了一声赶牛打场的号子:"格当嘚——"说是"明子准能当个好和尚,我包了!"要当和尚,得下点本,——念几年书。哪有不认字的和尚呢!于是明子就开蒙入学,读了《三字经》、《百家姓》、《四言杂字》、《幼学琼林》、《上论、下论》、《上孟、下孟》,每天还写一张仿。村里都夸他字写得好,很黑。

舅舅按照约定的日期又回了家,带了一件他自己穿的和尚领的短衫,叫明子娘改小一点,给明子穿上。明子穿了这件和尚短衫,下身还是在家穿的紫花裤子,赤脚穿了一双新布鞋,跟他爹、他娘磕了一个头,就随舅舅走了。

他上学时起了个学名,叫明海。舅舅说,不用改了。于是"明海"就从学名变成了法名。

过了一个湖。好大一个湖!穿过一个县城。县城真热闹:官盐店,税务局,肉铺里挂着成边的猪,一个驴子在磨芝麻,满街都是小磨香油的香味,布店,卖茉莉粉、梳头油的什么斋,卖绒花的,卖丝线的,打把式卖膏药的,吹糖人的,耍蛇的,……他什么都想看看。舅舅一劲地推他:"快走!快走!"

到了一个河边,有一只船在等着他们。船上有一个五十来岁的瘦长瘦长的大伯,船头蹲着一个跟明子差不多大的女孩子,在剥一个莲蓬吃。明子和舅舅坐到舱里,船就开了。

明子听见有人跟他说话,是那个女孩子。

"是你要到荸荠庵当和尚吗?"

明子点点头。

"当和尚要烧戒疤呕!你不怕?"

明子不知道怎么回答,就含含糊糊地摇了摇头。

"你叫什么?"

"明海。"

"在家的时候?"

"叫明子。"

"明子！我叫小英子！我们是邻居。我家挨着荸荠庵。——给你！"

小英子把吃剩的半个莲蓬扔给明海，小明子就剥开莲蓬壳，一颗一颗吃起来。

大伯一桨一桨地划着，只听见船桨泼水的声音：

"哗——许！哗——许！"

……

荸荠庵的地势很好，在一片高地上。这一带就数这片地高，当初建庵的人很会选地方。门前是一条河。门外是一片很大的打谷场。三面都是高大的柳树。山门里是一个穿堂。迎门供着弥勒佛。不知是哪一位名士撰写了一副对联：

　　大肚能容容天下难容之事
　　开颜一笑笑世间可笑之人

弥勒佛背后，是韦驮。过穿堂，是一个不小的天井，种着两棵白果树。天井两边各有三间厢房。走过天井，便是大殿，供着三世佛。佛像连龛才四尺来高。大殿东边是方丈，西边是库房。大殿东侧，有一个小小的六角门，白门绿字，刻着一副对联：

　　一花一世界
　　三藐三菩提

进门有一个狭长的天井，几块假山石，几盆花，有三间小房。

小和尚的日子清闲得很。一早起来，开山门，扫地。庵里的地铺的都是箩底方砖，好扫得很，给弥勒佛、韦驮烧一炷香，正殿的三世佛面前也烧一炷香，磕三个头，念三声"南无阿弥陀佛"，敲三声磬。这庵里的和尚不兴做什么早课、晚课，明子这三声磬就全都代替了。然后，挑水，喂猪。然后，等当家和尚，即明子的舅舅起来，教他念经。

教念经也跟教书一样，师父面前一本经，徒弟面前一本经，师父唱一句，徒弟跟着唱一句。是唱哎。舅舅一边唱，一边还用手在桌上拍板。一板一眼，拍得很响，就跟教唱戏一样。是跟教唱戏一样，完全一样哎。连用的名词都一样。舅舅说，念经：一要板眼准，二要合工尺。说：当一个好和尚，得有条好嗓子。说：民国十年闹大水，运河倒了堤，最后在清水潭合龙，因为大水淹死的人很多,放了一台大焰口,十三大师——十三个正座和尚,各大庙的方丈都来了,下面的和尚上百。谁当这个首座?推来推去,还是石桥——善因寺的方丈!他往上一坐,就跟地藏王菩萨一样,这就不用说了;那一声"开香赞",围看的上千人立时鸦雀无声。说:嗓子要练,夏练三伏,冬练三九,要练丹田气!说:要吃得苦中苦,方为人上人!说:和尚里也有状元、榜眼、探花!要用心,不要贪玩!舅舅这一番大法说得明海和尚实在是五体投地,于是就一板一眼地跟着舅舅唱起来:

"炉香乍爇——"

"炉香乍爇——"

"法界蒙薰——"

"法界蒙薰——"

"诸佛现金身……"

"诸佛现金身……"

……

等明海学完了早经,——他晚上临睡前还要学一段,叫做晚经,——荸荠庵的师父们就都陆续起床了。

这庵里人口简单,一共六个人。连明海在内,五个和尚。

有一个老和尚,六十几了,是舅舅的师叔,法名普照,但是知道的人很少,因为很少人叫他法名,都称之为老和尚或老师父,明海叫他师爷爷。这是个很枯寂的人,一天关在房里,就是那"一花一世界"里。也看不见他念佛,只是那么一声不响地坐着。他是吃斋的,过年时除外。

下面就是师兄弟三个,仁字排行:仁山、仁海、仁渡。庵里庵外,有的称他们为大师父、二师父;有的称之为山师父、海师父。只有仁渡,没有叫他"渡师父"的,因为听起来不像话,大都直呼之为仁渡。他也只配如此,因为他还年轻,才二十多岁。

仁山,即明子的舅舅,是当家的。不叫"方丈",也不叫"住持",却叫"当家的",是很有道理的,因为他确确实实干的是当家的职务。他屋里摆的是一张账桌,桌子上放的是账簿和算盘。账簿共有三本。一本是经账,一本是租账,一本是债账。和尚要做法事,做法事要收钱,——要不,当和尚干什么?常做的法事是放焰口。正规的焰口是十个人。一个正座,一个敲鼓的,两边一边四个。人少了，八个，一边三个，也凑合了。荸荠庵只有四个和尚，要放整焰口就得和别的庙里合伙。这样的时候也有过。通常只是放半台焰口。一个正座，一个敲鼓，另外一边一个。一来找别的庙里合伙费事；二来这一带放得起整焰口的人家也不多。有的时候，谁家死了人，就只请两个，甚至一个和尚咕噜咕噜念一通经，敲打几声法器就算完事。很多人家的经钱不是当时就给，往往要等秋后才还。这就得记账。另外，和尚放焰口的辛苦钱不是一样的。就像唱戏一样，有份子。正座第一份。因为他要领唱，而且还要独唱。当中有一大段"叹骷髅"，别的和尚都放下法器休息，只有首座一个人有板有眼地慢声吟唱。第二份是敲鼓的。你以为这容易呀？哼，单是一开头的"发擂"，手上没功夫就敲不出迟疾顿挫！其余的，就一样了。这也得记上：某月某日、谁家焰口半台，谁正座，谁敲鼓……省得到年底结账时赌咒骂娘。……这庵里有几十亩庙产，租给人种，到时候要收租。庵里还放债。租、债一向倒很少亏欠，因为租佃借钱的人怕菩萨不高兴。这三本账就够仁山忙的了。另外香烛灯火、油盐"福食"，这也得随时记记账呀。除了账簿之外，山师父的方丈的墙上还挂着一块水牌，上漆四个红字："勤笔免思"。

　　仁山所说当一个好和尚的三个条件，他自己其实一条也不具备。他的相貌只要用两个字就说清楚了：黄、胖。声音也不像钟磬，倒像母猪。聪明么？难说，打牌老输。他在庵里从不穿袈裟，连海青直裰也免了。经常是披着件短僧衣，袒露着一个黄色的肚子。下面是光脚趿拉着一双僧鞋，——新鞋他也是趿拉着。他一天就是这样不衫不履地这里走走，那里走走，发出母猪一样的声音："呣——呣——"。

　　二师父仁海。他是有老婆的。他老婆每年夏秋之间来住几个月，因为庵里凉快。庵里有六个人，其中之一，就是这位和尚的家眷。仁山、仁渡叫她嫂子，明海叫她师娘。这两口子都很爱干净，整天的洗涮。傍晚的时候，坐在天井里乘凉。白天，闷在屋里不出来。

　　三师父是个很聪明精干的人。有时一笔账大师兄扒了半天算盘也算不清，他眼珠子一转两转，早算得一清二楚。他打牌赢的时候多，二三十张牌落地，上下家手里有些什么牌，他就差不多都知道了。他打牌时，总有人爱在他后面看歪头胡。谁家约他打牌，就说"想送两个钱给你"。他不但经忏俱通（小庙的和尚能够拜忏的不多），而且身怀绝技，会"飞铙"。七月间有些地方做盂兰会，在旷地上放大焰口，几十个和尚，穿绣花袈裟，飞铙。飞铙就是把十多斤重的大铙钹飞起来。到了一定的时候,全部法器皆停,只几十副大铙紧张急促地敲起来。忽然起手,大铙向半空中飞去,一面飞,一面旋转。然后,又落下来,接住。接住不是平平常常地接住,有各种架势,"犀牛望月"、"苏秦背剑"……这哪是念经,这是耍杂技。也算是地藏王菩萨爱看这个,但真正因此快乐起来的是人,尤其是妇女和孩子。这是年轻漂亮的和尚出风头的机会。一场大焰口过后,也像一个好戏班子过后一样,会有一个两个大姑娘、小媳妇失踪,——跟和尚跑了。他还会放"花焰口"。有的人家,亲戚中多风流子弟,在不是很哀伤的佛事——如做冥寿时,就会提出放花焰口。所谓"花焰口"就是在正焰口之后,叫和尚唱小调,拉丝弦,吹管笛,敲鼓板,而且可以点唱。仁渡一个人可以唱一夜不重头。仁渡前几年一直在外面,近二年才常住在庵里。据说他有相好的,而且不止一个。他平常可是很规矩,看到姑娘媳妇总是老老实实的,连一句玩笑话都不说,一句小调山歌都不唱。有一回,在打谷场上乘凉的时候,一伙人把他围起来,非叫他唱两个不可。他却情不过,说:"好,唱一个。不唱家乡的。家乡的你们都熟。唱个安徽的。"

  姐和小郎打大麦,

  一转子讲得听不得。

  听不得就听不得,

  打完了大麦打小麦。

唱完了,大家还嫌不够,他就又唱了一个:

  姐儿生得漂漂的,

  两个奶子翘翘的。

  有心上去摸一把,

  心里有点跳跳的。

  ……

这个庵里无所谓清规,连这两个字也没人提起。

仁山吃水烟,连出门做法事也带着他的水烟袋。

他们经常打牌。这是个打牌的好地方。把大殿上吃饭的方桌往门口一搭,斜放着,就是牌桌。桌子一放好,仁山就从他的方丈里把筹码拿出来,哗啦一声倒在桌上。斗纸牌的时候多,搓麻将的时候少。牌客除了师兄弟三人,常来的是一个收鸭毛的,一个打兔子兼偷鸡的,都是正经人。收鸭毛的担一副竹

筐,串乡串镇,拉长了沙哑的声音喊叫:

"鸭毛卖钱——!"

偷鸡的有一件家什——铜蜻蜓。看准了一只老母鸡,把铜蜻蜓一丢,鸡婆子上去就是一口。这一啄,铜蜻蜓的硬簧绷开,鸡嘴撑住了,叫不出来了。正在这鸡十分纳闷的时候,上去一把薅住。

明子曾经跟这位正经人要过铜蜻蜓看看。他拿到小英子家门前试了一试,果然!小英的娘知道了,骂明子:

"要死了!儿子!你怎么到我家来玩铜蜻蜓了!"

小英子跑过来:

"给我!给我!"

她也试了试,真灵,一个黑母鸡一下子就把嘴撑住,傻了眼了!

下雨阴天,这二位就光临荸荠庵,消磨一天。

有时没有外客,就把老师叔也拉出来,打牌的结局,大都是当家和尚气得鼓鼓的:"×妈妈的!又输了!下回不来了!"

他们吃肉不瞒人。年下也杀猪。杀猪就在大殿上。一切都和在家人一样,开水、木桶、尖刀。捆猪的时候,猪也是没命地叫。跟在家人不同的,是多一道仪式,要给即将升天的猪念一道"往生咒",并且总是老师叔念,神情很庄重:

"……一切胎生、卵生、息生,来从虚空来,还归虚空去。往生再世,皆当欢喜。南无阿弥陀佛!"

三师父仁渡一刀子下去,鲜红的猪血就带着很多沫子喷出来。

……

明子老往小英子家里跑。

小英子的家像一个小岛,三面都是河,西面有一条小路通到荸荠庵。独门独户,岛上只有这一家。岛上有六棵大桑树,夏天都结大桑椹,三棵结白的,三棵结紫的;一个菜园子,瓜豆蔬菜,四时不缺。院墙下半截是砖砌的,上半截是泥夯的。大门是桐油油过的,贴着一副万年红的春联:

向阳门第春常在
积善人家庆有余

门里是一个很宽的院子。院子里一边是牛屋、碓棚;一边是猪圈、鸡窠,还有个关鸭子的栅栏。露天地放着一具石磨。正北面是住房,也是砖基土筑,上面盖的一半是瓦,一半是草。房子翻修了才三年,木料还露着白茬。正中是堂屋,家神菩萨的画像上贴的金还没有发黑。两边是卧房。隔扇窗上各嵌了一块一尺见方的玻璃,明亮亮的,——这在乡下是不多见的。房檐下一边种着一棵石榴树,一边种着一棵栀子花,都齐房檐高了。夏天开了花,一红一白,好看得很。栀子花香得冲鼻子。顶风的时候,在荸荠庵都闻得见。

这家人口不多,他家当然是姓赵。一共四口人:赵大伯、赵大妈,两个女儿,大英子、小英子。老两口没有儿子。因为这些年人不得病,牛不生灾,也没有大旱大水闹蝗虫,日子过得很兴旺。他们家自己有田,本来够吃的了,又租种了庵上的十亩田。自己的田里,一亩种了荸荠,——这一半是小英子的主意,她爱吃荸荠,一亩种了茨菇。家里喂了一大群鸡鸭,单是鸡蛋鸭毛就够一年的油盐了。赵大伯是个能干人。他是一个"全把式",不但田里场上样样精通,还会罩鱼、洗磨、凿砻、修水车、修船、砌墙、烧砖、箍桶、劈篾、绞麻绳。他不咳嗽,不腰疼,结结实实,像一棵榆树。人很和气,一天不声不响。赵大伯是一棵摇钱树,赵大娘就是个聚宝盆。大娘精神得出奇。五十岁了,两个眼睛还是清亮亮的。不论什么时候,头都是梳得滑溜溜的,身上衣服都是格挣挣的。像老头子一样,她一天不闲着。煮猪食,喂猪,腌咸菜,——她腌的咸萝卜干非常好吃,舂粉子,磨小豆腐,编蓑衣,织芦箔。她还会剪花样子。这里嫁闺女,陪嫁妆,瓷坛子、锡罐子,都要用梅红纸剪出吉祥花样,贴在上面,讨个吉利,也才好看:"丹凤朝阳"呀、"白头到老"呀、"子孙万代"呀、"福寿绵长"呀。二三十里的人家都来请她:"大娘,好日子是十六,你哪天去呀?"——"十五,我一大清早就来!"

"一定呀!"——"一定!一定!"

两个女儿,长得跟她娘像一个模子里托出来的。眼睛长得尤其像,白眼珠鸭蛋青,黑眼珠棋子黑,定神时如清水,闪动时像星星。浑身上下,头是头,脚是脚。头发滑溜溜的,衣服格挣挣的。——这里的风俗,十五六岁的姑娘就都梳上头了。这两个丫头,这一头的好头发!通红的发根,雪白的簪子!娘女三个去赶集,一集的人都朝她们望。

姐妹俩长得很像,性格不同。大姑娘很文静,话很少,像父亲。小英子比她娘还会说,一天叽叽呱呱地不停。大姐说:

"你一天到晚叽叽呱呱——"

"像个喜鹊！"

"你自己说的！——吵得人心乱！"

"心乱？"

"心乱！"

"你心乱怪我呀！"

二姑娘话里有话。大英子已经有了人家。小人她偷偷地看过，人很敦厚，也不难看，家道也殷实，她满意。已经下过小定，日子还没有定下来。她这二年，很少出房门，整天赶她的嫁妆。大裁大剪，她都会。挑花绣花，不如娘。她可又嫌娘出的样子太老了。她到城里看过新娘子，说人家现在绣的都是活花活草。这可把娘难住了。最后是喜鹊忽然一拍屁股："我给你保举一个人！"

这人是谁？是明子。明子念"上孟下孟"的时候，不知怎么得了半套《芥子园》，他喜欢得很。到了荸荠庵，他还常翻出来看，有时还把旧账簿子翻过来，照着描。小英子说：

"他会画！画得跟活的一样！"

小英子把明海请到家里来，给他磨墨铺纸，小和尚画了几张，大英子喜欢得了不得：

"就是这样！就是这样！这就可以乱孱！"——所谓"乱孱"是绣花的一种针法：绣了第一层，第二层的针脚插进第一层的针缝，这样颜色就可由深到淡，不露痕迹，不像娘那一代绣的花是平针，深浅之间，界限分明，一道一道的。小英子就像个书童，又像个参谋：

"画一朵石榴花！"

"画一朵栀子花！"

她把花掐来，明海就照着画。

到后来，凤仙花、石竹子、水蓼、淡竹叶，天竺果子、腊梅花，他都能画。

大娘看着也喜欢，搂住明海的和尚头：

"你真聪明！你给我当一个干儿子吧！"

小英子捺住他的肩膀，说：

"快叫！快叫！"

小明子跪在地下磕了一个头，从此就叫小英子的娘做干娘。

大英子绣的三双鞋，三十里方圆都传遍了。很多姑娘都走路坐船来看。

看完了,就说:"啧啧啧,真好看!这哪是绣的,这是一朵鲜花!"她们就拿了纸来央大娘求了小和尚来画。有求画帐檐的,有求画门帘飘带的,有求画鞋头花的。每回明子来画花,小英子就给他做点好吃的,煮两个鸡蛋,蒸一碗芋头,煎几个藕团子。

因为照顾姐姐赶嫁妆,田里的零碎生活小英子就全包了。她的帮手,是明子。

这地方的忙活是栽秧、车高田水、薅头遍草、再就是割稻子、打场了。这几茬重活,自己一家是忙不过来的。这地方兴换工。排好了日期,几家顾一家,轮流转。不收工钱,但是吃好的。一天吃六顿,两头见肉,顿顿有酒。干活时,敲着锣鼓,唱着歌,热闹得很。其余的时候,各顾各,不显得紧张。

薅三遍草的时候,秧已经很高了,低下头看不见人。一听见非常脆亮的嗓子在一片浓绿里唱:

栀子哎开花哎六瓣头哎……
姐家哎门前哎一道桥哎……

明海就知道小英子在哪里,三步两步就赶到,赶到就低头薅起草来。傍晚牵牛"打汪",是明子的事。——水牛怕蚊子。这里的习惯,牛卸了轭,饮了水,就牵到一口和好泥水的"汪"里,由它自己打滚扑腾,弄得全身都是泥浆,这样蚊子就咬不透了。低田上水,只要一挂十四轧的水车,两个人车半天就够了。明子和小英子就伏在车杠上,不紧不慢地踩着车轴上的拐子,轻轻地唱着明海向三师父学来的各处山歌。打场的时候,明子能替赵大伯一会,让他回家吃饭。——赵家自己没有场,每年都在荸荠庵外面的场上打谷子。他一扬鞭子,喊起了打场号子:

"格当嘚——"

这打场号子有音无字,可是九转十三弯,比什么山歌号子都好听。赵大娘在家,听见明子的号子,就侧起耳朵:

"这孩子这条嗓子!"

连大英子也停下针线:

"真好听!"

小英子非常骄傲地说:

"一十三省数第一!"

晚上,他们一起看场。——荸荠庵收来的租稻也晒在场上。他们并肩坐在一个石磙子上,听青蛙打鼓,听寒蛇唱歌,——这个地方以为蝼蛄叫是蚯蚓叫,而且叫蚯蚓叫"寒蛇",听纺纱婆子不停地纺纱,"呦——"看萤火虫飞来飞去,看天上的流星。

"呀!我忘了在裤带上打一个结!"小英子说。

这里的人相信,在流星掉下来的时候在裤带上打一个结,心里想什么好事,就能如愿。

……

"捵"荸荠,这是小英子最爱干的生活。秋天过去了,地净场光,荸荠的叶子枯了,——荸荠的笔直的小葱一样的圆叶子里是一格一格的,用手一捋,哗哗地响,小英子最爱捋着玩,——荸荠藏在烂泥里。赤了脚,在凉浸浸滑溜溜的泥里踩着,——哎,一个硬疙瘩!伸手下去,一个红紫红紫的荸荠。她自己爱干这生活,还拉了明子一起去。她老是故意用自己的光脚去踩明子的脚。

她挎着一篮子荸荠回去了,在柔软的田埂上留了一串脚印。明海看着她的脚印,傻了。五个小小的趾头,脚掌平平的,脚跟细细的,脚弓部分缺了一块。明海身上有一种从来没有过的感觉,他觉得心里痒痒的。这一串美丽的脚印把小和尚的心搞乱了。

……

明子常搭赵家的船进城,给庵里买香烛,买油盐。闲时是赵大伯划船;忙时是小英子去,划船的是明子。

从庵赵庄到县城,当中要经过一片很大的芦花荡子。芦苇长得密密的,当中一条水路,四边不见人。划到这里,明子总是无端端地觉得心里很紧张,他就使劲地划桨。

小英子喊起来:

"明子!明子!你怎么啦?你发疯啦?为什么划得这么快?"

……

明海到善因寺去受戒。

"你真的要去烧戒疤呀?"

"真的。"

"好好的头皮上烧八个洞,那不疼死啦?"

"咬咬牙。舅舅说这是当和尚的一大关,总要过的。"

"不受戒不行吗?"

"不受戒的是野和尚。"

"受了戒有啥好处?"

"受了戒就可以到处云游,逢寺挂褡。"

"什么叫'挂褡'?"

"就是在庙里住。有斋就吃。"

"不把钱?"

"不把钱。有法事,还得先尽外来的师父。"

"怪不得都说'远来的和尚会念经'。就凭头上这几个戒疤?"

"还要有一份戒牒。"

"闹半天,受戒就是领一张和尚的合格文凭呀!"

"就是!"

"我划船送你去。"

"好。"

小英子早早就把船划到荸荠庵门前。不知是什么道理,她兴奋得很。她充满了好奇心,想去看看善因寺这座大庙,看看受戒是个啥样子。

善因寺是全县第一大庙,在东门外,面临一条水很深的护城河,三面都是大树,寺在树林子里,远处只能隐隐约约看到一点金碧辉煌的屋顶,不知道有多大。树上到处挂着"谨防恶犬"的牌子。这寺里的狗出名的厉害。平常不大有人进去。放戒期间,任人游看,恶狗都锁起来了。

好大一座庙!庙门的门坎比小英子的胁膝都高。迎门矗着两块大牌,一边一块,一块写着斗大两个大字:"放戒",一块是:"禁止喧哗"。这庙里果然是气象庄严,到了这里谁也不敢大声咳嗽。明海自去报名办事,小英子就到处看看。好家伙,这哼哈二将、四大天王,有三丈多高,都是簇新的,才装修了不久。天井有二亩地大,铺着青石,种着苍松翠柏。"大雄宝殿",这才真是个"大殿"!一进去,凉飕飕的。到处都是金光耀眼。释迦牟尼佛坐在一个莲花座上。单是莲座,就比小英子还高。抬起头来也看不全他的脸,只看到一个微微闭着的嘴唇和胖墩墩的下巴。两边的两根大红蜡烛,一搂多粗。佛像前的大供桌上供着鲜花、绒花、绢花,还有珊瑚树、玉如意、整棵的大象牙。香炉里烧着檀香。小英子出了庙,闻着自己的衣服都是香的。挂了好些幡。这些幡不知是什么缎子的,那么厚重,绣的花真细。这么大一口磬,里头能装五担水!这么大一个木鱼,有一头牛大,漆得通红的。她又去转了转罗汉堂,爬到千佛楼上看了看。真有一千个小佛!她还跟着一些人去看了看藏经楼。藏经楼没有什么看头,都是经书!妈吔!逛了这么一圈,腿都酸了。小英子想起还要给家里打油,替姐姐配丝线,给娘买鞋面布,给自己买两个坠围裙飘带的银蝴蝶,给爹买旱烟,就出庙了。

等把事情办齐,晌午了。她又到庙里看了看,和尚正在吃粥。好大一个"膳堂",坐得下八百个和尚。吃粥也有这样多讲究:正面法座上摆着两个锡胆瓶,里面插着红绒花,后面盘膝坐着一个穿了大红满金绣袈裟的和尚,手里拿了戒尺。这戒尺是要打人的。哪个和尚吃粥吃出了声音,他下来就是一戒尺。不过他并不真的打人,只是做个样子。真稀奇,那么多的和尚吃粥,竟然不出一点声音!她看见明子也坐在里面,想跟他打个招呼又不好打。想了想,管他禁止不禁止喧哗,就大声喊了一句:"我走啦!"她看见明子目不斜视地微微点了点头,就不管很多人都朝自己看,大摇大摆地走了。

第四天一大清早小英子就去看明子。她知道明子受戒是第三天半夜,——烧戒疤是不许人看的。她知道要请老剃头师傅剃头,要剃得横摸顺摸都摸不出头发茬子,要不然一烧,就会"走"了戒,烧成了一片。她知道是用枣泥子先点在头皮上,然后用香头子点着。她知道烧了戒疤就喝一碗蘑菇汤,让它"发",还不能躺下,要不停地走动,叫做"散戒"。这些都是明子告诉她的。明子是听舅舅说的。

她一看,和尚真在那里"散戒",在城墙根底下的荒地里。一个一个,穿了新海青,光光的头皮上都有八个黑点子。——这黑疤掉了,才会露出白白的、圆圆的"戒疤"。和尚都笑嘻嘻的,好像很高兴。她一眼就看见了明子。隔着一条护城河,就喊他:

"明子!"

"小英子!"

"你受了戒啦?"

"受了。"

"疼吗?"

"疼。"

"现在还疼吗?"

"现在疼过去了。"

"你哪天回去?"

"后天。"

"上午? 下午?"

"下午。"

"我来接你!"

"好!"

……

小英子把明海接上船。

小英子这天穿了一件细白夏布上衣,下边是黑洋纱的裤子,赤脚穿了一双龙须草的细草鞋,头上一边插着一朵栀子花,一边插着一朵石榴花。她看见明子穿了新海青,里面露出短褂子的白领子,就说:"把你那外面的一件脱了,你不热呀!"

他们一人一把桨。小英子在中舱,明子扳艄,在船尾。

她一路问了明子很多话,好像一年没有看见了。

她问,烧戒疤的时候,有人哭吗? 喊吗?

明子说,没有人哭。有个山东和尚骂人:

"俺日你奶奶! 俺不烧了!"

她问善因寺的方丈石桥是相貌和声音都很出众吗?

"是的。"

"说他的方丈比小姐的绣房还讲究?"

"讲究。什么东西都是绣花的。"

"他屋里很香?"

"很香。他烧的是伽楠香,贵得很。"

"听说他会做诗,会画画,会写字?"

"会。庙里走廊两头的砖额上,都刻着他写的大字。"

"他是有个小老婆吗?"

"有一个。"

"才十几岁?"

"听说。"

"好看吗?"

"都说好看。"

"你没看见?"

"我怎么会看见?我关在庙里。"

明子告诉她,善因寺一个老和尚告诉他,寺里有意选他当沙弥尾,不过还没有定,要等主事的和尚商议。

"什么叫'沙弥尾'?"

"放一堂戒,要选出一个沙弥头,一个沙弥尾。沙弥头要老成,要会念很多经。沙弥尾要年轻,聪明,相貌好。"

"当了沙弥尾跟别的和尚有什么不同?"

"沙弥头,沙弥尾,将来都能当方丈。现在的方丈退居了,就当。石桥原来就是沙弥尾。"

"你当沙弥尾吗?"

"还不一定哪。"

"你当方丈,管善因寺?管这么大一个庙?!"

"还早呐!"

划了一气,小英子说:"你不要当方丈!"

"好,不当。"

"你也不要当沙弥尾!"

"好,不当。"

又划了一气,看见那一片芦花荡子了。

小英子忽然把桨放下,走到船尾,趴在明子的耳朵旁边,小声地说:

"我给你当老婆,你要不要?"

明子眼睛鼓得大大的。

"你说话呀!"

明子说:"嗯。"

"什么叫'嗯'呀!要不要,要不要?"

明子大声地说:"要!"

"你喊什么!"

明子小小声说:"要——!"

"快点划!"

英子跳到中舱,两只桨飞快地划起来,划进了芦花荡。

芦花才吐新穗。紫灰色的芦穗,发着银光,软软的,滑溜溜的,像一串丝线。有的地方结了蒲棒,通红的,像一枝一枝小蜡烛。青浮萍,紫浮萍。长脚蚊子,水蜘蛛。野菱角开着四瓣的小白花。惊起一只青桩(一种水鸟),擦着芦穗,扑鲁鲁飞远了。

……

1980 年 8 月 12 日,写四十三年前的一个梦。

原载《北京文艺》1980 年第 10 期

林斤澜《十年十癔》导读

 **作家简介**

林斤澜(1923—2009),浙江温州人。曾任《北京文学》主编,中国作家协会会员,北京市文联专业作家。中学时代参加抗日救亡运动,辗转西南各地,做戏剧工作。1950年开始发表文艺作品,主要是些剧本。1957年发表短篇小说《台湾姑娘》,引起文艺界关注。此后创作了大量短篇小说作品。至20世纪60年代,逐渐转为专业写作。1962年,老舍在北京市文联主持举行了三次"林斤澜创作座谈会",专题讨论其作品特色。不久,林斤澜被迫搁笔12年。进入新时期以后,他又在寂寞中沉着地进行多样而奇特的艺术探索,逐渐形成自己的风格,并产生广泛影响,成为一代短篇小说名家。其1984年以后创作的《矮凳桥风情》和《十年十癔》系列小说尤为人称颂。主要作品还有小说集《林斤澜小说选》(1980)、《石火》(1982)、《满城飞花》(1987)、《门》(1997)和散文集《舞伎》(1988)、《随缘随笔》(1993)等。

 创作背景

《十年十癔》系列创作于20世纪80年代中期以后,这时"伤痕文学""反思文学"大潮已成为过去,文学失却了轰动效应转入平静状态,作家们也从关注"写什么"转向"怎么写"了。作家们对语言以及文体的自觉,促使他们去思考:如何重新讲述"文革"的故事?林斤澜就是其中突出的一位。一方面,他在反思与内省中,对现实、历史、社会、人生进行新的思考;另一方面,他对汉语文学语言做了大量的探讨和尝试,寻找自身对"文革"体悟的表达方式。经过多年耐心执着的探索,作家对现实生活的理解、提炼达到了新的高度。他写"文革"的作品,与新时期伊始的"伤痕文学"相较,少了那些控诉、愤懑、怨谤,多了冷静和思考；与"反思文学"相比，摒却了那些启蒙式的话语和宏大的理性主义色彩。更为根本的区别是，尽管"伤痕""反思"文学因主题指向的批判性引起了巨大的社会反响，但在艺术上并无多少创新，其裸露出的内在质地，没有超出"十七年"文学的审美框架。而《十年十癔》除了思想上的深邃和独到外，还创造出了一种新的美学风范，它在相对凝练单纯的短篇小说体裁中容纳下了巨大的历史内容和丰富的人性内涵。这部"浩劫"结束十周年之后的沉思之作，自有着一种相当独特的深刻性及艺术表现力。

作品评点

《十年十癔》包括十个短篇：《哆嗦》《黄瑶》《古堡》《二分》《五分》《春节》《梦鞋》《万岁》《氤氲》《白儿》。它以一个"癔"字把十个长短各异的故事串在了一起，人物也不前后贯穿。"癔"，心意病也——在《字汇·广部》中可查到。癔和病经常组词，指一种精神病，亦称"歇斯底里"，主要由精神受到严重刺激诱发，表现为胡言乱语、哭闹嬉笑、失明、麻痹、痉挛、失语等症状。弄清了"癔"的意义，就明白《十年十癔》原来就是通过摹写十个人物的患"癔"经历，讲述时代的病症怎样逼迫人们步入"疯狂"境地的。然而这么概括，似乎过于简单。区别于同期其他同主题小说，林斤澜短篇小说的重要意义就在于：他善于抓住一个场面、一些微妙的细节，写生活的片段，截取纵的或横的断面，以部分反映整体。由于在结构和语言上下足了功夫，其所揭示的"文革"对人性的戕害，就更显得发人深省。林斤澜曾说："写受'四人帮'的迫害，总是从'文革'开始，写到结局，需要这样吗？"（林斤澜《唱出自己的歌》）他眼中的好小说是："小说就是要说小，好的小说是从小里见大。小口子井，井底的地下水泉却深得不知深浅。"（林斤澜《小说说小》）他的短篇正是如此。

下面撷取《十年十癔》中的几篇来看看：

《十年十癔》之二的《黄瑶》讲述女主人公黄瑶被有名无实的海外关系牵连成了造反派革命的对象，在审讯中差点抓瞎矮矬小伙的眼睛。因为日子不好过而投奔海外叔公的父母抛弃了黄瑶，把她寄养在国内干婆婆家。长期寄人篱下的压抑，加上有其名无其实的通"海外"定罪，黄瑶对生活的认知已经失去了辨别，她老是将两只手缠绞在一条纱巾里，仿佛自己给自己戴的一副手铐。她一直臆想自己是会用爪子抠眼珠的黄猫，有时又恐怕自己是被黄猫抓瞎的猿猴。面对可恨的干婆婆、矮矬小伙，黄瑶潜意识里期望自己是黄猁，能抓瞎他们阴森可怖的眼睛。而面对他们，她其实是猿猴，他们的攻击性导致她产生他们是黄猁欲伤害自己的惶恐。那时，社会是非倒错，似乎人人都可在黄猁和猿猴之间转换，这不光是个人的"癔"症，更是时代的"癔"症。

《十年十癔》之七《梦鞋》中那个大高个子的正经老大汉，"浩劫"中他陪书记当右派，十多年后回顾时，却罗里吧嗦地讲仿佛与右派"罪行"毫不相关的梦鞋的经历，听得人人眼皮打架，直到小说最后才揭穿谜底：原来其实他"跑阳"了，却还"低级趣味、兽性发作"地"梦鞋"。什么意思？主人公阳痿却一直做性梦。为何他一生都在找鞋，都在梦着穿鞋的美好感受？鞋，在俗语里常常被用来影射女人，比如"破鞋"指坏女人、作风不检点的女人；而在小说中，那一阵农村进城老干部爱换老婆，老大汉却毫无动静，人们议论他"能把歪鞋楞给穿正了"。老大汉一直做梦找鞋，找到了就努力去穿，体会穿鞋的舒展，这个穿鞋的细节成了他自童年到老的最"苏痒"的回忆。可以说梦"鞋"就是梦"女人"、梦"性"，穿鞋这个动作就是对性行为的影射，性压抑是他梦鞋的根源。在"癔"时代，人们"癔"病到了可怕的程度，就连一个正常人的正常的性需求，也可以作为定右派的罪证。虽然作家在语辞上处理得很隐晦、节制，但我们还是可以窥见端倪：不管老大汉是生理阳痿还是心理阳痿，又或是整个时代都阳痿了，都是因为正义和真理被扭曲了；一切真、善、美的本性相形之下就显得变态了，所以老大汉在那个亢奋的年代将自己的"阳痿"、性幻想定为罪证。作家偏偏叫老大汉是"正经、老、大、汉"，在形象上他是"老大汉"，高大、威猛，身高一米八九；在作风上他正派，一些干部进城换了老婆，他不换。然而他其实不是"老大汉"，他患有难以启齿的"跑阳"病。接老婆进城了，住在一屋，屋里从没声响，既没说话声更没行夫妻礼的声音。老大汉和老伴没有精神交流也没有身体沟通，过了几年没声的日子。在造反派抄家的当头，老伴还上吊去了。本来无性生活就是够苦的，又逢上亢奋者的辱没、侮损，阳痿就更厉害，厉害成"癔"了。

《十年十癔》之九《氤氲》中的木雕艺术家在"牛棚"里交代自编自撰的罪行——曾经历了生死劫难，鬼狼的惊吓。他从此跟狼较上劲，爱雕刻狼头狼眼，雕刻的人物，五官都还端正，距离、比例、角度却又"出格"，不正常。死前完成的"天鹅之歌"来不及雕刻眼睛，被评论家理解成有"氤氲"的意境。这个故事最带有魔幻色彩，同时也是对"癔"时代的绝妙讽刺。不一定是木雕家神经错乱，而是他观察到周围一切人和事的错乱——一切雕刻对象的错乱，它们的五官怎么会不变形呢？人的眼睛安在狼头上，不正是暗喻"疯狂"的造反派们是专门乱咬人的疯狼狗吗？天鹅代表和平、美好，但是却没有眼睛，这遗留的空白产生氤氲的所谓美感，也许是意味着只有瞎子才看不清颠倒黑白的丑恶，才能让自己对人间留存美好。但凡不瞎的人怎么能忘却那些鬼狼吃人、咬人的记忆，这才是"此处无眼胜有眼，留得空白氤氲生"的真谛。

《十年十癔》中的每则小说，在短短几千字的篇幅内写出人物之癔、时代之癔，结构上相当精巧、高度紧凑，或是一个动作、一件物事，或是一个字眼、一句话，来回闪现，串联起事件，布局构篇。如《黄瑶》，小说通过"眼神"和"自缚"这两个动作的反复出现，连接起黄瑶一生中的几个重要瞬间，而对这些瞬间的速写，清晰地勾勒出了她的患癔经历。《梦鞋》以两条叙述线索交错着铺开——第一人称的自叙和第三人称的他叙。自叙，是老大汉讲从小到老的鞋梦；他叙，则像传统小说中的说书人，跳出来对主人公的经历作补充，补充的部分也都与鞋有关，如讲述那年头男女红卫兵的穿鞋爱好、老大汉媳妇进城时包袱皮里的黑布大盖鞋等。两条线索，都是以"鞋"为契合点，由此生发开去展现老大汉的人生经历。《氤氲》分为前言、正文和后记三部分，以"狼眼"衔接上木雕艺术家的虚构经历和现实遭遇。前言交代木雕艺术家在"牛棚"中被逼着坦白"他历史上隐瞒着的一件事"，他只好发挥想象力现编了一个。后记写木雕艺术家晚年迷信于亲见的鬼狼或曰自编的故事，日夜加工"狼眼"。正文部分，写下他编撰的经历——遇见人、鬼、狼。《十年十癔》的其他诸篇，也有类似的笔法，如《五分》中的一个"五"字，《春节》中的一句"牛棚"……

林氏的语言，在小说界独树一帜。从大处上看，并无新异，平平淡淡，普普通通，可就是在这平淡普通的语言中透发出一种独特的叙述风度——那些个惨痛的物事被淡淡地叙说出来，更产生一种惊心动魄的效果，让人沉重、心痛，这是举重若轻；而在一些细微处，又写得隐晦、模糊，若隐若现，似是而非，让人不大容易看明白，需要揣摩、思量。总体上，他的语言就像是无数石块铺就的庭院——整体干净利索，很平坦，却在局部的石块上有不少凹凸或纹理。试看《五分》中姐姐被错杀后母亲去交五分钱子弹费那段：

> 过两天，傍晚，我在街上瞎走。叫不出名儿的马路边上，踢着雪地上一个倒着的老太太，一看，是我妈妈。冻僵了的拳头攥着，杵在胸口上，她还是犯心肌梗塞了。我叫两声，还睁开眼来，还认出我来，

还说：找不着交五分钱的地方，要找、要交，我们从不欠账！

平淡直白、简约节制的语言，叙说出的故事，却骇人心魄。最末一句还透着一种幽默，这幽默却是冷的，使人笑过之后又有一种悲的感觉反刍上来。

林斤澜小说拓展了汉语文学语言的表现空间。他在这方面孜孜不倦的探索和尝试，源于他对语言的看法——视语言为"文学第一要素"。同时，他自身相应的资源配置也是相当丰厚的。一方面，他向生活寻找清淡自然而又富于韵味的语语与表述方式，又并不拘泥于土语，而将生活语言予以筛选、提炼；另一方面，他向中国古典文学传统和西方文学汲取养分，努力揣摩中国古典语言的精练、典雅，又借鉴外国语言富于变化的复杂句式，追求话语形式的多样性。如此，不同来源、不同色调的语汇与话语方式在林斤澜这里得到了调和、杂糅，使他的小说展现出一种奇诡的风采：冷峻中带着幽默，简洁直白中蕴含着晦涩。

林斤澜用他独特的语言和构思，成功地达到了他的深刻。他把对十年浩劫的感受提炼为"疯狂"，从不同角度写出了颠三倒四的年代里的种种人生病态。这无数个体的精神病态，正透彻地揭示了那个畸形的社会泯灭美好人性的本质。作家的这些对历史、人生的思考，没有虚无缥缈地浮在面上，而是隐藏在艺术的深处。他把从真情实感中提炼出来的世界与人生的魂儿，以浓缩精炼的结构，简洁冷峻的白描语言，冷静客观而非严格写实的笔法……表现出来。他"伶仃独步"创造出来的境界，包孕万千，以至有评论家曰：林斤澜小说，无论是人生体悟深度，还是语言的表达方式，抑或是文体创造价值，是怎么称赞都不为过的。

（罗滋池）

十 年 十 癔

林斤澜

哆　嗦
——十年十癔之一

浩劫过去两年，有人说："好肉自己挖烂了。"再过两年，有人说："肉有霉烂，挖还是该挖。"又过两年，有人说："挖肉补疮不是办法，改革。"这以后忙起改革来了,没有工夫说回头话,只是社会上留下不少的瘾症。这个瘾字早先就有,不过不多见,不像现在高楼大杂院都能撞上。

麻局长当副局长的时候,中学生拥进办公室,把他揪出来陪斗。他立刻笑着说:

"我去我去,我支持革命。"

那时候已经没有"公"好办,他把桌上的报纸整理了一下,让中学生们拥着走出办公室,快走到院子门口,一边一只手攥住他左右手腕子,再一边一只手搭在他左右肩胛骨上,这叫做"揪",是把"黑帮""揪"上会场的标准姿势。恐怕不是新发明,古典戏曲舞台上大家都有印象,因此天南地北,不教自会。麻副局长个儿不高,自动窝腰躬背,帮衬着中学生达到标准。还侧过脸来,笑着替局长说话:

"局长是大学生,老知识分子,那时候家里要没有几个钱,上不起大学。局长在大学里就参加学生运动,背叛了地主家庭……"

"喳",屁股上挨了一脚,"栽"出门口,幸好一边一个"揪"着,才没有倒地,踉跄跌下台阶,看见局长跪在院子中间,后背渗血。麻副局长心想:怎么这样了呢?昨天还是站着回答问题……

不由分说,在局长身后下跪,他还哄小孩似的自作主张,稍稍两膝分开,放平脚板垫着点屁股,跪中沾点"盘腿"。知识分子局长全不会,直挺挺硬跪着,那能"支持"多久呢!

中学生问道:"什么出身?"

这是当时到处一律的"当头棒喝",把个棒槌也认作"针",不带一丝半点的玩笑。现在谁要是对这份儿心有些怀疑,势必"看不懂"后来的故事发展。这是敢跟诸位"拉钩"的。

不过这里说的"当时",是漫漫十年浩劫的第一个回合,头场厮杀。

麻副局长也特意庄重起来回答道:

"三代贫农。到我父亲手里,已经是佃农了。我大哥,落到雇农。"

中学生们眼睛一霎,嘴里忙不迭的改不了词儿咕噜咕噜着,麻副局长又想:还是要把革命"支持"下去呀,补充说道:

"可是我四爷爷,给地主当个护院,挎过盒子枪。"

没想到一片口号,紧接着噼里啪啦一顿打。知识分子局长跪也跪不住,歪倒在地。麻副局长趁势盘腿伏下,护住前胸脸面。他少年青年时代挨过不少的打,痛在身上,却不惊慌。那贴地的眼睛,还能把眼珠转到眼角上,看看革命的革法。忽见十五六岁的女中学生,短头发,眉清目秀,解下三指宽的牛皮腰带,下手比男学生还狠,腰带头上的铜扣都带上血点子来了。当年地主打人,平常也不往死里打,还要留着做活呢……麻副局长暗暗惊诧。

这一夜完全睡不着。上半夜心里乱糟糟的,下半夜踏实下来。麻副局长还是有农民气质,心里越"嗷糟",手里越要找活做;手里一做上劲,心里也麻木仿佛踏实了。一夜工夫,他写了张大字报,把半生经历和盘托出。十三岁当看牛的,游击队来了,跟着走了。头一回打仗,拾起战友的步枪,去拼刺刀,因为年小,叫敌人挑破肚皮。后来叫炮弹削过大腿,叫飞机炸到半天空摔下来……他也班长、排长、连长一级级提拔上来。立过功,得过军功章,从来没有受过处分,历次运动没有挨审查……

第二天早上到院子里贴大字报,身上的血疙疤全不在意,兴冲冲的对正取齐,做一溜贴过去,占了一面墙还带拐弯儿。一边贴一边就招人看了,时不时的有小声议论,他也不细听。贴完了去打扫厕所,面现喜色,手脚带出兴致来。

中午,七八个人一窝蜂围上他,围到院子里,围到他的大字报跟前,从头围到末尾,站住,散开一角,叫他自己抬头看看……

大字报末尾,照当时的规矩,都要写上敬祝领袖"万寿无疆"。麻副局长一看,怎么是"无寿无疆"了呢?脑子里"嗡"的一下要懵没懵,使劲镇定。再一细看,那千该万该该是个"万"字的地方,千真万真真是个黑黑粗粗的"无"字,麻副局长心里哆嗦起来,耳边听见叫喊:

"现行反革命!"

"罪该万死!"

"砸烂狗头!"

这些倒还不要紧,麻副局长知道还不会当场"砸烂"。要紧的是自己内心的哆嗦,电流一般通到外头皮,好像全身肌肉,全都颤颤的掉渣儿了。咬牙、绷筋、闭气,全禁不住这通电的哆嗦呀!

"还自吹自擂哩,怎么脸无人色了?"

"什么英雄?狗熊!"

这些也都是耳边风,连那个黑黑粗粗的"无"字也消失了。麻副局长的注意力集中在两个膝盖头上,这两个东西管自摇铃一般要摇着跪下了。他明白全身哆嗦仿佛冲开了闸门,再也阻挡不住。只希望拼上最后一口气,叫两个膝盖挺着……

"大家来看,还有个人样子没有!"

"满纸假话,一片谎言,撕掉!撕掉!"

这些事情都过去了。不过不是流水一样过去,也不能够像过去一场暴风雨,或拔屋伐木,或冲毁庄稼,都只是地面上的灾害。这些事情,是幽灵的噩梦。

那位知识分子局长折磨死了。等到噩梦做尽,麻副局长回归岗位就顶替了正局长。收拾残局,提拔一批青年当上科长。

有个青年科长常在麻局长跟前走动,有天,跟着出差郊区,在招待所里同住一个套间。晚上吃了郊区实惠的酒席,科长沏上浓茶解酒。借着酒兴笑道:

"那年揪您出来,我也在里头起哄,记不记得?"

麻局长点点头。

"我就是有一件事情不明白,搁在心里好多年,清查也好检查也好审查也好,都查不到这个事情上头……"

麻局长笑笑,可是眼皮也没抬。

"……倒好,在我心里越搁还越是问题了……您困了吧?"

"酒还没下去呢,不是跟你说过,郊区酒篓子可多了。"

"麻局长,就说借着酒劲儿吧,我把这个问题吐出来。"

"可见我官僚主义了,下边提个问题还得酒胆子。"

"跟官不官僚没关系,这完全是个个人问题。"

"哦!"麻局长端上浓茶,望着科长,"你还是比较直爽的,快别吞吞吐吐了。"

"那天揪您到大字报跟前,让您看那'无寿无疆'的'无'字,您看仔细了没有?"

"这有什么仔细不仔细,傻大黑粗一个'无'字。"

"傻大黑粗……您看了就哆嗦起来……"

"说呀,自己看不见自己,怕脸也不是人色了吧。事情都过去多少年了,你尽管说吧。"

"您越哆嗦越厉害,……"

"是呀,马上不就是现行反革命了吗?"

"您哆嗦得都,仿佛,快站不住了。"

"要命的是两个膝盖,它非得往下跪,你看。反革命还是现行,谁不肝儿颤呀!"

"可我怀疑。当时就有点儿怀疑,后来越发怀疑,直到您的历史审查清楚了,您大字报上写的全部属实,我的怀疑更解不开了。"

麻局长望着青年科长,想说什么,一会儿,喝口酽茶把话咽下去,挪开眼睛。

"麻局长,您本是个英雄人物,不说早先,就您贴大字报顶风,那是什么劲头!经过的事情太多了,您也多方面考虑了。"

麻局长又看了科长一眼,只见这个青年比喝酒时候,还血红,眼睛都充血了。他倒分外冷静起来,透出差不多是老年人的慈祥,笑笑。

"麻局长,您的一生见过多少生生死死,在敌人面前,在自己人面前,您都临危不惧。人生最多不过一个死呗,打成现行反革命,也还不会当场活活打死,离死总还有一截路呢!您怎么会那么哆嗦呀?我要说得对,算是酒后出真言。我要说得不对,算是酒后胡说,您哆嗦得真真不像个样,和您的经历完全不称!"

"你说的是真话,是实情。我自己也一直在怀疑,也有解不开的地方。"

青年科长说着怀疑,那表情仿佛咬着他的心似的。麻局长也说怀疑,却是老年人的心平气和。

"麻局长,请你回想一下,当时不过是个'无'字,你刚才说是傻大黑粗?"

"这我印象深刻,是傻大黑粗。"

"可我提醒一句,您的字体笔划细长条。"

"当时我脑子里有个'转游',可是已经哆嗦起来了,顾不上别的,一心只想控制住这哆嗦。"

"不过这一个字不是'别的',要是这一个字上有点毛病,您就用不着哆嗦了。"

"我不是说哆嗦已经起来了吗。"

"好比说,这个字是别人涂改的。"

"我集中全身力量,使尽吃奶那一口气,也要压住哆嗦。"

"那么说,您这哆嗦和这个字,又有关系又没有关系。"

"你很机灵,年轻人,也别机灵过头。"

"过后好长时间,定案,平反,您都没有提出这个疑问?"

"大字报当场就撕了,没有证据,提什么!"

"当时拿您的大字报没法办,根子正,一色红,滴水不漏。可是派仗已经打起来了,不能让对立面盯着揪错了人,就有个机灵鬼出了个馊主意……"

"不要说了,事情也都过去了,好比大家做了个噩梦,你我全在梦中……"

"您得让我说出来,我在心里憋了多少年,您越心平气和,我越觉得对不起您……"青年科长跳了起来!"我——"

"坐下!"麻局长大喝一声,镇住科长,"你不要说了,坐着,茶也酽了,喝吧。"

科长遵命喝茶,果然酽得好苦口,酒劲好像也真的解下去了。麻局长这才慢慢说道:

"今天晚上,你跟我说了憋在心里多少年的话,掏了心窝子。那得一报还一报,我也得掏心窝子给你,要不,不平等了。我也有个情况,审讯也好,定案也好,平反也好,都没有说。一来说了也无济于事,再呢,怕副作用,怕误会,怕牵扯别人……我们老一代人,条条框框是比较多。当时我一见那个字,明明傻大黑粗,也立刻哆嗦起来。不过一边哆嗦,一边脑子还能'转游'。忽然,有件事情跳了出来,这件事情搁在心里多年了,平常也想不出来,到这节骨眼上,跟鬼似的闪出来了。这一闪,那个哆嗦也有了鬼了,浑身不听我的了,鬼叫两个膝盖跪下,可我总不能就这么下跪啊,我和鬼缠上撕掳上了……"

青年科长瞪着眼睛,支起耳朵,一声不响。

"……当然,鬼不鬼的是打个比方。我十三岁那年扛半拉活,当小看牛的。闹日本了,地方上拉起游击队,我跟牛说,你们自个儿回家。我就跟着队伍走了。游击队司令是个天不怕地不怕,只有人怕他,连枪子儿也怕他。什么碉堡,什么高地,只要说声拿不下来,他带头冲上去。身经百战,没有一个要紧的伤疤。子弹、弹片进了肉,也不敢碰骨头。在我小心眼里,那是指天说地头号英雄。后来队伍越拉越大,到解放时候,大军南下,他已经开创了一个地区,自立成王了。不久,司令首次进北京开会。会议中间,点了十多个人,立刻是领袖召见。赶紧穿戴整齐,互相检查,眼睛查着别人,两手摸着自己的扣子呀帽子呀。倒也没有人紧催,自己紧紧张张的上了大轿车。拉进了红墙红楼红门,进门就下车,只见大道宽阔深长,绝无人影人声。十多个人自动排成队,单行前进。两边是茂盛沉默的柏树,没有飞鸟,没有爬虫,树下隔隔的站着警卫,沉默笔挺,仿佛是柏树的'树娃'。走进一个四合院,十多个人在北屋廊下站住,眼睛望着南边。南屋东头一溜白粉墙,墙下有过道。院子开阔,竟没有树,没有草,没有盆花。四面的房屋都闭门关窗,都朱红,谁也没有细看,只是视线穿过一片红糊糊,盯住南头过道。不知多久,听见南屋后边有说话声音,针尖落地也听得见的地方,这说话声音听得清楚,又听不清楚说着什么,立刻,白粉墙上出现高大身影。身经百战的游击司令,忽然哆嗦起来,他自己好生奇怪,枪林弹雨里没有手颤过。这一奇怪反倒心惊肉跳了,咬牙使劲也禁不住哆嗦了,两个膝盖竟摇铃一般,大刀砍过来也不知道下跪的这两个东西,遇见喜庆事儿,光荣事儿,怎么会要跪下跪下似的……这是多少年前说过的话,平常也想不起这个来。赶我站在大字报跟前,发起的哆嗦还能控制,这个事情鬼一样闪上心头,我就摇铃了,散架子了,挨刀也顾不上了。这顾不上的话也是司令亲口和我说过的,他顾不上听,顾不上答话,原先准备好的几句报告,一个字也没有了。司令是个直肠子,他原原本本跟我学了一遍。其实这里头毫无秘密,司令也说他心里绝没有藏着掖着的,就不明白这是怎么回事儿……我一直没跟谁说过,照你们考虑,恐怕扯不上什么副作用呀什么的。我们两代人是不大一样,今晚跟你说了,还是希望这屋里说这屋里了,不要外传。"

青年科长听了,说不出一句整话来。当晚休息。后来,还是当做茶余饭后的故事传出来了。传来传去,不免添油加作料,麻局长也拿青年科长没有法子,只好叹道:现在的年轻人,全不管不顾的。

司令也在浩劫中据说是自己掉到井里,死了。那口井当时立刻填上了石头块儿。后来平反,家属要求扒井,捡出零碎白骨,又不同意火化,装楠木棺材,又专车运回故乡,造坟立碑。为了照顾家属情绪,一一照办。

哆嗦故事传出来以后,家属好不恼火。要求澄清,要求辟谣,要求追究责任。组织上让大家向前看,不要再"磨烦"这些事。

麻局长年纪也大了,有点精神不济。说着说着工作,会来两句相干不相干的话:"这可是真事儿,还真是说不清。""知道是这么回事,不知道是怎么回事。"有时候也会看见青年科长的冷笑,仿佛尖刀一闪。后来也知道背后有人拿他这几句话,寻开心。也只好装不知道。有回走过走廊,听见一间屋里青年科长说话:

"这可是真事儿,还真是说不清——哆嗦。"

屋里年轻人笑。

"知道是这么回事,不知道是怎么回事——哆嗦。"

屋里年轻人大笑。

不久他就动员离休了。青年科长提升做副局长。

麻局长一离休,不但司令家属,连几位老战友都表示对哆嗦的气愤,青年副局长用商量口气,帮助老人们归纳意见:至少是损害英雄形象!是不是还影射着什么?

麻局长也不去老干部俱乐部打牌了,组织离休干部旅游、疗养、参观,一总不去。大白天,连窗帘也不爱拉开,谁也不知道他独自在屋里,怎么摸摸索索过日子。

有天傍晚,麻局长忽然听见敲门一声比一声急,嘭!嘭!!嘭!!!还没有答应出来,门外叫道:

"瞧您来了,给您送节日礼物来了!"

听出来是青年副局长响亮的声音,又听不出来说的话是什么意思,脑子转不开,禁不住全身一激灵,一快转身,一个冷哆嗦,扑通,竟对着门跪下了,那门自己拉开,青年副局长呀的一声往后退,后边有人跟着,连声问怎么了?青年副局长失声说道:

"怎么麻了?麻了?"

麻局长姓麻,从来不是麻子。

黄　瑶
——十年十癔之二

"浩劫"过去以后,有的机关做得干净,把漫漫十年里的"交代""检查""认罪书""思想汇报",还有造反派弄的"审讯记录""旁证材料"……全从档案里清理出来,装在特大号牛皮纸口袋里,交给本人,任凭自由处理,一般是一烧了之。黄瑶拿回家去时,她的男人多一份儿心,悄悄藏过一边,只说是烧毁了。过了七八年,却派上了正经用场,交给精神病医生。据说,对治疗黄瑶的癔症,大有好处。下边是医生抄摘出来的部分,稍分次序,略加连贯。

黄瑶是个美人,五官细致整齐,不过女人们说她是冷面孔。冷面孔的意思是和男人对面走过,不会多看她一眼。男人们反映:没法儿,她老垂下眼皮,和她说话,她的眼睛顶多只瞧在人家胸口上。

什么"司令部"、"指挥部",什么"兵团",连七长八短的造反组织(出来一个"千钧棒",跟着就有一个"紧箍咒"),都没有把黄瑶看在眼里。后来有头有脸儿的是共产党都成了叛徒,沾国民党的都是特务,革命还要继续,清理到海外关系,才把黄瑶揪出来。

不知道从什么时候起,黄瑶脖子上总有一条纱巾,春秋正好合适。冬天掖在领子里,外边再围一条大围巾,也还说得过去。夏天起点风,蒙在脸上挡沙土,就显得勉强些。大太阳时候散披在肩膀上,叫人瞧着纳闷儿——这是哪一路毛病?和海外哪一条勾着?拿它怎么上纲上线?

人家和她说话,她会"嗖"的扯下来拿在手里。"嗖"的本来是动作飞快,为的叫人眼皮子来不及眨,瞧不真。可是一回"嗖"两回"嗖",反倒显眼了。人眼里或愣或疑或恼,总之,眼不是眼了。

人家的眼神稍稍一变,她的两手就把纱巾绞来绞去……慢着,不是说她从不抬起眼皮看人吗?顶多只盯到人家胸口上吗?怎么看得见别人的眼神呢?看得见的,仿佛是时下新兴的热门话题儿:特异功能。只要人家的疑心或是恼心或是狠心或是不规矩心胖大了,眼色也随着古怪了。人家多半知道自己的心机,不知道眼神会泄密。可是黄瑶连眼皮也没抬,就会把纱巾越绞越紧,会紧到麻花似的捆住两个手腕子,把自己捆一个贼似的。

黄瑶老家在南方海边,是个侨乡。海外的亲属见过面的,上数能数到叔公,下数论辈分都有外甥孙了。北方的造反派没有见过这阵势,倒想也到海外"外调外调",顺便也看看垂死的糜烂生活。可惜世界革命大约是过两年再说了,眼下还只可关门打狗。

因此,黄瑶落进了"无头公案",比走资派还难斗倒斗臭。对她,只能打"心理战术"。

有一个造反派是个矬壮小伙,长一双孩子气的大眼睛。有天他审问黄瑶,灵机一动,一伸手,把那条纱巾抓了过来……

十几年后,才让医生分析出来,这个小动作非同小可,后头的坎坷都由这里起,差一点废掉小伙一双眼,送掉黄瑶一条命。

不过当时,矬壮小伙不禁微微一笑。他看见把纱巾一抓过来,黄瑶冷不丁一个哆嗦,眼睛由人家胸口收回去,盯在自己胸口上了,跟闭上了一样。那出名的冷面孔也黄了,跟黄杨木雕的傻菩萨似的。

小伙心里笑道:开局打得不错,这心理战有打头。脑子里闪闪着想象力的光芒:纱巾犄角上缝着什么?图案上有密码?浸过药水?是个暗号?

小伙走到黄瑶跟前,差不多是胸脯贴胸脯。小伙命令黄瑶抬起眼皮,瞧着他的眼睛。小伙魆壮,为了眼睛对上眼睛,踮起了脚儿来……看起来好像小伙把自己当做一部测谎机,不对,那是外国东西,非资即修。小伙子采用的是施公案彭公案里的国粹……忽然,嗖的,猫扑老鼠,鹰抓兔子,黄瑶两手跟两爪一般飞起落下,落在小伙两眼上。小伙一个激灵,一挣,一扭,转过了身体。黄瑶的两个爪子,还由小伙脑后包抄紧抠。小伙大吼一声,往前一拱,屁股一撅,把黄瑶背在背上,两手一托,打开两爪,腰背一闪,这小伙壮实,把黄瑶"吧嗒"摔在地上了。

大家闻声围上来一看,只见小伙上半张脸,一片的血"呼啦"。赶紧送医院,却用不着抢救。当时小伙和人家眼对眼、鼻子碰鼻子,黄瑶两爪上来不能直扑,只能迂回,就这刹那时间,小伙挤紧了上下眼皮,保住了孩子气的大眼睛。脸上不过是皮伤,抹点红药水紫药水打个大花脸就算完了。

黄瑶当然是现行反革命,铐上了铐——铁麻花,下了大狱。

魆壮小伙的大花脸上孩子气大眼睛睁圆了,说:这下可看见了黄瑶的眼神,好像,好像,黑色素沉淀了,干巴了,像两泡铁砂子,沉沉的,毛糙糙的,没有亮光……说到这里,小伙不知道他那孩子气眼睛也沉淀也毛糙起来,还只顾说别人,说:一句话,不像人的眼神。

若干年后,黄瑶从监狱里放出来,她有悔罪的表现。其中有一条是:常要求把她的手铐上。哪个犯人不怕手铐?那是刑具。绿林好汉把手铐叫做手镯子,可是没有一个要求戴上手镯玩玩的。

审讯记录里也有医生有兴趣的东西。

黄瑶六七岁时,家里日子不好过。爸爸妈妈到海外投奔叔公去,把黄瑶交给亲婆。南方叫做"亲"的,就是"干亲"。北方爽直,用"干"字,好比说干妈干爹。"干亲"本来不"亲",南方偏叫它"亲"。"亲娘""亲爷""亲婆"。

亲婆有孙子孙女,和黄瑶上下岁儿。好比一块糕半张饼,黄瑶伸手要拿,亲婆的眼神一沉,黄瑶知道是留给孙子孙女的了。后来刚走到水壶茶碗跟前,亲婆在身后五尺地,黄瑶也会后脑勺看见那眼神沉下来了,就缩住脚步。在房檐下过家家,黄瑶稍稍不让,也会看见屋里的眼神。在院子里跳猴皮筋,正热闹着,也会忽然看见不知哪里来的沉重的眼神,扭头往家跑,亲婆正把一捆菜扔到地上,黄瑶赶紧搬盆洗菜。做梦憋着尿,也会叫那双眼神惊醒,起来坐马桶去。

那眼神好沉好沉,好像两兜铁砂子,不透亮,又毛糙。

等到上了小学,和一个山里来的小男孩同桌,只要黄瑶凑过去说句话,小男孩会"嗖"的抓本书挡住半边脸。黄瑶要是伸手抓书,小男孩就赶紧往一边闪,跌在地上两回,挨老师说还是这样。

慢慢地熟了,黄瑶盘问道:

"你们山里人怕女孩子?"

"不怕。"

"那你怕我?我可怕?我脏?我臭?"

小男孩连连摇头,吞吞吐吐,还是忍不住说道:

"你这个名字是谁给起的?"

"爸爸。"

"怎么起这么个名字,啊呀!"

"这名字好。我爸爸说,瑶是玉,黄色的玉比黄金还好看呢!"

小男孩说出了一种动物,是黄瑶本来做梦也梦不着的,谁知当天晚上就在梦里出现了。第二天第三天又央告又细细盘问小男孩,这个山里来的男孩也鬼,越说越神。

山里有种东西叫黄猺(两个小孩都不理会"猺"跟"瑶"偏旁不一样)狼也怕,猿猴也怕,连老虎都怕这东西。这东西一叫起来,离得远点的,抹头就跑。离得近的吓傻了,四条腿就跟钉子似的钉在地上了。

黄猺有多大?大不过狸猫,小的才比松鼠长点儿,就算全身是力气也才这么点儿。可是那两个前爪跟锥子似的还带钩,这东西就有一手本事,一上来,先不先,抠眼珠子。

这东西没有单个儿的,一把两把(一把是六个,两把一打)成群地跑,一包围上来,防得了前头防不了后头,窜上一个抠掉眼珠子,瞎了,就都扑过来开膛了。

这东西跑得飞快,能钻缝,树缝地缝腿缝过来过去,穿梭似的。能上树,能跳能蹦,就是不能飞。这东西要会飞,老鹰的眼珠子也保不住,树林子全得瞎了。

黄瑶胆战心惊,问道:

"你认识,不,你见过黄猺吗?"

小男孩绕弯子说他们家有条黑狗,带它进山去,只要是人吃什么,也给它吃什么,人吃多少,它也吃多少。它就会没命的钻树林子,不怕累,不怕摔,不怕死。把野兔、野鸡、野猪给人轰出来。有天,在个山坳里,黑狗张大了嘴,舌头掉出来挂着不动,四条腿跟四条木头棍儿似的插到地里去了,打它踢它也不走了。我们心想:闹黄猺了吧？钻到林子里一看,刷拉拉,五六个,东奔西窜,眨眼间,不见了。

"你们不怕抠眼珠子？"黄瑶的声儿都哆嗦了。

"不怕,这东西偏偏怕人。"

"它怎么怕人？"

"抠眼珠子这一招是跟人学的。"

这句话把黄瑶吓得出不来声儿。过两天,才盘问道:

"怎么是跟人学的？真还有人教它？为什么教这一招呢？"

"我听我爷爷说的。"

"你爷爷怎么说的？说呀,爷爷怎么说？"

说得溜溜的小男孩,到这儿也"卡壳"了。光说:

"我爷爷说:人最坏。"

这些时候黄瑶还盘问:

"你亲眼看见过黄——那东西抠——抠眼珠子吗？"

"我看见过一只瞎眼猿猴,叫抠了,没死。还能上树,可是从这树蹦到那树,得咬着别的猿猴尾巴。"

"别的猿猴叫咬吗？"

"怕是它爸爸妈妈。"

"可怜。两个瞎眼窝？两上黑窟窿？"

"不,还有眼珠子在里头,不过没有亮光,像两坨铁……"

黄瑶再也不盘问了,手心里都冒冷汗。

这以后,站在亲婆眼前,会"嗖"的把两手背到背后,十个手指头交叉上,叉紧了,有时候还冒冷汗。可也没有发生过什么举动,平安无事。

黄瑶照常长大,照常结婚、工作和海外的父母通信。信是平安家信,身体健康啦,生活如常啦,工作愉快啦,变来变去说平安两个字。不过每封信都变得重复了,也写不满两张纸。不能通信的年头,也不特别想念。逢年过节,也给亲婆捎点礼物去。只是生就了一副冷面孔,眼皮爱下垂,觉得世界上最难看的是眼睛。这东西好好的也会一变,那变出来的眼色就不是色了。垂下眼皮,眼不见为净。

"浩劫"中间,不知不觉间,小时候的"特异功能"又回到身上。不用说身背后,就是隔着窗、隔着走廊、隔着裙褶似的大字报,都能看见盯过来、斜插过来、瞄准过来的眼睛,都黑沉沉,毛毛糙糙,没有亮光,好像两兜铁砂子。

有天夜里惊醒,看见一只瞎眼猿猴在树梗上爬,后边五六只小猴子一只咬着一只的尾巴,全是瞎的,眼窝里全是两兜铁砂子。这个景象叫人又心酸又害怕又"膈厌"。

那个山里小男孩也只说过一只瞎猴,没有说过一串瞎猴咬着尾巴。随着,在一串瞎猴藏身的树上树下,又添上窜来跳去认不真的黄猺。这些景象起先好像小时候看见过,后来变做是活现在眼前的事实。

黄瑶见着人,又仿佛站在亲婆跟着,把两手背在背后,十指交叉,叉紧——可是年月不同了,不行了,叉不紧了。这才改用纱巾,绞住手腕,绞成麻花……

矬壮小伙打完心理战,看见女红卫兵把条纱巾披在领子里头(不兴散披在外边),他总忍不住抓过来,抓到手又好像烫着他,立刻扔掉。仿佛怪人,女的不爱理他了。

"浩劫"过去,黄瑶自由了,海外关系转过来吃香了。黄瑶也还是写写平安家信,把字写得芽豆般大,好摆满两张纸。

当然也不免风吹草动,报纸上、广播上、小道上出现"打击"啦,"整顿"啦,"清查"啦……其实有的是好事,有的要坏也坏不到哪里去。黄瑶都会刷拉一下掉下眼皮,冷面孔冻冰。

有天夜里,她男人看见她在被窝里,把条纱巾绞住手腕子睡觉。问问,说是不知道是梦不是梦,总看见一串瞎眼猿猴,还有一串串铁砂子眼神。生怕糊里糊涂里,把贴身睡着的男人,当做那踮起脚来和她贴身站着的矬壮小伙,做出黄猺的那一招来。

她男人也思想开放了,竟想到这种事情,是可以去找精神病医生的。因为这里边有些麻烦,好比说把自己的手腕绞上纱巾,明是把自己当做黄猺了吧。可是黄猺只在眼前窜来窜去,长什么样,多大个儿都没有看清楚过。常常出现在眼前的,倒是瞎眼猿猴,那铁砂子眼窝。一只咬着一只的尾巴。叫人又心酸又可怕又"膈厌",没有一点解气、报仇的痛快。那铁砂子眼神又不单在猿猴那里,亲婆那里,矬壮小伙那里,大道小道上这个人那个人那里都会出现,黄瑶自己也有过,矬壮小伙踮起脚来看见的,就是这种眼神,难道说她自己又是猿猴又是黄猺?她从小就有瞎眼猿猴的害怕。又生怕自己的两只手做了黄猺！……像这些景象，书记一般解释不了。到了医生那里，一口诊断做瘾症，看起来是有把握治疗的吧。

古　堡
——十年十瘾之三

初到巴黎，住在十三、十四区交界处，到近便小街走动，觉得没有高楼，当然也没有平房，更不会有四合院、大杂院。处处小楼式样各别，发古的多，门面也发旧。

据说新起的高楼，集中在塞纳河北岸。后来到了那里，果然，有修长，有庞大，有满身玻璃闪闪半空，有块块垒垒如魔方，有图案镶嵌，有白净……这是巴黎的现在？

据说那老市区的旧房子改建，不能随便超过原先的高度。据说讲究保持原样。原样就是有那么个年头，有那么一个人动过脑筋，照那个年头的"时兴"，也是照那个人的"高兴"，盖过这么个房子。把这么那么的房子留下来，就有了这么那么的不同，你说，好玩儿吧……初到一个地方，人家怎么说，我怎么听。这是一位法国朋友用汉语告诉我的话。"你说，好玩儿吧。"这一句是一字不差的"实录"。

据说新建改建一座楼，规定要用百分之一的建筑费修饰门面。据说老房子门面古旧，里面可都是现代化了。可惜我不能随便走到里面看看，不过从阳台和窗台看起来，我是相信的。阳台和窗台那又三言两语说不清楚，那是一个专题，这里来不及"啰嗦"——这也是法国朋友的汉语，他开车带我们到南方去。

汽车走到高速公路上，两边的绿树连绵，比我们的北方要多得多，和我们南方相比，我看也差不多。时见熟悉的玉米，个头要小一些，偶有高粱，那可是矮粱了，不知道什么品种。对面来车擦肩而过的时候，听得空气发出"踹啊踹啊"之声，短促带着威吓，显出来车速非同老爷车。忽然又会减速放慢，那是让我们看看一个村庄了，不是有半古的古堡，就是仿古的小小教堂。村舍多半散落，少有密集，也都各是各的样儿，不兴雷同。

半古仿古当然也有真古，全都旧色，又都保养得硬硬朗朗站着，不叫露出下半世的光景。

汽车离开高速公路，走上盘山小道，这是到了法国中部偏南了。这山的名称,听起来像英语的一二 one two……我忽然想起万里外我的老家,有一座小山有一个文雅的名号——不知是原就文雅,还是土名的文雅化——依霭山,但在乡音口头,和"一二山"仿佛。眼前的山路、岩石、柴草杂树林子,没有修饰,野趣天然,觉得亲切。我就叫它做童年里的"一二山"了。这一叫,亲切又添上梦境。

找到一个山包,下车一看,说是个村庄吧,只有三五石头砌的城堡。有一个门口挂着旅馆牌子,小地名叫尼昂 Niyon。

石头墙上刷了灰浆,若不是为了保护石头块儿,让它鼓鼓洼洼地长上苔藓,爬上长春藤岂不更好。

女主人迎接我们说,这是山庄第一次接待中国客人。早上接到电话定下房间,等到现在,正疑心是不是路上出了点事,好了,现在到家了。

女主人带我们看房间,浴室如雪洞,卧室简朴如农家,有地毯、电话、电视、顶灯、地灯、床头灯总有五六盏。最吸引我眼睛的是卧室外边摆着座椅、躺椅、圆桌、矮几,可以晒太阳、看山景、望星空的宽大阳台。阳台和卧室中间只有小半边墙,大半边是落地两扇的推门,玻璃透明好比透通。夕阳映照,云霞飘忽,又如清澈水中。

女主人曾在东方学院学过阿拉伯语,她要我们签名题字,说汉字好看是一种艺术。带领我们参观餐厅,山庄依山建筑。餐厅里外也分上下两层,再下边是小花园,花园下边有游泳池。池上边又有休息室,备有台球和棋。女主人抱歉说有病闻不得烟味,但这间屋子可以吸烟。又要请我们喝杯酒,随即端来出名的葡萄酒和不那么出名的啤酒。我喝啤酒。

还要参观厨房,各种电气炊具,古旧城堡里面,真正电器化了。这个山庄只有十五个房间,大房间加铺可住三四口一家人,但究竟只有十五间,却有这么宽敞的公共设施。

我以为参观完毕,不,还拐个小弯,上几级台阶,走进一间二三十平方的屋子,石头墙石头弧形顶,低矮如石洞。石头小窗如枪炮眼。长条餐桌朴拙如乡土小店。壁灯如油灯,原是用烧瓦灯罩罩住灯泡。

女主人敲着石头墙说,这一间屋子资格最老,是十世纪的建筑,相当中国唐朝时候吧。但,它怎么这样结结实实,这样整整齐齐!

我愿意坐在这里吃一顿两三个小时的晚餐,用木碗或青铜高杯喝血一样的葡萄酒,抓着骨头啃羊排……或者不用这些,只要三四个朋友,烟雾迷漫里海阔天空……或者这也不用,只我自己静静坐到半夜,我愿意,我会得宁静,血脉舒展,神经宽松……

我回到房间里躺着,关掉顶灯、壁灯、地灯、床头灯。不放下玻璃推门的门帘,夜静,无月,略有星光,天是蓝黑,山是青黑……我少年时从豆腐干般窗格子里看天,看山,看夜,发生幻想。好像都没有想到一面玻璃墙,透明,和山和天和夜透通。还有那雪洞似的浴室,上上下下的带电的家生,都是不可能想象的。但我的幻想又不贫寒,不只是五颜六色,还有七情六欲。

那青黑里蓝黑的是"一二山"吗?反正那里有个碉堡,一头荒草。小伙伴们从百米下边,朝碉堡发一声喊:"冲啊!一二三。""冲啊!一二山。"(乡音三和山相同。)一二山,童年的山。一二三,童年的脚步。

先后冲到碉堡下边,那里有个门洞,门扇早已没有了。每回,总有一个小伙伴往门洞里一张,最多迈进一步,就"哗呀"倒退。里边人屎狗粪,死猫腐鼠。

后来"打老虎"的年头,有个打他里通外国的头号"老虎",走到这里边吊死了。后来又吊死一个"右派",后来……白天冒青烟,半夜会哭。后来修桥铺路,几次算计这里的石头,没有人敢去拆,这个碉堡保存下来了。

那青黑里蓝黑的是"一二山"吗?怎么会有个小庙呢?天下有这么个小庙不会错,里面供着抵抗侵略的民族英雄,赫赫有名。不过这个小庙不一定在哪一座小山上。

小庙才三间屋,上下本色砖雕,墙上阴线石刻,好像一座三个门洞的门楼。屋外围着一圈嵌空图案的砖墙。

饿肚子的三年里,砖墙少了一只角,塌了一边,后来在一个又冷又饿的冬夜,一扫而光。剩下小庙仿佛剥掉衣服站在那里冻着。后来,门扇撬走,窗户拆走,小庙留下几个黑洞洞骷髅一般站着。难道砖头门窗可以解饿?不,解气。人把小偷小摸叫"顺",叫"概搂",叫"供给制"。

后来修理了门窗,索性改做干部宿舍,小锅小灶,煤火油烟,熏得乌黑。

那青黑里蓝黑的是"一二山"吗?山边是城墙。可是小地方的城墙怎么会这么高?这么宽?这么厚实?那长方城砖是特制特烧的,竟有三尺长一尺宽。搬得动一块的就是个棒小伙。

那是哪一年?很有一些人,都说为了现代交通,要拆掉这五百年前留下的城墙,慷慨高歌新时代,激昂指责旧事物。闹得不同意拆除的,不知怎么的站到了被告席。

被告席上的主角是一位建筑学者。这位盖大楼的人物,若站在大楼前边仿佛一根茅草,干巴枯瘦。不过他自以为还有张皮好剥。起初讲理,后来有理讲不清,后来只好自思自叹,后来说:

"拆城墙,跟剥了我的皮一样。"

他的学生,那时候还是个白白的小胖子,还没有资格站到被告席上,坐到后边角落里忍不住叫道:

"剥了文化古城的皮。"

学生比老师现代化,会把话头安到大题目上。老师是老一代的读书人——中国特有的一种人。这个滴答着近千年血汗的城市,和他血肉相连。那些墙,那些桥包括干桥,那些门楼、牌楼、钟鼓楼,那些大屋顶、小塔尖,那些四合院、大杂院、深宅大院连同象鼻子、耳朵眼、辘轳把小胡同,都有一种现在还没有"化验"出来的东西,溶化在老建筑学家的血液里。因此,他不但反对拆城墙,还主张城圈里面,保持原来的格局。新高楼、新马路、新城市在城圈外边做出新规划。他估计现代城市旧城圈里根本装不了,两三年工夫就要出圈子。现在拆旧城白拆,若是保存下来,这别具一格的古城,是世界上的一块珍宝……他全身瘦骨,仿佛风中竹竿,不弯不曲,可是颤抖。可是呜呜像是哭诉,他如泣如诉拆城墙是剥他的皮,拆城里种种是抽他的筋,刮他的肉……

他的学生白白的小胖子,和他上则一鼻孔出气,下边是穿连裆裤子。不过血液里没有这么多"溶化",要冷静得多。听见老师又往自己的皮呀肉上拉,就凭着时代精神,不顾人微言轻,插上嘴来往大题目上扣,把建新城保旧城总结起来说:

"新旧对照,相得益彰。""新旧继承,根深叶茂。"……不过就是学生的脑子里,当年也没有旅游呀、无烟工业呀、第三产业呀这些东西,算不到钱财上去。当年若有本事把拆旧比做猫腰拣个小钱,日后丢了大把洋钱干瞪眼。那就会提升一级成了预言家。

老师瘦到无可再瘦,在风风火火里,风干或是烤干了。那竹竿撑着的衣服架子上,脖领子那里,抻出三根筋,吊着个脑袋。

这个脑袋是个大脑袋,天庭开阔,地廓方圆。鼻不在高,有"书"则仙,眼不在深,有"卷"可癫。这样耐看经踹的脑袋,仿佛不是这竹竿身体架子养得出来的。这样的脑袋好比青铜的或是大理石的头像,可以独立在玻璃台子、木头架子、石头座子上。这个脑袋竟在保守、挡道、封建、落后种种叫卖声中,竟做起梦来。

　　箭垛上爬着爬山虎,春看绿秋看红。枪眼里春桃、秋菊、夏莲、冬梅四时换盆。城头开阔宽厚,正好是牡丹园、芍药圃、玫瑰坞、海棠坡。还有两行树,罗汉松、观音柏、龙爪槐、凤尾柳。五十里城圈,摆开无数的棋桌、牌桌、茶馆、咖啡店、酒吧间,露天的游泳池,室内的儿童游戏,老人们打太极拳,青年们打眉眼。这是举世无双的高架花园、游乐园。最古老的外表,最现代的内涵。这城圈是东方名副其实叫做价值连城的项圈……

　　"痴人梦话!"

　　"不癫不仙!"

　　"流脓放毒!"

　　一片掌声中,城墙拆掉了,倒还留下了一个个孤立的城楼。

　　不知道又是哪一年,是饿晕了?是吓慌了?是叫紧箍咒念的?造反有理,那"一二山"上吊死人的碉堡,赔上炸药给炸了。那什么坡上的民族英雄庙,叫油烟熏黑的砖雕石刻,也要拿锄头砸得坑坑洼洼。那古城的孤立的城楼,更要拆成平地不留痕迹。城楼飞檐重顶,特制的城砖块块像个个石头墩子,不是一包炸药两个锄头干得了的,组织了"接受再教育"的劳动队伍,正经当做工程来做,干瘦的老师和白胖的学生都在土里爬石头块里滚。

　　不想一座城楼拆去外一层,却露出里边还有一个城门洞。老师一看就知道那是八百年前元朝的老城门,到了五六百年前的明朝手里,嫌小嫌老吧,倒不拆,只在外边做功夫,宝贝一样封闭在里边。老师和学生都不用查资料,这是他们当行专长,明白别的地方还没有发现这八百年前典型的城楼,这样完整的保存下来,实是一绝。但老师和学生,现在都没有了发言权。

　　里里外外扫荡得真干净。

　　老师的竹竿架子搬不走砖头石头,拨在老弱组里坐在地上,不论元、明、清,拿锄头敲打成碎块,拉去铺路。好浇柏油。老师得了个"心力衰竭",死了。

　　学生本来冷眼,后来冷了心,他活下来了。只是白白的小胖子,变成黑黑的壮年人,在专业上也时来运转,顶替得半个老师了。

　　却说运去如山倒,时来如抽丝。先叫学生考察城墙旧址,当然恢复不可能,只是在城楼和城墙转角地方,搜索淘换十块二十块旧砖头,堆成一堆仿佛坟头,立一块碑,刻道:

```
┌─────────────────┐
│   文物保护单位    │
│  **古城城墙遗迹**  │
│  文物事业管理局   │
│  ××××年×月立   │
└─────────────────┘
```

这件事还没有办完,因为旅游赚外汇内币需要,给学生限期,在个公园里仿造元明清三座城楼。学生心想仿造本是没奈何的事,若仿得不仿佛,城楼不成反如坟头。只好去寻找资料,元朝的资料不多,回想那年拆出来的城楼模样,单凭记忆又做不得准。有天翻检老师留下来的遗稿,不料发现一张元代城楼的草图。只有一个可能,老师白天敲打碎石头,偷看城楼模样,默记在心,晚间偷画下来。不过草图上边仔细,下边粗略,到了地面上有几个符号,看不出来什么意思,想是到了这里"心力"快要"衰竭"了。地面上的符号是什么东西呢?学生日思夜想,有天躺在被窝里,觉着有人推他肩膀,一股寒气袭来,背脊冰凉,一个"激灵"翻身起坐,却看见老师坐在床沿上,还是干巴瘦。学生本性沉静,经过这些年的磨练,积攒下来"座右铭"甚多。例如天塌下来有高个子顶着,该吃得吃,得吃就吃,不吃白不吃。因此也不惊慌,细看老师除了干瘦,那精彩的大脑袋还土黄和黄土一般。问道:

"您怎么来的?"

"坐咏叹调。"

学生不觉微笑,不想老师竟用这么时髦言语来说拥挤的公共汽车。老师可是皱起眉头,说:

"把我挤成相片了。"

又一句新发明的俏皮话。不过学生笑不起来了,坐在眼面前的老师当真单薄如纸。学生劝道:

"您应该好好休息。"

"整天休息,整下午睡觉,脑袋也睡扁了。"

学生看见老师把个手指头,在被面上划拉……啊,划的就是草图上地面上的符号。

"这是什么?"

"地道口。"

"下边有地道?"

"埋伏一百单八骑兵。"

"是地下瓮城?"

"分前后两部,前部三十六,合天罡之数,后部七十二地煞。前后一百单八,上下连人带马。"

学生做着三座城楼的仿造工程,耳边时常响着老师的指点。一番辛苦下来,脸面黑瘦,两鬓夹白,名声腾达起来都有人说是青出于蓝了。不过也养成一种毛病,不时回头支耳好像听人说话,听谁的?只有他听得见老师的声音。年轻人也已经不大知道老师的本领模样,当面都管学生叫老师了。背后说赶快"抢救"这一肚子学问吧,人家用脑过度,只怕是精神恍惚了……

阳光明亮,山色明净,我跳下床来往阳台上走,不想撞在透明却不透通的玻璃上,差点儿"开瓢"。才明白原是法国中南部一个山庄,叫做尼昂 Niyon。偶然住宿一晚,却做了一片的梦。

在露天餐厅里早餐,坎上是古堡,坎下是游泳池,听山鸟叽啾,看山石块垒。原来也是不能耕种的地方,却收拾得叫人做梦。

上车要走时,和女主人告别,找一个好角度把山庄拍个全景照片。发现山庄很小,古堡也旧,也整修过度略同仿造。和梦中诸多场面不好比较。却是念念有词:

"一二山啊,童年的山!一二三啊,童年的脚步。"

二　分
——十年十癔之四

在座各位,年纪相差有十几小二十的,但都是同时代人,都算是大难不死。俗话说大难不死,必有后禄。现在各位坐在这里,喝着茶抽着烟,呆会儿还有酒喝。在这等着喝酒的工夫,还要演演节目。选举我出来做节目主持人。谢谢。

我也不谦虚了,从现在起,不许交头接耳,先听我几句开场白。

"'浩劫'十年,其实是千年的'积淀'——用了个新词。试看三代五代聚族而居,上下祖孙,左右兄弟姊妹,妯娌连襟,表亲堂房,成百年成千年的你掐我、我咬你,不撒嘴不撒手,见血还要见骨头,可是这个族越聚还越人丁兴旺。各位有数没数,'浩劫'中间死去多少人?倒涨多少人口?是不是死的论千万计,涨的论亿?

这是奇妙真是又奇又妙的问题。

现在好了,各位不论是哪一代,什么'档次',都说现在是一生中最好的时候。刚好雨过天晴,又有雨后春笋好下酒,'浩劫'过去又正好十年,不妨拿'浩劫'中的一件事,做个游戏。

说是游戏,其实是正经的。就像电视台上新兴的智力比赛。我也来试试咱们大家的智力……"

说这话的是一位嗓音洪亮,动作带劲的花甲老人,他说着跳起来,站到大家面前,就像电视上的节目主持人:

"现在开始讲一个故事,讲完了请回答一个问题。因此,务请注意力集中,不放过每一个细节。问题的正确答案,不定在哪个角落里藏着呢。

故事中的主角行二,小时候她妈管他叫'二痴',大了叫老二。家境清寒,结结巴巴供他上了大学,也说不上多大的学问,只把英语过了关。拍过一张戴学士帽的照片,落脚在大机关里当一名翻译,对付科技情报,日久也成了专家。不论寒暑,在文字堆里讨生活的人,两眼只识蟹行和方块,不大理会世态炎凉,养成了书呆子脾气。不要说张长李短,连沾大是大非边儿的,仿佛也不能惊动他。可是也怪,正当别人踟蹰或是哑默的时候,他又会忽然激动起来,一发不可收拾。这其实也还是书呆子脾气。

细品起来,老二不声不响趴了一辈子桌子,真正的激动却只发作过三次。第一次在解放前,面对着刺刀要民主,差点儿捅个窟窿。第二次是一九五七年,他又跳出来嚷民主,差点儿摊上顶帽子。这以后更加专心趴桌子,有点空就学俄语德语,不求精通,拿得下科技情报就行。日渐成了业务上的大拿,带上三个四个助手。谁知到了出本书的时候,他虽头上无帽,却不能上封面,只印上助手们的名字。这在吃这行饭的人来说,再书呆子,心里也下不去。可他能闷着,连其中的奥妙缘故也不打听。倒也分给他稿费,助手们把票子往他手里塞的时候含含糊糊,脸上有些尴尬。他也含含糊糊尴尬收下。别人拿了稿费,总有人来敲敲,少不得请请客。他这里好像全没有这回事,可他主动买来整条的高档香烟,亮在桌面上,谁也可以伸手抽上。"

业余的节目主持人,说到这里,也学专业人员正视观众,两眼也发放出来机智的光彩,脸上也呈现循循善导的笑容:

"到这里为止,还是给各位介绍背景材料。对不起,耽误了许多工夫。现在,请注意,书归正传,话入主题。

'浩劫'开始,风起云涌,'四大'行空。咱们的老二,一生中第三次激动起来。'大民主'的规模之大,多少年做梦也梦不着,可怜泥塘般的心,竟也酸甜酸甜上升到热泪盈眶。有天长夜无眠,洋洋洒洒,写成颂扬'旗手'书信一封,第二天早上,擦擦'眦目糊',亲赴邮局,拿出一毛钱,买来八分邮票一张,不消说找回二分'钢镚'一枚。亲手贴好邮票,投信入箱。转身走到早点铺喝豆浆吃油饼,啧啧声响意兴未尽。

谁知走到机关,已有大字报点他的名。点的是五七年那些民主言论,帽子是漏网右派。老二好笑起来,一来那些言论多次交代,多年检查批判,最精华的词句,也因咀嚼啜哑过多,成了糟粕。二来当年说说的民主,和眼前实行的'大民主'比较,真是小巫见大巫。因此精神奋起,文思泉涌,走笔如有神,写下回敬对方的大字报,自己看看也是文情并茂。亲手贴到墙上,和左右报邻对比,又多一条书法潇洒超群。

老二是自家得意,实际刚贴出来还有几个人围观。糨糊才干,已就没有人正眼瞧它了。原来连个死老虎也说不上,不过一只死猫,没有票房价值。连他的对方,也忙着赶热闹,没有工夫搭理回敬。老二稍稍有些寂寞。

忽然有一天,仿佛从天而降,新成立的革委会,首次接奉'江办'电话,实同直接得到'最高指示'。那时候'最高指示'的三传四达,都要敲锣打鼓的。不过这回'江办'电话只有一句话:'查一查老二这个人!'接电话的脑筋还没有恢复功能,电话已经啪的拍断了。

各位都还记得当时兴的词儿吧:'雷厉风行''闻风而动''立竿见影',还有'不过午''不过夜'等等。立刻发一声喊,几张标语朝老二办公室门里门外一贴。老二拿上毛巾牙刷,乖乖进了'牛棚'。当晚夜审,第二天斗争。不过抻到第三天就干巴龇咧了。俗话说茶叶也榨出四两油来,那是想象力的表现。

老二解放前是个死啃外语的学生,虽曾心血来潮——一生中第一次激动,对着刺刀要过民主,究竟还没有被捕过……慢着,想象力在这里张开翅膀:会不会'秘密逮捕'呢? 半夜里,冷巷后门,毛巾捂嘴,左右架走,填了表格,按下手印,两个小时以后天还不亮,神不知鬼不觉放了回来,老二照旧钻被窝睡觉,第二天爬起来,已经是埋伏下来的特务分子……

立刻一南一北分两路出去外调,顺便走遍名山大川,没有捞到影子。

革委会曾有个傻子拿起电话,竟要问问'江办'查这个人的什么,别的聪明人汗毛倒竖,制止了这不知天高地厚的祸害。

老二再也无人理会,只在黑帮里随着扫厕所掏阴沟。以后随着下乡劳动改造,水稻田里和蚂蟥打交道,猪圈里和猪粪就伴,日出而作,日入而息,日子过得泥水一样。

后来进驻了'工宣队',后来进驻了'军宣队',后来'工宣队''军宣队'走马灯似的换班。越到后来,对前朝留下来的无头案件,越心安理得,哪门子的事儿,管得着嘛!

到了第六年,开始往回抽人。把老二叫了去,给一盏明灯一般提醒他,往'江办'那里想想。'江办'?老二彻夜细想,好不容易想起来六年前,一时激动,写过一封信。又三天三夜把脑筋想得精痛,把颂扬'大民主'的前言后语,八九不离十的默写了出来。还把到哪里的邮局,掏一毛钱,找回二分'钢镚',贴上八分邮票这些细节都交代清楚,增加'材料'的分量。

好小子,给脸不要脸,倒往脸上贴金!——这件事又埋在尘土里了。

第八年第九年,差不多全"解放"回来了。农场关闭,交给地方,老二才随着最后的扫尾人员放回机关。可是无头案件还是做不成结论,挂着。直到'四人帮'倒台,有人说该给了一了啦,根据本人交代,不过是写了封信。有人说去年了起来还是件好事。今年不行,那是一封'效忠信',还得查一查跟'四人帮'的关系。这又拖了二年,幸好查封的'江办'那里,还留着这封信,不过一般颂扬,可以不予追究。

经'四人帮'的审查了结,叫做'解放'。因'四人帮'而审查清楚,叫做'解脱'。不能含糊,不可含混。发明这两个词,只凭其中一个字,截然区分,是我们民族文化的'积淀',是五千年智慧的结晶。若知道版权归谁,应当给智力竞赛最高大奖。老二将来写履历:'浩劫'十年'解放',又二年'解脱'。"

年已花甲的节目主持人说到这里,一笑,两手一摊:

"故事到这里结束。"

眼睛一亮,比电视上的主持人毫不逊色,说道:

"现在请大家回答,冤哉枉也十二年,关键在哪里?别人有点这么那么个事儿的,也没有拖拉这么长久,老二究竟因为什么?限制时间,五分钟。"

话音刚落,一位半老半胖太太举手。

"请说。"

"一封'效忠信'——"她的嗓子可和小姑娘比赛拔尖:"——那时候是好事

儿。一定是姓名上出了问题,'江办'一看这名字,好,送上门儿来了,找还找不着呢！中国人同名同姓的太多……"

"同名同姓外国也不少。"节目主持人打断发言,可是无效。

"我三姨父打成特务,就因为姓名相同,尽管三姨父是广东人,那一个黑龙江……"

"小说上都写了不少……"

"什么小说,我说的是真事儿。我二姨妈的老兄弟更奇了,他才多大点儿,四七年生人,可是有一个二七年大革命时候的反革命……"

"行了……"

"不行。外调回来没有证明材料也不行,说,也没有证明材料好否呀。老祖宗手里叫做一字入公门,九牛拔不出。这叫做一字入档案……"

"行了,我们现在是智力竞赛,姓名上出岔子用不着智力,行了,您歇着歇着。"

一个络腮胡子举手。

"请说！"

"多么可悲,"胡子再强调一句。"我觉着悲哀。"又添加分量,"民族的悲剧。"

"请直接回答问题。"

"革委会、军宣队、工宣队,你不是说走马灯似的换了多少拨,就没有一个人拿起电话问'江办',一问不就明白了。这不是个简单的问题,光说一个胆小,或是白色恐怖红色恐怖,都是简单化了。应当从两千年前的孔孟之道,千年的宋明理学……"

"我看简单。"一个抹口红披肩发脱口而出。

"等等,让人说完。"

"这还有完！"披肩发又一声嘀咕。

节目主持人闪现智慧的笑容,说：

"您的发言,富有哲学的沉思。可是搁在眼前的智力竞赛上,对不起,您的表现平平。我很抱歉,不能给您分儿。好,现在请这位正式解答问题。"

披肩发一甩头发,如同扬起墩布：

"就他,老二,他自己不好！干吗写信拍马屁,好了,拍在马腿上了。活该,十二年也活该,我最恨打小报告。"

"完了？"

"完了。"

"我只能就节目说节目。对您的愤慨，深表同情。但就智力竞赛来说，您不沾边儿。要是兴倒扣的话，怕得倒扣您十分。"

"我说！"一个大眼镜小脸高叫一声，叫完了，还把手里的烟卷猛吸几口，吸到根儿，才在烟灰缸里拧螺丝钉那样，使劲拧灭火头：

"我提醒各位一个细节，老二亲自把信送到邮局，掏出一毛钱，买一张八分邮票，找回一个二分'钢镚'。请各位注意，这个细节主持人前头说一次，后头又重复一次。问题出在这儿，我发问一声，沾不沾边儿，不沾，我就不往下说，节省时间。"

"沾。"

"好了，问题很明显了，老二把邮票贴倒了。邮票上是领袖像！你们想想当时，那还得了！"

大家倒吸一口气。大眼镜小脸紧跟深入：

"我的集邮知识不多，刚才拼命想，也不能肯定是哪一张……"

大家都说起话来，有说是夹着雨伞的吧？有说那年头不对。有说那张"江山一片红"吧，刚一发行就往回收的？有说有张花边上藏着炮轰……

节目主持人只好拍手叫大家安静。说：

"五分钟时间早已超过，再说也无效。现在我来宣布正确答案。刚才说发信那个细节沾边儿，可不是指的邮票。如若是邮票的缘故，主持人应当交代一句是什么邮票。问题在那找回来的二分'镚'上，老二当时一夜没睡，寄信时心情激动，没留神把这二分'钢镚'也装在信封里头了。到了'江办'，打开来一看，效忠啊颂扬啊那时候还不是千篇一律，里边夹着二分'镚'可是从未见过。什么意思？是对首长的侮辱？是一个什么象征？和什么问题联系？因此，抓起电话来说：查查这么个人，二分'钢镚'，这是正确答案。"

小脸大眼镜猛吸几口烟，叫道：

"二分'镚'，折腾人家十二年哪。'解放''解脱'完了，这个老二还不得疯了！"

"这叫你说对了。最后真相大白，老二精神错乱，本来是个书呆子嘛。这里可以给你十分。"

"不要不要。"

"该给还得给。十分。酒筵摆下了,各位,喝酒去吧。"

"还喝哪门子酒,你毙了我吧,十分,五个二分啊!"

五 分
——十年十癔之五

吓死人了,立这么个碑。

谢谢你们,我在这里磕头了。现在咱们不兴磕头,倒是日本还有保留。我一想到感谢你们,眼前就出现日本女人跪在"榻榻米"上磕头的形象,觉得那才能够表达此刻的心情。我还看见那女人身材苗条,头发厚重,脸色苍白,那就更好了。那是我姐姐。

家属只剩下我一个单身女人,我代表列祖列宗,如若不绝后,还代表未来的单支独传的子孙,感谢我姐姐的老同学、老同事、老朋友们,好心好意一片大好形势,给我姐姐修坟,还要立一个碑,刻上:

"一九五〇年错定为地主家庭。一九五七年错划为右派。一九六〇年错捕入狱。一九六八年错判无期。一九七〇年错杀身亡。"

乖乖,这可是一块五错碑。立在那里,叫人一看——惨!我不同意。

你们说我是惊弓之鸟,害怕又惹出事儿来!

你们以为我想着这样的碑,立不长远。你们会说要是形势再变,不是我姐姐一块碑的问题,全完!

你们也可能笑我死脑筋,怕影响不好。怕别有用心的人钻空子。怕后代不理解。

你们十九还得说我脆弱。有几位的眼光里,还流露出来疑心我落下了精神病。

告诉你们,我是怕。不过你们说的那些事情,我想怕,偏偏怕不起来。怕着一点好,省得又麻烦。可是"曾经沧海难为水"呀!

我心里恨着:怎么不是四错,也不是六错,冤家路窄来个五错。你们不知道我唯独见不得五字,先前也不这样,后来,忽然,要是冷不丁碰着撞着个五,我立刻血管紧张,胃痉挛,心慌,头晕……生理反应。要是说这也叫怕,行了。好比吃了肉恶心,叫做怕肉。我生理上怕这个五字。

我建议:碑的正面,光是名字。连"之墓"都不要,你们若觉得太"秃",就要一个"墓"。"之"字坚决不行,我讨厌这个字,一写连笔还和"五"字差不多了呢,这东西!

　　背面,刻一首她的诗。这个想法怎么样?别致不别致?这是我梦里想出来,笑了醒来的!我姐姐生来是个诗人,临上法场还有绝命诗。她有一首诗叫做"蘸血的幽灵"……

　　我姐姐五岁时候,就跟我妈妈背"床前明月光,疑是地上霜"。一个小学生,就哼哼"魂来枫林青,魂去关塞黑……落月满屋梁,犹疑照颜色"。上初中迷上《红楼梦》,把"寒塘渡野鹤,冷月葬诗魂"写在日记本上。凄凄惨惨诌起旧诗来了,中学老师只会新诗,拿她这一套没法办。到了大学,正经开课讲唐诗宋词,她倒写新诗了,倒风风火火了,大学老师又没法理她。她写了首《不要跑道上的白线》,反右运动中,正好上"线"。她老是不合时宜。生命不在长短,合时就好,君不见时装裤子?

　　进了监狱,旧诗新诗都写。她心里苦瓜炒辣椒,一半儿凄苦一半儿火辣。凄苦归旧诗,火辣交给新诗。那是六十年代初,"浩劫"还没有到来,礼拜五……

　　我又撞上个"五"了!见"五"就长毛。这个"五"是个会见的日子,按说该当一个好"五"。为这个日子,妈妈做吃的,一边想着要说的话,回回把吃的做糊了,我来重做。妈妈去睡觉,想着要说的话,觉也睡不着,心脏病犯了,还得我拎着吃的去,回回又把妈妈的话忘了大半……

　　现在我只记得铁门、铁窗、铁栅栏。我瞪着眼往里看,黑糊糊的屋子,往里看,黑幽幽的廊道,往里看往里看,飘飘忽忽的一个白身子,穿着白衬衣,长长的,没有腰带,飘着长长的白袖子,撕开了,飘着。长长的黑头发,飘着……白衬衣胸前,一个红红的大字:"冤"。那是用血写的,那是血书,那是我姐姐,她有一首诗:《蘸血的幽灵》。那血是鲜红的,那是刚咬破指头蘸着写出来的,那是我姐姐,那是示威,那是蓄谋,那是明知道会见的时候要穿过监狱廊道,那是经过阻拦,经过扭打,撕开了袖子,还是飘飘忽忽从黑幽幽里飘出来了……那是我姐姐!她那首诗里说,人们看得到流血,看不到内心流泪。血朝外流比泪朝里流好受……妈妈说:姐姐疯了。

　　六十年代初期,有过一个叫"小阳春"的时候。我妈妈乘机想尽办法,证明了我姐姐精神失常,得到保外就医的准许。

我背上一包衣服,跟妈妈去"领"姐姐出来。在一个小小办公室里,填了表格签了字,警官一笑,拉起姐姐的手,交到妈妈的手里。警察拉开通外面的门,做个手势……谁也想不到,这时候,姐姐一声大叫,甩掉妈妈的手,往里面跑,大叫不出去不出去。警察拦她,警官拉她,姐姐跌倒地上,抱住办公桌的桌腿不放。妈妈骂她打她,我帮着妈妈拽胳臂,警察过来掰手指头,办公桌摇晃,案宗水笔掉到地上,全屋子大乱……我姐姐叫喊的是:

"我不出去……我出去了还要回来的……我不出去,他们放不过我的……我冤枉,里面铐子冤枉,外面帽子也冤枉……"

警官和警察起初都是带着笑容,使着眼色。意思是"保外就医"就"那么回事",反正妈妈打通了关节,他们也顺水推舟。这一来,全都严肃起来,有的背后指指太阳穴,表示真的精神失常了。

差不多是把我姐姐死死抱着,才弄回家里来。到家,她一倒床就呼呼睡着了。是累了吗?

我问妈妈请不请医生。妈妈说:"我可知道你姐姐的脾气!从来就疯,从来不管做妈妈的心!"说着哭了起来。在监狱里和一路上,妈妈只是又打又骂,只我一个人流眼泪,全家只我没有脾气。

我姐姐有一首诗,叫做《家的祭》。把这一首刻在墓碑背面,怎样?你们考虑——你们马上考虑到,题目就不"正的常"……哈哈。

我姐姐一"保外",根本没有"就医"。妈妈自己倒老找医生,因为老犯心绞痛。

姐姐烫头发,画眉毛,抹口红,穿大花衣裳……妈妈给她钱,不说一句话。本来姐姐身上只是灰、蓝、白,我辫子上挂两个樱桃球儿,她也骂俗气,只许扎猴皮筋儿。

姐姐喝酒,抽烟,交男朋友,还在街上亲脸蛋儿。妈妈说,让她疯一疯吧。

她是挺高兴的,有回问我:

"你知道苏秦背剑吗?"

我点点头。

"傻瓜,我说的是监狱里的苏秦背剑。"

说着,把左手背到背后,上抻,把右手背到后脖子那里,下抻,说"铐上。"

我一愣。我相信姐姐不是撒谎,我希望是姐姐的眼见,可不是身受。那样铐的是杀人、放火、流氓、强盗,我姐姐只是思想错误……

"傻瓜,照样可以吃饭喝水……"

姐姐笑着做给我看,可我的眼睛盯在地面上,我眼皮抬不起来,我心里酸,我神经疼。可我不该忍不住问了一声:

"吃喝拉撒,那拉呢?撒呢?"

"小傻瓜,看把你紧张的!你不会不穿裤子,不就什么事也没有啦。"

姐姐大笑。她吸足了气,做了准备,然后放出豪放的笑声来。那时候我还是个小姑娘,不是小傻瓜,这一个"不穿裤子",可把我吓傻了。再加上这样的先做准备的豪放大笑,好像刀砍在我脑子里。

还有一回。姐姐忽然问我:

"'一人飞升,仙及鸡犬。'你懂吗?哪里的典故?"

我一想,中学课本上有,就说是列仙传中淮南王刘安的故事。

"你还不错哩,有的文科大学生都不知道。"

姐姐喝多了酒,回家来乱脱衣服乱扔,都是我给整理。有回,我在衣兜里摸到一本油印小册子。一看,有诗有文。有一首寓言诗用的鸡犬飞升故事,这当然是姐姐写的。这是五言古……

又是一个"五"字,藏在拐角上等着我。我读那首诗的时候,还不怕"五",马上背下来了。它要是七言,现在我一定还可以一字不错地背出来。可是这个"五"把什么也搅乱了,开头一句不知给搅到哪儿去了。

姐姐发现我看见了小册子,抬手扬起巴掌,不过没有扇过来,咬牙骂道:

"你找死了,小傻瓜。"回头又一笑,说:"没事,我用神仙写无神论,没有造物主,没有救世主,也没有神话,也没有人的神化,变化的化。"

我不做声,姐姐转过脸来,又凶神恶煞一样,说:"你要是想让妈妈犯心脏病,心肌梗塞死掉,你就告诉妈妈。"

我在姐姐眼里是个小傻瓜。我在妈妈心里,最好地道是个傻瓜。姐姐才五岁,妈妈就教她背诗。我呢,无论是诗是文,妈妈从来不教一句。我上学,那是到年龄"随大流",妈妈连作业也懒得瞧。妈妈怎么啦?她看着姐姐的眼神,有时候阴阴沉沉,滴得下水来。有时候高高兴兴,开得出花来。可是不论什么

时候,回过脸来就说我:

"不许你学姐姐,不许不许,有一个就够了,够了。"

随着"浩劫"的到来,妈妈清楚,我也明白,监狱会把姐姐收回去的。果然,不错。

幸好是街道上刚把妈妈剃了阴阳头,这叫做"三分像人七分像鬼"。不用说走到街上,就是在院子里,小孩子都可以对着吐吐沫,扔垃圾,骂脏话。妈妈和泥菩萨一样,自己的生死,别人的死生,都不相干了。

警车在院子门口。警察在院子里,妈妈瘫在屋里椅子上,只有我在姐姐身后,不知道该送不该送。满院子门里窗里,全是瞪着的大眼小眼。姐姐忽然吹起口哨,我忽然笑了。我当然记得不是哭,那是笑。

这回没有定规的会见日子,里里外外乱糟糟,也没有谁去计算年节日期。

有天我得到通知。走进铁门、铁窗、铁栅栏,人家告诉我,我姐姐宣判了:无期。我走进铁板似的屋子,门边窗边桌边,站着坐着铁青色的脸子。我姐姐坐在屋子中间,铁镣铁铐。我在姐姐对面坐下,我姐姐说话了,她的声音没有变。她吐出来的每一个字我都听得见,但我不知道说的是什么。也许是"你好吗""吃了吗""坐下吧""小傻瓜"……

我看见姐姐吸气,做准备,以后大笑出来。她比先前虚弱,苍白,气短,若不好好准备,只怕笑不成声。她大笑,狂笑,强调出来的笑,笑声里,我听出话来了:

"你看姐姐多神气,这么多人陪着。出来进去,前呼后拥。你可别小看了他们,这里有科长,有看守长,这长那长,让你看看姐姐的威风吧……喝水!"

一个铁青的"长"端了杯水过来。

"不渴!"

一声不响,捧着水走开。

我看着姐姐大笑,往后仰,张着嘴,我看见两个下巴,两张嘴,我眼里的姐姐是双的,双双重叠的。

我听见姐姐朗诵道:

"献给法官的五朵玫瑰。"

这首诗响亮极了,刻到碑上都会当当的响。可为什么不是四朵,也不是六朵,偏偏是五朵玫瑰,还偏偏只有五句……我的脑子乱了,当时我当场记住背下来,当时我还不怕"五",现在我乱了,好像街上忽然出了事故,和我一起的姑娘们忽然挤散了,一眨眼全找不见了……

街上打死人。黑帮斗死了叛徒,斗黑帮的两边对打死了,叫烈士。妈妈说幸亏姐姐住在铁门里,保住了一条命。

冬天,那年雪大,不化。雪地上的血点子好像冻干了的红梅,不走色,尸首也不臭。

邮递员送来一封信,和水电单、萝卜白菜勒令、煤球卡一起扔在窗户台上。信里说我姐姐业已"正法",通知家属去交五分钱子弹费。

过两天,傍晚,我在街上瞎走。叫不出名儿的马路边上,踢着雪地上一个倒着的老太太,一看,是我妈妈。冻僵了的拳头攥着,杵在胸口上,她还是犯心肌梗塞了。我叫两声,还睁开眼来,还认出我来,还说:找不着交五分钱的地方,要找、要交,我们从不欠帐!

我双手握住妈妈冻僵了的拳头,拳头松开,手心里有一个五分的"钢镚"。

我见不得"五"了,碰着撞着不论什么,只要是五,我就血管紧张,胃痉挛,心慌,头晕,眼花……那都是生理反应,心理没事。

碑上刻一首诗,这想法小桥流水一样别致。清风明月一样别致。只是刻哪一首好呢?我姐姐临上法场,还有诗,叫做《历史将宣告我无罪》。这一首好,题目八个字。八句。巴巴实实。

春　　节
——十年十瘾之六

春节。

来拜年的客人是老两口带着小两口,主人就老两口。主客两个老头儿是老同学,照老说法,同学又叫做同窗。两个老头儿都中等身材,都不显老,只是客人老头儿还在"二线"上站好最后一班岗,主人老头儿早两年就退居家中发余热。主人偏胖,客人偏瘦,一同说"恭喜恭喜"。小两口说的是"拜年拜年",当然没有真拜,连抱拳拱手也不兴了。客人女婿是头回见面,主人老头儿不免找话应酬——其实女婿早已有数。

"我和你爸爸小时候同过学窗,到老来又同一回窗,这回是铁窗。"

大家都知道铁窗本是监狱,主人借用来说"浩劫"中的"牛棚"。主人说罢大笑,大家也只当头回听见,跟着笑。

只有女主人稍稍笑笑,就说:"又来了,又来了,大年下的……"也没有往下说,忙着拿茶杯,摆瓜子碟子,开糖果盒子去了。

刚一坐定,偏胖主人指着客人女儿说:

"你没有送过牢饭吧?我的女儿送过,送的是烟。哦,你那时候还小,现在都结婚了。可不是吗,打结束算,也十年了。打开始算起那都二十年了……可是我觉着还像昨天似的……"

客人老伴儿自以为机灵,抓住这番感慨中,一个最不重要的烟字,说:"还抽烟哪!花钱找——咳嗽……"本来要说癌症,因是大年下,改了口。这一改,她的借烟打岔也磕绊住了。

偏瘦老头儿明知主人已不抽烟,为了抓住这个烟字岔下去,说:"过年嘛,抽一支抽一支……"

客人女婿掏出三五牌,照年轻人的"帅"劲儿,甩出烟头,还没递,主人摇手道:

"这得感谢'牛棚',我见我女儿送烟挨'呲儿',扭过脸来就走了,烟也捐献给'军宣队'了,我不抽了。"

说完又哈哈笑起来,客人也只好跟着笑,没等客人笑完,偏胖老头儿对着小两口说:

"你们年轻,没见过那阵势……"

小两口说:"见是见过的,也上小学了……"

"小学也刚上吧,你一年级?你二年级?那还不懂事。那个阵势,一开批斗会,就跟上法场一样。我们这些黑帮都在会场旁边小屋子里跪着,挨个儿跪水泥地上,挂着牌子,膝盖并拢,不许叉开,大腿挺直,不许屁股后坐。主席台上一声喊!'带走资派×××。'会场上随声吼叫:'带走资派——'那声音,都撞墙,震房顶。两个造反派走进屋子,从地上'提溜'起一个,造反派一边一个站在身后,一边一个巴掌拍在左右肩膀上,一边一只手攥住左右手腕子,这叫'揪'。一跨进会场,前后不知几条嗓子领头一喊,全场一片的'打倒',这时候,耳朵震聋了,天崩地坍也听不出声响来了。……上了主席台,站到台口,拍在肩膀上的巴掌往前一按,攥住手腕子的手往上提,这叫'喷气式'。戏台上唱戏也没有这么周全,就跟马上砍头一样。我那时候挂的牌子是'反动权威',票房价值比'走资派'次一等,陪斗的时候多,经常是台边上陪着。没事儿,我光听着就是了。听来听去也就几句车轱辘话。有回,忽然听见背后揪着我的两个造反派,他们小声聊起来,一个说,揪人闪了膀子,疼了两天了。一个说手腕子也不得劲儿。我就扭过脸去,也小声,告诉他们一个偏方……"

客人女儿觉得这里应当来个惊叹号,慎重叫了声:"啊!"

主人老头儿自己早就笑起来:"一个偏方……"再笑:"……后来为这个还斗我态度不老实,我说是支持革命……"大笑:"……真有个偏方。他们说是不灵,罪上加罪。我说要灵呢,立一功不……"笑出眼泪水:"……我是有偏方,它治跌打损伤。我扭过脸去,我告诉他们偏方,偏方……"

客人女儿和女婿一个说"风度",一个说"幽默",一个说"临危不惧",一个说"方寸不乱",都小声。客人老头儿和老伴又都不做声。

忽然,笑声刹住,急刹车那样一刹把人一蹦,偏胖老头儿从沙发里蹦起来,一手捂在小肚子上,嘴里含含糊糊说着对不起对不起,转身走出屋子,拉开厕所门,进了厕所。

女主人拎着开水壶,从厨房走到屋里,望着老两口,一个苦笑。

客人女儿接过水壶,客人老伴儿拉着女主人坐下。女主人说道:

"老了跟个小孩儿一样。"

客人女儿给大家沏着水,好像不明白,说:

"挺好的吗,我们听着挺带劲儿,怎么跟小孩儿一样啦!"

女主人解释说:"不能跟你爸爸比,他这两年更精神了。我们这老头儿可是返老还童……"

客人老头儿说:"别老耽在家里,出来活动活动。"

"有这路病,怎么出来?"

客人女儿啊了一声,"什么病?看不出来。"

"你爸爸知道,他们同过'牛棚',就在'牛棚'里做下的病。"

"爸爸。"女儿只好叫声爸爸,算作提问。

"没事。"客人老头儿一语封门。

"瞒着年青人干什么?让他们知道知道,也好指望他们照顾呀。孩子们,你们伯伯胆子小,从小钻在资料啊图纸里头,没有见过什么阵势。又揪又斗的,他可真是俗话说的,吓出屎来了。直到现在稍稍一惊一乍,就得赶快上厕所,迟一步也来不及。"

"那就别提以前的事儿了,都过了十年二十年了。"

"不是返老还童了吗?刚才他不是说,十年二十年像是昨天。你们小两口没听出来?你们爸爸妈妈不是紧着给岔开来着!岔不开,张嘴就来,不让他说还不痛快……"

客人女儿指指厕所:"阿姨,小点声。"

"不碍。"女主人照旧大声说:"他憋着也难受,那就好好儿说说呗,不,还要吹牛。什么告诉人家偏方,没有的事,不可能有这份儿幽默,裤裆里夹着屎呢……"

客人女婿是生客,可又忍不住,可还是压下嗓子说:"那就让他吹吹好了,老人吗,受了那么多罪……"

客人老头叹口气:"你们不大能够理解了。"想想,解释道:"吹着倒是痛快点儿,可是吹着吹着,会不知道哪句话上碰着哪根筋,当年的难受劲儿刷的、闪电似的、鬼似的钻到心里,揪心……"

客人老伴也叹气:"我们老头有体会。"

"我还好。他那里,一揪心,坏了,水火不容情,立马得上厕所。"

厕所门响,小两口都压着嗓子说:"别说了,别,别……"

女主人还是照常大嗓说道:"一点儿也不体谅我……"

小两口这下真不明白了。可是偏胖的主人已经走进屋子,一个笑容好像冷天冻在脸上,说:

"是有个小偏方,不是吹,不论崴了筋伤了肌肉还是韧带撕裂……"

偏瘦客人岔开说道:"今年春节你们这儿鞭炮怎么样?"

小两口一个赶紧说:"我们那里放得世界大战,"急不择言,"窗玻璃都哆嗦。"

一个插上来说:"楼下阳台都着火了,还好没着起来。"

偏胖主人笑道:"有回,那也是春节边儿上,夜里审我……"

客人老伴儿才说了半句:"过去的事儿了……"

"是啊,还跟昨天的事儿似的……"主人兴致勃勃。

女主人差不多是要求:"别说了,别说了。"

"不是说鞭炮嘛!春节呀,哪能不说鞭炮。他们审我,非要我承认加入了特务组织,上学的时候,咱俩同学的时候……"

"没那事。我知道,大家全谅解,还提它干什么。"

"他们小年轻的可不知道,夜审哪,轮番审哪,审到后半夜了,一个把桌子一拍:'再不老实,毙了你!'嘿,好,'准备!'身后咔哒一声,那是拉枪栓哪。'听着数数,由一数到十,可以数得慢点儿,给你最后的机会,不过时间是有限度的。听着:一、二、三、……'才到三那儿,身后'嘭'的一声,眼面前的桌子蹦起来了,地也裂开了。我是冷不防呀,栽在地上,顺着地板看见,身后边翻倒一个口杯,一个炸了的小炮仗冒着烟儿。他们拿口杯扣着放了个炮仗。随着拿杯水来,往我脸上一泼。我没晕,可我装晕装得够像的。他们当我什么也没看见,还说走火了,再来过,还给你机会,由一数起……"

女主人由要求变做恳求:"别说了,别作孽了,别说了,别只顾自己……"

客人女儿从书架上倏的抽出来一本相册,做出惊喜的声音:

"那么多的照片哪,多好看哪,爸爸,过来看看。"

偏胖主人说:"那上头有你爸爸,还有两个老同学,愣说是特务,愣把我们拉在一块儿……"

女主人"嗵"的站起来,往外走,又甩了那句小两口不明白的话!

"一点也不体谅我!"

偏胖主人笑了起来,说:

"我心想,口杯炮仗当枪子儿,这不是蒙我吗?你蒙我,我不会也蒙你,咱们,干脆,蒙着玩儿,看谁蒙得过谁,看谁笑到最后……"

说着大笑,笑容冻在脸上,撕皮拧肉的笑出来。偏瘦客人跟女儿说:"不看相册。"

女儿顿时觉得相册也烫手,又倏的塞回书架去。

"他们问我承认不承认,不就填个表吗?我说,填了……"笑:"发展了组织没有?发展了。几个?五个。都有谁?头一个我说了我们老校长……"笑:"哪有学生发展校长当特务的?再呢,我说那话的时候,老校长也过世了。还有谁?我说我们教导主任。那是老国民党,老牌中统。他们说,你总算提到这老家伙了,好啊,有进步呀,是他发展的你吧?我说不,我发展的他。往下说,还有三个呢?我想,蒙就蒙个差不离,得说说同学了。我头一个说的是你爸爸,你爸爸是个老共产党呀,他能沾特务吗……"大笑。

客人老伴本来自以为机灵,这时觉着非岔开不可,可是眼看满屋子东西,竟不知道哪样可能不沾边儿,灵机一动,端起瓜子盘子,高声叫着:"嗑瓜子嗑瓜子。"抓一把递给主人,主人竟指着瓜子说:

"就跟嗑瓜子一样,我回答得格、崩、脆,外带溜索……"大笑:"蒙得他们几双手刷刷刷,赶紧记呀,生怕拉下一个字,他们心想可捡了个大元宝了……"笑出了眼泪水。

客人女婿本来没奈何坐着,没奈何听着。这时动了下心,问岳父:

"爸爸,第四个是不是我家大伯?"

这位岳父好像没听见,跟老伴儿说:

"咱们活动活动吧,还得走一家呀,那儿有老人,去晚了不礼貌……"

女婿却又逗上心劲儿来了,一下子咽不下去,转身跟他的那口子说:

"我大伯老实,不爱说话,大婶说他跟哑巴似的。这下哑巴吃黄连,上吊连根绳子没有——'牛棚'里把裤腰带都收了,他是拿丝袜子连起来,后半夜,谁都犯困……"

偏胖主人从沙发上蹦了起来,一手捂在小肚子上,嘴里连声道着对不起对不起,可是迈不开步。

晚了。

客人们的鼻子都知道是怎么回事了,可是脸上都还像是什么事情也没有。小两口把眼睛叮到地上。老两口老练,连眼皮也不眨,直瞪前方。

女主人急忙进来,把偏胖老头儿一把拽了走。这时,窗外一个"二踢脚"上了半空,跟着有花炮呲呲,鸟炮啾啾,还有小孩子的欢叫。老两口和小两口都走到窗前,望着窗外。住的是高楼,看不见炮在哪里放。可是两代人都专心一意看着窗外,希望由半空中走进节日的热闹里去。

厕所里有声音,不想去听它,可又偏偏清清楚楚灌到耳朵里来。

"脱下来,快脱,不要擦着腿。"

"没有,腿上没有。"

"做的什么孽呀……"

"我自己洗,我洗……"

"自己洗,你自己洗……"

"我是返老还童。"

"说你返老还童,是给你面子。"

"我不说不痛快。"

"你倒痛快了,别人呢?"

"我有病,有病。"

"你有病,我有病没有?"

"我管不住自己。"

"你是返老还童吗?三岁孩子也知道体贴人,我不怨别的,只怨你有一点儿体贴我的心吗?你摸摸我的手,那手,这手脏,你摸呀。"

"凉。"

"冰凉,你明知道我也做下了病在身上,最听不得'牛棚',一提'牛棚',我手脚冰凉。"

梦　　鞋
——十年十瘾之七

"我一生只做一个梦。做来做去,老只是梦见鞋;鞋丢了,鞋扔了,鞋忘了,鞋坏了,鞋叫人抢了,还有鞋变了——那就希奇古怪了。我在梦里老是找鞋,抢鞋,抢住、挟住、护住鞋,为鞋拼死打架……有时候惊醒,一身冷汗。若是千辛万苦把鞋穿上,那就浑身松软,苏苏痒痒地睡沉了。"

诸位,这叫什么话?痴话?怪话?孩子话?说这话的人不该身高一米八九,大手大脚,也不该一大把年纪。更用不着脸容严肃,态度认真,影子都不带邪的正派,滴得下水的诚恳……各种优秀品德摆齐了在那里!不过以梦论梦,总还要添作料好比是幽默才好。这好比吃炝虾,必须要有点醋。若没有醋,就算炝不成。

故事还要说下去,看起来这位一生只做鞋梦的,合着五个大字"正经、老、大、汉"。指望他谈笑风生肯定不可能,那就大家伙儿多操一份心,帮着添点小趣味,蘸点小幽默——啊,你摇头了,白搭?少费话,先看鞋。

正经老大汉脚上,穿着一双黑色大盖松紧口的布鞋。有人竟敢叫懒鞋,脚一进去抻抻、拱拱就穿好了,全不费事。"浩劫"开始的年头,男红卫兵非这不穿,非这,难免和封资修沾边。其实红卫兵没有研究过鞋史,鞋史学家又说不得话,因为"史"和"屎"同音,当时划了等号。后来,到了冬天,估计是从女红卫兵开始,穿上翻皮高腰大兵式皮鞋。最好不是仿造,若是直接从大兵脚上脱下来,那女红卫兵的眼睛就滴溜溜转了。

请你不要小看了鞋,请你想想指着鞋有过多少俗话、笑话、成语、典故……还有心理分析、时代意识、审美观念……听着,正经老大汉说话了:"我小时候家里穷,穿不上鞋,大冬天都光脚丫子。站在那里晒太阳,都是一只光脚落地,另一只光脚踩在落地的光脚背上,这样,两只脚都暖和一点。过一会儿,倒一倒脚,另一只落地,这一只踩上去,再过一会儿,这一只落地,另一只……好,好,简单点说。

"十来岁的时候,爹妈想着大半辈子吃的亏海了。总结经验,认定不识字、睁眼瞎、一抹黑是个大缘故。盘算着咬咬牙、勒勒腰带、硬硬头皮,好歹让我上学去。我们村里有个私塾,也不过一明一暗一里一外一个套间。老师住在里间,外间是教室,顶多十来个孩子圈在那里。可是不能小看,上方供着夫子圣人,跟孔庙似的,比土地庙神气多了。拿土地爷寻点开心是常事儿,谁也不敢和孔圣人嬉皮笑脸。规矩挺多,其中一条就把土地庙比下去:不许光脚丫子进学堂。

"我有个老舅,货郎出身,混成了个跑买卖的,也望着开店、有着有落、坐地分肥、当上掌柜。一力撺掇我上学,日后好给他写账、扒拉算盘、进出流水,这在我爹娘心坎里,也是一片锦绣前程。老舅给我捎来一双鞋,别说小孩家家我了,爹娘都仿佛没见过,捧在手里眼也花了,眼泪水也'漾'出来了。那是一双大盖松紧黑布鞋!和现在脚上穿的差不多,可能扣眼儿靠前点儿、鞋脸短点儿、鞋头方点儿。这路鞋四五十年没大改样,是经得起考验的。不过早先没有塑料皮底,都是毛边、袼褙、千针麻线。

"这路鞋也没有时髦过,仿佛生来就是老古板样儿。红卫兵那阵非它不穿,满街凡大模大样的,走路中间的,把人打翻在地还踩上一只脚的,都是这路鞋!这威武可是鞋史上史无前例的事。谁刚才说鞋史来着,真得写上一笔。对,写上男红卫兵。那女红卫兵脚头更硬,他们兴高腰翻皮鞋。

"不过半个世纪以前,农村穷地方,光脚丫孩子手里捧上这么双鞋,见都没见过,哪还古板?觉着洋还洋不过来呢?那松紧带,洋货。有扣眼儿又不管扣,洋花活儿。我洗洗脚,搓掉脚泥。怎么搓呀,我娘烧水让我烫脚,烫红了脚皮,使砖头渣搓一遍,使炉灰渣搓一遍,晾干、掸净,横下一条心,把脚往鞋里一杵,抻抻、拱拱、扭扭……不知打哪儿起,只知浑身苏苏痒痒——一点也不错,我一辈子都记得,是浑身苏苏痒痒。下细分析起来的话,血管先涨后苏苏,神经先热后痒痒。"

正经老大汉说到这里,脸面拉长绷紧,可是皮色透红,眼色带涩。听他说话的人里边,有两个本来已经张开笑口,也在两腮僵化。不由得纳闷起来:这脸色是什么成色?

"我家离学堂才二里地,可是要穿过杂木林子、乱葬岗子、坑坑洼洼不坑不洼还得说是洼子。别说刮风下雨,就是好天儿,我也是光脚丫走路,把鞋挟在胳肢窝里,到了学堂门口,拿块布擦擦脚,穿上。放学一出学堂门儿,马上脱下。上学的孩子还能不淘气,少不了逗我、哄我、吓唬我、捉弄我、推我、搡我、故意找我打架,我只要一张胳臂,鞋就掉地上了。他们抢在手里扔过来扔过去,忽然没了,藏起来了。我个儿大,可是总觉着本身是穷孩子,比人矮一头,凡事忍着点儿。可是只要一不见了鞋,我就按不住性子。我的性子是牛性子,不发作的时候骑着转圈都行,发作起来就犟头犟脑直往前拱。孩子们好比斗牛,不斗到拼命不开心。鞋就成了斗牛的红布,他们拿我斗牛玩儿。我常常为这双鞋鼻青脸肿,头破血流。"

正经老大汉是个说实话的主,说到童年的处境,实打实动人。说到自己的性格,除了实,还分析中肯。听说话的人里边,都有了一两声唏嘘。不过一说到发作起来犟头犟脑,他低低脑袋,抻抻脖子,脑袋上只差两个犄角,可也脑门蹦筋,眼白充血,那黑眼珠子呢,竟牛那样蛮、狠、昏暗无光。听者心惊,唏嘘声断。

"后来,日本打到我们村,跟着八路也到村里来了,我参了军。大家吃什么我也吃什么,要饿着都饿着,反正不用自己操心。鞋,穿的是公家发的,也是发什么穿什么。行军打仗,倒头就睡,顾不上做梦。零零碎碎做点,也还是鞋,也还是丢鞋找鞋那一套。有公家给鞋呀!同志们阶级友爱不抢鞋呀,莫名其妙。

"后来进了城,不但穿鞋不是问题,还有车好坐了。反右那年,要右派名单,要百分比。有个书记找我的毛病,我急了,我说要上,咱们两个一块儿上名单,我的牛脾气发作了,犟着非要名单上书记第一名,我第二。凭据?把眼一黑我也有。

"犟是犟,黑糊糊钻在被窝里也睡不好,刚迷糊着了就梦着鞋,鞋丢了、鞋没了,鞋叫人抢了。有回淘气的孩子们一声喊,鬼似的一'阴'没有人了。鞋呢,我遍地的找,地上光溜溜。忽然看见一个坟头,下边有个黑窟窿,我趴到地上,往里看,黑糊糊里又有点暗红暗红的,心想那是我的鞋吧,伸手进去,进不去,抻抻扭扭的,进去了,摸着鞋了,往外退,谁知那鞋变了,翻过来攥住我的手腕子。我惊问:'谁?'那里边回道:'不认得我了?'我说:'看不见哪?'里边笑一声:'我是你媳妇,'我吓得跑、跑、跑……"

说到跑这里,跑,跑什么?正经老大汉使劲咽住。听众或紧张或惊异或不禁怜惜,都没有心思追问怎么跑和跑什么。

不过正经老大汉这时坐在沙发里,稍稍偏着点身体,他素常不偏。微微偏着点脸面,他也有偏的时候!嘴唇露缝,竟有一个笑影在嘴皮子上出现,在嘴角里消失。这个笑不那么实打实,透着点狡性。它从生疏的地方来,出现在生疏的地方,它怯生生。

听众里有一位知觉到这样的笑影曾经见过,留有印象,还有过背后的议论。推推旁边坐着的一位,那一位也知觉了,两位对望一眼,小声说道:"火车站。"

远在战争年代,正经老大汉的爹娘和操持上学一样,给包办了一宗婚姻。婚后三天?五天?小一个月?总是不多时间离开了家,随着战争变化,越走越远,竟没有回去过。战争结束进了城,他没有接媳妇来同享太平。那一阵农村进城的老干部,爱换老婆,有人也等着吃他的喜糖,全无动静。议论道:俗话说脚正不怕鞋歪,指的就是这一位,他能把歪鞋愣给穿正了。

后来搞运动,连着几个运动下来,发现正经老大汉怎么前言不搭后语了呢?组织上暗笑,做主通知他老家的媳妇进城来。到日子还得他上火车站接人,义不容辞。不过也有困难。相处不多天,离别二十年,火车站上人来人往,保不准相逢不相识,亲人似路人。还是组织上派两个青年前往协助,这两个青年跟他要张相片做做参考,哪来的相片?嘴上无毛,好不晓事。

火车到站,万头攒动,眨眼间,又如潮水退去。站台上只剩下三三两两不多几个人,其中有一个农村大娘——两个青年本想该叫大嫂为是,可是实在得叫大娘。手里挽着个包袱,包袱皮里一双布鞋露出半截:黑布、大盖、松紧、毛边。脚边放着个提包,茫然直视出口,视线无处着落。这时,正经老大汉走过去,说:

"是××县××村来的?"

她点头。

他回头往外走。

她拎上提包随后,距离五六步。人多处走得慢,人少处走得快,但五六步的距离不变。

他在前边稍稍偏着点身体,是偏。微微偏着点头,确有偏时,嘴唇上有个怯生生的笑影,也不那么实打实,透着点狡性。

不过她是看不见的,离着五六步呢。不过她是感觉得到的,在喧闹的车站里,她已经不茫然。她已经木木地跟着走,木木地走,跟着走。

她也有那么两下,盯一眼前边的他,一闪老花的灵光。仿佛说:

"好我的人也!"

他和她过起日子来。要说是老两口,他们没有过小两口的时候。要说是小两口,他从来就是老大汉,她比他还大几岁。他们住在四合套院里,因是老干部,占两间北房。他早出晚归,她哪里也不去,在院子里洗衣裳洗菜,帮邻居看孩子,扫地打扫公共厕所都积极,答应前院后院候着送煤饼的来,招呼着倒垃圾的去,都爽快,成了积极分子了。礼拜天他在家,关上门,她也不出屋,揉面包饺子。遇上来人找他,在院子里问在不在家,邻居就说你听听,那人听了听回头往外走,说:"没声。"邻居就会告诉人家:"没声才是在家。"

过了几年没声的日子,"浩劫"到来。有天黄昏,他影子似的"阴"进院子,头包衬衣袖子、渗血。撕掉袖子的衬衣后背,墨笔三个大字:"走资派"。红笔打"×"如"监斩牌"。她端了水来,还没有洗脸,声音嘈杂,脚步混乱,抄家的来了,打柜子翻箱子,随手往院子里扔。

勒令他双膝落地,直挺挺跪在院子中间。

抄家的走了,院子里家属造反,他继续直挺挺跪着,老大汉跪着也有造反的小女子高,怨不得人家加倍使气,把吐沫朝着大目标啐。

半夜,大家都累了,一哄而散。他站起来两脚麻木,踩棉花似的进了屋,外屋没人,里屋没声,在里外屋中间门框上,一根腰带挂着他的她。

这些事情都不用细说,大部分人心里有数,能够点到为知。个别的年轻,"浩劫"时候还不懂事,不免发生许多怀疑,到处打问号,这怎么可能呢? 这怎么受得了呢? 怎么这么窝囊呢? 怎么这么希奇古怪呢? 但看看老大汉面容正经,气氛沉重,只好相信父辈兄辈的亲身经历,顶多嘀咕两句:"要我才不干呢! 没有那么容易。"又把父兄的窝囊一把推给"代沟",自己落个轻松。老大汉还正经往下说呢,活该!

"我把她放到床上,天也快亮了,我也累瘫了,在她身边躺下。刚一合眼,就睡着了,刚一睡着,就是梦,梦见的还是鞋。鞋叫人扔来扔去,是些什么人? 这回鬼鬼怪怪,可也看不清。后来鞋给扔到黑黢黢里,我一头撞过去,身子先飘起来,随着往下落,原来这黑黢黢是个无底洞似的。鞋在前,我在后,飘飘、落落、落落、飘飘。心里也落也飘,我抓不到鞋,可我死盯着鞋,忽然,眼前有了亮光,我心里扑扑乱跳,随着收紧、收紧,仿佛拧上、绞上、拧紧,绞紧,紧得出不了气儿、出不了气儿,我挣扎、挣扎、睁开了眼,阳光照到我脸上了,睡了个大觉了,晚了,误了,早上挂牌、站队、认罪、展览是有钟点的,我脸也顾不得洗朝外跑……打这里也总结经验,正反两面教训。"

正经老大汉说这一段话时,脸上也出现愁苦,事情过去总有十多年了,愁苦淡薄了一些。也可能当初就不怎么浓重,他有"总结经验""正反两面教训"……这些法宝,可以镇住苦难。对着法宝,年纪大的表现出可以理解。年轻的不能,反倒嘀咕道:"老家伙,没治。"

"——这一条经验是,不论怎么斗:陪斗,游斗,跪斗,喷气斗……不论怎么审:夜审,车轮审,没头没脑的审……只要一躺下,必须睡一觉,才好坚持考验,继续革命。可怎么睡得着呢?我命令我自己什么也不想,积极主动去想鞋,拿想鞋来替安眠药。想着小时候一穿上鞋,那苏苏痒痒浑身舒展劲儿,想着想着,痒痒苏苏,迷里迷糊,果真睡着了。睡着了也还是丢鞋、找鞋、抢鞋,好哩,这不是睡了一觉了嘛!我能把浩劫'顶'下来,现在也还有'余热',就是我能这么睡觉。有回我恨不能一头撞死,也找不着我的鞋,忽然在黑黢黢里摸着了,是无底洞吧又把鞋夹着,我使劲给拽出来,鞋面大盖都撕成黑毛毛,潮糊糊,紧抽抽,我使劲套在脚上,抻抻、拱拱、扭扭、再抻、再拱、再扭……我舒展了,我跑,我跑……"

又是跑呀跑呀,究竟跑哪儿去呢?听众也听腻了。谁知这一位说到这里,嗓门拔高,改成控诉腔调。正经老大汉的控诉是连珠炮般打出法宝,久经锻炼的耳朵也摸不着头脑。年纪大的和年轻的,全部只好想着怕是犯了毛病了,又全不清楚犯的是哪一路病。请听:

"……这一条经验也有正反两面,黑白颠倒,是非混淆,人面兽心,兽性发作,原始野蛮,返祖现象,低级趣味,失掉原则,丧失立场……我这把年纪,我这么个人,我落到这种无耻人类,我当着大男小女,该坦白,也该打嘴巴子,我跑了,跑了阳!"

万　岁
——十年十癔之八

古人有把卖茶的"堂倌"叫做博士,卖草药的"郎中"也有叫博士的。现在南方有些古朴地方,还兴着这等"重地"称呼。可惜近年评职称、定级别,学位是要紧条件,博士又是学位中最高者。平常时候胡乱叫起来,倒变做玩笑。虽玩笑,大多也善。

"我博士"出身微寒,只怕连小学文凭也没有拿到过手,全靠钻在书里,让人家叫做一条书虫。中年以后,在地方上,熬出了文字学家的名声。把那符咒似的甲骨文钟鼎文都认得差不多。

有年,本地中学广求贤达,请他执教语文。总还要写张履历,这位一挥五个大字:"我博士出身。"别人也说不得短长,人家少年时候做过"堂倌"当过"郎中",早已是市井闲谈的资料。将就着尊称"我博士",隐去真姓名也算得两全其美。

这条书虫活到中年,还是光身一棍。有个农村大姑娘帮他做做饭,洗洗涮涮。屋里堆着的、捆着的、摊着的,连扔在地上的书,都不许动。不动不动,神不知鬼不觉,姑娘的肚皮却大了起来,养下白胖白胖撕书、啃书、尿书的小子一个。常把当妈的吓出冷汗来,当爸爸的却只凶凶的看着当妈的。

"我博士"应承到中学来,附带一个条件:孩子他妈也来上课当旁听生。这是从来没有过的事,校务会议一议再议决不下来,只好打报告请示教育局,不知哪位长官拿红笔打了个勾。学校领会勾者通过也,这是根据改卷子的习惯。

孩子他妈原名伊爱弟,爱弟和招弟、带弟、来弟、引弟同是地方上给女孩子的通用名字,作兴和抛砖引玉的典故有些首尾也说不定。"我博士"为上学给她取个学名,只改一字,叫伊爱我。

校务会议上笑不成声,还是校长说,有学问的人都有点怪,有点狂,这名字也给一勾了了吧。

"我博士"不但坐着,站着走着也可以看书。不但在屋里,在街边在街中在十字街口都可以看书。有时走过操场,左手托书,右手翻书页,左右在打球踢球,盘杠子,跳高跳远,全无妨碍,安详走过。

如若冒叫一声,他从书上翻眼——不抬头,光把眼珠子翻了过来,两眼凶凶射人。次数多了,大家觉出来博士有两种眼神,安神看书,凶神看人看世界。

博士两手细长,又留长指甲,倒是翻书页方便。这两只手安静在书本上,像是旦角的手。若上课来了劲头,发挥起来竟像龙爪。有回在黑板上写个"帝"字,抓住粉笔,戳过去嘭的一点,紧跟轱辘轱辘飞转几个圈,最后自上而下一竖落地。这时,食指的长指甲刮着了黑板,疼!左手飞过来掌握右手食指。

学生里有几个失笑两声。

博士嗖的转身,两眼直射的就不只是一个凶字了得,还当添个暴字,暴怒暴动的暴,也叫人联想到暴君的暴那里去。

一眼就看得出来,伊爱我和别的女生不一样,她的胸前鼓鼓囊囊,没有轮廓,也不平整,不知道外衣里边塞着块布?还是内衣不扣,错扣,乱扣?点名册上没有旁听生的名字,一般老师都不理就是了。有天,有位化学老师偏偏问道:

"怎么没有你,你叫什么?"

"伊爱我。"

女生嗤嗤笑了。

"爱我?"化学老师板着脸又问一声。

男生哈哈笑了。

化学老师仿佛领悟,赞道:

"哦,爱我!"

全堂大笑。伊爱我也笑,面不改色,全不当回事。

下课后,有两个男生学着腔调:"哦,爱我!"有两个女生正色质问:

"有什么好笑,有什么好学的,也不想想看。"

这倒好了,从此没有人取笑。伊爱我老是上课铃响后,急忙忙走进来,坐在后排位置上。刚一下课,急忙忙小跑一样回教员宿舍去了。要去照管孩子,要去食堂打饭,要另做点小菜。有的女生就帮忙给孩子缝点什么,带手代买点什么。

只有功课作业,没有人帮。因为伊爱我不当一回事,旁听生考不考试也不要紧。下课铃要响未响的时候,她就把书本笔记本水笔铅笔装到书包里,铃声一响,拎起就走。大概再也没有拿出来过,直到第二天坐到后排课桌上。她从来不把书包挂在肩头,也不像有的女生一上中学,就不用书包,把书本挟在胳肢窝里。她总是拎着书包,和拎菜篮子差不多。女生中间少不了的切切喳喳,三一堆两一伙的,她全不理会。有的女生和男生说起话来,总有些不大一样。她可是全不论。在男生眼中,好像她也不是女生。这倒好了,她和谁也没有矛盾,谁也可以不经大脑,随手帮她点忙。

伊爱我忙忙碌碌的是家事,是孩子。对家事她没有埋怨,也不显爱好,仿佛是该做的就做呗。连孩子,也不挂在嘴上,也不抱出来让人看看。

"我博士"进出课堂,从不和伊爱我说一句话。对面相逢,也不看她一眼。博士什么学生都不看,连他取名的"爱我"也一样。

下课回宿舍,谁也不等等谁,前后脚也是各走各的。

有回,伊爱我没有踩着铃声进来,课上到半堂,她才悄悄闪进来坐到后排。

"我博士"正在昂首扬眉,两臂半举,细长手指抓挠大有"咄咄书空"的味道。忽然眼角看见了伊爱我,他就这样举着手臂,仿佛张着翅膀飞下讲台,飞过课桌,伊爱我声音不大不小,迎着说道:

"退烧了,睡着了。"

博士两手落下来,细长手指鹰爪一样抓住伊爱我的肩膀头。若是没有课桌隔着,若是伊爱我往前凑凑,照这势头应当是个拥抱,至少也得是脑袋扎到胸前。不过没有,一抓就"定格"了,这个势头半道"定"了"格"。

就这半道,也叫全堂男女学生冷不防,估不到,先是吃惊,再是嗤嗤……"我博士"猛回身,两眼凶暴,全堂静默。也不一定都那么害怕,倒是没了兴味。

学生认为博士是个怪人兼狂人,肯定是因为做学问当书虫,成了这个样子,肯定。

学生又都说不好伊爱我是怎么个人呢?好像是没开化?只是服从命运?她没有心灵还是心灵还没有发现?她全只有自己还是全没有自己?

想象中,伊爱我在"我博士"手里,是凶暴鹰爪里的一只母鸡,到哪里讨这个爱字去。男生女生有事没事帮伊爱我一把,因此成了自然。

不想"浩劫"到来,中学生若不敲打敲打老师,先还叫做"保皇党"。后来就是"黑帮狗崽子"。

那时候满街贴着"万岁",一个人从"早请示"到"晚汇报"——若是"黑"人,是"早请罪""晚认罪",不知要喊多少声"万岁",什么什么万岁,伟大的什么万岁,最最最伟大的万岁……到处都发生在"万岁"上头出了错,或写错,或喊错,或字有涂抹,或口齿不清,都会打成现行反革命,有真开打的,有当场活活打死的,打到监狱里去还算一时太平。

伊爱我不是老师,也不算学生,本来公认是鹰爪下的母鸡,大家都大把小把的帮过她的。这时候全变了,伊爱我戴不上"红箍箍",入不了兵团战斗队。大家正说得热闹,见她来了,就噤声,扭过脸去,仿佛她是个奸细。只因为一夜之间,老师全变成了革命对象。

学生们发现,凡喊到万岁的时候,"我博士"闭嘴,有时候嘴皮动动不出声,有时候出声细小听不真。大家天天背诵着经典:"……赫鲁晓夫式的人物,睡在我们的身旁……"现在,提高警惕的机会好不容易到来了。

几个人凑在博士身边,喊万岁时张嘴假喊,支起耳朵真听。果然,听见了,高兴了,好比扣住了鸟,钓住了鱼,包围住了蛐蛐,欢叫道:

"他,嘀咕嘀咕,嘀咕两个字。"

"狠毒。"

"没错,我可听清楚了,是、狠、毒。"

一哄而起,男男女女,跳跳蹦蹦,快快活活拥到教员宿舍,来到博士家门口。只见伊爱我站在门前,挺胸直腰,什么时候她倒有了"一夫当关,万夫莫敌"的气势。

大家站住了脚,听见伊爱我喝道:

"我是五代贫农!"

就在当时,可是当当响的金字招牌。

不但出口不凡,还拍了下胸脯。谁也没见过她这么个作派,不禁愣怔。

有个瘦高男生缓过点劲儿来,叫道:

"我们喊万岁,他嘀咕狠毒。"

"是狠毒,狠毒。"几张嘴证明。

伊爱我脸一沉,只一秒钟工夫,叫道:"很多。"又一秒钟,嗓门开了闸一样:"是很多。街上哪里哪里都是,院里墙上是,门上是,屋里屋外全是……"

一个结结实实的女生叫道:

"他嘀咕的是狠毒,何其毒也的毒。"

"很多!"伊爱我斩钉截铁。冲着那女生,带几点讥笑。"他的口音,你还有我清楚?你是什么人,我是他老婆。"转过脸来对男生。"你们不要很多,要很少?不许多,许少?说话呀,站出来呀,我专候在这里,听听谁敢说出个少字来……"

学生们嘀咕着:"别跟她废话。""我们破四旧。""这里的四旧比哪里都多。""四旧"指的是书,学生们在"狠毒"口音上二嘁了,转移到"四旧"上。

伊爱我抄起窗台上一根炉条：

"我五代贫农！还有五代的没有？有没有四代的？没有。三代的呢？谁是三代？"举起炉条。"五代的打四代,是打儿子。打三代,跟打孙子一样。"

这一番大道理,经典上虽说没有,可觉得跟经典是粘连的。成份高的先就心虚,往后缩。低的也难数到五代,往前腿软。只好交代几句五代的祖奶奶,教育教育你们博士,就这么顺坡下驴了。

从此伊爱我把着门口,"我博士"钻在屋里,连影子也不露。

把这风风火火的日子熬过去,学生们有的满世界串联去了。有的入了大兵团在社会上打派仗去了。有的由路线斗争改成线路斗争,女生钩膨体纱。男生攒半导体。

"我博士"出现在院子里,长指甲剪了,好拿铁锨。把几年没归置的煤灰煤末,铲出来,掺上黄土,对水,搅拌匀净了,平摊在地上,拿铁锨竖一道道横一道道,划成无数小方块。晒干晾干,铲起来堆起来备用。这叫煤茧。

他打的煤茧,不碎不板,好烧。

驻校的学生管老师的劳动,平常就是扫地擦玻璃洗厕所。也有临时任务,有天,把老师们集合起来,叫刨掉院子里的老树根。这本来是一人抱不过来的大槐树,多少年前有说是吊死过人,有说是死了什么人给锯下来打了棺材,剩下二尺高的树桩。倒是一个现成的棋桌子。

老师们使镐使锨,家伙也不齐全,整累了一天,刨出一丈见方的土坑。只见下边的根子四下伸张,没有个头。有的伸到教室底下去,岂不是还要拆房？学生们没了主意。

第二天,"我博士"指挥起来,叫使锨使镐不论使什么,把四下伸张的根子,挑粗大的砍断。弄一根杉槁用麻绳铁丝捆住在树桩上,两边能上多少人上多少,推磨一样往前推,推不动,往后拽,拽不动,再往前推,推来推去半个小时,老树根活动了。

学生们也说,倒是博士出身,见的活多。

世界上的事,也和推磨似的,磨盘推到学生们身上了,该他们去"接受贫下中农再教育"了。打着红旗,上山下乡,一下子落到生活的最底层。三年五年,五年八年,一个个流浪汉似的流回城市。

那瘦高的男生长出了一嘴黄毛胡子,拼命去啃中学里丢掉了的数理化,不考进工科大学誓不罢休。但他喜欢的是文史。

那个结结实实的女生,肩膀上扛起了腱子肉。她摆摊卖牛仔裤、健美裤、连袜裤、灯笼裤,发了财,想开冷饮热饮咖啡馆。男朋友多些,老打架让她瞧热闹。

学生听说"我博士"单身住在城边一个小庙里。原来他要写一部书,五代贫农伊爱我这时"后怕"了,惹火烧身还了得,不许写。博士偷偷写了,藏在铺底下、天花板上,都叫伊爱我搜了出来。后来一张张叠成小块,塞在墙洞里、煤球堆里,那也逃不过伊爱我的眼睛。哪怕博士暴跳,或是恳求,跪下磕头,也挡不住一把火烧掉,世界颠倒了,母鸡抓鹰了,说:"你不要命,我还要孩子的命。你找死,死到外边去好了。"

"我博士"得了"找死死到外边去"这句真言,逃到小庙里住下,瘦高男生找到小庙后院,举手可以摸到顶棚的小屋里,堆着摞着摊着的书本中间,找到了老师。"我博士"干瘦了,头发黑的还乌黑,白的又雪白,也怪。那两只手重新留起长指甲,细长的手指老是贴在身上,更像旦角的手了。男生坐了小半天,没有看见这双手鹰爪一样张扬过。好比递上烟去,都不摇手推辞,却按在胸口,轻声说:

"不抽了,抽不起,也好,省事。"

男生说屋子矮小,书摆不开,光线也不足,伤眼睛,还有股子霉烂气味。

博士也没有指点江山,倒把两手合着,说:

"安静就好,安静就好。"

男生问在写的是一部什么书。

博士两手按着桌上纸张,嘴里只嗯嗯两声。

男生来的目的,还是要打听这本书,就说同学们都惦记老师的著作。

博士把细长手指抠着胸口,仿佛抓心,不说话。

男生不肯罢休,说自己喜欢文史,愿意帮着找找资料,抄抄写写……

博士不抬头,只把眼珠翻到眼角,可叫作斜视,也可以说是窥探。

这时,瘦高男生发觉老师的胖瘦啦、头发啦、手势啦……其实都不要紧,要紧的是眼神。先前那种看书的安神,没有了。看人看世界的凶神,也没有了。现在像是六神无主吧,又像是闪闪着什么。闪闪的像是狡猾?狡狯?狡诈?都不准。离不开一个狡字吧,又阴森森。

瘦高男生自以为长了胡子了,不妨单刀直入,叫起来说道:

"你一个人,这么一个棚子,想写成一部大书?写了又谁给你出?同学们可以奔奔赞助,可你得告诉我,你写的是一部什么书?"

"我博士"脸上出现神秘了,说:

"万岁探源。"

男生握拳举举胳膊:"万岁?"

博士两手贴胸不动,点点头,努嘴指着对面墙上。男生早看见墙上东一方块,西一长条,写着许是画着字——又一个也认不得……博士努嘴指的那张方块是:

"这是最早的万字,是个蝎子。"

"就是有毒的蝎子吗?"

"尾巴带钩,那里最毒。这东西,古时候,繁殖起来,转眼成千上万……旁边那个是岁字。"

"看出来没有?血淋淋。"

"没看出来。"男生真不明白。

"那是一把戈,能钩能砍,上下是两只脚,人的脚。古时候,有一种刑,叫刖刑,活活的砍下脚来。过年祭祀,要砍人脚上供,叫做'牲品'。"

"这可够狠的……"男生想起来了。"那年成天喊万岁,你嘀咕的是'狠毒'吧?伊爱我愣打掩护,说是'很多'。"

"我说的是狠毒,这两个字,一个毒,一个狠。可怎么成了最尊贵最崇高的称号?又怎么闹成了只许一个,若再出来一个,非得你杀我,我杀你……"

"你探源,就是探的这个?"

博士细长手指贴胸,低头:"探的这个。"

"老师!"男生一声大叫,他进屋才第一声叫老师。"我敢说,要没有赞助,你探不成。"说罢站起就走。

瘦高男生去找结实的女生。过天,女生横着肩膀走进低矮小屋,她和男生不一样,只扫一眼堆着擦着的书,瞄一瞄墙上的非字非画。倒把眼睛落在小小书桌的桌角头,开动脑筋。那里一个粗瓷绿碗,不圆,当然是等外处理品。里边一方块豆腐,渗着水,估计洒了够多的盐了。豆腐边边变色发黄,缺一只角。

女生判断:一只角,下一天的饭。

"老师,伊爱我大姐好吗?"

"她现在不叫爱我,叫饿我。"

"不同意你住在这里吧?"

"钱票不给,粮票也不给。饿我,饿我回去。"

"这里条件是不好,饿我其实还是爱我。就是'我博士'这一个'我',没有别的'我'……"

"我是什么?"

女生不明白。

博士努嘴指着桌面。那豆腐碗旁边,有一张长方纸头:上边是:

"带把带钩带锯齿的大斧子,杀人的武器,那就是'我'的原形。"

那样结实的女生,也一激灵。做了个深呼吸,才又开口:

"老师,你的书,我们同学都觉得深刻。可你这么饿着,坚持不下去。让我们做做工作,让爱我大姐不撕不烧……"

"她有病。一会儿明白,一会儿糊涂。糊涂起来,脸,煞白,眼,直直。就像'我'的锯齿,锯上了五代贫农的脖子……"

女生略一盘算,说:

"老师,你信得过我吗?要信不过,我找些同学来担保。你把已经写出来的,交给我复印一份,我们藏着。原稿还你。"

博士细长双手贴心,低头不语。

女生再一盘算。觉得目前必须来个紧急措施,进攻道:

"不说别的,伊爱我大姐要是找到这里来呢?听同学说,她要来,要来,要来……"

博士随着一个个"要来",一步步惊慌,叫道:"你转过身去。"

女生心想:攻着了要害。不但转身,还走到门边,面墙。听见后边撬什么,抠什么,窸窸窣窣……

"拿去。"

女生转过身来,双手接过一个纸包。

"这是第一章：导言。"

女生这时才看见"我博士"两眼闪闪，那眼光又狡，又神秘，又冷。赶快鞠了个躬，走了。

女生回家就打开纸包，读"导言"。大约万多字，可是一会儿就读完了。傻坐着，眼见天黑了。那样结实的身体，噤冷——从骨子里冷出来，很想钻到被窝里去。还是挣扎起来，连夜赶到瘦高男生家里，男生的父亲，是精神病专家。请他解释解释：

氤　氲
——十年十癔之九

前言

这是一位木雕艺术家在"牛棚"里交代的一件事。当时派出专案组，坐飞机以观天象，乘轮船可察海情，住宾馆品尝山珍异味，周游名胜古迹。调查结果，若道是捕风捉影，连个影子也没有捕捉得到。

归来使气,夜审木雕艺术家,方知此事来历。

木雕艺术家顶多是个小名家,为人木讷。夜枕木段,日抱木板,没有多少票房价值。到了"三名三高"一网打尽时节,才随大流进"棚"。没人想到他身上发生"轰动效应",又总要有个名目,就告诉他历史上隐瞒着一件事,须是坦白从宽。

木雕艺术家反复思索,实无藏掖。举目"棚"中人才济济,天塌下来,也有高个子顶着。用不着打翻盐贩子,闲糟心。过些日子,人才们交代得天花乱坠,开大会做了典型报告,当场"解放"了一批。艺术家心想现在"蜀中无大将"了,可还有"廖化充先锋"。又过几天,廖化们揭发别人立功,也"回到群众中去"了。"棚"中地铺上空出一边,艺术家心神不安起来,难道真有个天角,会塌到自己头上!再,有"走资派"检查深刻,到"群众中接受教育"了。再,有"历史问题"做过结论的,让"群众监督"去了。"牛棚"里满目荒凉,只剩下三五个人扑灯蛾似的,胡乱交代起来。艺术家感觉到"天将降大任"于自己了!面红耳赤,抖落了画模特儿时,走过邪。不中,不是这件事。艺术家原来欣赏"英雄有泪不轻弹",也顾不得了,流着眼泪,悔过了当穷学生时,偷拿过食堂的馒头。不对,也不"着穴"。艺术家成夜成夜无眠,搜索枯肠,绞尽脑汁,巴不得曾经风高放火,月黑杀人。有一夜到得天微明时,忽然,眼前出现一片杂草杂树林,不觉心惊肉跳,似曾相识。不,好不熟悉。你看天色阴沉。你看暴冷冻人。可是什么年头?出过什么事?肯定不平常。可能一生难得一回。你看刚一想起来,就打心眼里哆嗦。

天一亮,艺术家就要求交代。人家听了没有表示。过一天,继续交代,也没"解放"他。再补充交代,细节越来越多,全部形象化起来了。

专案组调查归来,夜审也无结果。反正旅差费也报销完了,气势平和下来。注意到最初交代中有几句话:"决非存心隐瞒,实是三十年来,从未想起。这样重大的事,竟会忘记?虽说不合逻辑,但确实如此。"专案组喝道:

"木头。"当场命名,"你做了一场梦吧。"这原是递个话头给他。

木头立刻否认:"不是不是,我想起来以后,形景都在眼前,越来越清楚。"

"木脑。"再赐一字,"你神经出了毛病。"这是给个台阶好下了。

"没有没有。我先还以为逻辑不通,现在看来全合逻辑。"

虽说专案组有否定这事的想法,但既已立案,否,也得有人证物证。正是:

"一字入档案,九牛拉不出。"

正文

木头木脑的家乡,有世代相传的黄杨木雕工艺。木头木脑"拔长"的年纪——"拔长"是土话,和稻麦"拔节"的意思差不多。可因水肥气候的缘故,拔得不匀称。木头木脑的颈部过长,头部略小,暴眼看去,两部分仿佛一般粗细。他喜欢把零碎黄杨木雕成小动物,雕得最叫别人喜欢的是雁鹅。他见别人最喜欢,自己也最喜欢起来。雁鹅颈部也长得"出格",他雕来雕去,把"出格"的长度、弧度、角度变化多样,雁鹅也就"龙活"不凡了。

木头木脑拿着雁鹅,爱东走西走,给人看,人家嬉笑道:

"把你自己的形容雕出来了。"

他就送给人家。这样,木头木脑走了一些不该走的地方,听了一些不该听的话,学了一些不该学的嘴。自己还一点也不警觉。

有朝一日,衙门出兵捉人,上半夜捉了街前,下半夜捉了街后,青空白日,东搜西查。

有个后生家有名的"清水"——相貌水一样清秀。平常最会评论雁鹅,木头木脑若是听得进去,就会雕出新花样来。这天,清水后生静悄悄走来和木头木脑说,有真好看的雁鹅,相伴到城外走一趟。要走就走,反正是近便乡下,和谁也不用招呼。

走到城外,清水后生七岔八岔,木头木脑不知几时,身在树林中了。林中没有道路,走法只有一个,避开葛针蒺藜,不问东西。绕过狗也钻不进的荆条水竹篷,不论南北。白杨、乌桕、胖桐、瘦柳、王树矮、杉树高,全都不分行、无疏密、胡乱生长。

木头木脑只好紧跟清水后生,脚高脚低,绊倒爬起……忽然,怎么树木整齐起来,土地平整起来,抬头细看,全是半抱粗的槐树,一株一株相隔七八步,分两行对立,如老将排队站班。行间一条土路,没有杂草,更无杂树。路不足五十米,两头还是胡生乱长的野林子。

老槐树纹丝不动,苍老入定,好不肃穆。清水后生前走几步,指出一个丁字路口,朝路口看过去,也是两行槐树,不过二十步,有一倒塌石头围墙,墙里一个废墟,中间成堆的好像一个坟包。看那方正青石碎板,厚砖头,磨砂水泥块,原先当是洋楼,不会是农家小屋。不知多少年前,肯定阔过,繁华过,门前走过车马。现在像一座不见子孙的坟墓,失落在荒野。

清水后生走过倒塌围墙,挑块石头坐下,叫木头木脑坐在对面,石头冰凉。

清水后生说,你没有来过吧？他也只来过一回。头一回来时,天色也阴阴沉沉,好像要下雪的样子。你走得出汗吧,现在坐下来,身上汗水冰着肉了吧。

　　他说头一回,是你也认得的白麻子带他来的。白麻子坐下来,摸出一把手枪拍在膝盖头。

　　白麻子说清水后生是个叛徒。执行组织命令,把叛徒带到这里来处理——这叫做处理。

　　清水后生说自己不是叛徒。

　　白麻子说他不知道,只知道叫执行就是执行。你若不是叛徒,就做个烈士吧。现在你站到那块青石板上去。

　　清水后生就站到青石板上,白麻子也站起来,扣着扳机。清水后生穿着一身青哗叽学生装,觉着可惜。就说慢点,让他把衣服脱下来,战友们缺衣少食的,不要弄脏了。脱了上下衣服,脚上是一双翻毛皮鞋,一边脱一边说,小三的脚一般大小,他的鞋底透通了,这一双给他正好。

　　清水后生脱得只剩一条裤衩,站在青石板上。天冷,身上立刻起了鸡皮。白麻子右手颤抖,左手过来帮衬。清水后生正要喊最后一声"万岁"……不知从哪里,蹿出来一个四脚动物,灰黄色,夹尾巴,长嘴子,蹿到废墟前边,回身,半蹲半趴着,做前扑的准备。

　　这是狼。

　　狼望着这两个人,等着打死一个。是先吃活的,还是吃死的呢？好像还没有决定。

　　两个人也看着狼,差不多同时觉出来这狼的眼睛,分明懂事,在察看世情,审视世态,带着点冷嘲——分明是一双人的眼睛,啊,人的眼睛,两个人都心惊肉跳起来。

　　阴沉的树林,破倒的废墟,一只狼脸上一双人的眼睛,把两个都是正义又悲壮的胸怀弄糊涂了。

　　白麻子掉转枪口,对着那双人眼睛中间,砰的一枪。那狼蹦起来丈把高,朝后一翻,落在废墟的坟包后边,不见了。

　　白麻子叫清水后生穿上衣服,说,枪里只有一颗子弹。那时候子弹的确金贵。

　　后来什么事也没有,因为没有谁是叛徒。

　　清水后生说完头一回到这里来的事。看着木头木脑,流露出少年朋友中

间露水般干净的感情,说:

"我早告诉过你,其实是警告过你,不该去的地方不要去。还有,最要紧的是,这里那里,来回传话,犯了大忌。我相信,不只我一个人相信,你是无心的,你不懂。我也早和你说清楚,听的人若有个把有意的,就糟糕一'脉死'。""脉死"可能来自洋泾浜英语,意思是"最",是"统统",平时是玩笑言语。

"我晓得的。"木头木脑也露水般透明,"这几天在捉人。"

"你晓得就是了。"露水虽好,却容易晒干。清水后生脸上正派起来,"你认得的人,你认得的地方太多,你的嘴又最没有栅栏。组织上不能不处理,叫你为事业牺牲。"

还是叫做处理。

这时,木头木脑的头脑,真的木了。说木,是脱离实际,白话是魂不附体。那脸色煞白,手脚冰冷,膝盖骨手关节摇铃,他自己都不知觉。灵魂已经到了体外,又没有走远,牵一个瞎子那样牵着身体站起来。那灵魂没有反抗的意思,连怀疑也没有。身体也就没有一点逃跑躲避的动作,摇摇晃晃不觉得,出气多进气少不觉得,一步不停,不朝别处,径直朝那块青石板走。好像走了很远,好像走都没有走就上了青石板。

站上青石板,身体问灵魂:

"我也是烈士啰?"

清水后生眼皮低垂,寻思这位少年朋友还没有参加组织,算不算得烈士呢?回道:

"我一定为你请求,放心。"

站上青石板,手就上来解领下的纽扣,好像全无力气,解不开。灵魂替着脱下来,看不见有什么人缺少衣裳,还是一件件都脱下来。又脱鞋,脱袜,也不知道有谁的脚一样大小,有谁的鞋底透通了,要换鞋。

"我没有带枪。"清水后生在地上找到一根两尺长木棍,棍头两根狼牙般的钉子,看来是拾粪、捡桔子皮、收字纸的工具。

木头木脑的手指还在第一个纽扣上,没有力气解开。他的灵魂已经把上下脱光,只剩一条裤衩。

"这不用脱衣服,只用转过身体……"

这时,灵魂和身体都看见了清水后生的一双眼睛,变了。眼珠如乌木头,如干石子,如烂铁球。眼白闪闪碧绿寒光。这是一双狼的眼睛。饿狼的眼睛。

饿狼扑食的眼睛。

　　崇高、庄严、悲壮……一个个就像彩色的肥皂泡,没等到直上天空,就飘渺失踪,灵魂也从身边消失了。

　　剩下的肉身里,恐怖弹簧一样弹开。木头木脑要狂呼奔跑,蹦高撞墙……

　　这时,一个平和清楚的声音:

　　"把那棍子放下,那是我们家的。"

　　这是一个女人的声音,女人在哪里?女人看不见。她在坟包后边?她在坟包里面?她就是坟包?

　　清水后生心里一紧,手里那根带铁钉的棍子,掉到地上。

　　"我们家姓秦,秦始皇的秦。那棍子是大宋年间,霹雳火秦明传下的武器,叫做狼牙棒。敲人的脑盖骨,一敲就出脑浆,是有名堂的家伙。"

　　女人没有笑出声来,不过听得出来带着温和的微笑。

　　"这个地方是块宝地,先前我们秦家来到这里落户,盖了三间草房,后来添了五间瓦房,再后来,还盖了个木头小楼。门前房后,开了水渠,水渠分出来大小水沟跟一张网似的,网眼里种水稻,一年两季。到这时候,割了晚稻,还要种一地油菜过冬。小油菜开花时候,四面黄爽爽。蜜蜂盘来盘去,一片嗡嗡嗡。牛角上毛毛雨,牛屁股晒太阳……是宝地不是?"

　　声音甜甜,风光柔柔。

　　是坟包在说话。坟包就是女人。在清水后生眼里,坟包显灵一样显出了女人的标准的线条,流动的线条。这个女人是废墟妖精。

　　在木头木脑眼里,坟包是女人的脸面,声音从一个黑洞洞里出来。废墟是女人的身体,或饱满或柔和或神秘的女人部件,散落在黑暗里。这个女人是废墟母亲。

　　"后来,仇家来抢宝地,烧了房子,杀了人,杀人和砍菜头一样。全家只逃出一个我来。仇家在这里养牛养马养鱼养鸡鹅鸭。发了财,盖了水泥碉堡,造了石头城墙。我逃到外面,养了六个儿子,个个'拿龙'一样杀回宝地来。不要说男子,女人也会抢过吃奶的孩子,就朝石头上掼。怎么做得下手?我们是为了活命,你死我活,有什么做不得。

　　"只不过杀完了,气也出尽了,力也光生生了,宝地上只见杂草、歪藤、七岔八跷的树。"

　　坟包袅动,生发了吸引力,两个后生身不由主,朝前挪步。也还有些警觉,慢吞吞做贼一样。

才两三步,听见女人笑出声来:

"我们只晓得活命,你们心高一等,叫做革命。不但也是什么也做得出来,还活着称英雄,死了编烈士。精神头比我们高十倍都不止。

"前回你们打了一枪,打的是我们秦家看家的狼狗。把它打疯了,你们弟兄两个走过来看看吧,两只眼睛都变了颜色,一只绿哀哀,一只蓝幽幽。我要放它出来,疯狼狗咬人,吃倒不吃,有几个咬几个……"

清水后生嗖的转身开跑,木头木脑紧跟也跑了。

像这样的无头公案,若不是那个地方山明水秀,物产丰富,专案组也不会跑一趟的,正是:

"事出有因,查无实据。"

后语

木雕艺术家晚年闭门不出,只顾拿锤、用凿、运斧、使刀。不久,得了直肠癌,做手术把肛门也削了。腰里开个洞,扣上一个塑料盒。

不便做大件头,就做头像。日夜加工,生怕做不完。怎有那么多东西好做?做的不过人物动物。人物五官都还端正,距离、比例、角度却又"出格"。动物做得最多的是:狼头。

给他开过展览,赞赏的不多。报上着重介绍身患绝症,自强不息。赞赏的也总觉得什么地方不妥当,是不是错了位,把人的眼睛安在狼头上,狼的眼睛又嵌在人那里?若果真如此,那算什么主题和思想意识?客气点说,看不懂。但艺术家认为都是亲眼看见,亲身体会,亲问理性,都合逻辑。亲到和亲自上厕所一样。

艺术家不久两腿站不起来,叫人从床底下翻出一个黄杨疙瘩,在肮脏的角落里珍藏多年的宝贝。坐着用锤、凿、刀、斧,雕出一只天鹅。仿佛浮游水面,长颈贴背,头微仰。是酣睡初醒?是垂死复苏?

上下收拾停当,留下眼睛最后努力。谁知癌细胞抢先扩散全身,两只臂膀也抬不起来了。只好叹一口气,拉倒。

大家说最后做的天鹅,是他的"天鹅之歌"。没有眼睛是最完美的艺术表现。有一位评论家用了两个生冷的字:"氤氲"。正是:

"此处无眼胜有眼,留得空白氤氲生。"

白　儿

——十年十癔之十

　　金秋将尽,太阳黄澄澄,石头坡上的石头都是暖和的、软和的、笑眯眯的。

　　石头坡上的石头无其数,都经过看山老人的手。如若不信,石头怎么都笑眯眯的老人的笑法。

　　是这个老看山的——"浩劫"时斗他,叫看山佬,现在平了反,叫老看山。是这个老看山步步为营,把一杆铁钎插到石头缝里,摇晃摇晃,摇晃瓷实了,堵住了地漏。是这个老看山拣大块的石头垒上地边、地堰、地唇。是这个老看山的栽杨插柳,护住水土。是这个老看山的搜索挑剔黄土,阳坡种核桃,阴坡种板栗。是这个老看山的让山脚绕上葵花,山梁趴上野葡萄。是这个老看山拿碎石子铺了条盘山道,打了个石头洞,冬暖夏凉,避风躲雨。洞尽里头盘的有石头炕,洞门口有石头墩好坐,石条石板好放茶碗好下棋。

　　老看山的看了二十年山,把个石头山看成花果山、花园山。老看山的原先是土改斗地主的积极分子,他领头分了地。不到三年,又领头把地归公办合作社,当社长。当到大跃进时候眼见粮仓露底,粮柜挖空,就不报谎情,报实情,叫撤了职。

　　是他自己要求到石头坡上当看山的。看山本来只是个"看",他可东摸西摸,笑眯眯的。村里饿着饱着,马踩车车踩马,文斗武斗,他都不问不管,只是笑眯眯摸着石头。谁知这也斗到他身上,就在石头坡上石头洞里,斗了他个通宵,到"高潮"时,扒下裤子,拿细铁丝一头拴住下身前边,一头拴在石头块上,就在细铁丝上弹琴一般玩儿,把他弹死过去。死去活来,小便失禁。只好返老还童,兜上尿片子。山上风尖,常常像兜着冰坨子。

　　以后还是看山,他还是笑眯眯的摸着石头过日子,不过添了一样:自言自语。嗓子里呼噜呼噜一阵,仿佛哭声,可是脸上的确笑眯眯地说着自个儿的话。

　　现在收完秋,搂柴禾的孩子也不到坡上来。石头坡上丁点黄土都派了正经用场,没有长柴禾的地方。

　　天高气爽,山静坡暖。有云吗?有水吗?若有云有水,也都会软软的定定的。要化不化,要僵不僵。是"入定"境界。

　　看山老人在他的山洞洞口,摆弄石头块儿,砌一堵石头墙,好封住石头洞口。他不慌不忙,大小块儿配搭,碴口和碴口对齐靠严。他老了,搬动大点儿的都要努着劲儿了。砌妥了一块,都得喘一喘了。喘着的工夫,他眼眯眯的笑眯眯的左看右看,稍不合适,还努着喘着掉个头前挪后挪好不容易才认可了。

他唤:"白儿。"

他静听唤声在太阳里溶化。

他嗓子里呼噜呼噜一阵,笑道:"他们笑我唤得柔和、唤得甜、唤得亲,说,亏你这么大岁数了。老杂种。"

他说的还是"浩劫"中的挨斗。本来早就撤职,要了这个孤独差使,看山。本来没有什么好斗的,老伙计们提溜出来他小伙子时候,和白儿相好。白儿是中农人家姑娘,要说精穷的小伙不该想吃天鹅肉,倒还可以。可是提溜出来斗的,是斗他搞破鞋。

看山老人看看砌了半截的碴口,找一块合适的石头,两步以外有一块可以,抱起来跨过脚下的石头堆,体力不支,连忙扔掉一样往碴口上一扔,正合适!

老人嗓子里呼噜呼噜带喘一笑:

"不要记恨,也不要非得'掰拆'个理儿出来。老哥们惦记我,可那土里扒地里刨的事儿,小造反们不来劲。一提溜搞破鞋,好哩,老少都属一句文话——兴高采烈。这一葫芦酒,醉一屋子人不偏贤愚。这就是理儿,还要什么理儿!"

他唤:"白儿!"

他静听唤声在太阳里溶化。

他摆弄着石头,想着:不惦记上我,惦记谁呀。是我领着老哥们分了老财的地,欢天喜地,含在嘴里还没化呢!是我领着"熬鹰",整宿的开会,让老哥们一个个把地吐出来,不吐口报名入社的不叫走人。是我哄着大家,"电灯电话,楼上楼下",金光大道呀。没想到饿起肚子来,眼睁睁的饿死人。我早就死老虎了,伺候石头来了,那还得惦记着,忘得了姓什么也忘不了我呀!该!

看山老人呼哧呼哧的抱上一块长方石头条,也还呼噜呼噜的笑着。

白儿,你们家我进不去,老委屈你,上西口破窑洞里说说话儿。你老不敢来,怕招笑,怕戳脊梁骨,怕舌头底下压死人。实际,老哥们给咱们放着哨呢!站脚助威呢!两肋插刀呢!他们老学你,耷拉着脑袋,眼珠子掉在地上寻一根针,打村口房檐下黑影子里开寻,寻过白果树,一步一挪寻到破窑洞口,滋扭——跟打个闪一样,没见转身就进了窑洞。

白儿,等咱们说了一阵话,有时候,不也有老哥们咳声嗽,探进头来,也有蹑手蹑脚的压着嗓门取个笑,跟闹洞房似的。你要一滋扭跑掉可又没真跑,那时候咱们都想,但愿有一天,让老哥们都来,敞开来闹一闹房呀!

白儿,我也不怨你爹。你爹要是发狠,我这里早横下一条心了。你爹要是动武,我可是摔打出来的光棍一条。谁知你爹那几句话,柔柔软软,还真拿人。你爹说:过年过节,短不了走动走动吧。她大姐夫种着二亩园子,冬景天,顶花带刺黄瓜卖肉价。她二姐夫现教着学,可村老少都叫老师、老师。你们怎么坐一块堆说话呢!你们怎么一块堆坐着说话呀!

我得找钱去,我钻了煤矿了。赶我黑不溜秋的拣条命回来,没脸见你,可你也嫁远了。

赶我当了主任,你偏偏回来走娘家。老人都已经不在了,你偏偏的走什么。我当我死了的这条心,又勾回魂儿来了。偏偏我已就当着主任,像个人物似的,不敢迈出一个歪脚印子,把自己拘得紧了去了。老哥儿们也都知道,偏偏要斗我搞破鞋,都别怨这怨那,偏偏这个世界上就有那么多偏偏。

看山老人撤职的时候没有老,看山看老了。那石头坡是个漏坡,有种东西比鼹鼠还厉害土名叫"地排子",把地"排"得漏斗似的。看山老人就一根铁钎,找穴位似的找着一个个地穴,铁钎好比根针插下,跨马蹲裆步,两手上下握,摇晃着铁钎,摇晃着山坡,"排子"洞崩,大石头挤紧,小石头塞缝。

堵地漏,五年。垒地堰,三年。种树,五年。开沟修路,三年……

石头坡成了花果山,表扬了。花果山又成了花园山,登报了。十多二十年过去了,看山老人真老了。他不缺风、不缺雨、不缺冷、不缺热,不知缺一样什么,就低声唤白儿。是白儿笑眯眯,是白儿那笑暖和和,软和和,晒得化的。他想着早晚快要倒下了,兴许是缺个倒下的洞,他下身兜着冰坨子刨出一个洞来,照着当年的窑洞刨出一个洞来,照着当年尽里头垒起一个炕来,照着当年的洞口垒起半截墙来。

现在,他拼着老命把半截墙加高加高,再高点儿就要封住洞口了。

他唤:"白儿!"

他静听唤声在太阳里溶化。

……跟你这么说吧,就跟闹洞房一样。老哥们,小造反们,严严的挤了一洞,坐着的跟蒜瓣儿一样,戳着的筷子笼里一样,拉来了电线,上上葫芦大灯泡,丝丝价响,冒金星,放金线,点得着柴草。

"交代,老实交代。"

个个红了脸,瞪了眼,支了耳朵楞子。闹洞房少不了这一招,交代怎么遇上、瞧上、好上、甜上、粘上、腻上……差一点也不依不饶啊!

"坦白从宽!"

"大帽子底下溜掉!"

"竹筒倒豆子!"

你说这都是斗争会上的词儿?你想想吧,哪一句闹洞房不照样使,一模一样,一点儿不错。

阳光明丽,石头暖和,看山老人嗓子里呼噜呼噜笑着,摸来摸去摸够了一块石头,抱起,端起,举起,那墙已经齐头高了,举不住,蹭着墙托起来,笑眯眯的喘着……

……这还完不了,早着呢,兴头刚刚挑起来。

"来一个!"

"学一个'滋扭'!"

这可是老哥们提溜的了。当年,你寻针一般挪着走着,走到窑洞门口,冷丁一个"滋扭",跟个电闪似的进了窑洞。全叫老哥们看在眼里了,早在地里学开了,有的一个"滋扭"绊了个跟斗,爬起来还"滋扭"。老哥们说,这个"滋扭"又解渴又解乏,还解馋。

我也只好学一个呗,可老胳臂老腿的不灵了,学出来也是挨斗的架势。

"打回去。"

"不老实。"

"再来过,带表情。"

这当我能带出什么表情来呢!没法子,还得带呀,我一带——

"吓死人啦!"

你说这跟闹洞房不一样。这叫野蛮。那是逗乐。你好生琢磨琢磨吧,那闹房,还不叫野蛮?这斗争,还不跟逗乐一般哪?这世界上哪是野蛮,哪是逗乐,你"掰拆"得开吗?

看山老人呼噜呼噜眯眯笑着,呼哧呼哧又举上一块石头,洞口快要封顶了。

……表情真吓死人了?没有吓死谁,倒是这一嚷,老哥们小造反们全乐得前仰后翻,有几个乐得禁不住手、撑不住脚,上来抓挠的撕捋的,不知怎么的拽开了腰带,我那抿裆裤子还不"扑落"掉下来了。这可开了锅啰,七手八脚,也不知哪里塞过来细铁丝儿,乱糟糟的把前边给拴上了,许是拧上的吧。抖搂抖搂铁丝,把那一头拴到灯台那儿……

白儿,原先那窑洞进门右手,有一个小方洞,搁着灯盏火柴,顺手一摸,就能点亮。这个石头洞是照着打的,也是右手,也在进口,也有个小方洞好搁灯台,倒叫他们好拴铁丝了。拴吧!是我收地伤心,是我砸锅炼铁,是我饿着老少,我不当新郎谁当!拴吧拴吧,乡里乡亲一乐百了。

白儿,你又说野蛮了。实际闹洞房也少不了这一招:天花板上挂下来一根细绳,拴上根香蕉。弹弹细绳,香蕉到了新娘嘴边,要新娘张嘴去咬,新娘害臊张不开嘴,不依不饶。真要一张嘴,细绳一弹,香蕉又甩开了。就这么来来回回,逗一屋子人乐半宿,老的满面红光,少的浑身痒痒不能治。

当然,不过,弹弹细铁丝,下身是要疼的。当然,不过,这比起香蕉来,还要叫老少高兴。不知哪一位高兴过头了,跷起一只脚落在铁丝上,就如根断、血崩、五脏裂,把个人疼死了过去了。

看山老人嗓子里呼噜呼噜这回真像带着哭音,脸上可还是定定的眯眯笑着。摸摸石头墙只差三两块就封顶了。他踩着剩下的石头,手撑脚扒,努着劲爬到墙头上,从空子里往洞里翻,翻时硌着下身冰坨子,一疼落地,眼前一片黑。一会儿,看见空子那里,还有一长条阳光照到洞顶上,黄淡、暖和、软和。

他摸摸脚边,把一块准备好的长方石头,蹭着墙抱起来,托着往上蹭,塞到空子里。

现在只剩下一方块的淡、暖、软。堵上这一方块,就严了完了没事了。

他唤:"白儿!"

他静听唤声的黑洞共鸣。

他撤职要求来看山,搬到山下看山小屋里来住。只挟着一个铺盖卷,还有一个木板条钉的好像小柜子的箱子,可以摆上饭碗蹲在地上吃饭,也可以不摆饭碗当凳子坐着吸烟。这就是当了靠二十年干部的家当。两袖清风都说不上,两袖的破棉絮。这一条,打灯笼也难寻呀。

别的干部看着眼珠子酸,七算八算算出来百把块钱,说是该给他的。他不吃不穿买了个电匣子,那年头算是"现代化"了,拿崭新的羊肚子毛巾捂着摆在看山小屋里。村里的口舌他问都不问,却爱听这电匣子说话。

白儿,白儿,有回电匣子说了个故事,那是多少年前的事儿,算了算,合着是宣统年间。马克思的女儿劳拉——你看,都记住了名字,还有那女婿叫什么没记住。反正都七老八十了,住在法国巴黎郊区。列宁还是个青年,成亲不久,小两口骑三十来里地自行车,去瞧那老两口,是拜访哪。临走时,老太太说老爷子:"他很快就会证明他对信仰是多么真诚。"——这是句外国话,我愣给记住了。说完这话,老两口还对望了一眼,列宁夫人觉得那眼神挺奇特的,也不好问,就回来了。过后不久听说老两口双双躺在床上,关门闭户,打开煤气……留下的话说,自己做完了应做的事情,再没有工作能力了,活着只会拖累同志们。

白儿,这老两口多明白!

看山老人摸着一方块石头,一努劲,塞严了洞口。果真,劲儿也使干净了。他顺着墙根蹲下,在黑暗里笑眯眯的合上眼。

他觉得洞里暖和起来,光亮起来,睁眼:尽里头石头炕上,躺着白儿。明知道白儿是白才叫白,可不知道浑身白白到这么白,白得发热,白得发光,白得发云发雾云山雾罩。整个石头洞都软和了。

他看见自己血气方刚一条光棍,去拥抱白云白雾白光白热,一生没有看见过自己这么雄壮。

他也看见蹲在墙根的看山佬,下身整是个冰坨子,冰坨子里边精疼,精疼。

原载《林斤澜文集》(三 小说卷),
北京师范大学出版社 2000 年版

阿城《棋王》导读

 **作家简介**

阿城(1949—)，原名钟阿城，北京人。著名电影评论家钟惦棐之子。生于1949年清明节，自言30岁以前一直过得不顺。3岁染上肺结核，7岁时，家里困难到只能靠卖书勉强维持，偶尔吃肉都是切成小块，用绳串了几个孩子分着吃。"文革"开始时，阿城17岁，正是想表现自己的年龄，却背着"黑五类子女"的黑锅被挤兑得不能翻身。1968年下乡，先是去山西农村插队，想通过自习绘画来摆脱困境，开始习画。为到草原写生，转往内蒙古，而后去云南建设兵团农场落户，但总不得好运。在云南时，与著名画家范曾结识，成为莫逆之交，后在范曾帮助下回到北京，被《世界图书》编辑部破格录用，因没有文凭，只能"以工代干"。后经范曾与著名画家袁运生的推荐报考中央美术学院，但他做出最大努力却未能通过。之后，阿城与一批有志于发展中国现代艺术的朋友一起筹办"星星画展"，想通过自己努力来争取社会的承认，画展却因种种原因夭折，事后参加画展的一个个都出了名，只有他还是个高水平的组织者。后来，他又和阿芒一起搞公司，但冥冥中似乎总有一种力量将他的任何努力都化为泡影，公司终以倒闭结束。

1984年起，阿城开始发表小说、散文及评论。处女作《棋王》使文坛为之一震，先后获得1984年《中篇小说选刊》优秀作品奖和第三届全国优秀中篇小说奖。之后阿城的作品接连问世，包括系列短篇《遍地风流》《刘先生》《戒台寺》《灯会》《阿城说侯孝贤》《良娼》，及杂论《文化制约着人类》。作品集《棋王》也由作家出版社作为"文学新星丛书第一辑"出版，包括三个中篇《棋王》《树王》《孩子王》和六个短篇《会餐》《树桩》《周转》《卧铺》《傻子》和《迷路》。

《棋王》《孩子王》还为20世纪80年代中国电影崛起并走向世界提供了很

好的素材。前者经改编后由滕文骥导演,后者则由陈凯歌导演并前往戛纳电影节参加竞赛单元角逐金棕榈。直到20世纪90年代,徐克还将阿城的《棋王》与中国台湾作家张系国的同名小说融合成一部电影,与严浩联合执导,由严浩亲饰钟阿城,梁家辉饰王一生,产生了相当的影响。经阿城自己改编的电影剧本也很多,包括《月月》《芙蓉镇》《书剑恩仇录》《人在纽约》《郑成功》《孔子》《小城之春》等,此外由他参与制作的电影有《中国日记》《海上花》等。20世纪90年代后,阿城渐渐淡出文坛,据说是为稻粱谋而四海游荡,其间只断断续续出过三个随笔《闲话闲说》《威尼斯日记》《常识与通识》。

 创作背景

阿城是中国当代作家中少有的通才,除文学外,他在生活、绘画、电影、音乐方面的品位也很了得。他少年时代就已遍览古今中外的文学名著,习过绘画,1979年后还曾协助父亲钟惦棐先生撰写《电影美学》,从黑格尔、马克思到中国的易、儒、道、禅,无不涉及,并深得其中之真昧。这些必然对他的生活、处世、创作产生很大影响。但阿城似乎喜欢在随缘任运中品味生活的含韵而不愿在某一领域刻意停留。有人这样评价阿城:文章做到极处,无有他奇,只是恰到;人品做到极处,无有他异,只是本然。真是一语中的。

20世纪80年代后期是属于阿城的。有人曾说在中文作家中能够完全做到卡尔维诺《未来千年文学备忘录》中提过的轻逸、迅速、确切、繁复等创作概念的作家,首推阿城,足见人们对他的认可与期待。

《棋王》是阿城的处女作,发表于1984年第7期《上海文学》。同年末,在为《中篇小说选刊》选载《棋王》所作的《一些话》里,阿城说他写作只是为了换些稿费买烟来吸,让妻子手里多些存款,为儿子办一个冰棍基金会,为了冬天多买些煤,让孩子在钻进凉被窝时不必再下一个小小的决心。在文学观念正崇高的当时,这很有些惊世骇俗,虽可看成是表达自己不屑与超脱的调侃,却也是无奈处境中的实言。《棋王》之前,阿城的生活总被某种迷雾莫名笼罩,不知如何才能使之散去。朱伟曾分析这是因为阿城一直没有找到适合于表达自己的方法。如果如其言,《棋王》或许可视为阿城命运的一次转折。

当然这种转折并非偶然。其实在《棋王》发表前阿城就一直关注并思考当时的文学现状,这使他一开始选择进入写作时,考虑的就是"怎样写才具备价值"而不是"生存状态要求我写什么",所以在作品中他努力向人们展示的是他的超脱的形态而非实际生存中的苦苦挣扎,是他身上所积淀的文化而非是他自己的人本(朱伟《接近阿城》)。这种写作观念使他的作品无论在主题意旨还是在表现形式上都与当时大多数作家的作品,特别是当时的知青小说有很大不同,他通常并不描绘"悲剧性的历史遭遇与个人经验",也不采用"浪漫主义和理想主义的风格模式",而总是在"日常化的平和叙说中,传达出对中国传统文化精神的认同"(陈思和《中国当代文学史教程》)。所以朱伟说,《棋王》巧妙地将"写什么"变成了"怎么写",并断言,阿城凭他的朴素、机巧和含蓄有可能结束知青小说的写作,甚而引发中国新时期文学出现新的根本性的转机。当时文坛对阿城寄予的期望是相当高的。

阿城的作品一向被看作"寻根文学"的代表,《棋王》更被称为"寻根文学"的扛鼎之作。"寻根文学"源起于1984年12月在杭州举办的一次座谈会,会上许多青年作家和评论家针对文坛现状提出了文化寻根的问题,此后(1985年)韩少功在《文学的"根"》中首次明确阐述了"寻根文学"的立场,"认为文学的根应该深植于民族文化的土壤里,文化寻根是审美意识中潜在历史因素的觉醒,也是释放现代观念的能量来重铸和镀亮民族自我形象的努力"(陈思和《中国当代文学史教程》)。

阿城也参加了这个会,他从中国传统文化心理构成中儒、道、释的相互作用这一角度出发提出了民族总体文化背景的问题,认为中国人的现代意识应该从民族的总体文化背景中孕育出来。结合已经发表的《棋王》,他还认为应该从普通人简单原始的人生现象中提炼出文化意蕴。而后在《文化制约着人类》一文中,阿城提出文学只有在一个强大、独特的文化制约下才有自由和出息;在《又是一些话》中阿城又谈到,艺术着力表现的人类心态应是文化积淀的结果,不关乎文化的文学只是文字、社会材料而已。大概正是因此,他一直被看作是"寻根文学"的核心人物之一。

其实《棋王》发表时(1984年),杭州会议还没有开,韩少功关于《文学的"根"》的宣言更是在1985年才正式发表,但是由于《棋王》关于文化问题的体认是超前的,且阿城一直参与文学寻根的相关讨论,加之他对评论界将《棋王》定为"寻根小说"的默认,《棋王》自然被看作是"寻根文学"的代表作。今天看来,这一种界定是"追认阐释"的结果,许多问题仍值得商榷,《棋王》与当时盛行一时的寻根小说其实有很大不同,且在那些讨论喧嚣一时之后,阿城再没有发表过谈及他创作的文字,也不再提有关具体的"根"及抽象的文化,并于20世纪80年代后期渐渐淡出文坛,其中原因自然复杂,却也启示我们要冷静与客观地认识文坛现象与作家作品。特别是时隔30多年后的今天,重读他的作品,更不应为某种思维与认识所囿限而忽略那些跨越时空依然带给我们的感动与阅读的快感。

作品评点

《棋王》写的是发生在"文革"时期的知青故事,但时代背景在小说中被作者有意淡化。相对于"写什么",他更看重"怎么写",所以回顾当时文坛,比起"那些浅层次令人腻味的呻吟和痛苦"(朱伟《接近阿城》),那些以或悲观或理想或浪漫的方式来描述历史遭遇和个人经验的作品,如梁晓声暴风雪呼啸中神奇的土地与张承志浓墨重彩中张扬着生命力的北方的河,比起他们所给予人们视觉与心灵的双重震撼,阿城的作品显得安静、平和,清婉简淡中还透着几分从容与淡然的乐观:自嘲且具反讽张力的语言,灰色却不滞重的色调,丰满传神而又真实的人物形象,淡雅而又具有丰富的修辞弹性的画面,无不让人感到"境界的悠远和新奇"(朱伟《接近阿城》)。所以《棋王》一经发表,便以其独特的审美感知、人生体验和创作风格震惊文坛。

小说名"王",故事却很平凡,写棋是为写人,但并非纯然写人或将人作为所属历史的道具,作者力图阐释的是一种平凡而实在的人生态度。

一句"车站是乱得不能再乱"的开头,"既简洁又极富暗示地表达了氛围、心态与心理指向"(朱伟《接近阿城》),而在出色语感中所流露的韵味也充分表达出作者独特的美学追求,据说在当时产生过令人震惊的效果。而人物就在这种不经意间出场:在被送亲别友的伤感与下乡知青的兴奋交织在一起的"乱得不能再乱"的车站中,被称为棋王的王一生显得格外超脱与平静,因为"去的是有饭吃的地方",闹不着这么哭哭啼啼,由此道出了其底层贫寒的出身,也为人物性格的展开与故事的纵深铺垫了空间。

由于生活境遇,也由于性格特质的投合,王一生偶尔迷上了棋,"从此生命就处于一种对胶着物的沉迷之中"(朱伟《接近阿城》),再没有什么可以将他与棋分开。被称为"棋王",但他的传奇不是来自盛气凌人的霸气,而是因沉溺棋道而隔离生道的呆气,这种呆气淡化了他在贫寒生活中表层的痛苦,却也给"他的本心坠上了不应附着的重负"(朱伟《接近阿城》)。这种生存境遇的冲突在小说中被具体化为"吃"(饥饿)和"棋"的冲突。"何以解忧,唯有象棋",是王一生的名言,棋成为他战胜心理饥饿和生活匮乏的法宝,成为他生存的意义与生命本身。但作品并没有对精神与文化的超越进行过分的礼赞,也没有对饥饿进行世俗否定,而是在从饥饿中引出不同于当下社会、经济、政治的人格与文化超越的同时,通过棋对吃的让位,通过本心的回归,通过对"饿了便吃,困了便睡"的平常心的深化,完成了人物形象的塑造与作者写作意图的传达,这在原文本中体现得更鲜明。

《棋王》原来设计的结尾是若干年后"我"返城后回乡,王一生却放弃入省队献技的机会而甘愿留在地区棋队,因为这里伙食好。这一结尾在发表时因种种原因被删除,我们今天能够看到的只是改写本,但相比而言,原本更能体现作者的创作初衷。王晓明曾说阿城将棋与吃并置于文本两端是代表两种不同倾向:棋是一种进取的功名意识,代表入世;吃是一种平凡实际的人生态度,代表出世。阿城最终是通过让人心怀感动的"无字棋"与气势磅礴的"车轮大战",通过"吃好了比什么都强"的人生之根本的强调,实现了由棋向吃的回归。这种安排少了几许理想,却更加平实。正如阿城自己所言,他努力要表现的是:普遍认为很苦的知青生活,在生活水准低下的贫民阶层看来,也许是物质上升了一级呢!另外就是普通人的"英雄"行为常常是历史的缩影。那些普通人在一种被迫的情况下,焕发出一定的光彩。之后,普通人又复归为普通人,并且常常被自己有过的行为所惊吓,因此,从个人来说,常常是从零开始,复归为零,而历史由此便进一步。

文学作品很少刻意去描写吃,一直认为是因为吃过于世俗而不得作家们的重视,而读过《棋王》则会明白,也许是因为少有人有过真正的饥饿体验而不能真正认识吃的意义。《红楼梦》中关于吃的描写其实是对宴会与食物的描写,多是小说的道具,还不能构成故事主体,和人物性格的体现也少关联;陆文夫写有《美食家》,但那是一个关于馋的故事,就如小说中王一生对巴尔扎克《邦斯舅舅》的看法一样;张贤亮《绿化树》与《男人的一半是女人》写过饥饿,但强调的是精神与性的饥饿。而在《棋王》中,阿城真正认识了吃的意义,把吃当作人生根本来看。

小说有两处对吃的极致描写,一处是火车上对王一生吃相的细节刻画,写王一生对食物的近乎"惨无人道"的宗教般的精细与虔诚,这和接下来写王一生棋的精细形成对照,但是"前者局促,后者豁朗",从而赋予"吃"和"棋"以精神文化的内涵,也为故事主题的多义性埋下伏笔;另一处是在农场中吃蛇肉,作者对这一场景津津乐道的描写极具表演性与视觉效果,大有"庖丁解牛"之旨趣,但不是对出神入化技艺的展示,而是通过吃带给人的酣畅淋漓的神圣快感展开对吃的日常生活意义的探究。王一生虽爱棋却更明白"一天不吃饭,棋路都乱"的朴素真理,所以原文本结尾他才宁肯留在地区棋队。对于不曾有过饥饿经验的人来说,这一切都难以想象,但阿城的描写是真实的,这种感受非经身受不能道出。小说中这样写吃虽在某种程度上对动乱的现实进行了折射,却更让人们看到了普通人平凡实在的生存韧性,正是这种务实使阿城及其笔下的人物最终可以逃离悲观。汪曾祺曾敏锐地指出,阿城本质上是一个乐观主义者,所以希望人们不要总把阿城与道家思想联系在一起,虽然他对中国古典哲学、对道禅精神的领悟的确潜移默化地渗透于人物形象与故事氛围的刻画之中。

　　小说关于棋的描写也同样精彩。"车轮大战""千人观棋"的场面气势恢宏,让人想到《天龙八部》中江湖各派大战无崖子残棋的场景,而对与九大高手同时对垒的王一生的描绘更具浮雕性,"王一生孤身一人坐在大屋子中央,瞪眼看着我们,双手支在膝上,铁铸一个细树桩,似无所见,似无所闻。高高的一盏电灯,暗暗地照在他脸上,眼睛深陷进去,黑黑的似俯视大千世界,茫茫宇宙。那生命像聚在一头乱发中,久久不散,又慢慢弥漫开来,灼得人脸热。"此时王一生已非一个具体的人,而是一尊超越时空的雕像。"我心里忽然有一种很古的东西涌上来,喉咙紧紧地往上走。读过的书,有的近了,有的远了,模糊了。"这种感受正是跨越时空囿限在内心产生的瞬间悲壮与永恒。

　　战后那位冠军老者对王一生棋道的评价是:汇道禅于一炉。而王一生将棋道与传统文化沟通是起因于一位拾垃圾的老头,那老头传授道家文化精髓要义的部分也是小说中的亮点,那番解悟即是下棋的要领,也是万物造化的要领,王一生因棋而领悟了这些道理,把棋道与人格融为一体,在精神气质中渗透了道家文化的气息,不为外物所囿,率性而为,随缘任运,并真正做到了无为而无不为,"车轮大战"便是证明。由此在他身上"完成了传统文化精神在个体身上的再造与复活"(陈思和《中国当代文学史教程》),也体现了作家后来谈到的"从普通人简单原始的人生现象中提炼出文化意蕴"的创作思想。

但正如汪曾祺所说,我们不能因为小说中有对道家思想的描绘就将作者的创作思想归结为道家思想。作者并没有完全沉溺于传统文化,很难说王一生就是道家思想的化身,更难说道家思想就是阿城自己的思想,甚至不能说就是那个捡垃圾老头的思想,因为作者与"我"并不完全同一,且作品中"我"并不是一个万能叙事者,不能代替王一生来思考,也不能完全了解王一生的思想,更不用说拾垃圾老头的思想。此外,作者连同其笔下的人物是现实生活中的人,所以当作者借助平凡的人生与现实的生存来表现玄渺的哲学命意和高远的文化沉思时就不能不少几分玄虚,而多出几许世俗关怀与朴实,就不能不将传统文化精神与当代人生联系起来。正如吴玄所说,《棋王》中对吃的看重,通过展现普通人正常的欲望体现了对世俗生活的亲和,"车轮大战"中的孤注一掷,是人物内积生命力的爆发,使淡然的日常生活焕发出瞬间的光彩,是以日常对抗庸常、彰显自我的证明与努力,这与道家"超脱现实"的恬淡、闲适境界有所区别,而在一定程度上显现出人的世俗性和现代意识。

如果说吃象征着人的世俗需求,棋则象征着人的精神需要,在两者的张力与矛盾中,它平衡着文本的内在结构也支撑并深化着文本的主题,使文本超越文化、社会与个体生存的层面,而具有对文化、世界与人生进行终极追问的意味。就像发表文本的结尾:"不做俗人,哪儿会知道这般乐趣?家破人亡,平了头每日荷锄,却自有真人生在里面,识到了,即是幸,即是福。衣食是本,自有人类,就是每日在忙这个。可囿在其中,终于还不太像人。"人总得待在什么东西里才觉得舒服。"人总得把自己生命的精华都调动出来,像干将、莫邪一样,把自己练进自己的剑里,这,才叫活着"(汪曾祺《汪曾祺说阿城小说〈棋王〉》)。所以作品在表现对传统文化的认同时已对传统文化有所穿越。这对我们或许更有启示意义。

(梁艳芳)

棋　王

阿　城

一

车站是乱得不能再乱,成千上万的人都在说话。谁也不去注意那条临时挂起来的大红布标语。这标语大约挂了不少次,字纸都折得有些坏。喇叭里放着一首又一首的语录歌儿,唱得大家心更慌。

我的几个朋友,都已被我送走插队,现在轮到我了,竟没有人来送。我虽无父无母,孤身一人,却算不得独子,不在留城政策之内。父母生前颇有些污点,运动一开始即被打翻死去。家具上都有机关的铝牌编号,于是统统收走,倒也名正言顺。我野狼似的转悠一年多,终于还是决定要走。此去的地方按月有二十几元工资,我便很向往,争了要去,居然就批了。因为所去之地与别国相邻,斗争之中除了阶级,尚有国际,出身孬一些,组织上不太放心。我争得这个信任和权利,欢喜是不用说的,更重要的是,每月二十几元,一个人如何用得完?只是没人来送,就有些不耐烦,于是先钻进车厢,想找个地方坐下,任凭站台上千万人话别。

车厢里靠站台一面的窗子已经挤满各校的知青,都探出身去说笑哭泣。另一面的窗子朝南,冬日的阳光斜射进来,冷清清地照在北边儿众多的屁股上。两边儿行李架上塞满了东西,令人担心。我走动着找我的座位号,却发现还有一个精瘦的学生孤坐着,手拢在袖管儿里,隔窗望着车站南边儿的空车皮。

我的座位恰与他在一个格儿里,是斜对面儿,于是就坐下了,也把手拢在袖里。那个学生瞄了我一下,眼里突然放出光来,问:"下棋吗?"倒吓了我一跳,急忙摆手说:"不会!"他不相信地看着我说:"这么细长的手指头,就是个捏棋子儿的,你肯定会。来一盘吧,我带着家伙呢。"说着就抬身从窗钩上取下书包,往里掏着。我说:"我只会马走日,象走田。你没人送吗?"他已把棋盒拿出来,放在茶几上。塑料棋盘却搁不下,他想了想,就横摆了,说:"不碍事,一样下。来来来,你先走。要不,让你车、马、炮?"我笑起来,说:"你没人送吗?这么乱,下什么棋?"他一边码好最后一个棋子,一边说:"我他妈要谁送?去的是有饭吃的地方,闹得这么哭哭啼啼的。来,你先走。"我奇怪了,可还是拈起炮,往当头上一移。我的棋还没移到,他的马却"啪"地一声跳好,比我还快。我就故意将炮移过当头的地方停下。他很快地看了一眼我的下巴,说:"你还说不会?这炮二平六的开局,我在郑州遇见一个葛人,就是这么走,险些输给他。炮二平五当头跑,是老开局,可有气势,而且是最稳的。嗯?你走。"我倒不知怎么走了,手在棋盘上游移着。他不动声色地看着整个棋盘,又把手袖起来。

就在这时,车厢乱了起来。好多人拥进来,隔着玻璃往外招手。我就站起身,也隔着玻璃往北看月台上。站上的人都拥到车厢前,都在叫,乱成一片。

车身忽地一动，人群"嗡"地一下，哭声四起。我的背被谁捅了一下，回头一看，他一手护着棋盘，说："没你这么下棋的，走哇！"我实在没心思下棋，而且心里有些酸，就硬硬地说："我不下了。这是什么时候！"他很惊愕地看着我，忽然像明白了，身子软下去，不再说话。

车开了一会儿，车厢开始平静下来。有水送过来，大家就掏出缸子要水。我旁边的人打了水，说："谁的棋？收了放缸子。"他很可怜的样子，问："下棋吗？"要放缸子的人说："反正没意思，来一盘吧。"他就很高兴，连忙码好棋子。对手说："这横着算怎么回事儿？没法儿看。"他搓着手说："凑合了。平常看棋的时候，棋盘不等于是横着的？你先走。"对手很老练地拿起棋子儿，嘴里叫着："当头炮。"他跟着跳上马。对手马上把他的卒吃了，他也立刻用马吃了对方的炮。我看这种简单的开局没有大意思，又实在对象棋不感兴趣，就转了头。

这时一个同学走过来，像在找什么人，一眼望到我，就说："来来来，四缺一，就差你了。"我知道他们是在打牌，就摇摇头。同学走到我们这一格，正待伸手拉我，忽然大叫："棋呆子，你怎么在这儿？你妹妹刚才把你找苦了，我说没见啊。没想到你在我们学校这节车厢里，气儿都不吭一声儿。你瞧你瞧，又下上了。"

棋呆子红了脸，没好气儿地说："你管天管地，还管我下棋？走，该你走了。"就又催促我身边的对手。我这时听出点音儿来，就问同学："他就是王一生？"同学睁了眼，说："你不认识他？唉呀，你白活了。你不知道棋呆子？"我说："我知道棋呆子就是王一生，可不知道王一生就是他。"说着，就仔细看着这个精瘦的学生。王一生勉强笑一笑，只看着棋盘。

王一生简直大名鼎鼎。我们学校与旁边几个中学常常有学生之间的象棋厮杀，后来拚出几个高手。几个高手之间常摆擂台，渐渐地，几乎每次冠军就都是王一生了。我因为不喜欢象棋，也就不去关心什么象棋冠军，但王一生的大名，却常被班上几个棋篓子供在嘴上，我也就对其事迹略闻一二，知道王一生外号棋呆子，棋下得很神不用说，而且在他们学校那一年级里数理成绩总是前数名。我想棋下得好而有个数学脑子，这很合情理，可我又不信人们说的那些王一生的呆事，觉得不过是大家"寻逸闻鄙事，以快言论"罢了。后来运动起来，忽然有一天大家传说棋呆子在串连时犯了事儿，被人押回学校了。我对棋呆子能出去串连表示怀疑，因为以前大家对他的描述说明他不可能解决串连时的吃喝问题。可大家说呆子确实去串连了,因为老下棋,被人瞄中,就同他各处走,常常送他一点儿钱,他也不问,只是收下。后来才知道,每到一处,呆子必要挤地头看下棋。看上一盘,必要把输家挤开,与赢家杀一盘。初时大家看他其貌不扬,不与他下。他执意要杀,于是就杀。几步下来,对方出了小汗,嘴却不软。呆子也不说话,只是出手极快,像是连想都不想。待到对方终于闭了嘴,连一圈儿观棋的人也要慢慢思索棋路而不再支招儿的时候,与呆子同行的人就开始摸包儿。大家正看得紧张,哪里想到钱包已经易主?待三盘下来,众人都摸头。这时呆子倒成了棋主,连问可有谁还要杀?有哪位不服,就坐下来杀,最后仍是无一盘得利。后来常常是众人齐做一方,七嘴八舌与呆子对手。呆子也不忙,反倒促众人快走,因为师傅多了,常为一步棋如何走自家争吵起来。就这样,在一处呆子可以连杀上一天。后来有那观棋的人发觉钱包丢了,闹嚷起来。慢慢有几个有心计的人暗中观察,看见有人掏包,也不响,之后见那人晚上来邀呆子走,就发一声喊,将扒手与呆子一齐绑了,由造反队审。呆子糊糊涂涂,只说别人常给他钱,大约是可怜他,也不知钱如何来,自己只是喜欢下棋。审主看他呆象,就命人押了回来,一时各校传为轶事。后来听说呆子认为外省马路棋手高手不多,不能长进,就托人找城里名手近战。有个同学就带他去见自己的父亲,据说是国内名手。名手见了呆子,也不多说,只摆一副据说是宋时留下的残局,要呆子走。呆子看了半晌,一五一十道来,替古人赢了。名手很惊奇,要收呆子为徒。不料呆子却问:"这残局你可走通了?"名手没反应过来,就说:"还未通。"呆子说:"那我为什么要做你的徒弟?"名手只好请呆子开路,事后对自己的儿子说:"你这个同学倨傲不逊,棋品连着人品,照这样下去,棋品必劣。"又举了一些最新指示,说若能好好学习,棋锋必健。后来呆子认识了一个捡烂纸的老头儿,被老头儿连杀三天而仅赢一盘。呆子就执意要替老头儿去撕大字报纸,不要老头儿劳动。不料有一天撕了某造反团刚贴的"檄文",被人拿获,又被这造反团裁诬于对立派,说对方"施阴谋,弄诡计",必讨之,而且是可忍,孰不可忍!对立派又阴使人偷出呆子,用了呆子的名义,对先前的造反团反戈一击。一时呆子的大名"王一生"贴得满街都是,许多外省来取经的革命战士许久才明白王一生原来是个棋呆子,就有人请了去外省会一些江湖名手。交手之后,各有胜负,不过呆子的棋据说是越下越精了。只可惜全国忙于革命,否则呆子不知会有什么造就。

　　这时我旁边的人也明白对手是王一生,连说不下了。王一生便很沮丧。

我说:"你妹妹来送你,你也不知道和家里人说说话儿,倒拉着我下棋!"王一生看着我说:"你哪儿知道我们这些人是怎么回事儿?你们这些人好日子过惯了,世上不明白的事儿多着呢!你家父母大约是舍不得你走了?"我怔了怔,看着手说:"哪儿来父母,都死毬了。"我的同学就添油加醋地叙了我一番,我有些不耐烦,说:"我家死人,你倒有了故事了。"王一生想了想,对我说:"那你这两年靠什么活着?"我说:"混一天算一天。"王一生就看定了我问:"怎么混?"我不答。呆了一会儿,王一生叹一声,说:"混可不易。一天不吃饭,棋路都乱。不管怎么说,你父母在时,你家日子还好过。"我不服气,说:"你父母在,当然要说风凉话。"我的同学见话不投机,就岔开说:"呆子,这里没有你的对手,走,和我们打牌去吧。"呆子笑一笑,说:"牌算什么,瞌睡着也能赢你们。"我旁边儿的人说:"据说你下棋可以不吃饭?"我说:"人一迷上什么,吃饭倒是不重要的事。大约能干出什么事儿的人,总免不了有这种傻事。"王一生想一想,又摇摇头,说:"我可不是这样。"说完就去看窗外。

　　一路下去,慢慢我发觉我和王一生之间,既开始有互相的信任和基于经验的同情,又有各自的疑问。他总是问我与他认识之前是怎么生活的,尤其是父母死后的两年是怎么混的。我大略地告诉了他,可他又特别在一些细节上详细地打听,主要是关于吃。例如讲到有一次我一天没有吃到东西,他就问:"一点儿也没吃到吗?"我说:"一点儿也没有。"他又问:"那你后来吃到东西是在什么时候?"我说:"后来碰到一个同学。他要用书包装很多东西,就把书包翻倒过来腾干净,里面有一个干馒头,掉在桌上就碎了。我一边儿和他说话,一边儿就把这些碎馒头吃下去。不过,说老实话,干烧饼比干馒头解饱得多,而且顶时候儿。"他同意我关于干烧饼的见解,可马上又问:"我是说,你吃到这个干馒头的时候是几点?过了当天夜里十二点吗?"我说:"噢,不。是晚上十点吧。"他又问:"那第二天你吃了什么?"我有点儿不耐烦。讲老实话,我不太愿意复述这些事情,尤其是细节。我觉得这些事情总在腐蚀我,它们与我以前对生活的认识太不合辙,总好像是在嘲笑我的理想。我说:"当天晚上我睡在那个同学家。第二天早上,同学买了两个油饼,我吃了一个。上午我随他去跑一些事,中午他请我在街上吃。晚上嘛,我不好意思再在他那儿吃,可另一个同学来了,知道我没什么着落,硬拉了我去他家,当然吃得还可以。怎么样?还有什么不清楚?"他笑了,说:"你才不是你刚才说的什么'一天没吃东西',你十二点以前吃了一个馒头,没有超过二十四小时。更何况第二天你的伙食水平不低,平均下来,你两天的热量还是可以的。"我说:"你恐怕还是有些呆!要知道,人吃饭,不但是肚子的需要,而且是一种精神需要。不知道下一顿在什么地方,人就特别想到吃,而且,饿得快。"他说:"你家道尚好的时候,有这种精神压力吗?恐怕没有什么精神需求吧?有,也只不过是想好上再好,那是馋。馋是你们这些人的特点。"我承认他说得有些道理,禁不住问他:"你总在说你们、你们,可你是什么人?"他迅速看着其他地方,只是不看我,说:"我当然不同了。我主要是对吃要求得比较实在。唉,不说这些了,你真的不喜欢下棋?'何以解忧?唯有象棋'。"我瞧着他说:"你有什么忧?"他仍然不看我,"没有什么忧,没有。'忧'这玩意儿,是他妈文人的佐料儿。我们这种人,没有什么忧,顶多有些不痛快。何以解不痛快?唯有象棋。"

　　我看他对吃很感兴趣,就注意他吃的时候。列车上给我们这几节知青车厢送饭时,他若心思不在下棋上,就稍稍有些不安。听见前面大家拿饭时铝盒的碰撞声,他常常闭上眼,嘴巴紧紧收着,倒好像有些恶心。拿到饭后,马上就开始吃,吃得很快,喉结一缩一缩的,脸上绷满了筋。常常突然停下来,很小心地将嘴边或下巴上的饭粒儿和汤水油花儿用整个儿食指抹进嘴里。若饭粒儿落在衣服上,就马上一按,拈进嘴里。若一个没按住,饭粒儿由衣服上掉下地,他也立刻双脚不再移动,转了上身找。这时候他若碰上我的目光,就放慢速度。吃完以后,他把两只筷子吮净,拿水把饭盒冲满,先将上面一层油花吸净,然后就带着安全到达彼岸的神色小口小口地呷。有一次,他在下棋,左手轻轻地叩茶几。一粒干缩了的饭粒儿也轻轻地小声跳着。他一下注意到了,就迅速将那个干饭粒儿放进嘴里,腮上立刻显出筋络。我知道这种干饭粒儿很容易嵌到槽牙里,巴在那儿,舌头是赶它不出的。果然,呆了一会儿,他就伸手到嘴里去抠。终于嚼完,和着一大股口水,"咕"地一声儿咽下去,喉结慢慢移下来,眼睛里有了泪花。他对吃是虔诚的,而且很精细。有时你会可怜那些饭被他吃得一个渣儿都不剩,真有点儿惨无人道。我在火车上一直看他下棋,发现他同样是精细的,但就有气度得多。他常常在我们还根本看不出已是败局时就开始重码棋子,说:"再来一盘吧。"有的人不服输,非要下完,总觉得被他那样暗示死刑存些侥幸。他也奉陪,用四五步棋逼死对方,略带嘲讽地说:"给你棋脸,非要听'将',有瘾?"

　　我每看到他吃饭,就回想起杰克·伦敦的《热爱生命》,终于在一次饭后他小口呷汤时讲了这个故事。我因为有过饥饿的经验,所以特别渲染了故事中的饥饿感觉。他不再喝汤,只是把饭盒端在嘴边儿,一动不动地听我讲。我讲完了,他呆了许久,凝视着饭盒里的水,轻轻吸了一口,才很严肃地看着我说:"这个人是对的。他当然要把饼干藏在褥子底下。照你讲,他是对失去食物发生精神上的恐惧,是精神病?不,他有道理,太有道理了。写书的人怎么可以这么理解这个人呢?杰……杰什么?嗯,杰克·伦敦,这个小子他妈真是饱汉子不知饿汉子饥。"我马上指出杰克·伦敦是一个如何如何的人。他说:"是呀,不管怎么样,像你说的,杰克·伦敦后来出了名,肯定不愁吃的,他当然会叼着根烟,写些嘲笑饥饿的故事。"我说:"杰克·伦敦丝毫也没有嘲笑饥饿,他是……"他不耐烦地打断我说:"怎么不是嘲笑?把一个特别清楚饥饿是怎么回事儿的人写成发了神经,我不喜欢。"我只好苦笑,不再说什么。可是一没人和他下棋了,他就又问我:"嗯?再讲个吃的故事?其实杰克·伦敦那个故事挺好。"我有些不高兴地说:"那根本不是个吃的故事,那是一个讲生命的故事。你不愧为棋呆子。"大约是我脸上有种表情,他于是不知怎么办才好。我心里有一种东西升上来,我还是喜欢他的,就说:"好吧,巴尔扎克的《邦斯舅舅》听过吗?"他摇摇头。我就又好好儿描述了一下邦斯这个老饕。不料他听完,马上就说:"这个故事不好,这是一个馋的故事,不是吃的故事。邦斯这个老头儿若只是吃而不馋,不会死。我不喜欢这个故事。"他马上意识到这最后一句话,就急忙说:"倒也不是不喜欢。不过洋人总和咱们不一样,隔着一层。我给你讲个故事吧。"我马上感了兴趣:棋呆子居然也有故事!他把身体靠得舒服一些,说:"从前哪,"笑了笑,又说:"老是他妈从前,可这个故事是我们院儿的五奶讲的。嗯——老辈子的时候,有这么一家子,吃喝不愁。粮食一囤一囤的,顿顿想吃多少吃多少,嘿,可美气了。后来呢,娶了个儿媳妇。那真能干,就没说把饭做糊过,不干不稀,特解饱。可这媳妇,每做一顿饭,必抓出一把米藏好……"听到这儿,我忍不住插嘴:"老掉牙的故事了,还不是后来遇了荒年,大家没饭吃,媳妇把每日攒下的米拿出来,不但自家有了,还分给穷人?"他很惊奇地坐直了,看着我说:"你知道这个故事?可那米没有分给别人,五奶没有说分给别人。"我笑了,说:"这是教育小孩儿要节约的故事,你还拿来有滋有味儿地讲,你真是呆子。这不是一个吃的故事。"他摇摇头,说:"这太是吃的故事了。首先得有饭,才能吃,这家子有一囤一囤的粮食。可光穷吃不行,得记着断顿儿的时候,每顿都要欠一点儿。老话儿说'半饥半饱日子长'嘛。"我想笑但没笑出来,似乎明白了一些什么。为了打消这种异样的感触,就说:"呆子,我跟你下棋吧。"他一下高兴起来，紧一紧手脸，啪啪啪就把棋码好，说："对，说什么吃的故事，还是下棋。下棋最好，何以解不痛快？唯有下象棋。啊？哈哈哈！你先走。"我又是当头炮，他随后把马跳好。我随便动了一个子儿，他很快地把兵移前一格儿。我并不真心下棋，心想他念到中学，大约是读过不少书的，就问："你读过曹操的《短歌行》？"他说："什么《短歌行》？"我说："那你怎么知道'何以解忧，唯有杜康'？"他愣了，问："杜康是什么？"我说："杜康是一个造酒的人，后来也就代表酒，你把杜康换成象棋，倒也风趣。"他摆了一下头，说："啊，不是。这句话是一个老头儿说的，我每回和他下棋，他总说这句。"我想起了传闻中的捡烂纸的老头儿，就问："是捡烂纸的老头儿吗？"他看了我一眼，说："不是。不过，捡烂纸的老头儿棋下得好，我在他那儿学到不少东西。"我很感兴趣地问："这老头儿是个什么人？怎么下得一手儿好棋还捡烂纸？"他很轻地笑了一下，说："下棋不当饭。老头儿要吃饭，还得捡烂纸。可不知他以前是什么人。有一回，我抄的几张棋谱不知怎么找不到了，以为当垃圾倒出去了，就到垃圾站去翻。正翻着，这个老头儿推着筐过来了，指着我说，'你个大小伙子，怎么抢我的买卖？'我说不是，是找丢了的东西，他问什么东西，我没搭理他。可他问个不停，'钱？存折儿？结婚帖子？'我只好说是棋谱，正说着，就找着了。他说叫他看看。他在路灯底下挺快就看完了，说'这棋没根哪'。我说这是以前市里的象棋比赛。可他说，'哪儿的比赛也没用，你瞧这，这叫棋路？狗脑子。'我心想怕是遇上异人了，就问他当怎么走。老头儿哗哗说了一通谱儿，我一听，真的不凡，就提出要跟他下一盘。老头儿让我先说。我们俩就在垃圾站下盲棋，我是连输五盘。老头儿棋路猛听头几步，没什么，可着子真阴真狠，打闪一般，网得开，收得又紧又快。后来我们见天儿在垃圾站下盲棋，每天回去我就琢磨他的棋路，以后居然跟他平过一盘，还赢过一盘。其实赢的那盘我们一共才走了十几步。老头儿用铅丝扒子敲了半天地面，叹一声，'你赢了。'我高兴了，直说要到他那儿去看看。老头儿白了我一眼，说，'撑的？！'告诉我明天晚上再在这儿等他。第二天我去了，见他推着筐远远来了。到了跟前，从筐里取出一个小布包，递到我手上，说这也是谱儿，让我拿回去，看瞧得懂不。又说哪天有走不动的棋，让我到这儿来说给他听听，兴许他就走动了。我赶紧回到家里，打开一看，还真他妈看不懂。这是本异书，也不知是哪朝哪代的，手抄，边边角角儿，补了又补。上面写的东西，不像是说象棋，好像是说另外的什么事儿。我第二天又去找老头儿，说我看不懂，他哈哈一笑，说他先给我说一段儿，提个醒儿。他一开说，把我吓了一跳。原来开宗明义，是讲男女的事儿。我说这是四旧。老头儿叹了，说什么是旧？我这每天捡烂纸是不是在捡旧？可我回去把它们分门别类，卖了钱，养活自己，不是新？又说咱们中国道家讲阴阳，这开篇是借男女讲阴阳之气。阴阳之气相游相交，初不可太胜，太胜则折，折就是'折断'的'折'。"我点点头。"'太胜则折，太弱则泻'。老头儿说我的毛病是太胜。又说，若对手胜，则以柔化之。可要在化的同时，造成克势。柔不是弱，是容，是收，是含。含而化之，让对手入你的势。这势要你造，需无为而无不为。无为即是道，也就是棋运之大不可变，你想变，就不是象棋，输不用说了，连棋边儿都沾不上。棋运不可悖，但每局的势要自己造。棋运和势既有，那可就无所不为了。玄是真玄，可细琢磨，是那么个理儿。我说，这么讲是真提气，可这下棋，千变万化，怎么才能准赢呢？老头儿说这就是造势的学问了。造势妙在契机。谁也不走子儿，这棋没法儿下。可只要对方一动，势就可入，就可导。高手你入他很难，这就要损。损他一个子儿，损自己一个子儿，先导开，或找眼钉下，止住他的入势，铺排下自己的入势。这时你万不可死损，势式要相机而变。势势有相因之气，势套势，小势导开，大势含而化之，根连根，别人就奈何不得。老头儿说我只有套，势不太明。套可以算出百步之远，但无势，不成气候。又说我脑子好，有琢磨劲儿，后来输我的那一盘，就是大势已破，再下，就是玩了。老头儿说他日子不多了，无儿无女，遇见我，就传给我吧。我说你老人家棋道这么好，怎么还干这种营生呢？老头儿叹了一口气，说这棋是祖上传下来的，但有训——'为棋不为生'，为棋是养性，生会坏性，所以生不可太胜。又说他从小没学过什么谋生本事，现在想来，倒是训坏了他。"我似乎听明白了一些棋道，可很奇怪，就问："棋道与生道难道有什么不同么？"王一生说："我也是这么说，而且魔症起来，问他天下大势。老头儿说，棋就是这么几个子儿，棋盘就这么大，无非是道同势不同，可这子儿你全能看在眼底。天下的事，不知道的太多。这每天的大字报，张张都新鲜，虽看出点道儿，可不能究底。子儿不全摆上，这棋就没法儿下。"

我就又问那本棋谱。王一生很沮丧地说："我每天带在身上，反复地看。后来你知道，我撕大字报被造反团捉住，书就被他们搜了去，说是四旧，给毁了，而且是当着我的面儿毁的。好在书已在我脑子里，不怕他们。"我就又和王一生感叹了许久。

火车终于到了。所有的知识青年都又被用卡车运到农场。在总场，各分场的人上来领我们。我找到王一生,说:"呆子,要分手了,别忘了交情,有事儿没事儿,互相走动。"他说当然。

二

　　这个农场在大山林里,活计就是砍树,烧山,挖坑,再栽树。不栽树的时候,就种点儿粮食。交通不便,运输不够,常常就买不到煤油点灯。晚上黑灯瞎火,大家凑在一起臭聊,天南地北。又因为常割资本主义尾巴,生活就清苦得很,常常一个月每人只有五钱油,吃饭钟一敲,大家就疾跑如飞。落在后边,常常就只能吃清水南瓜或清水茄子。大锅菜是先煮后搁油,油又少,只在汤上浮几个大花儿。米倒是不缺,国家供应商品粮,每人每月四十二斤。可没油水,挖山又不是松活,肚子就越吃越大。我倒是没什么,毕竟强似讨吃。每月又有二十几元工薪,家里没有人惦记着,又没有找女朋友,就买了烟学抽,不料越抽越凶。

　　山上活儿紧时,常常累翻,就想:呆子不知怎么干?那么精瘦的一个人。晚上大家闲聊,多是精神会餐。我又想,呆子的吃相可能更恶了。我父亲在时,炒得一手好菜,母亲都比不上他。星期天常邀了同事,专事品尝,我自然精于此道。因此聊起来,常常是主角,说得大家个个儿腮胀,常常发一声喊,将我按倒在地上,说像我这样儿的人实在是祸害,不如宰了炒吃。下雨时节,大家都慌忙上山去挖笋,又到沟里捉田鸡,无奈没有油,常常吃得胃酸。山上总要放火,野兽们都惊走了,极难打到。即使打到,野物们走惯了,没有膘,熬不得油。尺把长的老鼠也捉来吃,因鼠是吃粮的,大家说鼠肉就是人肉,也算吃人吧。我又常想,呆子难道不馋?好上加好,固然是馋,其实饿时更馋。不馋,吃的本能不能发挥,也不得寄托。又想,呆子不知还下不下棋。我们分场与他们分场隔着近百里,来去一趟不容易,也就见不着。

　　转眼到了夏季。有一天,我正在山上干活儿,远远望见山下小路上有一个人。大家觉得影儿生,就议论是什么人。有人说是小毛的男的吧。小毛是队里一个女知青,新近在外场找了一个朋友,可谁也没见过。大家就议论可能是这个人来找小毛,于是满山喊小毛,说她的汉子来了。小毛丢了锄,跌跌撞撞跑过来,伸了脖子看。还没等小毛看好,我却认出来人是王一生——棋呆子。于是大叫,别人倒吓了一跳,都问:"找你的?"我很得意。我们这个队有四个省市的知青,与我同来的不多,自然他们不认识王一生。我这时正代理一个管三四个人的小组长,于是对大家说:"散了,不干了。大家也别回去,帮我看看山上可有什么吃的弄点儿。到钟点儿再下山,拿到我那儿去烧。你们打了饭,都过来一起吃。"大家于是就钻进乱草里去寻了。

我跳着跑下山,王一生已经站住,一脸高兴的样子,远远地问:"你怎么知道是我?"我到了他跟前说:"远远就看你呆头呆脑,还真是你。你怎么老也不来看我?"他跟我并排走着,说:"你也老不来看我呀!"我见他背上的汗浸出衣衫,头发已是一绺一绺的,一脸的灰土,只有眼睛和牙齿放光,嘴上也是一层土,干得起皱,就说:"你怎么摸来的?"他说:"搭一段儿车,走一段儿路,出来半个月了。"我吓了一跳,问:"不到百里,怎么走这么多天?"他说:"回去细说。"

说话间已经到了沟底队里。场上几只猪跑来跑去,个个儿瘦得赛狗。还不到下班时间,冷冷清清的,只有队上伙房隐隐传来叮叮当当的声音。

到了我的宿舍,就直进去。这里并不锁门,都没有多余东西可拿,不必防谁。我放了盆,叫他等着,就提桶打热水来给他洗。到了伙房,与炊事员讲,我这个月的五钱油全数领出来,以后就领生菜,不再打熟菜。炊事员问:"来客了?"我说:"可不!"炊事员就打开锁了的柜子,舀一小匙油找了个碗盛给我,又拿了三只长茄子,说:"明天还来打菜吧,从后天算起,方便。"我从锅里舀了热水,提回宿舍。

王一生把衣裳脱了,只剩一条裤衩,呼噜呼噜地洗。洗完后,将脏衣服按在水里泡着,然后一件一件搓,洗好涮好,拧干晾在门口绳上。我说:"你还挺麻利的。"他说:"从小自己干,惯了。几件衣服,也不费事。"说着就在床上坐下,弯过手臂,去挠后背,肋骨一根根动着。我拿出烟来请他抽。他很老练地敲出一支,舔了一头儿,倒过来叼着。我先给他点了,自己也点上。他支起肩深吸进去,慢慢地吐出来,浑身荡一下,笑了,说:"真不错。"我说:"怎么样?也抽上了?日子过得不错呀。"他看看草顶,又看看在门口转来转去的猪,低下头,轻轻拍着净是绿筋的瘦腿,半晌才说:"不错,真的不错。还说什么呢?粮?钱?还要什么呢?不错,真不错。你怎么样?"他透过烟雾问我。我也感叹了,说:"钱是不少,粮也多,没错儿,可没油哇。大锅菜吃得胃酸。主要是没什么玩儿的,没书,没电,没电影儿。去哪儿也不容易,老在这个沟儿里转,闷得无聊。"他看看我,摇一下头,说:"你们这些人哪!没法儿说,想的净是锦上添花。我挺知足,还要什么呢?你呀,你就是叫书害了。你在车上给我讲的两个故事,我琢磨了,后来挺喜欢的。你不错,读了不少书。可是,归到底,解决什么呢？是呀，一个人拼命想活着，最后都神经了，后来好了，活下来了，可接着怎么活呢？像邦斯那样？有吃，有喝，好收藏个什么，可有个馋的毛病，人家不请吃就活得不痛快。人要知足，顿顿饱就是福。"他不说了，看着自己的脚趾动来动去，又用后脚跟去擦另一只脚的背，吐出一口烟，用手在腿上掸了掸。

我很后悔用油来表示我对生活的不满意，还用书和电影儿这种可有可无的东西表示我对生活的不满足，因为这些在他看来，实在是超出基准线之上的东西，他不会为这些烦闷。我突然觉得很泄气，有些同意他的说法。是呀，还要什么呢？我不是也感到挺好了吗？不用吃了上顿惦记着下顿，床不管怎么烂，也还是自己的，不用窜来窜去找刷夜的地方。可我常常烦闷的是什么呢？为什么就那么想看看随便什么一本书呢？电影儿这种东西，灯一亮就全醒过来了，图个什么呢？可我隐隐有一种欲望在心里，说不清楚，但我大致觉出是关于活着的什么东西。

我问他："你还下棋吗？"他就像走棋那么快地说："当然，还用说？"我说："是呀，你觉得一切都好，干嘛还要下棋呢？下棋不多余吗？"他把烟卷儿停在半空，摸了一下脸，说："我迷象棋。一下棋，就什么都忘了。呆在棋里舒服。就是没有棋盘、棋子儿，我在心里就能下，碍谁的事儿啦？"我说："假如有一天不让你下棋，也不许你想走棋的事儿，你觉得怎么样？"他挺奇怪地看着我说："不可能，那怎么可能？我能在心里下呀！还能把我脑子挖了？你净说些不可能的事儿。"我叹了一口气，说："下棋这事儿看来是不错。看了一本儿书，你不能老在脑子里过篇儿，老想看看新的。可棋不一样，自己能变着花样儿玩。"他笑着对我说："怎么样，学棋吧？咱们现在吃喝不愁了，顶多是照你说的，不够好，又活不出个大意思来。书你哪儿找去？下棋吧，有忧下棋解。"我想了想，说："我实在对棋不感兴趣。我们队倒有个人，据说下得不错。"他把烟屁股使劲儿扔出门外，眼睛又放出光来："真的？有下棋的？嘿，我真还来对了。他在哪儿？"我说："还没下班呢。看你急的，你还是来看我的吗？"他双手抱着脖子仰在我的被子上，看着自己松松的肚皮，说："我这半年，就找不到下棋的。后来想，天下异人多得很，这野林子里我就不信找不到个下棋下得好的。现在我请了事假，一路找人下棋，就找到你这儿来了。"我说："你不挣钱了？怎么活着呢？"他说："你不知道，我妹妹在城里分了工矿，挣钱啦，我也就不用给家寄那么多钱了。我就想，趁这功夫儿，会会棋手。怎么样？你一会儿把你说的那人找来下一盘？"我说当然，心里一动，就又问他："你家里到底是怎么个情况呢?"他叹了一口气,望着屋顶,很久才说:"穷。困难啊!我们家三口儿人,母亲死了,只有父亲、妹妹和我。我父亲嘛,挣得少,按平均生活费的说法儿,我们一人才不到十块。我母亲死后,父亲就喝酒,而且越喝越多,手里有俩钱儿就喝,就骂人。邻居劝,他不是不听,就是一把鼻涕一把泪,弄得人家也挺难过。我有一回跟我父亲说,'你不喝就不行?有什么好处呢?'他说,'你不知道酒是什么玩意儿,它是老爷们儿的觉啊!咱们这日子挺不易,你妈去了,你们又小。我烦哪,我没文化,这把年纪,一辈子这点子钱算是到头儿了。你妈死的时候,嘱咐了,怎么着也要供你念完初中再挣钱。你们让我喝口酒,啊?对老人有什么过不去的,下辈子算吧。'"他看了看我,又说:"不瞒你说,我母亲解放前是窑子里的。后来大概是有人看上了,做了人家的小,也算从良。有烟吗?"我扔过一根烟给他,他点上了,把烟头儿吹得红红的,两眼不错眼珠儿地盯着,许久才说:"后来,我妈又跟人跑了,据说买她的那家欺负她,当老妈子不说,还打。后来跟的这个是什么人,我不知道,我只知道我是我妈跟这个人生的。刚一解放,我妈跟的那个人就不见了。当时我妈怀着我,吃穿无着,就跟了我现在这个父亲。我这个后爹是卖力气的,可临到解放的时候儿,身子骨儿不行了,又没文化,钱就挣得少。和我妈过了以后,原指着相帮着好一点儿,可没想到添了我妹妹后,我妈一天不如一天。那时候我才上小学,我脑筋好,老师都喜欢我。可学校春游、看电影我都不去,给家里省一点儿是一点儿。我妈怕委屈了我,拖累着个身子,到处找活。有一回,我和我母亲给印刷厂叠书页子,是一本讲象棋的书。叠好了,我妈还没送去,我就一篇一篇对着看。不承想,就看出点儿意思来。于是有空儿就到街上看人家下棋。看了有些日子,就手痒痒,没敢跟家里要钱,自己用硬纸剪了一副棋,拿到学校去下。下着下着就熟了。于是又到街上和别人下。原先我看人家下得挺好,可我这一跟他们真下,还就赢了。一家伙就下了一晚上,饭也没吃。我妈找了来,把我打回去。唉,我妈身子弱,都打不疼我。到了家,她竟给我跪下了,说'小祖宗,我就指望你了!你若不好好儿念书,妈就死在这儿'。我一听这话吓坏了,忙说,'妈,我没不好好儿念书。您起来,我不下棋了。'我把我妈扶起来坐着。那天晚上,我跟我妈叠页子,叠着叠着,就走了神儿,想着一路棋。我妈叹一口气说,'你也是,看不上电影儿,也不去公园,就玩儿这么个棋。唉,下吧。可妈的话你得记着,不许玩儿疯了。功课要是拉下了,我不饶你。我和你爹都不识字儿,可我们会问老师。老师若说你功课跟不上,你再说什么也不行。'我答应了。我怎么会把功课拉下呢？学校的算术，我跟玩儿似的。这以后，我放了学，先做功课，完了就下棋，吃完饭，就帮我妈干活儿，一直到睡觉。因为叠页子不用动脑筋，所以就在脑子里走棋，有的时候，魔症了，会突然一拍书页、喊棋步，把家里人都吓一跳。"我说："怨不得你棋下得这么好，小时候棋就都在你脑子里呢！"他苦笑笑说："是呀，后来老师就让我去少年宫象棋组，说好好儿学，将来能拿大冠军呢！可我妈说，'咱们不去什么象棋组，要学，就学有用的本事。下棋下得好，还当饭吃了？有那点儿功夫，在学校多学点儿东西比什么不好？你跟你们老师说，不去象棋组，要是你们老师还有没教你的本事，你就跟老师说，你教了我，将来有大用呢。啊？专学下棋？这以前都是有钱人干的！妈以前见过这种人，那都是身份，他们不指着下棋吃饭。妈以前呆过的地方，也有女的会下棋，可要的钱也多。唉，你不知道，你不懂。下下玩儿可以，别专学，啊？'我跟老师说了，老师想了想，没说什么。后来老师买了一副棋送我，我拿给妈看，妈说，'唉，这是善心人哪！可你记住，先说吃，再说下棋。等你挣了钱，养活家了，爱怎么下就怎么下，随你。'"我感叹了，说："这下儿好了，你挣钱了，你就能撒着欢儿地下了，你妈也就放心了。"王一生把脚搬上床，盘了坐，两只手互相捏着腕子，看着地下说："我妈看不见我挣钱了。家里供我念到初一，我妈就死了。死之前，特别跟我说，'这一条街都说你棋下得好，妈信。可妈在棋上疼不了你。你在棋上怎么出息，到底不是饭碗。妈不能看你念完初中，跟你爹说了，怎么着困难，也要念完。高中，妈打听了，那是为上大学。咱们家用不着上大学，你爹也不行了，你妹妹还小，等你初中念完了就挣钱，家里就靠你了。妈要走了，一辈子也没给你留下什么，只捡人家的牙刷把，给你磨了一副棋。'说着，就叫我从枕头底下拿出一个小布包来，打开一看，都是一小点儿大的子儿，磨得是光了又光，赛象牙，可上头没字儿。妈说，'我不识字，怕刻不对。你拿了去，自己刻吧，也算妈疼你好下棋。'我们家多困难，我没哭过，哭管什么呢？可看着这副没字儿的棋，我绷不住了。"

我鼻子有些酸，就低了眼，叹道："唉，当母亲的。"王一生不再说话，只是抽烟。

山上的人下来了，打到两条蛇。大家见了王一生，都很客气，问是几分场的，那边儿伙食怎么样。王一生答了，就过去摸一摸晾着的衣裤，还没有干。我让他先穿我的，他说吃饭要出汗，先光着吧。大家见他很随和，也就随便聊起来。我自然将王一生的棋道吹了一番，以示来者不凡。大家就都说让队里的高手"脚卵"来与王一生下。一个人跑去喊，不一刻，脚卵来了。脚卵是南方大城市的知识青年，个子非常高，又非常瘦。动作起来颇有些文气，衣服总要穿得整整齐齐，有时候走在山间小路上，看到这样一个高个儿纤尘不染，衣冠楚楚，真令人生疑。脚卵弯腰进来，很远就伸出手来要握，王一生糊涂了一下，马上明白了，也伸出手去，脸却红了。握过手，脚卵把双手捏在一起端在肚子前面，说："我叫倪斌，人儿倪，文武斌。因为腿长，大家叫我脚卵。卵是很粗俗的话，请不要介意，这里的人文化水平是很低的。贵姓？"王一生比倪斌矮下去两个头，就仰着头说："我姓王，叫王一生。"倪斌说："王一生？蛮好，蛮好，名字蛮好的。一生是哪两个字？"王一生一直仰着脖子，说："一二三的一，生活的生。"倪斌说："蛮好，蛮好。"就把长臂曲着往外一摆，说："请坐。听说你钻研象棋？蛮好，蛮好，象棋是很高级的文化。我父亲是下得很好的，有些名气，喏，他们都知道的。我会走一点点，很爱好，不过在这里没有对手。你请坐。"王一生坐回床上，很尴尬地笑着，不知说什么好。倪斌并不坐下，只把手虚放在胸前，微微向前侧了一下身子，说："对不起，我刚刚下班，还没有梳洗，你候一下好了，我马上就来。噢，问一下，家父也是棋道里的人么？"王一生很快地摇头，刚要说什么，但只是喘了一口气。倪斌说："蛮好，蛮好。好，一会儿我再来。"我说："脚卵，洗了澡，来吃蛇肉。"倪斌一边退出去，一边说："不必了，不必了。好的，好的。"大家笑起来，向外嚷："你到底来是不来？什么'不必了，好的'！"倪斌在门外说："蛇肉当然是要吃的，一会儿下棋是要动脑筋的。"

大家笑着脚卵，关了门，三四个人精着屁股，上上下下地洗，互相开着身体的玩笑。王一生不知在想什么，坐在床里边，让开擦身的人。我一边将蛇头撕下来，一边对王一生说："别理脚卵，他就是这么神神道道的一个人。"有一个人对我说："你的这个朋友要真是有两下子，今天有一场好杀。脚卵的父亲在我们市里，真是很有名气哩。"另外的人说："爹是爹，儿是儿，棋还遗传了？"王一生说："家传的棋，有厉害的。几代沉下的棋路，不可小看。一会儿下起来看吧。"说着就紧一紧手脸。我把蛇挂起来，将皮剥下，不洗，放在案板上，用竹刀把肉划开，并不切断，盘在一个大碗内，放进一个大锅里，锅底蓄上水，叫："洗完了没有？我可开门了！"大家慌忙穿上短裤。我到外边地上摆三块土坯，中间架起柴引着，就将锅放在土坯上，把猪吆喝远了，说："谁来看看？别叫猪拱了。开锅后十分钟端下来。"就进屋收拾茄子。

有人把脸盆洗干净，到伙房打了四五斤饭和一小盆清水茄子，捎回来一棵葱和两瓣野蒜、一小块姜，我说还缺盐，就又有人跑去拿来一块，捣碎在纸上放着。

　　脚卵远远地来了，手里抓着一个黑木盒子。我问："脚卵，可有酱油膏？"脚卵迟疑了一下，又返身回去。我又大叫："有醋精拿点儿来！"

　　蛇肉到了时间，端进屋里，掀开锅，一大团蒸气冒出来，大家并不缩头，慢慢看清了，都叫一声好。两大条蛇肉亮晶晶地盘在碗里，粉粉的冒鲜气。我嗖地一下将碗端出来，吹吹手指，说："开始准备胃液吧！"王一生也挤过来看，问："整着怎么吃？"我说："蛇肉碰不得铁，碰铁就腥，所以不切，用筷子撕着蘸料吃。"我又将切好的茄块儿放进锅里蒸。

　　脚卵来了，用纸包了一小块儿酱油膏，又用一张小纸包了几颗白色的小粒儿，我问是什么，脚卵说："这是草酸，去污用的，不过可以代替醋。我没有醋精，酱油膏也没有了，就这一点点。"我说："凑合了。"脚卵把盒子放在床上，打开，原来是一副棋，乌木做的棋子，暗暗地发亮。字用刀刻出来，笔划很细，却是篆字，用金丝银丝嵌了，古色古香。棋盘是一幅绢，中间亦是篆字：楚河汉界。大家凑过去看，脚卵就很得意，说："这是古董，明朝的，很值钱。我来的时候，我父亲给我的。以前和你们下棋，用不着这么好的棋。今天王一生来嘛，我们好好下。"王一生大约从来没有见过这么精彩的棋具，很小心地摸，又紧一紧手脸。

　　我将酱油膏和草酸冲好水，把葱末、姜末和蒜末投进去，叫声："吃起来！"大家就乒乒乓乓地盛饭，伸筷撕那蛇肉蘸料，刚入嘴嚼，纷纷嚷鲜。

　　我问王一生是不是有些像蟹肉，王一生一边儿嚼着，一边儿说："我没吃过螃蟹，不知道。"脚卵伸过头去问："你没吃过螃蟹？怎么会呢？"王一生也不答话，只顾吃。脚卵就放下碗筷，说："年年中秋节，我父亲就约一些名人到家里来，吃螃蟹，下棋，品酒，作诗。都是些很高雅的人，诗做得很好的，还要互相写在扇子上。这些扇子过多少年也是很值钱的。"大家并不理会他，只顾吃。脚卵眼看蛇肉渐少，也急忙捏起筷子夹，不再说什么。

　　不一刻，蛇肉吃完，只剩两副蛇骨在碗里。我又把蒸熟的茄块儿端上来，放少许蒜和盐拌了。再将锅里热水倒掉，续上新水，把蛇骨放进去熬汤。大家喘一口气，接着伸筷，不一刻，茄子也吃净。我便把汤端上来，蛇骨已经煮散，在锅底刷拉刷拉地响。这里屋外常有一二处小丛的野茴香，我就拔来几棵，揪在汤里，立刻屋里异香扑鼻。大家这时饭已吃净，纷纷舀了汤在碗里，热热的小口呷,不似刚才紧张,话也多起来了。

脚卵抹一抹头发,说:"蛮好,蛮好的。"就拿出一支烟,先让了王一生,又自己叼了一支,烟包正待放回衣袋里,想了想,便放在小饭桌上,摆一摆手说:"今天吃的,都是山珍,海味是吃不到了。我家里常吃海味的,非常讲究。据我父亲讲,我爷爷在时,专雇一个老太婆,整天就是从燕窝里拨脏东西。燕窝这种东西,是海鸟叼来小鱼小虾,用口水粘起来的,所以里面各种脏东西多得很,要很细心地一点一点清理,一天也就能搞清一个,再用小火慢慢地蒸。每天吃一点,对身体非常好。"王一生听呆了,问:"一个人每天就专门是管做燕窝的?好家伙!自己买来鱼虾,熬在一起,不等于燕窝吗?"脚卵微微一笑,说:"要不怎么燕窝贵呢?第一,这燕窝长在海中峭壁上,要舍命去挖。第二,这海鸟的口水是很珍贵的东西,是温补的。因此,舍命,费工时,又是补品;能吃燕窝,也是说明家里有钱和有身份。"大家就说这燕窝一定非常好吃。脚卵又微微一笑,说:"我吃过的,很腥。"大家就感叹了,说费这么多钱,吃一口腥,太划不来。

天黑下来,早升在半空的月亮渐渐亮了。我点起油灯,立刻四壁都是人影子。脚卵就说:"王一生,我们下一盘?"王一生大概还没有从燕窝里醒过来,听见脚卵问,只微微点一点头。脚卵出去了。王一生奇怪了,问:"嗯?"大家笑而不答。一会儿,脚卵又来了,穿得笔挺,身后随来许多人,进屋都看看王一生。脚卵慢慢摆好棋,问:"你先走?"王一生说:"你吧。"大家就上上下下围了看。

走出十多步,王一生有些不安,但也只是暗暗捻一下手指。走过三十几步,王一生很快地说:"重摆吧。"大家奇怪,看看王一生,又看看脚卵,不知是谁赢了。脚卵微微一笑,说:"一赢不算胜。"就伸手抽一根烟点上。王一生没有表情,默默地把棋重新码好。两人又走。又走到十多步,脚卵半天不动,直到把一根烟吸完,又走了几步,脚卵慢慢地说:"再来一盘。"大家又奇怪是谁赢了,纷纷问。王一生很快地将棋码成一个方堆,看着脚卵:"走盲棋?"脚卵沉吟了一下,点点头。两人就口述棋步。好几个人摸摸头,摸摸脖子,说下得好没意思,不知谁是赢家。就有几个人离开走出去,把油灯带得一明一暗。

我觉出有点儿冷,就问王一生:"你不穿点儿衣裳?"王一生没有理我。我感到没有意思,就坐在床里,看大家也是一会儿看看脚卵,一会儿看看王一生,像是瞧从来没见过的两个怪物。油灯下,王一生抱了双膝,锁骨后陷下两个深窝,盯着油灯,时不时拍一下身上的蚊虫。脚卵两条长腿抵在胸口,一只大手将整个儿脸遮了,另一只大手飞快地将指头捏来弄去。说了许久,脚卵放下手,很快地笑一笑,说:"我乱了,记不得。"就又摆了棋再下。不久,脚卵抬起头,看着王一生说:"天下是你的。"抽出一支烟给王一生,又说:"你的棋是跟谁学的?"王一生也看着脚卵,说:"跟天下人。"脚卵说:"蛮好,蛮好,你的棋蛮好。"大家看出是谁赢了,都高兴松动起来,盯着王一生看。

　　脚卵把手搓来搓去,说:"我们这里没有会下棋的人,我的棋路生了。今天碰到你,蛮高兴的,我们做个朋友。"王一生说:"将来有机会,一定见见你父亲。"脚卵很高兴,说:"那好,好极了,有机会一定去见见他。我不过是玩玩棋。"停了一会儿,又说:"你参加地区的比赛,没有问题。"王一生问:"什么比赛?"脚卵说:"咱们地区,要组织一个运动会,其中有棋类。地区管文教的书记我认得,他早年在我们市里,与我父亲认识。我到农场来,我父亲给他带过信,请他照顾。我找过他,他说我不如打篮球。我怎么会打篮球呢?那是很野蛮的运动,要伤身体的。这次运动会,他来信告诉我,让我争取参加农场的棋类队到地区比赛,赢了,调动自然好说。你棋下到这个地步,参加农场队,不成问题。你回你们场,去报名就可以了。将来总场选拔,肯定会有你。"王一生很高兴,起来把衣裳穿上,显得更瘦。大家又聊了很久。

　　将近午夜,大家都散去,只剩下宿舍里同住的四个人与王一生、脚卵。脚卵站起来,说:"我去拿些东西来吃。"大家都很兴奋,等着他。一会儿,脚卵弯腰进来,把东西放在床上,摆出六颗巧克力,半袋麦乳精,纸包的一斤精白挂面。巧克力大家都一口咽了,来回舔着嘴唇。麦乳精冲得稀稀的六碗,喝得满屋喉咙响。王一生笑嘻嘻地说:"世界上还有这种东西?苦甜苦甜的。"我又把火升起来,开了锅,把面下了,说:"可惜没有调料。"脚卵说:"我还有酱油膏。"我说:"你不是只有一小块儿了吗?"脚卵不好意思地说:"咳,今天不容易,王一生来了,我再贡献一些。"就又拿了来。

　　大家吃了,纷纷点起烟,打着哈欠,说没想到脚卵还有如许存货,藏得倒严实。脚卵急忙申辩这是剩下的全部了。大家吵着要去翻,王一生说:"不要闹,人家的是人家的,从来农场存到现在,说明人家会过日子。倪斌,你说,这比赛什么时候开始呢?"脚卵说:"起码还有半年。"王一生不再说话。我说:"好了,休息吧。王一生,你和我睡在我的床上。脚卵,明天再聊。"大家就起身收拾床铺,放蚊帐。我和王一生送脚卵到门口,看他高高的个子在青白的月光下远远去了。王一生叹一口气,说:"倪斌是个好人。"

　　王一生又呆了一天,第三天早上,执意要走。脚卵穿了破衣服,肩着锄来送。两人握了手,倪斌说:"后会有期。"大家远远在山坡上招手。我送王一生出了山沟,王一生拦住,说:"回去吧。"我嘱咐他,到了别的分场,有什么困难,托人来告诉我,若回来路过,再来玩儿。王一生整了整书包带儿,就急急地顺公路走了,脚下扬起细土,衣裳晃来晃去,裤管儿前后荡着,像是没有屁股。

三

这以后,大家没事儿,常提起王一生,津津有味儿的回忆王一生光膀子大战脚卵。我说了王一生如何如何不容易,脚卵说:"我父亲说过的,'寒门出高士'。据我父亲讲,我们祖上是元朝的倪云林。倪祖很爱干净,开始的时候,家里有钱,当然是讲究的。后来兵荒马乱,家道败了,倪祖就卖了家产,到处走,常在荒村野店投宿,很遇到一些高士。后来与一个会下棋的村野之人相识,学得一手好棋。现在大家只晓得倪云林是元四家里的一个,诗书画绝佳,却不晓得倪云林还会下棋。倪祖后来信佛参禅,将棋炼进禅宗,自成一路。这棋只我们这一宗传下来。王一生赢了我,不晓得他是什么路,总归是高手了。"大家都不知道倪云林是什么人,只听脚卵神吹,将信将疑,可也认定脚卵的棋有些来路,王一生既赢了脚卵,当然更了不起。这里的知青在城里都是平民出身,多是寒苦的,自然更看重王一生。

将近半年,王一生不再露面。只是这里那里传来消息,说有个叫王一生的,外号棋呆子,在某处与某某下棋,赢了某某。大家也很高兴,即使有输的消息,都一致否认,说王一生怎么会输呢?我给王一生所在的分场队里写了信,也不见回音,大家就催我去一趟。我因为这样那样的事,加上农场知青常常斗殴,又输进火药枪互相射击,路途险恶,终于没有去。

一天脚卵在山上对我说,他已经报名参加棋类比赛了,过两天就去总场,问王一生可有消息?我说没有。大家就说王一生肯定会到总场比赛,相约一起请假去总场看看。

过了两天,队里的活儿稀松,大家就纷纷找了各种借口请假到总场,盼着能见着王一生。我也请了假出来。

总场就在地区所在地,大家走了两天才到。这个地区虽是省以下的行政单位,却只有交叉的两条街,沿街有一些商店,货架上不是空的,即是"展品概不出售"。可是大家仍然很兴奋,觉得到了繁华地界,就沿街一个馆子一个馆子地吃,都先只叫净肉,一盘一盘地吞下去,拍拍肚子出来,觉得日光晃眼,竟有些肉醉,就找了一处草地,躺下来抽烟,又纷纷昏睡过去。

醒来后,大家又回到街上细细吃了一些面食,然后到总场去。

一行人高高兴兴到了总场,找到文体干事,问可有一个叫王一生的来报到。干事翻了半天花名册,说没有。大家不信,拿过花名册来七手八脚地找,真的没有,就问干事是不是搞漏掉了。干事说花名册是按各分场报上来的名字编的,都已分好号码,编好组,只等明天开赛。大家你望望我,我望望你,搞不清是怎么回事儿。我说:"找脚卵去。"脚卵在运动员们住下的草棚里,见了他,大家就问。脚卵说:"我也奇怪呢。这里乱糟糟的,我的号是棋类,可把我分到球类组来住,让我今晚就参加总场联队训练,说了半天也不行,还说主要靠我进球得分。"大家笑起来,说:"管他赛什么,你们的伙食差不了。可王一生没来太可惜了。"

直到比赛开始,也没有见王一生的影子。问了他们分场来的人,都说很久没见王一生了。大家有些慌,又没办法,只好去看脚卵赛篮球。脚卵痛苦不堪,规矩一点儿不懂,球也抓不住,投出去总是三不沾,抢得猛一些,他就抽身出来,瞪着大眼看别人争。文体干事急得抓耳挠腮,大家又笑得前仰后合。每场下来,脚卵总是嚷野蛮,埋怨脏。

赛了两天,决出总场各类运动代表队,到地区参加地区决赛。大家看看王一生还没有影子,就都相约要回去了。脚卵要留在地区文教书记家再待一两天,就送我们走一段。快到街口,忽然有人一指:"那不是王一生?"大家顺着方向一看,真是他。王一生在街另一面急急地走来,没有看见我们。我们一齐大叫,他猛地站住,看见我们,就横过街向我们跑来。到了跟前,大家纷纷问他怎么不来参加比赛?王一生很着急的样子,说:"这半年我总请事假出来下棋,等我知道报名赶回去,分场说我表现不好,不准我出来参加比赛,连名都没报上。我刚找了由头儿,跑上来看看赛得怎么样。怎么样?赛得怎么样?"大家一迭声儿地说早赛完了,现在是参加与各县代表队的比赛,夺地区冠军。王一生愣了半响,说:"也好,夺地区冠军必是各县高手,看看也不赖。"我说:"你还没吃东西吧?走,街上随便吃点儿什么去。"脚卵与王一生握过手,也惋惜不已。大家就又拥到一家小馆儿,买了一些饭菜,边吃边叹息。王一生说:"我是要看看地区的象棋大赛。你们怎么样?要回去了吗?"大家都说出来的时间太长了,要回去。我说:"我再陪你一两天吧。脚卵也在这里。"于是又有两三个人也说留下来再耍一耍。

脚卵就领留下的人去文教书记家,说是看看王一生还有没有参加比赛的可能。走不多久,就到了。只见一扇小铁门紧闭着,进去就有人问找谁,见了脚卵,不再说什么,只让等一下。一会儿叫进了,大家一起走进一幢大房子,只见窗台上摆了一溜儿花草,伺候得很滋润。大大的一面墙上只一幅毛主席诗词的挂轴儿,绫子黄黄的很浅。屋内只摆几把藤椅,茶几上放着几张大报与油印的简报。不一会儿,书记出来,胖胖的,很快地与每个人握手,又叫人把简报收走,就请大家坐下来。大家没见过管着几个县的人的家,头都转来转去地看。书记呆了一下,就问:"都是倪斌的同学吗?"大家纷纷回过头看书记,不知该谁回答。脚卵欠一欠身,说:"都是我们队上的。这一位就是王一生。"说着用手掌向王一生一倾。书记看着王一生说:"噢,你就是王一生?好。这两天,倪斌常提到你。怎么样,选到地区来赛了吗?"王一生正想答话,倪斌马上就说:"王一生这次有些事耽误了,没有报上名。现在事情办完了,看看还能不能参加地区比赛。您看呢?"书记用胖手在扶手上轻轻拍了两下,又轻轻用中指很慢地擦着鼻沟儿,说:"啊,是这样。不好办。你没有取得县一级的资格,不好办。听说你很有天才,可是没有取得资格去参加比赛,下面要说话的,啊?"王一生低了头,说:"我也不是要参加比赛,只是来看看。"书记说:"那是可以的,那欢迎。倪斌,你去桌上,左边的那个桌子,上面有一份打印的比赛日程。你拿来看看,象棋类是怎么安排的。"倪斌早一步跨进里屋,马上把材料拿出来,看了一下,说:"要赛三天呢!"就递给书记。书记也不看,把它放在茶几上,掸一掸手,说:"是啊,几个县嘛。啊?还有什么问题吗?"大家都站起来,说走了。书记与离他近的人很快地握了手,说:"倪斌,你晚上来,嗯?"倪斌欠欠身说好的,就和大家一起出来。大家到了街上,舒了一口气,说笑起来。

大家漫无目的地在街上走,讲起还要在这里呆三天,恐怕身上的钱支持不住。王一生说他可以找到睡觉的地方,人多一点恐怕还是有办法,这样就能不去住店,省下不少钱。倪斌不好意思地说他可以住在书记家。于是大家一起随王一生去找住的地方。

原来王一生已经来过几次地区,认识了一个文化馆画画儿的。王一生便带了我们投奔这位画家。到了文化馆,一进去,就听见远远有唱的,有拉的,有吹的,便猜是宣传队在演练。只见三四个女的,穿着蓝线衣裤,胸蹶得不能再高,一扭一扭地走过来,近了,并不让路,直脖直脸地过去。我们赶紧闪在一边儿,都有点儿脸红。倪斌低低地说:"这几位是地区的名角。在小地方,有她们这样的功夫,蛮不容易的。"大家就又回过头去看名角。

画家住在一个小角落里,门口鸡鸭转来转去,沿墙摆了一溜儿各类杂物,草就在杂物中间长出来。门前又被许多晒着的衣裤布单遮住。王一生领我们从衣裤中弯腰过去,叫那画家。马上就乒乒乓乓出来一个人,见了王一生,说:"来了?都进来吧。"画家只是一间小屋,里面一张小木床,到处是书、杂志、颜色和纸笔。墙上钉满了画的画儿。大家顺序进去,画家就把东西挪来挪去腾地方,大家挤着坐下,不敢再动。画家又迈过大家出去,一会儿提来一个暖瓶,给大家倒水。大家传着各式的缸子、碗,都有了,捧着喝。画家也坐下来,问王一生:"参加运动会了吗?"王一生叹着将事情讲了一遍。画家说:"只好这样了。要待几天呢?"王一生就说:"正是为这事来找你。这些都是我的朋友。你看能不能找个地方,大家挤一挤睡?"画家沉吟半晌,说:"你每次来,在我这里挤还凑合。这么多人,嗯——让我看看。"他忽然眼里放出光来,说:"文化馆有个礼堂,舞台倒是很大。今天晚上为运动会的人演出,演出之后,你们就在舞台上睡,怎么样?今天我还可以带你们进去看演出。电工与我很熟的,跟他说一声,进去睡没问题。只不过脏一些。"大家都纷纷说再好不过了。脚卵放下心的样子,小心地站起来,说:"那好,诸位,我先走一步。"大家要站起来送,却谁也站不起来。脚卵按住大家,连说不必了,一脚就迈出屋外。画家说:"好大的个子!是打球的吧?"大家笑起来,讲了脚卵的笑话。画家听了,说:"是啊,你们也都够脏的。走,去洗洗澡,我也去。"大家就一个一个顺序出去,还是碰得叮当乱响。

原来这地区所在地,有一条江远远流过。大家走了许久,方才到了。江面不甚宽阔,水却很急,近岸的地方,有一些小洼儿。四处无人,大家脱了衣裤,都很认真地洗,将画家带来的一块肥皂用完。又把衣裤泡了,在石头上抽打,拧干后铺在石头上晒,除了游水的,其余便纷纷趴在岸上晒。画家早洗完,坐在一边儿,掏出个本子在画。我发觉了,过去站在他身后看。原来他在画我们几个人的裸体速写。经他这一画,我倒发现我们这些每日在山上苦的人,却矫健异常,不禁赞叹起来。大家又围过来看,屁股白白的晃来晃去。画家说:"干活儿的人,肌肉线条极有特点,又很分明。虽然各部分发展可能不太平衡,可真的人体,常常是这样,变化万端。我以前在学院画人体,女人体居多,太往标准处靠,男人体也常静在那里,感觉不出肌肉滚动,越画越死。今天真是个难得的机会。"有人说羞处不好看,画家就在纸上用笔把说的人的羞处涂成一个疙瘩,大家就都笑起来。衣裤干了,纷纷穿上。

这时已近傍晚,太阳垂在两山之间,江面上金子一样滚动,岸边石头也如热铁般红起来。有鸟儿在水面上掠来掠去,叫声传得很远。对岸有人在拖长声音吼山歌,却不见影子,只觉声音慢慢小了。大家都凝了神看。许久,王一生长叹一声,却不说什么。

大家又都往回走,在街上拉了画家一起吃些东西,画家倒好酒量。天黑了,画家领我们到礼堂后台入口,与一个人点头说了,招呼大家悄悄进去,缩在边幕上看。时间到了,幕并不开,说是书记还未来。演员们都化了妆,在后台走来走去,抻一抻手脚,互相取笑着。忽然外面响动起来,我拨了幕布一看,只见胖书记缓缓进来,在前排坐下,周围空着,后面黑压压一礼堂人。于是开演,演出甚为激烈,尘土四起。演员们在台上泪光闪闪,退下来一过边幕,就喜笑颜开,连说怎么怎么错了。王一生倒很入戏,脸上时阴时晴,嘴一直张着,全没有在棋盘前的镇静。戏一结束,王一生一个人在边幕拍起手来,我连忙止住他,向台下望去,书记不知什么时候已经走了,前两排仍然空着。

大家出来,摸黑拐到画家家里,脚卵已在屋里,见我们来了,就与画家出来和大家在外面站着,画家说:"王一生,你可以参加比赛了。"王一生问:"怎么回事儿?"脚卵说,晚上他在书记家里,书记跟他叙起家常,说十几年前常去他家,见过不少字画儿,不知运动起来,损失了没有?脚卵说还有一些,书记就不说话了。过了一会儿书记又说,脚卵的调动大约不成问题,到地区文教部门找个位置,跟下面打个招呼,办起来也快,让脚卵写信回家讲一讲。于是又谈起字画古董,说大家现在都不知道这些东西的价值,书记自己倒是常在心里想着。脚卵就说,他写信给家里,看能不能送书记一两幅,既然书记帮了这么大忙,感谢是应该的。又说,自己在队里有一副明朝的乌木棋,极是考究,书记若是还看得上,下次带上来。书记很高兴,连说带上来看看。又说你的朋友王一生,他倒可以和下面的人说一说,一个地区的比赛,不必那么严格,举贤不避私嘛。就挂了电话,电话里回答说,没有问题,请书记放心,叫王一生明天就参加比赛。

大家听了,都很高兴,称赞脚卵路道粗。王一生却没说话。脚卵走后,画家带了大家找到电工,开了礼堂后门,悄悄进去。电工说天凉了,问要不要把幕布放下来垫盖着?大家都说好,就七手八脚爬上去摘下幕布铺在台上。一个人走到台边,对着空空的座位一敬礼,尖着嗓子学报幕员,说:"下一个节目——睡觉。现在开始。"大家悄悄地笑,纷纷钻进幕布躺下了。

躺下许久,我发觉王一生还没有睡着,就说:"睡吧,明天要参加比赛呢!"王一生在黑暗里说:"我不赛了,没意思。倪斌是好心,可我不想赛了。"我说:"咳,管它!你能赛棋,脚卵能调上来,一副棋算什么?"王一生说:"那是他父亲的棋呀!东西好坏不说,是个信物。我妈留给我的那副无字棋,我一直性命一样存着,现在生活好了,妈的话,我也忘不了。倪斌怎么就可以送人呢?"我说:"脚卵家里有钱,一副棋算什么呢?他家里知道儿子活得好一些了,棋是舍得的。"王一生说:"我反正是不赛了,被人作了交易,倒像是我沾了便宜。我下得赢下不赢是我自己的事,这样赛,被人戳脊梁骨。"不知是谁也没睡着,大约都听见了,咕噜一声:"你真是呆子。"

四

第二天一早儿,大家满身是土地起来,找水擦了擦,又约画家到街上去吃。画家执意不肯,正说着,脚卵来了,很高兴的样子。王一生对他说:"我不参加这个比赛。"大家呆了,脚卵问:"蛮好的,怎么不赛了呢?省里还下来人视察呢!"王一生说:"不赛就不赛了。"我说了说,脚卵叹道:"书记是个文化人,蛮喜欢这些的。棋虽然是家里传下的,可我实在受不了农场这个罪,我只想有个干净的地方住一住,不要每天脏兮兮的。棋不能当饭吃的,用它通一些关节,还是值的。家里也不很景气,不会怪我。"画家把双臂抱在胸前,抬起一只手摸了摸脸,看着天说:"理想没有了,只剩下目的。倪斌,不能怪你。你没有什么不得了的要求。我这两年,也常常犯糊涂,生活太具体了。幸亏我还会画画儿。何以解忧?唯有——唉。"王一生很惊奇地看着画家,慢慢转了脸对脚卵说:"倪斌,谢谢你。这次比赛决出高手,我登门去与他们下。我不参加这次比赛了。"脚卵忽然很兴奋,攥起大手一顿,说:"这样,这样!我呢,去跟书记说一下,组织一个友谊赛。你要是赢了这次的冠军,无疑是真正的冠军。输了呢,也不太失身份。"王一生呆了呆:"千万不要跟什么书记说,我自己找他们下。要下,就与前三名都下。"

大家也不好再说什么,就去看各种比赛,倒也热闹。王一生只钻在棋类场地外面,看各局的明棋。第三天,决出前三名。之后是发奖,又是演出,会场乱哄哄的,也听不清谁得的是什么奖。

脚卵让我们在会场等着,过了不久,就领来两个人,都是制服打扮。脚卵作了介绍,原来是象棋比赛的第二、三名。脚卵说:"这位是王一生,棋蛮厉害的,想与你们两位高手下一下,大家也是一个互相学习的机会。"两个人看了看王一生,问:"那怎么不参加比赛呢?我们在这里呆了许多天,要回去了。"王一生说:"我不耽误你们,与你们两人同时下。"两人互相看了看,忽然悟到,说:"盲棋?"王一生点一点头。两人立刻变了态度,笑着说:"我们没下过盲棋。"王一生说:"不要紧,你们看着明棋下。来,咱们找个地方儿。"话不知怎么就传了出去,立刻嚷动了,会场上各县的人都说有一个农场的小子没有赛着,不服气,要同时与亚、季军比试。百十个人把我们围了起来,挤来挤去地看,大家觉得有了责任,便站在王一生身边儿。王一生倒低了头,对两个人说:"走吧,走吧,太扎眼。"有一个人挤了进来,说:"哪个要下棋?就是你吗?我们大爷这次是冠军,听说你不服气,叫我来请你。"王一生慢慢地说:"不必。你大爷要是肯下,我和你们三人同下。"众人都轰动了,拥着往棋场走去。到了街上,百十人走成一片。行人见了,纷纷问怎么回事,可是知青打架?待明白了,就都跟着走。走过半条街,竟有上千人跟着跑来跑去。商店里的店员和顾客也都站出来张望。长途车路过这里开不过,乘客们纷纷探出头来,只见一街人头攒动,尘土飞起多高,轰轰的,乱纸踏得嚓嚓响。一个傻子呆呆地在街中心,咿咿呀呀地唱,有人发了善心,把他拖开,傻子就依了墙根儿唱。四五条狗窜来窜去,觉得是它们在引路打狼,汪汪叫着。

到了棋场,竟有数千人围住,土扬在半空,许久落不下来。棋场的标语标志早已摘除,出来一个人,见这么多人,脸都白了。脚卵上去与他交涉,他很快地看着众人,连连点头儿,半天才明白是借场子用,急忙打开门,连说"可以可以",见众人都要进去,就急了。我们几个,马上到门口守住,放进脚卵、王一生和两个得了荣誉的人。这时有一个人走出来,对我们说:"高手既然和三个人下,多我一个不怕,我也算一个。"众人又嚷动了,又有人报名。我不知怎么办好,只得进去告诉王一生。王一生咬一咬嘴说:"你们两个怎么样?"那两个人赶紧站起来,连说可以。我出去统计了,连冠军在内,对手共是十人。脚卵说:"十人是满数,不吉利的,九个人好了。"于是就九个人。冠军总不见来,有人来报,既是下盲棋,冠军只在家里,命人传棋。王一生想了想,说好吧。九个人就关在场里。墙外一副明棋不够用,于是有人拿来八张整开白纸,很快地画了格儿。又有人用硬纸剪了百十个方棋子儿,用红黑颜色写了,背后粘上细绳,挂在棋格儿的钉子上,风一吹,轻轻地晃成一片,街上人们也嚷成一片。

人是越来越多。后来的人拼命往前挤，挤不进去，就抓住人打听，以为是杀人的告示。妇女们也抱着孩子们，远远围成一片。又有许多人支了自行车，站在后架上伸脖子看，人群一挤，连着倒，喊成一团。半大的孩子们钻来钻去，被大人们用腿拱出去。数千人闹闹嚷嚷，街上像半空响着闷雷。

王一生坐在场当中一个靠背椅上，把手放在两条腿上，眼睛虚望着，一头一脸都是土，像是被传讯的歹人。我不禁笑起来，过去给他拍一拍土。他按住我的手，我觉出他有些抖。王一生低低地说："事情闹大了。你们几个朋友看好，一有动静，一起跑。"我说："不会。只要你赢了，什么都好办。争口气。怎么样？有把握吗？九个人哪！头三名都在这里！"王一生沉吟了一下，说："怕江湖的不怕朝廷的，参加过比赛的人的棋路我都看了，就不知道其他六个人会不会冒出冤家。书包你拿着，不管怎么样，书包不能丢。书包里有……"王一生看了看我，"我妈的无字棋。"他的瘦脸上又干又脏，鼻沟儿也黑了，头发立着，喉咙一动一动的，两眼黑得吓人。我知道他拼了，心里有些酸，只说："保重！"就离了他。他一个人空空地在场中央，谁也不看，静静的像一块铁。

棋开始了。上千人不再出声儿。只有自愿服务的人一会儿紧一会儿慢地用话传出棋步，外边儿自愿服务的人就变动着棋子儿。风吹得八张大纸哗哗地响，棋子儿荡来荡去。太阳斜斜地照在一切上，烧得耀眼。前几十排的人都坐下了，仰起头看，后面的人也挤得紧紧的，一个个土眉土眼，头发长长短短吹得飘，再没人动一下，似乎都把命放在棋里搏。

我心里忽然有一种很古的东西涌上来，喉咙紧紧地往上走。读过的书，有的近了，有的远了，模糊了。平时十分佩服的项羽、刘邦都在目瞪口呆，倒是尸横遍野的那些黑脸士兵，从地下爬起来，哑了喉咙，慢慢移动。一个樵夫，提了斧在野唱。忽然又仿佛见了棋呆子的母亲，用一双弱手一页一页地折书页。

我不由伸手到王一生的书包里去掏摸，捏到一个小布包儿，拽出来一看，是个旧蓝斜纹布的小口袋，上面用线绣了一只蝙蝠，布的四边儿都用线做了圈口，针脚很是细密。取出一个棋子，确实很小，在太阳底下竟是半透明的，像是一只眼睛，正柔和地瞧着。我把它攥在手里。

太阳终于落下去，立刻爽快了。人们仍在看着，但议论起来。里边儿传出一句王一生的棋步，外边儿的人就嚷动一下。专有几个人骑车为在家的冠军传送着棋步，大家就不太客气，笑话起来。

我又进去，看见脚卵很高兴的样子，心里就松开一些，问："怎么样？我不懂棋。"脚卵抹一抹头发,说:"蛮好,蛮好。这种阵式,我从来也没见过,你想想看,九个人与他一个人下,九局连环!车轮大战!我要写信给我的父亲,把这次的棋谱都寄给他。"这时有两个人从各自的棋盘前站起来,朝着王一生一鞠躬,说:"甘拜下风。"就捏着手出去了。王一生点点头儿,看了他们的位置一眼。

王一生的姿式没有变,仍旧是双手扶膝,眼平视着,像是望着极远极远的远处,又像是盯着极近极近的近处,瘦瘦的肩挑着宽大的衣服,土没拍干净,东一块儿,西一块儿。喉结许久才动一下。我第一次承认象棋也是运动,而且是马拉松,是多一倍的马拉松!我在学校时,参加过长跑,开始后的五百米,确实极累,但过了一个限度,就像不是在用脑子跑,而像一架无人驾驶飞机,又像是一架到了高度的滑翔机,只管滑翔下去。可这象棋,始终是处在一种机敏的运动之中,兜捕对手,逼向死角,不能疏忽。我忽然担心起王一生的身体来。这几天,大家因为钱紧,不敢怎么吃,晚上睡得又晚,谁也没想到会有这么一个场面。看着王一生稳稳地坐在那里,我又替他赌一口气:死顶吧!我们在山上扛木料,两个人一根,不管路不是路,沟不是沟,也得咬牙,死活不能放手。谁若是顶不住软了,自己伤了不说,另一个也得被木头震得吐血。可这回是王一生一个人过沟过坎儿,我们帮不上忙。我找了点儿凉水来,悄悄走近他,在他眼前一挡,他抖了一下,眼睛刀子似的看了我一下,一会儿才认出是我,就干干地笑了一下。我指指水碗,他接过去,正要喝,一个局号报了棋步。他把碗高高地平端着,水纹丝儿不动。他看着碗边儿,回报了棋步,就把碗缓缓凑到嘴边儿。这时下一个局号又报了棋步,他把嘴定在碗边儿,半晌,回报了棋步,才咽一口水下去,"咕"的一声儿,声音大得可怕,眼里有了泪花。他把碗递过来,眼睛望望我,有一种说不出的东西在里面游动,苦甜苦甜的。嘴角儿缓缓流下一滴水,把下巴和脖子上的土冲开一道沟儿。我又把碗递过去,他竖起手掌止住我,回到他的世界里去了。

我出来,天已黑了。有山民打着松枝火把,有人用手电照着,黄乎乎的,一团明亮。大约是地区的各种单位下班了,人更多了。狗也在人前蹲着,看人挂动棋子,不知是懂不懂,只是眼神凄凄的,像是在担忧。几个同来的队上知青,各被人围了打听。不一会儿,"王一生"、"棋呆子"、"是个知青"、"棋是道家的棋",就在人们嘴上传。我有些发噱,本想到人群里说说,但又止住了,随人们传吧,我开始高兴起来。这时墙上只有三局在下了。

忽然人群发一声喊。我回头一看，原来只剩了一盘，恰是与冠军的那一盘。盘上只有不多几个子儿。王一生的黑子儿远远近近地峙在对方棋营格里，后方老帅稳稳地呆着，尚有一"士"伴着，好像帝王与近侍在聊天儿，等着前方将士得胜回朝；又似乎隐隐看见有人在伺候酒宴，点起尺把长的红蜡烛，有人在悄悄地调整管弦，单等有人跪奏捷报，鼓乐齐鸣。我的肚子拖长了音儿在响，脚下觉得软了，就拣个地方坐下，仰头看最后的围猎，生怕有什么差池。

红子儿半天不动，大家不耐烦了，纷纷看骑车的人来没来，嗡嗡地响成一片。忽然人群乱起来，纷纷闪开。只见一老者，精光头皮，由旁人搀着，慢慢走出来，嘴嚼动着，上上下下看着八张定局残子。众人纷纷传着，这就是本届地区冠军，是这个山区的一个世家后人，这次"出山"玩玩儿棋，不想就夺了头把交椅，评了这次比赛的大势，直叹棋道不兴。老者看完了棋，轻轻抻一抻衣衫，跺一跺土，昂了头，由人搀进棋场。众人都一拥而起。我急忙抢进了大门，跟在后面。只见老者进了大门，立定，往前看去。

王一生孤身一人坐在大屋子中央，瞪眼看着我们，双手支在膝上，铁铸一个细树桩，似无所见，似无所闻。高高的一盏电灯，暗暗地照在他脸上，眼睛深陷进去，黑黑的似俯视大千世界，茫茫宇宙。那生命像聚在一头乱发中，久久不散，又慢慢弥漫开来，灼得人脸热。

众人都呆了，都不说话。外面传了半天，眼前却是一个瘦小黑魂，静静地坐着，众人都不禁吸了一口凉气。

半晌，老者咳嗽一下，底气很足，十分洪亮，在屋里荡来荡去。王一生忽然目光短了，发觉了众人，轻轻地挣了一下，却动不了。老者推开搀的人，向前迈了几步，立定，双手合在腹前摩挲了一下，朗声叫道："后生，老朽身有不便，不能亲赴沙场。命人传棋，实出无奈。你小小年纪，就有这般棋道，我看了，汇道禅于一炉，神机妙算，先声有势，后发制人，遣龙治水，气贯阴阳，古今儒将，不过如此。老朽有幸与你接手，感触不少，中华棋道，毕竟不颓，愿与你做个忘年之交。老朽这盘棋下到这里，权做赏玩，不知你可愿意平手言和，给老朽一点面子？"

王一生再挣了一下，仍起不来。我和脚卵急忙过去，托住他的腋下，提他起来。他的腿仍然是坐着的样子，直不了，半空悬着。我感到手里好像只有几斤的分量，就示意脚卵把王一生放下，用手去揉他的双腿。大家都拥过来，老者摇头叹息着。脚卵用大手在王一生身上，脸上，脖子上缓缓地用力揉。半响,王一生的身子软下来,靠在我们手上,喉咙嘶嘶地响着,慢慢把嘴张开,又合上,再张开,"啊啊"着。很久,才呜呜地说:"和了吧。"

老者很感动的样子,说:"今晚你是不是就在我那儿歇了?养息两天,我们谈谈棋?"王一生摇摇头,轻轻地说:"不了,我还有朋友。大家一起出来的,还是大家在一起吧。我们到文化馆去,那里有个朋友。"画家就在人群里喊:"走吧,到我那里去,我已经买好了吃的,你们几个一起去。真不容易啊。"大家慢慢拥了我们出来,火把一圈儿照着。山民和地区的人层层围了,争睹棋王风采,又都点头儿叹息。

我搀了王一生慢慢走,光亮一直随着。幼时曾见过荷兰画家伦勃朗名作《夜巡》,恍惚觉得就是这般情景。进了文化馆,到了画家的屋子,虽然有人帮着劝散,窗上还是挤满了人,慌得画家急忙把一些画儿藏了。

人渐渐散了,王一生还有些木。我忽然觉出左手还攥着那个棋子,就张了手给王一生看。王一生呆呆地盯着,似乎不认得,可喉咙里就有了响声,猛然"哇"地一声儿吐出一些粘液,眼泪就流了下来,呜呜地哭着说:"妈,儿今天明白事儿了。人还要有点儿东西,才叫活着。妈——"大家都有些酸,扫了地下,打米水,劝了。王一生哭过,滞气调理过来,有了精神,就一起吃饭。画家竟喝得大醉,也不管大家,一个人倒在木床上睡去。电工领了我们,脚卵也跟着,一齐到礼堂台上去睡。

夜黑黑的,伸手不见五指。王一生已经睡死。我却还似乎耳边人声嚷动,眼前火把通明,山民们铁了脸,肩着柴禾在林中走,咿咿呀呀地唱。我笑起来,想:不做俗人,哪儿会知道这般乐趣?家破人亡,平了头每日荷锄,却自有真人生在里面,识到了,即是幸,即是福。衣食是本,自有人类,就是每日在忙这个。可囿在其中,终于还不太像人。倦意渐渐上来,就拥了幕布,沉沉睡去。

原载《上海文学》1984 年第 7 期

潘婧《抒情年代》导读

 **作家简介**

潘婧,女,生于辽宁沈阳。她5岁时到北京,1968年毕业于北京师大女附中,于同年赴河北白洋淀插队,待到1972年。高考制度恢复后,于1978年考入北京师范大学,学教育心理学,后任人民教育出版社编辑,作家出版社编辑。

发表过少量中、短篇小说和散文。其中发表于1994年第6期《中国作家》上的回忆文章《心路历程——"文革"中的四封信》,比较早地揭示了"文革"中一部分青年在"地下"进行"异端性"思想探求的事实,对"文革"的反思也较其他同类文章更显个人色彩,其中流露的情绪、思想和对"小圈子"生活细节的描写,都在后来的《抒情年代》中有进一步的展开。

1994—1995年完成《抒情年代》中"湖"和"小屋"的大部分章节,后因父亲去世和其他一些变故而停笔,2001年重新提笔,完成"后续故事"。2001年《收获》第6期刊载该小说,2002年由作家出版社出单行本,2003年获第六届"上海长中篇小说优秀作品大奖"长篇一等奖,被评委称为是一部"纯粹"的具有俄罗斯白银时代文学气质的作品。

 创作背景

与《抒情年代》相关的第一个创作背景是"知青"和"知青文学"。

20世纪50年代,政府动员农村中小学生返乡务农。20世纪60年代初,知识青年上山下乡成为国家的一项正式、长远的政策,国家开始动员城市知青下乡。1968年12月,毛泽东指示:"知识青年到农村去,接受贫下中农的再教育,很有必要。"之后,大批城市知青——主体是初高中学生——到边远的农村和生产建设兵团插队落户。20世纪70年代末80年代初,上山下乡运动结束,大部分知青陆续返城。

20世纪80年代,一批知青作家登上文坛,对于他们,插队经历既是重要的写作资源,也是内心挥之不去的"情结"。无论是最初的控诉,还是后来的历史、文化反思,在大部分叙述中,上山下乡运动都是以一种"大叙事"的面貌出现的——有时候依附于当时的国家主流话语,有时又凸显出浓郁的"民粹"式的道德感。特别是那种"青春无悔"的叙事模式,遭人诟病最多。在这一模式中,作品试图通过将精神和历史事实"剥离"的方式,否定后者而抽象地张扬、赞美知青悲壮激越的献身精神。这似乎成了80年代知青一代的"集体记忆"。

进入20世纪90年代,一方面因为知青作家写作视野的变化,另一方面,审视历史的维度也更加多样,正如有些论者指出的,此时作为潮流的"知青文学"事实上已经式微。先前的知青叙事模式大都移入90年代大量涌现的知青回忆录和纪实文学中,在小说中,则出现了一些别样的历史记忆,如王小波的《黄金时代》、韩少功的《马桥词典》等等,《抒情年代》就是在这一背景下产生的,它为当代文学史提供了对于那段岁月的一种非常新鲜的"个人记忆"。当然,90年代的"私人写作"潮流也为这种记忆的出场提供了契机。

另一个需要点明的背景是"白洋淀诗群"。

白洋淀是华北平原上唯一的一处水乡,距北京市150公里。当上山下乡已是不可避免的选择时,一批北京学生——大部分是知识分子和落难的干部家庭子弟——"他们不肯接受硬性的指令和安排,试图脱离原来的集体,寻找一个相对自由的地方;于是,不约而同地来到白洋淀"(潘婧《心路历程——"文革"中的四封信》)。

这批知青经常在水乡和城市之间游走,加上家庭关系,比较早地读到了当时供批判用的一批"内部读物",其中的异端思想和现代派的文学手法冲击了他们僵化的思维模式,开始以一种比较独立的姿态反思时代,并在"地下"悄悄写作。"文革"后的"新诗潮"("朦胧诗")最早也是在这里孕育的。

20世纪80年代,"朦胧诗"作为当代文学的重大转折和现代主义的发萌已经获得文学史的合法地位,但对它的那个"地下"源头却缺乏认同。90年代以来,对"文革""地下文学"(或"潜在写作")的挖掘使白洋淀这一批诗人整体浮出地表,并被正式命名为"白洋淀诗群",在这种带有"追认"意味的回溯中,"白洋淀诗群"的某些诗人和作品(也包括其他地域的"地下"诗人和作品)被评家过度阐释,这构成当代文学史叙事的一个新的"幻象"。

在《抒情年代》中,作者重构了有关"白洋淀诗群"的历史记忆。潘婧是"白洋淀诗群"的一个比较边缘的成员,或者说她一半是参与者,一半是观察者。尽管她否认《抒情年代》是"自传"或"回忆录",但作为亲历者,她借助叙述,依然提示出一种总体的历史情境;而作为游离者,她又能对特殊环境中诗人的精神状态、诗人与时代和世界的关系进行冷静的反思。这些反思对那种一元化的叙述既是离析,也是补充,有关那一段历史的记忆由此变得丰富起来。

作品评点

《抒情年代》是一部书写"成长"的小说。一个人由懵懂少年蜕变为合乎规范的成人,这其间通常要经历精神上的危机,在不断克服危机的过程中,逐渐找到自身在社会中的位置和作用。由此,作为人成为人的过程,"成长"也是一个不断丢弃的过程:天性中的美好和粗糙都一一消失,社会性的要求不断增强,并慢慢重塑了个人的形象。对"成长"的检视显示了作家的某种生命自觉。中国现代文学传统一直缺乏对"成长"的关注。"文革"十年,一般认为,人的多重欲求更是备受压抑,生命形态极度单一,但在《抒情年代》中,通过对个人记忆方式的持守,作家为我们展示了那个荒芜时代中另一种不同的成长历程。

《抒情年代》主体由三部分构成。

《湖》这一部分回顾女主人公"J"("我")和好友"珊珊"同去白洋淀插队的经历。湖水随四季变换,荒凉、阴沉或明净幽深,一切投影也正是"我们"这一批人的繁复动荡的心灵图景;同时更重要的,它是激发了"我"的"浪漫的情愫"的一个记忆载体,是"我"青春幻想中的一个"彼岸的世界"的象征。可是另一方面,对应于现实中的"农村",它的麻木蒙昧又作为一种对立因素阻隔了"我们"的情感介入。在农村和城市之间迁徙往来,像候鸟那样,"我们"回到北京:秘密聚会,匆匆跨过的客厅,败旧的洋楼,苍白英俊的少年诗人,混杂了旧俄风格的革命时尚,偷读禁书带来了最初的叛逆思想的萌动,一切都颓废、浪漫、优雅,再加上一点冒险和堕落的激动,北京这些"小圈子"似乎是"我们"真正的精神家园。但对"我"而言,这里还有一个被革命风暴挤逼得感情已经崩溃的家庭,这使"我"又不得不一次次带着创痛逃到"湖"的世界中。通过空间的不断回闪,作家的笔触延伸到个人与家庭、个人与时代、农村与城市、自然与人文、身体与灵魂、堕落与自救、青春的盲目与暴烈、忠诚与背叛、记忆与现实、书写与历史等等诸多层面上,揭示了一个动乱时代的悖谬的生存处境。本书节选了《湖》的大部分篇章。

《小屋》这一部分主要写"我"和诗人"N"之间的感情纠葛。在"小屋"——一个多么温暖的名词里,两人暂时躲在美好的爱情中。"N"是诗人,一直在追求一种非世俗的纯粹的"自由"生活,在他那里,"不是艺术模仿生活,而是生活模仿艺术"。然而当日常生活的艰难和琐碎一点点吞噬着"诗意"的时候,两个独立的生命体,两个同样不羁的灵魂的碰撞不仅瓦解了艺术化的人生理想,使之变得虚无,更转化为一种相互攻击的仇恨。正如小说中说的:当生活的辛酸的背景推近,诗意消失了,"意识变得简洁而冷清。事实忽然显露出残酷的,毫无诗意的本相"。究竟是个人的自私本性伤害了他人,还是艺术毒害了生活,或者正相反,是那个非人的时代绞杀了诗人的吟唱?对此主人公有过痛切的经验,她对那种将诗歌本质化、生活化的冲动——她视之为一种"时代的病症"——始终无法全面认同:"我对诗,对诗人,对由词语构成的历史产生了怀疑";甚至到20世纪80年代初,这批诗歌逐渐步入了"经典"的序列,她依然从中读出了扭曲的"做作"的气息。对于被过分放大的关于"文革""地下"诗群的叙事,她的反思构成了一种质询。

小说最后一部分《后续故事》,以第三者"维明"的视角重写了"我"与"N"的情感故事。在"维明"看来,"J"("我")作为当事人,她的"偏执的个性"使她更为关注两性关系中女性一方的感受。"N"也曾经写过一篇带有自叙成分的小说《医院》,"维明"参照着"J"和"N"的两个文本,对《小屋》的故事作了拓展,同时也对前者做出纠偏。可以说,这一部分是关于小说的小说。作家自己曾说:写这一部分与前边章节隔了五年时间,"已然是另一番心境","最大的疑惑是:情感是否是至高无上的?理性应该占有什么样的位置?所以《后续故事》的语调是冷静的,并以男性的视角重述和延续了同一个故事。在某种意义上,《后续故事》是对《湖》与《小屋》的解构。"(潘婧《答上海新闻午报记者问》)西方文艺学有一个概念叫"互文性",讲的是一个文本必然与其他文本相互关联相互影响,此外还强调文本在互涉、流变的过程中,在意义上产生的不确定性。《抒情年代》的"连环套"结构也可以这样理解,正如论者指出的:它"包含了对故事本身及其被讲述的可能性的双重质疑;换句话说,它悬置了在通常的小说写作中往往被认为是自明的真实性"(唐晓渡《沉重的旋转门:我读〈抒情年代〉》)。

　　这是对言说的不信任。对一个狂乱时代的多重面孔探看得越细致,反思得越深入,对它进行整体把握有时候就越困难。你说了许多但说出去的总是太少,这种无法言说的困境既源于言说主体的限制,更有可能的,也许是历史本身的吊诡性质决定的,按照潘婧的说法,那个时代原本就是一个"无法命名的时代"。小说几易其名,先是《颓废的纪念》,后是《抒情年代》,再后是《抒情年华》,第二版又回到《抒情年代》。相对于带有揭秘意味的"颓废","抒情"这个词的"反讽"效果也许更接近于那个喑哑时代的本相。但作家本人都不满意,小说题名的不确定,其实也征兆了对历史进行概念化命名的无效性。作家对此有清醒的认识:对于那个年代,我们"没有相应的价值参照,尤其是没有相应的语言体系,以至我们的言词不可能照亮我们的记忆。于是时代与我们的青春年华逐渐模糊,无法辨认和命名。……开口说出的似乎总是流于空虚"(潘婧《无法命名的年代——关于〈抒情年代〉》)。这是一批"误生的人",人生与时代的错裂使他们无法与宏大的历史主题吻合,他们是一些生活在"空隙"中的人,面对历史,他们的言说"也许不过是一些语焉不详的断句"。当然,对于一个曾经穿越过那个时代的人来说,她的身心携带着的粗粝的时代印迹和模棱两可的言语,也许正是历史能留给我们的最鲜活的一份记忆。

　　《抒情年代》的叙事基本上是由记忆"断片"连缀起来的。就记忆的生成来说,正如有的论者指出的:这一点符合我们的生活经验,大部分记忆都无法串联无法修复。但需要补充的是,选择"断片"对作者来说依然回应着对"错裂"主题的思考:"去掉那些累赘的,使事物变得虚假的起承转合,努力再现初始的感动与记忆的原生状态。"(潘婧《无法命名的年代——关于〈抒情年代〉》)显然,与"断片"相对的,是那种由"起承转合"的逻辑建构起来的整一性叙事,"断片"不是记忆的无意识流露方式,而是作家对"大记忆"的有意对抗。而从形式效果上讲,"断片"的奥妙在于不断重复,这形成了一种回环往复的节奏,情感不断推进、后撤、再推进……像海浪一样,记忆变得绵密,历史的意味在其中流溢、延展,同时也充满了无法整合的间隙和空白,文本因此具有了某种"破碎的开放性"。

　　说到底,"断片"就是作家处理记忆、时间的一种方式,这也是现代小说最重要的主题之一。潘婧坦言,是杜拉斯启发了她的写作。杜拉斯笔下的无数片段构筑的不是故事,而是"一个故事的可能情况"(米歇尔·莱蒙《法国现代小说史》)。人物和情节闪动在无数的路径中,命运就像阴影在每一个岔口等着,由此,小说有了一种"令人心碎的悲怆气氛"。在《抒情年代》中,故事依然存在,但更重要的也许应该是:故事承载记忆的可能情况。在一个关于历史叙事的大框架下,个人记忆何以,且在多大程度上能够呈示出来?

一些论者已经指出了这一点:《抒情年代》把"个人的生活史和时代,和一代人的命运完全融合在一起"(陈晓明《理想主义年华的绝唱——评潘婧〈抒情年代〉》)。面对历史,或者面对时间的遗忘的力量,挽救记忆的最好的方法也许是:不断地把自己放进去。就像小说中的一段话:

> 记忆在时光的流逝中蜕变为梦的背景,在以后的漫长的日子里,有时会梦见又回到湖心村庄,……梦中的世界永远是我的,孤独的世界;醒来的世界才是我们的,共同的世界。湖心村庄隐藏在我的心灵的角落,构成了我的人生的令人惶惑不安的,暗淡的背景。

这里实际存在着两种记忆机制,一种就是所谓普鲁斯特式的"无意的记忆",一种是今天讲述故事时的清醒的带有理性反思特征的记忆。前一种记忆也是对"起源"——个人的"来路"——的沉思,它虽然经过了想象的改造,但只要牢牢抓住个体生命置身其中时的那种具体、生动的体验,也即对个人"成长"的痛楚的醒目体认和理解,记忆就会保持某种梦想的特征,而梦想是超越遗忘的唯一方法。"梦想是想象力的一种记忆术。在梦想中我们又接触到命运没有加以利用的某些可能性。"(加斯东·巴什拉《梦想诗学》)对历史进行多种维度的反思就是从这种"可能性"中开始的,它是一种力量,拒绝了叙述故事的过程中理性对记忆展开的强制统合。

梦想是一座桥梁,一方面使记忆始终保持在"永远是我的"的位置上,另一方面则向"命运"全面敞开。我们不应该仅仅从玄学的角度理解"命运",对于一个灵魂异常丰满的作家来说,"命运"必然与更阔大的历史际遇联系在一起。对个人"成长"秘密的揭示不断地透露出时代的信息,在这里,一个人的命运必然是所有人的命运,一代人的命运也必然就是历史的命运,而所谓的"成长"的历史"生成性"也正是这个道理。同属于"白洋淀诗群"的著名诗人多多,在他20世纪70年代的诗作中最早显示了这种"成长"体验与历史背景相互连接的方式,这大概是"白洋淀诗群"提供给时代的最有力度的一种记忆了!

由记忆和梦想生发出来的最柔弱的生命感怀,有时候会激发出一种强悍的美学体验。"对于身后没有上帝,没有《忏悔录》,没有内省性写作传统的汉语小说家来讲,如何让一个人的灵魂,让一种心灵的秘史,在自己的母语中生成、出场,始终是一道历史的难题。"(王鸿生《灵魂在一种语调里——〈抒情年代〉的叙事伦理意义》)在这个背景下,《抒情年代》的出现,以其所体现的"灵魂的力量和语言层面的道德感"而显得极为触目。

最后需要补充的是:"成长小说"中,主人公个人成长与历史的发展同步进行,互为因果,这背后带出的是一种现代性的、线性的、普遍的历史理性的生长过程。而在小说中它又是以"断片"——一种循环的、零碎化的面貌出现的,"成长"模式与"断片"叙事的奇妙混杂是一个值得研究的写作现象。另一个需要指出的颇有意味的事情是,每个人从历史中读出的往往是自己想要读出的东西。对于《抒情年代》来说,许多人津津乐道的是主人公的"'贵族'血统"或作品体现出的"贵族式的眼光"和"贵族气质",或者欣喜于其中的"历史认知价值"和"社会学"式的历史"风俗史",如北京"地下"圈子的生活方式,"老莫"和"新侨"里的特殊人物等等,这些似乎都满足了当下社会的时尚的"怀旧"口味。历史和讲述历史的时代之间已经有了一重"错位",再加上一个接受讲述的时代,往往错上加错。从这一角度看,每一种记忆,哪怕是最具个人性的记忆,它在撤除"遮蔽"的同时,也必然带来新的"遮蔽"。

(贾 鉴)

抒情年代(节选)

潘 婧

湖

初恋是真挚的,也是肤浅的,有时,并不真的是你自己:涓生第一次向子君示爱的时候,慌乱中用了最俗套的方式。初恋的表现形式不是本能的,是我们从书本上学来的。在此之前,我们像中学生写作文那样,事先构思了情人的形象。其实,这是一个不能实现的梦。想象与现实的分裂,是初恋必然破灭的根源。有时，这会伤害心灵。诗，就是由伤害和梦想产生的。

　　每一代人都有属于他们自己的诗人。对于我们这些"误生的人"，我们所有的涂抹着悲剧色彩的生命，我们的鲜活的血肉之躯终将化为灰烬，与一代又一代的前人不会有什么区别。个人的命运是如此的渺小，如此的微不足道。最终留给历史的，也许不过是一些语焉不详的断句。那些在绝望中苦苦吟就的诗篇，真的能够留下来吗？那几位曾经显赫的诗人，他们成名于七十年代末，他们的创作实际上始于六十年代末或七十年代初，如今称之为"文革"的年代。一个我们竭力要忘记的时代。那时我十八岁。在我十八岁及以后的几年里，我是在一个小小的渔村里度过的。那个被笼罩在绿树中的村庄坐落在华北平原的美丽的湖泊中。我永远记得那里的清晨和黄昏，早霞和晚霞热烈而宁静，像燃烧的冰，把湖水染成点着碎金的景泰蓝；有时阴天，黑云沉重得快要落下来；大雨把整个世界融为辽阔的灰色，水，天，岸和远处的芦苇荡被夺去了色彩。笼罩我们青年时代的是灰色的天空。但是青春不会有真正的绝望。朦胧诗就产生于那个浪漫的湖泊，产生于湖边默默无语的夜晚，天与水融为一片浑厚的空间，像创世纪的洪荒；璀璨的星空寂静得令人恐怖。

　　如诗一般迷惘的湖，湖水一般动荡的诗，还有北京古老的街巷，几百年的胡同里败破的旧房子，这些，是我的失败的初恋的背景，像一个心灵深处的梦，延绵不断，缠绕不清。伤害是难以估量的。为了抵偿痛苦，我固执地保存了一丝浪漫的情愫，谨慎地留给自己；另一方面，以痛快淋漓的恶意，把人生撕碎了看。由此，我对诗，对诗人，对由词语构成的历史产生了怀疑。

　　有很多年，我不再读诗。目睹了创作的艰辛而枯燥的过程，诗的神秘感消失了。阅读不再是愉悦的。当我读诗的时候，也像读那些阿谀奉承的名人传记一样，总是试图发现在光辉的意境的背后，灵魂的黑暗的背景。诗如同一道梦幻的屏障，遮蔽了诗人所不愿洞见的一切，以免为恐惧所吞噬。这是N的特点，他的大部分诗都有这样的倾向。我不喜欢他的诗，我无法容忍一个分裂的人格；在我们一起相处的那几年，他的诗是纤弱的，有一种肤浅的浪漫，而后来，却发展为上天入地，古往今来的壮阔；我知道这嬗变过程中的内在的隐秘。然而，当虚幻的创造与你的生活搅在一起的时候，你觉得被欺骗了，这对我的影响真是摧毁性的，你对现世总是不满的，你向往着彼岸，而创造的痛苦和污秽破坏了你的宗教情绪,你无所适从。

有很多年,N在他的小屋里写诗,所有的痛苦,我们彼此之间残酷的伤害,就发生在小屋里。北京初冬的风沙,颓旧的胡同,昏黄而寒瑟的小屋。然而,最初的事情是从湖边开始的。

对于我们这些人来说,我们的历史就从那个湖开始。在此之前,我们没有历史;没有个性和自由,也就没有历史;也没有隐私,我们写日记,像雷锋那样写,为了拿给别人看;记得在我十五岁以后,就不再有郊游,不再有夏令营,有忆苦思甜,有阶级教育,除了去迎宾,不再穿花衣服;如果那个干巴巴的世界也能够持续七十年,我们也将终老于生之混沌,如同上古时代的人,所以在此之前,关于我们个人的历史是没有的。只有关于童年的片段的记忆。后来我明白了,为什么从中学时代起,我就喜欢写关于童年的往事;写古老的,建筑学家梁思成试图保存下来的北京,摆着盆景,爬满葡萄藤的四合院,在炎炎的夏日,老槐树下幽深的胡同;写城墙的颓败之美;暮色中的角楼,成群的蝙蝠静静地翱翔,不祥而忧郁;冬天的郊外,裸露的田野上,栖息着大片的乌鸦,翅膀闪着蓝紫色的光。如今,没有了。都没有了。古老的,与我的童年叠印在一起的北京不复存在,代之而起的是一个斑斓的,高耸的城市。童年被从记忆中粗暴地涂抹。在喧嚣的车流与楼群中,只有故宫的金黄的屋顶,像一抹久远而固执的记忆,在污染的空气中,闪烁着帝制时代古老而辉煌的光芒。然而那是与我们无关的历史。在断裂之中,在湖边,我们开始了我们自己的历史;而不是在北京,不在这个古老的京城。

在一位诗人的小说里,把我们当年生活过的那片湖泊称为大青湖,有一种荒芜和草莽的意味,相对于已逝的荒蛮的青春岁月,或许比它原来的名字更具真实;它原来的名字使我们想起一种俗套而快活的田园生活,或是如今新开辟的有着粗糙恶俗建筑的旅游区。重新命名是必要的,否则,活生生的命运将消融在陈旧的词语中。

然而我想不出任何称谓,可以概括当年我对它的感受,沉痼在意识深处的记忆逐渐地陌生而新鲜,名称只会使记忆僵死和消亡。那一片青碧的水,在大淀中,连绵与天相接,像海;夜晚,伏在天边的村庄闪出几点灯光,融于漫天灿烂的星斗。经过连年的台田,上游水库的拦截,水位的下降,如今,浑厚雄伟的大淀已不复存在,只有夹在芦苇与荷花之间的狭长的水道,载着游人的机船和水上摩托发出嗡嗡的响声,如同一曲夹杂着摇滚味道的江南小调。

我和珊珊第一次到这里来,是在冬天。我们十八岁。县城只有一条街,漫卷着北方的尘沙;副食商店的柜台空空荡荡;在商店的外面,有农民在卖烤得焦脆的麦芽糖。街的尽头,就是湖的堤岸。淡青色的冰面上,弥漫着一层灰色的薄雾,在寂寞的寒冷中,天空也仿佛凝冻了,在天与冰的遥远的汇合处,是一轮悲壮的红日。穿着一身黑棉衣的渔民划着冰床,迅忽如弦上的箭。我们穿上冰鞋,滑向位于湖心的村庄。划过大淀,划过夹在芦苇地之间的狭长的冰道,刚刚上冻的冰面,有些地方还没有冰床走过,没有划痕,像一块巨大的翡翠,冰薄的地方,走过时发出咔嚓咔嚓的响声。危险,疲倦和寒冷使我们心中充满悲怆的自豪。

学生时代如此突兀地结束了,几乎就在一夜之间,来不及伤感。伤感不是我们这一代人的特点,后来的伤痕文学不过是可笑的,缺少才气的臆想。我们经历了一个残忍的,血腥的年代,如同古罗马的时代,以暴虐为功勋。如此多的沉重,不是我们的心所能够承受的。我们情愿忘却,或是以粗俗的调侃来化解重负;伤感是不可能的。伤感是后来的事。事过境迁,进入中年,再进入老年。当生活只剩下回忆的时候。

我们匆匆离开了学校,是在冬天,刚刚下过第一场雪。大部分同学正按照指令,等待着去陕北;而我们已决定走自己的路。当时在学校掌管我们命运的似乎是"工宣队"之类;我们瞒天过海,私自去街道派出所转户口;由于没有校方的证明,手续有些不合法;户籍员是一个温厚的中年妇女,她必定也有一个甚至两个将要去农村插队的孩子,禁不住我的恳求,她说:手续可以办。不过你必须再慎重地考虑,户口一旦转出,你就再也不能回北京,再也不能回家了。我说:是的,是的,我知道。

那时,我并不知道。我还年轻,不知道生你养你的城市对于你究竟意味着什么。在以后,在外地的工厂,我体味到无根的枯萎的状态。即使如此,我仍旧不愿为回城做努力;那一类的努力不是向上的,其过程是卑微的。后来的知青大返城,集体上访,在广场上下跪,固然令人心酸可悲,如果不是生存的绝望,长久的困顿,不会如此。然而这并不能改变卑微的性质。

那时,我不能预知的,是关于这个时代,这样一个非常的时代,它将持续多久？那时我如此年轻，却如此悲观，对于时代，我似乎只有彻底的绝望。正是绝望的情绪使我与N相遇。在他的小屋里，我体味了绝望的真正可怕的一面。但是在此之前，我偏执于一个绝望的结论，这使我对现实获得一种明晰而透彻的眼光。

那一天我不假思索地离开了北京，离开了学校。提着行李离开宿舍的时候，想到不必再锁门了；心，陡然地空了。在那短短的一刻，我隐约地意识到我主动以及被迫失去的是什么，意识到我将面临的无限的，前所未有的艰辛。踏着积雪，从宿舍楼走向大门，似乎很远。融化的雪水使校园更加斑驳凋零，沿墙停放着自行车，随意而凌乱；再过几天，将不再有自行车，所有的人都将离开校园；一个没有学生的学校，空洞而陌生。在那短暂的一刻，我惊异我的心竟如此的冷硬，这个"文革"前最著名的女校，曾有着最精良的设备，最优秀的教师，最出类拔萃的学生；她曾凝聚着我的少女时代所有的荣誉和梦想，而我，离开了。踩着泥泞，没有回头。

如果说，我热爱这片湖，似乎不真实；我并没有留在这里，也从未想到要在这里生活一辈子，像当时的许多激情的插队知青那样。我是城市的孩子，这一点是不能改变的。在我走进村里为我们准备的房子，开始用柴锅烧水的时候，我就明白，我们将离开这里，这是迟早的事情；也可能终老于此，然而，死也是一种离开。但是，那时候，我和珊珊穿过大淀，沿着柳堤，走向湖心的村庄，冰面升腾的雾气凝聚在地面，凝聚在树上，结成厚厚的冰霜，形成罕有的雾凇现象；十里长堤犹如一片白色的珊瑚林。对于我，这冰与霜的琉璃世界是一个童话，越过了阴霾而残酷的时代，回到少年时期的浪漫情怀。浪漫与幻想是必不可少的，支撑着我们的逆境中的青春。在这里，我生活了五年，正是湖畔的近于虚幻的美景，朦胧地向我昭示着一个彼岸的世界。

我们不去想未来，对于未来我是悲观的，我始终是悲观的，直到现在。这一点，我与珊珊是不同的。我们的出身不同，生长的环境不同，感受世界的方式也不同。对于我，"文革"不是从一九六六年开始，在此两年前，我已经明白，我的前途不过是一条崎岖的小路，甚或更早，在我对世界充满了生机勃勃的怀疑的年龄，我痛苦地感到我将面临一个枯燥而闭锁的世界。从那时起，我对我出生并不得不在此生活的地方产生了厌恶和仇恨；仇恨是显而易见的，爱则是潜在的；我想我是热爱这片土地的，如果离开，我会思念，正如我在北京，常常会梦见那片湖；至于为什么，从什么时候开始，我不知道；也许怀恋故乡是人的本性之一，也许因为心必须有一个归宿。在我，"文革"是必然的，没有什么不可理喻；在此之前，在新闻播音员字正腔圆的声调中，我领教了一种堂而皇之的强词夺理，我的稚弱的心已感到隐隐的杀机；二十多年过去了，世事沧桑，那堂而皇之的腔调因循守旧地延续下来，疲惫而陈旧，缺乏信息的刺激。

我想，珊珊与我不同。"文革"之于珊珊，是一次灾变。在此之前，她清纯，高傲，冷漠。"文革"使我们有了一段共同的经历，我知道那个时期她所有的挫折，她健康的身心具有柔韧的承受力；在她的纯情的初恋骤然失败后，她的忧伤既哀婉又豪放。但是这一切并没有在她那里留下痕迹，犹如岁月没有在她光洁的脸上留下皱纹。多年以后，我偶然在熙熙攘攘的大街上遇见她，她依旧清纯，高傲，冷漠。

看来，经历并不是悲观的本质的原因，悲观的本源是内在的；悲观是本性的，存在于血液之中，得自于遗传。我的父母都是悲观主义者，我始终不明白，他们是由于不幸的际遇而悲观，还是由于悲观而遭不幸。悲观与不幸在他们身上拧绞在一起，互为因果。

我匆匆地离开北京，离开家，没有回头。年轻的时候，我厌恶我曾生活过的一切地方。厌恶家。在我十六岁的时候，我已开始厌恶我的家。十六岁，这是一个残忍的年龄，妄自尊大，缺乏同情心，我不可能像男孩子那样去作恶，却在内心深处蔑视我的父母。这使我痛苦不堪。我一生为此痛苦不堪。如今，他们老了，不再有能力折磨我，也不再有能力爱我；而我已是人到中年。面对他们的不幸，我仍旧束手无策，正如我小的时候，在半夜被父母激烈的争吵惊醒，惊恐地望着他们彼此恶语中伤，不知所措；姐姐在另一间屋子里哭，我跑过去，和她一起哭。我不明白这是为什么，他们的仇恨从何而来；我以为或许夫妻都是如此，家庭都是如此，作为女儿，这是我们必须承受的苦难。以致后来见到珊珊的父母恩爱情笃，我反而觉得怪异反常。记得曾经读过杰克·伦敦的一个短篇小说，是说一个十六岁的男孩，由于母亲固执的，不公平的偏爱而最终离开了家，义无反顾，不理会母亲的哭泣；有一种不可解脱的情感的逻辑，或非逻辑，读来令人心碎。我读了一遍又一遍，流着泪，把故事的主人公换成我自己，想象着我离开家，想象着母亲的哭泣，想象着父亲焦灼的寻找，想象着我对他们的折磨和报复，想得兴奋而心酸。

十六岁时，我希望我是一个孤儿。十六岁，我就想过，将来我决不要结婚，不要丈夫，不要孩子，不要家庭。十六岁，孤独已是我悲壮的誓言。

十六岁到十九岁，我们经历了一个崩溃的时代。家庭四分五裂，学校解体，过去的权威纷纷倒塌，被打倒在地，肆意践踏；我们的父母被批斗，难得见到他们，不再有人管束我们。历史的灾难带给我们意想不到的自由。在我们周围，尽有悲哀和残酷的事情，伤害与痛苦在所难免；少年的心，不似概念所认为的那样软弱，嗜血是人类祖先的本能，文明的毁灭其实轻而易举。对于我们，重要的是自由。最初的自由就是这样，带着血腥与痛苦，突然而至。

那清波荡漾的湖水，正是我们对自由的幻想。在湖心大大小小的岛屿上，大约有几十个像我们这样的北京学生。像我们一样，不肯接受硬性的分配，到指定的地点集体插队。在这些人中，有后来成名的芒克和多多，其他的大大小小的名人也还有一些，不过那时我们互不相识，只是彼此听说过，知道对方的名字。在秋天寒瑟的湖面上，飘过云团一般的雾气；我们的船与他们的船交错而过，倏忽之间，令人心悸的惊险，划船的男孩高高的个子，轮廓分明的漂亮的脸，新鲜刺人的笑容，这或许就是我记忆中的芒克。三十年后。在一些零散的回忆文章中，有人形容他的小狼一样的笑容。他们的船迅速地隐入浓雾之中，若隐若现，正如记忆的虚无缥缈。那时候，我们不约而同地"流窜"到这里，带着书，带着相似的梦想。在这里，没有兵团的军人或北京来的干部管辖，公社和大队的干部曾试图管理我们，但不成功。这使我们有别于在东北、云南以及陕北集体落户的几十万知青。生平第一次，我们脱离了"组织"，没有了档案，没有了单位，没有了城市户口，作为一个"人口"，我只是小队的用于分粮食的集体户口本上的一个数字，我＝1，珊珊＝1，我＋珊珊＝2。只要还能吃饱肚子，那么，生平第一次，我们有了自由。

两年前，我与一些朋友一同回到我们从前走过的地方，如今，这片湖已是著名的旅游区。同行的一位卢森堡人惊异于中国农村生活的原始与粗劣，他听说我曾在这里生活了五年，问我：一个长于城市的少女来到如此艰苦的地方,是什么心情?我告诉他,并没有他想象的那么多的悲哀与伤感。无法向来自富庶而自由的西欧人解释清楚二十多年前中国的社会形态,那一段破碎断裂的历史是封闭的,在世界历史的长河中,显得怪异而模糊,诸如"文革",插队,知青这一类词汇已逐渐变得像两脚兽一样,不可理喻。

十八岁的时候,我们以青春的蛮勇,贸然走进这片湖。

我们落户的村庄是位于湖心的面积只有一平方公里的岛屿。在它的边缘,有几个更小的岛,如同聚集在母珠周围的小珠。我和珊珊就住在其中的一颗只有几十平米的"小珠"上,一座拱形的木桥连接了小岛和大岛。只有我们一户人家。我们住的房子是五十年代的小学校,只有一间教室的学校,早已废弃不用。从门前到水边,大约只有五步的距离。

房间很大。为了防水,内壁没有抹石灰,用白灰勾勒的青砖赤裸着,很像如今酒吧里的仿砖壁纸,但是没有柔和神秘的彩色灯光,没有佳肴美酒,裸露的青砖徒然使得空旷的房间增加了荒野的意味。墙角有一眼砖砌的灶台,村干部要为我们盘土炕,因为怕生虱子,我们拒绝了。取而代之的办法是,从北京托运来床板,吊起了蚊帐,把木衣箱架在床头,当书桌用。我与珊珊连在一起的床铺上,凌乱地堆拥着缎绣的被褥和书籍,在荒芜的大房间里,有如一叶方舟。

被褥是我临行前母亲一针一线缝好的。她为我准备的衣服都很朴素,但不知为什么给了我一床缎绣的被子。金黄色的面子,精致地绣着红白牡丹,富贵的俗气的象征。对于我要去插队,她没有表示异议;父亲和母亲都很清楚,就我们当时的处境而言,别无选择。父亲可能是内疚的,他觉得连累了我们,由于他的莫须有的历史问题,我和妹妹不能留在城里,大学毕业的姐姐不能与她的在军事院校的未婚夫结婚;后来,我们姐妹在工作、婚恋诸多方面都不顺利;小妹有病,本来不能做吃力的工作,学校的工宣队分配她去北大荒,我的父母却不敢表示异议,他们害怕,怕女儿不服从分配会带给他们更多的麻烦。他们被整怕了,莫名其妙的怕,毫无缘由的怕。尤其是我的父亲。实际上,无论怎样恭顺,都将于事无补。但是,似乎除了顺从,他别无出路。一九五七年之后,像他那样的高级知识分子都被打断了脊梁骨。半年之后,小妹因病回城,半年的"劳动锻炼"几乎使她付出了终生的代价,在很长的一段时间里,她丧失了工作的能力,在病床上熬过漫无边际的时日。最初父亲对此是内疚的。后来,这种感情发生了变化,渐渐地,他不再认为是他拖累了我们,而是我们拖累了他。他曾经富有哲理意味地对我说：他人生的一大错误是与我母亲结婚。我想说，他还有错误，他不假思索地生了三个女儿，他的三个女儿就是他的三个错误。在他年老的时候，他对我们有一种怨恨的情绪。他怨恨他的亲人，怨恨他的妻子，怨恨他的女儿。他对我们日见冷漠；相反，他对一切不相干的人倒很亲切，同事，邻居，保姆，甚至那些整过他的人。他喜欢博取同情，他在内心深处始终是软弱的。

水乡的寒冷是侵蚀的，弥漫的，无处躲藏。湿与冷正如中医理论所赋予的有形的状态，侵入骨髓，腐蚀着身体的内部。房间里，泥土地面上散乱着柴草，灶台上黑色的铁锅，如同一个只有嘴的怪兽，缸里的水时常结成冰，大房间所显示出的不是艰苦，是原始与荒凉，远古的洞穴。冬天地里没有多少活，白天，也瑟瑟地蜷缩在我们的"方舟"上，厚厚的拥着被子。金黄的丝缎在寒冷中闪着柔和温暖的光，红与白的花朵，淡紫与橙黄的蕊，在空旷粗糙的大房间里，那几朵灿烂的牡丹不再是俗气的，不再与富贵的寓意相关，而是荒野之中的一个想象，温暖的，不可协调的想象。仿佛我的母亲对此早有预见，否则，她为什么一定要给我这样一床被子。后来，我对服饰有两个极端的嗜好，或是质朴的蜡染布，或是华贵的丝绸；只有真丝的光泽才能使色彩产生深厚的层次，梦幻的效果。我很少体验到体力劳动的愉快。我想这是体质的原因，并非如当时人们所指责的是思想的原因。珊珊则不同，她看起来肤色娇嫩，却有一个强韧的体魄。她情愿放弃照顾给我们的诸如菜园子一类较轻的活儿，而去干那些强体力的，刺激性的劳动：春天上渔船，秋天收割芦苇，冬天去拉冰。她饶有诗意地对我描述大淀上冰原的夜，黑暗中寂寥的白色，无边无际的静谧，她和那些穿黑棉衣的农民一起，把凿开的大块的冰拉到岸上的芦苇地，直到红日升起，黑色的神秘与白色的寂寞消融了，代之以空旷辽阔的青碧。

我羡慕她的强韧。那个冬天，我试着和她一起在夜晚去拉冰。珊珊对自然的体验是单纯的，美的；对我，大自然是一个神秘的诱惑，永远令我为之感动，但又使我恐惧和隔膜。

那个冬天，我们经受了一生中最繁重的劳动。晚上下工回来，没有力气去做饭，久久地躺在床上，直到深夜，饥饿难耐，再爬起来烧柴草，煮高粱米粥。

青灰色的冰原，殷红的落日，金黄的芦苇垛，弥漫于天地之间的薄雾，这是我对冬天的湖的记忆。我们像当地的渔民那样,穿着用内轮胎粘成的雨靴,里面塞着芦苇叶。冰床上垛满了成捆的芦苇,我和珊珊用绳子拉着冰床,姿势活像伏尔加河上的纤夫。那时我们喜欢唱的歌是《三套车》,这使我们意识到内心的隐隐的凄凉;冰,雪,严寒,令人联想到旧俄罗斯的广阔的忧郁。我们最初开始读的书是普希金,莱蒙托夫,托尔斯泰,后来是布洛克,茨维塔耶娃,洛尔迦,波特莱尔是更后来的事。直到如今,俄罗斯文学对于我,仍旧类似精神的故乡。

晚上,常常停电,没有炉火也没有热炕的大房间冷得像冰窖。天一黑,我们就和衣钻进被子里,最常聊的话题是吃,缺油少肉的饮食格外地刺激了食欲;珊珊喜欢回忆"文革"前她家里的早餐,抹着厚厚的黄油的面包片和搅拌了鸡丝的土豆泥。当然更重要的话题是文学。在中国的原始贫穷的水乡,在砖墙裸露的荒凉的房间里,瑟缩在厚重的棉被下,我们却在遐想着俄国庄园里的苦闷与情爱。这似乎是做作的,不过这就是我们的生活方式,我们的既顽固又不得已的选择。

关于现实的生活,我们也曾有过一些改造社会,普救众生的志愿。我有一套费特照相机和放相机,是父亲从苏联带回来的,可以拿来为村里开一个照相馆;珊珊试图说服村干部利用当地盛产的芦苇建造纸厂。对于这些异想天开,那些黑衣服的农民只有摇头与讪笑,像一张网,软绵绵的,但牢不可破。我们的宏图大志不过是纸上谈兵,说说而已,如同一个空洞的回声。

那个冬天和我们在一起的,还有一个十六岁的男孩子。他也是独自从北京来的知青。他不习惯住农民家老少同铺的宽大的火炕,情愿一个人睡在大队部装粮食的长柜上。那里永远聚集着大队小队的干部,开会,打牌,抽烟,聊天,直到深夜。他不胜厌烦,晚上只有赖在我们的房间里。我匀给他一床被子。我们三个人并排躺在床上。有许多夜晚都是这样。他天真,固执,仍旧梦想着将来去学习天体物理,以为在乡下可以更清楚地观察星空。他说水乡的姑娘很漂亮,黑发,黑眼睛,但是由于从小织席,手被毁了,几乎有些畸形;他想为那些姑娘发明一种织席的机器。后来他果真做了一架木制的织席机,严格地说,只是一个模型,仅仅表达出一个粗略的想法,根本不能使用。珊珊毫不留情地嘲笑他,有意地伤他的自尊心。有时,珊珊会表现出冷漠和残酷,对她不喜欢的或是她看不起的人,她缺乏平等的观念,毫无同情之心。在那些停电的夜晚,我们三个人蜷缩在厚厚的棉被里,没有月亮的时候,看不见屋顶的木椽,也看不见裸露的砖墙,一切都消融在浓浓的黑暗中。我们仿佛忽然飘浮在无边无际的空虚之中。那个男孩子有时会说,他想家,想他的老祖母。珊珊斥之为男子汉不应有的怯懦。在黑暗中,他抓住我手,有一点犹豫,但并没有羞耻的感觉。信任的温情沿着我的手臂流向我的心。暖融融的。

化冰期的时间很长,几乎有半个月,冰面上不能行人。经过一个冬天的蹂躏,曾经光滑如镜的冰面已千疮百孔,在褐色的土地和白色的浮冰之间,深绿色的水面一块一块地显露出来。你不敢在冰上走,它会突然地塌陷;不能去赶集,邮政也陷于停顿。人们站在湖边,迷惘地期盼,等待着冬天的崩溃。直到有一天,整个湖面忽然涌动起来,冰面爆裂了,大块大块的浮冰漂浮在水面上,壮观而又令人伤感。

我决定回北京。因为要补办迁移户口的证明。这也许不是真正的理由。但也不是因为思念家人。在十八岁的年纪上,我的心肠似乎是冷漠的,珊珊更是如此;是出于独立的愿望,还是环境的冷酷地熏陶? 或是我们都是自私的孩子。我的家人,我的父母和我的姐妹,他们是我的亲人,但不是我的朋友。我始终倾向于离开他们。不过,在我匆匆收拾行装的时候并没有忘记给家里带一瓶小磨香油。我与珊珊约定十天后回来,她点点头,本能地不相信我的许诺。她以淡淡的漠然对待我的离去,这使我硬起心肠不去理会她隐藏起来的失落感。十六岁的男孩子送我到村边去上船。我坐在颠簸的船舷上。湖面上风很大,寒冷之中可以感到早春的柔软的暖意。男孩子站在岸边说,别走,你走了,只剩下我一个人。我说,还有珊珊。他说,和那个傲慢的蠢丫头有什么可说的。

船开了,我匆匆挥了挥手。在水面开阔的大淀上,湖水呈现出透明的青翠。木棹拨开水面,发出琅琅的声音。风卷起我的长发,偶然回头,看见男孩子仍旧站在岸上。一瞬间我的心似乎有所感动。早春柔软的暖意像丝绸,缠绕在皮肤上。

于是我再一次地挥挥手,轻易地挥去了情感的一时的波动,同时做了一个粗心大意的永久的告别。当我秋天从北京返回时,他已不在这里,转到东北的林区。我总是记得那个男孩子。多年以后仍旧如此。在某一个时期,我夸张了他站在岸上的期待的神情。在那个荒凉的大房间里,我们一起躺在虚无的黑暗之中,本该发生什么,但是没有。什么也没有发生。有一点姐弟式的爱,纯洁而不可靠。那时我傲慢狂妄,充满幻想,这使我把爱情推迟到模糊的未来。我认为我不应该轻易地陷入凡俗的感情,就这样随手挥去,像卡门在驱逐烦恼时摇她的手铃一样。而后来,事情却在不该发生的时候,在我内心脆弱的时候,发生了。这是不健康的,也是一种报应。

至今我仍旧不喜欢照相,我自己的照片总是既令我失望,又使我感到陌生。在照片上,我找不到自己,她与镜子里的我不一样;镜子里的我是动态的,我有时能理解自己,有时能窥视自己的灵魂;而这会给我安慰,使我感到我的肉体不过是在人世间的一具不得已的假面。在我母亲的相册里,我找到一张我十八岁的照片,身材丰满,脸是光洁的,穿着一件无领衬衫,站在花丛后。我还记得那件衬衫,是用一种质地细致的棉绸做的,白底子上,淡淡地洒着藕色和青色的大花。那张照片是在中山公园照的,可以看到远景中的苍劲的古柏;强烈的日光消融了表情的细部,我的笑容显得单纯而宁静。在那张照片里,我年轻,健康,愉快,我想,这是母亲保存它的原因。然而,实际上,一切都不对,背景不对,表情不对,甚至连服装都不对,我不记得我怎么会有那样一件不合潮流的衬衫,这件衬衫像一道幕布,使照片的时代背景暧昧不清。二十多年前,应该是蓝制服,灰制服的时代,夏天最时髦的衣服是白色的确良衬衫,而我竟然穿着无领的棉绸花衫和一条黑色的纺绸裤子。记得那时我也穿蓝咔叽布的制服,样式介于军便服和西服之间,我要求裁缝尽量显示出腰部的曲线。照片上的我是在夏天,而那一年的冬天我已去农村插队,在湿冷的水区,手和脚都被冻伤,手指关节肿得像胡萝卜。熬过了那个冬天,熬过了化冰期,我回到北京,在北京的家中过了一个春天,又过了一个夏天;那些年家中的气氛始终是抑郁的,一如在以前和以后的许多年。不幸年代的无数琐碎的灾难并没能改变我的父母的彼此冷漠的关系,也没能改变他们的本性;直到他们最后分开。而照片上的我已恢复了元气,无法遏止的青春,本能的自私和快乐,在纯净的笑容的后面,是忘却,没有心肝的忘却。

那张照片是欲望的体现,以致掩盖了背景。在火车驶近北京凌乱的近郊区时,我就已经知道,等待我的,是一个破碎,冷漠的家,层出不穷的问题,不可弥合,又没有决心彻底解体。父亲和母亲都自认为,没有离婚是为了我们,这样,就把他们的女儿们置于生而有罪的地位。有很长时间,我一直相信他们的这一理论,后来我发现真正的原因并非如此。在他们身上,有一种怯懦的惰性,使他们没有勇气改变自己的生活。

在火车进站的时候,可以望见我家那栋灰色的楼房。楼房的另一面,是一片败旧的平房,穿过曲曲折折的胡同,远远的,那栋灰色的楼房显得孤单冷漠。走近家门的时候,我忽然有些气馁,那瓶小磨香油似乎也是多余的。我的预感并没有错,香油放在那里,许久没有人理会,我家的生活了无意趣,以致没有心思讲究烹调。后来有一次母亲不知为了什么发火,她发起脾气来就摔东西,没有教养地摔和砸,既令我心寒,又使我耻辱。那时我还不懂得所谓的"更年期",不明白她正处于内外交困,身心交瘁的时期。那一次她在厨房,顺手抓起一个瓶子摔向门厅,恰恰就是那瓶小磨香油。黏稠的液油缓缓地在地板上铺开。小妹走过来,滑倒了,她就倒在那一汪香油上,她试图站起来,又滑倒了,于是她坐在那里,衣服浸透了油液,哀哀地哭了。

以后,我从乡下,从外地回北京,总是空着手,不再给家里带什么东西,就像一个不肖之子那样。

我没有遵守诺言,十天以后,不是我回到乡下,而是珊珊回到了北京。我们彼此没有谴责,也没有歉疚。仿佛这是自然而然的。那一个冬天的农村的日子,距离北京只有四百里,忽然成为不堪回首的记忆。我们不管北京是否欢迎我们,也不管这座古城正处在一个黑暗的时期;她被与世界的现代化隔绝,而她的古老与温厚却消失了。我说过,我们是城市的孩子,这是无法改变的。我和珊珊到西单的峨嵋酒家吃担担面,不久前我们还是学生的时候,常常到这里来。我们的学校就在这条繁华街道的后面,近在咫尺,但已经与我们无关,仿佛心的一部分被割掉,有一种生理上的痛苦,隐喻地提示我们,那片浩渺的湖水以及岛上砖墙裸露的房子,并非一次探险,一次旅游,而是现实与未来的实实在在的生活,它横亘在那里,随时准备以它的贫瘠和荒芜将我们吞噬。这是一个不能深想的问题,只有把对未来的模糊的惶恐埋葬在心底。坐在峨嵋酒家的二楼,俯视灰色的街道,杂乱的标语和血一样鲜红的宣传画把城市涂抹得丑陋不堪;由于视角的关系,行人的身体被缩短了,如同蝼蚁,踽踽而行。这就是我们的城市,我们的时代,我们的命运。心,忽然沉浸于弥漫无形的悲哀。我们彳亍在北京的大街小巷,荒芜的园林,心绪茫然,无限期地推迟返回的日子。所以我会穿上那件棉绸花衫和黑色的纺绸裤子,以及时行乐的态度对待惶惑的未来。

那个春天和夏天,我们实际上无所事事,却有意地不去正视被我母亲称为既失学又失业的状态。我们时而心血来潮地去学小提琴,时而请外语学院的老大学生教我们英语。那时无论学什么都不需要钱,总会有人愿意作我们的老师,而我们却不是有毅力的好学生,常常半途而废。更多的时间,是读诗歌与小说,这不是一件可有可无的事情,而是那一时期我们生活中的正经大事。我们不遗余力地搜罗古今中外的名著,从曾经藏书颇丰的名人那里借阅,尽管他们已屡遭抄家之苦,但仍旧能设法保存一些别处难寻的版本。有时,我们去废品收购站翻检,花两毛钱,买一堆被人丢弃的旧书。我们沉醉于一个世纪以前的人的精神生活中,为自己建筑了一道精神的藩篱,与现实的世界隔开。珊珊的母亲,一位仪态万方的老妇人,其实那时她还不到五十岁,在狂妄的正当青春的我们看来,她已经老了。挨斗,劳改,这些在和平时期不可思议的非人的折磨,都没能销尽她的娴雅的仪容,甚至也没能改变她的思想和情感的取向;她仍旧忠于党,不敢非议伟大的老人家,耐心地等待着她和她丈夫的"问题"的解决。珊珊和我一样,轻蔑她的父母,武断地认为他们没有勇气否定自己的过去,"哪怕是形而上的否定他们也做不到。"多年以后,这位仪态万方的妇人垂垂老矣,她曾对我说,假如他们做出形而上的否定,那么,他们将失去"形而下"的生活。这就是鲁迅所说的,在排斥异端方面,中国刑法之苛刻。偶尔,珊珊的母亲被允许从监禁的地方回到家里。对我们的游手好闲,想入非非,读违禁书籍,她忧心忡忡。她说,你们把自己关在十八世纪、十九世纪的玻璃房子里,会有什么结果呢?后来,珊珊写给我的一首诗里用了这个典故:

透明的玻璃使我们隔房相认,
相像,但并不一样,
仿佛银光闪灼的镜面上,
印上了两个苦闷的征象。

"苦闷的征象",源自鲁迅所翻译的日本的厨川白村的《苦闷的象征》,出版于三十年代，我还记得是由鲁迅亲自设计的封面，抽象的图案，神秘主义的风格。

有时，我和珊珊互通信函，其实我们各自的家不过东城西城之隔。如今翻检那时的信件，多为寥寥数语，似乎我们之间的关系很平淡。我知道，我与珊珊的友谊是非同寻常的，这其中有一种严肃的性质，在此之前不曾有过，在此之后也不会有；女人在结婚乃至恋爱之后，就不会再有同性之间的带有激情的友谊。但是，无论是我，还是珊珊，都耻于表达彼此的感情。我们通信，往往是互相寄赠写给对方的诗。珊珊的古诗写得典雅，流畅，我宁可写一些无拘无束的自由体诗。在这些带有模仿性的诗篇中，我们表达了对友谊的尊崇，堂皇而含蓄。也有一些彷徨伤感的诗句，在阴郁的背景之下，前途渺茫，生死无定，伤感的情绪似乎是必然；实际上并非如此，青春的力量是如此的盲目，如此的强大，我们置周围的灾难与不幸于不顾，以本能的自私寻求快乐。伤感对于我，是后来的事情，是在我遇到N以后，在两个人的封闭的小世界中，青春迅忽地流失。

有时，我住在珊珊的家里。我自己的家永远笼罩在紧张阴郁的气氛中，我母亲的无时不在的绝望的情绪，使我不断地想要逃离。

珊珊的家距峨嵋酒家不远，就在这条街道后面的胡同里。一栋败旧的洋楼，曾经是北洋军阀时期一位阔人的公馆。如今拥塞着五六家住户。在她的当部长的父亲被判定为"叛徒集团"的成员之后，他们一家被驱逐出百万庄申区精致幽雅的高干小楼，来到周围是大杂院的昔日的公馆。珊珊一家占据着二楼的四个房间，相对于周围的邻居，仍有"百足之虫，死而不僵"的气派。门廊的镂花石柱，是往昔主人的豪华荣耀的遗迹，绿色瓷砖的壁炉已成为废品箱，地板的漆色完全脱落了；这一切于珊珊更为和谐：衰败的洋房和破落的贵族。有时，她一边挥舞着菜刀，在紫檀色的硬木写字台上切榨菜，切韭菜和豆腐干，一边突发奇想，"如果这栋房子完全属于我，我将把地板漆成朱红色，墙壁是乳黄色的，楼梯铺上淡咖啡色与白色图案的地毯，每一层阶梯上都要点燃两支蜡烛。那时，你可以作为客人，长期住在这里。"我笑了。我说，不。我宁愿要一间乡村的农舍，用山上的虎皮石砌的院墙，一房间的书，院子里有果树。她去厨房炒菜。紫檀色的写字台上留下细细的刀痕。一年以前，这张气派的写字台还是她父亲在家中使用的办公桌。几分钟之后，她端着盘子走进来。肉末榨菜，韭菜炒豆腐干。我住在她那里的时候，几乎永远是这两道菜。她说,做这样的菜很省事,连盐都不必放。

如今,我仍旧住在拥挤的城市。听说珊珊已远走美国。我不知道她现在住在什么样的房子里。

我们的盲目的雄心依旧,所以,闲散并没有使我们耽溺于逸乐。由于借书,认识了形形色色的人。也认识了许多年龄与我们相仿的男孩子。但那时我们更倾向于清教徒式的生活方式。

属于我们自己的小"社会"大约就是在那时形成的。这一过程是无意识的,形成于不知不觉之中。这与我们以往的生活环境是不同的。在中国,有单位,有集体,但是没有社会。一九四九年以后,"社会"就不复存在,至少不复独立地存在。"文革"是乱世,动乱造成了空隙,就是在这些窄缝一般的空隙中,形成了一些不再与政治或政权有关的自由的小社会,那时我们称之为"圈子"。一九七八年以后的某些社团,是与当年的结社有关的。不同的圈子相交叠,莫名其妙地认识了许多人。我想那一年的春天我已听说过 N,他画油画,也写诗,他的诗并没有引起我的注意。那一年,鼎鼎大名的诗人是郭路生,我能够背诵那首迷蒙委婉的《烟》。他固执地把情感嵌入格律之中,我们的年轻的不安的彷徨在他的诗中固定为可见的形式,仿佛由此可以在这个混乱的世界与不可知的命运之中抓住一点实在的东西。我和珊珊曾慕名拜访,那时他还是一个肤色苍白的英俊少年。客厅里有几位正在高谈阔论的客人。他请我们到他自己的小房间,我记得,他在朗诵了《相信未来》之后,解释了"紫葡萄"的寓意:灵感来自于一幅画,前景是一串浓紫的葡萄,后面是一个女人的隐约的脸庞,他说,如果把浓郁的紫色抹开,恰如女人的泪水。"当我的紫葡萄化为深秋的泪水,……"而后来,他肯定为这浪漫的意象深深地伤害过。当他写下那首《命运》的时候,正值青春年少,才华横溢,但是他说,"我的一生是辗转飘零的枯叶,我的前途是抽不出锋芒的青稞。"仿佛是他未来人生的谶语。后来,他正是以他的悲凉的命运在喧嚣的商业社会中成为一个不相和谐的启示。

当时的郭路生与稍后的朦胧诗派是不同的。在那个时代,他固执地说:相信未来。而北岛则说:我——不——相——信。

在我认识 N 以前,我只是泛泛地认识了很多人,并没有陷入到某一个圈子里。那个冬天,我和珊珊像两只蜻蜓,匆匆地从一个客厅飞向另一个客厅,参加一个又一个闲散的聚会。所谓客厅,不过是没有家长的大一些的房间而已。客厅的主人往往是被审查,关押,废黜的官员或知名人士的子女,那些妻离子散的家庭,抄家之后剩余的沙发,藤椅,散乱地摆放在空旷的房间里,像一片废墟。自由只能在废墟中诞生。仍旧有许多对政治,对国家的命运,对自身的前途感兴趣的人,已经有人开始读经济学,关于哲学的笔记也开始在我们中间流传。我怀着陌生的兴趣听他们夸夸其谈。尽管文风晦涩,《哲学笔记》的作者还是在一年后被抓了起来。这样的危险随时会有。我认识一些热衷于政治的老大学生,他们的狂妄的信心真是令我迷惑不解。至于说到"朦胧诗"这一支系,却是另一回事,与其说他们迥异的诗风产生于对未来的希望,不如说是彻底的绝望。如今的研究者在描述当年的"地下文学"的时候,考据一般地说到几个著名的文学"沙龙",我已经不能确证他们的存在,当年随意的聚会,夹杂着平庸的龃龉与琐碎,如今已经成为一本正经的历史。历史或许就是这样,在不经意之中形成。

  夏末秋初,我返回湖心村庄。珊珊说她有些未了的事情,要在北京再住些日子。她没有说是什么事情,我惊疑地望着她,那双雾一般的流盼忽然显得冷漠,如同一道屏障。这在我们之间是不寻常的。我克制地不去问,以免有伤自尊。

  我想要回乡下,因为不可能长久地住在北京。滞留在城市的知青,已逐渐成为社会上不规范的部分,在正统的人看来,这是一批游手好闲,道德败坏的青年;应该老老实实回到农村干活,脸晒得黝黑,手上长满老茧;然后被招工,被选拔。而我们竟然流荡在城市。社会不欢迎我们,街道派出所常常在夜间以查户口为名驱赶返城知青。每当深夜响起敲门声,我的父母总是急急慌慌地去开门,仿佛门开迟了会被认为隐匿了什么。我从心底厌恶他们的胆怯。我披着毛巾被,对年轻的小警察说,请出去,我还没穿好衣服。他红着脸,退出去。有时候,不得不在大衣柜中藏身。这使我的父母神经紧张。母亲表示她难以承受这样的局面,委婉地劝我离开北京。父亲讲了一些时下流行的大道理。我或许在喉咙里含混地哼了一声。然而父亲听见了。他满面羞愧。他嗫嚅地说,适者生存,希望我顺应时世。我忽然满心凄凉。为我自己,也为我的父母。我与我的亲人,在这个看不到希望的时代,我们彼此竟不能相互扶助,各自怀着一颗空空荡荡的心,在茫茫的人世漂流。

  我一个人,在县城的堤岸搭上一条邻村的船,船夫有亲戚在湖心村庄,所以不肯收我的钱,也不肯收我的粮票。我用我的费特相机为他拍照,他高兴得手足无措。他再三地告诉我他的名字,当然是希望我不要忘记寄照片给他。但是我最终没有寄给他。是因为懒,还是因为我认为那张照片有保留的价值?至今我仍旧保留着那张船夫的照片,一张辛劳,质朴,蒙昧的中国农民的脸,当他们面对外面的世界和照相机的镜头的时候,他们总是如此;但是,在他们自己的土地上,在他们自己的村庄里,在他们自己人中间,他们脸上的木讷的皱纹立刻活跃起来,聪明而狡黠。几年的农村生活,我与他们始终是隔阂的,在我们之间,语言不同,规则也不同;隔阂是如此之深,除非一方把另一方同化。不存在谁对谁错的问题。关于农民的善良,质朴,这是居高临下者喜欢的童话。在一个贫瘠得近于残酷的生存环境下,人性更多地呈现出麻木的状态。而一旦欲望得以释放,没有比这些农民更具有破坏性的了。几年前,我与友人旧地重游,这里如今已是著名的旅游区。两个农民开着机船带我们到他们在湖心小岛开办的旅馆,几间平房,餐厅装饰着壁纸,还有几个莫名其妙的鬼怪的泥塑。我们用井水冲澡,在餐厅里吃了一盘煮河虾,三份烧鱼,两盘野菜,活活地被这些觉醒了的农民兄弟"宰"掉四百元。

  小岛上大约很少有游客,花草与芦苇一起恣肆地生长。我们在岛上住了一夜。早晨起来,乌云席卷而来。稠密的芦苇在风中荡起悠远的轰鸣,与雷声呼应。暴雨倾盆而下。房间开始滴滴答答地漏水,濡湿了一面墙壁。我穿的蜡染布的裙子有些返潮,粘涩地贴在身上。我知道雨不会很快停下来,道路将会泥泞,汽车将困在湖边的停车场。种种的不适,羁绊,孤寂,使我忽然真切地"感觉"到以往的年代。一切似乎并没有什么不同。那些孤独的羁旅。那些年,我一个人,或是与珊珊在一起,从城市到湖心的村庄,再从湖心的村庄到北京的家。后来珊珊离开了,只有我一个人。坐火车到徐水,设法搭乘当地驻军的军用卡车到安新县城。然后,可以直接走水路,也可以沿柳堤和田间小路走十八里,到距湖心很近的端村,再搭乘农民的船。柳堤的一边是湖,另一边是一望无垠的庄稼地。麦子成熟的时节,金黄色的麦浪在风中滚动;而在秋收之后,田野袒露了褐色的,被劫掠的胸怀。我,或者是珊珊,背着行囊,踽踽独行。

那是我们十九岁的时候。

那一次,我一个人,隐蔽了心底的忧郁。从县城到湖心村庄,水路三十里。狭长而寂寞。我为船夫拍照,偶尔也用那架费特相机捕捉风景。夏天的湖,浓翠欲滴。连绵的芦苇荡,以一抹抹浓重的墨绿分割了浩淼的水面;芦苇之间狭长的水道,木棹拨动青碧的水,在万籁寂静之中发出碎玉似的琅琅的声音。绿柳环绕的水中村庄。正是莲蓬收获的时节,水边的坡地上,丢弃着一丛丛的荷花,粉紫色的撕碎的花瓣,一抹华丽的色块。

船行到大淀上,豁然开朗的天与水,晃动着白炽的光流。在盛夏的骄阳下,色彩疲倦地消退了。水色,天光,透明而空茫。远远地,渔船黑色的剪影在空中静静地划过。

在湖心的村庄度过的那些日子,那些年,已在记忆中酿为醇醪,不再是生活的本色。十八岁到二十四岁,正当青春年华。我在那里生活了五年。我已拿不准我在那些年的情绪,我想我是以浪漫的姿态对待生活的,否则我怎么能够忍受那种毫无指望的,粗劣的生活,如同我旧地重游时所感受的。那时的艰辛的生活被赋予英勇的色彩,以致偶尔回述往事,仿佛在抚摸一个光荣的伤疤。

在乡下,一个人的日子,绝对的孤独。我在老乡家搭伙,吃高粱面的素馅饺子和玉米面压的面条。珊珊不在的那些天,我学着织了一片苇席。水区的姑娘都是织席的能手,荷花淀派的一位老作家曾对此作过浪漫的描写:她们盘腿端坐在苇席上,腰部柔韧,手臂颀长,白花花的苇条在手中欢快地飞舞,手指的动作与腰部的移动构成和谐的韵律,仿佛在弹琴;舞动的双臂舒展自如,没有辛劳的痕迹。但是我不行,我的腿又长又硬,根本不可能长时间地席地而坐。我不记得他老人家是否描写过水区姑娘的手,那双手可没有浪漫的意味,日复一日的磨砺,从手心到手背,结满厚厚的老茧。如今我的相册里仍旧保存了一张我织席的照片,我半蹲半跪在已经织好的半片苇席上,那是为了照相而摆设的姿势,我低着头,面带微笑。这张照片是后来照的,是在我认识了 N 以后,他为我拍的,而不是在我独自一人的时候。他或许以为女人织席是美的,寓于诗意的事情。实际上,织席对于我可没有丝毫浪漫的情调,我蹲在地上,躬腰弯头,活像一只蜷缩的蜗牛。那片席我整整织了十天,手被锋利的苇条划得血迹斑斑。

我把织好的席交到小队,出纳员给我记下十个工分,按照这样的速度,靠织席是不能养活我自己的。水区的姑娘从十岁起,一天就可以织一片席。而我十天织成的那张席在验收时被认定为不合格的次品。验收员是县里来的有着科级干部头衔的胖老头,那张麻脸既和善,又骄横。队长为我据理力争,"这是北京来的女学生织的,合格得要,不合格也得要。就像你脸上的麻点,好看不好看,都得长在那儿。"在我开始准备织第二片席的时候,我还没有气馁。失败的情绪是突如其来的。那一天的黄昏,我把劈好的苇条拿到场上去碾平。两个小一些的石碾都被占用了,只有老槐树下的大碾子空着,几个脏兮兮的顽童坐在碾子上,吃着抹了黄酱的玉米饼。我在空地上铺好芦苇,挥手赶走正在嬉戏的小男孩子,不自量力地试图移动那个庞然大物。无论我怎样推,拉,用脚踢,石碾子却纹丝不动。我想我吃力而急躁的动作肯定是滑稽的,否则那几个顽童不会那样兴奋地拍手笑起来。不远处正在碾苇的老头和中年妇女也笑了。他们没有什么恶意,但没有人想要帮我。我颓丧地靠在突兀不平的老树干上;小男孩子像胜利者一样,举着玉米饼欢呼起来,他们重又爬上石碾。收工的渔船靠岸了。炊烟袅袅生起。夕阳正在陷落,湖水泛滥着忧郁的暗红,房屋,芦苇荡,在黄昏的天幕上勾画出黑色的轮廓。在那一瞬间,半年多来支撑着我的勇气忽然崩溃了。我哭了。小男孩子们坐在石碾上,静静地望着我,像一群敏感的猴子。我靠在老槐树上,默默地,任凭眼泪像潮水一样滔滔汩汩地流淌。

我把剩下的芦苇交还给队里,向队长表示,随便分给我什么活儿都可以,反正我不再织席了。队长颇费踌躇,无论是地里,还是船上,哪儿都不缺劳力,我们在这儿,本来就是多余的人。"毛主席叫你们来受一遭罪。"这是农村人对"上山下乡"的质朴的理解。对于我们的"遭罪",他们往往表现出快意的同情。我因为拉不动碾子而哭,他们同情之余,也许感到了某种优越;我们在劳动中的种种低能的表现,都是他们谈笑的资料。关于我的哭,珊珊回来后肯定听说了,不过她从未提起过。后来,可能是在第二年的麦收时节,她一个人在乡下,也曾哭过。听说是为了我的床板。因为我的床空着,队里要借床板晒麦子,珊珊不肯给,她怕床板会搞得很脏。农村生活的原始,使我们原有的生活习惯改变了许多，惟独没有改变我们的洁癖。初来的时候，我和珊珊即饱受跳蚤以及疥癣之苦；那些吸血的寄生虫小得看不见，却无处不在，咬得我们遍体鳞伤，珊珊的脊背被抓破，我给她涂碘酒，她让我数一数，究竟有多少个肿包，我数到六十，还没有数完。虫咬加上过敏，没有边际的瘙痒，使你的神经处于一种永无休止的煎熬的状态，消融了其他的一切思想和感觉，直到产生酷刑一般的恐怖。后来，靠着大量地喷洒敌敌畏，终于消灭了那些可怕的跳蚤。为了防止它们东山再起，我们坚决拒绝任何可能带来跳蚤的来访者坐在我们的床上，这曾引起村民的极大愤慨，他们必定以为这是轻侮。但是在这件事情上，我们不惜一切代价，不在乎得罪任何人。所以，珊珊固执地不肯出借我的床板。我猜想，这无疑伤害了对方的自尊心，引起了怀有敌意的争吵。那一次，她忽然无法抑制地激动，一反平日的矜持傲慢，据说，她冲出房间大吵大闹，之后，又躺在床上嚎啕大哭。她的哭或许缓解了僵持的敌意。但是我无法想象，她那银子一般抑扬顿挫的声音如何能够尖利起来。她在日记里这样记述，她说，那一次她只是想发疯地哭一次而已，并没有什么别的。关于日记，我以后还会说到。

我们彼此都没有提过哭的事，仿佛这是羞耻的。在我的记忆中，我们也从未在对方面前流过泪。我不知道为什么会是如此。珊珊在本质上或许是冷漠的，但我不是。当我独自忧伤的时候，我会流泪；在一些毫不相干的人中间，我有时会不顾廉耻地痛哭。我认识N以后，我也哭过。在我与珊珊之间，有过令人感动的情谊，我们曾互诉衷肠，也曾情绪激动地恶语相向；但是没有哭泣。那年的冬天，她的纯情的初恋突兀地失败了，她容颜憔悴，衣衫不整，但仍旧以一种沉郁而昂扬的姿态回溯往事。或许，在我们的充满了挫折的青春岁月中，一个人的勇气是不够的，需要一个实实在在的观照的对象，而我们互相充当着榜样的角色？不，不尽如此。至少珊珊不会这样认识。在我与她之间，自尊心的问题是如此的重要，没有泪水的润滑，最终的分手是自然而然的。彻底的，决绝的分手，出乎我们的愿望与意志。

我要叙述的，是关于爱情的，两性之间的故事，但我不自觉地流连于友谊的追忆。两性之间的世界，是晦暗的，诱惑的，暧昧不明，充满了陷阱，这使我迟迟不肯进入主题。后来，在N的小屋里，面对洇着黄渍的墙壁，我常常回想起珊珊，我们在一起度过的那些艰辛而明朗的日子。有时，我会向N的朋友谈起我和珊珊的故事：我们如何一起扒火车，背对背地坐着，传递车票，被查出后，镇静而诚恳地撒谎，感动了列车长，以至他亲自带我们出站；春天的乡下，缺油少肉的日子，我们和村里的孩子一起捞河螺，用盐和花椒煮着吃；这仍旧无法满足辘辘饥肠，于是，像原始时代的野蛮人，我们捉刺猬，抓野猫，捕蛇和青鳝，这些如今高档餐馆中至尊至贵的菜肴，被当地的农民视为污七八糟的东西，他们怀着惊奇和愤慨看着两个城市姑娘血淋淋地宰杀这些小动物，像看着食人生番；农闲的时候，我们驾着一只小船，从一个村庄到另一个村庄，拜访北京的知青，在大淀上，风浪骤起，我们的小船几近倾覆，我和珊珊奋力把船划到湖心的一块芦苇地，在瓢泼大雨中等待了两个小时，直到风平浪静，夜幕降临，饥饿，寒冷，疲惫，任凭小船在水面漂泊；珊珊自恃体魄强健，把行囊中的衣服都扔给我。当我说到珊珊的时候，我想我的口气是热烈的，我甚至倾慕地说到她的雾一般的流盼，银子一样的声音，丰满而古典的身材。N从来不善于倾听。而维明——N的中学同学，他专注地听完，意味深长地望着我，说：你如此地怀念你的少女时代。

当我怀恋地说到珊珊的时候，我是在怀恋我自己。

在炎热的夜晚之后，湖面上会突然涌起云一样的浓雾。堤岸，芦苇，垂柳失去了色彩，在无垠的白色的空间勾勒出淡墨色的轮廓；太阳像一块高悬的，色泽柔和的玉。正午，骤然间，雾气消散，天空一碧如洗，湖水蔚蓝；极远处，水鸟惊起；微风拂面，凉意有如一缕桑波缎，轻轻地飘下来。秋天。

珊珊回来了。

她扔给我一袋义利虾酥糖，又从手提袋中拿出一大包广东香肠。"你老爹补发工资了？"我淡淡地问道，尽管盼望她回来，但被背叛的感觉犹然存在。她把那些连在一起的广东香肠挂在晒衣服的绳子上，房间里顿时飘荡着熏肉的香味。"不，我还不知道他关在哪儿呢。香肠是临走时朋友送的。"她哼着《山楂树》的曲调，全然没有理会我的情绪。她把那首俄罗斯歌曲唱得哀婉而欢快。

我们决心上渔船。听说湖连接海河，直通渤海。在大旱的年头，湖水干枯到底，站在湖心的底部，村庄犹如坐落在山顶。干淀之后，湖里的鱼少了，渔民就结伙出海捕鱼。我们计划着，自己划一条小帆船，从这里一直漂到海上。我总是有浪迹天涯的梦想。我们在那时写的互相赠答的古体诗中，充斥着"怅何年，天涯行帆"之类的陈词滥调，实际上，对于那时的我们，所有的陈旧的梦想都飘散着海风的新鲜的气味。

独自出海是不可能的，渔船上的劳动强度之大超出了我们的能力所及。在我们的漫长的青春时代，只有一个梦想接着另一个梦想的破灭，并没有什么别的存在。但是，尽管异常的艰辛，整个秋天的渔船上的劳动还是留给我深刻的、惟美的记忆。

在朦胧的天光中，渔船划开水面，刺破黎明时分的寂静。太阳还没有出来，暗蓝的湖水偶然闪出一点银光，映照在水区的渔民特有的清澈明亮的眼睛里。在珠灰色的幽暗中，那一张张刻满了皱纹的，轮廓分明的脸凝然不动，像一座座神色庄严的雕像，精神尚未从怠倦的，沉沉的梦境中苏醒。在这样的时分，你觉得灵魂像星星一样亮晶晶地闪露了，它们彼此相似，没有贵贱尊卑，所有的丑陋，所有的愚昧，所有的不幸，都不过是阳光之下的假面。在这样的瞬间，你有可能在情感上接近关于世界大同以及基督的平等的观念。

我和珊珊的船是那种最小的下卡船。下卡子，是一种捕鱼的方法。一条千米长的细绳，每隔十公分系一个带有小粒鱼食的"卡子"。黄昏时分，我们划船寻找水草丰茂的河湾，把长长的"绳卡"放下去；有时，要在水上走很远，才能找到适宜的地方。第二天，要"起五更"，在太阳没有升起的时候将"卡子"收上来，以免上钩的鱼不新鲜。上午，则须整理绳卡，添放鱼食。在我们的船上，还有一个男孩子，与我同岁，村里人叫他"小孩"；一九五八年至一九六〇年的三年灾害，正值我们身体发育的时期，农村没有粮食，大部分人只能吃水草和野菜，他侥幸没有饿死，但从此没有发育起来，只有十岁孩子的身高，说话还是童音，在他那张娃娃脸上，已经长起了皱纹，这是一个没有青春的人，童年刚刚结束，就开始进入漫长的老年。他的形象令人难以忘怀，"小孩"是我的同龄人，他仿佛是某种共同命运的象征，无法救助的伤害，由于时间的不可倒流，被践踏的岁月无可挽回；"小孩"的形象令人心酸，它徒然地表现了历经苦难的毫无意义的残酷。

太阳出来的那一刻，湖轻轻地抖动了一下。天边弥漫着淡淡的玫瑰紫，湖水蓝得纯净,忧郁。鹧鸪一声悠远的长啼。苇条编制的篓子里,刚刚捕捞上来的鱼散发出新鲜的甜腥的味道,在朝阳的光辉里,鱼鳞闪耀着淡紫和金黄的色泽。

捕到的鱼并不多,经过连年的干旱,过度的捕捞,湖里的鱼越来越少。我们脱下干活时被弄湿的衣服,穿着泳衣,和"小孩"一起分吃带来的干粮。我和珊珊带了鸡蛋卷饼,在有关吃的方面,我们是村里的贵族;作为知青,我们的粮食配给是与当地人不同的。"小孩"的早餐永远是一个玉米面窝窝,抹着用小虾煮过的黄酱,有时,有一小块豆腐,或一个熏鱼头,他像猫一样把鱼骨剔得干干净净。也许是不好意思总是分吃我们的"白面点心",他常常会搞一些新鲜的小吃食,用"回圈"捞几只虾,掳一把干枯的苇叶,活虾透明的身体在燃烧的苇叶中弯曲,变红,发出诱人的香味。

关于船上生活的回忆似乎有些田园诗的风格,我不知道这是否是真实的。这究竟是天然的,还是我当时的刻意的追求,以摆脱无可走脱的现实,或者仅仅是记忆的加工与选择?

黄昏时分的湖,湖面呈现出景泰蓝的颜色,西沉的太阳撞碎在湖水中,万道鳞波闪烁着点点碎金;金色慢慢地熄灭,水与天之间,流溢着玫瑰紫色的光流。我静静地躺在水面上,在这样的时刻,我相信有神秘的永恒的存在。正如梵高的画。钴蓝的天空,紫色的湖畔,凝固了我对湖的记忆。

我们常常在房顶上吃晚饭。

水区的民房,屋顶比任何部位都讲究。房间里的地面是泥土的,有如洞穴的荒野,而房顶却平整地抹着水泥。夏天,农民在自家的房顶上翻晒麦子,冬天,则用来贮存玉米。据说,发大水的年头,水漫过炕,他们把简单的家当搬上房顶,支上席棚,垒起灶台,那时,房顶正如滔滔洪水中的一叶扁舟。我在的那些年,连年的干旱,水位下降。我们所期盼的原始洪荒的景观始终没有出现。

一般地说来,做饭是珊珊的事情,我情愿干一些烧火洗碗之类的粗活儿。在家务方面,我表现了出奇的低能;这或许是先天的,或许与我母亲的教育有关。我的母亲,她在女子中学毕业后,选择了结婚,生育子女,她的青春年华消耗于琐碎的家务,她为此懊恼不已,所以她从不要求她的女儿做家务活儿。她谆谆告诫我们,只要把书读好,其他都是次要的,尤其要学好数学和外语;她在解放前那种旧式的女子中学所受的教育是全面的,她有一双巧手,能够无师自通地缝制出漂亮的衣衫,但是她对我们说,这些都是没有出息的事情。我的姐姐和妹妹继承了她的心灵手巧,会缝纫,写得一笔好字;而我却连房间也收拾不好,床上永远乱糟糟地堆着衣服和书。我的母亲万万没有想到,我们欣逢一个无书可读无学可上的时代,她对我的煞费苦心的教育竟然无的放矢。

　　珊珊会用鱼头配以萝卜或藕,做出味道鲜美的汤。在那个秋天,令我们大快朵颐的是那些广东香肠。珊珊坚持每天只吃两根,一开始,我以为这是她的偶尔显露的祖籍山西的谨慎吝啬特点。天气热,晒衣绳上的香肠渐渐地长出白色的霉菌,但是她一如既往,在晚饭时小心翼翼地用菜刀割下两根,剥去长着白毛的肠衣,切成小段,与豇豆一起用小火慢慢地煨,肉香味令人馋涎欲滴。食欲是由饥饿引起的。就时代而言,我们可以归类于饥饿的一代,从三年灾害到农村插队,我们完成了身体的发育。"小孩"是一个极端的缩影;而我们,属于另一个极端,但我们与"小孩"仍旧是同一个时代的人。如今,逐渐萎缩的胃已经无法使我在感觉上回忆起当年对于吃的欲望。十几年前读阿城的《棋王》,惟独对那些劳作在亚热带的面露菜色的知青大吃蛇肉的一节备感亲切。

　　后来我知道珊珊如此珍惜节俭地品味那些长了白毛的香肠并非出于吝啬,而是另有原因。但是她的精打细算最终还是落空了。那是个"秋老虎"的晚上,闷热难忍,睡觉时没有关门,那只狗进来的时候,我还没有睡着,迷迷糊糊地知道它在房间里寻嗅,忽然,我听见它发疯似的跳起来,然后,箭一般地蹿出房门。第二天的早上,珊珊首先发现晒衣绳上的香肠统统不见了。我们枉费心机地猜测经常光顾小岛的是哪些狗,仿佛找到了债主,还可以讨回早已进了狗肚的香肠。珊珊提着烧火棍,站在木桥边,气急败坏地痛打每一条试图到我们的小岛上觅食的狗。那些年,村里的狗食不果腹,毛发无光,瘦骨嶙峋。

　　那时,我不是没有觉察珊珊的某些变化,只是对友谊的忠实使我不愿意过多地猜想。此外,长久地生活在女人的世界里,我对异性之恋从根本上是缺乏想象力的。在那个夏秋之交的季节里,我朦胧地感觉到了什么。黄昏,在屋顶上,我们吃过晚饭,长久地眺望着湖面。夕阳缤纷的光辉飘荡在冉冉的雾气中,当晚霞终于寂灭的时候,水天之间有一种突然而至的荒凉;在暗蓝的暮色中,有我们的淡紫色的身影。珊珊的柔软的长发在风中飘扬,那双古典型的略长的大眼睛闪烁着柔情的光芒。她的洋溢着青春的美是显而易见的。在黄昏的湖畔,她的美忽然显得触目。晚风使我感到一丝凄凉。在屋顶上,我们犹如置身于耸立在湖畔的一座小小的山峰上。四面是汪洋浩荡的湖水,望不到边。我们所生活过的城市仿佛不曾存在。在这个孤岛上,只有我们两个人。我和珊珊,近在咫尺,但是我已经知道,我们在想着不同的事情。我们将走向不同的地方。我已经预感到,友谊不会地久天长。所有美好的、我们迷恋的事物,都将是短暂的。正如夕阳缤纷的光辉,转瞬即逝。

这是一件令人痛苦的事情。在二十岁的年龄,我们本能地,偏执地追求永恒,然而我们却处于一个崩溃坍塌的时代。

所以,我喜欢凝望永恒的星空。

我已经不记得从什么时候起,浮满尘埃的北京已不再有繁星闪烁。在我小的时候,城墙还在的时候,是有的。我们曾经沿着颓垣断壁攀上角楼,在那里,可以看到银河逶迤地流向宇宙的深处。

但是湖上的夜晚,有璀璨的,令人敬畏的星空。

我们把船摇到大淀上。极远处,村庄融化于夜色之中,几点灯光在水气中摇曳,像低伏在天边的星。水天相连,一个浑然的,沉默无语的世界,与白日的喧嚣和凡俗毫无关联。我们躺在铺着芦苇的船舱里,仰望浩繁的星空。珊珊说,星星像嵌在黑天鹅绒上的碎钻石。这个俗套的比喻使冷寂的宇宙显得温暖,仿佛万象大千只是我们的情感的一部分。这对于珊珊或许是真实的,在那个夏天的夜晚,是她渴望拥抱生活的时刻。那时候,珊珊还没有见过真正的钻石。我想,她后来肯定喜欢钻石豪华的光芒。她生性有浮华的一面。我不能确定我当时是否嘲笑了她的肤浅的浪漫情调。如今,在璀璨的星空之下,我只有寒冷和畏惧。它所昭示的无垠的空间已经逸出了人类的情感的范围。不必去想它存在于人类之外的时间。上溯千年,它已存在于古老的诗篇;在星空之下,个体生命的短暂似乎是毫无意义的悲剧。但是,在我二十岁的时候,我有面对星空的勇气。璀璨的星空不仅使我敬畏,也使我倾慕。在我年轻的时候,死亡并不可怕。面对璀璨的星空,死亡意味着融入永恒。

是否也是在这样的一个夜晚,在湖畔的星空下,N说,爱情,我与你,应该是永恒的。我曾为此感动，但是我知道这是不真实的。这是他软弱时期的幻想。他以为永恒是安全与诺言，而后，他与我都明白了，永恒是消亡，存在于无尽的虚空。后来他写过一首关于星星的诗，一个人，和几千年的孤寂。

月光明媚的时候，星空退隐。水与天的界限是明晰的。湖面像一块古朴的黑水晶。垂柳的枝条在月光中凝固了。

我仰浮在水面上。一颗人造卫星在墨蓝色的云中慢慢地划过。这是一个遥远的提示。那时我还不知道阿波罗火箭已登上月球。我生活在地球的一隅，一小片荒僻的湖泊，在比例尺最大的地图上，占据着米粒大的一点蔚蓝。在月球上不可能看到这个湖泊。在湖上，我困厄于一个荒谬的时代。没有希望，没有未来，只有我们自身，我们的饱含欲望的青春。

珊珊游上岸。在月光下，她赤裸的身体洁白如玉。月亮使这个世界变得纯洁。她站在老树下，月光透过枝条斑驳地洒在她大理石一般的身体上，神秘而朦胧。在月光下，我审视另一个女人的身体，没有羞耻，也没有厌恶，仿佛那就是我自己的身体，在此之前，我从未关注过我的身体。在我还是小女孩的时候，胸部过早地发育，疼痛和恐惧使我觉得那隆起的乳房是一个耻辱。在女孩子的世界里，我的过早发育的身体只是一个累赘。我不去想我的身体。在湖畔的月光下，正是通过珊珊的身体，我开始感受我自己的身体。不再厌恶，不再羞耻。我漂浮在水面上，波浪柔和地抚摸我的身体，我能够感觉到它所勾勒出的起伏的轮廓。远处，珊珊的神秘而朦胧的身体仿佛是我的身体的投影。在那一刻，珊珊并不存在。或许她根本不曾存在。在我生命的长河中，在某个阶段，她只是一个必然的观照。通过她，我认识，体验我自己。一旦这一过程完成了，我们必然要分离。

但是，在湖上的夜晚，在两个女人的世界里，我对肉体的关注止于美好与纯洁。

"小孩"的嫂子住在河沿上。我在河边的青石台上洗衣服，她冲我诡秘地笑着，"你们晚上洗澡，不穿衣服就上岸，那帮小伙子们轮流趴在房顶上看。傻丫头们，这回可吃亏了吧。"

"他们没占什么便宜。我们也没吃什么亏。"我说。

我端着一盆洗好的衣服,掀开竹门帘,珊珊略有些慌张地从我的床边走开。枕头下,露出我的粉红色的日记本的一角。一股怒气油然而起。她偷看我的日记!或许已经不是第一次了。我摘下草帽,重重地摔在墙角的灶台上。

珊珊手忙脚乱地收拾床铺。她躲避着我的目光,但是并没有愧色。她的坦然使我感到束手无策。那时我还不十分了解她性格中的那种强盗本色。她从来不曾有过认真的道德观念。在她生长的环境里,曾经有过一种僵硬而蛮横的政治观念,在崩溃的时代,倒塌为一片废墟。她轻而易举地踏在废墟上,解放的同时意味着虚无。她的经历不无坎坷,但是她少有痛苦。后来我们坐火车逃票,在商店里"顺"一些手绢和尼龙丝袜,使用自制的假月票乘公共汽车,她以坦荡而天真的神情做着这一切,从来没有失误的时候;直到她以后的短暂的放荡生活。面对她的从容与镇静,我常常会转而怀疑我自己。

她捡起我的草帽,挂在墙上的钉钩上。在犹疑之中,我的怒火慢慢地熄灭。那时我还不能分析珊珊。我觉察到她的无所不在的好奇心。她渴望探求我的隐秘,有些她不能把握的东西,她试图通过了解我取得某种确信。那时我还不明白,这是我们的动荡不安的青春期的相互的需求。这是否可以说明,在必然要进入异性和情爱的领域的时候,我们实际上是不安的和恐惧的?

深秋。芦苇转呈铁锈红色,像厚重的油画颜料,泼抹在湖水寒瑟的碧蓝之间。秋天的湖畔,单纯的,水火不容的色块。

秋天,湖被壮观的雾海淹没。船在翻滚的雾中摸索着缓缓迟行。村庄忽然地显现,仿佛是耸立于云层的飘渺的仙山;岸边的芦苇像模糊的丛林,芦苇深处的墓地,隐隐飘来唱歌一般的哭声。

芦苇收割之后,秋天也就结束了。无边无际的空旷。岸边及湖心的岛屿上,芦苇垛像一座座孤零零的小房子。

我们像当地人一样,穿上用废旧的轮胎粘成的雨靴,和村里的姑娘们去摘菱角。小伙子慢慢地撑着船,穿着花布夹袄的姑娘一边摘,一边唱,歌声在湖面上像涟漪一样散开,随着波浪流向极远,极远。黑色的菱角连秧拔起,水冰凉刺骨。菱角船过之后,湖面也像岸边的土地,显得荒芜。萧索的风掠过天空,掠过荒芜的湖和岸,以及我们的同样荒芜的心。

第二天,手指冻得肿起来。冬天来了。

插队以后的第二个冬天,北京发生了很大的变化。我所说的北京,只限于我们的那些一个连着另一个的小圈子。其他的人不在我们的视野之内,包括我们的家庭。珊珊的母亲已随"五七"干校迁往外地,她的父亲仍旧关押在某个不可知的地方,"可能是秦城,也可能是卫戍区。"她不在意地摆摆手,"听说吃的还可以,周末还有烤鸭。"她情愿相信这一类的传闻。我的父亲也将在这个冬天离开北京,下放到江西的流行血吸虫病的地区。

在那一时期,我的父亲,珊珊的父亲,他们究竟有过什么样的经历,我们并不知道,直到现在,我们仍旧不知道。我们始终没有问过。珊珊相信她的父亲即使身陷囹圄,也会有烤鸭吃,这不仅满足了她的已成虚幻的特权的观念,不仅使她可以心安理得地不再挂念什么,不仅仅是这些。我们知道他们在遭受痛苦,知道他们正处于屈辱的境地。然而在另一种场合,例如当我们在客厅里附庸风雅地高谈阔论的时候,父亲的灾难仿佛是我们的骄傲,正如英国贵族的后裔骄傲而淡然地指着祖先的画像告诉来访者,这位被砍了头,而那一位受的是绞刑。隔着遥远的距离,灾难似乎失去了残忍的性质。所以我们不问。刺痛心灵的,是细节,不是笼而统之的大事件。我从未亲眼见过我的父亲挨整的场面;面对那样的场面,我不知我是否能够承受得了。珊珊是见过的。她冷静地对我讲述过,在高等院校的足球场上,可以容纳几万人的地方,在过去的主席台上,她的曾经是潇洒威严的父亲不得不弯着腰,深深地低下他高贵的头,直到那形象本身只代表着耻辱。珊珊就站在狂热而愚昧的人群之中。我可以想象出她的镇静而庄重的表情。如此年轻的冷静,这其中有一种令人可怕的东西。不是历经沧桑后的坚强,而是心灵的过早的冷漠。后来,当她的母亲从被监押处放出来的时候,她气恼地对我说,太糟了,自由自在的日子没有了。

无暇顾及,我们的青春的脚步匆匆前行,自私而冷漠。

冬天的灰色的街巷,处处可见回城的知青。那一年兴蓝制服,军装已显得肤浅而土气。我没能抵制潮流的诱惑,做了一件显身腰的女式制服,介于西服与军便服之间的一种样式,被我的母亲讥之为"小家子气"。她告诉我,不如老老实实穿一件蓝平纹布的盘扣中式罩衫更为朴素大方。那一年的冬天,我就穿着宽松的中式棉袄,脖子上却奢侈地围上一条火红的拉毛开司米大围巾。

围巾是我与珊珊一起去买的。妈妈本来要我买米色或银灰色的,她说米色和灰色是长久的颜色,可以与任何衣服搭配。在服饰方面,她是固执的,古典的,以不变应万变,不肯迎合时尚。但是在那个冬天我有一种不安和冲动,我喜欢印染在纯毛开司米上的茸茸的红色,像是冬夜中将要熄灭的炭火。珊珊买了一条天蓝色的。那时我还不知道,在那个冬天,她遭受了有生以来感情上的第一次创伤,我不知道是不是惟一的一次。我想她以后不会再为这一类的事情受伤害。她选择了天蓝色,后来我猜想这其中是不是寄予了她最后的隐隐的希望?在冬天的街道上,她的脸冻得红红的,她围着那条围巾,像裹着蓝色的光环。

  那些年的北京,很冷。风沙使空间浑浊厚重。阳光怠倦地停留在久经腐蚀的屋脊上。从我住的那栋灰色的楼房向下俯瞰,可以窥见附近平房里的生活,在夏天的浓荫的掩映下,有着神秘的气息,冬天却显得贫瘠而败破。那时,穷人很多,他们就住在我家附近的曲折的小胡同里;在北京宽阔平直的街道后面,到处是这样的胡同。有时,我们漫无目的地徜徉在墙垣颓旧的胡同里,心情就像年代久远的灰色的房子,执著的凄凉。夜晚,走在大街上,商店紧闭着门窗。没有霓虹灯的年代。北方城市的冬天,道路寒冷而坚硬。我们裹着厚厚的冬衣,怀着一颗荒凉的心,投入到北京的隐秘的享乐的气氛中。

  那一年,新侨饭店的西餐厅和莫斯科餐厅开放了。高大的帝俄风格的屋顶,泛着绿色铜锈的雕花圆柱,透过巨幅的钩花窗帘,灯火辉煌地矗立在北京萧索的寒夜,远远地,有一种不真实的灿烂。

  那一年都发生了什么事情?查一查《十年文革史》之类的粗糙的记录,仍旧有许多人被非法拘押,大批的知识分子在南方的稻田里劳动改造,无数的家庭支离破碎。报纸上喧嚣着革命的词句,在十字路口如今矗立着电脑广告的地方是巨大的宣传画,毛主席他老人家脸被涂得红红的,举起他蒲扇一样的大手,指向不知所云的方向。刘少奇已在开封被凌虐至死,而林彪还要再过两年才能摔死在温都尔汗。但是"新侨"和"老莫"开放了。豪华的大厅,身穿白制服的服务员,其整洁和彬彬有礼正如西方小说中的"Waiter"。在"老莫",最初是有银制的餐具的,番茄沙司冰冷的鲜红和奶油厚重的乳白格外刺激食欲。在这里就餐的,有我熟悉的一类人,比如参了军的干部子弟,他们是我们这一年龄层最富有的人,还有许多像我们这样从农村回来过冬的知青,我们没有多少钱,但是有着破落贵族和亡命之徒的有今天没明天的花钱的气派。令人不可理喻的是,经过了一次次的摧毁性的"破四旧",抄家,这个世界仍旧没有被削平,在社会的角落里,仍旧隐藏着残渣余孽,隐藏着有钱的人。在壁灯柔和温馨的光影里,可以看到一些出奇美丽娇柔的女孩,仿佛她们不是生长在这个粗糙的时代;薄施脂粉,风韵犹存的半老徐娘,毛衣领子里,隐隐露出一段金项链,狐皮大衣吊上蓝咔叽布面;打着发蜡的男人,手指上有钻翠戒指;有一种怪异的感觉,这与外面的世界有什么关系吗?这些人一旦走出餐厅,就会藏起项链和戒指。我曾在"新侨"见过一位著名的音乐家,音乐学院贴满了他的大字报,他后来没有能够活到彻底"平反"的那一天;但是那时他看起来处境似乎不是很糟,紧紧地裹在铁灰色的呢子大衣里,表情忧郁而高傲。在帝俄风格的大厅里,回荡着浑浊而迥异的声音,一个自发的,残存的社会,以初始,腐朽,苟且的形式存在着。

我们坐在角落里。我们的朴素的衣着与餐厅里的某种张狂不相协调。我想我是以疏离的,嘲讽的态度来看待这里的一切的。然而我却喜欢坐在这里,在寒冷的北方的夜晚,坐在这个暖和的地方,不理会周围隐隐的喧嚣。当覆着厚厚的奶油的烤杂拌和红菜汤端上来的时候,我们的吃相大概是穷凶极恶的。掺了橘汁的威士忌使得头有些眩晕。在温柔虚幻的灯光下,所有的姿态都是僵硬的,不可理喻;戴项链的中年妇人举起刀叉时的庄严,我们自己的慢慢地呷着威士忌的姿势,都具有不可避免的做作。在社会被政治的力量肆意地阉割之后,一切都不再是自然的。

如今,二十多年过去了。冬季里的某一天,我陪一位外地来的朋友逛北京城。"城"已经没有了,在过去是城墙的地方是绵延起伏的二环路。我们坐那种塞满路面的黄色的"面的"。从立交桥上望去,市区灯火辉煌,鳞次栉比的高级饭店,玻璃钢的外壳使装潢华丽的建筑犹如水晶的宫殿,霓虹灯明灭闪烁。但是,这座城市新近崛起的灿烂于我是遥远的。在寒冷的冬夜,在城市的永无尽头的街道上,我内心深处的角落弥漫着永恒的惶惑与凄凉。正如二十多年前一样。立交桥毁掉了许多房屋和绿地,在动物园的一侧,北京展览馆似乎还是旧时的模样,出租车拐进后街的"老莫",空空荡荡的大厅,只有临窗的桌子有一些就餐的情侣,大理石的地面油腻而肮脏,壁纸剥落,无可奈何的败旧和黯淡。我叫了沙拉、红菜汤、奶汁烤鱼和罐焖牛肉,牛肉很硬,烤鱼是凉的,价格却是当年的几十倍。我仍旧坐在角落里,望着大厅中央一张张空落的餐桌,过去的时代隐匿得无影无踪。不到八点,服务员开始清扫地面,对我们的诘问,他解释说,八点以后,这里将是舞厅和卡拉OK。

珊珊举起一杯红葡萄酒,一饮而尽。她仰头的动作似乎是夸张的,但是我知道,她的忧郁是真实的。她有心事,也许在等着向我说。我本能地意识到那个陌生的领域,下意识地避开了。说来奇怪,我竟然不自觉地压抑了好奇心。我不能想象,友谊会突然地结束。我们有许多计划,还没有来得及实现,比如,扒火车旅行,去兴安岭的林牧交界的地区,我们已听说过富庶而人烟稀少的阿荣和莫里力达瓦,那里有许多北京的知青,长长的一个冬天,积雪覆盖,犹如俄罗斯的冰原;或者到云南的热带地区,走过丛林中的坝子,可以从傣族人那里买嵌着宝石的牛角柄的澜沧刀。我仍旧热衷于我们共同的生活,我们所共同感兴趣的话题。我说,我喜欢十九世纪,泾渭分明,洋溢着理性的光辉;淋漓尽致地爱与恨,热情不会落空,野心可以得逞。而我们所处的时代,是僵滞的,委琐的,毫无诗意的冷酷。在我们心中,有一种茫然的仇恨,然而却无处发泄,无可报复。不可能有自己的意志,自己的行为。

那时候我们热衷于讨论爱情。我们读了那么多的书,也许就是为了寻找爱情。在爱情开始之前,我已熟知了无数爱情的模式。我陶醉于充满了惊喜,热望,挫折,乃至牺牲的那一类生生死死的感情,沉醉于羁旅中的邂逅。后来当我与N在一起的时候,我并没有表现出牺牲的精神,平庸与琐碎使我愤怒,牺牲不是浪漫,而是实实在在的痛苦。

这并不是说,我对于爱情的梦幻仅仅是肤浅和无谓的。在我的一生中,曾经有过短暂而强烈的单相思,这就像我最初对于爱的幻想一样,从中我获得了纯美的体验。这样的时刻在漫长而枯燥的人生旅途中,有如迅忽而逝的彗星,在它流逝的那一刻,生活被照亮,显示出另一种境界,另一种意义。人生不能没有被照亮的时刻。

在那个黯淡的冬天,我们这些像候鸟一样在城里过冬的知青,由于无所事事,由于正当年华,很多人开始了恋爱的游戏。有很多故事,有很多逸闻。幼稚的执著,做作而具有模仿性,那些故事大多不堪一击。珊珊对所有的逸闻都感兴趣,似乎想从中发现些什么。在她弟弟的那个圈子里,那些漂亮而蛮野的少男少女,在那些人中间,性爱只是欢娱,并且不可避免地与金钱联系在一起,他们也许就是最早的嬉皮士。对于《动物凶猛》中的少年来说，自由意味着荒芜恣肆的生长，他们的直截了当在珊珊看来新奇而有寓意。这是不可忽视的一代人。在一个残酷的年代，他们开始了一种类似当今的娱乐圈的生活方式。正是他们孕育了未来的时尚。

　　珊珊崇拜她的弟弟。在一般的家庭里，姐妹们总是崇拜或是宠爱她们的兄弟。在如我一样的清一色的女孩子的家庭里，姐妹之间的关系是平等的，我总是难以想象对于兄弟的感情。后来，我常常下意识地在我所遇到的男人身上寻找兄长乃至父亲的感觉。珊珊动情而欣羡地向我讲述她那英俊的弟弟的罗曼史，仿佛那是她自身经历的一部分。在他们家宽大破旧的楼梯上，我常常见到他，高而瘦的身材，空空荡荡地挑着他父亲的黑呢大衣，毡呢帽檐拉得很高，上唇两撇黑茸茸的胡子，脚下的长筒靴踩得楼板吱吱作响。一个模拟的肤色苍白的哥萨克，当年的最时髦的形象。在冬日懒懒的阳光下，他们长长的身影飘荡在灰色的街道上。那个冬天，仍旧有知青被源源不断地运往外地，在悲戚的送行的人群中，他们昂然傲视的神情格外刺目。珊珊崇尚那种漠视人生的态度，伤情动感似乎是可耻的。但是她不在乎在自己兄弟的面前表现出卑微的柔情。弟弟在软弱的时刻对她的倾诉，他送给她的一支钢笔，都值得她无比地珍惜与荣耀，反复地回味与展示。然而弟弟对她可并非如此，他待她粗暴无理。得知我们即将返京，他留给她的只是一个凌乱的房间，空空如也的食橱，留言簿上潦草粗鲁的字迹："珊珊：记住，不许穿我的裤子。"珊珊气恼地掀翻枕头，他的那条棕色格呢裤子叠得整整齐齐，裤线压得笔直，就像被鲁迅讥讽的睡亭子间的小职员枕头下的没有一丝皱折的绸裤。潇洒飘逸的形象是在一本正经的客厅里，在人群熙熙攘攘的街道上。幕后的细节总是经不起琢磨的。

　　后来我与N在一起的时候，我们很少光顾"新侨"和"老莫"，因为没有钱。在N的那间小房子里，我懂得了什么是贫穷。真正的贫穷是无望的。在此之前，贫穷与爱情一样，不过是餐桌上的奢谈。为了弄到钱，珊珊把她父亲的将军靴高价卖给了一个虚荣的小干部子弟，我也曾卖掉一块走时不准的罗马牌的坤表。毕竟我们还有可以变卖的东西，还可以指望父母将来能够补发工资。在N那里，如果说有什么可以指望的话，那就是偷或抢。我们也确实偷过，不是像珊珊那样，为了尝试某种感觉，而是实实在在地为了生活。曾经有一段时间,我决心老老实实地过穷人的生活。有一次,我的中学同学与她的男友造访我们的小屋,到了吃饭的时间,我挖空心思地想带他们去一个廉价而干净的小饭馆,那位男友却提出去"新侨",N附和说,西餐吃的是气氛。我忽然觉得羞耻。小屋的贫穷是赤裸裸的,然而他喜欢雅致的气氛,喜欢像《灵格风》关于英国式正餐的插图那一类的东西。

与N在一起的日子是我一生中最贫困的时期。在我小的时候,我的家应属于较富裕的阶层,从我住的楼房上,俯瞰大杂院的生活,似乎别有一种温馨和谐的意蕴。然而在N的小屋里,在冬天,我明白了贫穷实际上是冷酷的。

总的说来,我所经历过的窘境并没有从根本上损害我。对于我的父母来说,却不是如此。即使在有钱的时候,他们也始终生活在对贫穷的恐惧之中。他们的青年时期处于动荡的年代,弥漫着战争的硝烟,经历了日本的占领和国内战争。我的父亲不是一个灵活圆融的人,在他结婚初始,独自谋生的时候,却经常面临着失业。以后,我的外祖父在金圆券的风波中破产。而我的祖母则在"土改"中被剥夺了土地。一个原本殷实的家族终于一无所有。母亲怀我的时候,正值解放沈阳,父亲害怕再出现围困长春时的饥馑,把母亲和没有出生的我送到乡下的老家,吃的是粗粮,完全谈不上孕妇应有的营养,所以我的体质始终不是强健的。没有生活,只有崩溃。那时候,恐惧已根植在他们的性格中。朝鲜战争再一次令我的父母风声鹤唳,他们卖掉了家什器皿,买了一点儿黄金,迁居到黑龙江省的边远小城。父亲在城里上班,母亲带着五岁的姐姐和两岁的我,住在城外半山坡的一栋小房子里,不知为什么,他们称那个地方为"地道"。母亲老了以后,常常喜欢对我们说,"住在地道的时候……"

地道的房子很大,但是空空荡荡的房间里一无所有。母亲说,除了随身的衣物,全部的家当只有一个装着细软的小皮箱,里面装着他们的希望和安全。而我对小皮箱里面的内容的认识,是与一九四九年以后的历次政治运动联系在一起的。一把古刀,刀柄嵌着宝石,金翠辉煌,银亮的刀身,如一缕雪痕。在"四清"运动中,他们害怕被指控为收藏武器,主动交了出去。为了不至于影响我父亲,由我母亲出面交给她所在的单位的领导。"文革"后,我曾试图收回;当年的那位领导尚健在,但是她说她完全不记得这回事,当时我母亲也没有想到要任何收条之类的手续。三幅明代的字画,在"破四旧"的抄家之风盛起的时候,转交给当时处境似乎较为安全的亲戚代为保管,那个年代,形势的骤变如洪水猛兽，没有什么人是真正安全的，或可靠的，父亲的藏画不明不白地遗失了。小皮箱里还有数量颇丰的银圆。实际上，在"文革"中，我的家始终没有被查抄；但是，正如等待枪决时恐惑，那些铸刻着袁世凯头像的"大洋"使我的父母终日惶惶不安，于是，像作贼一样，我父亲把银圆拿到委托行，以每枚一元钱的低价卖掉了事。贫穷使他们恐惧，而恐惧使他们更加贫穷。小皮箱里惟一保留至今的，是三枚金戒指，就是来地道之前，我母亲用变卖家具的钱买的。在她的女儿们结婚的时候，这是她可以送给她们的惟一的礼物。我是最后嫁出去的女儿，在她送给我的戒指上，嵌有几粒碎钻，闪烁着星星点点的光芒，如同几粒微弱的希望。

在物价飞涨，通货膨胀的那几年，他们又开始惶惶不安。尤其是我的母亲，在她与我的父亲分居之后，她的以"文革"后期补发的工资为基础的存款已微不足道。就收入而言，社会的普遍富裕反而使她沦为真正的穷人。有时她会忧心忡忡地和我商议，是否需要储存一些面粉和食油，以防价格的不断上涨，令我可悲地啼笑皆非。我给她的钱，她不肯花，攒起来，存入银行。我只好改为买些衣食用品，不再给现金。而我的父亲则变得极为吝啬。像他们那一辈人中的大多数，他们已经习惯于以一种收缩的姿态应付时世的变迁。

说起来我们那时真是没有心肝。当我们在"老莫"装模作样地举着刀叉，笨拙地切割浇着辣酱汁和胡椒的烤猪肝，夸夸其谈地议论着海明威和惠特曼的时候，全然不把父母的境况放在心上。我的父母从未光顾过这两个当年的豪华西餐厅，没有心情，也不想多花钱。他们全心全意地体味着自己的不幸，以致所感受到的比真正遭遇的还要多。那一年，我的父亲下放到江西的干校。临行前，我和妹妹为他整理行装。我为他缝被套，那是我第一次使用缝纫机，绗线走得七扭八歪。我的母亲怀着怨恨，袖手旁观。有很多年，我无法理解母亲性格中的那种暴虐的倾向，无法理解她与我父亲之间的恩恩怨怨，他们就像两条缠绕在一起的毒蛇，彼此怀着怨毒，又纠缠不清。在母亲保存的那本羊皮封面的家庭相簿里，经过年代的清洗，仍旧残存几张他们年轻时的照片：母亲穿着水手服，在旅顺港的海滩上，那时她还只有十八岁，梳着学生式的短发，面容清纯；他们结婚之前的一张合影，两个人都是欢畅的笑容；我很喜欢母亲三十岁时的照片，身着一袭黑色香云纱的旗袍，身材消瘦而优美，由于操劳，轮廓分明的脸颊已失去了青春的色泽，眼神专注而又迷茫；我想这也是我在孩童时代对母亲的记忆,聪慧,美丽,慈爱。这其中也许有女儿对母亲的幻想。小时候我也曾经对父亲抱有幻想,我希望我的父亲是一个英雄式的人物,但是显而易见的他不是,他的软弱和冷漠我很早就意识到了;他学识丰富,兴趣广泛,也许是怯懦的本性使他难以坚持独立的见解,他最终在学术上没有什么建树。小时候我喜欢夸大父亲的成就,我倾向于认为他属于了不起的那一类人,因为轻视自己的父母是有伤自尊的事情。但是,那一年,当我用那架不顺手的缝纫机为父亲缝被套的时候,我怀着痛苦轻蔑我的父亲,憎恨我的母亲。父亲的逆来顺受是无可改变的,而我无法理解母亲的无情。那时母亲还只有四十五岁,是我现在的年龄,却突然地苍老了,由于经常地处于激动和焦虑的精神状态,面部的肌肉变得松弛而僵硬,在四十五岁的时候,她彻底地失去了容貌。那时我不可能理解她崩溃的心情。她从那个穿着水手服的姑娘变成母亲,历经了家庭的衰败,不期而至的贫困,夫妻之间的冷淡,作为妻子和女人,生活只是一连串的失望,这无疑损害了她的性格。她曾经把希望寄托在女儿身上,所以她总是教育我们要用功读书,要出人头地,忽然,她的女儿失去了任何升学和就业的机会,沦落到社会的最底层,面对我们的多舛而叵测的命运,我想,她像我一样,有一种仇恨,比我的更为痛彻的仇恨,她无处发泄,无处诉说,却转而折磨她的亲人,先是她的丈夫,而后,是她自己的女儿。那些年,我们的家庭生活简直是地狱。我父亲的不幸激起她不多的同情,更多的怨愤。在我父亲将要离开北京的那些天,她有时会在深夜,在我们熟睡时,忽然拧开灯,到父亲的房间里,毫无原由地争吵。我愤怒地质问她:是否可以等到明天?她幽怨而恍惚地回答:没有明天,永远是夜。如同在诉说一则寓言。

　　父亲的行囊很简单。他把我为他买的奶粉从提包中拿出来,他说在"牛棚"里没有机会吃。我送他上火车。那时我的家就在车站附近,离别的道路很简捷。天空堆满了铅灰色的云。分别时我们似乎没有什么话可说。灾难没能使我们的心灵贴近,反而使我们隔膜。父亲本应成为女儿人生中的第一个偶像,然而他不是。他始终不是。也许因此我以后不曾有过任何崇拜的偶像。我没有像某些其他的女人那样,崇拜自己的情人或丈夫。有过幻想,但没有崇拜。正如在儿时我曾经对我的父亲有过的幻想。当然,结局是一样的,所有的幻想的结局都是破碎。在那个铅灰色的冬天,我伫立在站台上,怀着一颗破碎的心。父亲坐在窗口,我们彼此似乎是陌生的。在内心深处,我有一种与他亲近的愿望和冲动,我知道愿望和冲动是确实存在的。然而,一旦试图表达,却立刻令人痛苦地消失了。火车启动了。汽笛撕扯着灰色的空气,心被隆隆地震撼着。我挥手的姿势是怠惰的。在晃动的车窗里,父亲似乎冲着我点了点头。送行的人群慢慢地散去。站台上空落而冷寂。

回到家里。母亲神情恍惚地望着我。

"走了?"

"走了。"

她忽然哭了。

原载《抒情年代》,
作家出版社 2002 年版

史铁生《原罪·宿命》导读

 **作家简介**

史铁生(1951—2010),北京人。1969 年,时年 18 岁的史铁生自愿去陕西延安插队,用他自己的话来说,是出于"三分从命,七分好奇"。下乡时与农民吃住在一起,他对中国农村开始有了具体和全面的了解。插队期间,史铁生的身体微有小恙,因未及时医治,终酿成大患,1972 年因双腿瘫痪返回北京治疗。治疗期间,压力颇大,"身残而志不坚,几度盼念死神",但终凭着自己的思想意志和亲人朋友的爱护支持,渡过难关,但就此坐上轮椅。23 岁时,史铁生到北京北新桥地区街道工厂工作,一部分作品就记录了这段生活。病后的史铁生致力于文学创作至今。1979 年发表第一篇小说《法学教授及其夫人》。1981 年病情加重,回家休养。1983 年加入中国作家协会。主要作品有中短篇小说集《我遥远的清平湾》《礼拜日》《舞台效果》《命若琴弦》等,长篇小说《务虚笔记》,长篇随笔《病隙碎笔》等。其中《我遥远的清平湾》《奶奶的星星》分获 1983、1984 年全国优秀短篇小说奖。另外,散文《我与地坛》等作品也获得了很高的声誉。2002 年,《病隙碎笔》获得华语文学传媒大奖杰出成就奖,这个奖项是首次由媒体设立的。同年,《病隙碎笔》(之六)获得首届"老舍散文奖"一等奖。一些作品被翻译成英、法、日等语言。2019 年,其长篇小说《我的丁一之旅》入选"新中国 70 年 70 部长篇小说典藏"。

 创作背景

小说《原罪·宿命》作于 1987 年 8 月,首发于 1988 年第一期的《钟山》,这部作品在作家的创作中具有转折意义,在这之前和之后,他的创作虽然一以贯之地关注着"残疾"的命题,但还是呈现出了不同的面貌,《原罪·宿命》兼具了前后两个阶段的某些创作特征。

在史铁生较早的作品中表现得最多的是两类题材。一类描写知青生活,另一类是对残疾人命运的关注。前者如他非常著名的《我遥远的清平湾》,与同类题材的创作相比较,史铁生对知青生活的描摹比别人多了一份从容和安宁。而后者则大多从他自己的亲身感受而来,表现了残疾人必须面对的种种困境,如《山顶上的传说》《没有太阳的角落》《一个冬天的晚上》等,对残疾人在生活、感情上遇到的困惑的描写,都十分真切感人。

由表现自身的肉体残疾为起始,史铁生的创作与其他知青文学有了明显的不同,他的思想慢慢广大深邃起来,渐渐扩展到了对人类本源性的残缺的关注,和对生命意义的探询,小说《原罪·宿命》《毒药》《命若琴弦》,随笔《好运设计》等都是这样的作品。《命若琴弦》中那对瞎子的命运就是整个人类命运的映射——无谓地兜着圈子,最终发现原初的目标只是一个善意的谎言,但为了活,又必须把这个谎言继续下去;《毒药》则同样以寓言的形式,表现了在一个莫名其妙的狂欢时代,人靠着两颗毒药活下去的荒诞。史铁生把人类生存的虚妄和死亡的必然展现得一清二楚,接下来的问题是,那为什么还要活下去?史铁生的答案就是"过程。对,过程,只剩了过程","一个只想使过程精彩的人是无法被剥夺的,因为死神也无法将一个精彩的过程变成不精彩的过程"(史铁生《好运设计》),由此,史铁生的心灵逐渐走向了宁静,他的思想也更为深沉,而创作则带上了略微晦涩的哲学味道。

长篇小说《务虚笔记》可以说是作者总结性的一部作品。小说采用独特的印象式的写作方式,将残疾人C、医生F、女导演N、画家Z、女教师O、诗人L等人的命运用白描的方式展现出来。在这部作品中没有太多的外部描写,环境被推到远景,若隐若现地出现,而人物的命运时而重合时而分离,与其说这是一部人物众多的小说,不如说更像是在一个人的内心中对种种可能性的探讨和对人类精神的探索。作品的主旨并非在讲故事,而是更多地偏重于追问人生的重大命题——死、爱、意义、偶然、残缺等。其中故事背景的淡化、小说情节的复沓、人物命运的重叠,都是作者哲理化思考的结果。

而史铁生的《病隙碎笔》对个人的思想进行了梳理,它以凝练、沉静的语调,略带嘲讽幽默的方式,将在《务虚笔记》中已经探讨过的问题,进一步深挖下去,显得更为睿智和亲切。

作品评点

《原罪·宿命》既体现了作者前期对残疾人命运的关注,又开始了对意义问题的探询,小说由两个相互关联的故事连缀而成。《原罪》的主角是十叔,这是一个"脖子以下全不能动,从脖子到胸,到腰,一直到脚全都动不了"的人,但是他仍旧活着,靠着什么呢?他会讲故事,他有着足以支撑他活下去的想象力——在他的梦想中有一个全能的歌唱家,他也是运动健将,他无所不知,他想去哪里就能去哪里。十叔在向几个孩子讲述这个故事的时候,常常"他""我"不分,实际上,这个全能的人就是十叔自己,十叔被困在床上动弹不得,但是他的想象力却能带着他到处驰骋;在他的故事中,还有一幢梦幻般的白房子,那个全能的人就住在里面,白房子里还有一个小女孩,十叔从小看她长大,看她向妈妈撒娇发嗔,后来,又看到她有了伴侣,这个女孩寄托了十叔朦胧的情愫,他就在这样的想象中度过一天又一天。当然,这一切都只是发生在十叔的脑中,当他要求孩子们推着小车带他去那幢小房子看看时,他的想象也就随之破灭了,他必须再次找到一个活下去的支撑——于是他开始吹泡泡,吹出一万个大泡泡,他的病就能好。其实,十叔的心里很明白:"一个人总得信着一个神话,要不他就活不成他就完了","人信以为真的东西,其实都不过是一个神话,人看透了那都是神话,就不会再对什么信以为真了;可你活着你就得信一个什么东西是真的,你又得知道那不过是一个神话",但是有着一个思想者那样头脑的十叔还是得靠神话活下去。这只是十叔在自欺欺人吗?不,阿冬、阿夏的父亲是个科学家,他不也在信着一个神话么——地球迟早要毁灭,但那时人类早就找到一个能生存的地方了,"要是找不着呢?""会找着的,我相信会找着的。""为什么会找着?""我想会的。"但是真的会么?我想作为科学家的父亲比谁都清楚那只不过是一个不能证明的神话,但是,我们还必须得相信,否则"就活不成就完了"——人类必须靠大大小小的神话才能延续实实在在的生命,这种荒唐难道不是一种普遍的"原罪"带来的吗?

如果说《原罪》探讨的是一个靠什么活的问题,《宿命》所要讲述的就是为什么活的故事。小说的主人公莫非身上处处有着作者本人的影子。莫非原本健康漂亮、年轻有为,有着令人羡慕的好运气:他在一所中学任教,即将出国留学深造;正当他憧憬着爱情、憧憬着未来的时候,一场1.5秒的车祸把美梦带走,把噩梦留下——早1.5秒,车祸不会发生,晚1.5秒,车祸也不会发生。于是,莫非就只好躺倒在床上,一辈子都只能与轮椅相伴,所有一切都天地翻覆,换了人间。莫非反思事情的发生,谁都没错,一切只源于一个普通学生的莫名大笑,但所有事件的安排都似乎只是为了这不早不晚的1.5秒而来,所有这之前的一切欢乐和成就也都成了这1.5秒的铺垫,为什么?莫非唯一的思考结果只能是宿命的安排,"上帝说世上要有这一声闷响,就有了这一声闷响,上帝看这是好的,事情就这样成了,有晚上有早晨,这是第七日以后所有的日子",在这段对《创世纪》的戏仿中,上帝无论如何都不是以一个慈善的面目出现的,更多的成了无奈的"宿命"的代名词。

《务虚笔记》印象式的写作方式在这篇作品中已经初露端倪,《原罪》的故事就是以一种印象,被编织入整篇小说的。"原罪"成了"宿命"的前提,"说不定,牵涉十叔的那些懵里懵懂似有若无的记忆,原是我童年时的一个预感"——"我"由于和十叔一样的"原罪"才和十叔有了同样的"宿命"般的命运,如果这个原罪是本源性的,那么"我"和"我们"也就有了同等的意义:我们也和十叔一样,有"原罪",于是我们也就难逃宿命。这个结论虽然让人感到有些沮丧和悲哀,但也许正是从这样决绝的洞察中,才能升起更沉着地追求人生意义的勇气。

对作者来说,这种勇气就是用说故事的方式表现出来。在小说中,十叔就是一个说故事的人,"我"也是在说故事,在说故事的过程中,人生中灰暗的一面被表达了出来。如果说人生本身就是一个故事的迷宫的话,那说故事就是走出这个迷宫的一个可能途径,说故事这个行动过滤了人生的悲哀,是人获得价值的一个来源和载体。不过,我们也必须看到史铁生的思考越是接近智慧的极致,他讲的故事却越破碎,以至于在后来的《务虚笔记》中,情节的淡化已经很明显,《病隙碎笔》更是完全放弃了情节上的努力。这个现象是值得深思的,或许这说明在我们这个时代,"讲故事"的那种宏观地把握世界的能力或者欲望正在一点点消失吧!

(洪佳惠)

原罪·宿命

史铁生

原　罪

我要给您讲的这个人以及我要讲的这些事,如果确实存在过的话,也是在好几十年前了。我这么说,是因为那时我还太小,如今他们在我的记忆里已经模糊到了这种程度:假如我的奶奶还活着,跟我说,"哪儿有这么个人呀,没有",或者"哪儿来的这些事呀,压根儿就没有过",那样我就会相信我不曾见过这个人,世上也不曾有过这些事。然而我的奶奶已经去世多年。

因此您对这个故事的真确性,不必过于追究。不妨权当作是曾经进入了他的意识而后又合着他的意识出来的那些东西,我只能认为这就是真确。假如当一个故事来说,这理由也就很充分了。

这个人姓什么叫什么,我看也不重要;重要也没办法,我反正是一点印象也没有了。我只记得奶奶让我管他叫十叔。那时我们住在同一条街上,差不多在街的正中间有一座小庙叫净土寺,我家住在街的南头,他们家挨近街的北口。他的父亲在那儿开着一爿豆腐房,弄不清什么岁数上死了老婆,请来个帮工叫老谢。老谢来的时候,据说我爸跟我妈还谁都不认识谁呢。

十叔整天整夜躺在豆腐房后面的小屋里。他脖子以下全不能动,从脖子到胸,到腰,一直到脚全都动不了。头也不能转动。就是说除了睁眼闭眼、张嘴闭嘴、呼气吸气之外,他再不能有其他动作。可他活着。他躺在床上,被子盖到脖子,你看不出他的身体有多长,你甚至会觉得被子下面并没有身体。你给他把被子盖成什么样就老是什么样,把一个硬币立在被子上,别人不去动就总不会倒。他就这么一年一年地活着。现在让我估算一下的话,他那时总也有十六七岁了,不会再小,否则奶奶不至于让我管他叫十叔,而且他能像大人那样讲很多有趣的故事。正是因为这后一点,我极乐意跟奶奶到豆腐房去,去打豆浆要么去买豆腐。奶奶说我是喝十叔他爸的豆浆长大的。几十年前天天都喝得起牛奶的人家还不多。那时我六岁,正是能记事而又记不清楚事的年龄。

甚至也记不清楚我是不是六岁,单记得比我大四岁的阿夏早就上了小学,她弟弟阿冬比我小一岁和我一样整天在家里玩。阿夏阿冬和我家在一个院子里住。他们家天天都喝得起牛奶可还爱喝豆浆,奶奶和我去打豆浆时,阿夏阿冬的妈妈就让他俩也跟我们一块去,让阿夏提一个小铁桶。阿夏管十叔叫十哥,她说是她爸爸让这么叫的,可见那时十叔的年龄再大也不会比我估计的大很多。阿冬有时随着她姐姐叫十哥,有时又随着我叫十叔。为什么是十叔我也不知道,我记得他连一个哥哥姐姐弟弟妹妹都没有。

街不宽,虽然长却很直,站在我家院门口一眼就能望到十叔家的豆腐房。

午后的街上几乎没人,倘净土寺里没有法事,就能听见豆腐房嗡隆嗡隆的石磨声,听久了,竟觉得是满地困倦的阳光响,仿佛午后的太阳原是会这么响的。磨声一停,拉磨的驴便申冤似的喊一顿,然后磨声又起。直到天要黑时,磨才彻底停了,驴再叫喊一回,疲惫、舒缓,悠悠长长贯过整条苍茫了的小街,在沿途老墙上碰落灰土,是月亮将出的先声。

我和阿冬在院门口的台阶上跳上跳下,消磨我们的童年。净土寺的两个尼姑在南墙下的荫凉里走过,悄无声息仿佛脚并不沾地。我和阿冬就站到门两旁的石台上去,每人握一把"手枪"朝她们瞄准,两个尼姑冲我们笑笑仍不出丁点儿声音,像善良的两条鱼一样游进净土寺去。阿冬的枪是铁皮做的是从商店买来的,可以噼噼啪啪响,我的枪是木头削的而且样子不像真枪。我跟阿冬说:"咱俩换着玩一会儿吧?"他说:"老换老换老换!"我只好变一个法儿说。

我说:"可惜你昨天没听见十叔讲的故事。"

"什么故事?"阿冬说。

"可惜昨天是你家阿姨打的豆浆,你和阿夏都不知道十叔讲了什么故事。"

"什么故事?"阿冬说。

我"哼!"一声,看着他的枪。阿冬一点都不笨,装出不在乎的样子说:"可惜十叔讲的故事我也听过呀,可惜呀。"

我说:"可惜昨天那个你没听过呀,可惜昨天那个故事才叫棒呢,是新的不是老的。"

阿冬闷了一阵,然后问:"是讲什么的?"

"是神话的。"

"什么神话?"

"嘿哟喂!"我说,"那个神话又好听又长。"

阿冬把他的枪颠来倒去,我知道我很快就能玩到它了,但我故意不看它。我说:"才不是你听过的那些呢,才不是讲耗子跳舞的那个呢。"阿冬就把他的枪递给我,说:"换就换。"这样,我就玩着那把铁皮枪开始给阿冬讲那个故事。

"你知道为什么会刮风吗?"阿冬摇摇头。"你不知道吧?刮风是老天爷出气儿呢。你知道为什么会刮特别大特别大的风吗?"阿冬又摇摇头。"那是老天爷跑累了喘呢,不信你试试。"我把嘴对着阿冬的脸,呼嗤呼嗤大喘气,吹得他直闭眼。"你看是不是?"阿冬信服地点点头,等着我往下讲。可我已经讲完了,十叔讲了老半天的故事让我这么两句话就讲完了。阿冬问:"完啦?"可我还没玩够那把枪呢,我就说:"没有,还长着呢。"但是十叔讲的那些我都不会讲,老天爷怎么跑哇,跑到了哪儿又跑到了哪儿呀,看见了什么呀,山怎么海怎么云彩怎么树怎么,我都不会讲。"没完你倒是讲啊。"阿冬催我。我就瞎胡编:"你知道为什么会下雨吗?""为什么?"我随口说道:"那是老天爷撒尿呢。"不料阿冬却笑起来对此深觉有趣,于是我也很兴奋而且灵感倍增。我又说:"下雪你知道吗?是老天爷拉屎呢。"阿冬使劲笑使劲笑。"打雷呢?打雷你知道吗?是老天爷放大屁呢!""老天爷——放大屁——!"阿冬就喊,笑个没完。"轰隆轰隆,老天爷放屁可真响,是吧阿冬?""轰隆——!轰隆——!"我们俩便坐在台阶上齐声喊,"老、天、爷!放、大、屁!轰隆——!轰隆——!老、天……"这时候阿夏跑出来了,站在门槛上听我们喊了一会儿,让我们别胡说八道了。我们反而喊得更响,更高兴了。她就回过头去喊她妈妈和我奶奶:"快来看呀,你们管不管他们俩了呀?!"我和阿冬赶紧闭了嘴,跑回院里去。这时豆腐房那边的磨声停了,驴叹气般地拖长着声音叫,家家都预备吃晚饭了。

阿夏却不回来,一个人在幽暗的门道里轻轻跳舞,转着圈,嘴里低声哼唱,浅颜色的连衣裙忽而展开忽而垂下,一会儿在这儿,一会儿在那儿……

十叔的小屋只有六平米,或者还小,放一张床一张桌子,余下的地方我和阿冬阿夏一去就占满了。但那屋子特别高,比周围的屋子都高好多,所以我说站在我家院门口一眼就能望到。惟一的小玻璃窗高得连阿夏站到床栏上去都够不着,有一回她说她准保能够着,可她站到床栏上使劲够还是差一大截。十叔急得喊她快下来,可别摔坏了腰。

"十叔让你快下来呢,阿夏!"我说。

"十叔叫你快下来呢!"阿冬也说。

"你又叫十叔,"阿夏说阿冬,"爸让咱们叫十哥你怎么老记不住。"

正对着窗户的墙上挂了一面镜子,窗户下又挂一面镜子对着第一面镜子,第一面镜子下再挂了一面镜子对着第二面镜子,这样,两面墙上一共挂了七面镜子,一面比一面矮下来,互相斜对着,跟潜望镜的道理是一样的。屋顶上还有两面镜子,也都斜对着墙上的镜子,这样十叔虽然不能动却可以看见窗外的东西了,无论怎么躺着都能看见。是老谢给他想出这法子来的,老谢不识字也根本不知道什么叫潜望镜。阿夏回家把这事讲给她爸爸听。阿夏阿冬的爸爸是大学教授,整天埋头在书案上不是写就是算,这时抬起头来笑笑说:"哦,是吗?

老谢没上过学真是可惜了。"

从那些镜子里可以看到:墙头上的一溜野草(墙的这边想必是一条窄巷,偶尔能听见有人从那儿走过),墙那边的一大片灰压压的屋顶和几棵老树,最远处是一座白色的楼房和一块蓝天。再没有别的了。十叔永远看到的就只是这些东西,但那儿有他永远也讲不完的故事。

"你们看见树梢都绿了吗?"十叔说。

我说:"看见了,怎么啦?"

阿冬也说:"看见了,怎么啦?"

"阿冬就会跟人学,"阿夏说,"笨死了快。"

"看没看见有一棵还没绿?"十叔说。

"我看见了,怎么啦?"阿冬抢先说,然后看看阿夏。阿夏这时偏不注意他。

十叔说:"那是棵枣树,枣树发芽晚。看那上头有什么?"

阿夏说:"一条儿布吧?是一条破布条儿。"

阿冬也说是一条破布条儿。"我没跟你学,我也看见了!我就是也看见了,干嘛就许你一个人看见呀!"阿冬冲阿夏喊,差点要哭。

"娇气包儿,笨死了。"阿夏说。

阿冬把眼泪咽回去。

"你们都没说对,"十叔说,"是纸条儿。是一个风筝,一个风筝挂在树上挂坏了就剩下那么一绺纸条儿。是昨天下午的事。画得挺讲究的一个大沙燕儿,准把他心疼坏了。"

"谁呀十叔?把谁心疼坏了?"我问。

"他应该到南边空场上放去。"十叔说。

"谁呀?谁应该到南边空场上放去呀!"

"那儿多宽敞,是不是?"十叔说,"就是使劲跑那儿也跑得开,闭上眼跑都保证撞不上什么东西。等风筝升高了你就把它拴在树上,一点儿甭管它它也不会掉下来。拴在一块石头上也行,然后你就坐在石头上,你看着那风筝在天上一动也不动,你就可以随便干点儿别的事了。就是枕着那石头睡一觉也不怕,睡醒了你看见那风筝还在天上。唉,要是我,反正我宁可多走几步路到南边空场上放去。"

"十叔,南边哪儿有空场呀?"我问。

十叔便望着镜子老半天不说话。枣树上那纸条儿飘呀飘的,一会儿也不停。

阿冬说："十叔你讲个故事吧。"

"你又叫十叔。"阿夏打阿冬屁股一下。

"十哥你讲个别的讲个故事吧。"阿冬说。

十叔出了一口长气,说:"你还要听什么故事呢?"阿冬说听神话的。"好吧神话的。"十叔说,又出一口长气,"知道人有下辈子吗?"

"没有,十哥没有,"阿夏说,"那是迷信。"

"什么是迷信呀?"阿冬问,然后嚷开了:"不不！就讲这个十哥你就讲这个,敢情阿夏她听过了。"

"我给你讲个别的,讲个更好的。"

"不！我就要听这个,阿夏都听过了。"

"你要是捣乱咱们就回家吧。"阿夏说。

阿冬这才不嚷了,说讲一个别的也得是神话的。十叔说行,沉一下,讲:"看见阳台上那个姑娘没有？三层,三层的那个阳台上?"十叔说的是远处那座白色的楼房。

"是穿红衣服的那个吗?"我说。

十叔闭一下眼,如同旁人点一下头。"每天这时候她都站在那儿往楼下看。从她还没有阳台栏杆高的那会儿,我就天天这时候见她站在那儿。那会儿她是两手抓住栏杆从栏杆的空隙里往下看。下雨了,她就伸出小手去试试雨的大小,雨大了她就直抹眼泪。她是在等母亲下班回来。"

我问:"你怎么知道是?"

"因为过了一会儿就见她高兴地跳,然后蹲在窗台底下藏起来,紧跟着阳台的门开了,母亲就走出来还没来得及放下手里的书包呢。母亲装着在阳台上找她,她就忍不住跳出来大喊一声,喊声又尖又脆连我都听见了。母亲就抱起她来使劲亲她。"

"她大概还没我高吧?"阿冬说。

"是,那时候还没有。后来她长得比阳台栏杆高了,她就扒着横栏欠起脚往下看,还是都在每天的这会儿。还是像先前那样,一会儿母亲回来了,已经顾得上先把手里的东西放下了,她还是藏在窗台下这时候跳出来,喊声又清又柔,母亲弯下腰来亲她。"

"这有啥意思呀,十哥你讲个神话的吧。"

"少捣乱你,听着!"阿夏说。

"再后来她就长到现在这么高了,比她母亲还高半个头了。她还是天天这时候都在那儿等母亲回来,胳膊肘支在横栏上往下看,两条腿又长又结实。可她还是有点儿孩子气,窗台底下藏不下了就躲在门后头,母亲一回来一走上阳台,她就从后面捂住母亲的眼睛,她不再那么大声喊了,可她的笑声又圆又厚,母亲嗔怪她的声音倒像是男孩子了。"

"这不是神话,根本就不像神话,"阿冬说。

"有一天又是这时候她又在阳台上,一会儿往楼下看看,一会儿来来回回走,拿着一本书可是不看,隔一分钟就对着窗玻璃拢拢头发。她有点儿心神不定,她确实是有点儿心神不定,我应该想到可我一点儿也没想到。然后就见她轻轻跳了一下,我知道她又要跟母亲捉迷藏了,可这一回她好像忘了该躲在哪儿,在阳台上转了好几圈儿还是没找好地方。我算计着母亲上楼的脚步。最后她还是又躲在了门后头。这时门开了,可出来的不是她母亲,是个我从来没见过的高个儿小伙子。"

"他是谁?"阿夏轻声问。

十叔闭上眼睛不讲了。

"这不是神话。"阿冬说。

我跟阿冬说:"这回没准儿是神话了。"然后我又问十叔:"这个小伙子是王子吧?"

"他是勇敢的王子吧?"阿冬也问。

我说:"是'白雪公主'里那个王子吧?"

阿冬也说:"是'灰姑娘'里那个王子吧?"

十叔仍闭着眼,说:"这下我才想起来,一转眼都过去这么多年了。"他是说给自己听。

"这到底是不是神话呀,十哥?"

"就算是吧。"十叔说。

"那后来呢?后来他们怎么啦?"

"后来,白天晚上小伙子都在那儿了。"

"完了?这就完了呀?"阿冬轻叹一声,又对我说:"这不像神话是吧?一点儿都不像。"

"可这是神话。"十叔说。"是。"

我看见十叔用上牙使劲咬自己的下嘴唇,都咬出挺深的牙印来了,都快咬破了。

回家的路上,阿冬还是一股劲念叨:"这根本不是神话,这有什么意思呀。"

"笨死了你,自己听不懂你怨谁。"阿夏说。

阿冬委屈得直要哭。

我问:"阿夏,他们后来到底怎么啦?"

阿夏不吭声,低着头走她的路。

这样看来,十叔当时的年龄就与我估计的有些出入了。细算一下的话,他那时至少该有二十多岁了,甚至可能在三十岁以上。我跟您说过,我的奶奶已去世多年。一个人早年的历史只好由着他模糊的记忆说了算,便连他自己也没有旁的办法。对您来说,只有我给您讲过这么一个故事——这件事本身才是真确的。倘您再把它讲给别人,那时就只有您给别人讲了一个故事——这才是真确的了。历史都不过是一个故事,一个传说,由一些人讲给我们大家,我们信那是真的是因为我们只好信那是真的,我们情愿觉得因此我们有了根,是因为这感觉让人踏实,让人愉快。

那时奶奶领着我们三个往回家走,小街又是黄昏。走过净土寺,两个尼姑正关山门,朝我们笑笑依旧无声息,笑脸埋没在苍茫里。

我问奶奶:"十叔的病还能治好吗?"

"能。"奶奶说。

阿夏却说不能:"我爸说的,不能。"

阿夏阿冬的爸爸是科学家,光是书就有好几屋子,他说什么,没有人不信。

"你可千万别跟十叔他爸这么说。"奶奶说阿夏。

阿冬说:"我们叫十哥,是不是阿夏?"

阿夏问奶奶:"为什么别说呀?"

"反正你别说,要说你就说能治好。"

"那不是骗人吗?"

"那你就什么都别说,行不?"

"可是为什么呀?"

奶奶说过,十叔他爸从早到晚磨豆腐挣的钱,全给十叔瞧病用了,除去买黄豆和给那匹驴买草料,剩下的钱都送到药铺去了。奶奶说过,要不他挣的钱再续弦一个也够了,再盖几间大瓦房也够了,再买十匹驴也够了。"奶奶,什么叫续弦呀?"奶奶不理我。十叔他爸的那匹驴已经老得皮包骨了,只能拉半天磨了,剩下的半天十叔他爸自己推。老谢专管滤豆浆、煮豆浆、点豆腐,永远在蒸腾的热气中忙得顾不上说话。

阿夏阿冬的爸爸说:"十哥的父亲太不懂科学了,科学才不管人的感情呢。"

"你也叫他十哥吗?"阿冬问。

阿夏阿冬的爸爸说:"这么多年了,既然毫无效果,何苦还总把钱往药铺送呢?"

阿夏说:"要不要我去告诉他?"

"告诉什么?"

"十哥的病治不好了呀,干嘛撒谎?"

"我也去!"阿冬说。

阿冬阿夏的爸爸说:"我问过最有名的大夫了,脊髓要是完全断了,简直一点儿办法也没有。"

"我去告诉他们吧?"阿夏说。

"我也去!"阿冬说着跳下床,往屋外跑。

"回来,阿冬!"他妈妈喊住他。

阿冬阿夏的爸爸说,不应该让十叔这么整天躺在床上什么都不干,得给他想个别的办法活下去。可是,就连阿夏阿冬的爸爸自己也想不出还能有什么别的办法。很少有阿夏阿冬的爸爸也不知道的事。他偶尔闲了,也给我们讲故事,讲月亮之所以亮,不过是反射了太阳的光;讲一共有九颗行星围着太阳转,地球不过是其中一颗;讲银河系中的恒星少说也有一千亿颗,而银河系在宇宙中不过像一片叶子长在大树上。"十哥讲过,星星都在跳舞。"阿冬说。他爸爸便笑笑,说:"这说法也不坏,它们确实像在跳舞。"

除去冬天最冷的时候,十叔的小窗不分昼夜总是开着的,为了看清外边的事为了听清外边的声音,成了习惯,他倒也不因此受凉生病。对于十叔,无所谓昼夜,他反正是躺着,什么时候睡着了便是夜,醒了就在镜子里看他的世界,世界还通过那小窗送给他各种声音。他常从梦里大叫几声惊醒,叫声凄长且暴烈,若在深夜便听得人发瘆。"什么叫哇,奶奶?""还有谁? 又是豆腐房那边儿。"奶奶说,叹一口气。我便知道,此刻十叔又在看那些镜子了。我便也掀起窗帘看天上,我很想看看夜里星星怎么跳舞,可是这夜星星都不动,满天的星星各自悄悄呆在自己的位置上。即便是冬天最冷的时候,太阳一上来,十叔也要叫老谢把他的小窗打开一会儿。您能想象,他不能太久地不看到什么不听到什么。您可以想象,他独自在那儿同世界幽会,不知是它们从那儿来了还是他从那儿去了。您想象一道阳光罩住一张木床,在阳光中飞舞的是他的灵魂,在阳光中死去的是他的肉体。待夕阳把远处那座白楼染得凄艳,十叔就盼着我们去听他的故事了。要是我们不去,要是晚上老谢没事了,十叔憋了一整天的故事便讲给老谢一个人听。当然,十叔屋里有一个非常旧非常旧的无线电,可他没法去扭那两个旋钮,要是他爸和老谢都忙着,他不想听的他也得听,所以十叔不怎么爱听它。十叔更乐意自己讲故事。自己想听什么自己讲来听,这有多好。当然,他更盼着我和阿冬阿夏去听。

"十哥你昨天又做恶梦了吧?我妈说你夜里又做恶梦了。"

"阿冬你胡说什么!"阿夏搡了他一把,"什么都不懂什么都不懂,简直快笨死了你。"

"我是叫的十哥我没跟人学。"阿冬分辩说。

"都快笨死了你知道吗,还不知道呢!"

"阿夏!"十叔喊。然后他闭了一会儿眼睛,仿佛有个恶梦在他脸上很快地跑了一圈,之后他猛地睁开眼睛问我们:"今天想听什么故事呀?"完全换了一副神情。

"神话的!"阿冬说,"听那个耗子跳舞的。"

"光会听一个,你都快笨死了。"

"嘘——"十叔说,"你们听。"

一个男人轻轻地唱着歌从窗外走过去了,从镜子里看不见他,声音跟牛似的。

"他又去演出了。"十叔自言自语地说。

"演什么?你怎么知道他去演出?"阿夏问。

"一到这时候他就走了,半夜里准回来。你听他的嗓子有多好,是不是?"

"他唱的什么呀?"阿冬问。

"我也听不清,"十叔说,"他总唱这支歌,可我总也听不清这歌里唱的是什么。"

阿夏说:"我倒听清了一句,好像是——'你可看见了魔王'。"

"他的嗓子真是好,你说呢阿夏?"

"他是谁呀?"

"他就住在那座楼上,四层,从左边数第三个窗口。每天夜里他从这儿过去不一会儿,那个窗口的灯就亮了。"

十叔指的还是那座白色的楼房。从早到晚,那楼房在阳光里变换着颜色,有时是微蓝的,有时是金黄的,这会儿太阳西垂了它是玫瑰色的。楼下几棵大树,枝繁叶茂,绿浪一样缓缓地摇。

"他长的什么样儿?"阿夏问。

十叔想了想,说:"嗯,个子长得真高。"

阿冬说:"有我爸高吗?"

"当然有。他比谁都高,也比谁都魁梧,腿比谁都长肩比谁都宽。噢对了,他是运动员,也是歌唱家也是运动员。"

"那他跑得快吗?"

"当然,当然快,特别快。他跳得也特别高。你说什么,跳起来摸房顶?当然能,这在他算什么呀。你们会打篮球吗?"

"我会!"阿夏说。

"他一跳你猜怎么着?头都碰着篮筐了。"

"十叔你也会打球?"我问。

"可我听说过,那篮筐高极了是吧阿夏?"

"高极了高极了的,"阿夏比划着说,"连我们体育老师使劲跳都够不着篮板呢!"

"都快有天高了吧?"阿冬说。

"可我轻轻一跳,连头都能碰着篮筐。"

"十叔你怎么说你呀?你怎么说'我'呀?"

"我说我了?没有没有,我哪儿说我了?"

"十哥,我想听个神话的。"阿冬说。

"他又特别聪明,"十叔继续讲,"跟他一般大的人中学还没毕业呢,他都念完大学了。等人家大学毕业了,他早都是科学家了。想跟他结婚的人数也数不过来,光是特别漂亮的就数不过来。可他还不想结婚,他想先得到全世界去玩玩,就一个人离开家。他也坐过飞机也坐过轮船,也会开汽车也会骑马。他还是最喜欢骑马,他有一匹好马,浑身火红像一个妖精,跑得又快又通人性,是一个好妖精。"

"那只会跳舞的耗子也是好妖精。"阿冬说。

"是,也是。"

"你还说有一只猫和一只狗都是好妖精。你还说有一棵树和一个虫子也都是好妖精。"

"这匹马也是。不管到哪儿它都不会迷路。高兴了我就和它一起跑,累了就骑一会儿。"

"十叔你又说'我'了,你说'高兴了我就',你说了。"

"噢是吗,我说错了。"十叔停了一会儿,又说:"我讲到哪儿了?噢对了,他就这么绕世界玩了一个痛快。还记得我给你们讲过风的故事吗?他就像风一样到处跑到处玩儿,想到哪儿去就到哪儿去,一会儿在深山里,一会儿在大道上。江河湖海他也都见了。当然,当然会划船,再说他也会游泳,多深多急的河里他也敢游。废话,淹死了还算什么,他能在海里游三天三夜也不上岸,他能一口气在水里憋好几分钟也不露出头来。当然是真的,不是真的我还给你们讲什么劲儿?他也到大森林里去过,十天半个月都走不出来的大森林,都是十好几丈高的大树,一棵挨一棵,一棵挨一棵。不累,他从来不知道累,更不知道什么叫生病。他哪儿都去过,哪儿都去过什么都看见过。告诉你阿夏,他的腿比你的腰还粗一倍呢,你想想。"

阿夏问:"他去过非洲吗?"

"怎么没去过?"十叔说,"那儿有沙漠有狮子,对不对?当然得去。他还有一杆枪,他的枪法没问题,一枪撂倒一头狮子,要不一头狗熊,这对他根本不算一回事。"

"十哥,我也有一杆枪!"阿冬说。

"哈,你那枪!"十叔笑起来,"阿夏,要是我我没准儿把阿冬也带上。夜里就住山洞,阿冬你敢吗?用火烤熊肉吃你敢吗?狼和猫头鹰成宿地在山洞外头叫,你敢吗阿冬?"

"阿冬这会儿就快吓死了。"阿夏笑着。

"还说什么你那枪!"十叔也笑着。

阿夏又问:"十哥,那他去过南极洲吗?见过企鹅吗?"

"什么你说？什么鹅？"

"怎么你连企鹅都不知道哇？"

十叔脸上的笑容渐渐消失，那个恶梦好像在别处跑了一圈这会儿又回来了。

"企鹅是世界上最不怕冷的动物，"阿夏还在说，"南极洲是世界上最冷的地方，一年四季都是冰天雪地。"

"那有什么，"十叔低声自语，"只要他想去他就能去。"

"那他去过美洲吗？还有欧洲？"

"他想去他就能去。"十叔又闭上眼睛。

"还有澳洲呢？他去过吗？"

"只要他想去，阿夏我说过了，他就能去。别拿你刚学的那点儿玩艺儿来考我。"

"十叔，他去过天上吗？"我问。

"十叔，我爱听星星跳舞的那个故事。"

"阿冬你又叫十叔，你少跟人学行不行！"

这当儿十叔一直闭着眼，紧咬着下嘴唇。

阿夏看看阿冬和我，愣了一会儿，趴到十叔耳边说："十哥你生气啦？我没想考你。"

十叔松开牙但仍闭着眼，出一口长气有点颤抖："没有，阿夏，我不是生你的气。我不是生别人的气。我凭什么生别人的气呢？别人想到哪儿去就到哪儿去，跟我有什么关系？我就在这儿。"

十叔虽这么说，可我觉得他还是生了谁的气了。他一使劲咬下嘴唇而且好半天好半天闭着眼睛，就准是生谁的气了，可我不知道他到底是生谁的气。太阳又快回去了，十叔的小屋里渐渐幽暗。在墙上，你几乎分不清哪是窗口哪是镜子了，都像是一个洞口一条通道，自古便寂寞着呆在那儿，从一座无人知晓的洞穴往旷远的世界去。那儿还有一块发亮的天空，那座楼变成淡紫色，朦朦胧胧飘忽不定。阿夏轻声说："咱们该走了。""不，十哥还没讲神话的呢！"阿冬不肯走。磨房里的驴便亮开嗓门叫起来，磨声停了。然后那驴准是跟了老谢踱到街上，叫声在古老的黄昏里飘来荡去，随着晚风让人松爽，又伴了暮色使人凄惶。净土寺那边再传来作法事的钟鼓声。

十叔好像睡着了。

阿夏拉起阿冬和我,让我们不要出声,轻一点儿轻一点儿,悄悄的,往外走。

"别走阿夏,我答应了阿冬,我得给他讲一个神话的。"十叔睁开眼,像是才睡醒。

我们等着。连阿冬都大气不出。很久。

"有一天夜里,满天的星星又在跳舞。我这么看着他们已经看了好几十年,一天都没误过。就是阴天,我也能知道哪片云彩后面是哪颗星星。这天夜里,星星上的神仙到底被感动了,就从这窗口里进来,问我,要是他把我的病治好,我怎么谢谢他。"

"十哥这是迷信,"阿夏说,"你的病治不好了。你的病要是治不好了呢?"

"你的性子真急阿夏,我还没说完呢。我的病治不好了这我不比谁知道?所以我说我讲的是个神话。"

"让我告诉你爸去吗?"阿冬说。

"嗷可别,阿冬你千万可别。"十叔说。

"干嘛撒谎?"阿冬学着阿夏的语气。

"这你们还不懂,你们还小。一个人总得信着一个神话,要不他就活不成他就完了。"

暗夜在窗外展开,又涌进屋里,那些镜子中亮出几点灯光,或者竟是星星也说不定。净土寺那边的钟声鼓声诵经声,缈缈缥缥时抑时扬,看看像要倦下去却不知怎样一下又高起来。

十叔苦笑道:"要是神仙把我的病治好,我爸说要给他修一座比净土寺还大的庙呢。"

"十叔你呢? 你怎么谢他?"

"我? 我就把他杀了。他要是能治这病,他干嘛让我这么过了几十年他才来? 他要是治不了他干嘛不让我死? 阿冬,他是个坏神仙,要不就是神仙都像他一样坏。"十叔的语气极其平静,像在讲一个无关痛痒的故事。

"你也信一个神话吗,十哥?"

"阿夏,平时你可不笨。"十叔说,"人信以为真的东西,其实都不过是一个神话;人看透了那都是神话,就不会再对什么信以为真了;可你活着你就得信一个什么东西是真的,你又得知道那不过是一个神话。"

"那是什么呀?"

"谁知道。"黑暗中十叔望着那些镜子。

我们去问阿夏阿冬的爸爸,他摇头沉吟半晌,最后说,一定得想个办法,让十叔能做一点有实际价值的事才行。

"什么是实际价值?"

"就是对人有用的。"

"什么是有用的?"

"阿冬!别总这么一点儿脑子也不用。"

可结果我们还是给十叔想不出办法来。他要是像阿夏阿冬的爸爸那么有学问也好办,可他没有,没有就是没有甭管为什么,也甭说什么"要是"。但从那以后阿冬阿夏的爸爸不让他们去十叔那儿听故事了,说那都是违反科学的对孩子没好处。阿冬阿夏的爸爸便尽量抽出些时间来,给我们讲故事,讲太阳是一个大火球,热极了热极了有几千几万度;讲地球原来也是个火球,是从太阳身上甩出来的后来慢慢变凉了;讲早晚有一天太阳也要变凉的,就像一块煤,总有烧乏了的时候。阿夏说:"那可怎么办呀?"她爸爸说:"放心,那还早着呢。"阿夏说:"早晚得烧完,那时候怎么办呢?粮食还怎么长呀?"她爸爸笑笑说:"那时候还有地球吗?地球在这之前就毁灭了。"阿夏说:"那可怎么办?"她爸爸说:"那时候人类的科学早就特别发达了,早就找到另外的星球另外的适合人类生活的地方了。"阿夏松了一口气。我也松了一口气。阿冬问:"要是找不着呢?"阿冬阿夏的爸爸说:"会找着的,我相信会找着的。"

我还是能经常到十叔那儿去。奶奶不在乎什么科学不科学,她说谁到了十叔那份儿上谁又能怎么着呢?死又不能死。

这一来我反倒经常可以玩到阿冬那把枪了,还有他妈妈给他买的各种各样好玩的东西。我只要说,"十叔昨天又讲了一个神话的",阿冬就会把他所有的玩具都端出来让我挑。对我们来说,阿夏阿冬的爸爸讲的和十叔讲的,都一样都是故事,我们都爱听。

我问阿冬:"你还记得十叔家窗户外的那座白楼吗?"阿冬一点也不笨,阿冬说:"你想玩儿什么你就玩儿吧,这些玩具是咱们俩的。"我说:"你还记得那座楼房旁边有好几棵大树吗?上头老有好些乌鸦的?"阿冬说:"我记得,十哥说它们都是好妖精。"我说:"十叔说它们没有发愁的事跟咱俩一样,一早起来就那么高兴,晚上回来还是那么高兴。"阿冬说:"那些乌鸦,啊——啊——

啊——的老叫是不是?"我说:"你还记得楼顶上老落着一群鸽子吗?""那也是一群好妖精,十哥说过。""十叔说它们也没那么多烦心事,它们要是烦心了就吹着哨儿飞一圈,它们能飞好远好远好远也不丢。"十叔的故事都离不开那座楼房,它坐落在天地之间,仿佛一方白色的幻影,风中它清纯而悠闲,雨里它迷濛又宁静,早晨乒乒乓乓的充满生气,傍晚默默地独享哀愁,夏天阴云密布时它像一座小岛,秋日天空碧透它便如一片流云。它有那么多窗口,有多少个窗口便有多少个故事。一个碎了好几块玻璃的窗口里,只住着一个中年男子,总不见女人也不见孩子,十叔说他当初有女人也有孩子,偏他那时太贪杯太恋着酒了,女人带着孩子离开了他。十叔说:"不过他的女人就快回来了,女人一直在等着他,现在知道他把酒戒了。"我说:"要是她还不知道呢?"十叔说:"那就去找她,要是我我就把酒戒了去找她。"我问:"她在哪儿呀?"十叔想了一会儿,说:"也许,就在那一大片屋顶中的哪一个屋顶下。"……另一个窗口里,有一对老人。老两口整日对坐窗前,各读各的书或者各写各的文章,很久,都累了,便再续一壶茶来,活动活动筋骨互相慢慢地谈笑。十叔说他们的儿女都是有出息的儿女,都在外面做着大事呢。十叔说:"他们的儿子是个音乐家。"我说:"你怎么知道?"十叔说:"他们的儿媳妇是个画家。"我说:"你是怎么知道的?"十叔说:"他们的女儿是个大夫,女婿是个工程师。"我问:"你到底是怎么知道的呀?"十叔便久久地发愣……还有个窗口里住着个黑漆漆的壮小伙子,一到晚上就在那儿做木工活。十叔说他就快结婚了,未婚妻准是个美人儿。我问:"怎么准是呢?"十叔闭一下眼睛如同旁人点一下头,说:"准是。"表情语气都不容怀疑。……还有一个窗口白天也挂着窗帘,十叔说那家的女人正坐月子呢,生了一对双儿,一个男孩一个女孩。十叔说:"当爹的本想要个闺女,当妈的原想要个儿子,爷爷呢,想要孙子,奶奶想要孙女,这一下全有了。"……还有一个摆满了鲜花的窗口,那儿有个白发苍苍的老太太。十叔说她都快一百岁了,身体还那么硬朗,什么事都不用别人干。那些花都是她自己养的,几十种月季几十种菊花,还有牡丹、海棠、兰花,什么都有,天天都有花开,满满几屋子都是花都是花的香味儿。十叔说:"她侍弄那些花高高兴兴的一辈子,有一天觉得有点儿累了,想坐在花丛里歇一会儿,刚坐下,怎么都不怎么就过去了。"我问:"过哪儿去了?"十叔说:"到另一个世界去了。"我说:"到天上去了吧?"我说我知道了,这是个神话。十叔笑一笑,叹一口气又闭上眼睛……

　　白色的楼房,朝朝暮暮都在十叔的镜子里,对十叔的故事无知无觉。那些窗口里的人呢,各自度着自己的时光,日复一日年复一年,不曾想到世上还有十叔这么个人。

阿冬阿夏终于耐不住了,有一天我们又一起到十叔的小屋去。我们进去的时候,正好听见那个男人又唱着歌从窗外走过。

阿夏说:"十哥我又听清一句了!他唱的是,'你可看见了魔王?他头戴王冠,露出尾巴'。"

"谁呀?阿夏,他是谁呀?"阿冬问。

"阿冬你这么笨可怎么办!就是那个又高又大全世界哪儿都去过的人。这都记不住。"

阿冬说:"十哥,我好些天没来我真想你。"

"阿冬就会甜言蜜语。"阿夏撇一下嘴。

"我就是想了,我没骗人我就是想了。"

"怎么想的你?"

"我,我想听个神话的。"

只有十叔没笑,他说:"我正要给你们讲件怪事呢,我发现了一件特别奇怪的事。"

"十哥我爱听奇怪的事,我爱听神话的。"

"你们看最顶层尽左边那个窗口。"十叔指的还是那座白楼。"那儿总也不亮灯,晚上也从来不亮灯,真是怪了。"

"大概那儿没人住吧?"阿夏说。

"可你们看那窗帘,多漂亮是不是?窗台上还放着两个苹果呢。看见墙上那个大挂钟没有?钟摆还来回动呢。"

太阳这时正照在那面墙上,好大好大的一只挂钟,钟摆左一下右一下,闪着金光。

"也许晚上没人在那儿住吧?"

"我原来也这么想,"十叔说,"可是有天晚上月亮正好照进那个窗口,我看见那儿有人。我明明看见有一个人,一会儿坐在窗前,一会儿在屋里走动,可就是不开灯。这下我才开始注意那儿了,原来每天夜里都有人,我看见他点火儿抽烟了,我看见烟头儿的红光在屋里走来走去,可他在那黑屋子里就是不开灯,从来都不开。"

阿冬说:"十哥,我有点儿害怕。"

"胆小鬼,又笨胆儿又小。"阿夏说。

那座楼房这会儿是枯黄色的。楼顶上的鸽子探头探脑地蹲在檐边,排成一行。乌鸦还没回来,老树都安静着。

"我们去那楼里看看吧。"阿夏说。

阿冬说:"我不想去。"

"你不想去因为你是个胆小鬼!十哥,我们到那楼里去看看吧?我们还从来没到那楼里去过呢。"

十叔说:"我早就想到那儿去看看了,可是阿夏,我怎么去呢?"

"要是有一辆车就行了,我们推你去。"

"我早就想去了,可是不行阿夏,我想过多少遍了,那么高我可怎么上去呀?"

"让老谢抱你上去,我们再把车抬上去。"

"阿夏你要是去,我就告诉爸爸。"

"胆小鬼,你敢!"

我记得是老谢给十叔做了一辆小车,不过是钉了个大木箱又装上四个小轱辘,十叔躺在里头,我们推着他到那座白色的楼房去。小车轱辘"叽哩嘎啦叽哩嘎啦"地响,十叔的身体短得就像个孩子,轻得就像个孩子。老谢跟在我们身后走,什么话也不说。

奇怪的是,我们在那些七拐八弯的小胡同里转了很久,也没能接近那座白楼,我们总能看到它却怎么也找不着通到那儿去的路。阿冬不停地说,咱们回去吧咱们回去吧。阿夏便骂他是胆小鬼,仍然推着车往前走。阿冬紧拽着阿夏的衣襟不松手。残阳掉在了一家屋顶上,轻轻的并不碰响什么,凄艳如将熄的炭火,把那座楼房一染呈暗红色了。我们推着十叔再往西走了一阵,又往北走,那楼房像也会走似的,仍然离我们那么远。阿夏问老谢:"到底该怎么走呀?"老谢说他没去过他不知道,说:"问你十哥,他要去他想必知道。"十叔让我们再往东走。乌鸦都飞回来,在老树上吵闹不休。暮霭炊烟在层层叠叠的屋顶上,在纵横无序的小巷里,摇摇荡荡。看看那座楼像是离我们近了,大家欢喜一回紧走一阵,可是忽然路到了尽头,又拐向南去,再走时便离那楼愈远了。阿冬还是不住地说,回去吧,阿夏咱们回去吧。阿夏说:"要回你自己回去!"阿冬只好念念叨叨再跟了走,不断回头去望。离家已是那么遥远了,仿佛家在千里之外。天便更暗下来,四周模糊不清,那座楼由青紫色变成灰黑。"老谢,到底怎么走才对呀?""问你十哥,他要来他就应该知道。"老谢还是这么说。可是无论我们怎么走,总还是那些整齐或歪斜的屋顶、整齐或歪斜的高墙、整齐或歪斜的无数路口,总是能看到那座楼也总还是离它那么远。天黑透下去,乌鸦藏进老树都不出声。阿冬说:"阿夏咱们别走了,一会儿该迷路了。"阿夏没好气地说:"我们已经迷路了,我们回不去家了!"阿冬愣一下,憷了,转身就跑,看看不对又往回跑,然后站住,"哇"地一声哭出来。十叔忙哄他:"阿冬别怕,阿夏吓唬你玩儿呢。"阿冬才慌慌地住了哭声,紧跑到阿夏身边抱住阿夏,抽噎着再不敢动。阿夏把他搂在怀里。

这时候传来一阵歌声,低沉浑厚得像牛一样:"……啊父亲,你听见没有,那魔王低声对我说什么?你别怕,我的儿子你别怕,那是寒风吹动枯叶在响……"

"十哥,是他!"阿夏说,"是那个人。"

"嗷!他在哪儿?"十叔说。

从一个巷口拐出一个人来,他手里拎根竹竿探路,边走边轻声唱。走近了,我们听得更清楚了:"……啊父亲,你看见了吗?魔王的女儿在黑暗里。儿子,儿子,我看得很清楚,那是些黑色的老柳树……"他从我们面前走过,我们也看清他的模样了,他长得又矮又小又瘦,而且他手里拎了根竹竿探路。他大概觉出有几个人在屏住呼吸看他,便朝我们笑笑点一点头,不说什么,一心唱他的歌一心走他的路去。

阿夏对十叔说:"咱们问问他,往那个楼去怎么走吧?"

十叔不吭声。

"十哥,你不是说他就住在那座楼上吗?他能知道到那儿去怎么走。"

"不。"十叔说。

"他不是住在四层左边第三个窗口吗?"

"不,那不是他。"十叔说,"他不是那个人,他不是!那个人不是他,不是……"

在黑得看不见的地方,仍传来那个人的歌声:"……啊父亲,啊父亲,魔王已抓住我,它使我痛苦不能呼吸……"渐行渐远,渐归沉寂。

渐归沉寂,我们还在那儿坐着。

我们还在那儿坐了很久。满天的星星都出来,闪闪烁烁闪闪烁烁,或许就是十叔说的在跳舞吧。净土寺里这夜又有法事,钟声鼓声诵经声满天满地传扬,嗡嗡吒吒伴那星星的舞步。那座楼房仿佛融化在夜空里隐没在夜空里了,唯点点灯光证明它的存在,依然离我们那么远。

"老谢,咱们还去吗?"

"问你十哥,他应该知道了。"

十叔的眼睛里都是星光。

阿冬已经困得睁不开眼了,不住地说,十哥咱们回家吧,咱们回家吧十哥。

十叔说,"回家,阿冬咱们回家,我以前给你们讲的都是别人的神话。"

我们便往回家走。阿夏背着阿冬,告诉阿冬别睡,睡着了可要着凉,"马上就到家了,快醒醒阿冬,"声音无比温柔。老谢背着我,又推着十叔。我不记得是怎么回到家的了,很可能我在路上也睡着了。

我说过,我不保证我讲的这些事都是真的。如果我现在可以找到阿冬阿夏,我就能知道这些事是不是真了,可我找不到他们。好几十年过去了,我不知道阿冬阿夏现在在哪儿。我看这不影响我把这个故事讲完。您要是听烦了您随时都可以离开,我不会觉得这是对我的轻蔑——请原谅,这话我该早说的。人有权利不去听自己不喜欢的故事,因为,人最重要的一个长处,就是能为自己讲一个使自己踏实使自己愉快的故事。

那夜归来,十叔病了。第二天我和阿冬阿夏去看他,他那小屋的门关得严严的。耳朵贴在门上听听,屋里静得就像没人。"十哥,十哥!""十叔!"叫也没人应。我们正要推门进去,老谢来了,说十叔病了正睡呢,叫我们明天再来。这样有好多天,每次去老谢都说十叔正又睡呢:"他刚吃了药,正睡呢。""他什么时候醒啊?""你们看这门什么时候开了,他就醒了。"

也不知又过了多久,终于有一天那门开了,我和阿冬阿夏跳着跑进去。阿冬喊:"十哥!这么多天没见你我可真想你。"阿夏撇一下嘴。阿冬说:"我没甜言蜜语!我也想听神话的我也想十哥了。"

小屋里稍稍变了样子,所有的镜子都摘了下来,都扣着摞在墙旮旯儿。十叔平躺在床上,头垫高起来,胸上放一只小碗,嘴上叼一根竹管,竹管如铅笔一般长短一般粗细。见我们来了他冲我们笑笑,笑得很平淡。然后,他上嘴唇压过下嘴唇把竹管插进碗里,再下嘴唇压过上嘴唇把竹管抬起来,轻轻吹出一个泡泡。泡泡颤几下脱离开竹管,便飘飘摇摇升起来,晃悠悠飞出窗口去,在太阳里闪着七色光芒。

"我能吹一个非常大的。"十叔说。

他果然吹出了一个挺大的。

"这不算,"十叔说,"这不算大的。"

他又吹出了一个更大的。

"我也会,"阿冬说,"让我吹一个行吗?"

"少讨厌你,阿冬!"阿夏把阿冬拉在怀里。

十叔说:"我得吹一个比磨盘还大的,那才行呢。"

"你能吹那么大的吗?"

"我要能吹一个比这窗户还大的就好了。"

"怎么就好了呀,十叔?"

"下辈子就好了。"

"十哥,那是迷信。"阿夏说。

十叔不理会阿夏的话,专心地吹了一个泡泡又吹一个泡泡,吹了一个又一个。

"嘿,快看这个! 大不大?"十叔兴奋地喊。

满屋里飞着大大小小七彩闪耀的泡泡,忽上忽下忽左忽右轻盈飘逸,不断有破碎的,十叔又吹出新的来。我和阿冬满屋里追逐它们,又喊又笑又蹦又跳。十叔吹得又专心又兴奋。

"都太小了,"十叔说,"我要能一连吹出一百个像刚才那个那么大的,就好了。"

"什么就好了,十哥?"

"像我这样的病就都能治好啦。"

"这也是迷信,十哥,这也是。"阿夏说。

"明天我让老谢给我找一根再粗一点儿的竹管来,"十叔说,"那才能吹出更大的来呢。也许我能一连气儿吹出一万个来呢。"

"吹那么多呀!"阿冬说,高兴得不得了。"吹一万一万一万一万个,是吧十哥?"

"那就没人得病了,就没病了。"

"十哥,我觉得这还是迷信。"阿夏说。

"这不是迷信,阿夏你说这怎么是迷信?"

阿夏怔怔的,回答不出来。

泡泡一个又一个,一个又一个,飞得满屋,飞出窗口,飞得满天。十叔说:"阿夏你看哪,飞得多漂亮!"

阿夏回家又去问她爸爸,什么是迷信? 她爸爸说:"盲目,盲目地相信一件事。"

阿冬问:"什么是盲目?"

"就是没有科学根据。"

"什么是科学根据?"

"好啦阿冬,你这脑子又动得太多了,这你还不懂。还是我来多给你们讲些故事吧。我以后一有时间就给你们讲些科学的故事,好吗?"

阿夏阿冬的爸爸又给我们讲月亮、讲太阳、讲银河、讲宇宙,讲一光年是多远;讲宇宙一直在膨胀一直都在膨胀,讲所有的天体都离开我们越来越远越来越远;讲总有一天宇宙也要老的,要走完生命的旅程,要毁灭。

"那可怎么办? 那我们到哪儿去?"阿夏问。

"那时候人类的科学已经非常非常发达了,人早就又找到一个可以生存的地方了。"

"要是找不着呢?"阿冬问。

"会找着的,我相信会找着的。"

"为什么会找着?"

"我想会的。"

宿　　命

1

现在谈谈我自己的事,谈谈我因为晚了一秒钟或没能再晚一秒钟,也可以说是早了一秒钟却偏又没能再早一秒钟,以至终身截瘫这件事。就那一秒钟之前的我判断,无论从哪方面说都该有一个远为美好的前途。截至那一秒钟之前,约略十三人十八人次主动给我提过亲,其中十一回附有姑娘的照片,十一回都很漂亮,这在一定程度上或可说明问题。但我当时的心思不在这上头,我志向远大,我说不,我现在的心思不在这上头。提亲的人们不无遗憾,说,莫非(莫非是我的姓名),莫非我们倒要看你找个什么样的天仙。然后那一秒钟来了。然后那一秒钟过去了,我原本很健壮的两条腿彻头彻尾成了两件摆设,并且日渐消瘦为两件非常难看的摆设,这意味着倒霉和残酷看中了一个叫莫非的人,以及他今后的日子。我像孩子那样哭了几年,万般无奈沦为以写小说为生的人。

曾有一位女记者问我是怎样走上创作道路的,我想了又想说,走投无路沦落至此。女记者笑得动人:您真谦虚。总之她就是这么说的,她说您真谦虚。

2

实际无关谦虚。

说不定,牵涉十叔的那些懵里懵懂似有若无的记忆,原是我童年时的一个预感。据说孩子的眼睛可以洞察许多神秘事物,大了倒失去这本领。自然这不重要。要紧的是我的腿不能动了随之也没了知觉,这不是懵里懵懂似有若无的记忆,这一回是明明白白确凿无疑的事实,而且看样子只要我活下去,这一事实就不会不是个事实。

我以前从不骂人,现在我想世上一切骂人的话之所以被创造出来就说明是必要的。是必要的,而且有时还是必然的结论。

3

不过是一秒钟的变故,现在说它已无多少趣味。是个夏夜,有云,天上月淡星稀,路上行人已然寥落,偶有粪车走过将大粪的浓郁与夜露的清芬凝于一处,其味不俗。我骑车在回家的路上,心里痛快便油然吹响着口哨,吹的是《货郎与小姐》中货郎那最有名的咏叹调。我刚刚看完这出歌剧。我确实感觉自己运气不坏。我即将出国留学,我的心思便是在这上头,在地球的另一面,当然并不限于那一面,地球很大。我的腰包里已凑齐了护照、签证、机票以及与此相关的一系列文件,一年又十一个月艰苦奋斗之所得。腰包牢牢系在裤腰带上,除非被人脱了裤子去这腰包是绝不可能丢的,这腰包的设计者今生来世均当有好报,这是我当时的想法。气温渐渐降下来,且有了一丝爽风。沿途的楼房里有人在高声骂娘又有人轻轻弹奏肖邦的练习曲,外地小贩便于路旁的暗影中撒开行李,豪爽地打响一串哈欠有如更夫的钟鼓。平凡的一个夏夜。我吹着口哨。地球是很大,我想在假期里去看看科罗拉多河的大峡谷,在另一个假期里去看看尼亚加拉大瀑布,平时多挣些钱且生活尽可能地简朴,说不定还可以去埃及看看胡夫大金字塔去威尼斯看看圣马可大教堂,还有法国的卢浮宫英国的伦敦塔日本的富士山坦桑尼亚的塞卢斯野生动物保护区等等,都看看,都去看一看,机会难得。我精力充沛我的身体结实如一头骆驼,去撒哈拉大沙漠走一遭也吃得消,再去乞力马扎罗山下露营,我不打狮子,那些可爱的狮子。我吹着口哨,我吹得不很好,但那曲子写得感人。我不是个禁欲主义者。莫非不是个禁欲主义者,他势必会有个妻子。她很漂亮很善良,很聪明,很健康很浪漫很豁达,很温柔而且很爱我,私下里她不费思索单凭天赋便想出无数奇妙的爱称来呼唤我,我便把世间其他事物都看得轻于鸿毛,相比之下在这方面我或许显得略笨,我光会说亲爱的亲爱的我最亲爱的,惹得她动了气给我一记最最亲爱的小耳光。真正的男人应该有机会享受一下软弱。不过事后他并不觉得英雄因此志短,恰恰相反,他将更出类拔萃,令他的妻子骄傲终生!凉爽的夏夜使人动情,使人赞美万物浮想纷纭,在那一秒钟之前有理由说莫非不是在梦想。我骑在车上,吹响一路货郎的那段唱。我盘算以四年时间拿下博士学位,然后回来为祖国效力。我不会乐不思蜀,莫非不是那种人,天地良心,知道我出去学什么吗?学教育,祖国的教育亟待改革迫切需要人材。莫非不是没能力去学天体物理抑或生物遗传工程,但莫非有志于祖国的教育事业,在那一秒钟之前我一直在一所中学里任教。我骑车拐上一条稍窄的街,那是我回家的必由之路,路面上树影婆娑,以后会证明这树影婆娑叫与千刀万剐媲美。我依然吹着口哨。我是一个无罪的人。我想四年之后我回来,那时我就可以要一个儿子(当然在这之前需要结婚),抑或是一个女儿,设若那时政策允许也可以是一个儿子又一个女儿,哪个在先哪个在后完全不在考虑之列,我看男女应该平等,惟愿儿子像我女儿像母亲,惟望这一点万勿颠倒了。这样想不对吗?我看不出这有什么错。我是个无罪的人,在那个夏夜以及那个夏夜之前我都是一个无罪的人。无罪,至少是这样。

我吹着《货郎与小姐》中最著名的唱段,骑车朝那万恶的一秒钟挺进。与此同时有一位我注定将要结识的年轻司机,也正朝这一秒钟匆忙赶来。

4

照理说,那不是个能给人留下深刻印象的夏夜,如果不是有人在马路上丢了一只茄子的话。我吹着口哨吹着货郎的唱段,我的前车轮于是轧到那只茄子,事后知道那茄子很大很光又很挺实,茄子把我的车轮猛扭向左,我便顺势摔出二至三米远,摔进那一秒钟内应该发生的事里去了。只听一声尖厉的急煞车响,我的好运气就此告罄,本文迄今所说的那些好事全成废话,全成了废话一堆。成了一个永久的梦例。

否则也就无事,问题出在它不把你撞死而仅仅把你的腰椎骨截然撞断。以往的一切便烟消云散烟消云散,烟消云散之后世界转过身去把它毫无人味的脊梁给你看,我是说给我看,给莫非。

5

在以后的日子里我常想起一只电动玩具母鸡,在沙地上煞有介事地跑,碰上个石子颠了个跟头翻了个滚儿,依然煞有介事地往前跑,可方向与当初满拧(有可能是前翻一周半加转体一百八十度)。我见人玩过那样一只电动玩具母鸡,隔一会儿下一个假蛋。

6

我躺在马路中央,想翻身爬起来可是没办到。前面提到过的那个年轻司机跑过来问我,您觉得怎么样?我说很奇怪好像我得歇一会儿了。司机便把我送到医院。

我说大夫我什么时候能好?我很快就要出国没有很多时间可耽误。大夫和护士们沉默不语,我想他们可能没弄懂我的意思。他们把我剥光了送上手术台,我说请把我裤腰带上那个腰包照看好,我还把机票的有效日期告诉了他们。一个女护士说哎呀呀都什么时候了。我心想时间是不早了,我说是不早了不过我这是急诊。女护士一动不动看了我有半分钟。这下我明白了,他们一时还不可能了解我,不了解我多年来的志向和脚踏实地的奋斗历程,也不了解那一年又十一个月的奔波和心血,因而不了解那腰包对我意味着什么。我鼓励大夫,您大胆干吧不要发抖,我莫非要是哼一声就不算是我。大夫握了握我的手说,我希望您从今天起尤其要时时保持这种勇气。我当时没听懂他这话中的潜台词。

7

事实真相不久便清楚了:我已经被种在了病床上,像一棵"死不了儿"被种在花盆里那样。对那棵"死不了儿"来说世界将永远是一只花盆、一个墙角、一线天空,直至死得了为止。我比它强些。莫非比它强些。"莫非我们倒要看你找一个什么样的天仙"——那样一个莫非,将比"死不了儿"强些。我于是仰天嚎啕大放悲音,闻其声恰似回到了自由自在的童年,观其状惟妙惟肖一个大傻瓜。我有个姐姐,她从遥远的地方赶来,紧紧把我搂住像小时候那样叫着我的小名儿,你别着急你别担心,你别这样别这样,无论如何我会照顾你一辈子的(你别哭你别闹,蚂蚱飞了,不就是蚂蚱飞了吗姐姐明天再给你逮一只来)。但这一次不是童年,蚂蚱也没飞,根本没有什么蚂蚱。飞了的是一条很好很好的脊髓。我把姐姐搡开,把我的手从她冰凉的手里掰出来,走!走开!所有的人都给我出去!!姐姐再度将我抱住,她的劲儿一时大得出奇。我看了一眼太阳,太阳还是原来的太阳,天呢?也还是在地上头。母亲没来,还没敢让母亲知道。父亲像个不会说话的瘦高的影子,无声地出去,又无声地回来,买了好多好吃的东西放在桌上;又无声地出去无声地回来,买了更多更好吃的东西放在我的床边。我吼一声,父亲激灵一下惊得闪开,我把花瓶打进痰桶,把茶杯摔进便盆,手表砸扁扔进纸篓,其余够得着的东西横扫遍地然后开始骂人,双手垫在脑后,看定了天花板,尽情尽意尽我所知的脏话向世界公布数遍,涕泪纵横直到天昏地暗时,然后累了,心如千年朽木糟成一团。偷偷在自己的大腿上掐一把,全无知觉,慌得紧把手缩回深恐是调戏了别人。这他娘的到底是怎么了呢?漫长的寂静中,鸽子在窗外咕咕咕地嘶鸣,空旷、虚幻,天地也似无依无着。

到底是怎么了呢?无人肯告与莫非。

8

警察向我说明出事的情况。那个年轻司机没什么错儿,您那么突如其来地蹿向马路中央是任何人所料不及的。司机没有超速行驶,没喝酒,煞车很灵也很及时,如果他再晚一秒钟踩煞车,警察说恕我直言,您就没命了。我说谢谢。警察说那倒不用,我们来向您说明情况是我们的工作。我说请问我有什么错儿没有?姐姐说你有话好好说。警察说,您也没什么错儿,您在慢行道内骑车并且是在马路右边,您是个自觉遵守交通规则的好公民,可谁骑车也不见得总能注意到一只茄子,而且那条路上光线较暗。我说,树影婆娑。什么您说?是的树影颇多,从出事现场看您决不是有意去轧那个茄子的。我说,废话!姐姐说,莫非!警察叹口气,可您摔出去得太巧了,要是再早一秒钟的话,汽车就不至于碰到您。大夫也这么说过,太巧了,刚好把脊髓撞断,其他部位均未伤及。照您说这是我的错儿?警察说我没这么说,我只是说路上光线较暗,注意不到一只茄子是可以理解的。那么到底是谁的错儿?姐姐说,莫非——! 我说,姐,难道我不能问这到底是谁的错儿吗?警察说,莫非同志你可以要求一点经济赔偿。滚他妈的经济赔偿,我眼下只缺一条完整的脊髓!莫非同志您这是无理要求,并且请您注意您对一个正在执行公务的警察的态度。我说既然如此,您有义务向我说明这到底是谁的错儿。茄子,警察说,如果您认为这样问很有意义的话,那么,茄子,您干嘛不早不晚偏在那一秒钟去惹它?

9

日子便这样过去。每天所见无非窗外的旭日到夕阳。腰包里的文件犹在,默默然一部古书似的记载了无数动人的传说。

人类确凿不能将人类被撞断的脊髓接活,日子便这样过去。医学院的实习生们常来围了我,主治大夫便告诉他们为什么我是一个典型的截瘫病例:看看,上身多么魁伟,下身整个在萎缩。

日子便这样过去,消化系统竟惊人的好,毫不含糊地纳入各种很香的东西,待其出来时都变作统一的臭物。日子便这样过去。

向日葵收获了,夜来香的种子落在地上,随风埋进土里。天上悬了几日风筝,悬了几日,又纷纷不见了踪影。雪无声飘落。孩子们便嚷着在雪地上飞跑,啃着热气腾腾的烤白薯。我说哎,烤白薯!我是说世界并没有变,烤白薯仍旧还是烤白薯。父亲瘦高的身影却应声蹒跚于雪地上,向那卖烤白薯的炉前去……

日子便这样过去了又过去。苍天在上,莫非过上这样的日子实在是冤枉的。哭一回想一回,想一回哭一回,看来那警察的最后一句问话是惟一的可能有道理。

10

渐渐的我想起来了,在离出事地点大约二百米远的时候,我遇见了一个熟人。我记起来了,我吹着口哨吹着货郎的咏叹调看见了他,他摇着扇子在便道上走,我说嘿——!他回过头来辨认一下,说噢——!我说干嘛去你?他说凉快够了回家睡觉去,到家里坐坐吧?他家就在前面五十米处的一座楼房里。我说不了,明天见吧我不下车了。我们互相挥手致意一下,便各走各的路去。我虽未下车,但在说以上那几句话时我记得我捏了一下闸,没错儿我是捏了一下车闸,捏一下车闸所耽误的时间是多少呢?一至五秒总有了。是的,如果不是在那儿与他耽误了一至五秒,我则会提前一至五秒轧到那只茄子,当然当然,茄子无疑还会把我的车轮扭向左,我也照样还会躺倒在马路中央去,但以后的情况就起了变化,汽车远远地见一个家伙扑向马路中央,无论是谁汽车会不停下么?不会的。汽车停下了。离我仅一寸之遥。这足够了。我现在科罗拉多河大峡谷或在地球的其他地方而不是被种在病床上。不是。绝不是被种在病床上。那样一个莫非。那样一个令人以为要娶一个天仙的莫非。

11

顺便提一句:至今仍只是十三人十八人次主动给莫非其人提过亲,其中十一回附有姑娘的照片。这三个数字以后再没有增长,这从一个侧面反映了今日之莫非与昨日之莫非断不是同一个莫非了。天地翻覆,换了人间。

我说这些没有其他意思,虽则莫非事实上是无辜的。

话说回来,姑娘们也是无辜的。一个姑娘想过一种自由的浪漫的丰富多彩的总而言之是健全的生活,这不是一个姑娘的过错。一对父母希望自己的女婿站在别人的女婿面前,更体现出自己晚年的幸福与骄傲,这不是一对父母的过错。析此理而演绎开去,上述三个数字的不再增长,不是媒人的过错,不是朋友们的过错,不是谁的过错。天高地厚,驴比狗大,没错。

12

莫非之不幸,盖自那一至五秒的耽误。

我们不禁要问,我们也完全有理由这样问:是什么造成了莫非在距出事地约二百米处遇见了那个熟人的?

这样我又想起来一件事,在我遇见那个熟人前三至五分钟时,我在一家小饭馆里吃了一个包子。我饿了,不是馋了当真是饿了,一个人饿了又路经一家小饭馆,吃便是必然的。上帝如果因此而惩罚我,我就没什么要说的了。我走进那家小饭馆,排在六个人后边成为第七个等候买包子的人。我说,包子什么时候熟?第六个人告诉我,您来的是时候,马上就要出笼了,我从上一锅等起已经等了半小时了。我便等了一会儿,心想这么晚了回家去也不再有饭,而我还是九小时以前吃的午饭呢。包子很快出笼了,卖包子的老妇人把包子一个个数进碟子,前六个人有吃四两的有买五斤拿走的。轮到我,老妇人说没了还有一个。我探头在笸箩里搜看,说,厨房里还有?老妇人说没了,就这一个了您要不要?我说还蒸吗?她说明天还蒸,今天到点了。我看看墙上的大表:二十二点半。我就吃了那一个包子。现在让我们计算一下:如果我不是吃了一个包子而是吃了五个包子(我原打算是吃五个包子),按吃一个费时二分钟计,我至少要晚八分钟离开那小饭馆。而我遇到那个熟人时,熟人正往家走且距家只有五十余米,一个正常人走五十余米是决然用不了八分钟的。我那熟人很正常,这一点由我来担保。这就是说,如果我早些到那小饭馆排在第五或第六位,我必吃五个包子,就不会遇见那个熟人,不会喊他,不跟他说那几句话,不必捏一下车闸,不耽误一至五秒从而不撞断脊髓,今日之莫非就在地球的另一面攻读教育学博士,而不是在这儿,更不是坐在轮椅里。

13

到现在问题已经比较明朗了。请特别注意小饭馆里第六个买包子的人所说的那句话,他说他从上一锅等起已经等了半个小时了。这就是说我若不能提前半小时到达那家小饭馆,则我必排名第七,必吃一个包子,必遇见那个熟人,必耽误一至五秒从而必撞断脊髓,今日之莫非就还是坐在轮椅里。

我们必须相信这是命。为什么?因为歌剧《货郎与小姐》结束的时候,是二十二点整。无论剧场离那家小饭馆有多远,也无论我骑车的速度如何,我都不可能在二十二点半之前半小时到达那家小饭馆,这是一个最简单的算术问题。这就是说,在我骑车出发去看歌剧的时候,上帝已经把莫非的前途安排好了。在劫难逃。

14

现在就要看看上帝是用什么方法安排莫非去看那歌剧的了。

我说过我一直在一所中学里任教。出事的那天我本该十八点一刻下班的,历来如此,这儿看不出上帝的作用。下午第四节课是我的物理课,十八点一刻我准时说道:下课!学生们纷纷走出去,我也走出去。我走到院子里找到我的自行车,我准备直接回家,我希望在出国之前能和二老双亲多呆一会儿。这时候我听见身后有个学生问我：老师，我能回家了么？我才想起，这个学生是我在上第四节课时罚出教室的。事情是这样的：课上到一半时，这个学生忽然大笑起来，他坐在最后排靠近窗户，平时是个非常老实的学生，我有时甚至怀疑他智商不高。我说请你站起来。他站起来。我说请你解释一下你为什么笑？他低头不语。我说好吧坐下吧注意听讲。他坐下，但还是笑。我说请你再站起来。他又站起来。你到底笑什么？他不说话。我看得出他非常想克制住自己不笑，他用手捂住自己的嘴像女孩子那样，我一直怀疑他智商偏低。我说你坐下吧不许再笑了。他坐下但仍止不住地笑，课堂秩序便有些乱，淘气的学生们借机跟着大笑。我没办法只好请他出去，我说请你出去镇静镇静，否则大家都不能听课了。他很听话，自己走出去。放学时我几乎把他忘了，我相信他至少是性格里有些问题。可怜的孩子。我说你可以回家了，以后注意课堂纪律。结果他又开始笑，不停地笑。这下我有点生气了，我说到底有什么可笑的？就这样我问了他约二十分钟，毫无结果，他光是笑不肯回答。这时候，我们可敬的老太太校长喊我：莫老师，有张戏票你看不看？我问是什么。歌剧《货郎与小姐》，看不看？怎么想起来给我，您不去吗？她说她非常想去，可是刚刚接到教育局的电话有个紧急会议要她去参加，看不成了，你看不看？我说好吧我看。以后的事情我都说过了。

15

之后我出院了。医院离家不远。我坐在轮椅里，二老双亲轮换着推我在街上走。杨树又已垂花，布谷鸟在晴朗的天上"好苦好苦"地叫得悠远，给人隔世之感。风吹鸟啼，渐消渐杳，又听得有人喊我，莫非，莫非！是莫非么？我说没错儿是我。大学时的一个女同学站到我面前。怎么，莫非你怎么在这儿？我说依你看我应该在哪儿？你不是出国留学去了吗？你这是怎么了？我说你问我，你让我去问谁？她睁大了眼睛，她好像才注意到我的两条腿：这是怎么弄的？我说这很简单，再容易不过了。她脸红一下，在上大学时我常对她这么说，在她经常解不出一道数学题的当儿。母亲又忍不住落泪，拉了父亲站到远处去。五个包子的问题，我说，或者一个茄子。我便把事情的经过简要地告诉她。她说真是真是，唉——！我说我们必须承认这是命。她说，莫非你别这么想，莫非你要坚强。她眼泪汪汪的，莫非你要活下去。

遥远的姐姐来信也是这么说：你要活下去。谁也没说活下去是指活到什么时候,想必是活到死,可有谁不是活到死的呢?姐姐说,别担心,姐姐有一个窝头就有四分之一是你的(另外三个四分之一分别是姐姐、姐夫和小外甥的)。可我担心的是比窝头更重要的一些事,在活到死这一漫长的距离内有一些更重要的东西,那是贤惠的姐姐无法给我的。所以后来我就写写小说。所以后来女记者采访我的时候,我说是万般无奈沦落至此。如同落草为寇。

16

多年以来我一直暗自琢磨,那个后排靠窗户坐的学生为什么突然笑起来没完?那是我命运的转折点。那孩子智商肯定偏低,但他笑得那么莫测高深,恰似命运的神秘与深奥。孩子的眼睛或许真有超凡的洞察力?不知道他在那一刻看见了什么。我想我要是能把他当时的笑态准确地画下来,我就能向各位展示命运之神的真面目了。

若不是那神秘的笑,我便不可能在那天晚上有一场《货郎与小姐》的歌剧票,我莫非博士今天已是衣锦还乡功成名就老婆孩子一大堆了。

17

在那艰难岁月,我喜欢上了睡觉。我对睡觉寄予厚望,或许一觉醒来局面会有所改观:出一身冷汗,看一眼月色中卧室的沉寂,庆幸原是做了一场恶梦,躺在被窝里心嗵嗵跳,翻个身蹬蹬腿庆幸那不过是个恶梦,然后月亮下去,路灯也灭了闹钟也叫了,起床整理行装,走到街上空气清新,赶往飞机场还去赶我的那次班机……

应该说会做恶梦的人是世上最幸福的人,因为可以醒来,于是就比不会做恶梦的人更多了幸福感。

在那些岁月,我每每醒来却发现,我做了一个想从恶梦中醒来的美梦。做美梦是最为坑人的事,因为必须醒来。

要么从恶梦中醒来,要么在美梦中睡去,都是可取的。可在我,这事恰恰相反。

躺倒两年后,我开始写小说,为了吃,为了喝,为了穿衣和住房,还为了这行当与睡觉有异曲同工之妙,而且比睡觉多着自由——想从恶梦中醒来就从恶梦中醒来,想在美梦中睡去就在美梦中睡去,可以由自己掌握。同是天涯沦落人,浪迹江湖之上,小说与我相互救助度日,无关谦虚之事。

18

终于有一天我又见到了我的那个学生,那个一向被我认为智商不高的学生。他在一本刊物上见了我的小说,便串联起一群当年的同学来看我。孩子们都长大了,胡子拉茬的,有两个正准备结婚。大家在一起回忆往事,说说笑笑很是快活。学生们提议,为莫老师成了作家,干杯!我这才想起问问那个学生,你那天为什么笑个没完呀?他仍羞羞怯怯推说不为什么。我换个问法,我说你看见了什么?他说,一只狗。一只狗?一只狗值得你那么笑吗?他说那只狗,说到这儿他又笑起来笑得不可收拾,但他终于忍住笑镇定了一下情绪,他毕竟是长大了。他说,那只狗望着一进学校大门正中的那条大标语放了个屁。大家都说他瞎胡编。他说我就知道说出来你们都不会信,反正那只狗确实是放了个屁,我听见的我看见的,很响但是发闷。大家还是不全信,说他有可能听错了。他便问我,莫老师您信吗?我没听错真的我没听错,确实是因为那个狗屁莫老师您信吗?

过了很久我说我信。我看那孩子的神情像个先知。

19

如今当我做任何一件事情的时候,我都听见那声闷响仍在轰鸣。它遍布我的时空,经久不衰,并将继续经久不衰震撼莫非的一生。

为什么为什么为什么?为什么要有这一声闷响?

不为什么。

上帝说世上要有这一声闷响,就有了这一声闷响,上帝看这是好的,事情就这样成了,有晚上有早晨,这是第七日以后所有的日子。

原载《史铁生》,
人民文学出版社 1997 年版

韩少功《马桥词典》导读

 **作家简介**

韩少功(1953—   ),当代著名作家,湖南长沙人。1968年,到湖南省汨罗县插队务农。1977年,正式开始文学创作。1979年,加入中国作家协会。此时他的作品初露锋芒,《西望茅草地》和《飞过蓝天》分别获1980、1981年全国优秀短篇小说奖。1985年,在湖南省作家协会从事专业创作并当选为中国作家协会理事,发表了评论《文学的根》、小说《爸爸爸》,均引起广泛关注和讨论。1988年,调到海南省文联任《海南纪实》杂志主编,1990年任海南省作协副主席,1995年任《天涯》杂志社社长,1996年任海南省作协主席,2000年任海南省文联主席。现为中国作家协会主席团委员、全委会委员,海南省文联名誉主席。韩少功在近30年的创作生涯中,出版有中短篇小说集《月兰》《诱惑》《空城》《谋杀》《爸爸爸》《北门口预言》,长篇小说《马桥词典》(1996年)、《暗示》(2002年)等,随笔集《面对空洞而神秘的世界》《夜行者梦语》《心想》《灵魂的声音》《进步的回退》等,剧本《风吹唢呐声》,译有米兰·昆德拉的《生命中不能承受之轻》、费尔南多·佩索阿的《惶然录》,另有传记文学、诗歌、评论等作品多种。他的小说被翻译成英、法、俄、意、日等多种外国文字,除获全国优秀短篇小说奖之外,曾获上海中长篇小说大奖、中国台湾地区最佳图书奖。2002年获法国文化部颁发的"法兰西文艺骑士奖章"。2019年,其长篇小说《马桥词典》入选"新中国70年70部长篇小说典藏"。

 创作背景

"寻根"文学是20世纪80年代中期一个重大的文学现象。韩少功在刊于

1985 年第 6 期《作家》上的《文学的"根"》中发问：绚丽的楚文化流到哪里去了？他一再表示，"万端变化中，中国还是中国，尤其是在文学艺术方面，在民族的深层精神和文化物质方面，我们有民族的自我。我们的责任是释放现代观念的热能，来重铸和镀亮这种自我"。一时间，"寻根"运动在文坛轰轰烈烈地开展起来。贾平凹迷恋着秦汉文化的朴实深重；阿城对老庄、佛、禅以及种种非规范的民间文化心有灵犀；张炜为儒家精神与人格理想所感动；张承志投身于一片西北少数民族的草原、戈壁；而韩少功所追慕的，则是楚文化的绚丽狂放。

在这场运动中，作家们借助传统文化构思出一幅幅寄寓理想人格与理想生存方式的图景，以种种独特的文化姿态、价值观念，表现出有异于现代性话语的向度。正如批评家南帆指出："'寻根'并非劝诫人们返回远古，而是通过传统文化的镜子喻示当代文化的欠缺。尽管许多'寻根文学'所出示的生存图景看起来古风犹存，但实际上它们是作为一种彼岸的景观与现实之间产生相互参照。'寻根'的积极意图毋宁说是引入一套传统文化的价值观念参与现实。"（南帆《冲突的文学》）

韩少功发表于 1996 年的代表作《马桥词典》，作为"寻根"文学由民族自省到民族自我身份确立的一个重要环节，以特立独行的辞典体形式切入鲜活灵动的方言之中，处处展示出对哲学、社会学、历史学的沉思，蕴含着深沉的人文关怀，充盈着丰富的时代精神和深刻的批判内涵，"像一道亮光，刺破公众话语阴影笼罩下的黑暗空间，指示民间生活被遮蔽的森然本相"，其被入选海内外专家共同推选的"二十世纪华文文学百部经典"，可谓当之无愧。

作品评点

春秋时，罗国人定居于今天的湖北宜城县西南，以彭水为天然屏障，抵御北方强敌。后不敌强大的楚兵追杀，于楚文王二十年左右逃亡至湘北，即现在的岳阳、平江、湘阴一带，建立了"罗城"，是为马桥人的先祖。罗国虽已万劫不复，罗人的血脉却在马桥这样一个闭塞的村寨得以绵延。山野清风，化外边民，自成乾坤。现代人大可以取笑他们的愚昧蛮荒，他们的强悍乡音中却有淳厚的古风扑面而来，他们的混沌思维里流传着神秘的巫楚文化，他们的举手投足间闪现的,是人性最珍贵的纯粹和坚硬。文化人类学的寻根之旅中,《马桥词典》便是一辆驶向远古的巴士。搭乘它一步步走进陌生,依稀可以辨认中华先祖的面目。

马桥恶劣的自然条件、闭塞的现状加上对科学的近乎本能的排斥,使马桥人始终在温饱线以下游移。他们津津有味地谈论着吃,一直谈到手舞足蹈,满面红光,"一个个字都在充盈的口水里浸泡得温淡淡的,才被舌头恶狠狠弹出口外,在阳光下爆炸得余音袅袅"。所谓饥饿最美味,元谋人、北京人摘野果、猎禽兽、燧木取火时那副辘辘的饥肠,如今仍在马桥以及如马桥一般的偏远乡村蠕蠕而动。为了活着而吃,他们哪里来得及区别味道?一切点心都叫"糖",凡是好吃的味道都叫"甜"。消化不良、营养过剩的现代人,山珍海味皆同嚼蜡,如何了解食不果腹者的悲愁。本仁因为耐不住饥饿吞下一家人的吃食,自觉无脸见妻儿,远去江西十多年,再也回不了头。在马桥,吃竟造成了闻所未闻的人伦悲剧。

越是蒙昧之地,民风越淳朴。马桥人确实憨厚。人们因为惧怕盐早的盅婆老娘,给他做了事却不敢留下吃饭。盐早跪地磕头,砸得头破血流,把老娘绑在树上,原先准备的三桌饭菜全倒掉,重新淘米借肉做了三桌。知青赏脸吃了饭,他感激得一直给他们打柴。盐早的父亲茂公是个莫须有的汉奸,他却自甘跟着背黑锅,负重吃苦,沉默寡言得终于变成了哑巴……

憨厚得过了头,未免会给人看作傻气的。志煌会当着公社干部的面让本义下不了台;会把老婆往死里打,离了婚却又时时去探望;会把打出来又卖掉了的岩头还看作是自己的财产;会砍树救偷笋的贼还把笋甩给人家;会因为亲手喂养而不准队上卖牛,最后也因为牛伤了人而亲手杀掉它……这份缺心眼的傻气里透着可爱可笑的耿直。

因为太穷,马桥人也有小气、赖皮的一面。兆青就喜欢占小便宜,筷子、毛巾、肥皂都要用别人的;还赖在人家床上睡,实在不行就睡在扁担上面,说什么也不回家搬草席;又最喜欢借钱,哪怕不花,揣在口袋里也舒坦,把知青整得哭笑不得;他结了扎就常常以此要挟人;进城坐公交车还要跟售票员讲价;渴得嗓子冒烟都不肯喝一分钱一碗的水,饿了一天走回家,省下出差补贴的五毛钱。正如兆青自己说的,人生一世,草木一秋,钱算什么东西,人就是要图个日子快活。如果有足够的钱,难道他就不会花吗?俭省吝啬,正是因为穷怕了,深味过日子的艰难辛苦。兆青对城里的高楼大厦心怀怨恨,看见火车站待运的大理石还会哭起来——他父亲就是一个岩匠，打了一辈子岩头，已经死了。面对这样的人，即使不心疼，又怎能怨得起来？

如果说贫穷在主观上造成了朴实的民风，那么它客观上也导致了闭塞。马桥人不适应城市生活，闻不惯城市里的烟尘、汽车尾气，跟不上快速的节奏，看不得女人穿着暴露，过不来没有姜盐豆子茶和星空、流水、火塘的日子，称之为"晕街"。本义就因为晕街而放弃了国家粮待遇，回乡来种田。虽生活在穷乡僻壤，他们却深藏着自大和自信，称远处的任何地方一律作"夷边"，自己是位居中心的。不得不说，这是春秋以降华夏民族自居"中央之国"观念的延续。

深心里盲目自大的马桥人一旦遇到问题，惯于很阿Q式地自我安慰。志煌的儿子雄狮被延迟30年爆炸的日本炸弹炸得尸骨无存，大家却说他活了个贵生——男子18岁、女子16岁之前的生活。马桥人认为男子到36岁，女子到32岁，是为满生，活满了再往后，就是残生了，所以死得早才贵。这一套看似愚昧的说法，却正体现了马桥人生活的凄惨和绝望。活得越长，受的苦越多，早早死了反倒是福气了。

他们还认定锦衣玉食者死后嘴上会长莴玮——一种坟穴里的珍贵之物，状如包菜，色彩鲜艳夺目。兆青想到自己一生吃糠咽菜，死后长不出莴玮，颓唐沮丧之际，仲琪就说，宁肯不长莴玮，免得别人来挖坟。大家便拿干部们死后谁嘴里的莴玮开起玩笑来。苦难既然无法抗拒，便只能在自嘲中消解了。马桥人有自己的哲学。

话虽如此，典型的马桥思维又是混沌的。他们自有一套"栀子花茉莉花"的模式，非此即彼在马桥是行不通的，事情一经他们的表述，往往变得恍惚模糊了。比方罗伯讲话喜欢十八扯，歌颂红军却说到一个连长毒辣到砍人家脑壳还跳起来喝血；讲到阶级敌人"马疤子"，却为他的刚烈和被迫害而流泪。他见人说人话，见鬼说鬼话，却也不见得是虚情假意，马桥人称之为"打玄讲"。玄学讲求因是因非，即此即彼，不执于一端的圆通，所以马桥人的思维方式永远说得清也永远说不清。这实实在在的悖论，却正好体现了在无奈中升腾起来的生存智慧。

乍一看马桥人好像没心没肺，其实他们有森严的等级观念。评价一个人，标准是他的资历、学历、出身、地位、信誉、威望、胆识、才干、善行或者劣迹，甚至生殖能力。在公社做馒头的明启是马桥的荣耀，东窗事发之后，马桥人纷纷以为耻辱,这竟让他郁郁而终;干儿子给罗伯寄钱让罗伯很有话份;兆青生了六个儿子使他的地位略微升高;甚至仲琪拿山鸡换回一瓶贡酱油也让他挣足了半个月的面子……马桥人的标准着实原始,但贵在实诚,毫不扭捏,更无虚伪。

马桥人重视"格",好胜,要面子。仲琪一生没当过干部,却最迷恋签字,不论什么纸片都要签下"同意,马仲琪"五字真言,谁不让他签字他跟谁急,后来还为签字闯了祸;没有钱报销一斤肉,连家里的银镯子都拍出来了;知青不喜欢他在信封上签字还拓手印,将他的水笔丢掉,他竟又不知从哪里找出一支圆珠笔。仲琪其实并不迷糊,不过是受生存环境所限,才干无法施展,导致轻微的变态行为。联系到他没有生育,卖力讨好知青想借种生儿子,后来还因为偷一块肉而自杀,仲琪的一生着实可悲可叹。

从骨子里来说,马桥人是硬气的,这也是作者最为欣赏,落墨最重的地方。

摆渡的老头会为了三角多钱的船票,扛上一条长桨,追了一里两里三里四里……虽明知赶不上身高腿长的知青,却丝毫不觉得快慢是个问题,巴巴地丢下一大群待渡的客人,远远地咬上来,只要没有杀了他,仿佛可以挥舞长桨追到天边,绝不回头。被逼无奈的知青凑了钱给他,他嘴巴大开大合地骂着人,却还记得找还零头。执着、讲原则到了这个地步,很难说他倔强或不知变通,因为他完满地坚持着自己。

马桥女人也同样执拗。她们因为追求复查不得而心生怨恨,同仇敌忾地结了草箍,天诛地灭地发誓不嫁他。后来虽然媒人上门提亲,她们也曾心动难耐,为了守住一个草箍,却都毅然决然地摇头,任凭复查娶了个蓬头垢面的老婆。事隔多年,再见已成老倌的复查以及他那顽皮的小儿,她们才心痛落泪。信守誓言的结果,竟错失了一生的幸福,而那群发誓的女人,本只是赌气而已。拧到这副田地,肠子都不会拐弯,也算是马桥特色吧。

身世苦楚的万玉一辈子都想进县城去看看,却无论如何也不肯打赤脚、卷裤脚、戴斗笠、扛锄头上台发歌。他简直是情爱民歌的殉道者,情愿放弃进县城美差和工分,遭受干部的臭骂和处罚,也不接受关于锄头的庸俗的艺术。

山上的花不因为你觉得它美丑而开落,水里的豺鱼不因为你踩它而游走,典型的马桥性格亦如此憨实坦荡,从不随外人的褒贬、外物的利害而改变。

硬气到了极致,就成野蛮。每年农历三月三,他们都磨刀霍霍:除了柴刀、菜刀、镰刀、铡刀，每家必磨腰刀——"如果不是人们把刀柄紧紧握住，它们似乎全都会自行其是，嗖嗖嗖呼啸着夺门而去扑向各自的目标，干出人们要大吃一惊的事情——它们迟早会要这样干的。"是一年之初准备农事的仪式，还是远古时期枕戈待旦的遗风？不得而知。所知的只有刀刃上，空气都在颤动。

每逢有野猪进村，除了男人们呼啸着刀砍棒打撑上山去，各家各户都不会关大门，这时候关了门，以后都休想抬头做人。很明显，这还是原始人狩猎时期推崇勇猛无畏的遗风。作者继而写到知青的一身冷汗，便是现代人与原始人的鲜明对照。

野蛮归野蛮，马桥人也并非不讲道理，他们甚至有出人意料的包容。古时追击罗国人的是楚，屈原又是楚国的忠臣，两者本该水火不相容。当屈原被放逐到罗地时，屈辱而贫弱的罗人面对侵略国的前任大臣，虽然并不理解他的忠贞，却按住了刀柄，谅解了败落的敌手，默默无言地迎上来，援以一箪一瓢。屈原投江之后，他们甚至给予了巨大的悲悯——划龙舟、抛粽子、锣鼓喧嚣、声嘶力竭，只为了给一个陌生的诗人招魂，这到底是愚蠢，还是清醒？

作者还用复杂的笔调，写出了马桥的异类——他们的出身往往并不贫寒，自幼聪明伶俐，却仿佛中了魔，处处迥异于常人。比如"神仙府"的四大金刚之一——马鸣，他从不下田劳作，宁愿吃蝴蝶、蝉蛾、螳螂、蚂蟥、蚯蚓等昆虫也不吃嗟来之食，也不用别人打的井里的水，是个与公众没有关系的人。他拒绝了社会，也被社会取消了人的资格，他一无所有又无所不有，因他属于已经坍塌和消失了的另一个世界，自得其乐，活得逍遥快活，"胸纳百川，腹吞今古，有遗世而独立羽化而登仙的飘逸之姿"，"邀日月为友，居天地为宅，尽赏美景畅享良辰大富大贵"。他对睡觉的见地完全是中国古代天人合一的思想，说露宿既接天气又通地气，对身体最为有益，又说人生就是一梦，人生最要紧的就是做梦，不会做梦的人等于只活了一半，实在是冤天枉地——这明显又是老庄思想的珍贵留存了。

韩少功写活了贫穷、丰富、淳朴、愚昧、硬气、迂腐、野蛮、包容……总之是纷繁复杂的马桥人。循着楚文化的一脉香火，他捕捉到了"民族的自我"的一个侧面。至于是否能够重铸并镀亮它，就只能留待历史的验证了。

(邹范情)

马桥词典(节选)

韩少功

罗　江

马桥的水流入罗江,村子距江边有小半天的步行路程。过渡有小划子,若船工不在,过河人自己把划子摆过去就是。若船工在,五分钱一个人,船工把划子靠到对岸了,稳稳地插住船头篙,站在岸上一一收钱。点一张票子,就蘸一下口水。

攒下大一点的票子了,他就垫进一顶破旧的呢子帽,稳稳地戴在头上。

过河钱无论冬夏都是一样。其实,夏天的江面要宽得多,水要急得多。惹遇到洪水时节,漫漫黄汤遮天盖地而下,昏黄了一切倒影,向岸边排挤一叠又一叠的秽物,还有一堆堆泡沫塞在水缓的浅弯,沤积出酸臭。但越是这个时候,岸边的人倒越多,一心一意等待着从上游漂下来的死鸡、死猪、破桌子或者旧木盆,还有散了排的竹木,打捞出来捡回家去,这叫发大水财。

当然,有时候也可能有一个女人或者娃崽,泡成了巨大的白色肉球,突然从波涛中滚出来,向你投射直愣愣的呆目,骇得人们惊叫着逃散。

也有一些胆大的娃崽,找来一根长长的竹篙,戳着白色的肉球,觉得好玩。

江边的人也打鱼,下吊网,或者下线钩。有一次我还没有走到江边,突然看见几个走在前面的女人,尖叫着慌慌张张回头就跑,好像发生了什么事。再仔细看,她们的来处,男人无论老少,也不管刚才正在挑担还是在放牛,刹那间全脱光了裤子,一顺溜十几颗光屁股朝河里跳踉而去,大吼大叫。我这才想起,刚才闷闷地响了一声,是炮声。这就是说,河里放炮了,炸鱼了,他们闻声而脱是去捞鱼的。他们舍不得湿了自己的裤子,也不觉得这种不约而同的紧急行动会吓着什么人。

在马桥的六年里,我与罗江的关系并不多,只是偶尔步行去县城时得在那里过渡。说起过渡,五分钱常常成了大事。知青手里的钱都不多,男的一旦聚成了团,也有一种当当日本鬼子横行霸道的冲动,过渡总是想赖账。有一个叫黑相公的,在这些事情上特别英雄,上岸以后拿出地下工作者舍己救人的作派,一个劲丢眼色,要我们都往前走,钱由他一个人来付。他摸左边的口袋,掏右边的口袋,装模作样拖延够了,看见我们都走远,这才露出狰狞面孔,说他没有钱,就是有钱也不给,老鳖,你要如何搞?然后拔腿就跑。他以为他是篮球运动员,摆渡的老倌子是无论如何也赶不上的。不料老人不觉得快慢是个什么问题,扛上一条长桨,虽然跑得慢,离我们越来越远,但决不停下步来,追了一里,追了两里,追了三里,追了四里……直到我们一个个都东倒西歪了挂涎水了,小小的黑点还是远远地咬住我们。谁都相信,只要没有杀了他,他今天不讨回这三角多钱,即便挥舞长桨追到天边,断不会回头的。他一点也没有我们聪明,根本不打算算账,不会觉得他丢下船,丢下河边一大群待渡的客人,有什么可惜。

我们无路可走,只有乖乖地凑了钱,由黑相公送上前去以绝后患。我远远看见老人居然给黑相公找还了零钱,嘴里大张大合,大概是骂人,但逆着风一句也没有送过来。

我再也没有看见过这位老人。清查反革命运动开始的时候,我们的一支手枪成了重点追查的问题。枪是在城里"文化大革命"时搞到手的,打完了子弹,还舍不得丢,偷偷带到乡下。后来风声一紧,怕招来窝藏武器的罪名,才由黑相公在过渡的时候丢到河里,而且相约永远守口如瓶。这件事是怎么暴露的,我至今仍不清楚。我只是后悔当时太自作聪明,以为丢到河里就干净了。我们没料到上面不找到这支枪,根本不可能结案,相反,还怀疑我们把这支枪继续窝藏,有不可告人的目的。没完没了的审问和交代之后,好容易熬到了冬天,罗江的水退了,浮露出大片的沙滩。我们操着耙头,到丢枪的方位深挖细找,一心想挖出我们的清白。我们在河滩上足足挖了五天,挖出了越来越阔大的范围,差不多在刺骨寒风中垦出了人民公社的万顷良田,就是没有听到耙头下叮当的金属声。

一支沉沉的枪,是不可能被水冲走的。沉在水底,也不可能什么人把它捡走。奇怪的是,它到哪里去了呢?

我只能怀疑,这条陌生的江不怀好意,为了一个我们不知道的理由,一心要把我们送到监狱里去。

只有在这个时候,我们才感觉到它的神秘,也才第一次认真地把它打量。它披挂着冬天第一场大雪,反射出刺眼的白光,像一道闪电把世界突然照亮,并且久久凝固下来。河滩上有一行浅浅足迹,使几只白色的水鸟不安地上下惊飞,不时滑入冰雪的背景里让人无法辨别,不时又从我想不到的地方钻了出来，几道白线划过暗绿色的狭窄水面。我的眼睛开始在一道永久的闪电里不由自主地流泪。

没有什么人过渡。摆渡的不是以前那个老倌子了，换成了一个年轻些的中年人，笼着袖子在岸边蹲了一阵，就回去了。

我猛回头，岸上还是空的。

三 月 三

每年农历三月三日，马桥的人都要吃黑饭，用一种野草的汁水，把米饭染黑，吃得一张张嘴都是黑污污的。也就是在同一天，所有的人都要磨刀，家家户户都霍霍之声惊天动地，响成一片，满山的树叶被这种声音吓得颤抖不已。他们除了磨柴刀菜刀镰刀铡刀，每家必有的一杆腰刀，也磨得雪亮，寒光在刃口波动着跳荡着爆发着，激动着人们的某种凶念。这些刀曾经在锈钝中沉睡，现在一把把锃亮地苏醒，在蛮子即蛮人即蛮人三家们的手中勃跃着生命，使人们不自觉地互相远离几许。如果不是人们把刀柄紧紧握住，它们似乎全都会自行其是，嗖嗖嗖呼啸着夺门而去扑向各自的目标，干出人们要大吃一惊的事情——它们迟早会要这样干的。

我可以把这一习俗，看作他们一年之初准备农事的仪式，不作干戈的联想。但不大说得通的是，准备农事主要应该磨锄头，磨犁头，何以磨腰刀？

刀光一亮，春天就来了。

三月三是刀刃上空气的颤动。

老 表

比起"莲匪"之乱，规模更大范围更广的动乱则发生在明朝末年：张献忠在陕西拉竿子造反，屡次与官军中的湖南杀手"耙头军"相遇，伤亡颇重，迁恨于所有的湖南人，后来数次率军入湘，杀人无数，被人们叫作"张不问"——即杀人不问来由和姓名的意思。当时他们的马鞍下总是挂着人头，士兵的腰间总是一串串的人耳，作为计功邀赏的凭据。

"十万赣人填湘"，就是这一血案后的景观。据说就是因为这一段历史，湖南人后来把江西人一律叫作"老表"，显得很亲近。

湘赣之间没有太大的地理阻隔，人口往来不难。湘人至少也有一次填赣的浪潮，则是在本世纪的六十年代初。我初到马桥时，在地上干活，蛮人们除了谈女人，最喜欢谈的就是吃。说到"吃"字，总是用最强度的发音，用上古的 qia(恰)音，而不用中古的 qi(契)，不用近代以来的 chi。这个 qia 作去声，以奔放浩大的开口音节，配上斩决干脆的去声调，最能表现言者的激情。吃鸡肉鸭肉牛肉羊肉狗肉鱼肉，还有肉——这是对猪肉的简称。吃包子馒头油饼油糕面条米粉糍粑，当然还有饭，就是米饭。我们谈得津津有味，不厌其烦，不厌其详也不厌其旧，常谈常新常谈常乐，一直谈得手舞足蹈，面生红光，振振有辞，一个个字都在充盈的口水里浸泡得湿漉漉的，才被舌头恶狠狠弹出口外，在阳光下爆炸得余音袅袅。

这种谈话多是回忆，比方回忆某次刻骨铭心的寿宴或丧宴。谈着谈着就会变成假设和吹嘘。刚有人宣布自己可以一次吃下三斤饭，马上就有人宣布自己可以一次吃下二十个包子。这不算什么，更有强中强哼了一声，断言自己一次可以吃下十斤猪板油外加两斤面条等等。为此当然会发生争吵，发生探讨和研究。有人不信，有人要打赌，有人志愿出任裁判，有人提议比赛规则，有人机警地防止参赛者作弊，比方防止他把猪板油煎成油渣了再吃，如此等等。这种差不多千篇一律的热闹，总是在离吃饭早得很的时候就超前出现。

在这种时候，本地人也常常说起"办食堂"那一年，这是他们对"大跃进"的俗称和代指——他们总是用胃来回忆以往的，使往事变得有真切的口感和味觉。正像他们用"吃粮"代指当兵，用"吃国家粮"代指进城当干部或当工人，用"上回吃狗肉"代指村里的某次干部会议，用"吃新米"代指初秋时节，用"打粑粑"或"杀年猪"代指年关，用"来了三四桌人"代指某次集体活动时的人数统计。

他们说起"办食堂"，那时吃不饱饭，一个个饿得眼珠发绿，还要踏着冰雪去修水库，连妇女也被迫光着上身，奶子吊吊地担土，配合着红旗、锣鼓、标语牌以示不畏严寒的革命干劲。继三爹（我没有见过的人）一口气没接上，就栽倒在工地上死了。更多的青壮年则不堪其苦，逃窜江西，一去就是多年。

我后来碰见过一位从江西回马桥探亲的人，叫本仁，约摸四十来岁。他给我敬纸烟，对我"老表"相称。在我好奇的打听之下，他说他当年跑江西就是因为一罐包谷浆（参见词条"浆"）——他从集体食堂领回一罐包谷浆，是全家人的晚饭，等着老婆从地上回来，等着两个娃崽从学校里回来。他太饿，忍不住把自己的一份先吃了。听到村口有了自己娃崽的声音，便兴冲冲往碗里分浆，一揭盖子才发现，罐里已经空了。他急得眼睛发黑。刚才一罐包谷浆到哪里去了？莫非是自己不知不觉之间已经一口口吃光了？

他不相信，慌慌地在屋里找了一遍，到处都没有浆，所有的碗里、盆里、锅里都是空的。在这个年头，也不会有狗和猫来偷食，甚至地上的蚯蚓和蝗虫也早被人们吃光了。

娃崽的脚步声越来越近，是从来没有这么可怕的声音。

他觉得自己无脸面见人，更无法向婆娘交代，慌慌跑到屋后的坡上，躲进了草丛里。

他隐隐听到了家里的哭泣，听到婆娘四处喊他的名字。他不敢回答，不敢哭出自己的声音。他再也没有进自己的家门。他说，他现在赣南的一个峒里砍树，烧炭，当然……现在十多年已经过去啦，他在那里有了新的一窝娃崽。

他原来的婆娘也已经改嫁，而且不怪罪他，这次还接他去家里吃了一顿肉饭。只是两个娃崽认生，在岭上耍，天黑了还没有回来。

我问他还打不打算回迁。

我说完以后就知道自己问得很蠢。

他浅笑了一下，摇摇头。

他说一样的，在那边过日子也是一样的。他说在那边可望转为林场的正式工。他还说他和另外几个从马桥去的人，在那边结伙而居，村名也叫"马桥"。那边的人把湖南人也叫作"老表"。

过了两天，他回江西去了。走那天下着小雨，他走在前面，他原来的婆娘跟在后面，相隔约十来步，大概是送他一程。他们只有一把伞，拿在女人手里，却没有撑开。过一条沟的时候，他拉了女人一把，很快又分隔十来步远，一前一后冒着霏霏雨雾往前走。

我再没有见过他。

神仙府（以及烂杆子）

马桥上弓有一段麻石路面，两旁的几栋农舍，当路的一面是通常的木板墙，东偏西倒，但还保留着高高的一堵砖石方台。只有留心细看，才会发觉这些台子是很多年以前的柜台，才会发现这些老房子依稀流露出铺面的风采。柜台是商业的残骸。《平绥厅志》称这个地方在清朝乾隆年间昌盛一时，这些残缺剥落而且蒙受着鸡粪鸭粪的柜台，大概不失为物证。

另一件可疑的旧物，是一口大铁锅，已经有了缺口和长长的裂纹，丢在公家的谷仓后面的林子里没人理会,锅底积满了腐叶和雨水。锅大得骇人,一锅足足可以煮上两箩筐饭,搅饭的勺子至少也要大如耙头。没有人说得清:这口锅以前是谁的?为什么需要这么大的锅?锅的主人后来又为什么丢弃了它?如果用这口锅给长工做饭,主人一定是大庄主。如果用这口锅给兵丁做饭,主人一定是不小的将军。这些猜想都足以使我心惊。

最后,《平绥厅志》描述的繁荣,在马桥上弓的一幢老屋上还残存了一角。那是青砖大瓦屋,大门已经没有了,据说大门前的石头狮子也在革命的时候被人砸了,但差不多高至人们膝盖的石头门槛,还显示出当年的威风。屋里偶有一扇没有被人拆走的窗户,上面的龙飞凤舞,精雕细刻,还有一股富贵气隐隐逼人。本地人把这幢无主的楼房叫作"神仙府",有一种戏谑的味道。我后来才知道,神仙是指几个从不老实做田的烂杆子,又名马桥的"四大金刚"——他们很长一段时间里就住在这里。

我到神仙府去过一次,是受干部的派遣用红黄两色油漆到处刷写毛主席语录牌,不能漏下这一个角落。我去的时候,知道神仙府的金刚们或是谢世或是出走,现在只留下一个马鸣。他不在家,我在大门口咳了几声未见回音,只好怯怯地被几级残破的石阶诱入这一洞尘封的黑暗,在一团漆黑中有灭顶者的恐惧。幸好,侧身探进右厢以后,屋角缺了几片瓦,漏下一柱光线,让我的双目绝处逢生最终有所依附。我慢慢才看清,这里有一片砖墙不知为什么向外隆胀,形如佛肚。这里的木板壁全是虫眼,遍地是草须和喳喳作响的碎瓦渣。靠墙有一口大棺木,也用草须覆盖,还加上一块破塑料布。我看见了主人的床,是墙角草窝中一块破席,上面有一堆黑如烟尘的棉絮,大概是暖脚的那一头,用一根草绳紧紧地捆成一束,显示出主人御寒的机智。草窝的旁边,有两节旧电池,有一个酒瓶和几个彩色的纸烟盒,算是神仙府对门外世界的零星捕获。

我的鼻尖碰到了一团硬硬的酸臭,偏过去一点,又没有了。偏过来一点,又有了。我不能不觉得,臭味在这里已经不是气体,而是无形的固体,久久地堆积,已凝结定型,甚至有了沉沉的重量。这里的主人肯定蹑手蹑脚,是从来不去搅动这一堆堆酸臭的。

我也小心避开固体的酸臭,找到一个鼻子较为轻松的地方,做了一块语录牌,即"忙时吃干,闲时吃稀,平时半干半稀"一句,希望对这里的主人有所教育。

我听得身后有人感叹:"时乱必乱时矣。"

我身后有一个人,走路没有脚步声,不知何时冒了出来。他瘦得太阳穴深陷,过早地戴起了棉帽,套上了棉袄,笼着袖子冲着我微笑,想必就是主人了。他的帽檐如这里的其他男人们一样,总是旋歪了一个很大的角度。

问起来,他点点头,说正是马鸣。

我问他刚才说什么。

他再次微笑,说这简笔字好没道理。汉字六书,形声法最为通适。繁体的时字,意符为"日",音符为"寺",意日而音寺,好端端的改什么?改成一个"寸"旁,读之无所依循,视之不堪入目,完全乱了汉字的肌理,实为逆乱之举。时既已乱,乱时便不远了。

文绉绉的一番话让我吓了一跳,也在我的知识范围之外。我赶忙岔开话题,问他刚才到哪里去了。

他说钓鱼。

"鱼呢?"我见他两手空空。

"你也钓鱼么?你不可不知,钓翁之意不在鱼,在乎道。大鱼小鱼,有鱼无鱼,钓之各有其道,各有其乐,是不计较结果的。只有悍夫刁妇才利欲熏心,下毒藤,放炸药,网打棒杀,实在是乌烟瘴气,恶俗不可容忍,不可容忍!"他说到这里,竟激动地红了脸,咳了起来。

"你吃了饭没有?"

他捂着嘴摇了摇头。

我很怕他下一句就找我借粮,没等他咳完就抢占话头:"还是钓了鱼好。好煮鱼吃。"

"鱼有什么好吃?"他轻蔑地哼了一声,"食粪之类,浊!"

"那你……吃肉?"

"唉,猪最蠢,猪肉伤才思。牛最笨,牛肉折灵机。羊呢,最怯懦,羊肉易损胆魄。都不是什么好东西。"

这种说法我真是闻所未闻。

他看出我的疑惑,干干地笑了。"天地之大,还怕没什么可吃?你看看,蝴蝶有美色,蝉蛾有清声,螳螂有飞墙之功,蚂蟥有分身之法,凡此百虫,采天地精华,集古今灵气,是最为难得的佳肴。佳肴。啧啧啧……"他滋味无穷地搭嘴搭舌,突然想起什么,转身去他的窝边取来一个瓦钵,向我展示里面一条条黑色的东西。"你尝尝,这是我留着的酱腌金龙,可惜就这一点点了,味道实在是鲜。"

我一看,金龙原来就是蚯蚓,差点翻动了我的五脏六腑。

"你尝呵,尝呵。"他热情地咧开大嘴,里面亮出一颗金牙。一口黄酱色的馊气扑面而来。

我赶快夺路而逃。

以后我很长一段时间没有看见他,几乎没有机会碰到他。他是从不出门做功夫的,他们四大金刚几十年来是从不沾锄头扁担一类俗物的。据说不论哪一级的干部去劝说,去训骂,甚至去用绳索捆绑,统统无济于事。如果威胁要送他们去坐班房,他们就表示求之不得,到了班房里还省得自己做饭吃。其实他们已经很少做饭了,对班房的向往,不过是他们图谋把懒推到一种绝对、纯粹、极致的境界。

他们并不打伙,也从无饮食的定时,谁饿了,就不见了,回来时抹着嘴,可能已吃了什么野果野虫,或者已在人家的地上偷了一个萝卜或者包谷,生生地嚼下肚而已。若是烧上一把火煨熟来吃,已经算是辛苦万分劳累不堪的俗举,要被其他金刚耻笑。他们一无所有,对神仙府的产权当然也是糊糊涂涂。但他们又无所不有,用马鸣的话来说,"山水无常属,闲者是主人",他们整日逍遥快活,下棋,哼戏,观风景,登高远望,胸纳山川,腹吞今古,有遗世而独立羽化而登仙的飘逸之姿。在地里做功夫的人当初看见他们"站山",免不了笑。他们不以为然,反过来笑村里的人终日碌碌,吃是为了做,做是为了吃,老子为儿子做,儿子为孙子做,一辈子苦若牛马,岂不可怜。纵然积得万贯家财,但一个人也身穿不过五尺,口入不过三餐,怎比得上他们邀日月为友,居天地为宅,尽赏美景畅享良辰大福大贵!

到后来,人们再看见他们白日里这里站一站,那里瞅一瞅,也就见多不怪,不去管它。

四大金刚中的尹道师,有时候还去远乡做点道场。胡二则去过县城讨饭,一去就个多月不回村。县里发下话来,说马桥的人进城讨饭影响太坏,村里应该严加管束,实在有困难的就应该扶助救济,搞社会主义不能饿死人。老村长罗伯无法,只好叫会计马复查从仓里出了一箩谷,给神仙府送去。

马鸣是很硬气的人,瞪大眼睛说:"非也,人民群众血汗,你们拿来送人情,岂有此理!"

他反倒有了道理。

复查只好把一箩谷又扛了回来。

马鸣不吃嗟来之食，甚至不用他人的水。他没有为村里的井打过石头，挑过泥巴，就决不去井边汲水。他总是提着他的木桶，去两三里路以下的溪边去，常常累得额上青筋突暴，大口喘气，一桶水压得全身几根骨头胡乱扭成一把，走几步就要歇三步，鼻子不是鼻子嘴不是嘴地哎哎哟哟。有人见此情形有点同情，说全村人的井，就少了你的一口水？他咬紧牙恨恨地说："多劳多得，少劳少得。"

或者标榜他的讲究："溪里的水甜。"

有人敬过他一碗姜盐芝麻茶，定局要他喝下去。他喝后还没走出十步，就哇哇哇地呕吐起来，吐得悬涎悠悠两眼翻白。他说不是他不领情，实在是他的肠胃沾不得这等俗食了，这井里的水一股鸭屎味，如何入得了口？当然，他也不是完全没有受过他人之惠，比方他身上那件无论冬夏都裹着的棉袄，就是村里给他的救济。他开始坚辞不受，直到老村长改了口，说这不是救济，算是请他给村里帮个忙，不要再穿得破破烂烂到外面去坏了马桥的脸面，他这才成人之美，助人为乐，勉勉强强把新袄子收了下来。而且以后每提起这件事，就像吃了天大的亏，说不看他老村长上了年纪，他是断断不给这个面子的——这袄子烧骨头，无病也会穿出病来。

他确实不怕冷，时常在外面露宿，走到什么地方不想走了，一个哈欠，和衣倒下盘成一个饼，有时盘在檐下，在时盘在井边，也没见他盘出什么病来。用他的话来说，睡在屋外上可以通天气，下可以接地气，子时纳阴中之阳，午时采阳中之阴，是最补身子的。他又说人生就是一梦，人生最要紧的就是梦。睡在蚁穴边可做帝王梦，睡在花丛里可做风流梦，睡在流沙前可做黄金梦，睡在坟墓上可做鬼神梦。他一辈子什么都可少得，就是梦少不得。他一辈子什么都可以不讲究，就是睡的地方不可不讲究。他最可怜世人只活了个醒，没有活个觉，觉醒觉醒么，觉还在前。不会做梦的人等于只活了一半，实在是冤天枉地。

他的这些话，都被人们当作疯话，当作笑话。这使他与村人的敌意日益加深，在公众面前更多地出现沉默和怒目。

确切地说，他是一个与公众没有关系的人，与马桥的法律、道德以及各种政治变化都没有任何关系的人。土改、清匪反霸、互助组、合作社、人民公社、社教四清、"文化大革命"，这一切都对他无效，都不是他的历史，都只是他远远观赏的某种把戏,不能影响他丝毫。办食堂的那一年,有一个外来的干部居然不谙事,把他一绳子捆到工地去劳改,结果无论如何棒打鞭抽,他还是翻着白眼,宁死不劳,宁死不立——硬是赖在泥浆里打滚不站起来。而且既然来了就不那么容易回去,他口口声声要死在那个干部面前,干部不论走到哪里他就爬到哪里,最后还是被别人七手八脚抬回神仙府去。他不打算做人,就比任何权威更强大。他轻易挫败了社会对他的最后一次侵扰,从此更加成为了马桥的一个无,一块空白,一片飘飘忽忽的影子,以致后来的成分复查、口粮分配、生育计划乃至人口统计——我协助村里做过这样一些工作——谁也没有想起还有一个马鸣,不觉得应该考虑到他。

全国的人口统计里,肯定不包括他。

全世界的人口统计里,肯定不包括他。

显然,他已经不成其为人。

如果他不是人,那么他是什么呢?社会是人的大写。他拒绝了社会,也就被社会取消了人的资格——他终于做到了这一点,因为在我的猜想中,他从来就想成仙。

我略感惊讶的是,在马桥以及附近一带,像马鸣这样自愿退出了人境的活物还不少。在马桥就有过四大金刚,据说远近的大多数村寨依旧有这样的杆子,只是不大为外人所知。如果不是外人偶然地发现,好奇地打听,人们是不会谈到这些活物,也差不多忘了这么回事。他们是这个世界里已经坍缩和消失了的另外一个世界。

复查说过,他们根本不醒(参见词条"醒"),父母大多数也并不贫寒,而且聪明得不和气。他们小的时候不过是调皮一点,不好生读书,算是最初的迹象。比如马鸣,他从不做作业,做对联倒是出口成章,其中有一副是"看国旗五心不定,扭秧歌进退两难"。反动虽反动,对仗倒是天衣无缝。是不是?批斗他的时候,谁都赞叹这个娃崽的文才了得。这样的人一旦失其怙恃就烂起来了,就科学(参见词条"科学")起来了,不晓得是中了什么魔。

醒

在汉语的众多辞书里,"醒"字都没有贬义。如《辞源》(商务印书馆,一九八九年)释以"醉解"、"梦觉"、"觉悟"等等,醒都是与昏乱迷惑相对立,只可延伸出理智、清明和聪慧的含义。

屈原的《渔父》诗中有"举世皆浊我独清,众人皆醉我独醒"的名句,对醒字注入了明亮的光彩。

马桥人不是这样看的。恰恰相反,马桥人已经习惯了用缩鼻纠嘴的鄙弃表情,来使用这个字,指示一切愚行。"醒"是蠢的意思。"醒子"当然就是指蠢货。这种习惯是不是从他们的先人遭遇屈原的时候开始?

约在公元前二七八年,醒的屈原,自认为醒的屈原,不堪无边无际的举世昏醉,决意以身殉道,以死抗恶,投水自毙于汨罗江,也就是罗江的下游——现在那里叫作楚塘乡。他是受贬放逐而来的。他所忠诚报效的楚国,当时"群臣相妒以功,谄谀用事,良臣斥疏,百姓心离"(引自《战国策》),是容不下他的。他回望郢都,长歌当哭,壮志难酬,悲慨问天。如果他不能救助这个世界的话,他至少可以拒绝这个世界。如果他不能容忍四周的叛卖和虚伪,他至少可以闭上眼睛。于是他最终选择了江底的暗寂,在那里安顿自己苦楚的心。值得注意的是,他的流放路线经辰阳、溆浦等地,最后沿湘江绕达罗地。其实,这是一个楚国贬臣最不应该到达的地方。罗人曾经被强大的楚国无情地驱杀,先一步流落到这里。当楚人被更强大的秦国所驱杀时,屈原几乎循着同样的路线,随后也飘泊而至。历史在重演,只是已经换了角色。同泊异乡沦落,恩怨复何言?

屈原当过楚国的左徒,主持朝廷的文案,当然熟知楚国的历史,熟知楚国对罗国的驱杀。我不知道他凄然登上罗江之岸时,见到似曾相识的面容,听到似曾相识的语音,身历似曾相识的民风乡俗———这侥幸逃脱了楚人刀斧的一切,心里有何感想?我更难想象,当屈辱而贫弱的罗人面对侵略国的前任大臣,默默无言地迎上来,默默地按住了刀柄,终于援以一箪一瓢之时,大臣的双手是否有过颤抖?

历史没有记载这一切,疏漏了这一切。

我突然觉得,屈原选择这里作为长眠之地,很可能有我们尚未知晓的复杂原因。罗地是一面镜子,可以让他透看兴衰分合的荒诞。罗地是一剂猛药,可以让他大泻朝臣内心的矜持。江上冷冷的涛声,抽打着他的记忆,不仅仅是在拷问他对楚国的怨,也在拷问他对楚国的忠贞,拷问他一直自我珍视并且毕生为之奋斗的信念。此时的他,并非第一次受贬,应该具有对付落泊的足够经验和心理承受能力。他已经长旅蛮地日久,对流放途中的饥寒劳顿也应该习以为常不难担当。他终于在汨罗江边消逝,留下空空的江岸,一定是他的精神发生了某种根本性的动摇,使他对生命之外更大的生命感到惊惧,对历史之外更大的历史感到无可解脱的迷惘,只能一脚踩空。

他还能在别的什么地方得到更为明亮刺目的——醒?

他还能在别的什么地方更能理解自己一直珍视的——醒?

这是一种揣测。

屈原在罗地的时候,散发赤足,披戴花草,饮露餐菊,呼风唤雨,与日月对话,与虫鸟同眠,想必是已经神智失常。他是醒了(他自己以及后来《辞源》之类的看法),也确确实实是醒了(马桥人的看法)。

他以自己的临江一跃,沟通了醒字的两种含义:愚昧和明智,地狱和天堂,形而下的此刻和形而上的恒久。

罗人不大可能理解楚臣的忠贞,但他们谅解了已经败落的敌手,对屈原同样给予了同样的悲怜——这就是后来每年五月初五划龙船的传统。他们抛下粽子,希望鱼虾不要吃屈原的尸骨。他们大锣大鼓地喧闹,希望唤醒沉睡江底的诗人。他们一遍遍声嘶力竭地招魂,喊得男女老幼青筋直暴,眼球圆睁,嗓门嘶哑,大汗淋漓。他们接天的声浪完全淹盖了对楚营的万世深仇,只为了救活一个人,一个陌生的诗人。

这种习俗,最早见于南朝时梁人宗懔所著的《荆楚岁时记》。这以前并无端午纪念屈原的说法。事实上,划龙船是南方早就常见的祀神仪式,与屈原并没有可以确证的关系。把两者联系起来,很可能是文人对历史的杜撰和幻想,为了屈原,也是为了自己。越来越隆重的追祭意味着:如果终究有一种永久的辉煌可以作为回报,作为许诺,那么文明的殉道者是否多一点安全和欣慰?

屈原没有看到辉煌,也不是任何一位屈原都能收入辉煌。相反,马桥人对"醒"字的理解和运用,隐藏着另一种视角,隐藏着先人们对强国政治和异质文化的冷眼,隐藏着不同历史定位之间的必然歧义。以"醒"字代用"愚"字和"蠢"字,是罗地人独特历史和思维的一脉化石。

贵　　生

冬日的一天,志煌的儿子雄狮挂着鼻涕,同几个放牛娃崽玩到北坡上,挖一个蛇洞,想挖出一条冬眠的蛇烧了吃。他们挖出一个沉甸甸的锈铁疙瘩,不知道是什么东西。雄狮拿一把镰刀把它使劲地敲,说要把铁疙瘩后面的两片尾巴打出几把菜刀,给他娘拿到街上去卖钱。

他敲出轰然一声巨响,把远处几个正在寻找蛇洞的娃崽震得离地尺多高,手脚在空中无所抓拿。他们摔痛了,回过头来,奇怪雄狮不知为什么不见了,只有纷纷扬扬的草叶和泥土,还有一些冰凉的雨点,从空中飘落下来。娃崽们发现那些雨点居然是红色的,怎么有点像血?

他们不能明白发生了什么,还以为雄狮藏起来了,使劲地喊了一阵,没听见回答。其中有一个捡到了一根血糊糊的肉指头,有点害怕,捡回去交给大人。

后来,公社里来了人,忙了一阵。县里也来人了,忙了一阵,才得出结论:那是日本飞机在一九四二年丢下的一颗炸弹,推迟了三十年的爆炸。也就是说,中日战争在马桥一直延续到了这一年,要了雄狮的命。

志煌家两夫妇痛不欲生。尤其是志煌,以前总以为老婆与万玉有一手,雄狮很可能是个野种,对这个儿子不大亲得起来。万玉死了以后,他发现万玉其实不是个什么男人,才疑结渐解,对雄狮多了些父亲的笑目。从岭上的岩场里回来,常常给儿子掏出一些野板栗什么的。他没有想到,从这一天起,没有一双小手来接过这些板栗了。雄狮不在家里,不在田里,不在溪边,不在岭上,不在岭那边的什么地方,不在世界上的一切地方。儿子变成了轰隆一声巨响,然后消散在永远的寂静之中。

雄狮脑袋特别大也特别圆,长出一身憨肉,眨巴眨巴的眼睛同他娘的一样明亮和漂亮,一瞟就瞟出女子的妩媚,让人联想到他母亲水水从前在戏台上的经历。人们见到他都忍不住要把他屁股或脸蛋抓捏一把,把妩媚争相搓揉。他讨厌这种干扰,除非给他好吃的,总是有点六亲不认,把外人敌意地打量。他眼珠一转,就能判断出你口袋里是否真有食物,你的笑脸是否值得他信任,或者是否需要暂时不动声色地等等看。他最痛恶长辈们的口头慈爱,把他烦急了,便一骂二踢三吐痰,最后一招就是冷不防的口咬。他一张狮口从咬奶头开始,咬遍天下。他在小学里的同桌,无论男女没有一个逃脱了他的牙齿。最后,连老师也不能幸免。

他用刀子割坏了桌沿,不愿向校长作检讨。"动不动就要检讨,真是惯死你们了!"

校长揪着他的耳朵去老师的住房,他反咬了校长一口,搂着裤子跳出老远,破口大骂。

"你这个畜生,老子打死你!"校长大怒。

"你现在打得赢我。等你老了撑着棍子走我屋门前过,我就要把你推到坎下去!"

他预告到很多年以后的胜利。

校长舞着扁担追出老远。

校长当然追不上,不一刻,雄狮这个肉球已经滚到对门岭上,在那里插着腰继续骂:"李孝堂你这个死猪,你的毛鸟鸟出来了……"

他指名道姓骂校长,也不知道什么时候摸清了这个名字。

当然,他不可能再读书了。旁人都说,志煌从来不管教他,养出来这样一个祸害。哪是个学生?一条狗也要比他听话得多!

他后来经常到学校去看一看,远远地看同学们齐声朗读、做操或者扔球。要是原来的同学看见他,他就做骑马的样子,"冲呵——嗒嗒滴——"一跃一跃地跑远,好像自己正玩得高兴,对学校里的一切若无其事。

一天,他在岭上与另外几个娃崽玩沙子,因为霸占了一个装沙子的烂套鞋,被其他伙伴忌恨。几个娃崽决心报复,便在村子的水井里拉了一堆屎,然后一齐栽赃,说是雄狮拉的,叫叫喊喊地到大人们出工的地方报告。大人们一听都很生气,水水的脸上也挂不住,红一块白一块,冲着雄狮大骂:"你一天不闯几个祸就皮发烧是不是?"

"我……没有。"

"你还犟嘴!人家这么多人都看见了,人家不是瞎子,眼睛夹的不是豆豉!"

"我没有。"

"没有水吃了,你去挑!各家各户的水都由你去挑,到江里去挑!"

"我没有!"

"你还不老实?"水水甩出响亮的一耳光。雄狮晃了晃,脸上顿时出现红红的几个手指印。

眼看着水水还要动手,周围的几个妇人出来劝说,算啦算啦,娃崽们不懂事,总是这样的,打是要打几下,也莫打太狠了……这些劝说反而激发了水水的恼怒,反而成了一种压力,水水不更加义愤不更加凶狠些就没法与大家区别了,就不值得大家规劝了,事情就没有个像样的结局了。她必须挽起袖子才能对得起这种压力。啪,啪,又是两记耳光声爆出来,不像是从人脸上发出来的声音,倒像是从破木桶上发出的声音。

雄狮咬紧嘴唇,盯住母亲。眼里有泪光浮动,终于没有流出来,停了停,反而渐渐地消退。

　　这一天,他晚上没有回家,接下去的第二天、第三天……他还是没有回家。志煌和水水两口子到岭上满处找,村里的人也帮着找,直到大家都差不多绝望了,张家坊一个采药的老人才在岭上一个洞里找到雄狮。他睡在一个茅草窝里,已经形同野人,脸上除了两只间或一闪的眼睛,全是泥污,身上的衣服破碎成一条条的烂布。整整十一天,他就是靠野果子、草叶以及树皮为生,以致后来他被人们接回家里,水水给他煮了两个鸡蛋,他只吃了一口就做出龇牙咧嘴的奇怪模样,不再吃了,跑到外面坐在树下,直愣愣地看着大家,顺手揪下旁边的草叶往嘴里塞。周围的人大惊,放着煮鸡蛋不吃反而吃草,这不变了个畜生么?

　　大概是因为有过这一段经历,雄狮在轰隆一声巨响中消失之后,水水神思恍惚,好一段时间里不能相信儿子已经没有了。她还是往山上跑,在岭上声嘶力竭喊儿子的名字——以为他还藏在哪一个山洞里。直到人们实在没有办法了,把一直没有给她看的一个指头,小半只脚,还有两碗碎骨肉屑向她展示,她才眼球可怕地暴突,晕了过去。

　　等她醒过来,有妇人对她说:"你要往宽处想,到了这个地步,只能往宽处想了。你雄狮走得早一点也好,不是活了个贵生么?不愁吃不愁穿的日子,天天都是耍,刚刚耍得差不多了就走了,一无病二不痛,是他的福气咧。你还想以后他遭孽呵?"

　　"贵生"是指男子十八岁以前的生活,或者女子十六岁以前的生活。与此相关的概念是"满生",指男子三十六岁和女子三十二岁以前的生活。活过了这一段就是活满了,再往后就是"贱生"了,不值价了。从这个道理来看,当然是死得早一点好,死得早一点才贵。

　　雄狮的父母没有理由悲痛。

　　村里的妇人们围在水水的床头,一个比一个更声情并茂。水水呵,你雄狮活一世也没饿过饭,几多好哩。你雄狮活一世也没有受过冻,几多好哩。你雄狮没看见爹死,没看见娘死,没走在兄弟姊妹的后面,不伤心不伤意,几多好哩。老天要是让他再活,也就要收婆娘了,要单门独户过日子了,今天同兄弟争个坛子,明天同姊妹争个碗,有时候还要同爹娘红起颈根吵一场,有什么意思?伏天里打禾,你不是没有看见过,上面日头烤,下面热水蒸,一天两头都是走黑路,一早上下到田里,是禾是草还要靠手摸。腊月里修水利,你也不是没有看见过,肩上磨得皮肉翻,打起赤脚往冰渣子上踩,冻得尿都屙在裤裆里。有什么好呢?你雄狮这一走,一点苦都没轮上,甘蔗咬了一头甜的,骨头啃了一头有肉的,一声喊去了,面前还有爹疼,有娘疼,有这么多叔子伯子热热闹闹送,真真是值得——你要往宽处想呵。

她们又说起上村的一个老倌子,五保户,儿女都在前头走了,现在一个人活得同狗一样,跛着个腿,连口水都不得进屋,遭尽了孽。水姑娘你想想看,要是你雄狮命长,活个贱生,你不是害了他?

她们一致认为,人都应该早死,她们现在死不了,实在是没有办法。只有雄狮死了个好时候,只有他有这份福气。

水水总算不再哭了。

台　　湾

大溚冲有一块田叫台湾丘,我以前不大注意。车水抗旱的时节,我与复查合为一班,走进月光深处,哈欠连天地爬上龙骨水车,吱吱呀呀踩起来。缓缓旋转的木头踏锤,已经被无数赤脚踏得油光发亮,极为光滑,我稍不留神,就一脚踩溜,两手紧急扣住手架,哇哇大叫,狗一样地被吊起来。在这个时候,脚下复查翻转着的水车令人胆寒,一个个踏锤旋上来防不胜防,砸得腿上不是见青就是皮破血流。复查嘱我不要看脚,说这样反而容易踩空,但我不相信他的话,也没法照他的话去做。他一次次引诱我说话,说闲话,意在使我放松。

他尤其愿意听我讲一点城里的事情,讲一点科学如火星或天王星的事情。他是初中毕业生,有科学头脑,比方说明白嬲(磁)铁石的原理,说以后要是又有敌人的飞机来丢炸弹,我们也许可以做一块大嬲铁石,把敌人的飞机嬲下来,那样不比高射炮和导弹什么更管用么?

他对我的异议总是冷静地思索,对我吹嘘的各种科学见闻也很少表示惊讶,正像他平日里大悲不悲,大喜不喜,一张娃娃脸上永远是老成持重。他的各种感情在这张脸上滤成了单一的温和,单一的腼腆,还有永远清澈的目光,从人们不大注意的某个角落潜游出来。一碰到这种目光,你就感到它无所不在,自己任何举动都被它网捕和渗透。他的眼睛后面有眼睛,目光后面有目光,你不可能在他面前掩藏什么。

他不见了,不知何时又冒出来,手里抱着一个菜瓜,要我吃,大概是从附近哪一家的园子里偷来的。待我们吃完,他手挖一个土坑细心地把瓜皮瓜籽埋起来。"三更了,我们睡一觉吧。"

蚊子多,我叭叭地拍打着双脚。

他不知从何处找来一些叶子,在我腿上、手上和额上搽了搽,居然很见效,蚊虫的嗡嗡声明显减少。

我看着刚刚冒出山岭的月亮,听着冲里此起彼伏的蛙鸣,有点担心:"我们就这样……睡?"

"做要做的,歇也是要歇的。"

"本义公说今天晚上要车满这一丘水。"

"管他哩。"

"他会来看么?"

"他不会来。"

"你怎么晓得?"

"用不着晓得,他肯定不会来!"

我有些奇怪。

他知道我接下去会问为什么。"迷信,乡下人的迷信,你们莫听。"然后在我身边倒下,背对着我,夹紧双腿准备睡觉了。

我不能像他那样,想睡就睡,想不睡就不睡,一切都安排得井井有条按部就班。真要我睡,反而眼睛光光地来了精神,便要他再讲点白话,讲迷信也好。他拗不过我,只好说,他也是听来的——他每次说及重大的事情,都先交待说法的来源,把自己开脱。他说,他听某某说,这一丘田的主人叫茂公,与本义结过冤家对头。还是办初级社的那年,茂公犟着不入社,周围的田都入社了,只有这丘田还是单干田。本义是社长,不准茂公从上面的几丘田过水。茂公还是犟,宁可自己到江里去挑水,硬着头皮不来讨水。到最后,本义带着一伙人,趁着茂公发了哮喘的时机,抬着扮桶一个吆喝到这丘田打禾,说是"解放台湾"。

茂公以前当过维持会会长,又有很多田地,是个地主汉奸。他的田当然就是"台湾"。说起来,他的汉奸帽子戴得有点冤枉。以前这里是日伪政权下的十四区,有一个维持会,管辖马桥以及周围十八弓,由各弓的有钱人或者体面的人轮流当会长,三个月一轮,轮到谁了,一面锣就送到谁家。当这种会长的没有什么薪金,但凭着一面锣吆喝点公事,无论走到哪里可以收"草鞋钱",也就是借公差的机会刮点油水。茂公排在十八弓的最后面,轮到他的时候,日伪军早投降了,他本来可以不当差了,只是这里的人还不知道外面的形势,一面锣还在轮着。

茂公是个好出风头的人,锣一到手,立刻穿上白绸的长衫,摇着文明棍,无论走到谁家的地坪里,咳嗽咳得特别响。他的草鞋钱收得太狠,至少比前几任要多收一倍,处处吃个夹份。他的办法无奇不有。有一次到万玉家吃饭,把万玉他爹丢在灶下的一个鸡食袋子偷偷捡起来,藏入袖口,上桌时乘主人没注意,放入鸡肉碗里。他举起筷子"发现"鸡食袋子,硬说主人戏弄他,要罚五块光洋。闹得主人苦苦求他,借了两块光洋给他才算完事。另一次,他在张家坊一户人家小坐,先去外面屙了一泡屎在自己的斗笠上,逗得狗来吃。他坐好了,估计狗已经把斗笠啃烂,再出门来大惊小怪,硬说主人故意与他这个会长和皇军作对,连他的斗笠也不放过,背着他放狗来咬。主人说尽了好话也没有用,最后只得忍气吞声地赔了他一口铁锅。

其实谁都知道,他那顶斗笠早就破了。

他种下了这么多苦瓜籽,不难想象,到本义大喊"解放台湾"的时候,村民一呼百应,纷纷上阵,尤其是万玉他爹,不但跑到茂公的田里打禾,还顺便把茂公家种在田边的几根瓜藤扯个稀巴烂。还有些后生故意齐声喊出"嗬嗬嗬——"的尖声,闹得村里鸡犬不宁,生怕茂公听不见。

茂公果然听见了,气喘吁吁赶来了。跺着一根棍子在坡上大骂:"本义你这个畜生,你光天化日抢老子的禾,不得好死咧——"

本义举臂高呼:"一定要解放台湾!"

入社积极分子们跟着喊:"一定要解放台湾!"

本义高声问:"有人对抗合作化,如何办?"

应答声同样震耳欲聋:"打他的禾,吃他的谷!哪个打了哪个要!打他的禾,吃他的谷,哪个打了哪个要!"

茂公气得眼睛冒血:"好,好,你们打,你们放势打,老子饿死了,变个饿死鬼也要掐死你们!"

他回头喊他的儿子盐早和盐午,要他们回去拖刀来。两兄弟还只是嫩娃崽,早被这场景骇呆了,站在坡上不敢动。茂公唾沫横飞把娃崽骂了一通,自己扶着拐棍回去,不一会,拿来一束柴,在田边放火。他的田早已断水,禾枯得很,一股风鼓过去,火就喳喳喳地燃成了大势。他看着火哈哈大笑,跺着脚又骂:"杂种哎,老子吃不成,你们去吃,你们去吃呵,哈哈哈——"

眼看到手的粮顷刻之间化为烟灰。

几天之后,茂公一口气没接上来,就死了。

人们说,茂公的阴魂不散。腊月的一天,本义家打了一副磨子,从石场里抬回家时路过茂公家的门口。本义放下担子去岭上找野鸡窝,刚走出几步,忽听身后有咣当咣当的巨响,不觉吓了一跳。下村的人也差不多都听到了这种异样的声音,先是一些娃崽,然后有汉子们,也赶来看个究竟。他们一到现场无不惊得呆若木鸡,完全不敢相信自己的眼睛:本义的两扇新磨子,正在同茂公家门口的一个石臼大战——

说到这里,复查问我知不知道石臼。我说我看见过,是舂米或者舂粑粑的一种器具,样子有点像盆。我还知道,舂分为手舂和脚舂两种。手舂是人持舂杵上下捣击。脚舂则稍稍省力一些,有点像翘翘板,人站上翘板这一头,踩得那一头的舂杵高扬,一旦松脚,舂头就重重砸到石臼里。

复查说,他也不相信石臼怎么可以打架,但老班子硬说亲眼所见,说得有鼻子有眼。一个石臼敌两扇磨子,上下跳跃,左冲右突,碰撞得一把把金星四泻声震如雷,很快把地上砸出一个又一个深坑,密密麻麻像夯地。在那一刻,似乎远近所有的鸟也全飞到这里来了,黑压压地挂满了一棵棵树,哇哇哇地叫。

有两三个力气大一点的汉子上前去制止,找来杠棒隔开恶战的双方,累得满头大汗,还是隔不开。咔嗒一声,压着石臼的一条杠棒居然拗断了,石臼愤愤地再次跳起来,疯了一般朝石磨滚去,碾得闲人往两边闪。它们你退我进,我扑你挡,白花花地斗成一团,最后离开了地坪,打到沟边,打过了桥,扭到岭上去了,闹腾得一片茅草哗哗响。人们更为惊讶的是,这几个石头居然都流出一种黄黄的血,留在地上和草叶上。它们在岭上都尸分数块的时候,只有一两块碎石有气无力偶尔勃动挣扎一下,所有石块的断面血涌如泉,汇集成流,从岭上汩汩往下曲折延绵足有半里路,最后黄了整整一个藕塘。

人们把石臼和石磨的碎尸收捡起来,远远地分开,用来填了水田里的滂眼。石磨填了本义家的三斗丘,石臼填了茂公丘,这才了难。

老班子后来说,这是主家结了仇,他们的石头怨气贯彻,也会结仇。往后冤家们最好小心点,没事的时候莫把自己的东西随处乱放。

自那次以后,本义虽然时不时还是粗门大嗓骂茂公,但再不走茂公家门前过了,也不来茂公丘了。茂公的婆娘和两个儿子最终入了社,但他们家入社的一头牛,本义说什么也不要,拉到街上卖了。还有一张犁和一张耙,本义也不敢留下,派人把它们挑到铁铺里回炉。

我听了哈哈大笑,不相信真有这样的事情。

"我也不相信,他们神讲。没有文化。"复查笑了笑,翻过身去,"不过,你放心落意睡吧。"

他给我一条背脊,没有任何动静,不知是睡了,还是没有睡着——抑或是睡着了但还在暗暗地耳听八方。我也张着耳朵,听自己的呼吸,听茂公丘有小水泡冒出泥浆的声音。

汉　　奸

茂公的大儿子叫盐早,总是在队里做一些重工夫,挑牛栏粪、打石头、烧炭等等。起屋的时候他就抛土砖,出丧的时候他就抬棺材,累得下巴总是耷拉着,合不上去,腿杆上的青筋暴成球,很是吓人。因了这个缘故,他再热的天也要套上补丁叠补丁的长裤,盖住难看的腿。

我第一次见到他,是他老祖娘还在的时候。他老祖娘是个蛊婆,就是传说中的乡野毒妇,把蛇蝎做成的剧毒药粉,藏在指甲缝中,暗投仇人或陌路人的饮食中以谋取他人性命。这些人投蛊,一般是为了复仇,也有折他人性命以增一己阳寿的说法。人们说,盐早的祖娘是合作化以后才当上蛊婆的,想必是对贫下中农有阶级仇恨,一条老命也不肯与共产党善罢甘休。本义的娘多年前死了,本义一直怀疑是这个老妖婆下的蛊,怀恨直到如今。

那一天,盐早家的茅屋被风吹塌了,央求村里人去帮着修整。我也去帮着和泥。我看见那位名声赫赫的老妇慈眉善目,在灶下烧火,并无人们传说的恶毒气象,完全在我的意料之外。

一上午就把茅屋修整好了。人们带着各自的工具回家。盐早追在后面大声说:"如何不吃饭呢?如何不吃饭就走呢?哪有这样的道理!"

我早就闻到了灶房里飘出的肉香,也觉得众人走得没有道理。后来听复查说,人们岂止是不愿在他家吃饭,连他家的茶碗也不敢碰的。谁都记得他家有一个老蛊婆。

我伸伸舌头,快步溜回家。

一会儿,盐早挨门挨户再次来央求大家去吃饭,也推开了我们的房门。他气呼呼地抢先扑通跪下,先砸出咚咚咚三个清脆的响头。"你们是要我投河么?是要我吊颈么?三皇五帝到如今,没有白做事不吃饭的规矩。你们踩我盐早一屋人的脸,我今天就不活了,就死在这里。"

我们吓得连忙把他拉扯起来,说我们家里做了饭,本就没打算去吃。再说我们也没出多少力,吃起来不好意思云云。

他急得满头大汗,忙了半天没有拉动一个人,差点要哭了。"我晓得,我晓得,你们是不放心,不放心那个老不死的……"

"没有的事,没有的事,你乱猜什么!"

"你们信不过那个老不死的,未必也信不过我?要我拿刀子来剜出痈心肝肺给你们看看?好,你们不放心,就莫吃。我小哥正在刷锅重做!你们哪个不放心,去看着她做。这一次我不让那个老不死的拢边……"

"盐早,你这是何苦?"

"你们大人大量,给我留条活路呵!"他说着又扑通跪下去,脑袋往地上捣蒜似的砸。

他把帮了工的人一一求遍,最后砸得额头流血,还是没有把人们请回去。如他所说,他真的把原来准备的三桌饭菜全部掀掉了,倒进水沟里,让他姐姐重新淘米借肉做了三桌——这已是下午出工的时分。他的祖娘早已被他一绳子捆起来,远远地离开了锅灶,缚在村口的一棵大枫树下示众。我好奇地去看过一眼。那个老太婆只穿了一只鞋,似睡非睡,眼睛斜斜地看着右上方的某一个点,没有牙齿的嘴巴张合着,有气无力地发出一些含混不清的声音。她已经湿了裤子,散发出臭味。一些娃崽不无恐惧地远远看着她。

他家的地坪里重新摆上了几桌饭菜,还是空空的没有什么人影。我看见盐早的姐姐坐在桌边抹眼泪。

最后,我们知青忍不住嘴馋,也不大信邪。有人带头,几个男的去那里各自享用了几块牛肉。其中一位满嘴流油偷偷地说,都差点不记得肉是什么模样了,管他蛊不蛊,做个饱死鬼也好。

大概就是因为这一次的赏脸,盐早后来对我们特别感激。我们几乎没有自己打过柴,都是他按时挑来的。他特别能负重。在我的印象中,他肩上差不多没有空着的时候,不是有一担牛栏粪,就是有一担柴,或者整整一架拖泥带水的打谷机。他的肩冬天不能空着,夏天不能空着。晴天不能空着,雨天不能空着。他的肩上如果没有扛着什么东西,就是一种反常和别扭,是没有壳子的蜗牛，让人看不顺眼。是一种残疾，让他重心不稳，一开步就会摔跟头——他没有扛东西的时候确实踉踉跄跄，经常踢得脚趾头血翻翻的。

假如他是担棉花，棉花多得遮住了人影，远看就像两堆雪山自动地在路上跳跃前行，十分奇异。

有一次我和他去送粮谷，回来的路上他居然在两只空筐里各放了一大块石头。他说不这样压一压，走起路来没有个势。果然，他一旦肩上的扁担压弯了，担子就与身子紧密融为一体，刷刷刷的全身肌肉都有了舞蹈的节奏，脚步有了弹性，一跃一跃地很快就在前面的路上消失，全然不似他刚才担着空筐时的模样：脸色灰白，脚步又碎又乱。

他也是个汉奸。我后来才知道，在马桥人的语言里，他的父亲是汉奸，他也逃不掉汉奸的身份。他自己也是这样看的。知青刚来的时候，见他牛栏粪挑得多，劳动干劲大，曾经理所当然地推举他当劳动模范，他一愣，急急地摇手："醒呵，我是个汉奸，如何当得了那个！"

知青吓了一跳。

马桥人觉得，上面来的政策要求区分敌人与敌人的子弟，实在是多此一举。大概出于同样的逻辑，本义当了党支部书记，他的婆娘去供销社买肉，其他妇人就嫉妒地说："她是个书记，人家还敢短她的秤？"本义的娃崽在学校里不好好读书，老师居然也这样来训斥："你是个书记，还在课堂里讲小话！屙尿！"

盐早后来成了"牛哑哑"，也就是哑巴。他以前并不哑，只是不大说话而已。作为一个汉奸，加上家里还有一个蛊婆，他脑门上生出皱纹了，还没有找到婆娘。据说他姐姐曾经瞒着他，给他说了一个瞎眼女子，到圆房的时候，他黑着一张脸，硬是不进房，在外面整整担了一晚的塘泥。第二天、第三天……还是如此。可怜的盲女在空空的新房里哭了三个夜晚。最后，姐姐只得把盲女送回家，还赔上一百斤谷，算是退婚。姐姐咒他心狠，他就说，他是个汉奸，莫害了人家。

他姐姐远嫁平江县，每次回娘家看看，看到盐早衣没有一件好的，锅里总是半锅冷浆，没有一丝热气。从队上分来几十斤包谷，还得省下来留给正在读书的小弟盐午（参见词条"怪器"）带到学校去搭餐，姐姐眼睛就红红的没有干过。他们穷得从来没有更多的被子，姐姐每次回娘家总是与弟弟合挤一床。有一个夜晚下着大雨，姐姐半夜醒来，发现脚那头已经空了，盐早弓着身子坐在床头,根本没有睡,黑暗里发出猫一样抽泣的声音。姐姐问他为什么。盐早不答话,走到灶房里去搓草绳。

姐姐也抽泣了,走到灶房里,哆嗦的手伸出去,总算拉住了弟弟的手,说你要是忍不住,就莫把我当家里人,就当作你不认得的人,好歹……也让你尝一尝女人的滋味。

她的头发散乱,内衣已经解开了,玉白的乳房朝弟弟惊愕的目光迎上去。"你就在我身上来吧,我不怪你。"

他猛地把手抽回,退了一步。

"我不怪你。"姐姐的手伸向自己的裤带,"我们反正已经不是人。"

他逃命似的蹿出门,脚步声在风雨里消失。

他跑到父母的坟前,大哭了一场。第二天早上回家,姐姐已经走了,留下了煮熟的一碗红薯,还有几件褂子洗好也补好了,放在床上。

她后来再没有回过娘家。

大概就是从这个时候开始,盐早更加不愿意开口说话了,似乎已经割掉了舌头。人家叫他干什么,他就干什么。人家不叫他干了,他就去一旁蹲着,直到没有人向他发出命令了,才默默地回家。日久天长,他几乎真成了一个哑巴。一次,全公社的分子们都被叫去修路,他也照例参加。他在工地上发现自己的耙头不见了,急得满脸通红地到处寻找。看押他们的民兵警惕地问他,窜来窜去搞什么鬼?他只是嗷嗷地叫。

民兵以为他支吾其词耍花招,觉得有必要查个清楚,把步枪哗啦一声对准了他的胸口:"说,老实说,搞什么鬼?"

他的额头冒汗,脸一直红到耳根和颈口,僵硬的面部肌肉拉歪了半边,一次次抖动如簧,每抖动一次,眼睛就随着睁大一次,嘴巴——那只被旁人焦心期待着的嘴巴早已大张,空空地扩张许久,竟没有一个字吐出来。

"你讲呵!"旁边有人急得也出了汗。

他气喘吁吁,再一次作出努力,五官互相狠狠地扭杀着折磨着,总算爆出了一个音:"哇——耙!"

"耙什么?"

他两眼发直,没有说出第二个字。

"你哑巴了么?"民兵更加恼火。

他腮旁的肌肉一阵阵地余跳。

"他是个哑巴，"旁边有人为他说情，"他是金口玉牙，前一世都把话讲完了。"

"不说话？"民兵回头眼一瞪，"说毛主席万岁！"

盐早急得更加嗷嗷叫，举起一个大拇指，又做振臂高呼的动作，以示万岁的意思。但民兵不放过，定要他说出来。这一天，他脸上挨了几巴掌，身上挨了几脚，还是没有完整地说出这句话。憋到最后，总算喊出了一个"毛"字。

民兵见他真哑，罚他多担五担土，权且算了。

盐早的哑巴身份就是从这次正式确定的。当哑巴当然没什么不好，话多伤元气，祸从口出，不说话就少了很多是非，至少本义不再怀疑他背地里说坏话，说反动话，就少了些戒心。队上需要一个人打农药的时候，本义甚至还想到他，说这个蛊婆养的兴许不怕毒，变了个牛哑哑也不要找人讲话，不好热闹，让他一个人去单打鼓独行船。

大溏冲的田泥性冷，以前不大生虫子的。照当地人的说法，虫子都是柴油机闹出来的，机子一闹，岭上的茅草花就都变成虫子了。有虫子当然得打药。复查开始试新鲜，打了一天，回来后口吐白沫，脸青腿肿躺了三天，说是中了毒，以后就再也没有人敢去动喷雾器。派地主富农去当这种苦差吧，又怕他们拿农药毒集体的牛或者猪，毒干部。想来想去，本义想到只有盐早还算个比较老实守法的汉奸，合适。

盐早开始的时候也中毒，脑袋肿如一个南瓜，天气再热，也成天用一块布包着，只露出两只眼睛在外面不时眨一眨，像个蒙面贼。日子长了，大概是对毒性慢慢适应了，头上的布巾撤掉了，知青给他的口鼻罩也不戴了，甚至回家吃饭也不用先到水边洗一洗手。最毒的药，一○五九、一六○五什么的，他全然不当回事，刚打过药的手，转眼就可以抹嘴巴，搔耳朵，抓着红薯往嘴里塞，捧着凉水往嘴里吸，让旁人大为惊奇。他有一个瓦钵子，糊满药垢，专门用来调配药水的。有一次他在田里抓了几只泥鳅，丢进钵子里，片刻之间泥鳅就在里面直挺挺地翻了白眼。他在地边烧一把火，把泥鳅烧了一条条吃下肚去，竟然一点事也没有。

村里人对此事议论纷纷，认定他已经成了一个毒人，浑身的血管里流的肯定不是人血。

人们还说，他从此睡觉再也不用放蚊帐，所有的蚊子都远远躲开他，只要被他的手指触及，便立即毙命。他朝面前飞过的蚊子吹一口气，也可让那小杂种立即晕头晕脑栽下地来。

他的嘴巴比喷雾器还灵。

红　娘　子

　　山里多蛇。尤其是天热的夜晚,蛇钻出草丛来乘凉,一条条横躺在路上,蠕动着浑身绚丽的图案,向路人投来绿莹莹的目光,信子的弹射和抖动闪烁如花。它们在这个时候倒不一定有攻击性。有一次我夜晚回家实在有些困倦,恍恍惚惚东偏西倒,一不小心,赤脚踩了清凉柔软并且突然活动起来了的东西,来不及想清楚这是什么,我已经本能地魂飞魄散连连大跳,恨不得把双脚跳到脑袋上去。我一口气跑出几丈远,脑子里好容易才冒出一个字:蛇! 我鼓足勇气看了看双脚,倒没有什么伤口。回头看,也没有蛇尾随而来。

　　山里人说这里有"棋盘蛇",盘起来的全身刚好是一盘棋的形象。有"煸头风",也就是眼镜蛇,扑过来比风还快,发出叫声的时候,连山猪都会吓得变成石头。

　　山里人还相信,蛇好色。因此捕蛇者总是在木头上描出妇人形象,抹上胭脂,最好还让妇人在上面吐一口唾沫,然后将其插在路边或岭上,过了一夜去看,很可能有蛇缠在木头上一动不动,醉死了一般。捕蛇者就可以从容地把猎物捕入蛇篓。也是出于同一逻辑,他们说,怕蛇的人夜行时最好带一根竹棍或竹片。据说竹子是蛇的情姐,有竹在手,蛇一般来说不敢造次。

　　如果在路上遇到毒蛇来袭,山里人还有一个办法,就是大呼"红娘子"三个字。据说这样一喊,蛇就发呆,人们有足够的时间夺路逃跑。至于为什么要喊这三个字而不是别的字,三个字有何来历? 他们语焉不详。

　　一次,盐早打药打到北坡,被一条蛇咬了一口,哇哇叫着往回跑。他以为自己死到临头,跑了一段路,发现自己的脚不肿也不痛,身上既不抽筋也不发凉。他坐了一阵,自己还好好地活着,还能喝水还能看天还能揪鼻涕。他疑疑惑惑地回头去找喷雾器,走到原地反而惊呆了:足有三尺多长的土皮蛇,就是刚才咬他的那一条,在棉花地里死得硬邦邦的。

　　他已经比蛇还毒。

　　他好奇地跑到茶园里,往茶树蔸里翻找,那里总是藏着很多土皮蛇。他伸出手让蛇咬,看那些蛇在他脚下一条条扭动着,抽搐着,最后奇迹般地不再动弹。

黄昏时分,他用一条死蛇捆住其他的一大把,提着回家,远远的人看了,还以为他顺手割了一把草回家。

晕　　街

普通话里有"晕船"、"晕车"、"晕机"之类的词,但没有马桥人的"晕街"。晕街是一种与晕船症状相仿的病,只在街市里发生,伴有面色发青、耳目昏花、食欲不振、失眠多梦、乏力、气虚、胸闷、发烧、脉乱、呕泻等等,妇女患此病,更有月经不调和产后缺奶的情况。马桥一带的郎中都有专门治疗晕街的汤头,包括枸杞、天麻、核桃什么的。

因此,马桥人即使到最近的长乐街,也很少在那里过夜,更不会长住。上村的光复当年到县城里读书,去了一个多月就严重晕街,整整瘦了一圈,要死要活地回山里来了。他说苦哎苦哎,城里哪是人去的地方!他后来好歹读了个文凭,好歹在城里谋了个教书的饭碗,在马桥人看来已经是奇迹。他对付晕街的经验是:多吃腌菜。他就是靠两大坛子好腌菜,外加多打赤脚,才在街上坚持了十多年。

晕街是一个我与马桥人经常争论的问题。我怀疑这不是一种真正的病,至少是一种被大大误解的病。城市没有车船飞机的动荡,充其量只比乡下多一点煤烟味、汽油味、自来水里的漂白粉以及嘈杂声响,不大可能致病。事实上千万城市人也没有得过这种病。我离开马桥之后,读了些杂书,更加怀疑晕街不过是某种特殊的心理暗示,就像催眠术。只要你有了接受的心理趋势,听到说睡觉,就可能真睡了;听到说鬼魅,就可能真见鬼了。同样的道理,一个长期接受阶级斗争敌情观念教育的人,确实可能在生活中处处发现敌人——一旦他的预设的敌意招致他人的反感、厌恶甚至反弹性报复,那么,事实上的敌对状态,反过来会更加印证他的预想,使他的敌意更加理由充分。

这一类例子揭示了另一类事实,不,严格地说不是事实,只是语言新造出来的第二级事实,或者说再生性事实。

狗没有语言,因此狗从不晕街。人类一旦成为语言生类,就有了其他动物完全不具备的可能,就可以用语言的魔力,一语成谶,众口铄金,无中生有,造出一个又一个的事实奇迹。想到这一点以后,我在女儿身上作过试验。我带她坐汽车,事先断定她不会晕车,一路上她果然活蹦乱跳没有任何不适。待下一次坐汽车,我预告她会晕车,结果,她情绪十分紧张,坐立不安,终于脸色发白紧锁眉头倒在我的怀里,车还没动就先晕了一半。这一类试验,我不能说我屡试不爽,但这已经足够证明语言是一种不可小视的东西,是必须小心提防和恭敬以待的危险品。语言差不多就是神咒,一本词典差不多就是可能放出十万神魔的盒子。就像"晕街"一词的发明者,一个我不知道的人,竟造就了马桥一代代人特殊的生理,造就了他们对城市长久的远避。

那么"革命"呢,"知识"呢,"故乡"呢,"局长"呢,"劳改犯"呢,"上帝"呢,"代沟"呢……在相关的条件下,这些词已经造就过什么?还会造就什么?

我没法说服马桥人。

我后来知道,本义若不是因为晕街,也差一点吃上国家粮。他从朝鲜战场回来,在专署政府当马夫,以后很可能当干部,前途一片阳光。他像其他马桥人一样,总觉得街上的日子闷。那里少见姜盐豆子茶,没有夏夜星空之下的水流声,没有火塘边烤得热乎乎的膝盖和胯裆……他的马桥话不大容易让人听懂。他也没法像街上人起床那么早。他总是忘记扣好裤子的前裆总是遭同事的嘲笑。他不习惯把茅房叫作什么厕所,也不习惯茅房分男女。

他也学习一些同事的习惯,比方说用牙刷,用水笔,甚至跟着耍耍篮球。第一次上场他忙得满头大汗到下场时还没有摸到球。第二次上场,对方抢了球刚要攻篮,他突然大叫一声"停——"人们不知发生了什么事,目光一齐投来。他不慌不忙走出场,揪了一把鼻涕,又回到场内,对球员们若无其事地挥挥手:"太急火了,太急火了,慢点来。"

他不知道场上的人们为什么发笑。他听出了笑声中有恶意。他揪鼻涕有什么不妥么?

伏天,街上比乡下要燥热得多,热得好没良心。他晚上在街上游荡,看见一些女学生从面前跑过,穿得真是下,短裤下露出了大腿和脚。他还看见树阴下一排排竹床,上面有陌生的女人正在摇扇睡觉。一种类似熟肉的气味来自她们的下巴、赤足、腋下的须毛或者领口偶然泄露出来的一轮雪白。他觉得全身燥热,呼吸急促,脑袋周围一圈痛得难受——肯定是晕街了。他抹了半盒万金油也没有用,请人在他背上刮出几道红红的痧,还是脑袋炸,嘴巴也烧出了一圈泡。他挽着袖口恶狠狠地在街上转了几个来回,一脚把草料筐踢出丈多远:

"老子走!"

几天之后,他从乡下回来了,火气尽泄,笑眯眯地拿出山里的粑粑,分给同事们尝新。

那时他的一个哩咯啷在张家坊,一个比他大十二岁的寡妇,身肥如桶,消除他的火气绰绰有余。

专署离马桥足有两天多的旱路,他不可能经常回去泄火。

他向首长报告,他有晕街的病,马桥人都有这种病,享不得富贵。他希望能够回山里去做他的两亩滂田。首长还以为他不安心养马,给他换了个工作,到公安处当保管员。在同事们看来,他有点不识抬举,就在到任的第二天,居然对处长老婆非礼——当时那婆娘正在研究床上的一件毛衣,两手撑着床沿,屁股翘得老高。本义有点高兴,朝触目抢眼的屁股拍了一巴掌:"看什么看什么?"

婆娘大吃一惊,红着脸开骂:"你这个臭王八蛋,你是哪里拱出来的货?你想做什么?"

"你怎么开口就骂人呢?"他对旁边一位秘书说:"她如何嘴巴这么臭?我只是拍了一下……"

"不要脸的你还敢说!"

"我说什么了?"

本义一急,就说起了马桥话,说得嘴巴要抽筋也没有什么人能听懂。但他看见那个臭婆娘远远地躲到了墙角,也听懂了她嘴里真真切切三个字:

"乡巴佬!"

领导后来找本义谈话。本义一点也不明白领导有什么可谈的。好笑,他这也算犯错误?这也算调戏?他不过是拍了一巴掌,拍在哪里也是拍,他在村子里的时候谁的屁股拍不得?他忍着性子,没同领导斗嘴。

领导定要他检查自己犯错误的思想根源。

"没什么根源,我就是晕街。一到这街上,火就重,脑壳就痛,每天早上起来都像是被别个打了一顿。"

"你说什么?"

"我说我晕街。"

"晕什么街?"

领导不是马桥人,不懂得什么叫晕街,也不相信本义的解释,一口咬定本义是拿胡言乱语来搪塞。本义感到高兴的是,因祸得福,一巴掌倒是把他的处分拍下来了,他的差事丢了,可以回家了!以后又可以天天吃姜盐豆子茶还可以每天早上睡懒觉了！他拿到回乡通知的时候,高高兴兴地骂了一通娘,一个人进馆子狠狠地吃了一碗肉丝面,喝了三两酒。

多少年后,他有一次到县里开一个干部会,碰到自己在专署的老同事胡某,以前的一个小通讯员。胡某现在当官了,在会上说的"三个关键"、"四个环节"、"五个落实",本义完全听不懂了。胡某轻轻顿着纸烟的动作,向右上方理一理头发的动作,吃饭以后还要漱漱口而且用把小刀削苹果的动作,本义也感到十分陌生,十分惊讶和羡慕。他在老同事下榻的招待所客房里手足无措,对着明亮的电灯也睁不开眼。

"你呀你,当初是亏了一点,也就是一件小事么,不该处分得那么重。"胡某抚今追昔,给了他一个已经削了皮的苹果。

"不碍事的,不碍事的。"

老同事叹了口气:"你现在是不行了,文化太低,归队也不合适了。你有娃崽没有?"

"有,一男一女。"

"好呵,好呵,年成还好?"

"搭伴你,锅里还有煮的。"

"好呵,好呵,家里还有老的?"

"都调到黄土公社阎家大队去了。"

"你还很会开玩笑。你婆娘是哪里的?"

"就是长乐街的,人还好,就是脾气大一点。"

"好呵,好呵,有脾气好呵……"

本义不知道对方的"好呵好呵"是什么意思,以为对方这样详细了解他的情况,会为他作出什么安排,给他什么好处,但终究没有听到。不过,这个晚上还是很令人愉快。他感激老同事还没有忘记他,对他仍然客气,还接济他十斤粮票。他还回想到多年前处长婆娘的那一个圆圆臀部,有片刻幸福的神往。散会的那一天,老同事还要留他多住一晚。本义说什么也不同意。他说年纪大了,现在更晕街了,还是回去好,老同事要用他的吉普车送本义一程,本义也连连摇手。他说他怕汽油味,平时路过加油站都要远远地绕道,根本不能坐车的。他旁边的一位干部证明,这不是客气话,马桥一带的很多人都怕汽油,情愿走路也不坐车。县汽车运输公司不久前把长途线路延伸到龙家湾,意在方便群众,没料到一个月下来没有几个人来坐车,只好又取消那一趟班车。

老胡这才相信了,挥挥手,目送本义的身影上了路。

三　毛

我还要说一头牛。

这头牛叫"三毛",性子最烈,全马桥只有煌宝治得住它。人们说它不是牛婆生下来的,是从岩石里蹦出来的,就像《西游记》里的孙猴子。不是什么牛,其实是一块岩头。煌宝是岩匠,管住这块岩头是顺理成章的事。这种说法被人们普遍地接受。

与这种说法有关,志煌喝牛的声音确实与众不同。一般人赶牛都是发出"嗤——嗤——嗤"的声音,独有志煌赶三毛是"溜——溜溜"。"溜"是岩匠常用语。溜天子就是打铁锤。岩头岂有不怕"溜"之理?倘若三毛与别的牛斗架,不论人们如何泼凉水,这种通常的办法,不可能使三毛善罢甘休。惟有志煌大喝一声"溜",它才会惊慌地掉头而去,老实得棉花条一样。

在我的印象里,志煌的牛功夫确实好,鞭子从不着牛身,一天犁田下来,身上也可以干干净净,泥巴点子都没有一个,不像是从田里上来的,倒像是衣冠楚楚走亲戚回来。他犁过的田里,翻卷的黑泥就如一页页的书,光滑发亮,细腻柔润,均匀整齐,温气蒸腾,给人一气呵成行云流水收放自如神形兼备的感觉,不忍触动不忍破坏的感觉。如果细看,可发现他的犁路几乎没有任何败笔,无论水田的形状如何不规则,让犁者有布局犁路的为难,他仍然走得既不跳埂,也极少犁路的交叉或重复,简直是一位丹青高手惜墨如金,决不留下赘墨。有一次我看见他犁到最后一圈了,前面仍有一个小小的死角,眼看只能遗憾地舍弃。我没料到他突然柳鞭爆甩,大喝一声,手抄犁把偏斜着一抖,死角眨眼之间居然乖乖地也翻了过来。

让人难以置信。

我可以作证,那个死角不是犁翻的。我只能相信,他已经具备了一种神力,一种无形的气势通过他的手掌贯注整个铁犁,从雪亮的犁尖向前迸发,在深深的泥土里跃跃勃动和扩散。在某些特殊的时刻,他可以犁不到力到,力不到气到,气不到意到,任何遥远的死角要它翻它就翻。

在我的印象里,他不大信赖贪玩的看牛崽,总是要亲自放牛,到远远的地方,寻找干净水和合口味的草,安顿了牛以后再来打发自己。因此他常常收工最晚,成为山坡上一个孤独的黑点,在熊熊燃烧着绛紫色的天幕上有时移动,有时静止,在满天飞腾着的火云里播下似有似无的牛铃铛声。这时候,一颗颗疏星开始醒过来了。

没有牛铃铛的声音,马桥是不可想象的,黄昏是不可想象的。缺少了这种喑哑铃声的黄昏,就像没有水流的河,没有花草的春天,只是一种辉煌的荒漠。

他身边的那头牛,就是三毛。

问题是,志煌有时候要去石场,尤其是秋后,石场里的活比较忙。他走了,就没有人敢用三毛了。有一次我不大信邪,想学着志煌"溜"它一把。那天下着零星雨点,闪电在低暗的云层里抽打,两条充当广播线的赤裸铁丝在风中摇摆,受到雷电的感应,一阵阵地泻下大把大把的火星。裸线刚好横跨我正在犁着的一块田,凌架我必须来回经过的地方,使我提心吊胆。一旦接近它,走到它的下面,忍不住腿软,一次次屏住呼吸扭着颈根朝上方警戒,看空中摇来荡去的命运之线泼下一把把火花,担心它引来劈头盖脑的震天一击。

看到其他人还在别的田里顶着雨插秧,我又不好意思擅自进屋去,不然显得自己太怕死。

三毛抓住机会捉弄我。越是远离电线的时候,它越跑得欢,让我拉也拉不住。越是走到电线下面,它倒越走得慢,又是屙尿,又是吃田边的草,一个幸灾乐祸的样子。最后,它干脆不走了,无论你如何"溜",如何鞭抽,甚至上前推它的屁股,它身体后倾地顶着,四蹄在地上生了根。

它刚好停在电线下面。火花还在倾泼,噼噼啪啪地炸裂,一连串沿着电线向远处响过去。我的柳鞭抽毛了,断得越来越短。我没有料到它突然大吼一声,拉得犁头一道银光飞出泥土,朝岸上狂奔。在远处人们一片惊呼声里,它拉得我一个趔趄,差点扑倒在泥水里。犁把从我手里飞出,锋利的犁头向前荡过去,直插三毛的一条后腿,无异在那里狠狠劈了一刀。它可能还没有感觉到痛,跃上一个一米多高的土埂,晃了一下,踩得大块的泥土哗啦啦塌落,总算没有跌下来,但身后的犁头插入了岩石缝里,发出剧烈的嘎嘎声。

不知是谁在远处大叫,但我根本不知道叫的是什么。直到事后很久,才回忆起那人是叫我赶快拔出犁头。

已经晚了。插在石缝里的犁头咣的一声别断,整个犁架扭得散了架。鼻绳也拉断了。三毛有一种获得解放的激动,以势不可挡的万钧之力向岭上呼啸而去,不时出现步法混乱的扭摆和跳跃,折腾着从所未有的快活。

这一天,它鼻子拉破,差点砍断了自己的腿。除了折了一张犁,它还撞倒了一根广播电线杆,撞翻一堵矮墙,踩烂了一个箩筐,顶翻了村里正在修建的一个粪棚——两个搭棚的人不是躲闪得快,能否留下小命还是一个问题。

我后来再也不敢用这条牛。队上决定把它卖掉时,我也极力赞成。

志煌不同意卖牛。他的道理还是有些怪,说这条牛是他喂的草,他喂的水,病了是他请郎中灌的药,他没说卖,哪个敢卖?干部们说,你用牛,不能说牛就是你的,公私要分清楚。牛是队上花钱买来的。志煌说,地主的田也都是花了钱买的,一土改,还不是把地主的田都分了?哪个做田,田就归哪个,未必不是这个理?

大家觉得他这个道理也没什么不对。

"人也难免有个闪失。关云长还大意失荆州,诸葛亮是杀了他,还是卖了他?"等到人家都不说了,也走散了,志煌一边走还能一边对自己说出一些新词。

三毛没有卖掉,只是最后居然死在志煌手里,让人没有想到。他拿脑壳保下了三毛,说这畜生要是往后还伤人,他亲手劈了它。他说出了的话,不能不做到。春上的一天,世间万物都在萌动,在暖暖的阳光下流动着声音和色彩,分泌出空气中隐隐的不安。志煌赶着三毛下田,突然,三毛全身颤抖了一下,眼光发直,拖着犁头向前狂跑,踩得泥水哗哗哗溅起一片此起彼伏的水帘。

志煌措手不及。他总算看清楚了,三毛的目标是路上一个红点。事后才知道,那是邻村的一个婆娘路过,穿一件红花袄子。

牛对红色最敏感,常常表现出攻击性,没有什么奇怪。奇怪的是,从来在志煌手里服服帖帖的三毛,这一天疯了一般,不管主人如何叫骂,统统充耳不闻。不一会,那边传来女人薄薄的尖叫。

傍晚的时分,确切的消息从公社卫生院传回马桥,那婆娘的八字还大,保住了命,但三毛把她挑起来甩向空中,摔断了她右腿一根骨头,脑袋栽地时又造成了什么脑震荡。

志煌没有到卫生院去,一个人捏着半截牛绳,坐在路边发呆。三毛在不远处怯怯地吃着草。

他从落霞里走回村,把三毛系在村口的枫树下,从家里找来半盆黄豆塞到三毛的嘴边。三毛大概明白了什么,朝着他跪了下来,眼里流出了混浊的眼泪。他已经取来了粗粗的麻索,挽成圈,分别套住了畜生的四只脚。又有一杆长长的斧头握在手里。

村里的牛群纷纷发出了不安的叫声,与一浪一浪的回音融会在一起,在山谷里激荡。夕阳突然之间暗淡下去。

他守在三毛的前面,一直等着它把黄豆吃完。几个妇人围了上来,有复查的娘、兆青的娘、仲琪婆娘,她们揪着鼻子,眼圈有些发红。她们对志煌说,遭孽遭孽,你就饶过它这一回算了。她们又对三毛说,事到如今,你也怪不得别人。某年某月,你斗伤了张家坊的一头牛,你有没有错?某年某月,你斗死了龙家滩的一头牛,你知不知罪?有一回,你差点一脚踢死了万玉他的娃崽,早就该杀你的。最气人的是另一回,你黄豆也吃了,鸡蛋也吃了,还是懒,不肯背犁套,就算背上了,四五个人打你你也不走半步,只差没拿轿子来抬你,招人嫌么。

她们一一历数三毛的历史污点,最后说,你苦也苦到头了,安心地去吧,也莫怪我们马桥的人心狠,也是没办法的事情呵。

复查的娘还眼泪汪汪地说,早走也是走,晚走也是走,你没看见洪老板比你苦得多,死的时候犁套都没有解。

三毛还是流着眼泪。

志煌脸上没有任何表情,终于提着斧子走近了它——

沉闷的声音。

牛的脑袋炸开了一条血沟,接着是第二条、第三条……当血雾喷得尺多高的时候,牛还是没有反抗,甚至没有叫喊,仍然是跪着的姿态。最后,它晃了一下,向一侧偏倒,终于沉沉地垮下去,如泥墙委地。它的脚尽力地伸了几下,整个身子直挺挺地横躺在地,比平时显得拉长了许多。平时不大容易看到的白浅灰色肚皮完全暴露。血红的脑袋一阵阵剧烈地抽搐,黑亮亮的眼睛一直睁大着盯住人们,盯着面前一身鲜血的志煌。

复查他娘对志煌说:"遭孽呵,你喊一喊它吧。"

志煌喊了一声:"三毛。"

牛的目光一颤。

志煌又喊了一声:"三毛。"

宽大的牛眼皮终于落下去了,身子也慢慢停止了抽搐。

整整一个夜晚,志煌就坐在这双不再打开的眼睛面前。

打 玄 讲

万玉死了之后,学哲学模范的帽子到了罗伯的头上。队上安排我给他写经验发言稿，写好后还要一句句读给他听，引导他背下来，再让他到公社或县里的会上去出哲学工。干部们说，万玉以前到公社里没有讲好哲学，罗伯年纪大，资格老，有话份，在渡槽上还英勇救人，上面对他肯定会满意。

复查又偷偷对我说，罗伯是远近有名的老革命，就是脑子有些糊涂，也不识字，一开口就有点十八扯，牛胯里扯到马胯里，事先不得不防。你一定要让他把发言稿背熟。

我后来才知道，要让罗伯作哲学报告时避免十八扯，实在是很困难的事。他讲着讲着就脱离了讲稿，好容易背熟的东西忘得精光，萝卜白菜桌子板凳不知道讲到哪里去了。我有时候想等待他能自己找到回路，后来才发现他总是越跑越远，越远越欢。他一辈子没有收过婆娘，甚至从来不近女色，但这并不妨碍他嘴里经常有些不干不净的歇后语：满妹子咳嗽——无谈（痰）；满妹子看鸡巴——无心；逼着满妹子下崽——霸蛮……这么多的"满妹子"与哲学实在不大合拍。

他从我的眼神里看到了问题，眨眨眼："猪嬲的，我又讲错了么？"

他越排练越紧张，到后来索性一开口就错："首长们，同志们，我罗玉兴今年五十六岁……"

需要说明的是，这其实不算错，但根据党支部的安排，我把他的年龄提高到六十五岁，以便更能体现他人老心红的优秀品质。六十五岁的人冒雨抢收集体的谷子，与五十六岁的人抢收集体的谷子，哲学意义当然是不一样的。

我提醒他六十五，记住，六字开头。

"你看我这张嘴！唉，人老了，活了还有个什么用？"他不顾我的暗笑，悲哀了一阵，望望天，定下心来，重头开始："首长们，同志们，我叫罗玉兴，今年五十……"

"还是错了！"

"我叫罗玉兴，今年……五……"

我几乎绝望。

他有点生气。"我是五十六么！哲学就哲学，改我的年龄做什么？年龄碍哲学么事？"

"不是要让你的事迹更加感人么？"我把已经讲过的道理仔仔细细又讲了一遍，强调龙家滩的一个老人家七十岁讲养猪的哲学，上了广播，五十六岁比起七十岁来，实在太少了一点，说不过去的。

"我早晓得哲学不是什么正经事,呀哇嘴巴,捏古造今。共产党就是喜欢满妹子胯里夹萝卜——搞假家伙。"

这些反动话让我吓了一跳。

正好这时候有个公社干部来了,看见了我们。罗伯迎出门去,说起我们正在做的事,眼睛眨巴眨巴像没有睡醒:"哲学么。学!不学还行?我昨日学到晚上三更,越学越有劲。伪政府时候你想学进不得学堂门,如今共产党请你学,还不是关心贫下中农?这哲学是明白学、道理学、劲势学,学得及时,学得好!"

干部听了满面笑容,说到底是老贫农,思想境界确实高,你看总结得多好?多深刻?明白学,道理学,劲势学。

我暗暗佩服,罗伯随机应变,而且出口成章,虽然总是睡眼惺忪之相,说起来却是一套一套的,一下就说到听者的痒处。我后来才知道,他就是个这样的人,从不同乡亲们红脸,一张嘴巴两张皮,见人说话,见鬼打卦,总是把人家爱听的话说得头头是道。碰到喂了猪的人,他就说喂猪好:"自己养的猪,想吃哪里就吃哪里,想什么时候吃就什么时候吃,何必到屠房里去冷脸挨热脸?"碰到没有喂猪的人,他又说不喂猪的好:"想吃肉,拿钱到屠房里去剁就是,几多别脱!何必喂猪劳那个神?天天三顿潲,自己都吃不饱,还要先喂饱它,你说气人不气人!"碰到生了伢崽的,他就说男好:"做事还是要靠崽,挑得担子使得牛,这是你有福。"碰到生了女崽的,他就说女好:"收了媳妇失个崽,嫁了妹崽得个郎。你看看几个猪糯的后生伢子真有孝心?做好事。还是女的疼爷娘,以后你粑粑有得吃,鞋袜不愁穿,恭喜恭喜。"

他讲来又讲去,倒也不见得是讲假话,倒是句句见真心,讲得实在,雄辩有力,一脸的认真严肃。马桥人说他最会"打玄讲"。玄是玄学,阴阳之道。因是因非,即此即彼,玄道本就是不可执于一端的圆通,永远说得清也永远说不清。

他自己没有子嗣,只有个干崽,是平江县的。根据本地人的习俗,生了娃崽之后第一个撞进家的客人,是这个娃崽的"逢生干爷"或"逢生干娘"。罗伯很多年前有一次到平江去贩枞膏,去路边一户人家讨口水喝,刚好撞了弄璋之喜,也就干爷了一回,后来每次到平江,记得给干崽子带一包红薯片。他没料到干崽子后来入了红军,竟然当上了将军,进了城以后还接他到南京住。他说他是个没福气的人,上了南京大码头之后,被将军夫妇接到小乌龟车里,车一动,立刻感到天旋地转,忍不住大喊大叫,一定要下车。最后,将军只好陪着他走路,汽车在身后慢慢随行。

他也不习惯将军家里没有火塘,没有尿桶。屋后面那一块空地,本可以好好育上一园子菜。他好容易把它挖翻了,平整了,就是找不到尿桶。拿水桶和搪瓷缸去上粪吧,又招将军夫人和两个妹崽捂着鼻子尖叫,埋怨他不讲卫生,不文明。他一生气,整整一天不吃饭,硬是逼着将军买了张船票送他回马桥。

"懒!"他谈起两个干孙女就摇头,"太科学了,长得一身肉坨坨的,喂不得猪纺不得纱,以后何事到夫家放锅?"

听说将军逢年过节都给他寄点钱来,我不免羡慕地打听。

"哪有好多钱呢?抠,抠得很。"他挖着布袋里的烟丝,眼睛眨了好一阵,嘴里含含糊糊,"也就是……就是……三四块钱。"

"不止吧?"

"我这么大的年纪,还会讲假?满妹子的耳屎——就这么多!"

"我又不找你土改!"

"要不你抄家,你抄家!"

我对他这一段颇感兴趣,觉得正体现了老贫农朴素勤劳的阶级本色(不愿在城里享清福),又展示了他光荣历史(比方说与红军有密切的关系),希望能写到他的报告中去。我没料到,一旦说深了,他的玄气又冒出来了,反而搞得我云里雾里。他是歌颂红军的,是一直在歌颂红军的,说着说着就变了味,说红军好毒辣呵——有个排长拉老乡关系,结兄弟,新来的连长就把他当反革命杀了。连长才十六岁,个头又矮,砍人家的脑壳还要跳起来砍,砍得血往天上喷,他就凑在颈根上趁热喝,骇不骇人?说到阶级敌人,他甚至流出了反动的眼泪。"马疤子算什么坏人呵?正经做田的人,刚烈的人。可怜,好容易投了个诚,也是你们要他投的,投了又说他是假投,整得他吞烟土,恤人呵……"

他用手掌向上推着鼻孔。

我不得不制止他:"你哭什么?你好糊涂,共产党清匪反霸是革命行动,你为马疤子鸣什么不平?"

"我……哭不得?"他有点不解。

"当然哭不得。哭不得。你是贫农。你想想,你刚才是哭谁?"

"我这个脑壳已经不是个脑壳。我说了不讲,你硬要我讲!"

"那倒也不是,有些地方还是讲得好。"

他要去解手,一去就去了半个来钟头,让我觉得奇怪。等他回来,我引导他多回忆一些国民党反动派的罪恶,让他喝口水,定定神,重新开始。到这个时候,他才回到了老贫农的身份。他说起国民党剿共,好毒辣,好毒辣呵。连婆娘娃崽也一起杀,三岁的伢崽,抓起来往墙上一甩,哼都没有哼一声,就脑壳开了花。有的被丢到砖窑里烧,烧得皮肉臭,臭气三天三晚还散不尽。他说起陆大麻子,大概是一个国民党的头目,做事最阴险,取了红军的肝肺,偷偷地混在一大锅牛肉里,要大家吃。他罗玉兴开始不知情,吃了以后才听说,当时就呕得肠子都要翻出来了……

他也当过一个月的红军,掉了队,才回了家。他差一点也被陆大麻子取了肝肺,幸亏他卖了备给老娘的一口棺材,办了三桌赔罪酒,又求了两个人作保,才留下一条命。

"陆大麻子我捅他的祖宗!他是老虫和猪鹦的种,又蠢又恶,要死七天七晚还不得落气!"说到老娘的棺材,他忍不住大吼大叫。鼻涕眼泪又来了,再次用手掌向上推鼻孔。

这次推得我比较放心。

"不是毛主席、共产党来了,哪有我罗玉兴的今天!"

"说得好,到了台上你也要这样说,一定要哭出来。"

"哭,当然要哭的!"

结果很遗憾:没有哭出来。不过还算好,他虽然紧张得有点结巴,基本上按照背熟的稿子讲下来,从历史到现实,从个人到社会,运用了"本质与现象"之类的哲学,既讲了自己的优秀事迹,又颂扬了社会主义。他十八扯不是太厉害,在我事先一再警告下,总算没有讲出给国民党当挑夫以及吃过美国面粉之类的蠢话。他顶多是批判修正主义哲学时加一点即兴,说修正主义确实坏,不但要谋害毛主席,还害得我们现在来开会,耽误工。这虽然没有抓住要害,却也符合主题。

我和他三天时间的背诵,还算没有白费工夫。

他后来被公社里指名,到其他公社去讲过几回。那以后,我临时调到县文化馆写剧本,就与他接触不多了。只听说他有次从外面出哲学工回来,在路上遭一条疯狗袭击,腿上被咬了一口,没有及时诊治,卧床半年多。再后来,就散发了,就死了。

我记得最后一次见到他时,他额上贴着膏药,瘦得只见两只眼睛,在田边看牛。一只金黄色的蝴蝶叮在牛背上。

问起他的病,他睁大眼睛对我说:"你说怪不怪,狗从不咬我的,只咬现地方。"

这话听来有些别扭。

他撩起一只脚给我看。他的意思是,这条脚上有一块疤,以前镰刀割在这里,摔跤碰破这里,到头来狗也咬在这里。他对这种重复百思不得其解。

"快好了吧?"

"何事好得了?"

"打了针吧?"

"天下郎中者只治病,治不了命。"

"你老人家要有信心,会好的。"

"好有什么好?还不又要去出牛马力?打禾,挖山,有什么好事?还不如我现在看牛。"

"你还不想好呵?"

"不好又有什么好?一步路都走得痛,茅厕都蹲不得。"

他什么话都可以说得顺溜。

他手里拿着一个粉红色的小收音机,大概是他干儿子将军最近捎给他的,在乡下人看来十分希罕。

"这是个好家伙,"他是指收音机,"一天到晚讲个不停,唱个不停,不晓得哪里这么足的劲势。"

他把收音机拿到我的耳边。我听不太清楚,声音太小,大概是电池不够用了。

"北京下不下雨,我每天都晓得。"他笑着说。

我后来才知道,这时的他已经病入膏肓,自己把寿鞋一类都放在床头了,怕到时候来不及穿。但他还平静如常地起床看了两天牛,给牛栏换了一轮新草,搓了两根牛绳,还笑着同我谈起了北京的雨。

芮 玮

冬天,公社一时要建粮食仓库,一时要建中学,总是往下摊派任务:每人交烟砖五口。马桥没有钱买砖,只好到岭上去挖坟砖——当然是一些没有主的野坟。

山里人多住茅棚或木屋,坟墓却决不马虎,总是耗费不少烟砖,有一种千年万载永垂不朽的模样。这些坟历时太久,坟堆大多已经坍塌,茂密的荆棘茅草覆盖其上,与平地的草木连成一片,随便看上一眼的话,不大容易辨出坟的所在。我们用弯刀把坟上的草木砍除,用耙头将表土渐次掀开,让墓拱的青色烟砖一块块浮露出来。到这时候,胆子小的女知青便害怕地跑开了,躲得远远的。男人则一个比一个更勇敢,争着把耙齿插入砖缝,慢慢摇,摇得砖块松动,再猛地撬掉第一块砖。

如果是保存得比较好的坟,就像保温性能很好的一口锅,破坟之时,必有蒸腾的白色汽雾,一浪一浪从缺口翻涌而出,染开一片腥涩的尸骨之味,使我的胃不由自主地要呕。待白汽慢慢散尽了,我们怯怯地凑上前,从破开的砖孔里,窥见坟内黑暗的世界。借着一缕颤颤抖抖探入的阳光,可以看见曾经经历人生的骷髅,空大的眼窝或宽阔的盆骨。也可以看见乱糟糟的积土和朽木。一般来说,我们这些掘坟者不会期待能在坟里找到什么金银财宝,能找到一两件铜器或陶器就算不错。何况我们所见的骷髅好几个都是朝下俯伏的姿态,照当地人的说法,这样的人都是恶死,比如遭雷劈的、吊颈的、枪杀的,后人不愿他们重返阳世延续恶运,断断乎不能让他们转生。让他们脸面朝下,就是让他们无法重见天日的重要措施。

人活着不一样,死后也有不同的待遇。

有一次,我们挖出一具女尸,发现她虽然已成白骨,但头发乌黑发亮宛然还有活气,长度足可齐腰。两颗门牙也居然没有腐败,独秀于嘴而且向外延伸,似有三寸多长。我们骇得四散逃跑。最后,还是队委会研究,以两斤肉一斤酒为代价,请出最不怕祸的黑相公,给那具尸骨浇了些柴油,一把火烧了,防止这个女鬼再闹出什么事来。多少年后,我从一位学者那里得知,这其实不算什么希奇。人的死其实是一个慢慢的过程,头发和牙齿这两种器官比较特殊,在某种合适的环境里,相当时期内还可以继续生长。外国医学界已有这方面的研究。

从岭上担回来的坟砖越来越多了。尸骨当然抛散在岭上。据说那一段岭上多老鹰,在天上飘来滑去,大概是嗅到了什么腥味,发动了食欲。还有人说,晚上听到岭上男嚎女叫,一定是鬼都跑出来了,冻得受不了,在那里咒骂挖坟的人。

尽管如此,我们还是天天上岭干缺德的事。

兆青的胆子本来也很小,挖祖坟却从不落后。我后来才知道,他每每抢在前面,是想找到坟穴里的一种稀贵之物:形如一颗颗大小不等的包菜,色彩鲜红,耀眼夺目,长在死者口舌处,似乎是呼吸的一种凝结,在墓穴悠悠岁月里绽开一朵惊人的美丽。农民把这种包菜模样的东西叫作"莴玮",说是一种最好的补药,聚人体之精气,可理气补血,可滋阴壮阳,可祛风,可保胎,可延寿。《增广贤文》里有"黄金无假,莴玮无真"一语,就是指的这种东西。他们还说,不是任何人死了之后都能从嘴里吹出莴玮的,只有那些富贵人,尝精品细,着绵枕皮,阳世里保养出金玉之体,才会有百年以后嘴上的成果。

有一天,兆青挖着地,突然长长地悲叹一声。

"想不得,想不得。活着有什么意思呢?"他摇摇头,"老子的嘴巴里以后是长不出莴玮来的。"

旁人明白了他的意思,面容也戚戚然。想一想每天只吞下一些红薯丝和老包谷,只吞下黑乎乎的干菜,连屁都放不出什么臭味,还想嘴上长莴玮?

"罗伯是长得出的,"万玉很有信心,"他有崽子在夷边寄钱来。"

"本义也有点指望,他身上的精气足,肥料多。"兆青说,"他贼娘养的三天两头到上头去开会,一开会就杀猪,肉坨坨把筷子都压驼。"

"干部开会是革命工作。你嫉妒呵?"仲琪说。

"什么工作,还不就是养莴玮?"

"话不能这么讲。要是人人都长得出莴玮,莴玮也就太便宜了,太不值钱了,还上得了《增广贤文》?"

"土改那年,老子也差点当了干部。"兆矮子无限神往地回忆当年。

"你兆矮子连自己名字的倒顺都看不清,拿什么当干部?你要当得了干部,我天天倒起来用手走路。"仲琪自己觉得这话好笑,咯咯咯地干笑了几声。

兆青说:"仲拐子,你看你那龙根样,天天把语录袋背起,把毛主席像章挂起,给哪个看呢?你还以为你嘴巴上也长得出莴玮?"

"我不要。"

"你长不出。"

"我不长,免得别个来挖坟。"

"你也有坟让别个来挖?"

兆青这句话很恶毒。仲琪无后人,在众人眼里,一直有死后无人埋的危险,而兆青一窝养了五六个娃崽,由他说出这句话,显然是仗着自己的优势,踩对方的痛脚。

"兆痞子,你烂肝烂肺的家伙。"

"这个猪嬲的货。"

"你爹娘没给你洗嘴巴呵?"

"你洗了嘴巴也没有用,一肚子粪。"

两人嘴里越来越不干净,越来越有戾气,好容易才被其他人的话插断。为了缓和气氛,复查便说起公社的周秘书,说本义算什么呢?就算一个月开五个会,也只是间或油一下嘴巴,一肚子薯丝包谷是化不开的。只有公社干部最好过,今天转到这里,明天游到那里,都有人招待,都是过年。你看周秘书那白里透红的一身好肉,煎油都煎得一大锅。一条金嗓子中气最足,作一昼的报告还锣样响,比铁香的声音还好听。他以后长的莴玮还会小得了?

罗伯接过话头:"正是正是,不怕不识人,就怕人比人。要说本义嘴巴里长莴玮,顶多也就长出个芋头大,十个也比不上周秘书的一个,以后要是挖坟,还是要挖周秘书的。"

他们从周秘书说到何部长,说到县里、省里的大人物,最后说到毛主席。他们一致相信毛主席福气最大,福分最高,百年之后的莴玮肯定了不得——岂止是治百病,定是长生不老之神药。这样的国宝恐怕要用高级化学方法保护起来的,重兵日夜把守。

大家想一想,觉得也是这么回事。这时日头已经偏西,就悠悠地把耙头拖上肩回家去。

几天之后,周秘书来马桥检查派砖找砖任务的完成情况,顺便要我帮他用复写纸复写一份材料,一个劲地表扬我的仿宋体标题做得好看。看着他笑眯眯的胖脸,我时常有片刻的恍惚,在他的嘴上想象出一颗包菜大小的莴玮——被他顶着到处走。他嗓音确实很亮,总是随着广播里的音乐,唱着最新的一支关于北京的颂歌,还不时问我他唱得如何,听取我重复了多次的吹捧。他还问我,他到县里当个文化局长怎么样?我说,当然,当然,凭你的艺术细胞,明摆着是文化局长的料。他更加高兴,不但继续哼哼唱唱,而且见什么人都亲热地招呼,问问娃崽如何,问问猪如何。他对自己今后嘴上长出更大的一颗莴玮,似乎浑身洋溢着自信。

他让本义领着去看烟砖去了。在我看来,是一颗大莴玮被一颗小莴玮领着去了,看以后不会有莴玮的人们挑烟砖去了——这种胡思乱想居然挥之不去,让我有点惶然。我猜想一定是这一段挖坟挖得太多了,挖得一脑子都有了尸臭,没有什么好东西。

"你说,除了仿宋字还有什么好看的字?"

"茼玮。"

"你说什么?"

"哦,你是问……"

"我问还有什么好看的字体。"

我恍然醒悟,赶忙回答关于字体的问题。

栀子花,茉莉花

* 雨是要下的,我看下不下来。(关于天气)
* 吃饱了,吃饱了,还想吃一碗就是。(关于吃饭)
* 我看汽车是不会来了,你最好还是等着。(关于等车)
* 报上这篇文章写得好,我一句都看不懂。(关于读报)
* 他人是个老实人,就是不说老实话。(关于仲琪)

……

进入马桥的人,都得习惯听这一类模棱两可的话:暧昧、模糊、飘滑、游移、是这又是那。这种让人着急的方式,就是马桥人所说的"栀子花,茉莉花"。我发现,一般说来,马桥人对此不大着急,甚至一点也不怪异。他们似乎很乐意把话说得不大像话,不大合乎逻辑。他们似乎不习惯非此即彼的规则,有时不得已要把话说明白一些,是没有办法的事,是很吃力的苦差,是对外部世界的一种勉为其难的迁就。我不得不怀疑,从根本上说,他们常常更觉得含糊其辞就是他们的准确。

因为这一点,我始终没有弄明白马仲琪是怎么死的。总结人们的意思:仲琪有是有点贪心,又没怎么贪心;一直思想很进步,就是鬼名堂多一些;从来没有吃过什么亏,只是运气不好;婆娘的一身病明明是治得好的,可惜找不到对路的药;走到哪里都是个干部的样,就是没有个当干部的相;新屋倒是砌了一栋,砌了又不是自己的;黄老五对他最好,没帮过什么忙就是;是个有面子的人,没有什么话份;说他偷东西实在冤枉,他不过是没给钱就拖走了屠房里一块肉;黄藤是他自己吃的,说他自杀根本不符合事实……听了这些话,我明白了么?没有明白么?

我大体知道,仲琪守着一个卧床久病的婆娘,日子很艰难,连买肉的钱都没有了。重阳节的前夕忍不住在屠房偷了一块肉,被当众抓获,写检讨书贴在墙上。大概觉得无脸做人,他第二天就喝了黄藤水。事情就这么简单。简单的事情不能被马桥人说得清清楚楚,在一种"栀子花,茉莉花"的方式中变得越来越暧昧,只能证明马桥人不能接受这个事实,或者说不愿接受这样简单的事实。也许,他们觉得在事实的每一个环节之外,还有更多说不清道不明的事实,他们的很多话都被那些隐形的事实搅乱、破坏和分解,只能变得牛头不合马嘴。

仲琪一辈子用笔批下了数不胜数的"同意",最后一个"同意"是习惯性地批在自己偷肉的检讨书上,张贴墙头公之于众。在检讨中,他骂自己是贼,是无廉耻的家伙,是愧对党和政府也愧对先人的反动分子。有些话写得过头,可以使人想见他当时惶恐的程度。其实,他一生中知道太多别人的秘密,知道远远近近太多瞒天过海的恶行,但自己从来安分守己,非分的一根稻草都不敢取。他的本分给他带来了什么好处吗?没有。他被一批批他洞悉无余不以为然的人抛下,眼睁睁地看着他们发财,自己的日子却过得越来越紧巴,猪油罐子都没有什么腥味。他是不是需要改变一下呢?在我的想象中,他走进了屠房,掏着自己空空的衣袋,吸着火热逼人的节日气氛,终于决定从一块肉上开始自己的改变。可惜的是,他没有得到肉,只得到了众目睽睽千夫所指之下的无限耻辱。

那么他该怎么办?

他该继续他的本分,还是继续他的不本分?

如果他还在我的面前,如果他向我提出这样一个问题,我很可能会有一时的踌躇。我很难作出非此即彼的回答。在这个时候,我可能会暗暗感到,一种"栀子花,茉莉花"式的恍惚不可阻挡地向我袭来。

原载《马桥词典》,
山东文艺出版社 2001 年版

张炜《九月寓言》导读

作家简介

张炜(1956—),山东龙口人,原籍栖霞。毕业于烟台师范学院中文系。现为中国作家协会副主席、山东省作家协会主席。1980年3月在《山东文学》发表小说处女作《达达媳妇》,作品主要有长篇小说《古船》《九月寓言》《柏慧》《家族》《外省书》,中篇小说《秋天的愤怒》为首的秋天三部曲,短篇小说集、散文集《玉米》《融入野地》《夜思》等。出版有《张炜文库》1—10卷。作品被译为英、法、德、日等多种文字,并多次在海内外获奖。其代表作《古船》被海外评为"华文小说百年百强"。2011年,其长篇小说《你在高原》获第八届茅盾文学奖。2019年,其长篇小说《九月寓言》入选"新中国70年70部长篇小说典藏"。

创作背景

20世纪80年代是中国现代文化史上继"五四"之后又一个也是20世纪最后一个思想文化的璀璨时期。"现在正是最需要文学的时代。需要文学来拯救人、启示人,告诉人民生存的意义和危机以及它们在这个时代里的具体表现"(张炜《仍然生长的树》),张炜在这一时期的作品以理想主义的信念、严肃的文化批判和反思呼唤着思想的启蒙和解放。作家对于生活中"黑暗的力量"有深刻的洞悉,对它们的义愤和讨伐深入而持久。张炜第一个短篇集《芦青河告诉我》中的作品几乎无一例外都是对于时代精神、对于个性解放的讴歌。在《芦青河告诉我》的后记中,张炜说:"我厌恶嘈杂、肮脏、黑暗,就抒写宁静、美好、光明;我仇恨龌龊、阴险、卑劣,就赞颂纯洁、善良、崇高。我描写着芦青河两岸的那种古朴和宁静,心中却从来没有宁静过。"

张炜是从写诗走上文学道路的,在以短篇小说《声音》为代表的早期作品中,诗意的乡土生活、清新的自然风光、两性之间淡淡的朦胧的柔情构成了他作品的主要内容。张炜以具有自然特征的乡村来建构自己的艺术世界,不仅仅是因为那是养育过他的地方,更主要的在于自然乡村中蕴含着张炜的生命理想。这种生命理想如果深入下去,必然会转向对现实苦难的揭示和人性的批判。自"秋天三部曲"直至《古船》,他的作品逐步走向深厚沉郁。

从《九月寓言》开始,以及《柏慧》《家族》,这三部长篇,显示了他对知识分子精神理想和民间立场的坚守。他更多地在思考中国文化的命运和出路的问题,包括传统文化的现代化改造问题和知识分子的精神自救问题,"融入野地"是他设计的一条理想之路。在他的史诗般的作品中,始终有一种诗性的潺潺流动,闪耀着理想主义的光芒,在抒情的优美里表现愤怒与反抗、沉思与超越,展现了他独特的艺术存在。

当20世纪90年代物欲挟商品经济大潮来临时,中国社会的现实状况发生了巨大的变化,现实社会中出现了越来越多的令人困惑、焦灼不安的东西,作家们既经受着金钱物质的挤压诱惑,又经受着情感和良知的煎熬。在此历史境遇中,张炜把目光投向民间,投向家乡的土地和父老乡亲身上,期望让乡间美好、温馨的情感来慰藉人们失衡的心灵,以构筑起情感世界的一方净土。

作品评点

《九月寓言》描绘的是一个未经文明理性修饰的自在的小村世界。村姑肥和丈夫作为小村故事的见证人,重返小村遗址,开始了小村历史的回忆。这部长篇的整体结构,由相互连贯而又相对独立的七部分组合而成,其情节包括金祥千里买鏊子、露筋与闪婆的野合、独眼义士对"负心嫚"的千里追寻以及金祥忆苦等。

我们看到,在承载生命并给生命以能量的苍茫大地上,生存着一群自由嬉戏的小村人。野地是他们最大的嬉戏广场,这里属于真正的原生态的生存方式。年轻人、老年人、男人、女人,所有的人都是参与者,自由嬉戏填满了他们或短或长的生命时光。白日的野地里,"他们就在泥土上追逐,翻斤斗,故意粗野地骂人。如果吵翻了,就扎扎实实打一架,尽情的撕扯。田野上到处是呼喊的声音,远处往往有一个更粗鲁更狂躁的嗓子……他们吃得肚子胀胀,激动拥抱,用沾满炭灰的嘴巴把对方的脸颊弄脏"。夜色笼罩,野地里蓬勃着无边的欲望,血性的狂欢。在"没有月亮也没有云彩的午夜",各种角色都出场了。少白头龙眼,胖姑娘肥,凹脸年九,独眼喜年,豁了鼻子的矮壮汉人,眼上长小疤的美女香碗,"像女王一样居于正中"却又"叉开两条长腿"的赶鹦,以及刺猬、山狸子、长尾巴喜鹊、狐狸、鹌鹑、野獾等等,人与万物,都活跃着,纠缠着,"千奇百怪的动物在花地里狂欢,嘶叫、奔跑、互不伤害地咬架……有人把腿搭在别人腿上,那个人就再搭在另一个人——所有人都腿脚相连,像编草垫那样",这一切构成了一部浑然的生命交响。

在《九月寓言》中,"地瓜"(即红薯、山芋)作为生命转换的能量,是连接人与大地的纽带。地瓜深埋于土地中,更能代表大地对人的赐予,地瓜火热的外表又使它成为生命活力的表征。在《九月寓言》中,地瓜的热和能哺育人的血肉,是小村人的生命源泉。年轻人在黑夜不倦奔跑,在田野里没来由角逐,这些自由嬉戏的生命活动一旦停下来,小村人的生命能量就受到压抑,它像火一样灼烧着小村人,就像小村人所说,"瓜干烧胃呀"。源自大地的生命热能得不到宣泄,就带来了许多邪性。如小村人习惯夜间打老婆,他们以施暴和受虐的方式来缓释压抑。地瓜做成的煎饼同样具有神奇的力量:庆余的儿子与工区人摔跤,瘦小的身子抗不过工区人健壮的身体,但当他回去吃饱了地瓜煎饼之后,却神勇地一次又一次把对手摔倒在地。当庆余抱着一摞煎饼安详而自信地笑出来时,我们感受到的是大地的力量。一群人似乎毫无目的地嬉戏着,自由嬉戏成了他们的生存方式,用这种莫名而又固执的方式,他们似乎解脱了生命中可承受的轻与不可承受的重。这都是因为,始终有盏灯亮在遥远的虚无得不可及的地方,给茫茫的人生跋涉带来了一缕又一缕的光明。激越或绵长的爱、相濡以沫的亲情便是这光与亮,让他们一路披荆斩棘一路平淡如水地走过。这是一种寓言化了的历史、现实与未来,不啻为人类群体走向的最为生动与具体的诠释。心有灵犀的读者可能会隐隐约约感受到一种自然的又是自由的精神,一种依托于大地的淳朴而又厚实的情感庇护。尽管每个人只能默默体味人世的沧桑与凉热,独自去面对生命中的绝望与希望,但只要拥有了大地,他/她就拥有了属于自己的幸福的"九月"。

在《九月寓言》中，张炜将自己心灵的触角伸向茫茫山野，建构着来源于历史深处的寓言。"大地"对张炜的创作有着重要意义：它是作者产生灵感并借以建构许多作品的基础，又一跃而成为作品圣洁的精神追求。对文本而言，"大地"充满了人类家园的温情；对当下社会而言，"大地"又高扬着批判激情。它是张炜"道德理想主义"精神批判的参照和立足点。《融入野地》，是张炜1992年写的散文，《九月寓言》出单行本的时候用它来代后记。这可能是张炜最能传达出个人心情和写作追求的文字。融入野地，是张炜自我守护和磨砺的言语方式和行为，是他生命浪漫的外在表现；融入野地，也是文学的想象和心灵的审视，张炜是在为人们诗意栖居的大地在争取尊严和权力。《九月寓言》写出了大地的欢乐，展示了大地上的众多生命，还有大地上与欢乐相伴随的苦难和心灵负荷。大地承载了一切，不论是污浊还是纯洁，是高尚还是卑下。"大地"的凸显是张炜对20世纪90年代文学乃至文化的一个重要贡献。张炜说："人可以离开乡土，但不能离开大地。厚德载物的大地是生命的物质背景，民族文化和时代精神都构筑于这个背景之上。我们的文化传统兼有积极和消极的东西，就看后人如何取舍如何继承了。一个时代对于民族文化传统的态度，就体现在这个时代的精神背景之中；但作为个人能否挣脱时代的局限，就取决于他对大地的忠诚了。可见对大地的忠诚才是最重要的。"（夏榆《张炜：我安于做井底之蛙》）一旦发现了"大地"，作者似乎立即找到了道义支持，挖下了抗拒物欲狂欢的沟壕。这种对敬农恶商思想的过度依赖，也曾带来一些争议和批评。但应该看到并承认，作者把目光投向茫茫野地，把大地作为现代人的生存归宿，有其特殊的文化针对性。作者始终关注现实发展、思索人类命运，乡村与都市，原生文化与现代文明，成为其精神思辨中永恒动荡的两极。《九月寓言》对"野地"充满诗意的叙述与描绘，对腾跃、繁衍、绵延于辽阔大地的生命状态的炽烈渲染，幻化出作者对生命本源的追溯，对人类存在的终极意义的关怀，其中也包孕着作者对现代工业文明所存在的深重危机的忧患。

"大地"的转义就是"民间"。如果说大地是自然化的民间，那么民间就是社会化的大地。张炜认为，文学一旦走进民间、化入民间、自民间而来，就会变得伟大而自由。而相反，离开了民间的支援和支撑，从来就不会有心灵的自由。所以，与20世纪80年代文化精神相比，更深入张炜之心并更坚固地据有他的文化立场和情感的，是传统的民间文化。《九月寓言》中，知识分子的精英意识为民间世界所湮没而呈现隐性结构。穿过了民间文化，张炜的大地情结找到了坚实的依托。作者首先是通过民间话语来进行精神流浪。书中内容有许多民间故事，而这些故事正是含有流浪意义的文本。在故事中，行动者的痛苦被作者有意淡化，他们与万千生物共同呼吸，与野地亲密相处，"脚步将夜气磨得发烫"（张炜《融入野地》）。《九月寓言》里的忆苦故事淡化了外在的政治色彩，解构了意识形态，在某种程度上，忆苦成为一种相互倾吐彼此倾听的交流互动形式，真正成为一种巴赫金所说的"狂欢广场式的自由自在的生活，充满了两重性的笑，充满了对一切神圣物的亵渎和歪曲，充满了不敬和猥亵，充满了同一切人一切事的随意不拘的交往"（巴赫金《陀斯妥耶夫斯基诗学问题》）。文本中作为小村"意识形态"与权力意象出现的赖牙与大脚肥肩也不例外。大脚肥肩开始时还"一边听一边纳鞋底"，而后"凑近了金祥，连连问"，最后终于"泪水也滴下来"，并督促赖牙讲出了"谁也不用怕谁"，逐渐弱化了外在的等级差别及权力观念。如果把张炜写于20世纪80年代的《古船》与《九月寓言》相比，不难看出两者的巨大差别：前者富于理性，是观念化的，后者侧重直觉，是表现性的；《古船》把苦难作为焦点来关注洼狸镇的文化根脉，《九月寓言》则以寻找"大地"的姿态来呈现了某种理想。可以说两者都是在叙述历史，但作者的叙述姿态有着很大不同：《古船》的叙述者是以一个局外人的身份设计历史的叙述，是确立在理性地把握历史的基点之上的，这种理性的把握，常以"主体—客体"二元关系模式为前提，将小说叙述者设定为一个超越于叙述对象的"全知全能"的理性主体，正因为此，"历史"才能被把握、被叙述出来；张炜在创作《九月寓言》时，放逐了他创作《古船》以及所有那些习惯于叙说历史的小说所设定的这样一个理性主体，而是努力将其叙述身位"融入野地"，使文本叙述转化为一种经由内省而使大地开口说话的语言。

（张军府）

九月寓言（节选）

张　炜

老年人的叙说，

　　既细腻又动听……

第一章　夜色茫茫

一

谁见过这样一片荒野？疯长的茅草葛藤绞扭在灌木棵上，风一吹，落地日头一烤，像燃起腾腾地火。满泊野物吱吱叫唤，青生生的浆果气味刺鼻。兔子、草獾、刺猬、鼹鼠……刷刷刷奔来奔去。她站在蓬蓬乱草间，满眼暮色。一地荩草织成了网，遮去了路，草梗上全是针芒；沼泽蕨和两栖蓼把她引向水洼，酸枣棵上的倒刺紧紧抓住衣襟不放。没爹没娘的孩儿啊，我往哪里走？

他上前挽住这个白胖得像水生植物似的姑娘，她却一下甩开了他。他恳求一声："肥……"

肥一直往前，走进了没膝深的蒿丛。他望着她的背影，两手颤抖，刚要呼喊什么，又掩住了嘴巴——天哪，这是哪里？眼前是一条荒芜的小路——十多年前工区通向小村的惟一小路！小路尽头的村庄呢？

一切都消逝殆尽，只有燃烧的荒草……

他久久未能合拢嘴巴。接着他发现了草藤之间倒塌的墙壁、破碎的砖石。毫无疑问，他们真的走向了当年那个缠绵的村庄……脚下有什么在响，原来到处是长长的、深不可测的地裂，不断有小土块掉进去。他还来不及去想这是怎么回事，马上浮到脑海的是肥可能遇到的危险。他跑起来。后来他发现肥安坐在一个废弃的碾盘上。一层冷汗从头上渗出，他双手抱住脑门蹲下了。

碾盘四周茂长出茅草，这形貌很容易使他想起秃脑的父亲——一位煤矿工程师。他常常担心那个亲爱的人遗传给一个秃脑……事至今日，儿子也许要感激父亲：是他给予了这么好的机缘。当年的秃脑工程师因为艳事太多，带上全家逃到荒凉的小平原上来开拓新生活。于是这儿发现了一处煤田，他的儿子则发现了一个叫做"肥"的姑娘。

肥就住在离工区不远的那个小村里。当时的工区子弟寂寥无比，一天到晚往小村里跑。那里的姑娘不太多，况且正与本村小伙子热恋，所以来自工区的人在整整一年时间里无所作为。秃脑工程师空有满腹经纶，一天到晚借酒浇愁。妻子是一个四川人，娇小孱弱，随处都迁让着丈夫。她在儿子刚刚懂事时就告诉他："你爸呀是个风流才子。"儿子多少有些恨父亲，他知道一个行为不端的人将给下一代增添无限烦恼。与父亲不同的是，他顽强而执拗，很早就懂得了钟情。那些日子里他寻找着肥，往小村里奔跑，远远看见袅袅上升的炊烟、矮小的屋顶,就清晰地看到了一辈子的希望。

父亲长了发红的胡子,还有极其古怪的脸色:总像擦了粉似的,有一层白霜。他不止一次表示了对这层白霜的厌恶,弄到后来连忍气吞声的母亲也要用巴掌揍他了。她说:"你知道个什么!你爸还就是这点儿好……"由于新煤田特殊的地质构造,煤的开采将使这一片平原蒙受巨大损失。地下响起隆隆炮声,接着矸石和煤块涌到地面上来。父亲有时也到地底下去。他觉得父亲在率先开路,频频拨动两只前爪,所经之处地面总要凹下一块。这就是平原上出现一片又一片洼地的缘故——整齐的麦畦和秀丽的瓜田沉陷下去,芦苇蒲草遍地滋蔓。

一群鼹鼠从他身旁游过。破碎的瓦片被弄得沙沙响,接着又是咔嚓一声。他疑心有什么随着一只鼹鼠掉进了地裂里。满地裂隙直通地底,连接着纵横交错的地下巷道,也连接着父亲那颗阴暗的心。一群鼹鼠又转回来,在暗影里摸索,咬折了身旁的草秆,发出啪啪的声响。父亲的人究竟用了多长时间才掏空了一座村庄的基底呢?他宁可相信那是一个缓慢的、坚韧不拔的过程。一个老男人的耐性和勇气令人钦佩,不过他因此而仇恨这个人了。他们捣毁了一座村庄,而这座村庄是他爱的摇篮。此刻,他望着在茫茫夜色中摇动的枯草、一片断墙瓦砾,明白他心爱的肥再也找不到家了。

那个缠绵的村庄啊,如今何在?

肥却感到了从未有过的轻松。瞧这儿一眨眼变没了一座村庄。什么都没有了,只有沉寂和悲凉。我那不为人知的故事啊,我那浸透了汗液的衬衫啊,我那个夜夜降临的梦啊,都被九月的晚风吹跑了。在这冰凉的秋夜里,万千野物一齐歌唱,连茅草也发出了和声。大碾盘在阵阵歌声中开始了悠悠转动,宛若一张黑色唱片。她是磁针,探寻着密纹间的坎坷。她听到了一部完整的乡村音乐:劳作、喘息、责骂、嬉笑和哭泣,最后是雷鸣电闪、地底的轰响、房屋倒塌、人群奔跑……所有的声息被如数拾起,再也不会遗落田野。有什么东西跑到她的脚背上,拍打她的脚趾。鼹鼠们前来探望了。她禁不住伸手去抚摸它们的脊背。一种丝绒样的润滑。它们是一座村庄的小精灵、真正的土著——大约此刻是它们推动了碾盘旋转吧?

大碾盘太沉重了,它终究留在九月的荒芜里。它是个永存的标记、长久的依恋。那时,只要吃饭就得寻它,所有的瓜干、杂粮都靠它碾碎,好做糊糊喝。

全村的体面孩子都要在正午的日光下蹲到碾盘上撒尿,让母亲看着它濡湿青石。如果是粪便,就要给碾东西的人带来麻烦。肥不止一次看到"红小兵"骂着揩净碾盘,把口袋里的地瓜干倒上去,呼呼推动碾砣。他环绕碾盘健步如飞,完全不像个老人。他这外号是村头赖牙赐予的。人们每逢看到红小兵走上街头,就要想到赖牙,想他怎样把这么好的一个外号给了一位老人。不过也有人对此表示异议,他们说赖牙哪有这样的想象力?应归功于背后的人,即他老婆大脚肥肩——那个女人哪,哼哼,全村的人都闭嘴巴。

  肥记得红小兵六十岁时,他女儿赶鹦正好十九。无论是过去还是现在,肥都没有遇到比赶鹦更美的姑娘;正是这个小脸微黑、浑身喷吐热力的同伴,让她在夜色里迷失。肥至今也不知当年该背弃她还是亲近她,只知她和自己往昔的故事编织在一起,手扯手把自己领进了伸手不见五指的黑夜,领进了一个命里。赶鹦是怎样的一个姑娘啊,一双扤动不停的圆腿;辫子粗粗,长可及臀……那时整个村庄都为外村人瞧不起,因为这些人都是从南山或更远的地方迁来的。他们说话的声调让当地人不能容忍,再加上一些异地习俗和其他行为特征,就成了当地人永久的嘲弄对象。人们给这个小村的人取了一个共同的外号:鲹鲅①。只要"鲹鲅"走出小村,就有人用指头弹击他们的脑壳,还以掌代刀,在后脖那儿狠狠一砍。连最年老的人也得不到尊重,人家甚至嘲笑他们走路的姿势。而赶鹦的美丽超凡脱俗,当地人也不得不折服。但他们又认为任何奇迹总是一个例外,赶鹦与小村人不能同日而语。老年人见了赶鹦挎着篮子走出来,就张大缺少牙齿的嘴巴喘一口:"这个姑娘!"年轻人的眼睛只盯住她背上的辫子,很久才吐一声:"哎呀!"他们议论着,最后都问一句:谁能得她?由于女儿的缘故,红小兵差不多成了一个德高望重的人物。他在街上快手快脚地走,很快就踏上小路走向村外。他是当时惟一一个能经常走到外村的人。

  肥没法忘掉赶鹦,正像没法忘掉自己是个"鲹鲅"、没法忘掉那些夜晚一样。那一夜一夜的游荡啊,究竟从哪一天开始?如果没有赶鹦,如果没有冬天里的一场病……那个冬天肥病得好重,母亲把屋檐下的草药取下来煎水给她喝。喝了三天没见好,只得求红小兵出村请来赤脚医生。医生手腕上戴了一块指针不动的表,一副只剩下框子的眼镜。他看了看肥,让她坐下,号号脉,

---

① 一种剧毒海鱼。

说："脱。"肥脱去了棉衣,只穿着厚棉裤子和土布小内衣。他把听诊器插到衣衫下边,按在隆起的乳房上,说:"糟。"肥的心怦怦乱跳,身子在寒气中抖个不停。医生采取了按摩的方法,到处按摩。这种按摩直进行到午夜,肥的周身火烧火燎,恨不能将年轻而老辣的医生撞死。医生指法越来越细腻,到后来又要打针。肥眼瞅着他把一根锈迹斑斑的长针套在一个擀面杖大小的玻璃管上,吓得喊叫了一声。医生正一正镜框看看她,说:"这也喊?"一边说一边将她的内裤脱下一截。肥忍受着,牙齿不停磕碰。医生手持长针,并不动作,仿佛存心冻她一会儿。他弯腰端量下针的位置,自语说:"我要把你介绍出去——找婆家。"肥一抖:"俺不去,俺妈让俺嫁当村。"医生拍了她一下:"鲅鱼!"随着那一下拍打,酒精溶液哗哗流下,一支长针猛地插上去。肥嘶叫了一声,不顾一切地冲出门去。针头在身上颤动,她怀着无限愤怒拔掉了它,掷到了黑夜的泥土上。

是的,就是从那个夜晚开始,她进入了奇妙的游荡。午夜星空明亮,没有月亮也没有云彩。严寒没有使她畏缩,反而令她大口地吸气。在从门口到街西碾盘那么短短一段路上,她竟觉得病全好了。万籁俱静,清风拂面。干草叶儿在光秃秃的街面上滑动。一个大刺猬急急走来,她用脚一碰,它就球了。一切烦恼都忘记了。走到碾盘跟前,一只花猫从石砣上弹起来。坐在上面,四周黑暗里都是活动的东西,小虫跑,小鸟扑棱,还有什么在呼呼喘气。这个活着的夜晚,只有人才是睡着的。她不害怕,在她眼里,那个医生才是最可怕的东西。妈妈一个人蜷曲在西间屋里睡着,花白的头发搭在油黑的枕头上,像扑散的杨树花儿。她想看看女儿怎样被年轻的医生治好,就一直伏在门框上。医生转过脸来喝斥道:"多么分散精力!"妈妈的头像小孩子那样一缩,弓着背走开了。她还睡着,她的女儿跑到黑夜中去了。肥抿抿嘴角,唇上又涩又咸。她感到费解的是,为什么瘦弱的妈妈会生下一个胖娃娃?人家都叫她"肥"。父亲胖吗?她不记得了,只听妈妈说那是个倔强的好人,前些年饿死了,精瘦精瘦。她的胖令她百思不解。后来她想起了一句歌词:"阳光雨露,使我们茁壮成长……"阳光在白天,火辣辣的太阳啊,揭去了人们一层皮。雨露在夜间,走上黑漆漆的小路,露水就打湿了裤脚。其实一切营养都来自食物:瓜干很甜,含丰富淀粉。啊,多白的淀粉,如同我的肌肤。有什么顺着肥的脚背爬上来,肥把脚用力一甩,那东西飞到了远处。等她把脚收回来,却被什么揪住了。

肥那个夜晚被人拉下来,直拉到碾盘下面的空隙里。她没有反抗,因为她听出那人是个姑娘。——令人吃惊的是,这时候还有人出来玩。她安静下来,认出是赶鹦。她说:"真能闹!"赶鹦说:"没想到是你。你晚上也出来啊?"肥一听就明白赶鹦夜间总是出来玩。她差一点喊出声来。赶鹦让她紧紧贴到自己身上。一颗火烫的心撞击着肥,她热得不能自持。赶鹦拉着她钻出碾盘,告诉她,村里一伙年轻人差不多每夜都跑出来玩。"怎么玩呢?""胡乱玩呗。"她说着四下张望,"不知他们这会儿躲到哪去了。走,我领你找他们去——也许他们在哪儿睡着了哩。"赶鹦拉着肥的手,走过村子南边的小沙岗子,又走进小榆树林子。最后赶鹦说:"在大草垛子里!"她估计得不错。她们扒了几下,一些麦草滑落了,露出一个黑深的洞口。两人钻进去,七拐八弯,才听到很多人在笑。赶鹦说:"多热闹,俺!"

谁知道夜幕后边藏下了这么多欢乐?一伙儿男男女女夜夜跑上街头,窜到野地里。他们打架、在土末里滚动,钻到庄稼深处唱歌,汗湿的头发贴在脑门上。这样闹到午夜,有时干脆迎着鸡鸣回家。夜晚是年轻人自己的,黑影里滋生多少趣事;如果要惩罚谁,最严厉的莫过于拒绝他入伙——让他一个人抽泣……咚咚奔跑的脚步把滴水成冰的天气磨得滚烫,黑漆漆的夜色里掺了蜜糖。跑啊跑啊,庄稼娃儿舍得下金银财宝,舍不下这一个个长夜哩。白天来了,做起活儿满是力气;那些夜晚只知闷头酣睡的人就少不了躁得打架:人们常常看到两个男人没有多少缘由就干起来,像两头公羊,死命地撞,一会儿就流出血来。本来就破的衣服撕成了条条,露出了黑棱棱的筋肉。他们的手像钢勾一样,抓住对方的肩肉一扭,肩就破了。大家不怎么劝阻,只是蹲下来观战。老人们呷着烟杆,长叹一声:"吃下那么多地瓜,烧胃哩。"年轻人的事情早晚也瞒不过老人,他们听着深夜街巷的脚步声就议论起来,都说:"瓜干烧胃哩……"

小村人每年吃掉的瓜干如果堆起来会像一座小山。焦干的地瓜干点燃了,肯定是一座灼人的火山。这么多东西吞进肠胃,热力顺着脉管奔流,又从毛孔里涌出。有时他们还吃一些玉米什么的,化成了劲儿就到田里做活。扬起的镢头把空气击打出声音,刨到冻土上火花四溅,土中的小石子立刻劈为两半。年轻人抖掉棉衣,身上的热气透过单薄的衣衫冒出来。他们不怕寒冷,大笑大叫着干活,有时还跳起来。劳动空隙中他们就在泥土上追逐,翻斤斗,故意粗野地骂人。如果吵翻了,就扎扎实实打一架,尽情地撕扯。田野上到处是呼喊的声音,远处往往有一个更粗鲁更狂躁的嗓子。如果是秋天,青纱帐生得严密,那么总有人在另一边点上熊熊大火,把青青的玉米和豆棵投进火里。他们吃得肚子胀胀,激动拥抱,用沾满炭灰的嘴巴把对方的脸颊弄脏。秋野上升起一层蓝蓝的烟雾,这是名副其实的炊烟。收工时,大家头顶星星踏上归途,木架子牛车上堆着青绿的庄稼棵,还伏着一些年轻人。开始的时候都懒洋洋的,后来被晚风一吹,两眼又生出光来。他们一纵跳上车沿站立着,放开喉咙呼叫。小村里的狗急急应答,不一会儿,先是一些孩子、接上是一群狗跑出来迎接……

难忘的九月啊,让人流泪流汗的九月啊,我的亲如爹娘的九月啊。肥一闭眼就能嗅到秋野的气息。那些伴着瓜蔓茂长的心事,沉甸甸地盖在泥土上。秋天里谁高兴得一声连一声说起了数来宝?谁发出了一阵又一阵哀号?肥至今记得那匹小红马,记得矮壮憨人遭到不幸的那个下午……那时大家正在歇息,一匹小红马不知怎么跑到田里来——它在这个温暖的季节里又吃奶又吃豆棵,肥肥胖胖,毛色油亮。不少目光投注在它身上,看它在阳光下炫耀。它像个雄性儿郎,健壮漂亮得简直不像鲅鲅小村的产物。那会儿憨人痴迷地望着小马,有人按按他的脑门:"你敢跟小马去摔一跤?你不敢!"有哮喘病的憨人一翻白眼,应声站起,一边甩衣服一边往前走。一个人捂着嘴嚷:"快看咪……"喊声未停,憨人已经抱住了小马的脖子。所有人都把目光移到那儿:一匹鲜红的马上缚了个黑乎乎的小伙子。小伙子死命地扭小马的脖子,努力要将它扳倒。一伙年轻人哎咳哎咳大叫,给憨人加油。只有肥咬着嘴唇,她担心憨人被红色的长腿踢中。小红马一动不动,憨人扭着,骂着:"你妈的,我要你倒咪!你妈的!"小红马看看四周,看看这个年轻人,喷了一下鼻子。它终于明白了这个有些矮小的青年要干什么,水汪汪的大眼一闪一闪。它又去看一边的几个老人,老人们只顾吸烟,鼻子里发出哼哼声。它的红鬃抖了抖,双耳一颤,用嘴巴碰了碰年轻人头顶。它闻到了一股腥臭味,那是憨人的脏发散出来的。这头发一年也没洗一次,里面有不少土末肥渣,夏天还有一个虫子死在其中。小红马不堪忍受,将头侧向一边。憨人继续踢它的后腿,一阵吭吭声,脸色发紫。他闷足了一股劲,狠命一扭,那条补丁裤子一下裂开了。有人大笑。憨人痛恨交加,泪水在眼眶中滚动。小红马再也不甘受缚,后腿扤起,长嘶一声驰向原野——就在它脱身的一刻,锋利的后蹄甲从憨人鼻孔那儿一闪,憨人的右鼻孔立刻被撕为两半。他啊啊大叫,掩面倒地,鲜血从指缝间一滴滴流出。

从此憨人的鼻子就豁了。

这也要怪那个赤脚医生。出事的当天红小兵将他请来,可他一入小村就斜着眼看人,桀骜不驯。他对此次医疗之行极为缺乏热情,只是见到病人才大吃一惊:憨人本来就相貌平平,这会儿鼻子肿得像一杆老式烟斗。憨人从受伤的那一刻就准备忍受巨大痛苦,安安静静看着医生从包里摸出一个弯针、一截线。憨人看看针,觉得小巧可爱;但一转脸看到了粗长的线绳,立刻慌了。如果不是亲眼所见,他无论如何也不会相信可以用来缝鼻子。这分明是缝靴子用的。憨人往后挪了两步,医生往前逼近两步。憨人一直背着的手终于触到了门框,就不顾一切夺门而去。医生摘下空空的镜框,汗水顺着双颊流下。后来他对别人讲,这是从他身边跑开的第二个病人。

憨人的伤口久久没有愈合。夜晚,他捂着鼻伤出来玩,跟不安分的年轻伙伴们混在一块儿,沿着院墙飞跑。人多了挤在一堆时,就有人提醒说:"别碰了憨人鼻子。"憨人后来只是个旁观者,一夜又一夜一声不吭,让肥无限同情。她甚至去揽他的肩膀,让他和自己一块儿往前跑。年轻人分堆儿躲藏起来,只等一声呐喊,互相还击。这是小村庄没完没了的节日。肥和憨人呆在黑影里,一声不响。有一次肥听见他的喘息声加重了,以为他的病加重了。她伸手去摸他的脑瓜,手被他握住了。接着,他把这又软又热的胳膊缠到自己脖子上,用头拱她的胸脯。肥觉得他像个孩子那么可怜。他的头越拱越紧,最后都要把肥顶倒了。肥说:"憨人,你不能。"憨人点头,却依旧顶她。她重复一遍:"你不能。"憨人不点头了,干脆一下子将她顶倒,然后像骑一匹小马那样骑住她。憨人两手按在她的胸部,使她又想起赤脚医生那个冰凉的听诊器。她无力地喘息,觉得自己仰卧在一片粉绒绒的梨花瓣上,奇怪的气味使她头晕目眩。没多久,她觉得身上的憨人像碾盘一样沉重,就猛地跃起。憨人手脚忙乱地往前凑,她就打了他一个嘴巴。憨人坐在麦草上,安静如初。

肥对这一掌极为后悔。因为第二天憨人的鼻子又肿起来。他父亲用独轮车推上他,到四十里外的地方去找一位乡间医生。老医生在方圆四十里享有盛名:下药狠毒,或者祛病,或者干脆将病人毒死,所以治病之前必须立约。幸好憨人有福,一包白色药面撒上去,只让他疼得满地打滚;滚过之后浑身轻松,不久大病痊愈,落下了不小的疤癞。肥觉得自己欠下了憨人什么,一时又不知如何偿还。她很长时间没搞明白那个夜晚接下去这个沉默的青年会做些什么。她常常想到这儿终止。她想如果把这样的男青年放到家里,关上门吃饭,他也就是自己的男人了。想到这里她心中灼热,无比幸福。从那时起她不愿和更多的人呆在一起玩闹,但又不愿和憨人呆在一起。她奔上朦胧的街巷,大脚板儿噗噗踩着地皮。她知道这样下去自己会寂寞而死。她时时觉得憨人令人不能容忍,他算个什么?他算个烦恼人扰乱人的东西。接下去的日子肥无心好好服侍母亲,老要发火。母亲脸上的纹路又深又黑,一动一动地说:"我孩儿咋了?"肥说:"你躺着吧!"母亲真的躺下了。她身下的席子被灰尘和饭粒弄得脏乎乎的,散发出一股邪味。肥在屋里呆不住,又跑出了屋子。

肥简直羞于注视神奇的赶鹦:越长越高,身腰很细,又很丰满;眼睛黑亮灼人;唇沟深深,上唇微翘,像是随时都要接受亲吻。她嗓子尖甜,声音总绕着人打旋。她说肥又胖了,肥很痛苦。肥惊羡的恰是对方的苗条、那放射着火力和热情的肉体。赶鹦劝导她说:"你回到大伙儿这边吧,一个人玩不好。"她顺从了,又给拉着手跑开了。她相信赶鹦把成长的秘密也藏在伙伴们中间。她开始和大家一起在月光下奔跑,捂着嘴哧哧地笑,像赶鹦那样一纵一纵地跳,喘得脸色赤红。大家最愿去的地方就是麦草垛子中间那个曲折阔大的洞,有时在里面呆一两个小时。黄色的麦草夹在他们之间,每人都变得毛茸茸刺挠挠的。洞子深处又开了两个窗口,平时掩上,白天一掏开洞子就亮堂堂的了。赶鹦暴露在光亮里,像女王一样居于正中,又开两条长腿。她的睫毛不时掩一下双眸,学会了沉默。辫子不一定握在谁的手里,那个人就在她的背后喘息。也就在这时,肥渐渐觉得有另一个人在注视自己,那目光里掺和了麻醉药,使人不能自持。那双目光从角落里穿射出来,执拗而坚定,蛮横无理。她真想把那个隐藏着的人拖到光亮处,一迭声地质问,让他出丑,让他滚到一边去。他比憨人更有耐性,也更可怕……

二

有什么在隐隐逼近……赶鹦有一张看不见的蛛网,把一伙人糊糊涂涂罩在一起。肥奋力地挣脱,挣脱,蛛网上扯开的破洞很快又粘合了。又剩下她一个人站在冰冷的巷子里。也许她一开始就不该跑出来——一踏出午夜的大门就再也回不去了。"好孩儿你一撒黑就上街,外面有什么啊?"母亲呻吟着,不住叹气。外面是黑漆漆的夜色,抓一把是空的,攥不出水也嗅不见味儿,可它使人迷狂痴癫。她知道那一伙人跑远了,只她一人遗落在巷子深处。夜晚真黑啊,她的心跳得厉害,咚咚,咚咚,她两手按住了它。不知在一棵大树下站了多久,雪粉从枝丫上撒下来,灌了一脖领。奇怪的是这雪粉像烙铁一样烫人,肥抖着,跳着,缩着头向一条小巷里跑去。

　　月亮在薄云后面,天空只有半边儿闪着星星。深一脚浅一脚地走、无声无息地走,我该到哪里去啊?有一个小门洞里透出光亮,映白了一截巷子。肥不由得探进身子去看。小院里,干死的美人蕉花下跪着一个瘦男人,他正在磨刀。他蘸一下水,洗洗刀刃,然后试着去刮耳边的胡须。肥真怕刀刃儿剜进肉里,就发出了"嗞"的一声。刀子抖也不抖,利利索索刮下了一些胡须。那刀子只有拇指大,刃儿发蓝,刀把上有一个奇怪的弯勾儿。她知道这是劁猪用的,她见过怎样干这活儿:无比有趣又无比可怕。猪儿惨叫着,血迹染红了劁猪人的手和腕。刀子后面那个铁勾伸到猪肚里勾出什么细细的东西,然后弄断。接着用麻绳儿缝上刀口,打一个死结。如果稍出一点差错,小猪就再也长不大,到了半夜还像老人一样哼哼。这会儿肥见磨刀,就想到了不知又要有多少小猪经受磨难——或许还不止小猪。有人还劁狗和猫。小猫儿肥了之后,倒着装进一个柳条米斗里,只露出后腿和屁股,让人从容地阉。那人又磨了一会儿,就去院角拖出一堆生猪皮来:它没有褪毛,不知放了几年。肥一看就明白:要用它做香喷喷的肉皮冻了,那可是天底下难得的美味!肥一想到这上边就馋。村里人将臭烘烘的生皮洗净,浸在水中一天一夜,然后用刀子细细地刮毛。软软的白白的猪皮被切碎,用大铁锅闷熬。直到熬烂熬化,水乳交融,再放上酱油、葱姜、盐和茴香,冷固下来也就成了。肥想,两三天之后,他的家里就有这种美味了。她想起自己家里也有几块这样的生猪皮,那还是母亲放起来的呢。

　　午夜尚远,她不愿回家。再到哪里去呢?她出了巷子,往西拐了几步,就听到一个小后窗里发出了哼呀声。这声音怪诱人的,她于是伏到窗上看起来:原来是一个女人在给男人治病。小村里不少男人有背痛病,女人就坚持给男人拔火罐,一个个技艺纯熟。她们平时惧怕男人,这时却不停地议论事情。就这样,她们用火罐将男人体内的寒气拔出来,再趁机将自己的主意灌进去。肥隔着小窗户发现,这个男人背部已经有三个紫紫的圈印了,而小火罐还扣在他的左肩下。女人坐在炕边,手里拖一块湿布,不时在男人背上抹一下,嘴里咕哝:"他们夜夜瞎闹腾,这都是赶鹦鼓动坏了的——年轻人哪!"男人想翻身,刚一动又记起了火罐,只好伏着,"赶鹦不孬哩。"女人把吸牢的火罐扯下来,男人疼得大叫。女人按按紫色凸起,吐一口:"看毒气出来不?"说着又点上几片纸,离开皮肉一寸许,刚把他烤痛,又飞快扣上火罐。皮肉在罐口那儿收缩,成一簇深皱。男人长叹一声。女的继续唠叨:"夜里有工夫去听老人忆苦多好。天哩,多少日子没听他们数叨了,想哩!"肥每一个字都听得清晰。她知道小村里的人盼个什么,他们盼热腾腾忆苦的夜晚。老人们当中有一男一女,在周围几十里都享有盛名,不少村子用车拉他们去忆苦呢!肥笑了,她真想去听忆苦,真想。女人这会儿拔完了火罐,两手按在男人头上捋着,捋到背部,男人疼得乱抖。女人接着又是两下。肥屏住呼吸。她觉得这个男人也许有一天会死在老婆手里呢。

肥离开窗子,一直往前跑去。饲养棚的气味吸引了她。跑啊跑啊,停住脚步时,已经听到马儿在咀嚼。老饲养员扔了竹筛,回他的小屋歇息去了。她不知怎么直想流泪,但她一直忍着。她觉得这个夜晚真的无处可去了。哦,她多么盼望忆苦的夜晚快些到来。一匹白马的头颅在她脸旁昂起,她伸手摸了摸它的脸颊,又碰碰柔软温热的嘴唇。她抱住了它,脸在长长的光滑的颈部摩挲着。白马一阵沉默。她想白马你有穿不破的衣服,像绸缎一样闪亮。可我的衣服打满了补丁,裤子又短又旧,吊在腿上。哎哟,我的又破又羞人的裤子啊!不过谁又有好裤子呢?白马,你好让人嫉羡!肥捂着脸,浑身灼热。她知道这是让地瓜的热力烧得哩。它那股长久不逝的劲儿让你喊叫,让你拼死打架。它才正经是庄稼人的吃物。整个小村都是从遥远处迁徙来的,不知经历了多少艰难困苦,也不知饿死了多少人。这是后代人必须牢记的一次大迁徙。肥这一辈人捱到了最好的时候,再也饿不死了,他们所要提防的只是吃得太多撑死。白马四周一片切切的嚼草声。她一个个看、嗅,用手去摸。有一个木槽里黑乎乎的,槽上并没有拴牲口,她往槽里一摸,摸到了湿漉漉的两个人。她差点叫出来,赶忙用手去掩嘴巴。两人卧在槽里,木槽太短,他们屈起双腿,紧紧拥抱。肥的心快要跳出来了,她一直往后退、退,直退开很远才飞跑起来。

这个小村庄的夜晚哪,有无数费解的东西。它们不管你知道不知道,都在那儿放着、扔着,蒙着一层厚厚的夜色……

肥跑了一会儿又放缓了步子。再到哪里去呢?正犹豫时,她闻到了一阵酸酸的酒气。这使她立刻想到了赶鹦一家,想起了红小兵的酒坛。赶鹦爸记住了老辈传下的酿酒法儿,每年都造一些淡黄色的酒。这些酒他喝一些,送给村头一些,剩下的就封好,瞅准机会送给外村友人。小村人打打闹闹,恩仇交结,就是不敢与外村人过往。连村头出村开会也总是软软垂头,像是等候审判。只有红小兵外交上坦然自如,在街道上高视阔步。他的酒是欢乐的源泉,酿造过程秘不示人。夜晚,妻子把自己反锁在西间屋里酣睡,女儿又深夜不归,他就用酒战胜孤单。肥今夜极想去看看老头子,看看他无忧无虑的衰老的样子,看看他喝酒。这样想着,她跨过了一个低低的门槛。

红小兵身躯高大,双膝之下的那一截非常灵活,活动起来极像儿童。他的大头颅上有赶鹦一样妩媚的眼睛,喜欢谈论女人,但作风绝对正派。他与妻子不睦的根源,主要是那对眼睛。老婆说他是天底下最无廉耻的人,如果可以离婚,早就与他离异了。肥进了小院,红小兵就用那双惹是生非的眼睛看她,动手去搬酒壶。那是一个沾满了地瓜糊糊的蓝花小壶,像一个扁扁的南瓜。红小兵十分器重这件酒具,随身携带,但总是弄得脏腻不堪。他喝酒不用酒杯,只将红润的嘴唇包裹了壶嘴,吮。他一边吮一边看肥,不时瞥瞥西间屋的窗户。那好像在提醒对方:自己可是有家室的人。肥觉得红小兵简直是在把玩酒壶,并不正经喝酒,淡黄色的液体顺着白色的胡子滴落,又像雨珠一样打在黑色衣扣上。他对肥说:"酒和酒不一样。我的酒有滋养。"肥缘着他的话头思索起来,发现很有道理。赶鹦惊人的美丽和烤人的热力,她的身上始终有什么费解的东西在燃烧——是酒的缘故吗?酒又是什么酿成的?

红小兵每年秋天都在收过的地瓜田里不停抓挠,抓出一些瓜蛋末尾的细须、红瓜梗儿。他将这些晒干碾碎,掺进糠里造酒。赶鹦妈对男人样样厌烦,惟独对酿酒一事给予或明或暗的支持。他常常发现老婆把拌了酒曲的糠末抱到西间屋里,夜间用体温催其发酵。何等笃诚温柔,红小兵不禁想起他们刚刚结婚的那半个年头,于是在酿制的过程里已经陷于沉醉。老婆没有任何嗜好,清苦寂寞,幸亏在晚年发现了这种酸酒。红小兵盯着老婆喝酒,乐不可支……最初相识时,老婆觉得这双眼睛是那样动人;经过了漫漫岁月,他这双眼睛不仅没有相应地变得深沉,反而愈来愈清秀——这对于一张皱纹密布的面孔是再别扭不过的了。她看都懒得看,觉得蒙受了奇耻大辱。酒液浇着愤懑,火气从嘴巴和鼻孔喷射而出,她一遍又一遍骂着男人。红小兵觉得老婆发火那一刻才真叫漂亮。"这才是酒啊!"红小兵喝着,吐出一声感慨。他想让肥也喝一口,就把壶嘴转过去。一个湿漉漉的瓷嘴儿伸在她的脸前。肥想推开,可这手一挨到脏腻的壶身就抓牢了。她两手按住它,不顾一切地吸吮起来。她想起了母亲喂养她的情形。这酒原来与醋的味道一般无二,只是流入胸中是烫人的。酒力在红小兵体内泛开来,老人家脸色红了,眉开眼笑地哼起歌来。那歌儿不三不四,好像是唱本村人的来路,唱到了先人,唱到了比坐着马扎在街头晒太阳那些人更老的轶事。歌儿多少有些艳情,一些特殊的字眼来临时,老人家总是伸出瘦长的双手去掩嘴巴。这样唱了没有一会儿,西间屋的窗户唪地打开了,一个白发苍苍的头颅探出来,骂道:"剜去你这老贱种的眼!"骂完,窗扇又合上了。红小兵把歌声压低,说:"她是假正经的人。"他继续唱下去。

一壶酒还没有喝完,老头子的腰就弓下来,手搭眼罩往门外望着。他咕哝说:"好像黑影里有谁站着?"肥身上一抖。她想得出那个人。她没有吭声。老头子望了一会儿,扬起手喊道:"喂,是谁,进来喝酒吧!"

老头子提高嗓门喊了一声又一声,但没人回应。

……

第四章 忆 苦

十四

冰凉冰凉的雨水下个不停。树木给洗掉了绿叶,田野给洗去了藤蔓。冰凉的雨锢水一样狠哩,庄稼人可不喜欢。雨水又变成了雪面,大雪盖住了昏沉沉的土地和村庄。长长的没有故事的冬夜啊,火绳冒烟的冬夜啊,听金祥忆苦的冬夜啊!光棍汉金祥抱着一大摞黑煎饼永久地离别了村庄,一村子老少想你哩。俺不能只有一个闪婆,不能听外村来拉忆苦人的地排车咯噔噔空响。金祥这一觉大睡不醒了。老天爷,这是怎么了?老想哭,老想哭,用眼泪灌灌又松又肥的泥土,让它长出一片好瓜儿哩。多少年过去了,大人小孩儿没有一个忘记那些夜晚,那时候香喷喷的艾草火绳熏透了庄稼人的心。

"好生生的娃儿,没吃一口瓜干就死哩,可怜人哪!"金祥那时已经有了大痴老婆庆余,忆苦时变得慢声细语了。眼泪和口水一块儿流,鼻子吸得蓬蓬响。"他们都是出去找吃食的,在野地里奔跑,日头把他们晒得黑不溜秋。跑啊跑,头发晒鬈了,紧贴在头皮上,连小嘴唇都晒乌了,一张嘴小牙如白雪哩!渴了喝点脏泥汤,饿了可没东西吃。小虫虫在地上爬,他们捏了吃进肚里疼得满地打滚儿。好娃儿,活一天没一天了,小肚胀得圆滚滚,肚脐眼肿得像烟锅。大叔大婶啊,可怜可怜俺这些没爹没娘的孩儿吧,俺喝口瓜干糊糊,来世变驴变马报答你呀。娃儿们成天价喊,讨不着吃食。眼瞅着不知多少孩儿小腿一翻死在夏天的土末子里,小脚丫儿插进土里。天底下真是没有咱穷人的活路了,井里不死河里死,海里不死梁上死,反正是个死。天哩,苦啊!苦啊——"

"苦啊！苦啊！"满场的人连连呼叫，老婆婆刚听了几句就肩膀颤抖着哭，金祥与闪婆不同之处，在于他能够更快地使全场热烈起来。没有一个人交头接耳，都齐齐地盯住这个干黄精瘦的男人。大痴老婆庆余领着大黄狗立在一边，衣襟里包了一摞子煎饼。大黄狗在人群第一次呼喊时，就跑到金祥腿下躺了。金祥长时间搓揉眼睛，一会儿就两眼红肿，痛不欲生地张望满场。如果闪婆也夹杂在人群中，他就把目光一掠而过，吐出一句："会听的听门道，不会听的，听热闹。"谁都看出金祥的性儿平缓了，心慈面软了，火上房儿不焦急了。可人们记得他没娶庆余那会的样子：喊叫暴跳，骂地主也骂穷人，越说越急，故事刚说了一半就嗓子沙哑，白沫挂了一嘴。庆余真能调弄男人，金祥给她折弄得温温吞吞，和和顺顺了。他抄着衣袖坐在桌边，有时自问自答，有时站起来走动两步，手插进衣服下面挠痒痒。他讲故事时还能忙里偷闲捉个把虱子。场里的老人儿越来越喜欢金祥了，他们吸着烟说："听金详忆苦得有慢心性儿，急了不中。"金祥慢声细语讲叙那些声泪俱下的往事，反而增添了曲折和不幸。满场都是止不住的哭泣，"接着讲啊，接着讲金祥。"老婆婆们盘腿坐在玉米秸上，两手扑打着催促。金祥煞了煞腰带，裤子还是要往下滑脱。"我日他……"他骂着，站起又坐下。"老少爷们儿支棱起耳朵吧，俺经的苦处从这会儿说到大天亮，只当是说了个头儿。没经一事不长一智，年轻人又懂个啥？这年头的人刚吃上瓜干就忘了本，刚穿上个裤头就踢别人腚。听俺金祥把苦来忆，数叨数叨庄稼人的难处。穷人一辈又一辈泡在苦海里，喝个肚儿圆，一张口就流出苦水儿。"他抹着口水，嘴巴一抖一抖哭泣起来。"我不想哭了，可忍不住哩，苦大仇深哩，老少爷们哪个不知道苦命的金祥？给有钱人干活，一夜一夜睡场院，谷秸麦垛是俺的窝，半辈子过去才搂上老婆……不是吗？"

　　场上人越聚越多，细心人会发现连外村人也赶来了，工区的人也围上听了。那些陌生的面孔都拢在场子边上，大多是些光棍汉。他们不停地跺脚，有时牙齿还要打颤。姑娘站在一边，他们一块儿哭泣。陌生的男人挽住姑娘的胳膊失声痛哭，拍打着她的肩部叫着："姊妹啊，这不是人过的日子啊！"姑娘完全沉浸到凄苦悲惨之中，连连说："就是啊！就是啊！"金祥讲述的间隙里要吃一口煎饼，这时场子安顿下来。姑娘们闻到了浓烈的男人味儿，喘息着靠近老婆婆们说："天多热啊大娘大婶……"赶鹦不知何时被一些男人围住了，她的长辫不断扫在他们脸上，男人就嚷："痒痒死了！"月亮升起来，桤灯还亮着。月光下赶鹦冰冷俊美的脸庞让人心酸。"姊妹啊，这是怎么了，这是人过的日子吗?"男人哭丧着脸问赶鹦。她的注意力全在金祥身上,肥挤过来找她,两人来不及说一句话,只是紧紧抓住对方的手。她们依偎在一块儿,互相取暖。金祥忆苦的第一个高潮来到了,赶鹦高举拳头喊了一声口号,美妙的声音吸引了众多目光。大家都随上呼叫,场里吼声如雷,四周的男人冒出热汗来。喜年、憨人、龙眼和争年他们都看见赶鹦和肥了,于是缓慢地往这边移动。红小兵与赖牙方起他们坐在前边,脏腻的酒壶在几个男人手中传递。他们旁边的老婆婆们为了抵挡严寒,头上包裹了严严实实的黑头巾,只留出两只耳朵。"过去的苦处说也说不完。"老婆婆盯着红小兵的酒壶,咕哝着。赶鹦妈在老婆婆们另一边坐了,头发梳理得十分光顺,多少有些引人注目。她不时盯一眼多嘴多舌的红小兵。大脚肥肩一边听一边纳鞋底,嘴唇收得很紧。凹脸年九在庆余四周跑来跑去掷雪球玩,她伸出针锥朝他比划了一下。

俺爷爷没有裤子穿,俺奶奶喝涮锅水长大。不瞒众乡亲,爷爷被俺老爷爷一巴掌推到井里,淹个半死又让俺二爷爷用抓钩捞上来。穷人养不起娃哩,一家人饿得哇哇哭,奶奶去讨饭,地主放狗咬。她后背上有个碗大的疤,哪年里都要露出来给俺看几遭。奶奶真是命大的人,咬不死也饿不死,还生了十六个娃儿。十六个娃儿就活下爸一个,其余都饿死病死,用席筒一卷扔了。俺爷说:走哇走哇,人挪活树挪死,咱往平原上赶吧,听说那里瓜儿有人头大。走哇走哇,挑着担子走得慌急,爷爷奶奶还是没有吃上一口平原的瓜儿。俺爹俺妈聪明,一边走一边给路边人做活儿,挣下口吃的养活我。有家富人要雇俺妈去做奶妈,俺爹说中。妈去了,奶子瘪了人胖了,还挣了一套花衣裳。为什么哩?就为妈心性儿软,待别人孩儿跟自家孩儿一样,夜夜抱怀里哄,用布边布角为孩儿做了个老虎头帽儿,上边还钉了一个铜铃。那小孩儿一摇头,叮铃铃响哩!富人吃的是山珍海味,吃麦子专吃头罗面,吃火烧光啃里边的瓤,吃包子一口咬下肉蛋。他们活着就为了馋咱穷人,妈说活儿再累能忍,他们馋咱不能受。还是自家凉水儿好喝,妈心里一横就回来了。走哇走哇,平原上瓜儿养人,俺一家三口顶着星星赶路,披着月亮磨脚。走不完的山梁坡地,看不完的黄土末子。一路上想歇荫凉找不到树,想喝口凉水找不到井。河水臭了,庄稼蔫了,人晒脱了皮。这不是人呆的地方啊,穷山恶水十八梁,养不胖的大姑娘。女娃儿皮儿干脸儿黄,只剩下一对大双眼儿,一副皮包骨头。这样的女娃再生下孩儿也不壮,一辈一辈下来,人越长越小。一群人还没有矮壮憨人高哩,在日头底下刨地,对付日子。"不走吗兄弟姊妹老少爷们?"爹问着,想求个路伴。

他们说："贱种才疯跑野奔哩！"俺往前赶路，一路上不知看到多少没爹没娘的孩儿。暴土末子沾了他们一身，都给饿死了。走哇走哇，走出山梁薄地，不能做个路倒啊。日头一天比一天毒，它想熬干河流、树汁水儿，熬干庄稼人的血。爹和妈咬着牙，见水就喝，见草芽儿就吃，好不容易熬过了一个夏天。谁知秋天来了，吃物多起来了，他们也快不行了。苦命人哪，眼看活不久了，一双脚杆像高粱秸子那么细。爹妈临死嘱咐我："别歇气儿，往平原上赶，去吃那里的瓜儿！"只剩我一个没爹没娘的孩儿，有谁可怜俺？天下哪有穷人的活路，俺一家三代没有赶到平原哪！爹妈一辈子赤脚赶路，死时一双脚长了一层铁壳。我也赤脚走起来，挑上了他们留下的破担子，一路讨要：大娘大婶啊，可怜可怜没爹没娘的孩儿吧，俺三代没走到平原上啊！这家给个窝窝，那家给片瓜干，到底是穷人可怜穷人。也亏了秋天到了，穷人有了指望，满坡的野物也欢势了。俺亲眼见兔子打架，野獾吱吱叫哩。有条银皮狐狸领着仨小子搬家。秋水下来了，茅草蹿到腰带那么高，干豆角泡在水里胀破了皮。俺的鼻子比猫尖，仰脸一嗅就知道有了吃物。没爹没娘的孩儿得空就趴在地上，两手往嘴里拾掇东西。坏了，肚子撑出了尖儿，站不起了，一夜一夜叫唤。

  有两个扛枪的把俺捆起，抬到了一个高门大院里。老爷穿着缎子长衫出来瞅了瞅，一扬手把俺打发了。管事的把俺脚后跟上砸个洞，拴一个铁环子，系到场院上看场。脚上的血一流流了三天，一活动钻心痛，俺爹呀妈呀叫唤，谁还敢来偷场？有人按时送来咸菜米粥，哎呀多好的吃物。我说咱看一辈子场也知足了，干吗把俺捆起？有人听了报告老爷，他们也就把俺放开了。夜里俺钻到麦秸垛里睡觉，高兴得唱小曲儿。另一个看场的老人说，我像他一样，是个终身许下主儿的长工了，只准老实做活儿，不准逃跑。"我还要到平原哩！"我嚷。老人伸出手指比划着我说："你跑吧，刚一抬腿，嘎勾一枪就打下了你。野地里有暗枪瞄着，谁也逃不脱。"老人一辈子看场，没有家口，一提到老婆眼泪汪汪。他说自己老婆又白又细的皮儿，像麦子面捏成的。与她成亲没有两天就来看场，老婆来场里寻他，一块儿钻到麦垛里睡去。睡到半夜有人把老婆揪出去了，硬说是个偷麦贼。老人说到这儿大声嚎哭，我说她是我家里人哪！放开她呀！那人不听，扭着她走了。后来才知道老爷早看好了那个女人，老爷那年才四十岁，年轻哩。我尽管心里恨死了他，还是得说话公平。四十岁的老爷细高身量，鹰勾大鼻，大双眼又亮又尖，头发有些鬈。他可不难看。我老婆，就是那女人被他两三句话弄活了心，死心塌地跟上，穿金戴银了。我那会像条狗乱蹦达,在庄稼地里跳腾,一会儿嚷:"穷人妻,不可欺。"一会儿嚷:"急死我了馋死我了。"我觉得满山满岭都是那女人的味儿。老爷心狠手辣又加上疯浪,扯上那女人满坡里转悠。我磨了一把牛耳尖刀,不是鱼死就是网破哩!俺先蹲在麦地里,他们溜达过来,俺就一个饿虎扑食,一刀结果了老爷,再对付那个女人。俺要问她是谁的家口?最后嘛,杀她还是不杀,全凭俺那会儿的心景儿。计划好了,俺蹲麦田里。等了三天,那两个人到底来了。我喊:"着!"举刀扑上去,没想到老爷身子利索,一脚踢飞了刀子,生生把我擒了。当夜我给扔到宰羊的棚子里,闻着四处溅上的羊血,心想俺活不成了,不如自个儿弄死自个儿。俺解下腰带上吊,腰带断了;去撞棚柱子,昏过去又活了。老天爷!这是不让咱死哩。死气白赖地活吧,俺等着天明挨刀剐。等啊等,天刚亮有几个身强力壮的人端了水盆进来,水盆里泡把小弯刀。我头嗡嗡响,只听他们商量捆上不?后来没捆我,噌噌把我按得坚牢……天哩这是做啥?天哩他们要阉俺哩!丧尽天良啊。俺哇哇大哭,求饶的话儿说下一板车。俺说不敢了,不敢了,莫划下刀儿呀,俺做个不呲牙的狗,为老爷护一辈子庄稼。天底下的好话让俺说遍了,他们狠毒心肠听也不听,噗哧一刀,通红的血染红了俺腿根,蹿到柱子上。

"天哪!只有说不到的没有做不到的呀!好狠的地主老财呀!可怜不可怜死人哪!呜呜……"老婆婆们身子摇晃起来,两手拍打膝盖。大脚肥肩咬断麻线凑近了金祥,连连问:"后来呢后来呢?"金祥站起,伸手比划着,"后来你也想得出哩,这跟方起做的活儿一样。"有个姑娘尖叫一声,是方正大姑娘金敏。金敏呜呜哭,与金友老婆小豆挨在一起,嚷着:"苦啊!苦啊!——"

"天下乌鸦一般黑!地主的斗,杀人的口!"场子里响起一个热烈而流利的声音。大家转脸一看,见是闪婆插话。金祥斜过去一眼,坐下了。他从内衣夹层,也许是贴着皮肉处掏出一叠煎饼嚼了几口,接上往下说。

这就是俺年轻时候遇上的一个老人,他对俺说下心事。他说那回差点没痒死疼死,从杀羊棚里出来一步一个斤斗。"不如死了好,不如死了好!"他走一路嚷一路。从那以后他发誓再不找女人了。"女人是蛇蝎野物。"他这样说哩。俺那时寻思是个公理,久后有了年九妈,才知道全是痴话。庆余待俺好哩,冬天抱住俺往大棉被底下鼓拥,呼哧呼哧喘气儿,也不嫌俺脏气。瓜干烧胃哩,两口儿暖暖和和到天明。那个老人自从动了刀儿就蔫了,有气无力。他没有多少觉,一天到晚睁大眼看场。人人都说他对老爷忠心。有时俺俩一个麦垛里睡,他给俺讲老爷长得好,心眼也善。"想想看吧,我杀他,他抓住我还留了生路。"我亲眼见老爷家管事的人拍他肩膀,那股亲热劲儿。他的鼻子不好使了,自从动了刀儿就嗅不出味儿了。老爷的妈妈年纪大了,那一年有一百岁了,吃得好,老不死。看场的老头儿说起她,一口一个"善人"。我后来看见她一遭,差点没吓死。你猜她什么模样? 不太高,老粗老粗,屁股比碾盘也小不了多少。脸比揉面盆还大,红得像地瓜皮儿。头发全白了,手指一根一根像红萝卜,指甲两寸长。她看人眼珠不动,也不喘气。坐在那儿,四周东西都变小。天哩,她打嗝声音像闷雷。她喜欢吃当月的小猪,不让别人杀,都是自己亲手把它拤死。有一回她看见一头大黄牛朝她叫了一声,就让人拿块抹布来。牛绑上了,她夹住牛头,把牛嘴牛鼻用抹布捂上。牛使劲拧,四条腿插到泥里了,她还是不松手。牛一会儿憋死哩。方圆十里八里的小媳妇生孩儿,第一口奶都挤了送给她。看场老头儿那时就管着收奶。老女人力气怪大,爱跟年轻长工摔交。长工见她张着大手呼哧呼哧喘气就逃,喊:"老祖宗饶俺饶俺!"老女人一伸手把他抓住又扳倒,然后坐在身子底下。老年人记性差,坐着坐着忘了下边有个活人,一搓揉,长工的三根肋骨咔咔断了。老爷家有一个大屋,里面有一个老大的石头盆,是十个石匠凿了一年才成的。老女人就坐在盆里洗澡,让三个身强力壮男人给她搓身子。啊哎好热的水,老太婆的身子烫成鲜桃一样红,舒服得叫唤哩。老皮儿让人搓下来,新皮儿又嫩又光亮,她说还要活上一百岁哩。洗了澡躺在地上让人踩巴,喊叫哩,响声十里以外也听见。高兴了她不穿衣裳,儿子给她下跪也不穿,说:"一堆一堆人都是我生出来的!"一个大红肉团在庄稼地里活动,看秋的人赶紧往天上放枪,嗵嗵! 野物蹿腾起来,老祖宗哈哈笑。她屋里有一大群十三四岁的小男娃,都穿上花衣裳,赤着脚,给她挠痒。"痒啊! 痒啊!"她一喊屋梁汪汪响,一大些小手爪赶紧去挠。老女人让人逮了草獾、狐狸、小狼,把它们养在一个大炕上,让它们和那群男娃呆一块儿,她搂住他们睡,一翻身,压得野物吱吱叫。野物的屎尿洒男娃一身。老东西还用一枝毛笔,放嘴里含一下蘸一下颜色,把一群男娃描成花花绿绿的人儿。她高兴了让他们爬到身上,不高兴了一巴掌打得男娃鼻口出血。"真舒服啊,噯呀舒服!"老祖宗一夜一夜喊叫,弄得大院里没一个人能安生。秋天里半夜老祖宗赤着身子满院窜,砰砰砸门,说要出去接冰凉的露水。她出去了,天亮时候弄了满身湿淋淋的草叶儿、死蝼蛄小虫儿。"我是老祖宗,都是我娃。"她抖腰大叫哩。看门的老头儿八十岁了,她抱住他,用手拍打他的头,说:"都是我娃!"她抽烟,好大烟瘾,让人卷了胳膊粗的烟叶给她吸。快死那些年里她睡不着觉,让人把院里院外、野地里村子里,是狗都打死。还是睡不着。不知哪个恶人送去偏方儿,说找个最能睡觉的人,割他一块肉放瓦片上焙了吃保好。老爷亲眼见俺金祥倒在麦秸上呼呼大睡,就把俺捆了去。他们也把俺关在杀羊棚子里,天亮也端个水盆进来,里面泡一把刀。俺低头一看大喊:"我不活了,我日他祖宗三代吃人肉喝人血不得好死……"那端盆的人还笑,一使眼色让人按住我。我再不睁眼。哎呀妈呀疼死没爹没娘的孩儿啦!我大腿根挨了一刀,血水流到脚背上。"捅死我吧!行行好吧老少爷们!俺金祥真不活哩!俺金祥活不起哩!"

红小兵站起来,直盯住金祥。金友从黑影里窜出,上前飞快摸一下金祥腿根向场上嚷:"老大疤癞!"老婆婆们擦着泪水叫着:"那不是人遭的罪啊!身上的肉儿呀!"金祥向站起的红小兵伸出一只手大叫:"快捅死我吧!快行行好吧老少爷们!"红小兵弯腰递去酒壶。金祥大饮了一口,把泪水使劲一抹。"谁要说有我受的罪多,那就算瞒下良心。俺金祥活过来不易,差不多死了七七四十九遭。俺昏死在麦秸草里,割庄稼的闺女喂俺米水,弄些止血菜嚼了抹俺腿根上。闺女家花一样香哩,那味儿吸进鼻孔里死也不忘。老天爷给俺的媳儿在哪呀?俺躺在草垛里就这么嚷,被看场的老头打了个嘴巴。伤口长上新皮儿啦,痒得俺呼天号地。'痒死了呀!可怜可怜……'老头儿对我说:'再嚷叫!再嚷叫他们抬去杀了你!'我说杀了吧杀了吧,反正我不想活了。"大脚肥肩停住纳鞋底对众人嚷叫:"痒痒的滋味儿难受啊,好比针尖儿往心瓣上划拉,咻一下从这儿下来。"她用针锥在两个鼓胀的乳房中间比划了一下。"弯口家里!憨人妈!"大脚肥肩接上喊,"谁都长过疮疖呀,收口的时候……"憨人妈在汗水淋淋的人群中与之呼应:"那是啊,痒死了!痒死了!"场上乱了起来,金友领头呼起口号,大家一边呼一边顿足,发出咚咚的声音。

老祖宗吃了俺的肉还是睡不着。她深更半夜在屋里喊,砸墙,大伙儿都伏在炕上不敢吱声。她在那个大炕上乱踩乱跳,一会儿把炕踩穿了。炕洞里放出亮光儿,一下一下刺人的眼,男娃和野物都吓呆了。一会儿野物跳腾起来,一下蹿到屋梁上。老太婆一咬牙拧住一个野物,嗯嗯憋气把它掐死了。一群男娃往炕角上缩哩,老太婆伸出老胳膊一遭儿抱住。男娃大哭大叫:"饶了俺吧老祖宗,留下俺当驴当马侍候您,给您挠痒痒呀!"老太婆不吭气儿,抱住他们,噗噗扔进了炕洞里。男娃哭哑了嗓子,她都不应。她找东西堵上了大炕的破口,哼哼笑。原来炕洞里藏了她的金银首饰,谁也不知道。一群男娃和宝贝金银藏到一块儿正合心意,怎么早就想不到哩?男娃要活活闷死了,他们在黑洞里叫呀哭呀,用头去撞炕面,炕面被撞得一动一动。老太婆见哪里动就坐在哪里。男娃见撞不动,就在洞里胡乱爬,爬呀爬呀,看到光亮了!那是什么?那是灶口儿!做梦也想不到有个救命的灶口儿呀!他们一串串爬出来,身上被烟油灰抹得跟黑夜一个颜色。他们摸着溜出了屋子,从阴沟里钻出大院,跑到庄稼地里了。老太婆坐在炕上不放心,怕留下这些活口,就想出个主意。她找了几床缎子被扯开,坐到灶口前烧起来。她光着膀子拉风箱,呼哧呼哧,烟火滚着涌进炕洞,她哈哈笑了。她看见炼成黑炭的男娃又变成了赤红的金娃,随着火苗儿跳舞哩!老太婆爬上大炕,坐一会儿又跳下来。她一个人闷得慌哩,到院里喊人,没人应。她儿子也装哑。喊不着人儿,她就去砸院门,三下两下捣开,往野地里走了。俺金祥那会儿亲眼见一个白影儿往场院上来了,盯了盯才知道是老祖宗。看场的老头儿不让我跑,说你一跑她撒丫子就追,不如藏起。俺俩赶紧往麦秸垛里钻。老太婆走上场院了,大脚踩得地皮抖颤哩。她站住不活动,俺在垛子里打抖。静了一会儿,老太婆弯腰就拆起麦秸垛。趁着垛子没倒俺和看场老头赶紧钻到另一个垛子里。老太婆一边拆垛一边大声问:"麦草垛里有什么藏着?"俺忍不住答一句:"有刺猬哩!"老太婆拍手,"俺抓刺猬烧了吃!"看场老头心眼儿才叫多。他赶紧补上一句,"垛里藏了只老虎哩!"老太婆嚎一声:"妈呀,俺害怕老虎!"转身拆别的麦垛去了。一直到天亮,老太婆一口气拆倒了四五个大垛子。那会儿她身上没劲儿啦。老爷这才让几个长工把她装到大笸箩里抬走。

　　一直到老太婆死那天,没人见她睡觉。两眼瞪得像牛眼。差不多一天要亲手杀死一个活物。杀鸡,两下拧断一个鸡脖,杀猪,一棍把猪头打碎。一条狗绑了还冲她叫,她就把铁钎子烧红了捅进狗嘴里。"俺快死了,俺要大睁眼入土哩!俺要把活物杀得一个不剩哩!"她坐在土末里嚷叫。老爷对他妈说:"杀吧杀吧,我给妈去找了来!"老太婆说:"给我抓个猴子去,我要杀个活蹦乱跳的猴儿!"老爷听了这句话浑身打抖,牙齿咬得咯咯响,蹦起来喊着:"猴儿全杀了,妈你杀人吧!"他喊着跑了。那些天院里的老爷和太太小姐使唤人全搬到外边住了,只让一个老太婆折腾去。她要一把飞快的长刀,他们就给她。老爷还说夜里有贼进院偷盗,为防贼在门侧门后挖了又大又深的陷坑,坑底栽刀哩!有人不小心踩上去,穿个心儿透!老太婆白天晚上在院里提着刀走,就是踩不上陷坑。大伙儿都说老爷是孝子哩,尽意让老娘闹腾,只要老娘高兴,一院子家产都扔下哩!看家的人提着枪伏在大院四周,大门又从外边钉死了,哪有贼摸进去哩?可老爷后来还是不放心,说光有陷阱不行哩,院里还要下鬼套儿:用活绳扣儿拦在树边墙下,一不小心绊上了,另一边有重物坠着,活扣儿越缩越紧,把人活活勒死!鬼套儿下好了,老爷说这下行了,坏人一个也进不了院了。由老娘一个人玩耍去!大院里老太婆喊声不绝,咚咚踩地哩。又是多少天过去,里面还有动静,那鬼套儿她也碰不上。神人啦!老祖宗不死哩!野地里的所有活物儿都不停地叫唤,老爷的白头发都生出来了。又住了几天,大院里冒出烟来,老爷说:"天哪,老娘放火了!"大伙儿跳进去救火,只有高大的老爷在边上看,他让管事的领人干。那是老太婆点上了屋里的被褥。大伙儿泼水搬东西,老太婆在一边笑,赤裸裸的身子抹了一大片黑灰。"救火啊,快哩!"野地里的人这么喊。不知干了多会儿,听见老爷在外边哭叫:"妈呀!老祖宗!你怎么想不开呀!你死得真惨哪!"俺赶快跑出去,一看,啊呀!老祖宗浑身是血躺在老爷怀里,早没气了。她身上直冒泡儿,刀口上翻出大白肉。吓死俺了!那血流了老大一片,还在流哩。血的颜色跟咱大伙儿可不一样,红中透蓝,一闪一闪又像紫药水儿一样。"老祖宗一叫我就转身了,天哪,她把刀顶在肚子上。我还没喊出声来,她一使劲儿就进去了。"老爷对大伙儿说。大家一声不吭。俺那会儿又看了一眼,看出那刀尖是从后背穿过来哩,再说身上也不止一刀……吓死俺了!

"听听吧,这就是地主家的事儿,年轻人千万好好听,听一遭没一遭了!"赖牙在金祥歇息的当儿站起来,朝场上站立的一圈儿人嚷叫。大脚肥肩接上:"就是就是!如今哪找这样的事儿?记到心里去,久后有了娃儿再讲给娃儿听,金祥也不能跟上讲一辈子呀!"老头子拔下嘴里的烟杆顶到前边一个老婆婆后背上说:"就这样扎进去?""啧啧。"老婆婆抹着泪接过烟锅吸了一口:"人生一世呀,怎么都是一辈子啊。咱年轻时候一天到晚在庄稼地里干活儿,累了跑沟渠里躺躺,怪恣哩。那些大福大贵的人也没得好死,还不如咱。"老头子叹息:"老姊妹说的是呀!年轻时过的什么日子,如今过的什么日子……咳咳!"他拉起老婆婆的手,老婆婆嘴对在他耳朵上说了一会儿。"就是呀就是呀!"老头子哭出来,声音大了:"那年上俺差点饿死呀,爬着去找你,你捣碎了一块滑石给俺灌进去。饿是不饿了,俺在地上滚,从门槛滚到猪圈墙。疼死了,肚里有手抓俺肠胃哩。你给俺揉呀揉呀,老姊妹俺如今也没忘。正揉着老社长一步迈进门,瞪着眼喝斥咱俩。天哩,那是过的什么日子啊!真是天下乌鸦一般黑……"老人哭得叼不住烟锅了,老婆婆赶紧接住。大痴老婆庆余又递给金祥一些煎饼。金祥和儿子分吃煎饼,多余的掖进胸口那儿。爷儿俩专心吃着,年九掉下屑末,金祥就拣了填进嘴里。大脚肥肩急了:"死金祥多少人等你呀!你是饿死鬼托生的呀!"金祥大口吃着,让身边站立的庆余接上讲一会儿。庆余应一声就讲开了:"地主的斗,杀人的口!俺要饭拿着棍,专打地主的狗。坡里庄稼黑乌乌,俺一个人不敢进哩。俺吃的亏没有数,都低低头忍了。男人除了金祥没有好东西啊,都是害人精哩,用鞋底子打俺腚。俺受的苦哪里说去!后来俺也有娃了,娃把俺奶头咂得通红通红。金祥老实人呀,谁都欺负他,冬天也欺负他。他瘦得皮包骨。俺俩夜夜都忆苦,眼泪把炕席子都弄湿了。年九小时候尿炕。俺一天好日子没过……"老婆婆们张大嘴巴听,一拍手说:"庆余说的也是!拉扯个娃不易哩!"一场的人呼喊起来,其中夹杂了很多陌生的声音。"熬不住劲儿了,俺等着听哩!""快呀金祥!"金祥站起来,一手插在衣服底下,走几步,慢腾腾地说:"俺这就接上哩,接上哩。哎哟,虱子刚才把俺好咬……刚才说到哪搭?嗯,哪搭!"

　　活了一百多年的老祖宗死了。乌鸦最先闻出味儿来,接上满坡野物都嘎嘎叫,从沟里渠里高粱地里往外窜。这些年从大院逃出的公鸡母鸡、羊呀猪呀也不少,有的就从庄稼棵里跑出来了。"她吃过俺的肉!"俺蹦了一下喊,谁知看场的老头凑过来就是一个嘴巴。"哎呀你这个被阉过的驴!"我骂他,不过我明白他是好意。反正老祖宗死了,老爷又修整大院了。他可是个善人,给俺吃玉米饼,还给俺吃瓜面开花大馒!他娶了一大群老婆,一个比一个俊哩,最小的16岁,长得饱鼓鼓的,小脸儿抹得像花红果儿。老爷没事了就抱着她,另一只手里还拿了水烟袋。看场老头的老婆如今年纪大了,老爷一摆手把她打发了。如今她专门看管老爷孩子的孩子。谁还记得那些从炕洞里钻出来的男娃?如今他们都从庄稼地里大叫着跑出来,破衣烂衫头发老长,满脸是灰。小姐们就把男娃分了。她们给男娃洗澡换新衣,用胭脂粉扑脸。男娃给她们打水买东西服侍小猫,还讲些老祖宗屋里的事,一块儿流泪。俺见过那些小姐,一个个细细高高大双眼儿,像老爷哩!她们的小腰像碗口那么细,用绸带系得圆乎乎,怎么看怎么好。小姐不骂人,不咳嗽,不喷气儿,也不怎么进茅厕。小姐浑身喷香,顶着风也能闻到,像玉米缨让雨水洗了那种味儿,像刚割开的西瓜味儿。她们吃饭用手捏,一次捏两三个米粒就够了。吃肉,把肉撕成麻绳样的肉丝,吃三两丝就行了。喝水,用麦秸秆儿吸,吱吱一响,饱了。我可不敢说小姐不好,俺金祥有一说一。人家小姐平时都在自己屋里绣花,从不出来馋人。只有一年端午,老太太让她们出来采艾叶,才惹了一些事。那不怨她们哩!艾叶长在一口枯井边上,长在棘藤子里。护秋人提着枪赶来替她们钻进棘藤,采了一大包艾叶香死人。谁知道就在把艾叶交给小姐那一眨眼的工夫出事了!护秋人一仰脸,小姐那手脖儿手指头、胸脯儿上边锁子骨、水灵灵的眼,都看见哩。护秋人把艾叶交给小姐转身就跑,跌跌撞撞离开枯井,大叫一声说:"啊呀呀,俺还不如死了好!"他一下躺在地上滚哩,一大帮护秋人赶来劝也不行。"啊呀我不行了,我还不如死了好!"小姐吓得跑了。护秋人当空扳枪,汗粒儿像豆粒那么大……

场上人大气儿也不喘。金祥吃煎饼了,场上人长长吐气。"嘻嘻。"红小兵饮一口酒笑了。金友蹿起来喊一句:"好个金祥胡诌!你长谁的威风哩!你怎么好糟踏长工——刚才他的话大伙儿都听见哩!"赖牙在吸烟,像是突然醒过神来,嗯了一声。"金祥好生说!好生说!"大脚肥肩嚷。一些老头老婆子默默相视,一拍膝盖站起:"老天!反了你金友!装什么假正经哩?世上人谁没打年轻时候过来?谁没个乱蹦乱跳的时候?"赖牙站起来说:"辩论辩论哩,大伙儿说说!"金祥咬住了煎饼又松开,站起来提提裤子:"俺亲眼见哩,这还有假?那口枯井说不定今儿个还在哩!""谁没打年轻时候过来啊!"站在场子周围的光棍汉嚷着,一个沙哑嗓子说:"这本是平常理儿哩!天上有眼也可怜可怜那些人,夜夜打滚儿哭哩,骂人哩!"大家呼叫得热烈,赶鹦和肥、金敏香碗几个姑娘觉得气浪烤人。赶鹦喊:"挤死了啊,热死了啊!"四周的男人似乎一点儿也没注意到姑娘们的神情,不自觉地就拍打起姑娘们的肩膀,连连说:"这是人过的日子吗?姊妹啊,这真不是人过的日子啊!"赶鹦想抢一抢辫子,可是动不了。因为这会儿已经有三五只手同时攥住了它,他们望着金祥喊着:"这都是平常的事儿呀!"

那个看场的老头儿不行了。俺把他抱进麦垛大洞里,喂他食水儿。他喝一口睁一下眼,说一辈子就交下俺这一个朋友。"临死俺可得跟你说句真话儿。"他这样说。我说:"以前那些话都是假的吗?"他点点头。我呀,我金祥好难受!我哭了。他给我抹抹眼泪,说莫哭莫哭,你先把洞口堵了,莫让人偷听去。我堵严了洞口,他欠起身来瞅瞅四周,压低嗓门说一句:

"我恨着老爷。"

天哩,他往常一直夸老爷。我不吱声了。我看见他两眼锃亮,吓人哩。他盯了我一会儿,坐直了身子,一字一顿说:"祥啊,那些地主老财都是怎么富的?咱这老爷怎么有了万贯家财?让我来告诉你罢!你自己心里有数就行了,切莫告诉别人,要杀头的!我一辈子工夫才摸清这个谜底,让我揭给你看。"我一直愣愣地听完下面的故事。嘿呀,我金祥做梦也想不到老爷是这么一个人!

最早的时候,老爷也是个黑不溜秋的野孩儿,是个没爹没娘的娃儿。他跟大伙儿一样,一天到晚钻在野地里,趴草棵里捏蚂蚱拣瓜根吃,喝烂泥汤儿。他的小肚上黑唰唰划下了伤痕,脚跟上磨开了老皮花儿。他爹他妈也是野地上蹦腾的人儿,胡乱生下他又跑了。他让热辣辣的日头晒出了油,头上戴个高粱秸子圈帽。转眼十八九岁了,身个高了,夜晚睡不着了,一嗓子一嗓子喊,嘿嘿,自己用手挠烂了自己的皮哩!他看见女人从路上过就喊:"给俺当个媳妇吧——"人家回头骂一句:"不死不活的臭烂东西,想得倒好!"到了秋天煞尾时,漫山遍野散开了野人儿,逃荒要饭的男女呼呼啦啦跑进地垄里。没爹没娘的黑孩儿专找没爹没娘的女孩儿,找一个扯上手就飞跑,嘴里嚷:"占下了占下了!"女娃咯咯笑,伸手捶他捣他,冷不防一把掀倒在沟底。"还敢不敢啦?"黑孩儿骑上她,揪些野菊花呀臭蒿子呀往她脸上脖儿上扔。他们一会儿工夫就好了,抱着搂着痴跑,丢人现眼哩。"现世报啊现世报啊!"护秋的人手指他们笑。俺没爹没娘的孩儿吃了上顿没下顿,快活了一天没一天,俺又怕个什么!黑孩儿赤条条往河里跳,钻出来水淋淋地唱歌,胡吼一嗓子满天响。另一些男娃合伙上来抢这个女娃,被黑娃儿好一顿痛打。他真是个拼命的好手,一拳上去打掉人家两颗牙。一伙男娃头破血流跑了,黑孩儿抹抹脸上的血,扛起女娃就跑。他不歇脚,扛着跑跑跑,一口气跑到河边,扑通一声扔进去。女娃嚷:"淹死我了呀,淹死了!"黑孩儿接上跳进去,把她从头至尾洗一遍,又洗了自己,这才扯上手往河滩上走。女娃高兴起来,跑起来一蹦三跳,黑孩儿追也追不上。女娃一跳跳上杨树梢梢哩,黑孩儿干着急。他央求:"好女娃下来吧,俺可上不去。"女娃从这棵树跳到那棵树,飞一样,黑孩儿看呆了。直到天快黑女娃才蹦下来,黑孩儿一把抱住她说:"老天,你像猴儿似的。俺从根没见这大本事的人。"女娃笑得鼻子眼挤到一块儿去,说:"俺是林子里的野物哩,跳腾惯了。"黑孩儿搂住她亲不够,觉得她像绳子一样软,小手儿像葱白一样。他低头瞅她的小脸,这才看出小脸凹凹着,小鼻子打了个漫洼儿,鼻尖往上一挑,巧死俊死!她的小牙像白大米粒,小嘴唇薄薄一道儿,不笑腮上也有俩酒窝。她小身子烫手像小熨斗哩,屈在他怀里一扭一扭,往他耳朵眼上呵气儿,不知从哪掏出生果给他吃。黑孩儿说:"哎哟,老天爷哩!喜欢死俺啦!俺不行哩!"女娃扑在他怀里哭了,一抽一抽像条虫虫。黑孩儿发誓说,这辈子也不离开她,不变心,上树掏鸟蛋,下河捉鱼,伸手到地里扒瓜儿,说什么也得养活她。两人说到天墨黑,找块地方铺了干草睡起来。睡不着,就小声说话儿。女娃告诉他:"知道吗?我会'大搬运小搬运'呢!"黑孩儿不明白。女娃告诉他,那是个神法儿,想要什么就有什么——由她出去搬来,一会儿工夫就成!黑孩儿死也不信。女娃就问他要什么。他想了想说:"要一碗大肥肉。"女娃起身走了。一小会儿月亮底下出来个人影儿,黑孩儿一眼看出是女娃,她笑嘻嘻捧来一碗大肥肉哩!两人坐下吃肉,黑孩儿高兴得又跳又蹦,说:"有这手段还用在野地里窜?咱发哩!"女娃说:"就是哩!我是看好了你,先来试试你心眼儿!"黑孩儿搂住她又推开,"你是人还是神?"女娃咯咯笑,说不是人也不是神,从今儿个起是你老婆哩!"俺有老婆哩!做梦也不敢指望的事儿呀!"高兴了一会儿,黑孩儿又让女娃去搬座屋来,说就放这河滩上住下吧!女娃摇头说:"屋在地上生了根,搬不动。再说也不能太心狠,要一点一点积攒,咱搬来一件,有人那儿就少一件。俺都是找富人家搬,他们东西又多又来得容易。"黑孩儿点点头,"那你就去搬一个大柜子吧,赶明儿咱卖了买东西,赶集哩。"女娃又摇头。"又怎么?""你给我梳梳头吧,老婆披头散发不嫌人家笑话?"黑娃欢喜得给她用手指梳呀梳呀,又揪根草梗扎了个辫子。女娃要去了,临走嘱咐:她扛东西回来时腰压弯了,那会儿他见了要赶紧喊"好轻快好轻快",背上的东西就会随着这喊声一丝丝减轻。如果喊"好沉好沉",那就一丝丝加重,她就起不来了……黑孩儿说记住了!女娃走了。不一会儿她背上驮个大柜子走来了,腰弯着,摇摇晃晃。黑孩儿赶紧喊:"好轻快好轻快!"喊着喊着女娃就直起腰来,那柜子像纸盒一样分量……

"哎呀,天底下什么事都有啊!光有说不到的没有做不到的呀!"老婆婆站起来喊着,一会儿面向金祥,一会儿又转向老头子们。"多好的女娃啊,这样女娃咱村有一个就中,保管就中!"赖牙脖子上的青筋粗胀起来。大脚肥肩龇着牙:"俺要有个女娃,只让她搬来黑面肉馅饼!"弯口老叔一直沉默,这会儿鼻子里哼一声:"俺让她给憨人搬来个媳妇!"一帮女人嘻嘻笑,"憨人听见了吧?你爹说给你搬个……哈哈!"憨人木着脸骂:"拿穷人取乐儿,我睡他先人!"大脚肥肩用针锥朝笑闹的几个姑娘一点一点,场上的笑声立刻没了。金祥站起来喊:"年九妈再给块煎饼……哎哟,刚才虱子又把我好咬!"

接上数叨啊,接上揭他们老底,把挨刀杀的遮眼布一层一层撕开。俺得告诉普天底下的穷人。醋是打哪儿酸的,盐是打哪儿咸的?光腚客怎么穿上裤子?谁想封住俺的口,俺就打断他的手。告诉你吧,那个当年草窝里滚粪坑里睡的黑孩儿成了气候。他那个又好看又听话的软性儿老婆出去搬东西,今儿个一只风箱,明儿一把簸箕,几年工夫他们有了自己的屋自己的地,小木头窗上糊了白纸哩。照理说该好好过日子了,男人有了瓜儿吃还求个什么?剩下事情就是搂着老婆一宿到亮打呼噜了。可黑孩儿不,人有贪心,蛇要吞象,没爹没娘的孩儿要做人王哩。他想吃白面馍蘸肉汤儿、嫩韭菜叶洒上盐,想躺在缎子被上打挺儿,拄着龙头拐杖上茅厕!女娃白天黑夜劝他,说好生生的日子有吃有穿,圈里有猪肥了吃肉,大母鸡两天生一个双黄蛋,哪里不好?庄稼人一辈子还求个什么?黑孩儿说天哪我心里痒得慌,你又不能伸进里边挠痒。女娃想逗自己男人高兴哩,在小屋院里跳跳蹦蹦做猴戏,那样子谁也得笑哩。她一纵身跳上窗外榕树,从这个枝儿蹿到那个枝儿上,小拇指细的枝条也压不折。可黑孩儿不笑,眼也不睁。女娃再不逗他了,眼泪汪汪,说:"好男人你怎么不高兴?是俺变丑了吗?"男人摇头,抬头好好看了看她:穿了水红袄儿,小绿裤儿,裤腰用大红带子扎了。那小身子包在软柔柔的衣裳里。她出挑得真好看,小凹凹脸红喷喷的像苹果,大水灵眼儿乌黑乌黑亮。他说好女娃你像用油膏搓过,油滋滋香。你好比小火烧刚出锅,又甜又软烫人哩,舍不得下口捧手上一撩一撩,吹气儿……老婆呀!啊呀我老婆天下一宝!"

金祥慢腾腾柔声细语,旁若无人。场角传来了许多人的抽泣声,金祥不得不停下。那些站立的男人都在哭,肩膀往上耸动。"金祥啊,你说俺心眼里去了!上哪儿去找这样女娃咪?老天爷老天爷,天底下真有黑孩儿这样福分人?""金祥啊!你不能把女娃扯来俺瞅上一眼?她活着多大年纪住在哪儿?俺不吃不穿也得攒下盘缠去看她一眼……""难道她比大姑娘肥还白还嫩俏,比宝驹赶鹦还俊还馋人呀?想不出想不出哩!"年轻人呼叫着,连上岁数的男人眼窝也湿了。这会儿赶鹦妈站起来,伸手往前一捅骂道:"嘴痒了放石头上磨一磨,拿俺闺女做尺寸,瞎了狗眼!"一个男人用力拍打赶鹦的肩膀,叫着:"姊妹啊,天底下哪有穷人的活路啊!"赶鹦鼻子一酸,也流出泪来。"赶鹦姐!"肥的头一歪,倚了赶鹦,"咱好好往下听吧!"

女娃说她再也不过偷偷摸摸的日子啦。那时候她出去搬东西给他,是因为可怜他哩。她说那些富人什么都有，穷人什么都没有。拿走富人的东西也解气呀！不过如今该是小两口起早摸黑种庄稼的时候了，再不能贪心了，贪大遭报应呀。她好话说了一笆篓，黑孩儿只是摇头。他说还想有两匹大马，有一大囤子粮食，有个黄铜水烟袋。女娃哭着扭头走了。半晌，她牵来两匹大红马。黑孩儿高兴得直蹦，劝女娃再出去一趟。女娃又扛来了一个盛满粮食的大囤子，压得头快触到地上了。黑孩儿赶紧喊："好轻快好轻快！"女娃在这喊声里一点点直起了腰。"这就是'大搬运小搬运'哪，俺要发了！"女娃直哭，说不能贪大啊。黑孩儿不听老婆规劝，让她最后搬上一年，那会儿一家子人享不完的福哩！女娃一趟比一趟回来得晚了，专拣那些发下不义之财的富贵人家搬，搬他们一个座钟，一架纺花机，一副牲口套绳，有时还搬走一个大麦子垛。人累得黄瘦，头发又疏又脆，皮包骨头。月亮下一个小瘦娃儿扛一个大麦秸垛子穿过野地，可怜不可怜死人！黑孩儿在门口迎接她，老远就喊"好轻快好轻快"，女娃就伸手把垛子擎起来。黑孩盖了一座屋又一座屋，买了一块地又一块地。后来他连软乎乎的瓜儿都不吃了，只吃白面烙饼、吃豆腐脑儿小咸于鱼、吃小春葱蘸酱。上了秋，他买来绸子面小夹袄，年纪轻轻还扎腿带子。雇来一帮子长工、两个丫环，还开了一个烧锅。他爱吃猪肝，爱喝盅烧酒。女娃给累坏了，一天到晚咳嗽。下雨阴天，她身上散发出一股怪味儿。早些年黑孩儿喜欢女娃，闻不出；再说那会儿女娃喜好打扮，采些花呀草呀戴在身上，怪味儿严严实实给盖住了。"哎呀熏死我了睡你先人。"黑孩儿骂。女娃采来最香的月季和桂花戴在头发上，黑孩儿还说她有邪味，"一股烧臭皮子的味儿。"女娃开头工夫只会哭，到后来就离他远些站。有时又忍不住，他们是恩爱夫妻呀。黑孩儿——这些年一家子人都叫他老爷了，老爷一嗅到那股味儿就推她个趔趄。女娃儿火了，有时一下蹿到树上，瞪起一对大眼看人。长工和丫环都大惊大叫，老爷把老婆揪到屋里，拉长脸问她："你到底是个什么物件？咋能'大搬运小搬运'，咋能蹿到树上？"女娃哭着说："咱是受苦受难的一对儿，是熬出头来的恩爱夫妻啊，你别拿那种眼神看俺。""你说你说，你咋能哩？"女娃说："我说我说，我不是人。""你就不是人，没有人味儿！"老爷骂着走了。从那时起女娃住厢房了。她一天到晚哭啊，头发几天就变花了，小凹凹脸上有了皱纹。老爷让人送饭给她，自己不愿看到她。他已经有了丫环捶背捏弄后脚跟儿，有给他掏耳朵眼的女人了。送饭给女娃的长工有一天从小窗往里一望，吓得碗都砸了。他看见屋里大炕上躺了一只猴子，奶头还胀着。他看了一会儿赶紧跑去告诉老爷。老爷骂咧咧出来看了，见女娃好好地躺在炕上。他打了长工一个耳瓜。

其实长工看到的真不错哩！那女娃就是一个母猴，一个精灵。她想找下个男人过日子，用力再生下个娃。她是个有情有义的母猴。她那会儿年轻，心眼好得没法说。天底下有钱有势的主儿，有几个是出汗干活挣下的家产？他们都是暗地勾连下有灵性的野物，让它们出去搬弄东西。这是真哩！有的是狐狸精，有的是野猫精。这些野物搬成一个财主就安顿下来，跟男人过一辈子；也有的半路变了心，把搬来的东西又一件件暗中搬走，要不你怎么能看到半路穷了的财主？还有的被发财的东家发现了真身，用个什么歹毒法儿把它害死。一句话，地主老财发的都是黑心财，这就是看场老头告诉我的谜底！

场上人呆呆地看着金祥。一会儿有人嚷："我说哩！怪不得咱发不了财，原来咱没有勾连上野物啊！""天哪，上哪去找母猴狐狸啊！"一个老人，是弯口老叔，他大叫着："告诉你，多去野地里窜窜！高秆儿庄稼地里什么都有，你得多进去窜窜呀！……"喜年望望方正大姑娘金敏，说："那年上俺在豆棵里压住了一个野物，它吱吱叫哩，低头一看，它从豆秸里挣出小头来，小脸儿铁青！俺赶紧把它放了……"大伙儿吸着冷气。

女娃不擦胭脂了，不梳洗打扮了，老得一天比一天快。她半夜跑到老爷窗下，叫老爷的小名，说开门让俺进去吧，咱是一对泥里打滚的苦娃儿，好不容易过上了好日子，切莫丧下良心！俺想摸摸你胸口上的疤痕、下巴上的胡茬，想喂你吃口小油卷儿。开门吧开门吧，俺已经有了三个月的身孕——咱就快有自家的娃儿了！你开门吧，摸摸娃儿在肚里蹬腿儿哩……女娃进了屋子。她真的老哩，再也不好看了。老爷觉得她像一个倒空了粮食的粗布口袋，软溜溜皱巴巴。"远些，臭哩！"老爷说。女娃哭着一把抱住男人，说俺亲手从淤泥里扒拉出的泥娃儿。老爷一动不动，眼皮都不眨一下。他心里在琢磨事哩，这会儿就说："女娃，你听话不？"女娃尖声叫着："听呀！"老爷一皱眼眉，"让你怎么就怎么？"女娃点头，"俺男人叫俺干什么俺就干什么，俺是他的人，直到死！"老爷摸摸胡茬，"那好吧！今后你就住厢房吧，那是你的屋，在屋里好生怀着孩子。"女娃哭了，"俺想弯你怀里哩！"老爷大眼一瞪，"听话！"女娃哭着，退到厢房里去了。

就是这年秋天，有个老太太找来大院，她看模样有五六十岁，其实有七八十岁了。她一进大院就说找儿子来了，见了老爷一把抱住。她说男人死了，她无依无靠找儿子哩！老爷不敢认，老太太就一长一短说起来：她和他爹怎么一路讨要，怎么在野地里生下他，一口一口喂活他；下雨了，他们用身子给他遮雨，天冷了，他们把他贴在肚子上暖着。"那不是人过的日子啊，你爹和我死过去又活过来,一天到晚搂着娃儿吃野菜,省下瓜儿嚼了喂你。直到你长大了能扒瓜儿能跟上野孩儿窜庄稼地了,我和你爹才撒了手……"老太太哭了。她一口气数叨出老爷身子上的记号:左胸脯上两个痣,腿根的疤痕——老爷刚才还将信将疑,这会儿扑通一声跪下喊妈。他让一旁愣着的人都跪下,说老祖宗回来了!就打这一天上,老爷找到了生身母,院里有了老祖宗。谁也想不到她会接上又活了几十年,成了老寿星。老爷跟老祖宗在一块儿,日子久了就交了谜底,说出这万贯家产的来路。老祖宗一听不做声了。她死也不喜欢儿媳,从进了这院就没跟女娃说上一句话。女娃给老祖宗跪过,叫过妈,老祖宗眼都不睁。她听儿子说了根由,牙根咬紧哩。儿子问她咋了?她说:"哼,她能'大搬运小搬运'不是?她能倒腾来东西,也能倒腾出去。早晚有一天你又成了光腚鬼哩!"老爷急得直搓手。老祖宗的花椒拐一个劲儿捣地,说:"趁早除了吧,除了她,家业才万古千秋。"

女娃肚儿鼓起来了。她在院里走,听见老祖宗出来就躲进厢房。有一天老爷进了她屋里,从怀里掏出石榴大枣,绿酸杏儿。女娃一把抓过就吃。她馋死了这些东西,可就是没人给她。她咬着果儿哭,说你到底还挂记俺!俺死也不悔了!老爷拍打她,摸她头发,她喜欢得快死过去了。老爷说:"咱家什么都有了,就是缺个大碾子——你再出去搬回一个吧,娃儿生下也要用它碾细面哩。"女娃说:"我有孩儿在肚里……"老爷还是搓揉她头发,说:"不碍事哩,你有法术呀!"女娃把脸贴上他胸口,连连说:"我听你话呀!你叫我干什么都行。俺的男人呀!……"当夜,老爷在大院门口迎接女娃,等呀等呀,月亮都歪了,野地里连个人影都没有。又等了一个时辰,天快亮了,灰蒙蒙的路口上有个黑影儿一摇一摇来了,越近越大。老爷看出是女娃驮一个大碾盘来了,小身子在底下差不多看不见了。她被压得东倒西歪,老远就喊:"你快拿话儿迎我呀!你快呀!"老爷咬咬牙,往前走一步,大声喊:

"好沉好沉,好沉好沉!"

天哩!大碾盘一丝一丝往下落,像张大荷叶儿一样,一会儿贴到地皮上了。就在碾盘眼看沾地的时候,发出了"呀——"一声尖叫,然后什么音儿也没有了。天亮了。长工呀,短工呀,清早上田去,一眼看见有个大碾盘扣在那儿。他们一伙儿揭开碾盘,看见一个又老又瘦的母猴在下边,压成饼儿了!……

"妈吔!呜呜伤天害理……老天爷看见了!黑心的地主老财千刀万剐!"场上人一齐呼叫,恸哭声猛地迸发出来。"丧下良心哪!天打五雷轰啊!多好的女娃给毁哩!""这回俺可算亲耳听见了!""地主心,蛇蝎心!天下乌鸦一般黑!没有穷人的活路了,真的没有了啊!……"老婆婆哭着揪住身旁随便哪一个男人衣襟,耸动着:"他家大叔,真有那样狠的男人啊!要不是俺亲耳听见,说什么也不信!你说说,你说说!"老头子们定定地咬住烟锅出神,这时身子一挣呼起口号来。全场都跟着呼,一齐跺脚。人群活动了,那些平日里说话投机的人慢慢移动着坐到一起。"真是根狠心肠啊!"有人指点白木桌前的金祥:"看人家说完了就是说完了,眼泪没干就吃起了煎饼。咱不行哩,听一次难受一次。"大脚肥肩低头纳着鞋底,抽着麻线,泪水也滴下来。"争年爸呀!跟大伙儿说说吧,大伙儿难受哩!"赖牙站起来拍拍手:"有什么苦水可劲儿倒吧,谁也不用怕谁,咱是说一天没一天了。"金祥站起,手搭眼罩往下望望说:"都上来呀!有啥说啥呀!咱金祥不像有的人,自顾自说哩!来呀老婶子们、二大爷!"正这样嚷着,一个挽髻的老婆婆拄着拐站起来,咚咚走到了桌边。她瞪大眼睛,嘴巴张了好几下也没有说出话,又看了一会儿全场的人,就咚咚地下去了。"老婶子给气得话都说不出哩!什么世道啊!"金祥对靠前一点的红小兵说。"我说说!我说说!"场里又响起一个老婆婆的声音。她一会儿被自己的孙子搀扶上来了,一站稳就抹起了鼻涕眼泪,"天哪!我这辈子也忘不了,那一年可把俺饿、饿坏了……俺孩儿挖了块鬼姜说妈吃吧,妈说你吃吧,一推一让半天,搂上那个哭。南街上他姥爷急得吞下了一块棉花,他姥娘没牙的嘴啃砖头。俺上街一看,一个个躺倒了,有的没穿裤子——那是解溲呀,提了半截没力气了,扑通,倒了再没活过来。俺死了也不能忘了那一年,那时候没有咱穷人的活路啊!"她说着拍打着腿,突然下边有人大喝一声:"你敢忆新社会的苦!好大胆哪!打嘴打嘴!大伙儿都听见了吧?"场上顿时沉寂下来。老婆婆扶着孙子僵了一会儿,接上蹦了一下,伸手指着下边那个人说:"就你个驴耳朵长!人都有老了的那天!人老了记性能好?你这个鳖孙子,不得好死啊!你有娘养没娘教,用着你来指老娘的脊梁筋?"老婆婆哭得伏在了桌上。好多人劝解:"权当没听见。别跟他们一个样儿……"费了好大劲儿才把老人扶下去。接上来的是一个老头儿,他的眼早已红肿了,眼糊儿把眼遮住,费劲睁也睁不开。他一站稳就说:"数叨数叨吧!罢罢!不提也好。谁不知道俺年轻时候?喝酒能喝这个数——多少?二两?呔!二斤哩!俺给地主家扛长工,逢年过节他硬让俺喝,不喝就打——地主心蛇蝎心哪!不错,俺是舔破窗纸看过小姐屋里,不过那怨酒哩!如今大伙要说了:'不是一个拣鸡儿'!那会儿咱不懂哩!挨那个打呀,大伙儿看看我后脊梁落这块大疤!"老头儿说着哧一下脱了老棉袄,把身子背过去。立刻有好几个老婆婆老头儿凑近了看。"地主心蛇蝎心哪!"他们同时嚷道。

喜年、憨人一伙儿不住地小声催促赶鹦和肥上去说一说。赶鹦她们不愿意。又劝了一会儿,赶鹦扯上肥的手走到小桌旁边。汗水顺着两个姑娘的毛发流下来。赶鹦撩撩辫子刚要开口,大脚肥肩嚷叫说:"盘下腿坐着听去!不老不少的,还轮不上你俩!"两个姑娘对视一眼,鼓鼓嘴下来了。场上传来不满的议论:"女孩儿家也有心事啊!她们也有自己的苦楚啊!啧啧啧……"赶鹦和肥又回到了原来的地方。一帮年轻人团团围住她俩,一脸愤愤不平。赶鹦说:"俺长多大了也没穿双像样的鞋儿,幸亏……旧社会儿压得妇女翻不过身来,大脚肥肩常常说哩。旧社会出来的人老大不正经,胡说八拉,开会人挤了就不好生站,往俺身上挤哩!外村人更坏,用手老远比划着骂俺,还说'鲹鲅鲹鲅'!"赶鹦说到这儿揉起了眼。一个工区青年咳了一声,说:"哪里没有一本血泪帐?俺爷爷年轻时候穷得没有裤子穿,逼得他扎块围布,就像女人穿了裙子。爷爷上街去,一些老婆婆就说看看是什么布料,一掀一掀。俺爷爷羞得还不如死了好哩!俺奶奶十二岁上就给老地主捶腰,老地主让她穿衣提鞋,提鞋不让使鞋拔子,偏让她往鞋跟里捅手指头。老地主趁劲儿一踩,俺奶奶疼得没好腔叫。老地主家有钱有势,想想吧,连鞋拔子都是金子做的。看一眼头晕!"赶鹦说:"俺从根没见过鞋拔子。"青年点点头,"穷人家孩儿上哪儿看去!俺爹十岁起就串街要饭,腰上捆根草绳,上面别一条打狗棍。一个冬天过去,十根脚趾头冻掉了八个……"肥插话说:"也有人冻掉九个。"青年点头,"那不是人过的日子啊!穿着破麻袋,虱子滚成球。麻袋布纹理粗,伸手捉不住虱子也掐不住跳蚤,穷人的皮肉不值钱!不说了不说了,反正咱都是一家人啊!"他哭了,从衣兜里掏出了洁白的手绢擦眼。赶鹦和肥目不转睛地盯住手绢。"也不算什么金贵东西,白细布做的,姊妹要喜欢就拿去。"青年哭着说。赶鹦用肩膀碰碰肥,肥摇头。又推让了一会儿,赶鹦就取了手帕。"多好哩,你也真舍得使!"她闻了闻,说。一个三十多岁满脸胡茬的人把脸转到一边去,嚷着:"金祥老叔说到俺心眼儿里去了!俺一辈子也忘不了这夜哩!大伙儿和和气气说说那些年的事儿,呕呕酸水儿。瓜干烧胃啊,躺炕上也睡不着。俺来听听老叔说话儿,跟姊妹几个拉个闲呱儿,退退火气!姊妹们啊,让咱常在一块儿吧,分什么村内村外。咱都是穷人孩儿……"喜年警觉地望望那个人,打断说:"你知道俺这眼是怎么毁的?是外村人毁哩!俺跟外村人结了血仇!俺不忘,保准不忘哩!"赶鹦说:"那也不关他事儿。他是好心好意。"一句话让满脸胡茬的人跳起来,"赶鹦姊妹啊!俺得回去告诉村上人:赶鹦肚里跑开大船!"正嚷着,矮壮憨人挤过来,盯住了问:"日你先人你家肚子才那么大不是?"说着把背在身后的双手猛地一举,两个大雪球塞进了他衣领。那人喊:"凉死了凉死了!"撒开丫子跑了……

闪婆身旁也围了一些人。他们都劝她趁这会儿倒倒心里边的苦水儿吧。她总不应。又劝,她说:"俺不了。今儿个是人家金祥开场的日子,俺不了。"有人夸金祥今夜说得好,闪婆摇头:"他越说越慢,再也不是急性儿人。过去他蹦着忆苦,一只手往天上指。一呼口号满脖儿青筋。今儿个他一句口号也没有,金祥不行了……"一个人说:"婶子!俺听你一说话儿心里就妥帖。逢上你忆苦,俺说什么也得早早来,坐最前边听。俺听了好难受!老想些旧社会的事儿,想过了俺爹又想俺妈俺姥娘。难受啊!难受啊!"一个老头子眼泪濛濛地对闪婆说:"俺这些老人不比年轻人儿。俺不用听那些事情关节儿,不用!俺只要打眼一看你和金祥的模样,心里就难过了,就想起旧社会的事儿了!"一个正吸烟的老头子赶紧附和,"一点不错!有时走在大街上,一眼看见你坐在大槐树下,俺心里就打滚儿,鼻子就发酸……"闪婆感叹,"一个村里的老人儿剩不下多少了。咱得多聚聚啊,多拉拉老呱儿。顺便也让年轻人听听,知理知表。他们泡在蜜罐里,装在糖盒子里,他们知道吗?像我孩儿欢业,那大点儿就穿上了裤衩儿……"

"谁要是忘了那些事儿,谁就是没有良心!"大脚肥肩站在一边说。大脚肥肩一说话大伙儿都得安静下来。她的针锥刮几下头皮,发出刺耳的声音。她的头皮多么结实啊!红小兵一边抿酒一边想。他将酒递给赖牙喝,又给左右的老婆婆们喝了一点。她们对金祥嚷:"年九他爹!你这些年让俺流了多少眼泪?几瓷坛子也装不下呀!你快别讲哩,你让俺过几天舒心日子吧,好不容易吃上了软乎乎的瓜儿。不过几天不听又馋得慌,胸口这儿闷。俺知道非找你不可。有时提着蒲墩子、带上围脖儿出来一看,场子光光的没人儿。大长夜间,咱上哪去?急死个人!你知道人老了觉少,能一夜一夜数叨过去的事儿才好。你是不知道,有时外村使地排车来拉你,俺也悄悄跟了去。你说来说去就那么些事儿,不过俺喜欢听!真哩,喜欢!"金祥坐在桌前点头:"老姊妹放心。俺活一天让老姊妹听一天,保准。俺不像有些人,在故事里面掺些杂七杂八,不规矩。这好比红小兵的酒坛,掺不得水哩!"红小兵大声应道:"金祥老哥说得铁对!"金祥又嚼起了煎饼,然后说下去。

别忘看场老头啊,没有他就没有这些故事。他躺在垛子里,一句一句揭出了那个谜底,接上就死了。我的老友这一辈子活得真不易哩。他没儿没女,一个人嚼着瓜干看场。我过去还以为他也成了老爷的人呢,这会儿才知道他是暗暗怀了谜底。他的心劲多大。老友死了,我一个人在场院上孤孤单单。夜晚老长哩,野狗咬,虱子爬,心烦得睡也睡不着!我好孤单,漫山遍野乱跑的嫚儿没有一个跟俺拉个呱儿。人活着不如死了好啊,两眼一闭什么都不用愁了,不用馋瓜儿了。睡不着的夜里俺想起了爹妈,想起了他们临死那会儿的叮嘱:快些奔平原去啊,平原上的瓜儿养人哪!我一想这些两腿就发痒,跑哩跑哩,不能给老爷卖命了!俺老友被俺藏在垛子里,俺舍不得埋下他。这会儿我告诉老友要分手了,泪珠儿叭嗒嗒滴。我知道野地里有暗枪,心想点上垛子,烧着这一场院的秋粮,他们也就顾不得俺了。俺想到这儿就动手点火。大风一刮,那些大玉米秸垛、地瓜蔓儿垛,一齐烧起来,大火球一个一个往空里蹿。俺老友也被这火焚了。四面八方的人全叫着往场上跑,狗汪汪汪。俺撒腿就跑,跑向平原哩。俺回头看看那又圆又亮的大火,心想平原上的瓜儿就这么又大又红哩!跑啊跑啊,奔平原啊!

"金祥有一手哩!行啊金祥!"红小兵站起来嚷。

"你早干什么去啦?早该发火!"赖牙拍着腿。

"这一辈啊,什么没经?一想起老爷我就牙根痒,我心里不饶他!"金祥站直了身子:"老少爷们,你们说能饶了他?"

"不饶不饶!"满场里的人一齐喊道。

金祥缓缓坐下。场里响起年轻人叽叽喳喳的声音。突然赶鹦振臂呼喊起来,那声音圆润响亮极了:

"饶他不饶?!"

"——不饶不饶!"

"饶他不饶?!"

"——不饶不饶不饶不饶哩!……"

原载《张炜文集》(长中篇小说卷二),
上海文艺出版社1997年版

王安忆《长恨歌》导读

 **作家简介**

王安忆(1954—),女,生于南京,1955年随母到上海定居,1970年赴安徽插队落户,1972年至1978年在江苏徐州地区文工团工作,1978年调入上海中国福利会《儿童时代》杂志社任编辑,1980年入中国作家协会文学讲习所(今鲁迅文学院前身)学习,1983年参加美国爱荷华大学国际写作计划,1987年应聘上海作家协会任专业作家,文学一级。现为中国作家协会副主席、上海市作家协会主席、复旦大学中文系教授。她的创作在国内外文坛享有较高的声誉。

王安忆自1977年发表处女作,迄今出版的代表性的长篇小说有《69届初中生》(1986年)、《纪实与虚构》(1994年)、《长恨歌》(1996年)、《富萍》(2000年)、《上种红菱下种藕》(2002年)、《桃之夭夭》(2003年)、《遍地枭雄》(2005年),中短篇小说集《小鲍庄》《尾声》《我爱比尔》《隐居的时代》《忧伤的年代》《三恋》《妹头》,短篇小说集《剃度》《岗上的世纪》《弟兄们》。散文集《独语》《男人和女人,女人和城市》《我读我看》《寻找上海》,论著《故事和讲故事》《重建象牙塔》《心灵世界》《小说家的十三堂课》等。部分作品有英、德、荷、法、日、韩等译本。《叔叔的故事》获首届上海中长篇小说二等奖,《文革轶事》《我爱比尔》分别获得第二届、第三届上海中长篇小说三等奖,《长恨歌》获第四届上海文学艺术奖、第五届茅盾文学奖,《富萍》《上种红菱下种藕》获中国台湾地区2002年度《中国时报》"开卷"好书奖,英文版《小鲍庄》获美国洛杉矶时代书刊提名奖。2019年,其长篇小说《长恨歌》入选"新中国70年70部长篇小说典藏"。

创作背景

王安忆的《长恨歌》完成于1995年,发表于1996年,是20世纪90年代一部广受瞩目的小说,一出版就迅速得到文坛的接纳与褒扬。这部小说的创作背景大致如下:

城市书写。城市的发展是现代化最明显的表征,快速发展的城市以活跃的姿态出现在作家们的创作视野中。在城市的书写中,城市是背景、是实指、是题材、是内容、是形式,也是象征。进入20世纪90年代以来,众多女作家投身于城市写作,许多作家都能在城市的思考之上,表达自己对生命世界的情感体验和本质追问。也许正像王安忆所说的,女人是天然属于城市的。90年代,上海在王安忆的创作中分量越来越重。

上海热和上海怀旧。20世纪90年代中期出现了上海热,上海成为学界文坛注目的焦点,有关上海的历史主题或怀旧主题的作品成为一种文学写作的时尚,当代的上海和已经陌生、朦胧了的历史的上海混杂在一起,交织于人们的耳目之间,有关上海的各种想象也弥散开来。大量关于老上海题材的印刷品、出版物也不断获得商业上的成功。越来越多的女作家把镜头对准这个有着两度繁华历史的国际都市,只是方式各异。《长恨歌》的问世以及它的备受关注,都与这种都市怀旧的潮流有关,但显然,《长恨歌》的成就远远超越了所谓的老上海"怀旧"水平。可以说,《长恨歌》在对上海进行着一种文化地理学和文化政治学意义上的考察,从而有效地改写了90年代流行的"上海想象"的整体格局。

作品评点

《长恨歌》起首第一句:"站一个制高点看上海,上海的弄堂是壮观的景象。"这个开头就决定了整部小说的基调和着眼点,显示了王安忆以小见大、居高临下地驾驭一座城市的意图。

作者敏感到上海城市中点、线、面、光和暗交织的关系,敏感到弄堂在其中的地位和意义:"上海的几点几点光,全是叫那暗托住的,一托便是几十年。这东方巴黎的璀璨,是以那暗作底铺陈开。一铺便是几十年。"

小说写弄堂,首先从时间的角度写了在清晨光影变化之中的弄堂,细腻的捕捉使上海弄堂具有一种朦胧的诗意。"晨曦一点一点亮起,灯光一点一点熄灭。先是薄薄的雾,平直的光,勾出轮廓,细工笔似的。最先跳出来的是老式弄堂房顶的老虎天窗,它们在晨雾里有一种精致乖巧的模样"。接着从空间上状写出上海弄堂的四种形态:石库门弄堂、东区的新式里弄、西区的公寓弄堂和棚户的杂弄。各式不同的弄堂自有其不同的特点与性情:石库门弄堂是"最有权势之气的一种",东区的新式里弄是"放下架子的",西区的公寓弄堂是"严加防范的",棚户的杂弄是"全面敞开的样子"。

如果说以上两点从时间上和空间上来写弄堂,把弄堂当权力格局来写的话,那么,接下来作者则是把弄堂当人来写的。上海的弄堂是"性感的""私情的"、说着家常话的。这样的弄堂又是充满灵动之气的,"那一条条一排排的里巷",流动着的是"流言",是"贴心贴肉的"的流言。

上海弄堂里的流言有什么样的气质呢?它是"阴柔委婉"的、"暧昧"的、"真假难辨"的。"它们可以说是上海弄堂的精神性质的东西"。"它们是上海弄堂的思想"。流言是鄙陋的,它是上海弄堂的污浊,然而它也是上海弄堂的浪漫。它是自成的历史,自行的社会。

闺阁,就坐落在充满了流言的弄堂的房子里,"本是如花蕊一样纯洁娇嫩的闺阁,却做在这等嘈杂混淆的地方,能有什么样的遭际呢?"所以,"上海弄堂里的闺阁,其实是变了种的闺阁"。"闺阁是上海弄堂的天真","也是上海弄堂的幻觉"。

在这样凡俗的世界里,唯一超脱的,只有鸽子。对于这个城市来说,鸽子既是入乎其中的,又是出乎其外的。鸽子的视野是全面的,鸽子的眼光是悲悯的;然而,知者无言,当流言在这个城市的弄堂里穿梭的时候,唯一知情的鸽子却是缄默的。

在弄堂、流言、闺阁、鸽子等总体叙事的背景之上,王琦瑶出场了。"王琦瑶是典型的上海弄堂的女儿"。在上海的弄堂里,不止一个王琦瑶,而是许多个王琦瑶。"上海的弄堂里,每个门洞里,都有王琦瑶在读书,在绣花……上海的弄堂总有一股小女儿情态,这情态的名字就叫王琦瑶……上海的弄堂因有了王琦瑶,才有了情味……上海弄堂因有了这情味,便有了痛楚,这痛楚的名字,也叫王琦瑶……"

在第一章的铺陈与还原里,作者把上海呈现为弄堂,又把弄堂呈现为王琦瑶。那么,王琦瑶的故事将会是上海弄堂的故事,王琦瑶的经历也将展现整个上海的历史。上海的历史就是这些里弄情调和生活的小零碎,是经年累月才由人们制造出来、积累起来的,确切地说,是由居住在里弄里的王琦瑶们制造出来、积累起来的。

由此可见,这部小说在形式上是站在一个制高点上来看的,看上海、看女人、看人生、看命运。这样的叙述方式决定了这是一幅都市全景图与一个女人的人生命运的叠化。

王琦瑶的故事是以上海城市的声与色作底的,而上海的声与色也正是通过王琦瑶这样的女人来演绎的。是的,王琦瑶就是这座城,这座城就是王琦瑶。

小说从第二章开始,进入了王琦瑶的故事。

20世纪40年代,王琦瑶还是一个中学生,因为美丽,她首先成为"沪上淑媛",继而成为"上海小姐",接着搬进"爱丽斯公寓",成为某大员的"金丝雀"。上海解放,大员遇难,王琦瑶成了普通百姓。她搬进了平安里,过起了平静的生活。但是,表面的日子平淡似水,内心的情感潮水却从未平息。她与程先生、康明逊、萨沙、老克腊等几个男人的复杂关系,想来都是命里注定。80年代,已是知天命之年的王琦瑶难逃劫数,命丧黄泉。

如果《长恨歌》仅仅讲述了这样一个香艳美人的情与爱,未免流俗。王安忆是讲故事的好手,她把这个故事写得令人玩味,是因为她不仅仅把它当作一个女人的故事来写,她其实是在写一座城市的历史。

王安忆自己曾说,这个"非常非常写实的东西","写了一个女人的命运,但事实上这个女人只不过是城市的代言人,我要写的其实是一个城市的故事"。她也曾经表示过,"要写上海,最好的代表是女性,不管有多么大的委屈,上海也给了她们好舞台,让她们施展身手"。在她看来,"要说上海的故事也有英雄,她们才是"(王安忆《重建象牙塔》)。

王琦瑶和上海这座城市是互为形塑的。小说第二部第一章写道,经历了变故的王琦瑶回到乡下外婆家,心里有一丝难以抚平的创伤,饱经世故的外婆却有着独到的见解:"这孩子没开好头的缘故全在一点,就是长得忒好了。长得好其实是骗人的,又骗的不是别人,正是自己。长得好,自己要不知道还好,几年一过,也就蒙混过去了。可偏偏是在上海那地方,都是争着抢着告诉你,唯恐你不知道。所以,不仅是自己骗自己,还是齐打伙地骗你,让你以为花好月圆,长聚不散。"可见,上海在小说中不再作为仅供上演各种人间剧目的舞台,更是作为一种作用于人与事之间的潜在力量,没有这种力量,人物的命运也许就是另一个样子。从逻辑上看,王琦瑶的人生悲剧是这繁华的都市植下了最初的根源,同样,从时间上看,她的悲剧感受又是那繁华落尽的结果。

那么,是上海造就了王琦瑶,还是王琦瑶造就了上海?也许这压根儿就是一回事。

小说不是通过写人来反映城,而是:城就是人,人就是城,王琦瑶就是这个城市的精魂。王琦瑶是女性,而上海这个昔日的"东方巴黎",其内在气质也是女性化的,"上海的繁华其实是女性风采的,风里传来的女用的香水味,橱窗里的陈列女装比男装多。那法国梧桐的树影是女性化的,院子里夹竹桃丁香花也是女性的象征……这城市本身就像是个大女人似的,羽衣霓裳,天空撒金撒银,五彩云是飞上天的女人的衣袂"。王琦瑶追求时尚,都市也追求时尚;王琦瑶是伤感的,都市也充满了感伤情调;王琦瑶有那么多的隐私,而都市的各个角落也处处弥漫着私情味道……解读了一个王琦瑶,就解剖了一群王琦瑶,同样也就解读了大上海。

所以,小说的主人公是王琦瑶,也是上海。王安忆以一曲长恨之歌为上海谱写了四十年想象的历史,字里行间流淌着作者不无感伤的反思情绪。

其实这部作品的标题就已经泄露了作者的一种情感取向。这部小说的标题为"长恨歌",流溢着古典意味,让人不由地想起白居易的《长恨歌》,"一篇长恨有风情",想起"自是人生长恨水长东",想起"浮生长恨欢娱少",想起"长恨此生非我有"……

从"长恨"两个字里,会看到一点风情,一点遗憾、无奈、惋惜,真是"流水落花春去也,天上人间"。据说这部小说最早起名《四十年遗梦》。从"遗梦"到"长恨",题目的指称变虚了,同时也氤染了一种氛围,一种感伤叹惋、低徊流连。所以,不管王安忆的这部小说有多么复杂的主题或内涵,它所弥漫的气氛的确是有点怀旧的。

但王安忆的《长恨歌》毕竟不同于其他的怀旧时尚之作。它是一种双重的怀旧。首先,小说中的人物王琦瑶、程先生、康明逊、老克腊等人都具有怀旧情结,他们的旧以及怀旧构成了小说的主要内容。如此一来,王安忆便把当下"怀旧的上海"作为一个文本的内容搬到了小说中。其次,作者自己的怀旧则始终是隐于文本后的。如此一来,作者既可以在小说的人物身上寄寓自己的怀旧情怀,同时,又可在人物之外对这种都市怀旧进行思考。

在小说叙事中,现实最终淹没了怀旧者们的怀旧,这样的情节安排本身就显示了作者对都市怀旧的警醒。也许,怀旧的时尚只是一种根植于记忆中的东西,这种时尚只提供人们在有空有闲时的心情消费。透过文本,王安忆以一个局外者的冷静对怀旧的生活方式以及怀旧者的存在价值进行了潜在的否定。当然,王安忆似乎是带着一种"无可奈何花落去"的叹惋来否定的。

就是这样,在一种怀旧的氛围中,作者向我们讲述了一个女性的故事,以及一部都市的历史。但这里的历史似乎又不是正史,而是流言。"这些流言虽然算不上是历史,却也有着时间的形态,是循序渐进有因有果的。这些流言是贴肤贴肉的,不是故纸堆那样冷淡刻板的,虽然谬误百出,但谬误也是可感可知的谬误"。

(史　娟)

长恨歌(节选)

王安忆

第 一 章

1. 弄堂

站一个制高点看上海,上海的弄堂是壮观的景象。它是这城市背景一样的东西。街道和楼房凸现在它之上,是一些点和线,而它则是中国画中称为皴法的那类笔触,是将空白填满的。当天黑下来,灯亮起来的时分,这些点和线都是有光的,在那光后面,大片大片的暗,便是上海的弄堂了。那暗看上去几乎是波涛汹涌,几乎要将那几点几线的光推着走似的。它是有体积的,而点和线却是浮在面上的,是为划分这个体积而存在的,是文章里标点一类的东西,断行断句的。那暗是像深渊一样,扔一座山下去,也悄无声息地沉了底。那暗里还像是藏着许多礁石,一不小心就会翻了船的。上海的几点几线的光,全是叫那暗托住的,一托便是几十年。这东方巴黎的璀璨,是以那暗作底铺陈开。一铺便是几十年。如今,什么都好像旧了似的,一点一点露出了真迹。晨曦一点一点亮起,灯光一点一点熄灭。先是有薄薄的雾,光是平直的光,勾出轮廓,细工笔似的。最先跳出来的是老式弄堂房顶的老虎天窗,它们在晨雾里有一种精致乖巧的模样,那木框窗扇是细雕细作的;那屋披上的瓦是细工细排的;窗台上花盆里的月季花也是细心细养的。然后晒台也出来了,有隔夜的衣衫,滞着不动的,像画上的衣衫;晒台矮墙上的水泥脱落了,露出锈红色的砖,也像是画上的,一笔一画都清晰的。再接着,山墙上的裂纹也现出了,还有点点绿苔,有触手的凉意似的。第一缕阳光是在山墙上的,这是很美的图画,几乎是绚烂的，又有些荒凉；是新鲜的，又是有年头的。这时候，弄底的水泥地还在晨雾里头，后弄要比前弄的雾更重一些。新式里弄的铁栏杆的阳台上也有了阳光，在落地的长窗上折出了反光。这是比较锐利的一笔，带有揭开帷幕，划开夜与昼的意思。雾终被阳光驱散了，什么都加重了颜色，绿苔原来是黑的，窗框的木头也是发黑的，阳台的黑铁栏杆却是生了黄锈，山墙的裂缝里倒长出绿色的草，飞在天空里的白鸽成了灰鸽。

　　上海的弄堂是形形种种，声色各异的。它们有时候是那样，有时候是这样，莫衷一是的模样。其实它们是万变不离其宗，形变神不变的，它们是倒过来倒过去最终说的还是那一桩事，千人千面，又万众一心的。那种石库门弄堂是上海弄堂里最有权势之气的一种，它们带有一些深宅大院的遗传，有一副官邸的脸面，它们将森严壁垒全做在一扇门和一堵墙上。一旦开进门去，院子是浅的，客堂也是浅的，三步两步便走穿过去，一道木楼梯挡在了头顶。木楼梯是不打弯的，直抵楼上的闺阁，那二楼的临了街的窗户便流露出了风情。上海东区的新式里弄是放下架子的，门是镂空雕花的矮铁门，楼上有探身的窗还不够，还要做出站脚的阳台，为的是好看街市的风景。院里的夹竹桃伸出墙外来，锁不住的春色的样子。但骨子里头却还是防范的，后门的锁是德国造的弹簧锁，底楼的窗是有铁栅栏的，矮铁门上有着尖锐的角，天井是围在房中央，一副进得来出不去的样子。西区的公寓弄堂是严加防范的，房间都是成套，一扇门关死，一夫当关万夫莫开的架势，墙是隔音的墙，鸡犬声不相闻的。房子和房子是隔着宽阔地，老死不相见的。但这防范也是民主的防范，欧美风的，保护的是做人的自由，其实是想做什么就做什么，谁也拦不住的。那种棚户的杂弄倒是全面敞开的样子，油毛毡的屋顶是漏雨的，板壁墙是不遮风的，门窗是关不严的。这种弄堂的房屋看上去是鳞次栉比，挤挤挨挨，灯光是如豆的一点一点，虽然微弱，却是稠密，一锅粥似的。它们还像是大河一般有着无数的支流，又像是大树一样，枝枝杈杈数也数不清。它们阡陌纵横，是一张大网。它们表面上是袒露的，实际上却神秘莫测，有着曲折的内心。黄昏时分，鸽群盘桓在上海的空中，寻找着各自的巢。屋脊连绵起伏，横看成岭竖成峰的样子。站在制高点上，它们全都连成一片，无边无际的，东南西北有些分不清。它们还是如水漫流，见缝就钻，看上去有些乱，实际上却是错落有致的。它们又辽阔又密实，有些像农人撒播然后丰收的麦田，还有些像原始森林，自生自灭的。它们实在是极其美丽的景象。

上海的弄堂是性感的,有一股肌肤之亲似的。它有着触手的凉和暖,是可感可知,有一些私心的。积着油垢的厨房后窗,是专供老妈子一里一外扯闲篇的;窗边的后门,是供大小姐提着书包上学堂读书,和男先生幽会的;前边大门虽是不常开,开了就是有大事情,是专为贵客走动,贴了婚丧嫁娶的告示的。它总是有一点按捺不住的兴奋,跃跃然的,有点絮叨的。晒台和阳台,还有窗畔,都留着些窃窃私语,夜间的敲门声也是此起彼落。还是要站一个制高点,再找一个好角度:弄堂里横七竖八晾衣竹竿上的衣物,带有点私情的味道;花盆里栽的凤仙花、宝石花和青葱青蒜,也是私情的性质;屋顶上空着的鸽笼,是一颗空着的心;碎了和乱了的瓦片,也是心和身子的象征。那沟壑般的弄底,有的是水泥铺的,有的是石卵拼的。水泥铺的到底有些隔心隔肺,石卵路则手心手背都是肉的感觉。两种弄底的脚步声也是两种,前种是清脆响亮的,后种却是吃进去,闷在肚里的;前种说的是客套,后种是肺腑之言,两种都不是官面文章,都是每日里免不了要说的家常话。上海的后弄更是要钻进人心里去的样子,那里的路面是布着裂纹的,阴沟是溢水的,水上浮着鱼鳞片和老菜叶的,还有灶间的油烟气的。这里是有些脏兮兮,不整洁的,最深最深的那种隐私也裸露出来的,有点不那么规矩的。因此,它便显得有些阴沉。太阳是在午后三点的时候才照进来,不一会儿就夕阳西下了。这一点阳光反给它罩上一层暧昧的色彩,墙是黄黄的,面上的粗砺都凸现起来,沙沙的一层。窗玻璃也是黄的,有着污迹,看上去有一些花的。这时候的阳光是照久了,有些压不住的疲累的,将最后一些沉底的光都迸出来照耀,那光里便有了许多沉积物似的,是黏稠滞重,也是有些不干净的。鸽群是在前边飞的,后弄里飞着的是夕照里的一些尘埃,野猫也是在这里出没的。这是深入肌肤,已经谈不上是亲是近,反有些起腻,暗地里生畏的,却是有一股噬骨的感动。

上海弄堂的感动来自于最为日常的情景,这感动不是云水激荡的,而是一点一点累积起来。这是有烟火人气的感动。那一条条一排排的里巷,流动着一些意料之外又情理之中的东西,东西不是什么大东西,但琐琐细细,聚沙也能成塔的。那是和历史这类概念无关,连野史都难称上,只能叫做流言的那种。流言是上海弄堂的又一景观,它几乎是可视可见的,也是从后窗和后门里流露出来。前门和前阳台所流露的则要稍微严正一些,但也是流言。这些流言虽然算不上是历史,却也有着时间的形态,是循序渐进有因有果的。这些流言是贴肤贴肉的,不是故纸堆那样冷淡刻板的,虽然谬误百出,但谬误也是可感可知的谬误。在这城市的街道灯光辉煌的时候,弄堂里通常只在拐角上有一盏灯,带着最寻常的铁罩,罩上生着锈,蒙着灰尘,灯光是昏昏黄黄,下面有一些烟雾般的东西滋生和蔓延,这就是酝酿流言的时候。这是一个晦涩的时刻,有些不清不白的,却是伤人肺腑。鸽群在笼中叽叽哝哝的,好像也在说着私语。街上的光是名正言顺的,可惜刚要流进弄口,便被那暗吃掉了。那种有前客堂和左右厢房里的流言是要老派一些的,带薰衣草的气味的;而带亭子间和拐角楼梯的弄堂房子的流言则是新派的,气味是樟脑丸的气味。无论老派和新派,却都是有一颗诚心的,也称得上是真情的。那全都是用手掬水,掬一捧漏一半地掬满一池,燕子衔泥衔一口掉半口地筑起一巢的,没有半点偷懒和取巧。上海的弄堂真是见不得的情景,它那背阴处的绿苔,其实全是伤口上结的疤一类的,是靠时间抚平的痛处。因它不是名正言顺,便都长在了阴处,长年见不到阳光。爬墙虎倒是正面的,却是时间的帷幕,遮着盖着什么。鸽群飞翔时,望着波涛连天的弄堂的屋瓦,心是一刺刺地疼痛。太阳是从屋顶上喷薄而出,坎坎坷坷的,光是打折的光,这是由无数细碎集合而成的壮观,是由无数耐心集合而成的巨大的力。

2. 流言

流言总是带着阴沉之气。这阴沉气有时是东西厢房的薰衣草气味,有时是樟脑丸气味,还有时是肉砧板上的气味。它不是那种板烟和雪茄的气味,也不是六六粉和敌敌畏的气味。它不是那种阳刚凛冽的气味,而是带有些阴柔委婉的,是女人家的气味。是闺阁和厨房的混淆的气味,有点脂粉香,有点油烟味,还有点汗气的。流言还都有些云遮雾罩,影影绰绰,是哈了气的窗玻璃,也是蒙了灰尘的窗玻璃。这城市的弄堂有多少,流言就有多少,是数也数不清,说也说不完的。这些流言有一种蔓延的洇染的作用,它们会把一些正传也变成流言一般暧昧的东西,于是,什么是正传,什么是流言,便有些分不清。流言是真假难辨的,它们假中有真,真中有假,也是一个分不清。它们难免有着荒诞不经的面目,这荒诞也是女人家短见识的荒诞,带着些少见多怪,还有些幻觉的。它们在弄堂这种地方,从一扇后门传进另一扇后门,转眼间便全世界皆知了。它们就好像一种无声的电波,在城市的上空交叉穿行;它们还好像是无形的浮云,笼罩着城市,渐渐酿成一场是非的雨。这雨也不是什么倾盆的雨,而是那黄梅天里的雨,虽然不暴烈,却是连空气都湿透的。因此,这流言是不能小视的,它有着细密绵软的形态,很是纠缠的。上海每一条弄堂里,都有着这样是非的空气。西区高尚的公寓弄堂里,这空气也是高朗的,比较爽身,比较明澈,就像秋日的天,天高云淡的;再下来些的新式弄堂里,这空气便要混浊一些,也要波动一些,就像风一样,吹来吹去;更低一筹的石库门老式弄堂里的是非空气,就又不是风了,而是回潮天里的水汽,四处可见污迹的;到了棚户的老弄,就是大雾天里的雾,不是雾开日出的雾,而是浓雾作雨的雾,弥弥漫漫,五步开外就不见人的。但无论哪一种弄堂,这空气都是渗透的,无处不在。它们可说是上海弄堂的精神性质的东西。上海的弄堂如果能够说话,说出来的就一定是流言。它们是上海弄堂的思想,昼里夜里都在传播。上海弄堂如果有梦的话,那梦,也就是流言。

　　流言总是鄙陋的。它有着粗俗的内心,它难免是自甘下贱的。它是阴沟里的水,被人使用过,污染过的。它是理不直气不壮,只能背地里窃窃喳喳的那种。它是没有责任感,不承担后果的,所以它便有些随心所欲,如水漫流。它均是经不起推敲,也没人有心去推敲的。它有些像言语的垃圾,不过,垃圾里有时也可淘出真货色的。它们是那些正经话的作了废的边角料,老黄叶片,米里边的稗子。它们往往有着不怎么正经的面目,坏事多,好事少,不干净,是个腌臜货。它们其实是用最下等的材料制造出来的,这种下等材料,连上海西区公寓里的小姐都免不了堆积了一些的。但也惟独这些下等的见不得人的材料里,会有一些真东西。这些真东西是体面后头的东西,它们是说给自己也不敢听的,于是就拿来,制作流言了。要说流言的好,便也就在这真里面了。这真却有着假的面目,是在假里做真的,虚里做实,总有些改头换面,声东击西似的。这真里是有点做人的胆子的,是不怕丢脸的胆子,放着人不做却去做鬼的胆子,唱反调的胆子。这胆子里头则有着一些哀意了。这哀意是不遂心不称愿的哀,有些气在里面的,哀是哀,心却是好高骛远的,惟因这好高骛远,才带来了失落的哀意。因此,这哀意也是粗鄙的哀意,不是唐诗宋词式的,而是街头切口的一种。这哀意便可见出了重量,它是沉底的,是哀意的积淀物,不是水面上的风花雪月。流言其实都是沉底的东西,不是千淘万洗,百炼千锤的,而是本来就有,后来也有,洗不净,炼不精的,是做人的一点韧,打断骨头连着筋,打碎牙齿咽下肚,死皮赖脸的那点韧。流言难免是虚张声势,危言耸听,鬼魅魍魉一起来,它们闻风而动,随风而去,摸不到头,抓不到尾。然而,这城市里的真心,却惟有到流言里去找的。无论这城市的外表有多华美,心却是一颗粗鄙的心，那心是寄在流言里的，流言是寄在上海的弄堂里的。这东方巴黎遍布远东的神奇传说，剥开壳看，其实就是流言的芯子。就好像珍珠的芯子，其实是粗糙的沙粒，流言就是这颗沙粒一样的东西。

流言是混淆视听的，它好像要改写历史似的，并且是从小处着手。它蚕食般地一点一点咬噬着书本上的记载，还像白蚁侵蚀华厦大屋。它是没有章法，乱了套的，也不按规矩来，到哪算哪的，有点流氓地痞气的。它不讲什么长篇大论，也不讲什么小道细节，它只是横着来。它是那种偷袭的方法，从背后撩上一把，转过身却没了影，结果是冤无头，债无主。它也没有大的动作，小动作却是细细碎碎的没个停，然后敛少成多，细流汇大江。所谓"谣言蜂起"，指的就是这个，确是如蜂般嗡嗡营营的。它是有些卑鄙的，却也是勤恳的。它是连根火柴梗都要拾起来作引火柴的，见根线也拾起来穿针用的。它虽是捣乱也是认真恳切，而不是玩世不恭，就算是谣言也是悉心编造。虽是无根无凭，却是有情有意。它们是自行其事，你说你的，它说它的，什么样的有公论的事情，在它都是另一番是非。它且又不是持不同政见，它是一无政见，对政治一窍不通，它走的是旁门别道，同社会不是对立也不是同意，而是自行一个社会。它是这社会的旁枝错节般的东西，它引不起社会的警惕心，因此，它的暗中作祟往往能够得逞。它们其实是一股不可小视的力量，有点"大风始于青萍之末"的意味。它们是背离传统道德的，却不以反封建的面目，而是一味的伤风败俗，是典型的下三滥。它们又敢把皇帝拉下马，也不以共和民主的面目，而是痞子的作为，也是典型的下三滥。它们是革命和反革命都不齿的，它们被两边的力量都抛弃和忽略的。它们实在是没个正经样，否则便可上升到公众舆论这一档里去明修栈道，如今却只能暗渡陈仓，走的是风过耳。风过耳就风过耳，它也不在乎，它本是四海为家的，没有创业的观念。它最是没有野心，没有抱负，连头脑也没有的。它只有着作乱生事的本能，很茫然地生长和繁殖。它繁殖的速度也是惊人的，鱼撒籽似的。繁殖的方式也很多样，有时环扣环，有时套连套，有时谜中谜，有时案中案。它们弥漫在城市的空中，像一群没有家的不拘形骸的浪人，其实，流言正是这城市的浪漫之一。

流言的浪漫在于它无拘无束能上能下的想像力。这想像力是龙门能跳狗洞能钻的，一无清规戒律。没有比流言更能胡编乱造，信口雌黄的了。它还有无穷的活力，怎么也扼它不死，是野火烧不尽，春风吹又生的。它是那种最卑贱的草籽，风吹到石头缝里也照样生根开花。它又是见缝就钻，连闺房那样帷幕森严的地方都能出入的。它在大小姐花绷上的绣花针流连,还在女学生的课余读物,那些哀情小说的书页流连,书页上总是有些泪痕的。台钟滴滴答答走时声中,流言一点一点在滋生;洗胭脂的水盆里,流言一点一点在滋生。隐秘的地方往往是流言丛生的地方,隐私的空气特别利于流言的生长。上海的弄堂是很藏得住隐私的,于是流言便漫生漫长。夜里边,万家万户灭了灯,有一扇门缝里露出的一线光,那就是流言;床前月亮地里的一双绣花拖鞋,也是流言;老妈子托着梳头匣子,说是梳头去,其实是传播流言去;少奶奶们洗牌的哗哗声,是流言在作响;连冬天没有人的午后,天井里一跳一跳的麻雀,都在说着鸟语的流言。这流言里有一个"私"字,这"私"字里头是有一点难言的苦衷。这苦衷不是唐明皇对杨贵妃的那种,也不是楚霸王对虞姬的那种,它不是那种大起大落,可歌可泣,悲天恸地的苦衷,而是狗皮倒灶,牵丝攀藤,粒粒屑屑的。上海的弄堂是藏不住大苦衷的。它的苦衷都是割碎了平均分配的,分到各人名下也就没有多少的。它即便是悲,即便是恸,也是悲在肚子里,恸在肚子里,说不上戏台子去供人观赏,也编不成词曲供人唱的,那是怎么来怎么去都只有自己知道,苦来苦去只苦自己,这也就是那个"私"字的意思,其实也是真正的苦衷的意思。因此,这流言说到底是有一些痛的,尽管痛的不是地方,倒也是钻心钻肺的。这痛都是各人痛各人,没有什么共鸣,也引不起同情,是很孤单的痛。这也是流言的感动之处。流言产生的时刻,其实都是悉心做人的时刻。上海弄堂里的做人,是悉心悉意,全神贯注的做人,眼睛只盯着自己,没有旁骛的。不想创造历史,只想创造自己的,没有大志气,却用尽了实力的那种。这实力也是平均分配的实力,各人名下都有一份。

3. 闺阁

在上海的弄堂房子里,闺阁通常是做在偏厢房或是亭子间里,总是背阴的窗,拉着花窗帘。拉开窗帘,便可看见后排房子的前客堂里,人家的先生和太太,还有人家院子里的夹竹桃。这闺阁实在是很不严密的。隔墙的亭子间里,抑或就住着一个洋行里的实习生,或者失业的大学生,甚至刚出道的舞女。那后弄堂,又是个藏污纳垢的场所。老妈子的村话,包车夫的俚语,还有那隔壁大学生的狐朋狗友一日三回地来,舞女的小姊妹也三日一回地来。夜半时分,那几扇后门的动静格外的清晰,好像马上就跳出个什么轶事来似的。就说那对面人家的前客堂里的先生太太,做的是夫妻的样子,说不准却是一对狗男女,不几日就有打上门来的,碎玻璃碎碗一片响。还怕的是弄底里有一户大人家,再有个小姐,读的中西女中一类的好学校,黑漆大门里有私家轿车进去出来,圣诞节,生日有派对的钢琴声响起来,一样的女儿家,却是两种闺阁,便由不得怨艾之心生起,欲望之心也生起。这两种心可说是闺阁生活的大忌,祸根一样的东西,本是如花蕊一样纯洁娇嫩的闺阁,却做在这等嘈杂混淆的地方,能有什么样的遭际呢?

　　月光在花窗帘上的影,总是温存美丽的。逢到无云的夜,那月光会将屋里映得通明。这通明不是白日里那种无遮无拦的通明,而是蒙了一层纱的,婆婆娑娑的通明。墙纸上的百合花,被面上的金丝草,全都像用细笔描画过的,清楚得不能再清楚。隐隐约约的,好像有留声机的声音传来,像是唱的周璇的"四季调"。无论是多么嘈杂混淆的地方,闺阁总还是宁静的。卫生香燃到一半,那一半已经成灰尘;自鸣钟十二响只听了六响,那一半已经入梦。梦也是无言无语的梦。在后弄的黑洞洞的窗户里,不知哪个就嵌着这样纯洁无瑕的梦,这就像尘嚣之上的一片浮云,恍惚而短命,却又不知自己的命短,还是一夜复一夜的。绣花绷上的针脚,书页上的字,都是细细密密,一行复一行,写的都是心事。心事也是无声无息的心事,被月光浸透了的,格外的醒目,又格外的含蓄,不知从何说起的样子。那月亮西去,将明未明,最黑漆漆的一刻里,梦和心事都偃息了,晨曦亮起,便雁过无痕了。这是万籁俱寂的夜晚里的一点活跃,活跃也是雅致的活跃,温柔似水的活跃。也是尘嚣上的一片云。早晨的揭开的花窗帘后面的半扇窗户,有一股等待的表情,似乎是酝酿了一夜的等待。窗玻璃是连个斑点也没有的。屋子里连个人影都没有的,却满满的都是等待。等待也是无名无由的等待,到头总是空的样子。到头总是空却也是无怨又无哀。这是骚动不安闻鸡起舞的早晨惟一的一个束手待毙。无依无靠的,无求无助的,却是满怀热望。这热望是无果的花,而其他的全是无花的果。这是上海弄堂里的一点冰清玉洁。屋顶上放着少年的鸽子,闺阁里收着女儿的心。照进窗户的阳光已是西下的阳光,唱着悼歌似的,还是最后关头的倾说。这也是热火朝天的午后里仅有的一点无可奈何。这点无可奈何是带有一些古意的,有点诗词弦管的意境,是可供吟哦的,可是有谁来听呢?它连个浮云都不是,浮云会化风化雨,它却只能化成一阵烟,风一吹就散,无影无踪。上海弄堂里的闺阁,说不好就成了海市蜃楼,流光溢彩的天上人间,却转瞬即逝。

　　上海弄堂里的闺阁,其实是变了种的闺阁。它是看一点用一点,极是虚心好学,却无一定之规。它是白手起家和拿来主义的。贞女传和好莱坞情话并存,阴丹士林蓝旗袍下是高跟鞋,又古又摩登。"浔阳江头夜送客,枫叶荻花秋瑟瑟"也念,"当我们年轻的时候"也唱。它也讲男女大防,也讲女性解放。出走的娜拉是她们的精神领袖,心里要的却是《西厢记》里的莺莺,折腾一阵子还是郎心似铁,终身有靠。它不能说没规矩,而是规矩太杂,虽然莫衷一是,也叫她们嫁接得很好,是杂糅的闺阁。也不能说是掺了假,心都是一颗诚心,认的都是真。终也是朝起暮归,农人种田一般经营这一份闺阁。她们是大家子小家子分不大清,正经不正经也分不清的,弄底黑漆大门里的小姐同隔壁亭子间里的舞女都是她们的榜样,端庄和风情随便挑的。姆妈要她们嫁好人家,男先生策反她们闹独立,洋牧师煽动她们皈依主。橱窗里的好衣服在向她们招手,银幕上的明星在向她们招手,连载小说里的女主角在向她们招手。她们人在闺阁里坐,心却向了四面八方。脚下的路像有千万条,到底还是千条江河归大海的。她们嘴里念着洋码儿,心里记挂着旗袍的料子。要说她们的心是够野的,天下都要跑遍似的,可她们的胆却那么小,看晚场电影都要娘姨接和送。上学下学,则是结伴成阵才敢在马路上过的,还都是羞答答的。见个陌生人,头也不敢抬,听了二流子的浪声谑语,气得要掉眼泪。所以,这也是自相矛盾,自己苦自己的闺阁。

午后的闺阁,真是要多烦人有多烦人的。春夏的时候,窗是推开的,梧桐上的蝉鸣,弄口的电车声,卖甜食的梆子声,邻家留声机的歌唱声,一古脑儿地钻进来,搅扰着你的心。最恼人的是那些似有似无的琐细之声,那是说不出名目和来历,滴里嘟噜的,这是声音里暧昧不明的一种,闪烁其词的一种,赶也赶不走,捉也捉不住的一种。那午后多半是闲来无事,一颗心里,全叫这莫名的声音灌满,是无聊倍加。秋冬时节则是阴霾连日,江南的阴霾是有分量的,重重地压着你的心。静是静的,连个叹息声都是咽回肚里去的,再化成阴霾出来的。炭盆里的火本是为了驱散那阴霾,不料却也叫阴霾压得喘不过气来,晦晦涩涩地明灭着。午后的明和暗,暖和寒全是来扰人的。醒着,扰你的耳目;睡着,扰你的梦;做女红,扰你的针线;看书,扰的是书上的字句;要是有两个人坐在一处说话,便扰着你的言语。午后是一日里正过到中途,是一日之希望接近尾声的等待,不耐和消沉相继而来,希望也是挣扎的希望。它是闺阁里的苍凉暮年,心都要老了,做人却还没开头似的。想到这,心都要绞起来了,却又不能与人说,说也说不明的。上海弄堂里的闺阁,也是看不得的。人家院里的夹竹桃,红云满天,自家窗前的,是寂寞梧桐;上海的天空都叫霓虹灯给映红了,自家屋里终是一盏孤灯,一架嘀嘀嗒嗒的钟,数着年华似的。年华是好年华,却是经不得数的。午后是闺阁的多事之秋,这带有一股饥不择食的慌乱劲儿,还带有不顾一切的鲁莽劲儿,什么都不计较了,酿成大祸,贻误终身都无悔了,有点像飞蛾扑灯。所以,这午后是陷阱一般的,越是明丽越是危险。午后的明丽总是那么不祥,玩着什么花招似的,风是撩人的,影也是撩人的,人是没有提防的。留声机里,周璇的四季调,从春数到冬,唱的都是好景致,也是蛊惑人心,什么都挑好的说。屋顶上放飞的鸽子,其实放的都是闺阁的心,飞得高高的,看那花窗帘的窗,别时容易见时难的样子,还是高处不胜寒的样子。

上海弄堂里的闺阁,是八面来风的闺阁,愁也是喧喧嚣嚣的愁。后弄里的雨,写在窗上是个水淋淋的"愁"字;后弄的雾,是个模棱两可的愁,又还都是催促,催什么,也没个所以然。它消耗着做女儿的耐心,也消耗着做人的耐心,它免不了有种箭在弦上,钗在匣中,伺机待发的情势。它真是一日比一日难挨,回头一看却又时日苦短,叫人不知怎么好的。闺阁是上海弄堂的天真,一夜之间,从嫩走到熟,却是生生灭灭,永远不息,一代换一代的。闺阁还是上海弄堂的幻觉,云开日出便灰飞烟散,却也是一幕接一幕,永无止境。

4. 鸽子

鸽子是这城市的精灵。每天早晨,有多少鸽子从波涛连绵的屋顶飞上天空!它们是惟一的俯瞰这城市的活物,有谁看这城市有它们看得清晰和真切呢?许多无头案,它们都是证人。它们眼里,收进了多少秘密呢?它们从千家万户窗口飞掠而过,窗户里的情景一幅接一幅,连在一起。虽是日常的情景,可因为多,也能堆积一个惊心动魄。这城市的真谛,其实是为它们所领略的。它们早出晚归,长了不少见识。而且它们都有极好的记忆力,过目不忘的,否则如何能解释它们的认路本领呢?我们如何能够知道,它们是以什么来做识路的标记。它们是连这城市的犄犄角角都识辨清楚的。前边说的制高点,其实指的就是它们的视点。有什么样的制高点,是我们人类能够企及和立足的呢?像我们人类这样的两足兽,行动本不是那么自由的,心也是受到拘禁的,眼界是狭小得可怜。我们生活在同类之中,看见的都是同一件事情,没有什么新发现的。我们心里是没什么好奇的,什么都已经了然似的。因为我们看不见特别的东西。鸽子就不同了,它们每天傍晚都满载而归。在这城市上空,有多少双这样的眼睛啊!

　　大街上的景色是司空见惯,日复一日的。这是带有演出性质,程式化的,虽然灿烂夺目,五色缤纷,可却是俗套。霓虹灯翻江倒海,橱窗也是千变万化,其实是俗套中的俗套。街上走的人,都是戴了假面具的人,开露天派对的人,笑是应酬的笑,言语是应酬的言语,连俗套都称不上,是俗套外面的壳子。弄堂景色才是真景色。它们和街上的景色正好相反,看上去是面目划一,这一排房屋和那一排房屋很相像,有些分不清,好像是俗套,其实里面却是花样翻新,一件件,一宗宗,各是各的路数,摸不着门槛。隔一堵墙就好比隔万重山,彼此的情节相去十万八千里。有谁能知道呢?弄堂里的无头案总是格外的多,一桩接一桩的。那流言其实也是虚张声势,认真的又不管用了,还是两眼一摸黑。弄堂里的事又是公说公有理,婆说婆有理,没有个公断,真相不明的,流言更是搅稀泥。弄堂里的景色,表面清楚,里头乱成了一团麻,剪不断,理还乱。在那窗格子里的人,都是当事人,最为糊涂的一类,经多经久了,又是最麻木的一类,睁眼瞎一样的。明眼的是那会飞的畜生,它们穿云破雾,且无所不到,它们真是自由啊!这自由实在撩人心。大街上的景色为它们熟视无睹,它们锐利的眼光很能捕捉特别的非同寻常的事情,它们的眼光还能够去伪存真,善于捕捉意义。它们是非常感性的。它们不受陈规陋习的束缚,它几乎是这城市里惟一的自然之子了。它们在密密匝匝的屋顶上盘旋,就好像在废墟的瓦砾堆上盘旋,有点劫后余生的味道,最后的活物似的。它们飞来飞去,其实是带有一些绝望的,那收进眼睑的形形色色,也都不免染上了悲观的色彩。

　　应当说,这城市里还有一样会飞的生物,那就是麻雀。可麻雀却是媚俗的,飞也飞不高的。它一飞就飞到人家的阳台上或者天井里,啄吃着水泥裂缝里的残汤剩菜,有点同流合污的意思。它们是弄堂的常客,常客也是不受尊重的常客,被人赶来赶去,也是自轻自贱。它们是没有智慧的,是鸟里的俗流。它们看东西是比人类还要差一等的,因它们没有人类的文明帮忙,天赋又不够。它们与鸽子不能同日而语,鸽子是灵的动物,麻雀是肉的动物。它们是特别适合在弄堂里飞行的一种鸟,弄堂也是它们的家。它们是那种小肚鸡肠,嗡嗡营营,陷在流言中拔不出脚的。弄堂里的阴郁气,有它们的一份,它们增添了弄堂里的低级趣味。鸽子从来不在弄堂底流连,它们从不会停在阳台、窗畔和天井,去谄媚地接近人类。它们总是凌空而起,将这城市的屋顶踩在脚下。它们扑啦啦地飞过天空,带着不屑的神情。它们是多么傲慢,可也不是不近人情,否则它们怎么会再是路远迢迢,也要泣血而回。它们是人类真正的朋友,不是结党营私的那种,而是了解的,同情的,体恤和爱的。假如你看见过在傍晚的时分,那竹梢上的红布条子,在风中挥舞,召唤鸽群回来的景象,你便会明白这些。这是很深的默契,也是带有孩子气的默契。它们心里有多少秘密,就有多少同情;有多少同情,就有多少信用。鸽群是这城市最情义绵绵的景象,也是上海弄堂的较为明丽的景象,在屋顶给鸽子修个巢,晨送暮迎,是这城市的恋情一种,是城市心的温柔乡。

  这城市里最深藏不露的罪与罚,祸与福,都瞒不过它们的眼睛。当天空有鸽群惊飞而起,盘旋不去的时候,就是罪罚祸福发生的时候。猝然望去,就像是太阳下骤然聚起的雨云,还有太阳里的斑点。在这水泥世界的沟壑裥绺里,嵌着多少不忍卒睹的情和景。看不见就看不见吧,鸽群却是躲也躲不了的。它们的眼睛,全是被这情景震惊的神色,有泪流不出的样子。天空下的那一座水泥城,阡陌交错的弄堂,就像一个大深渊,有如蚁的生命在作挣扎。空气里的灰尘,歌舞般地飞着,做了天地的主人。还有琐细之声,角角落落地灌满着,也是天地的主人。忽听一阵鸽哨,清冽地掠过,裂帛似的,是这沉沉欲睡的天地间的一个清醒。这城市的屋顶上,有时还会有一个飞翔的东西,来与鸽群做伴,那就是风筝。它们往往被网状的电线扯断了线,或者撞折了翅翼,最后挂在屋脊和电线杆上,眼巴巴地望着鸽群。它们是对鸽子这样的鸟类的一个模拟,虽连麻雀那样的活物都不算,却寄了人类一颗天真的好高骛远的心。它们往往出自孩子的手,也出自浪荡子的手,浪荡子也是孩子,是上了岁数的孩子。孩子和浪荡子牵着它们,拼命地跑啊跑的,要把它们放上天空,它们总是中途夭折,最终飞上天空的寥寥无几。当有那么一个混入了鸽群,合着鸽哨一起飞翔,却是何等的快乐啊!清明时节,有许多风筝的残骸在屋顶上遭受着风吹雨打,是殉情的场面。它们渐渐化为屋顶上的泥土,养育着瘦弱的狗尾巴草。有时也有乘上云霄的挣断线的风筝,在天空里变成一个黑点,最后无影无踪,这是一个逃遁,怀着誓死的决心。对人类从一而终的只有鸽子了,它们是要给这城市安慰似的,在天空飞翔。这城市像一个干涸的海似的,楼房是礁石林立,还是搁浅的船只,多少生灵在受苦啊!它们怎么能弃之而去。鸽子是这无神论的城市里神一般的东西,却也是谁都不信的神,它们的神迹只有它们知道,人们只知道它们无论多远都能泣血而归。人们只是看见它们就有些喜欢。尤其是住在顶楼的人们,鸽子回巢总要经过他们的老虎天窗,是与它们最为亲近的时刻。这城市里虽然有着各式庙宇和教堂,可庙宇是庙宇,教堂是教堂,人还是那弄堂里的人。人是那波涛连涌的弄堂里的小不点儿,随波逐流的,鸽哨是温柔的报警之声,朝朝夕夕在天空长鸣。

现在,太阳从连绵的屋瓦上喷薄而出,金光四溅的。鸽子出巢了,翅膀白亮白亮。高楼就像海上的浮标。很多动静起来了,形成海的低啸。还有尘埃也起来了,烟雾腾腾。多么的骚动不安,有多少事端在迅速酝酿着成因和结果,已经有激越的情绪在穿行不止了。门窗都推开了,真是密密匝匝,有隔宿的陈旧的空气流出来了,交汇在一起,阳光变得混浊了,天也有些暗,尘埃的飞舞慢了下来。空气里有一种纠缠不清在生长,它抑制了激情,早晨的新鲜沉郁了,心底的冲动平息了,但事端在继续积累着成因,种瓜得瓜,种豆得豆的。太阳在空中沿着它日常的道路,移动着光和影,一切动静和尘埃都已进入常态,是日复一日,年复一年。所有的浪漫都平息了,天高云淡,鸽群也没了影。

5. 王琦瑶

王琦瑶是典型的上海弄堂的女儿。每天早上,后弄的门一响,提着花书包出来的,就是王琦瑶;下午,跟着隔壁留声机哼唱《四季调》的,就是王琦瑶;结伴到电影院看费雯丽主演的《乱世佳人》,是一群王琦瑶;到照相馆去拍小照的,则是两个特别要好的王琦瑶。每间偏厢房或者亭子间里,几乎都坐着一个王琦瑶。王琦瑶家的前客堂里,大都有着一套半套的红木家具。堂屋里的光线有点暗沉沉,太阳在窗台上画圈圈,就是进不来。三扇镜的梳妆桌上,粉缸里粉总像是受了潮,有点黏湿的,生发膏却已经干了底。樟木箱上的铜锁锃亮的,常开常关的样子。收音机是供听评弹、越剧,还有股票行情的,波段都有些难调,丝丝拉拉地响。王琦瑶家的老妈子,有时是睡在楼梯下三角间里,只够放一张床。老妈子是连东家洗脚水都要倒,东家使唤她好像要把工钱的利息用足的。这老妈子一天到晚地忙,却还有工夫出去讲她家的坏话,还是和邻家的车夫有什么私情的。王琦瑶的父亲多半是有些惧内,被收伏得很服帖,为王琦瑶树立女性尊严的榜样。上海早晨的有轨电车里,坐的都是王琦瑶的上班的父亲,下午街上的三轮车里,坐的则是王琦瑶的去剪旗袍料的母亲。王琦瑶家的地板下面,夜夜是有老鼠出没的,为了灭鼠抱来一只猫,房间里便有了淡淡的猫臊臭的。王琦瑶往往是家中的老大,小小年纪就做了母亲的知己,和母亲套裁衣料,陪伴走亲访友,听母亲们喟叹男人的秉性,以她们的父亲作活教材的。

　　王琦瑶是典型的待字闺中的女儿,那些洋行里的练习生,眼睛觑来觑去的,都是王琦瑶。在伏天晒霉的日子里,王琦瑶望着母亲的垫箱,就要憧憬自己的嫁妆的。照相馆橱窗里婚纱曳地的是出嫁的最后的王琦瑶。王琦瑶总是闭花羞月的,着阴丹士林蓝的旗袍,身影袅袅,漆黑的额发掩一双会说话的眼睛。王琦瑶是追随潮流的,不落伍也不超前,是成群结队的摩登。她们追随潮流是照本宣科,不发表个人见解,也不追究所以然,全盘信托的。上海的时装潮,是靠了王琦瑶她们才得以体现的。但她们无法给予推动,推动不是她们的任务。她们没有创造发明的才能,也没有独立自由的个性,但她们是勤恳老实,忠心耿耿,亦步亦趋的。她们无怨无艾地把时代精神披挂在身上,可说是这城市的宣言一样的。这城市只要有明星诞生,无论哪一个门类的,她们都是崇拜追逐者;报纸副刊的言情小说,她们也是倾心相随的读者,她们中间出类拔萃的,会给明星和作者写信,一般只期望得个签名而已。在这时尚的社会里,她们便是社会基础。王琦瑶还无一不是感伤主义的,也是潮流化的感伤主义,手法都是学着来的。落叶在书本里藏着,死蝴蝶是收在胭脂盒,她们自己把自己引下泪来,那眼泪也是顺大流的。那感伤主义是先做后来,手到心才到,不能说它全是假,只是先后的顺序是倒错的,是做出来的真东西。这地方什么样的东西都有摹本,都有领路的人。王琦瑶的眼睑总是有些发暗,像罩着阴影,是感伤主义的阴影。她们有些可怜见的,越发的楚楚动人。她们吃饭只吃猫似的一口,走也是猫步。她们白得透明似的,看得见淡蓝经脉。她们夏天一律的疰夏,冬天一律的睡不暖被窝,她们需要吃些滋阴补气的草药,药香弥漫。这都是风流才子们在报端和文明戏里制造的时尚,最合王琦瑶的心境,要说,这时尚也是有些知寒知暖的。

　　王琦瑶和王琦瑶是有小姊妹情谊的,这情谊有时可伴随她们一生。无论何时,她们到了一起,闺阁生活便扑面而来。她们彼此都是闺阁岁月的一个标记,纪念碑似的东西;还是一个见证,能挽留时光似的。她们这一生有许多东西都是更替取代的,惟有小姊妹情谊,可说是从一而终。小姊妹情谊说来也怪,它其实并不是患难与共的一种,也不是相濡以沫的一种,它无恩也无怨的,没那么多的纠缠。它又是无家无业,没什么羁绊和保障。要说是知心,女儿家又有多少私心呢?她们更多只是个做伴,做也不是什么要紧的做伴,不过是上学下学的路上。她们梳一样的发式,穿一样的鞋袜,像恋人那样手挽着手。街上倘若看见这样一对少女,切莫以为是一胎双胞的姐妹,那就是小姊妹情谊,王琦瑶式的。她们相偎相依,看上去不免是有些小题大作的,然而她们的表情却是那样认真,由不得叫你也认真的。她们的做伴,其实是寂寞加寂寞,无奈加无奈,彼此谁也帮不上谁的忙,因此,倒也抽去了功利心,变得很纯粹了。每个王琦瑶都有另一个王琦瑶来做伴,有时是同学,有时是邻居,还有时是在表姐妹中间产生一个。这也是她们平淡的闺阁生活中的一个社交,她们的社交实在太少,因此她们就难免全力以赴,结果将社交变成了情谊。王琦瑶们倒都是情谊中人,追求时尚的表面之下有着一些肝胆相照。小姊妹情谊是真心对真心,虽然真心也是平淡的真心。一个王琦瑶出嫁,另一个王琦瑶便来做伴娘,带着点凭吊的意思,还是送行的意思。那伴娘是甘心衬托的神情,衣服的颜色是暗一色的,款式是老一成的,脸上的脂粉也是淡一层的,什么都是偃旗息鼓的,带了一点自我牺牲的悲壮,这就是小姊妹情谊。

　　上海的弄堂里,每个门洞里,都有王琦瑶在读书,在绣花,在同小姊妹窃窃私语,在和父母怄气掉泪。上海的弄堂总有着一股小女儿情态,这情态的名字就叫王琦瑶。这情态是有一些优美的,它不那么高不可攀,而是平易近人,可亲可爱的。它比较谦虚,比较温暖,虽有些造作,也是努力讨好的用心,可以接受的。它是不够大方和高尚,但本也不打算谱写史诗,小情小调更可人心意,是过日子的情态。它是可以你来我往,但也不可随便轻薄的。它有点缺少见识,却是通情达理的。它有点小心眼儿,小心眼儿要比大道理有趣的。它还有点耍手腕,也是有趣的,是人间常态上稍加点装饰。它难免有些村俗,却已经过文明的淘洗。它的浮华且是有实用作底的。弄堂墙上的绰绰月影,写的是王琦瑶的名字;夹竹桃的粉红落花,写的是王琦瑶的名字;纱窗帘后头的婆娑灯光,写的是王琦瑶的名字;那时不时窜出一声的苏州腔的柔糯的沪语,念的也是王琦瑶的名字。叫卖桂花粥的梆子敲起来了,好像是给王琦瑶的夜晚数更;三层阁里吃包饭的文艺青年,在写献给王琦瑶的新诗;露水打湿了梧桐树,是王琦瑶的泪痕;出去私会的娘姨悄悄溜进了后门,王琦瑶的梦却已不知做到了什么地方。上海弄堂因有了王琦瑶的缘故,才有了情味,这情味有点像是从日常生计的间隙中迸出的,墙缝里的开黄花的草似的,是稍不留意遗漏下来的,无心插柳的意思。这情味却好像会洇染和化解,像那种苔藓类的植物,沿了墙壁蔓延滋长,风餐露饮,也是个满眼绿,又是星火燎原的意思。其间那一股挣扎与不屈,则有着无法消除的痛楚。上海弄堂因为了这情味,便有了痛楚,这痛楚的名字,也叫王琦瑶。上海弄堂里,偶尔会有一面墙上,积满了郁郁葱葱的爬山虎,爬山虎是那些垂垂老矣的情味,是情味中的长寿者。它们的长寿也是长痛不息,上面写满的是时间、时间的字样,日积月累的光阴的残骸,压得喘不过气来的。这是长痛不息的王琦瑶。

原载《长恨歌》,
南海出版公司 2003 年版

陈应松《马嘶岭血案》导读

 **作家简介**

陈应松(1956—),祖籍江西余干,生于湖北公安。1973年赴乡村插队务农,后历任公安县水运公司职工、县文化馆创作辅导员。1987年武汉大学中文系毕业后进入湖北省文化厅工作,任艺术处干部。1990年任《芳草》杂志社编辑。1979年开始发表作品,1995年加入中国作家协会,现为中国作家协会全委会委员、湖北省作家协会副主席。出版作品有长篇小说《魂不守舍》《失语的村庄》《别让我感动》,小说集《豹子最后的舞蹈》《大街上的水手》《黑艄楼》《苍颜》等,随笔集《世纪末偷想》《在拇指上耕田》《小镇逝水录》,诗集《梦游的歌手》等20余部。作品曾获全国环境文学奖、鲁迅文学奖、人民文学奖、上海中长篇小说大奖、湖北文学奖等20多次文学大奖。2000年,陈应松主动要求去僻远、贫瘠的神农架挂职深入生活,几乎跑遍了古老神秘的鄂西高山,由此创作的"神农架系列"小说,使他在当代文坛迅速崛起。

 创作背景

发表于2004年《人民文学》第3期的《马嘶岭血案》,问世后受到读者和专家的广泛好评,这与中国文坛的历史与现状不无关系。作为中国文学的主流,现实主义创作在进入世纪之交后,却困境重重。面对社会转型,作家们普遍缺乏有效的思想资源来廓清层出不穷的现实问题,更不用说进行有力地批判。然而,现实主义从它被命名的那一刻起,其精髓就是批判现实主义,在"写真实"的背后,有一套立场鲜明的价值体系。无论批判现实主义、革命现实主义还是社会主义现实主义这样的"宏大叙事",在20世纪90年代逐渐淡出后,现实主义写作就在思想上陷于瘫痪,以至于像"现实主义冲击波"这样与主流意识形态较贴近的创作思潮,在揭示种种现实问题时,价值立场也极其含混暧昧。现实主义创作面临的思想困境,也正是包括陈应松在内的站在世纪之交的作家们普遍面临的精神困境。

作品评点

《马嘶岭血案》之所以能引起读者共鸣,根本上是作家敏感于时代精神而其创作的主题内容又紧贴当下现实的结果。陈应松讲了一个触目惊心的悲剧,他让我们跟随两位打短工的挑夫的艰辛步履,用摄像机一般逼真的视角,看着他们是如何一步步走向仇恨,走向贪欲,走向犯罪。沉重、密集的叙述再次证明了"真实"依然是小说最雄辩的力量,它给文坛带来的不仅仅是一次"审美惊奇",更有重拾现实主义文学传统的坚定信心。陈应松在谈到他的写作动因时也说过:"若我还是过去的我,我死也不会相信这种小说中的东西,以为是绝对地胡诌,是学西方的荒诞,是居心叵测。作为专业作家,我已经习惯了养尊处优说假话喝小酒的日子,但当我挂职到那些偏远的地方去之后,我才相信了一切全是真的。"他表示,"以为远离我们视线的存在就不算存在,远离城市生活的生活就不算生活是极其糊涂的。我宁愿离开那些优雅时尚的写作,与另一些伏居在深山中的劳作者殷殷地问候和寒暄"(陈应松《靠大地支撑》)。陈应松认为,作家必须不断地向生活索取灵感,才能不断地向前。只有书写生活,才能阻止当今文坛有蔓延之势的胡编滥造、粗制滥造之风。只有深入生活,才能看到我们社会每个角落的真实面目,才能保持住文学最宝贵的品质——真诚,才能达到文学追求的最高目标——真理。他认为作家要时时保持警惕,不能让自己的作品透出一丝客厅气息。如果说人民是文学之母,那么生活就是文学之父。要像杂交水稻一样,要寻找野生稻作为父本,才可能培育出抗病能力强、有着优秀基因、营养高的优良品种。为此,文学必须走出去,走向远方的高山和原野。显然,正是这种远离繁华与骚动的寂寞书写,才有可能贴近劳动人民真实的生活状态,诉说底层复杂而又单纯的精神渴望,并以其打动所有卑微而善良的灵魂。

很多文学批评家都认为,这篇小说把目光投向平民的日常生活和底层的困厄境遇,以其直面现实和直抒胸臆的平民美学倾向,使文学与普通社会保持了应有的勾连,并在一定程度上与那种回避真实的时尚化、个人化等写作倾向构成了一种抗衡。批评家的观点与作家的创作初衷取得了少有的一致,同时,读者从小说中获得的阅读震撼,也充分说明人心在触及真实时共通的悲悯情怀。

马嘶岭本来是荒无人烟的地方,它甚至养不活生存要求极其低微的农民。就像陈应松说的那样,"马嘶岭"这三个字读起来就有一种"齿冷"的感觉,唤起的都是苍凉僻远的想象。然而,城里的踏勘队却不辞劳苦地爬上来了,因为他们知道山里埋藏着金矿。而小说中的两位农民,如果不是被生活逼得走投无路就绝对不会来受这个苦。"我"就快做父亲了,可是今年天旱,庄稼没有收成,"我"家交不起农特税,村长威胁说不交税就不准生娃儿,"我"是为了生娃儿为了交税来当挑夫的。九财叔养着三个女儿和八十多岁的老母,他只想弄点钱作学费好让三个女儿继续上学。这样的因缘际会,一开始就制造了一种真实平淡但又稍有悬念的气氛:互不了解的两个阶层的人,由于雇佣关系而走向马嘶岭,下面会有什么故事发生呢?标题醒目地告诉读者:血案!

九财叔和"我"起早贪黑,干的是极度艰难沉重的体力活,但报酬微薄。九财叔丢了两块矿石,宋队长扣了他二十块钱,这在富有者看来微不足道的损失逐渐滋生出隐隐的仇恨。他在接连遭遇到扣工钱和提前解雇的打击后,微小的心愿也随之破灭,于是失去理智地朝踏勘队的祝队长等人举起了开山斧,酿成了一个杀人悲剧。在情节的演进中,我们一直都在问,为何血案就发生了呢?

作品并不是在为九财叔和"我"的罪行辩护,但是当我们目睹他们如何走向悲剧后,我们该诅咒什么呢?站在穷人的立场诅咒为富不仁吗?!那个全乡第一个农民大学生小谭也是受害者,作为挑夫的"我"也被砸瘪了脑壳。诅咒金子吗?!"也许就是那个该死的'金'字,这黄灿灿的让人想到荣华富贵的'金'字,开始撩拨了我们。不对,应该是撩拨了九财叔了,撩拨他心中早已枯死的那个欲望了。"然而,金子不会说话,也没有像个美女蛇那样引诱和吸去谁的脑髓,金子没有罪。如果像《雅典的泰门》那样,简单地把罪恶归因于金子,那就和莎士比亚时代没有什么两样了。显然,我们要追问金子背后诱发人犯罪的其他力量。《马嘶岭血案》像喧啸奔腾的激流,在阅读的紧张感和裹挟力中,将马嘶岭幻化成一个狂乱、荒凉、恐怖的象征世界,其中上演的凶杀事件,并非一桩普通的犯罪,而是映现人生世态的镜像,并要求你在脑海中一遍遍地回放和思索。

城里的科技踏勘队来到穷山恶水的马嘶岭勘查金矿,既是为了完成科考任务,同时也是为了造福一方。然而,九财叔们却认为,在当下的农村现实中,踏勘队勘测到的金矿极可能被少数权势者霸占,普通农民根本得不到丝毫的好处——除了出苦力、当挑夫。在他们眼中,科考队员不过是高高在上的雇佣者。而"雇佣"的观念也未必不在这些知识分子的意识或潜意识中,否则,他们不可能一方面抱有造福乡里的美好情怀,一方面无视挑夫们在繁重的担子下所承受的具体苦痛。科考队员对挑夫的粗暴态度以及他们富有的生活方式,一再刺激着挑夫们。由于收入分配的巨大差距,这些普普通通、深入民间且较平常的城里人更能吃苦耐劳的知识分子,却依然被九财叔们视作是奢侈的"新富阶层"的代表和仇恨、抢掠的对象。这帮给大山带来异样色彩的城里人,这些知识与财富的拥有者,如果能够对九财叔们更平等一些,多给一些关爱与同情,如果他们多少懂得一点歧视会增加敌意的道理,可能血案就不会发生。

然而,现实中很难找到"如果",对立双方在小说中也没有主动相互沟通的任何迹象,何况悲剧的诞生也绝非仅仅是言语的抚摸所能避免的。一道比鲁迅先生所说的更难以穿透的"厚障壁"竖立在那荒凉的山野,我们看到,在隔膜两边——富人与穷人的阶层差异、城市与乡村的二元对立、劳心者与劳力者的智识鸿沟——当代人群的交往困境得到了深入的揭示。当九财叔想看一眼仪器时,得到的是一声怒吼:"干什么!这个值几十万!"九财叔知道后脸都白了,但是,他的敌意却由此急剧发展:"一种深深的委屈和愤恨从他的那只眼里射出来,像刀子一样,让人心尖发寒。"敌意,就是在诸如此类微不足道的歧视中慢慢发酵为仇恨,在傲慢者漫不经心的自以为是中陡然爆发为杀戮。被侮辱与被损害的人,当他们选择暴力时,法律会判决他们为罪犯,然而,无形的道德法庭却又把天平的砝码向他们这边倾斜。读者的情感矛盾由此而生。

作者极具耐心地在二元对峙的空间中,细细描述了仇恨的萌芽、生长与爆发。不再把乡村诗意化为"往事的海洋"和"精神的归途",也不再用一种情绪化的语言有意遮蔽城市生活的优越,不再声称城市"连寂寞也充满虚伪",而是把马嘶岭作为一个空间场域,让都市人和乡村人的思维方式、生活状态在这里照面和碰撞。面对挑夫,踏勘队员作为城里人,习惯了理性化的明码实价的交换,习惯了生命的每一分钟都用货币量化出来计算。他们没有倾听别人故事的时间和耐心,没有关怀弱势群体的意识,作为帮助当地人脱贫的"探矿"已被抽象为一种"工作"。小说把"金矿"设置成小说叙事的暗纽和引线,"金钱"就像肮脏的落叶一样卷起了人心的寒秋。一本书、几颗巧克力和一个红发卡,小小的物件,处处对照出"我"和九财叔的极度匮乏。踏勘队员和雇来的挑夫在衣、食、住、行等方面的巨大差距,城里人的优越和冷漠,有意无意地助长了一种颐指气使的心态,在心理上剥夺了挑夫们残存的自尊,让他们挣扎于自卑的泥淖。

对九财叔们而言,幸福就像驴子眼前挂着的那个胡萝卜一样,不但在实际上也在更多人的想象里变得越来越虚幻终至消失。当想象的翅膀停止飞翔,那些无助无望的人们,那些不能表达、无从表达、不敢表达的人们,很快就将一般的成见变成了仇恨。九财叔的仇恨就是这样悄无声息地一点点地被激发出来,小说叙事的力量也在这种文火慢炖的熬煎中慢慢发作,使得合理存在的"对立"双方最终不可避免地陷入一场生死冲突的悲剧中。这样的悲剧,是知识阶层与农民群众、先富者与贫穷者的心灵隔阂,是具体而巨大的城乡差距造成的精神创痛和社会断裂。阅读至此,不由使人一声长叹。

自两千多年前的《诗经·国风》至20世纪初鲁迅的《故乡》,中国现实主义写作的历史上,阶层差别和贫富对立一直是被反复言说的主题。但自20世纪80年代以来,它因各种社会的或文化的原因而被遮蔽。诞生于21世纪初的《马嘶岭血案》,通过对一起真实案件始末的全方位追踪叙述和文学重构,揭示出贫穷和贪欲是如何扭曲了善良的人性,从而使九财叔们走上了不归路。作者秉持悲天悯人的情怀深入挖掘人性,探讨悲剧的渊薮,意味深远地指涉了时代精神的困顿和社会责任的缺失。作品不仅显示出现实主义书写令人震惊的穿透力,也为沉闷的世纪初文坛吹来了一股强劲而悲怆的山风。

小说选取第一人称叙述视角,使我们清晰地看到,正是人与人之间若有若无的隔阂、成见与不信任,加上种种的偶然与或然,矛盾遂重重积压,步步激化,酿就一出本可避免的人间惨剧,让读者产生如在眼前的现场感和亲历意识。小说主题直接指向城乡差距、贫富分化等问题,想说明的并不是抽象的"人性",而是要将思索带向一个阶层差异和群体区隔重新成为现实的广袤的现实情境。勇敢地直面现实,并努力去探求形成交往障碍的种种社会的心理的原因,《马嘶岭血案》不失为一篇风骨卓然、意味深长的警世喻言。

(王军珂)

马嘶岭血案

陈应松

我就要死了,脑壳瘪瘪的,像一个从石头缝里抠出来的红薯。头上现在我连摸也不敢摸,九财叔那一斧头下去我就这个样子了。当梨树坪的两个老倌子把我从河里拉起来时,说这是个人吗?这还是个人吗?可我还活着,我醒过来指着挑着担子往山上跑的九财叔说:"他、他要抢我的东西!"我是指我们杀了七个人后抢来的财物,又给九财叔一个人抢走了。医生在给我撬起凹进去的颅骨时说:"撬过来了反正还是得崩。"还有一个寡瘦的护士给我扎针时说:"你还晓得怕疼,我的天,到时一枪下去,那么大的洞看你喊疼去。"我疼得天昏地暗,这不是报应吗?九财叔砸我,我砸了别人,别人都死了,我却活着。

就这么等死的时候,前天老婆水香捎来了儿子的照片,一张嫩生生的照片,背景是红的,是在镇照相馆刘瘸子那儿照的。儿子还在向我傻乎乎地笑着,咧着没齿的嘴巴,眼泡肿肿的,耳朵大大的,活脱脱一个水香,活脱脱一个我。

现在是深冬了,早上放风出去地上有凌。再有一个月我就要与这世界再见了。

今年秋天,九财叔来找我,让我跟他一起去当挑夫。我走的时候,水香肚子鼓鼓的,还没有生。九财叔睁着那只没眼皮的右眼睛,问我一个月三百块,你去不去?我当时想都没有想就答应了。一个月三百块呀,不少了!尽管是到很远很高的马嘶岭,但是为了水香,为了水香肚子里的儿子我也应该去。

我们两天以后才到了马嘶岭。

五十多岁、戴着眼镜、头发爬顶的祝队长拿出一个仪器来,说:"到了,就是这儿。"另一个姓王的拿出一张地图,说:"正是这儿。"又问九财叔:"这是马嘶岭吗?"九财叔说不清。小王又问炊事员老麻,老麻也是我们当地人,他说这应该是马嘶岭,说他听打猎的讲过,马嘶岭到处是野葱野蒜。"这就是了。"他扯了一大把野葱,他说以后我们就有野葱吃了,特别好吃的。他捏着野葱的根须,一根根把它们分开,让那些人闻。小杜就接过去闻了,她是踏勘队惟一的女娃子。她说:"好香,好香。"

我们就这么住下来了。他们住一块,我们住一块。我们住一块是三个人,炊事员老麻,九财叔和我。老麻后来嫌我们,住到厨房小棚里去了,在灶口柴窝里铺一床絮,比我们强多了。我一床被,九财叔一床絮,我们合伙用。他的絮又破又烂又薄,怎么也隔不断冰冷的地气,第二天我去割了几捆巴茅垫在下面,才略微暖和些。我们的棚子是塑料纸的,而祝队长他们是帆布的,还没有缝隙,完整的帐篷,像一个屋子,里面还有间隔,那女娃子小杜就睡在最里头。

刚开始我们知道他们是找矿的,第二天就得知他们是专来找金矿的,是为我们县找金矿的。也许就是那个该死的"金"字,这黄灿灿的让人想到荣华富贵的"金"字,就开始撩拨我们了。准确地说应该是撩拨九财叔了,撩拨他心中早已枯死的那个欲望了。本来他都老了,两条腿虽说能挑个百八十斤,但常也有蹒跚的样子了,眼睛也没什么神了,内心快坍塌了,只等哪一天一场大病,或是喝酒喝死,阎王爷安静地把他收去。

第二天就听到祝队长说:"这就是我们的踏勘靶区了。"他指着马嘶岭和岭下的马嘶河谷,声音洋溢着一种轻松和喜悦,好像是来这里玩耍的。其实这里荒无人烟,崇山峻岭,巨大的河谷吞噬着天空,马嘶河和雾渡河在这儿汇合,流淌着的河水在秋天通体泛红,好像一头巨蟒吐出的信子。我听见小杜那女娃子说:"好美呀。"还拿着一个很小的相机咔嚓咔嚓地给他们拍着照片,也让人给她拍。小杜这女娃子长得像山里的洋芋果,圆圆叽叽的,个头也不高,爱笑,爱唱歌,我就暗自给她取了个洋芋果的诨名。那个身子单薄的小谭长得像根峨眉豆,他的刀条脸和身子,不是峨眉豆是什么。我听见他们说着那周围的岩石,祝队长指着河谷说:"这就是开门金。"他比划说:"河流骤然变宽了,流速减慢了,上游带来的泥沙、砾石、沙金都沉积于此了,看见了吧,开门金!"他说了几遍开门金,说过去这儿因为没有人烟也没被开采,可能有小量开采,因为这周围是土匪窝子,没人敢来,就算淘出了金子,也会被抢被杀的。

我的心那时有一种豁然开朗的感觉——开门金!我忽然对这些产生了兴趣,仿佛也成了他们中的一员,完全忘了我不过是他们的苦力和挑夫。祝队长是头儿,他总是站在中间,那几个人站在两旁,听他手拿着小锤敲打着岩石讲解,那个常在他手上的有数字跳闪的东西我也知道了它叫GPS,卫星定位的。后来洋芋果小杜给我说它是用十二颗天上的卫星定位的,我们现在站在哪儿,经度多少,纬度多少,海拔多高,它一下就显示出来了。她说我们现在站的这个地方,马嘶岭的海拔是三千四百零九米。我问她这个东西值多少钱,一头牛钱吧?她当即就笑起来,把我笑毛了。可我之所以敢问她,是那天大家喝了点酒后我在他们的怂恿下唱了几个山歌。她说我的山歌唱得好,当即就把我的山歌录下来了。我知道那是录音机,可没见过那么小那么薄的录音机。我还问过她关于剥夷面的事。她指着祝队长指过的河谷对岸,高耸入云的一扇巨大石壁,光秃秃的,我只能隐约知道"剥夷"是怎么回事。剥夷面上,经她的指点,我似乎看到了一条石英矿脉,因为在夕阳里那儿闪着耀眼的光斑,还有云母。她说在它的顶上,也就是台面上的塔状熔岩,很好看吧,是一种碳酸盐岩。她说她们去看过了,那儿曾有炼过硝盐的痕迹,地图上有个地名叫晒盐坡,估计是那儿。她说你们这地方保存了第四纪冰川地貌,也就是七八十万年前的,那刃脊,冰斗,冰蚀槽谷,还有漂砾。"你看,"她指指河谷中那些巨型的石块说,"那些石头不是原本在此的,是从别处搬运来的,谁有这么大的力量?就是冰川,冰川就是神仙,力大无比。你看那三角面,很清晰的冰川流动时削磨的痕迹,把巨石从远处搬来了。"

她轻描淡写地给我说着这些,我却觉得她的话撼人心魄。在那个晴朗无风的傍晚,无数玄燕和蝙蝠滑翔的河谷上空,我听到了冰川轰隆隆运动的声响,而当时的山冈是寂静的,旷古的寂静,这女娃子的话让我仿佛眼际滚过了那个壮观的七八十万年前的场景。我真的佩服他们。这女娃子跟我跟水香一般年纪,可我没读多少书,初中没读满就辍了学。我爹是个"八大脚",八大脚就是抬死人的杠夫,他除了抬死人,挣几双草鞋钱,没屁的本事。

这天晚上,西南方的山坡上突然射出了一道强光,有如电焊的弧光,一直刺入云天,把周围的山坡、沟坎都照得如同白昼。那边帐篷就有人惊醒了,问是谁在照。大家都起来了。忽然那强光变成了两个光点,一上一下。大家以为是野兽,五六只电筒一起射去,那光点一动不动,祝队长就叫大家操了家伙跑过去扑打,不见了影形,也没有什么野兽,遂回到帐篷。而这时那光点又只剩一个了,在帐篷顶不远的崖上直射我们。

"这莫不是鬼么?"九财叔说。方圆百里无一个人,无村庄和电线,这么强的光是从哪儿来的呢?又是什么东西所为?这个问题困扰着我们,祝队长宽大家的心说,你们不要怕,长期在野外生存,什么神秘的事儿都有。这个地方,听说怪事不少。九财叔坚持说是野鬼,还说是什么独眼鬼,见了我们这些人稀奇。他说南山里有几丈高的红毛大野人,还有鬼市。你们不知道鬼市吧?有一年来南山采药的一群人,晚上在老林里看到了一条小街,好不热闹,什么京广杂货都有,买货卖货的人把衣裳都挤破。几个采药人也去买了些东西,有买鞋子的,有买衣裳的,便宜得不得了。第二天早晨一看,鞋子变成了草鞋,衣裳变成了棕叶,店家找给他们的钱全变成了冥钱,再去找那条街,哪儿找去,莽莽森林,除了树还是树,什么都没有。做饭的老麻也附和道,他们隔壁村也有过怪树的,有棵叫水洞瓜的树,是千年老树,从来只结籽不开花的,只要六月开花,这年必山洪暴发,开花的时候,树心里面就传出叮叮哐哐的锣鼓声,天一放亮就没了。说有个小娃子去上面掏鸟窝,掏出了三双草鞋云云。事情越说越玄乎了,说得大家脸色发白,倒抽冷气。祝队长就严厉制止道:"老官,老麻,你们不要在这儿瞎说了。老官,你要是信鬼,今晚你跟我捉一个来,如果捉不到,你就走人。"

　　一开始祝队长就不喜欢九财叔,九财叔本来就不是一个讨人喜欢的人,所以祝队长就想赶他走,这是九财叔恨祝队长的起因。另外,那个一听九财叔说话,就从喉咙深处发出一种怪笑的姓王的博士也不喜欢九财叔。姓王的博士总是干干净净,头发方寸不乱,油水很厚的样子,不过他那个头好像是个大田螺。他说:"别吓唬我们了,我们这些人都是久经沙场的,别看你们经常在山里转悠,但也比不上我们在野外生活的人。"

　　九财叔没有捉到鬼,踏勘队就响起一片嘲笑之声。我们跟在他们屁股后面,挑着一两百斤的东西随行。我们挑夫挺苦,一天十块钱,赚得很难。挑着一两百斤的东西,翻山越坎,过河上坡,他们徒步都困难,更何况我们这些挑夫。一头是他们刻槽取样的石头,剥离的石头,一大块一大块的,就往我们箩筐里丢。有时候,扁担上肩,腰却挺不起来,咬着牙,腰椎一节一节地压趴了,人站起来了,腿都在哆嗦。担子的另一头有石头也有一些贵重的东西,那个像夜壶一样的家伙是个水准仪。水准仪不止一台,有一台是日本的家伙。这些仪器常被分成几段拆卸后放进箱子里,再装入箩筐。祝队长虽然讨厌九财叔,可还是信任他的力气,认为让他多挑贵重的东西牢靠些。

　　两天后,祝队长和小谭去了一趟山外。为了防止野兽和坏人,他们上山来时配了一杆闪闪发亮的双筒猎枪,还给他们每人带来了一把跳刀,祝队长的绑腿里原来就插了一把美国猎刀,一尺多长。听他说,是一个外国同行送给他的。我慢慢才知道祝队长其实是去替他们领钱去的,还买烟买电池买扑克,给洋芋果小杜买来了许多糖果和女人用的东西。小杜把祝队长喊祝老师,小谭把他喊祝教授。

听说祝队长是小杜的导师,小杜是他的研究生。小谭不是,他只是祝队长手下的一名工作人员,他下山是去给他在乡下读书的妹子寄学费去的。我听小杜问他:"寄了么?"他说寄了。这是与钱有关的事。每当这时,九财叔的耳朵就支棱得很长,好像是与自己有关的。他晚上忿忿不平地告诉我说:"他妈的他那娃子一个月就能赚两千多块钱。"他说的是瘦小的小谭,我们都知道他是个山里娃子,与我们的口音相近。我问那祝队长是不是更多?九财叔说,听说他有好几个金矿。我说他有金矿?九财叔说是人家的金矿,他会找金子,所以人家就拉他入伙,那金矿他还不占一份?这儿要是找到了金矿,他也会有一份。听说他光乌龟车就有两部,一部现在停在县城里,是他自己从省里开来的。我不知道九财叔是怎么知道的,你别看他平时闷声不响,瞪着一只永远也关闭不上的可怕的眼睛,可他知晓别人的事来,好像他长了好几个耳朵。

祝队长回来说到那怪光的事,说调查了,周围没有电焊的,山下的人说,南山山里是有一种奇怪的光,学大寨那会儿,山下一个村里有一块田也发出过怪光,也是贼亮贼亮的,像探照灯。他说是否与我们踏勘的岩层有某种关系,比如是一种石英,反射了太阳光或者别的什么光,透明石英也就是水晶。离这里不远据说有几个水晶洞,而且可能还含磷。在那个剥夷面上,你们看见没有,有许多水晶亮点,在早晨尤其清楚,已经可以断定,这是石英脉型的金矿。那边的剥夷面,花岗闪长岩与石英闪长岩的身边,与金矿最密切,所以,这是金矿给我们的强烈信息。他转过头来对我跟九财叔说:"有了金矿,当地政府开始开采,你们这儿的经济就会有大发展,农民就会富起来,公路就会修通。这儿,说不定你们说的那个鬼市就真变成了现实哟。"他对九财叔说:"你会顿顿有酒喝。"祝队长罕见地给他开了个玩笑。这种未来的憧憬把老麻说得一愣一愣的。老麻对我们说:"祝队长是给我们做好事来了。"

晚上他的菜做得格外有味,野葱拌上了更多的香油和野花椒,加上祝队长与小谭提回来的两瓶酒,我们一人分了一杯。九财叔和老麻看到酒,眼睛就放光,他们眼里充满了对祝队长的感激。上山来的这几天,我、九财叔和老麻,跟他们六个踏勘队的人是分开吃的。我知道他们的饭比我们好,每顿都有肉,做的时候九财叔就闻到了香味。我想要是我们天天也能吃到他们城里人那样的饭,也就等于做上了城里人。

下山了,我那想做城里人的想法,让那一担沉沉的石头压得无影无踪。

我们要挑出他们取样的石头,到山下一个地方交给后勤分队,然后再挑回大米、面粉、菜、油盐。下山就是出山,得来去三四天。当你挑着那么沉重的石头走在无穷无尽的山道时,你的心里就像压着一块石头,脚上绑着两块石头。石头缠上了你,百多里的路,峡谷,险峰,乱石滚滚的高地,龇牙咧嘴的悬崖,全是石头。我们上山时还行,与九财叔下去,两担石头,两个无声的人,走在茫茫的石头上,走在深深的石缝里。从出生以来,哪儿挑过这么沉重的东西呀。九财叔一句也不吭,我在苦巴巴地想着家里待产的老婆水香,我想人与人的差别真是太大了,过去在家不觉得。原以为一月三百块的工钱,是抱金娃儿呢,而人家小杜、小谭、王博士他们一月就能轻松地拿好几千。我们村长听说一个月才拿一百五呢,大家还羡慕得要死。今年天干,庄稼没啥收成,羊也渴死了几只,收农特税的村长上了几次门,威胁我爹说,你不交税就不让你家媳妇生娃子。八大脚的我爹是横了,叫嚣说我倒要生生看,生下来你村长有种的把他掐死。我挑了石头就能生娃子,我挑了石头就能给家里交税,还能给水香和娃儿买吃的穿的。就为这,我也要挑啊。

那天晚上,我累得开始屙血。

我给九财叔说我屙血了,九财叔不相信,到草丛里一看,九财叔叹着气,说屙两天就好了,人的力气都是压出来的。九财叔说,你知道祝队长有两辆乌龟车吗?我问他是听谁说的,他说总有人给他讲。他躺在葛藤攀附的石头上,望着林子上面的天空,用石头敲着石壁,说:"村里的吉普是村长三千块钱买回来的,那他的两辆乌龟车不要几万么?"我们那儿的人把小车都叫乌龟车,因为它们都像个骚乌龟。我没有搭理他,我在想水香肯定不知道这会儿我在荒郊野地屙着血,对着一担死石头无可奈何。她以为我是到外头寻快活见世面去了。没有我在身边,水香肯定是眼巴巴地望着念着我,被子里也空凉凉的。从她嫁过来,我还没离开过她,她也没离开过我。我揉着自己已经开始磨烂的肩膀,看着箩筐里的那些石头,想着想着,泪就出来了。九财叔吃惊地看着我,那只没有眼皮的眼睛像一颗苦桃一动不动,突然从他背着的垫絮里"哧啦"撕下一块棉絮,过来垫到我渗出血水的肩上,又抱出我箩筐里的一块石头,"哗啦"丢进了沟壑里。

我一见慌了神,喊:"甩不得的,甩不得的。"我顾不了一切滑进深沟去捡那块石头,"这不能甩,这编了号的!"

我抱着石头爬上来,九财叔还是那么瞪着我。

"这是编了号的!"

九财叔什么都不知道,人家在石头上写了字,也在他们的图纸上记下来了,画了好多图。可九财叔什么都不懂。

我把矿石重新放进箩筐里。"这是矿样!"我对九财叔说。

"这不就是石头吗?"九财叔说。他没有文化,我跟他是说不清楚的,只当跟猪说。

"好,你屙血,屙!屙!"他恶狠狠地说。

他不理我,挑上石头一个人向前走了,我也只好又把石头上肩,扁担在磨破的肩上吱咯,吱咯,吱咯……

我正在埋头一步一挨着,听见前面一阵响声,我猛然一抬头,看到九财叔握着扁担,站在那儿,一动不动。前面的箭竹丛里,窜出来一群野猪,就在九财叔不远!

"上树!"九财叔一声喊,我甩下担子就往最近的一棵树上爬。我还没有看见过那么多拖儿带女黑压压的野猪群,我往上爬,踩断了一根枝桠,从树上掉下来,摔得屁股一阵锐疼。我看见九财叔非常紧张,可他又不能动,只能对峙在那儿。我这摔下来的一声,让野猪们警觉了,一个个竖起毛刺刺的耳朵,亮出尖尖的豁嘴和寒光闪闪的獠牙对着我们。我接着又往树上爬去。"叔,你上啊!"我拼了老命喊。这一喊,野猪们出击了,箭竹丛一阵哗哗的骚乱,滚滚黑浪就向我们卷来。

"你混蛋!"九财叔拉下我就朝陡坡下跳去,至少有三米高的陡坡,我落到地上,卡在一个石缝里,脑袋好像撞上了什么,一阵迷糊。野猪的吼叫声在岩上面,过了一会,我头脑清醒了,听见九财叔说:"治安,治安,你在哪儿?"我说:"叔,你在哪儿?"九财叔爬过来替我翻了个身,恶声恶气地说:"让野猪把你吃得干干净净!"我摔得不轻,懒得跟他论理,他又吼着要我快抽出开山斧来。我从腰里抽出了开山斧,我们听到头顶上的野猪们急吼吼的,但并没往下面跳。我们贴在石头下,大气不敢出。"得亏没有血腥味。"九财叔说,他是指我们没有摔出血来,野猪没有对我们继续追击。我看九财叔,已摔得鼻青脸肿,那只没眼皮的眼睛里已经充血,红森森的,脸上手上都有深深的划痕。我知道自己也摔得不轻,浑身疼痛。天渐渐黑了,我们不敢上去,就着石崖,点燃了一堆火。这深山里的秋夜,寒气浸人,又冷又饿。九财叔说千万别动,野猪是很有头脑的。坐了一夜,第二天天亮后,见没什么动静了,我们手拿开山斧小心翼翼地爬上岩去,看到我昨天爬的那棵树,已经被野猪撞倒撕烂了,我们的箩筐也被掀翻,矿石、被子被践踏得脏乱不堪,沾满了臭熏熏的猪屎。我们收拾好石头,只好慌乱地逃出这个野猪出没的野猪坡。

这一趟,少了两块石头,是九财叔担子里的。他不知祝队长都标了记号,回来签收单上都记下了。估计是在野猪坡被猪拱翻后弄丢的。为此祝队长又狠狠批了九财叔一顿,并且宣布扣他两天的工钱。为这两块石头,九财叔这趟白挑了。九财叔言语不多,没有解释,只是瞪着那只没眼皮的眼睛看着祝队长。我给他们解释说我们遇到了野猪群,可能是野猪把我们的石头掀到山下了,我们还差一点没了命。可是办事认真的祝队长说这不是理由,这些矿样比生命还珍贵。

"你以为石头跟石头都是一样的?"姓王的博士歪着田螺头给祝队长帮腔。他们不相信我们的话,以为我们是故意丢弃的。

"你这么一丢,我们这么多人至少一天的劳动白费了。"洋芋果小杜笑着想缓解气氛。

事实上那天的气氛并没有缓解。那天晚上吃饭的时候,小谭还给了九财叔一杯酒,说是请他"代"了。九财叔把酒喝了,连谢也没谢人家,倒头就睡。

我怀疑那石头是他故意丢的,在半道上趁我没注意把它丢掉了,以减轻肩上的重量。

深秋的马嘶岭夜晚,寒风比白天严厉千百倍,有时候飘下一点小雪,有时候飘下一阵细雨——雨是由浓雾而来的,滚滚的浓雾时常淹没我们。那些天,我听到的总是黑压压的野猪在奔跑和狂叫的声音,仿佛它们就在我们头顶,不断地来去,不断地聚散,没有停歇,让我噩梦不断。老麻听了我们的经历啧啧称奇,说:"我不信,你惹了野猪没被吃掉,这说不过去嘛。熊比虎狠,猪又比熊狠,这谁都知晓,你们就损失了两块石头?哄鬼。"我说:"钱就是用命换的嘛。"老麻就劝九财叔说:"有命在,二十块钱就不算啥了,留得青山在,不怕没柴烧。说不定哪一天,你们在这山上能捡块狗头金回家呢。"

没有灯,我们坐在火堆旁,火堆是抵御这凶恶寒夜的一道温暖的屏障。用盐粉揉着一盆野葱的老麻来了兴致,说给我们讲一个狗头金的故事。

老麻那天说的是他们雾渡河上游上辈子人的事。他说马嘶河沿途是有金子的。他说的是旧社会。他说有个人捡了一坨金子,刚开始只觉得是块石头。

他把话岔到九财叔丢矿石上去,说,你看起来是块石头,他们看起来里面就有金子,听说含金量还蛮高呢。他说有这么个人,是到河滩刨地刨的一块石头,黄黄的,也没作金子想,捡回去丢到猪栏屋里了。晚上起来拉尿,看到那块石头闪闪发光,就知道有内容了,找人一问,我的娘咃,是块狗头金,这么大——他比划有一个狗脑壳大——于是就到宜昌去,换了足足五百大洋。他揣着这么多叮哐乱响的洋钱,就想到窑子里去嫖一嫖。问好了,宜昌城有个最有名的婊子,长得闭月羞花沉鱼落雁掐得出水来,于是就寻去了。嫖过之后,两人互问籍贯姓名。那婊子一听,知道遇上了自己的亲生老子。为何呢,因这男的生了五六个妮子,后又生了一个妮子。这妮子长到六七岁时,家中无力抚养,便卖给了别人,哪知这妮子长大后误入妓院。虽然与父母姐妹分别时还小,互不认识了,但那妮子还记得自己的老家,记得亲娘老子的大名。于是在生父离开时,在他一双备用鞋里插了根针,针下附了一信。那男的离开后,到晚上在一客栈里洗脚换鞋,一穿发现鞋内有一根针,还扎了一张信笺,展开一看,上写:您是我的亲老子,做了不该做的事,云云。这人读完后觉大事不好,赶去那妓院,一问,知自己的女儿因羞愧难当,已经投江自尽了。

　　讲过这故事后,老麻对我们说:"你们天天跟他们一起出去挖,说不定走狗屎运,真挖出一坨金子,也有可能。运气来了,门板都挡不住。"九财叔苦笑了一声,沉默了。我给老麻解释说:"你以为这石头是狗头金啵?听说最富的矿,一吨石头才能炼出几克来。"我用手指抓了一撮冷灰示意,"就这么多。不过,也有的一吨石头里含一斤多金子的,但这少而又少。"九财叔横了我一眼道:"你懂!"我拿出枕头下的一本书给他们看说:"这里面全有。"他们就像看生人一样看着我,我便有点得意了:"这是小杜借给我看的。"

　　的确是她借给我看的,是一本《金矿地球物理找矿》。我跟她出去有几天,我们是分两个组,我帮小杜她们挑东西,小杜给过我一种糖吃,不知啥糖,吃到口里一股煳锅巴味,我就问这是啥糖,她说叫巧克力。"一颗抵你们小卖部一斤水果糖的价。"她对我说。这么贵!怪不得包得这么精精巧巧的,我就把那红色的玻璃糖纸留住了。她之所以给我糖吃,是听了我唱歌。她有个小机器,里面放一张薄薄的闪亮的圆盘,然后就戴上耳机听,估计里头也是歌。

　　有一天她要我再唱,我就给她唱了"阳呀阳坡的姐,阴呀阴坡的郎"。我说,我再给你唱几首五句子吧。我想了想就唱了一首:"吃了中饭下河游,一对石磙顺水流,你要沉来沉到底,你要流来流到头,半路丢郎短阳寿。""很好听,"

她说,"也很有意思。"我就又唱了一首:"吃了中饭巴门站,泪水滴得千千万,可惜泪水捡不起,捡得起来用线穿,情哥来哒把他看。"她一个劲说好,我胆子就大了,就唱起邪一点的:"吃了中饭下河耍,河下公鸭撵母鸭,公鸭撵得喳起个嘴,母鸭撵得叫喳喳,扁毛畜牲也贪花。"小杜和大家都笑了。小杜用那小机子把我的歌都录下来了,她还边听边记下那词儿:"为什么总是以'吃了中饭'开头?"是啊,这一问问得我也有点傻了,我说不知道。王博士却说:"这还不简单,饱暖生淫欲,饥寒起盗心嘛。吃饱了饭没事干,就想那公鸭撵母鸭的事,听说这山里的女孩子是很开放的喔。"我说:"也不见得吧。"我说可能是与我们这儿只吃两餐有关,我们这儿早上起来是不吃不喝的,洗了懒就出坡干活。洗懒就是洗脸,因为早晨起来人容易懒,吃了喝了更懒。干了一气活,太阳当顶了,才回家吃中饭。所以,人吃了饭,才有劲,才想唱歌做别的。因小杜喜欢听我的歌,我的胆子也大了,见到丢在她旁边的一本书,就拿起来翻。他们测量、刻槽、取石,我没事就看那本书,全是怎么找金矿的,后来她就借给了我。

在我得到那本书以后的几天里,山岭却是极安静和明朗的。白云们在天空如影随形,有时候,一股小风吹过,会带来一种强烈的野果成熟的气味。野柿子啦,五味子啦,鲜红的茶果啦,咧着大嘴傻笑的"八月炸"啦,还有吊在藤上快撑不住了的沉甸甸的猕猴桃啦。我钻进林子中去摘,我把五味子、"八月炸"给小杜,把酸不啦唧的猕猴桃给两个背测杆的杨工与龙工,把不软不硬的野柿子给王博士。他们吃着,不停地点头说:"嗯,好吃。"我又给他们唱了一首:"吃了中饭肚里嘈,要到后山摘仙桃,七尺竿竿打不到,脱了草鞋上树摇,摇得仙桃满地抛。"

那天小杜、王博士和小谭出去了,回来时每人都弄到了大大小小的水晶,就是那种透明得像玻璃和冰块的玩艺儿。小杜还意外地弄到了一块红水晶。原来他们是去了一个水晶洞。那块通体透明红如胭脂的水晶让大伙啧啧称奇。可是祝队长却把他们几个人熊了一顿,说他们是胡来,说我们要把一个完整的矿山留给县里。祝队长因为激动两腮都出现了红疹子,摘下眼镜矇眬着眼瞪他们说是搞破坏,当场就把小杜说哭了,大家也就不敢吭声,连晚上吃饭的时候也鸦雀无声。那块红水晶是否被祝队长没收了,我不知道。

一般来说,每天天刚亮,祝队长的哨子就响起了:"起床了,起床了!"大家惺惺忪忪地起来,不辨滋味地把稀饭裹着馍馍吞下肚去,然后灌水,拿上馍馍和腌野葱野蒜,摇摇晃晃地走了,到了傍晚我们就回到营地,几乎每天如此。

这群人——祝队长他们,无论男的女的,就像我们村头磨苞谷的水磨子,不停地干活,爬坡下坎,下坎爬坡,写写画画,然后收了仪器,抱来石头丢进我们担子里让我们挑回来。

好天气并不是经常有的,没过几天,寒风就缠在岭上、河谷间不走了,黏黏的浓雾悄悄地泛上来,与寒风一起,搅得天昏地暗。但是即使能见度非常低,祝队长还是催促大家出去,他的要求是:赶在大雪封山之前完成此次踏勘。在雾里我们挑着仪器以及他们中午的饭食,甚至还有睡袋,还有我们的被子,往勘测点走去。等到中午难得的太阳出来的一会儿,赶紧工作。如果晚上回不来,走得太远了,就随便找一个岩洞住一晚。在那样的晚上好歹他们会给我们一张塑料布,也不能抗拒石头上的砭骨冰凉,人像赤身裸体丢在冰窖里。他们虽然有睡袋(是鸭绒的),睡袋下又有油布,拉上了拉链就隔开了寒风,可我看见他们还是在睡袋里瑟瑟发抖。这些城里来的知识人,还真能吃苦呢,虽然抖,第二天一爬起来,又有了精神,又抖擞着活了,而且他们还啥病都不生。我却因受了风寒发起高烧来,浑身滚烫发热,还咳嗽。小杜小谭他们给了我几颗药吃,老麻还给我熬了些姜汤。我时冷时热地躺了一天,天一放亮,祝队长就进了我们棚子说:"你们得挑粮食去了哦。"

挑粮食就意味着又要挑石头下山,听到这话,我骨头都软了,我看见九财叔的脸也阴沉了下来。可那是跑不脱的,堆在帐篷里的那些石头,迟早得要我们把它们挑下山去。我就说,那就走吧。我往箩筐里装着石头,杨工和龙工记着数,记着,然后将记了的纸装入一个信封,封上口,让我们带着一起送下山去。

我们正准备要走的时候,小谭突然说要跟我们一起出山,他说他请了个假。是不是又要给他上学的妹子寄钱呢?当时不知道,走到半道上,他才说是想下山打个电话。小谭穿着一双旧旅游鞋,披着油布(又防下雨又可垫着睡),背着旅行包。他说他母亲得了绝症,做了手术,家里欠了许多债。他说他早就不想在祝队长这儿干了,才两千块钱一个月,他早在深圳那边联系好了,一去就是八千的月薪。可祝队长留他,说不能缺少他,他是看祝队长的面子才留在他身边的,祝队长对他有知遇之恩。当他说深圳有八千块钱的月薪,着实让我有点吃惊,我们那儿也有人去深圳打工的,不就几百块钱一个月么?来去的车费一除,也就跟在宜昌打工差不多。我说起这,小谭就说:这就是知识值钱。他说他们那儿也是穷山沟,他家有五姊妹。他问九财叔几个孩子,九财叔说三个女娃,老婆死了,还有个八十多岁的老母。他问我为何没读高中,我说没钱嘛。他说他母亲之所以得绝症,是因为卖血给他读书,他说他还有个姐姐,成绩很好,为了他,就辍学去打工了。九财叔在后面暗暗地对我说,别听他说得可可怜怜的,他是防我们呢。我不解,九财叔就说:很明显么,我们两个,他一个。可是我不信,回来的时候我见他眼睛红红的,看来电话是打通了,他说他母亲不行了,他抽着鼻子,说等这次踏勘完了就回家去,还不知能不能见上母亲。

好在来回都没有再碰到野猪,多了个人,胆也大些。我因为感冒,四肢无力,回来时挑着挑着就实在挑不动了。我挑着各四十斤的两袋面粉,一袋五十斤的米,加上蔬菜、肉鱼,足有两百斤。小谭说:"看你这瘦小的个子还真能挑啊。"我说哪是能挑,还不是为了一天十块钱。你们是知识值钱啊,我们这儿也有个说法叫力大养一人,志大养千口,而我连力也不大,唉。我挑不动了,就让他们先走,反正有床被子,挑到哪儿睡到哪儿。九财叔说不行,你一个人,碰上野猪和其他野牲口了怎么办?我们出山的那天,在野猪坡的箭竹林里虽没遇见野猪,但看见过一头老熊,可能快冬眠了,躺在竹窝里没理我们。九财叔说:"万一不行小谭你就先走,我跟他慢慢来,你反正知道的,跟祝队长说一声,小官他病没好,路上要耽搁一些。"小谭说:"我倒也不怕,一个人走,我身上又没有钱,连手机都没有,就一块手表,还是电子表,十几块钱的。"这话是说给我们听的,意思是跟我们一样,穷鬼,让我们打消打劫他的念头,他已经暗示过无数次了。他说的也是实话,那么多人里,就他没手机,那些人都有手机,是他告诉我们的。他说手机是个寻常物,城里一人两三部也不稀奇,而且淘汰很快,年把就得换个新式的。小谭说还是大家一起走吧,安全些。他把我箩筐里的那袋米背上,这样我就轻了许多,但腿还是软的,又加上咳嗽,人一咳,就气喘,气一喘,心就慌,心一慌,身子就飘,一步不稳,就歪下了沟坎去。

这一跤人没摔坏,爬起来,面粉袋子摔破了一个,白花花的面粉撒了一地。我很害怕,说:"小谭,你得给我作证啊。"九财叔把我从沟里拉起来,又去收拾面粉。小谭说:"这不是你们的错,面粉就算了,树叶石子的,收起来也没法吃。"

好在有小谭作证,我又是带病,祝队长没扣我的工钱。可到营地我就倒下了,有种快死的感觉。八大脚我爹说人死就是一口气,一口气上不来,人就死了,就归他抬上山了。如果就一口气的有无来证明一个人的死活,那死就是很轻松的事。为什么有的人临死前疼得清喊辣叫？为什么有人死时流着不断线的泪水？我认为我那一次体验到了死亡，在那个垭口，三两里地外的营地在向我招手，可是我再也挑不动了。"你真的不能挑了吗？"小谭问我。我说我挪不动了。他说时间还长啊。意思是你这个样子，不能跟我们干到头啊。我一想，又怕他们赶我走，不要我了，我就咬了牙，不让担子歇下来，一歇下来，担子就成了座山。我走，那两个筐子就像有两个魔鬼一前一后使劲扳着你的扁担，筐脚还时常绊着石头或者树枝、葛藤，脚下又是沟坎又是悬崖。每当筐脚碰一下，手抓住的绳子就会拧圈儿，人就晃悠，就像无常鬼来拽你的命让你进地狱。脚下没有弹性，扁担就没有弹性，就会东磕西绊，这是挑担的人都知道的。看着破了的面粉口袋，祝队长一言不发。小谭真的就为我说话了，我终于等到了一个主持正义的人，他说你病得不轻。我坐在地上，浑身汗泥，真的病得不轻了。祝队长挥挥手说："好吧，好吧，赶快吃药。"

祝队长没有扣罚我的工钱，这刺激了九财叔，他大着胆子去找祝队长说："能不能不扣我上次的二十块钱？"

"这次与上次无关。"祝队长说。

"可我上次什么也没撒呀！"

他在表功，他在把我做错的事与他作为对比。这让我十分恼怒，再怎么我们是一起来的，还是你的表侄，你这个表叔哪像个长辈？你的意思是不是说，该扣的要一起扣，一视同仁？他就是这个意思，九财叔。九财叔就这样让我看轻贱了他。

然而过了一天，又要我们下山。说是我们捎回的信上说，就这两天就有发电机了，是山上要的，要我们去挑上来。

祝队长催促我们，是因为头一天晚上那该死的怪光又出现了。我们的营地黑咕隆咚，那光白龇龇地出现，照过来，就像被坏人，被土匪团团围住似的，十来个人无路可逃了，末日来临了。

"大家拿上家伙！"

半夜就听见那边的帐篷里祝队长他们吼叫着。我们操起了开山斧——一般我们都是插在后腰的木叉子里的，山里的每个男人都这样，每天出门上山都要带上，可以砍葛藤荆棘树枝开路，可以对付野牲口，还可以对付歹人。我们拿着开山斧出去，老麻拿着一根棒子，就见一道白光从崖顶直射下来，令人睁不开眼睛。一声果断的枪响，那光倏忽消失了。祝队长提着枪，大家的电筒一起照着,手举刀棍跑过去,中弹的地方什么也没有,是一块石头,上面留着清晰的弹痕。姓王的博士接过枪去,又朝林子深处开了一枪,大喊道:"有种的出来!"

"出来!出来!出来!"大家齐声喊。

没有东西出来。祝队长就说,赶快把发电机挑上来。

九财叔要提条件了,因为他有气,所以他提出了条件。他说要把那管双筒猎枪给我们带着,因为野猪坡的野猪很厉害,人命关天。另外能不能少挑一点,下山后再叫两个挑夫来。没有一个条件能让那个古板的祝队长答应的。祝队长说枪不能带,队里只有一杆枪,要保护那些仪器,还有这么多人。他说,你们两个在山里钻惯了,多留个心眼没事的。九财叔说,那要是有个三长两短呢?祝队长火了,说,你们的开山斧是吃素的么?可是,要是再碰上那群野猪,甭说是开山斧,就是枪也没用,野猪横了,一头猪顶三只虎两头熊。我和垂头丧气的九财叔就商量着怎么样躲过野猪坡,九财叔说反正这命要丢在马嘶岭了,回不去了。那怪光缠着我们不走,野猪又来撵我们,未必来这儿就是命?九财叔就对着山磕起了头,他拜了几拜,也没说话,站起来,从背后抽出开山斧,朝一棵红桦猛地砍去,哗啦啦,红桦上飞出了两只大鸟,哇哇地叫着消失在林子上空。我看见红桦淌出了乳白色的汁液。那大鸟凄厉的叫声萦绕在山冈上,久久在我们心上盘旋。

我们走了,九财叔好像攒着一把劲,匆匆走在前面。我心里好害怕,只得紧紧跟着。走了一气,九财叔在前面歇下来了,把扁担横在两筐上,坐在上面,敞着怀,吼着气。我们已经过了河谷,望不见营地了。九财叔说,见了野猪别跑。九财叔又说,光是冲他们来的,我算了算,我们熟,他们生,要害害他们,他们这么不讲道理,还是读书人,种田搓泥巴的就不是人么?我也替九财叔说话,他们太要不得了,我们命都快丢了,他们还扣二十块钱。九财叔恶狠狠地说:"有独眼鬼干脆把他们都吃掉!不讲理!"在枯死的箭竹林里,光秃秃的风发出翻来覆去的沙沙声,好像也在恶咒,好像有无数的野牲口和野鬼来了,被九财叔召唤来了。"来一个敲他们一个!来一个敲他们一个!"我听他说。他一定是很恨了。忽然,我听见"哗"的一声,抬起头一看,九财叔把一箩筐石头全倒出来了。

"九财叔,你这是干什么!"

"嘿嘿",九财叔干笑了,九财叔踢了箩筐一脚,那颗快蹦出来的眼珠子对着我,"我找狗头金。"

我跑过去,他在石头里扒拉着。

我赶快帮他把石头往箩筐里装。他说:"你不要怕,你何必这么怕他们。"我说:"我不是怕,我怕哪个,我是想平平安安回去,弄完了我们好回去,我去伺候月子。"九财叔说:"二十块钱哪,你晓得,二十块钱!"他仰天长叹,我看见他那只不能闭合的眼里流出了浑浊的泪水。我的心里也沉重起来,我知道这二十块钱对他来说是个大数字;我知道他家徒四壁,三个女娃挤一床棉被,那棉被鱼网似的;我知道他常年种洋芋刨洋芋用一张板锄一张挖锄,第三张锄都没有;我知道他家房里作牛栏,牛栏破了没瓦盖,另外也怕人把他家的牛偷走了,这可是他家最值钱的家当;我知道有一年他胸口烂了一个大洞,没钱去镇上买药,就让它这么烂,每天流出一碗脓水;我知道去年村长找他讨要拖欠的两块钱的特产税,他确实没有,村长急了,扇了自己一嘴巴,说:"我他妈这么贱让人磨,我给你付了。"二十块钱对祝队长他们来说也许什么也不值,可对于九财叔来说,那可是十年的特产税啊。

我这么想着我也心酸得不行,可我又无能为力。

菩萨保佑,这一趟出山还顺。在山洞里呆了一晚。我已经不屙血了,肩膀和脚上的血痂也慢慢好了。这次回来时我们挑着小发电机、汽油,小心翼翼地趟河爬垭,翻山越岭。我们大多走兽道,兽道是野牲口们走的,野牲口爱走熟路,走多了,就有一条道。到了马嘶岭之后,晚上发电机一响,电灯亮了,营地有了从未有过的生机。

不过这次回来后,有好几次,我就发现九财叔站在祝队长的身后,也不说话,也不动。他也站在我身后过,不动,把我吓一跳。他是不是想说那二十块钱的事?不得而知。祝队长爱坐下来抽一支烟,眯着眼望群山。祝队长似乎知道九财叔站在他身后,有时慢慢转过头来,看九财叔一眼,表情平静,这时候,九财叔就会走开。祝队长有时候也摆弄他的手机,按去按来的,因为这里没有信号。老麻说,上次那两个人给祝队长又带上来一个手机。他伸出三个手指,表示有三个手机,"啧啧"了几下,说:"有五十多个电话找祝队长,可找不到他,都是要他下山去。他说他不理会这些,在春节之前把这次踏勘搞完了再说。"老麻说,我们可能还得呆一两个月。我愕然了,说:"那我媳妇就要生了。"老麻说:"多一个月是一个月的工钱啊。"

老麻显然心安理得,可能为多呆一些时日暗暗叫好。这老麻顶多是跟别人整零席的红案师傅,平时也没啥人找他,在这儿吃了喝了还拿工钱,又不挑又不扛,又不早出晚归又不吹风淋雨,他当然喜欢了。

好像要下雪的样子。半夜果然下起了雪子儿,然后就是雨,这场雨来势可凶猛,雨夹雪霰,打得我们的塑料布顶像要穿洞了一样。正迷糊间,雨水漫进了我们的帐篷。我是做梦梦见掉进了村里的那口深潭,睖着个大肚子的水香硬是不来救我,她就站在潭上面。我冷啊,醒来一看,我们已经泡在水里了,外面已经闹哄哄一片。

"快转移!快转移!"

许多电筒的光柱在那儿横来扫去。我们出去一看,崖上的雨水就像瀑布一样朝我们泻来,非常急遽。我们按指挥把东西挑往一个不远的小山洞,先到洞口的杨工和龙工说刚才洞里出来了一头野兽,但我们没有看见。他们说像羊,进去后里面果然有一些野牲口的粪便,根据我的经验,好像是灵鬃羊,个头挺大的那种。洞里本来就有水流出来,现在更大了,我们把他们认为贵重的东西搬进去。搬完东西,就生火烤衣裳。可烟雾出不去,熏得大家都受不住,特别是九财叔,那只不能闭的眼睛里哗哗地淌泪,他后来干脆就出洞去了。他披着雨布,坐在洞口,那只眼睛亮晶晶地看着远处我们被淹的营地。我们就睡在门口,其实是坐,裹着湿漉漉的被子,坐等天亮。

天亮后又因柴火全湿了,没有吃的,他们给了我们一人一块压缩饼干。九财叔说:"这石头一样难啃啊。"老麻说:"他们有凤尾鱼。"我已经看见了,是一种铁盒罐头。我们闻见了鱼香。

中午太阳出来了,我们抱被子翻晒,拉垫絮的时候,从絮里抖出一个红红的东西,我一看,是个女人的发卡。这是小杜的,小杜夹在前额上的,是其中的一个。小杜有两个,那两天我看见她只夹了一个,原来这一个到我们絮底下来了!那东西抖落出来后,九财叔就飞快地抢了过去,对我说:"你小子别管。"他藏进了内衣口袋,把个破毛衣领拉得大大的,往胸里头塞。他露出宽大的烟牙,嘴巴就不由自主地缩到了耳根。那只可怜的右眼珠好像要跳出来,变成一颗落地的秋板栗,会发出"啪"的一声。这使我不再敢惊讶,装着没事的样子,继续晒着被子。不管怎么说,小杜的红发卡都是很漂亮的。小杜长得不漂亮,但不知怎么,夹上那两个红发卡在右前额的头发上后,就显得好洋气,头发还是黄的,染了的,黄发加红发卡,跟咱们山里人夹发卡又不一样,夹在不该夹的地方。

我明白九财叔是在暗中弥补他的那二十块钱,他要把它补回来。吃饭的时候他死胀,一碗一碗添。人家要四个馍他要五个六个。"我能吃,怎么的?"他说。若在家里,顶多一碗洋芋就解决了肚子,他是个铁骨膘,瘦,肚子并不大。他吃得直翻白眼,嗳气,打嗝,我都看不下去了。踏勘队的人已经看出了他是在闹情绪,他故意夸张地吃饭,是在与祝队长作对,是在表示他的抗议和愤怒。

就在我们遭水劫没几天,好消息传来了,祝队长他们在那剥夷面的西南,发现了一个厚度达三十多米、斜深达千米的富金矿,说还伴生有黄铁矿、铜、锌、铅等多种矿物。这是初步证实的结果。祝队长说,最保守估计,以后一年可以给县里带来几百万的财政收入。那天营地真的是一片欢呼。姓王的博士在回来之前还用红油漆在那儿的石壁上写下了"我来也"三个大字。祝队长余兴未尽地用望远镜望着河谷对面,望着小王写过字的地方,说:"证明我当时的推测没错。"我记住了他们那天所说的"斜卧矿柱"。我没有用望远镜从远处看他们的发现,河谷总是雾霭蒙蒙。我在想像这个斜卧矿柱的巨大,它哪一天站起来,像一个有生命的东西站起来,站得比马嘶岭还高,浑身是金黄色,金灿灿的,该是一种什么气魄啊。

"关你鸡巴事!"九财叔对我说。他拍了我一下肩。他在我的傻傻的表情上看出了高兴——分享着踏勘队的喜悦。他忌恨地说:"咱们后山的磷矿也说是国家的,给谁包了?给乡长的一个朋友包了,金子再多,会多给你二十块?!"

我说:"这总归是好事呀。"

老麻说:"老官的气还没顺。我说,矿是肯定给人包的,但承包款和税收是每年得给当地政府交的啊,祝队长说的财政收入,是指这个。"

九财叔讽刺他说:"你是乡长的口气咧。"

老麻说:"有一说一嘛。"

我说:"我不管金矿银矿,他们早点结束了,我们就可以早点滚蛋了。"

我想的是这个,我真的想这个,想回家,想水香,想她那么沉甸甸的肚子。我只想水香生娃子时我在她身边,我拿了踏勘队的工钱,我就去县城给水香买一对那样的红发卡,穿了洞的小树叶一样的,也夹在水香右额的头发上。黄连垭的人都不知道这种夹法,也没有这么漂亮的发卡。九财叔的三个妮子虽然长得还不错,可一个发卡,看他给谁。我们水香脸型好,眼睛、嘴巴都比小杜好看,皮肤也比小杜好,又不戴眼镜,怎么看都舒服。别看山里人,山里人喝的水好,人就是灵醒。小杜的胸奶也不大,我看比野柿子大不了多少,早上不吃,大家笑她减肥。这么不肉气的妮子为什么还要减肥呢?我突然想到我买了红发卡,还要给水香买一条红牛仔裤,就像小杜身上的那条。可我想了想县城我见过的衣摊,似乎没有红牛仔裤,只怕是要到武汉城去买。红牛仔裤真是很亮,贴身贴肉,裹得屁股大腿怎么看怎么舒服。我真的有愧于水香,什么都没能给她买过,她跟上我了,吃没吃什么,穿没穿什么,在家里地里忙这忙那。去了集上,买这不敢,买那没钱,几个小票子捏出水来了,回来时,还捏着,还是没用,还对我说:"不要买,街上净宰人,哪儿都贵!"

踏勘队遭了水劫后,许多图纸淋湿了,丢失了不少数据,祝队长为此闷闷不乐,说时间又耽误了,要加紧补数据。他的情绪影响了踏勘队。踏勘队的人都木着脸干自己的事,一点儿笑声都没有。那一天他们去补数据,我们就在姓王的博士的指挥下,在营地加固帐篷,把帐篷四周的土堆堆高夯实,以防崖上的雨水再下浸。小王不让我们进他们的帐篷,这没什么。他守在帐篷的门口,看着我们挖土,挑土,培土。那天天气尚可,雾渐渐开了,他就搬出一个仪器来,许是没事,就摆弄那玩艺儿,朝河谷和河谷对面看着。这小子一定是在观察祝队长他们。远处的森林浓如烟霞,依山势的爬高而呈现出陡峭的层次,树干白得耀眼,山壁黄得瘆人,天空云彩斑驳。我们的一双肉眼看到的就是如此。不知怎,九财叔被那个仪器引诱了,他想看看让王博士入迷的东西究竟是什么。于是趁姓王的去山崖边解手时,跑过去瞄了那仪器一眼,他还没看清楚仪器里面的东西,身后就传来一声怒吼:"干什么!"

又说:"这个值几十万!"

九财叔腿一软,当时脸都白了。九财叔就赶忙跑到一边去了,几十万哪,九财叔还真没把它碰倒,碰坏了,他拿什么赔?

九财叔躲到一边去挖土,锹怎么也插不进去,没力了,整个身子都软了。一种深深的委屈和愤恨从他的那只眼里射出来,像刀子一样,让人心尖发寒。到了晚上,他开始发烧,躺在床上,身子发着抖,还四肢抽筋,发出喊叫,像被鬼掐了喉咙一样。

他说:"治安,快去喊我的魂回来。"他从头上扯了一把头发下来,让我用一张树叶包好,烧了,放进他装水的碗里,喝了,用一块石头刮着空碗。他把碗交给我,说:"你就这么刮着到外面去,喊我的名字,要我回来。"他指示我往黑夜的深处走去,越远越好。我走着,喊着:"官九财,回来啊,回来啊,官九财。"我在向深邃无边的黑暗走去,昏暗的星星,陌生的荒野,还有一些绿荧荧的野兽的眼睛……我喊着,浑身汗毛倒竖。我刮着碗,吱啦吱啦,吱啦吱啦,走了没一阵,我就丢下了碗,朝棚子里狂跑,大叫一声,与老麻撞了个满怀,顿时委地瘫了下去。

唤魂的事让老麻说出去了,祝队长气急败坏,说:"好啊,你们在这儿装神弄鬼,这是什么地方?这不是你们的村子!"他拿我们没有办法,他那些东西要挑,他只能发发脾气。奇怪的是,九财叔的烧不吃药就慢慢退了,这作何解释,这是啥原因?

这以后,九财叔又盯上了王博士,只要姓王的背对着他,他就会不顾一切地站到姓王的后头,就那么站着,等姓王的回过头,他又没事似的走开。有一天,在踏勘休息时我看见姓王的拿着一个钱夹子大声追着九财叔质问:"你看什么嘛?你看什么嘛?"王博士并不知道他吓掉了九财叔的魂,只当是他爱看个稀奇。祝队长就说:"这老官,有病。"王博士晃动着他那个钱夹,意思是没什么钱。钱夹里夹有一张照片,与一个女的合影,两个人戴着那种方帽子,从上面还坠下黄缨络。听他们说那就是他的老婆。不过我心里清楚,九财叔不是想看稀奇或者好奇才站到他后面的,那是九财叔一种无声的示威。他恨,执拗的、单刀直入的愤恨。一个不能表达、无从表达、不敢表达的人,很快就将一般的成见变成了仇恨。这太正常了,可是,也许祝队长和王博士并没有察觉,这非常危险。为什么不让他表达出来呢?可怜的九财叔,沉默的九财叔。他这以后真的就像掉了魂似的,躲在一处抽烟,发呆,丢三挪四,爱理不理,眼神恍惚。

我的印象也被搞坏了,我给九财叔唤了魂的,装神弄鬼也有我一份。我发现小杜都懒得理我了,他们瞧不起我们。那天晚上,当我把书拿去还给小杜时,经过他们的床铺,他们问我干什么,我说给小杜还书。他们要我丢在那儿,可我又想再借一本,我就说我亲手交给她。我进去时感到他们的目光像针扎在我的背上,让我变成了一个刺猬。那些目光是审视的,冷漠的,也是不屑一顾的。我那天知道不该闯入他们的帐篷,但我那天实在想再弄点东西看看,特别是关于"斜卧矿柱"的内容,书上肯定是会有的。我进去后看到洋芋果小杜在一个本子上记着什么,已经偎在她的睡袋里了。她见了我,像被火烫了一样往里缩,慌乱地"哦"了一声。我说我是来给你还书的。我再没敢说什么,便飞快地出来了。前面的火塘边,祝队长他们正在分烟说着话,看到我,就像看一个怪物。我本来想好了,出他们帐篷时说一句客套话"你们歇吧",可出来根本轮不到我说,我是个很让人小瞧的乡里人。

外面一片漆黑,那天我真希望神奇的怪光出现,照着我,我就要向它走去,告诉它这里的一切,向它讲我心里的话。我什么也不会怕的。我在心里喊:"光,光,你怎么还不来啊!"那像利剑一样骇人的光,刹那间照彻了这深广黑暗的光,刺中了什么,还真是一种惊异呢。我真希望这儿多出现点怪事,冲冲这里的压抑,冲冲人心里黏稠的东西,让人振奋得发一下抖!我走进我们那塑料布吹得呼呼乱响的棚子,摸黑钻进被子,听见九财叔磨牙的声音多么响亮,就像在磨一把斧头。

其实,我知道踏勘队的他们是对着九财叔来的。他们对九财叔有些警惕,他们就把我们一起防了。这些都让老麻无意中说出来了。有一天老麻弄了几个套子,套了一只经常出没在坡上的麂子,弄了一锅热气腾腾的麂子肉汤,结果祝队长不但不领情,还硬要把老麻赶走,说是"两个山字一垛,请出"。老麻好心办了坏事,祝队长从不吃野味的。老麻背着行李卷就只好走了,但是踏勘队其他人替老麻求情,因为做这么多人的饭是件大事,炊事员一走,工作就乱了。于是祝队长便去追赶老麻,把老麻从路上截了回来。老麻好像知道他们会来截他,在山道上紧走慢走哼着歌儿,见他们赶来,故意说,缺了我这个烂萝卜,还整不出酒席来,再请个好厨师,比如说老官,可以给你们做饭蒸馍呀。姓王的博士就说,你就别假客套了,你明知道我们不放心那个老官。

老麻重返营地拿起锅铲的那个晚上,在棚子里他对我们说:"读书人认死理,犯牛倔。我在镇委会给镇长他们做饭,点着要吃野味,县里的干部下乡来了,也是说:老麻,今天吃啥呀,有没有鲜一点的炉子(火锅)?你看人家!山上的野牲口,不是吃的是干什么的?我们镇长最有能耐,为了把家鸡混成野鸡,他可以把鸡脖子抻到一尺多长,乍一看,就像野鸡了。上头来的人也不知道,放了一把花椒,以为就是野鸡,就说还是野鸡鲜。"老麻给我吹嘘说:"我说不回来了,他们几个人拉脱了我的袖子。我说,衣裳拉坏了是有价的,他们就说,拉坏一件赔你两件。嗬咳!不是我说,你叔走,他们还巴不得呢。"

老麻得意了好几天,把姓王的说的话全透给了我。他还唱歌:"远望姐儿穿身白,擦身过去不认得,鹞子翻身掐一把,桃红脸儿变了色,如今的姐儿挨不得。"他唱起歌来,拍手树就一阵乱响。他剁着砧板边剁边唱,我不能把那些话告诉九财叔,告诉了就会乱套,说不定九财叔会做出什么出格的事来。我只好也恨起了田螺头王博士来。九财叔他做了什么呢,不是你吓他,他会站在你后头?每天给你们担着担子,这么辛苦这么可怜,你们还提防着我们,发烧了叫个魂还不是没药吃,又没碍你们什么事。这老麻就他妈话多,你得意个什么呢?我要是告诉了九财叔,你那颗黄姜鼻子只怕要搬家。

九财叔不是不知道,其实九财叔是个非常有心的人,他肯定感觉到了,他在想着怎么扭转这个局势。

短暂的秋天就像一片浮云欸乃而过,马嘶岭白天的风跟夜里的风一样不分伯仲,凌厉凶猛了,落叶像波浪一样翻滚在山坡上,整个山岭笼罩在死灰色的烟幕中,密匝匝、枯蔫蔫的箭竹丛在北风的打压下发出荒凉如梦魇的声音,与河谷呼啸的风声一起遥遥呼应着,天空,山冈,森林都在哆嗦。而我们的营地好像要被彻底掀翻了,要掀下河谷去,落到乱石累累的地方,摔得粉身碎骨。

踏勘队的两支队伍合了起来,变天后他们的主要工作是圈定矿体的边界线,还要圈定"矿化富集地和蚀变带"。早晨起来,冒着风出去,走得很远很远。

好像要下雪的样子了,早晨起来,有厚厚的霜,到处一片白。雪没有下时,大雨呼呼地来了,来了还不走,还很绵很赖的,圈定的活儿圈不了啦。

大雨不急不躁,从河谷里腾起的浓雾霎时弥漫了山岭,所有的植物都在雨水中无奈地蔫耷着,高的,矮的,粗的,细的。森林一片昏暗,千万年的山崖和天空死气沉沉。两天之后,河谷的水满了,河道消失了,狂乱的水流在巨石间粗野地激荡着,把河岸推向角落,山与山之间的联系湮没在一片啸声中,远远地制造着深沉的恐怖。

在风雨的摇撼中踏勘队龟缩了三天,大家坐在火堆前不停地抽烟,去外面看雨势和水势,但情况如故。

接下来的就是,没有粮食了,没有菜了,要断顿了。

九财叔不等祝队长他们安排,就说要下山挑粮食去。

他们也不是傻瓜,这一河的滚滚河水,插翅也难飞过。祝队长看着九财叔,像不认识似的,说,你怎么过去?九财叔就说是到四川那边去买米。"那,谁陪你们一起去呢?"九财叔说不要谁陪,他跟我俩去。祝队长说:"把钱给你,你去买?"九财叔说,是啊。我们买,我们挑不我们买?但是祝队长扬起的眉宇间有无数个问号。九财叔根本不知道祝队长不想把钱交给他,九财叔还以为他们会笑眯眯地送我们上路呢,九财叔肯定在想他筹粮的高招,以为他们会感谢他,改变对他的看法。可是祝队长就是不同意,说不行。他一定是以为我们要偷懒,少挑一趟石头下山。但到四川虽然远点,可以不过河谷,可以马上弄到粮,路上还可以收一些老乡家的腊肉与鸡。这确是一个好点子,老麻破天荒地与九财叔站在了一起,但祝队长就是不松口。他说他想办法送我们过河谷。

那就过吧,看他们怎么让我们过。他们还是要我们带点钱下去,帮他们买香烟之类的东西。在祝队长进去拿钱的时候,九财叔突然出现在祝队长面前!九财叔看见了祝队长长期捆在腰间的一个大腰包,那里面的三部手机和四五千块钱全暴露在九财叔的眼底,那是踏勘队的所有经费。过了几天,九财叔就把他看到的告诉我了。当时祝队长想掩藏已来不及了,他把钱塞回腰包,可由于慌乱,怎么也塞不进去。他朝九财叔说:"我没叫你,你进来干什么?"喝退了九财叔,祝队长又在帐篷里弄了半天,出来时他拿出来的不是钱,而是一封信。他把信裹了几层,用塑料纸包好了,对九财叔说:"交给下面,他们会买齐的,买齐了你们带回。"他又说,"快去快回,别把大伙饿死了。"

他们有雨靴,我们没有。九财叔的力士鞋还破了后跟,他用一根布条把鞋捆好,这样的鞋一上路就会湿透,这么寒冷的天气我们要穿两天的水鞋。好在,他们给了我们一个电筒,一个换过电池的三节电筒。他们几乎倾巢出动了,说是能把我们送过河谷,我和九财叔都知道,这是枉然。我们是当地人,我们还不知道这样的河谷在连阴大雨中是一个什么情况吗?到了河边,那真是望河兴叹了。溯河而上,他们也绝望了,就开始砍树,他们说要临时搭成一个"桥"。树放下了,树扑倒在河里,眨眼间就无影无踪,被湍急的河水卷走了。接着他们又砍了一棵更长的树,又放倒河中,但是树一头扎进水中,离对岸还有好远。就算搭上了,谁敢往这样的"桥"上挑担过去?谁不想要命?

折腾了一整天,晚上一个个浑身泥水地回了营地,他们中的有些人就开始倒向九财叔了,可祝队长还是不表态。小谭自告奋勇地说:"我陪他们一起去四川。"祝队长摇头不同意,就发动大家一起上山去挖野葱采野菜野果。吃了两天野菜,大家意见大了,逼着祝队长来跟我们说"去四川吧"。

我们便怀揣着他们给的三百块钱,踏着采药人隐约走过的路,像两头野牲口没入了雨雾茫茫的无边荒岭。

又是一趟生死路。

那一天我们遇到了许多可怕的事儿。我们走进一个峡谷时,在一个凹进去的石崖边,遇到了一群躲雨的鬣羚,怕有百十只。鬣羚胆小,见了我们,就开始逃跑,只有一条窄窄的崖路,那些鬣羚朝我们跑来,我们贴着石壁给它们让路,九财叔那件破烂的棉衣还是给一只鬣羚角挂住了。我看见九财叔一下子飞了起来,箩筐也飞了起来。好在九财叔那衣服不经拉,"刺啦"撕了个大口子,重重地摔在了地上,后面的鬣羚从他身上跃过去,竟没伤着皮肉。九财叔叹他命大,骂着要拐下鬣羚的角来。"那倒是一味不错的中药呢。"他说。

我们想走进一个山洞中休息,生点火烤干衣服,黑黢黢的山洞里扑棱棱飞出了一大窝秃头老鹰。进得洞去,一股腥气,也没在意。生了火后,又有老鹰窥伺在洞口想往里钻,我们烤着衣服,火越烧越旺,九财叔突然指着我身后说:"那、那是个什么?"我回过头去,妈呀,一副骨头架子朝我们走来!

我们爬起来挑上箩筐就跑,跑出山洞,跑了两里开外,跑得天有些开了,峡谷矮了,才停下来。

"那真是鬼么?"我问九财叔。

九财叔到底比我有山中经验,说:"那不是鬼,是一副被鹰啄净了的骨头架子。"

九财叔说,不是冻饿死的就是被人害了。他说,鹰子吃腐物,山里头什么事都会发生,没事谁愿意到山里头来呀。我就问到四川还有多远,九财叔说他也不知道。我说:"九财叔,那三百块钱,你给我一百五十块,让我回去吧。"九财叔听了痛骂我:"命都快赔了,你就值这一百五?桩桩件件的,你就值一百五?!你这没出息的,这点钱打瞎你的眼睛!"我说:"那总比被老鹰啄吃了强些。"九财叔就说:"我要走,我给他抢完了走。"我说你抢哪个?他说我总不能就这么走。他就溜出了那话:"光一百元的就有这么一扎。"他用指头示意。他说出了祝队长腰包的秘密。他说:"你不想把它抢过来?为什么他们那么有钱,而我们啥都没有?"我说咱是农民,人家是大学搞研究的,不能比。九财叔却说:"咱受的苦比他们多,都是一样的人,不该这样啊。"我直笑九财叔愚笨,认死理。我知道他不懂,他没想过来。我说,人家的钱与我没有关系,我只想回家,水香要生了。九财叔说,抢,我们抢他个净光。你不会不要钱吧?我说我要钱,我咋不要钱?他说那就抢。我说抢不来的,他们人多。他忽然说他想了个好法子,看那边有没有老鼠药,把他们毒了再抢。我说这是犯法的,抓到了咋办?他说你胆子咋这么小,麻雀胆也比你大呀。这里人不知鬼不觉的,这次不干以后就没机会干了。你到哪儿能碰到这么有钱的?他还说那个值几十万的家伙,有好几个,不得了。其实那个家伙,王博士说的值几十万的那仪器,就值两三万块钱,是王博士吓唬我们的,唬我们这些乡下人的,如今进了监狱,我才知道。当时因为恨吧,在路上没事,就胡乱商量着怎么抢。我说还是不要抢的好,偷,偷了就走。九财叔说:"你能飞走?他们一赶来,咱们就被抓住了。"他说我想好了,就这么做。我说没有老鼠药呢?他就不吭声了。过了一会儿,他回过头举起开山斧对我说:"一不做二不休,杀,杀了抢。要得你安逸,就不得他安逸。"九财叔想横了,想窄了。我只是觉得他是开玩笑的,心里恨,才这么说,图个嘴巴快活。

不过那些钱确实让我有些兴奋,九财叔认真的撩拨让我在这荒岭寒雨中有些走神。二十块钱的不满已经演变成了抢劫更多钱财的企图,不,是决心。我感觉到我将要与这个九财叔大弄一笔了,可这是冒险,如果真能做得万无一失也未尝不可以干干。听打工回来的说,外面这年头都是撑死胆大的饿死胆小的。抢的,偷的,骗的,拐的,杀人的,海了,有几个抓住了?又一想,九财叔,哼,你胆大,你这个熊样子,你也什么都敢?我不信。在他动手的那一刻,我都没法相信他是那种敢出手杀人的人。

九财叔与我走在寒雨淋淋的山岭上,挑着湿漉漉的空箩筐。他胡子拉碴的,鼻子里喷出的团团热气变成水珠子,挂在他花白的胡茬上,那只不能关闭的阴冷的眼睛向远处看着,好像多有不甘似的,有一种念头燃烧在他眼睛深处。我好像重新认识了一个人,这个人不是那个死了老婆、家庭负担蛮重、蔫不啦唧、又脏又烂的九财叔,不是的,是另一个。大前年,九财叔老婆腹疼,一阵抽搐,还没等到抬去医院,就半道上死了。死了女人的家里还有什么好呢,三个妮子整天在那儿哭着,他八十多岁的老母亲还得给他们烧饭和喂猪。三个妮子是被他打着去山上放羊的,后来又打着她们去山里采药,去山里割猪草,去地里刨洋芋种苞谷。就这样,三个妮子越长越像人了,老婆坟上的草也越长越高了。九财叔就不爱理人了,瞪着眼看山,坐在地头打盹儿。后来他家里就放进了牛,牛就在房屋中拉屎,屋里就飘出了畜便的气味,被子越来越薄成了鱼网,一直到两块钱的特产税也交不起了,让村长大骂他的祖宗十八代。三个小妮子又没读书,又无娘调教,村里的人都在想,这三个妮子咋办呢,送一两个去学校也好呀。村里人就说,如果这三个妮子长大了,九财叔的好日子就会来了。可惜的是,日子很慢,三个妮子还远没有到谈婚论嫁的年龄。因此,遭孽的还是九财叔,一个人扶犁,一个人还得背篓,一个人赶集担柴,一个人还得照秋收秋。脸也黄了,皮也松了,他多大的年纪呀,跟他同庚的八大脚我爹,见了都不敢喊他九财弟,恨不得喊叔。八大脚我爹对我说:"九财,三个酒坛子是泥巴捏的,难出头啊。"

我们披着雨布坐在冰冷的石头上,九财叔说:"腰酸。"他揉着两边的腰,我怀疑他是肾有问题了,他脸上浮肿,眼珠发黄。我扶着他找了个背风的石坎,想拾点柴生火,这个念头被吸一锅烟取代了。九财叔费劲地点燃烟锅,递过来要我吸。我就接过吸了几口,那种冲人的辣味差一点把我呛翻了。我咳嗽了一会儿,又犯起了迷糊,竟坐着睡着了。再醒来,天已经大亮,我浑身似乎都没了热气,脚已冰凉得失去了知觉,雾,雨,风,冷冷地包裹着我们。好在不一会儿我们闻见了柴烟,就知道有了人家。

我们见到的第一个人是个女人。这女人在家煮猪食,头脑不太清醒的样子,她回答我们这儿没有粮食和腊肉卖,她甚至说不出她是在四川还是在湖北。我们只好再继续走,可是,没走多远,就听见前面的九财叔一声尖叫,接着响起了枪声,九财叔中了安放在大蕨丛中的垫枪。

那垫枪先从箩筐穿过,再擦过他的小腿肚。只见九财叔一个前扑,箩筐就丢了,倒在地上喊:"我中枪了!我中枪了!"

血从九财叔的裤腿里流了出来,他抱着腿左顾右盼,我一时也愣在那里不知如何是好。我听见他呻吟,就去找枪。九财叔大喊道:"别动枪,别动那枪!"

他自己的手里抓了一绺破荃松萝,水淋淋的,他掸着水,慢慢捋起裤子,把松萝往流血的地方按。肯定很疼,按得他歪了嘴,眼珠子凸得更厉害,眼里全是浑浊不清的念头和绝望。雨还在下,雨挂在他凄凉焦黄的脸上。我扶他拖着腿坐到扑过来的箩筐上,坐在一棵大树的背后,他才说:"把那该死的垫枪给我取出来。"

我慢慢走进大蕨丛中,找到了绳子。我解开绳子,再找枪,是一杆只有铁管和木头枪托的很简单的土铳。这就是垫枪,它绑在一根树桩上,专杀游走的野牲口。我把枪递到九财叔手上,九财叔没细看那枪,他的心里好像还平静,他从头上解开宽宽的帕子,去缠伤口,他小心翼翼地缠着伤口,血还是往外渗。我问他究竟怎么样,他摇摇头。

就在这时,我们的面前出现了一个男人。这个男人问我们是干什么的,口音是四川的。九财叔见了他眼睛就绿了,知道是他的垫枪,九财叔看样子要爆发了,要跟他拼命了。可他的腿又负了伤,还加上没睡没吃,显然他在克制。他对那个男人说:"这里是四川么?你的枪打着我了。"那人说:"你们是干什么的?"我给他说,我们是探矿队的,是从马嘶岭过来的,是来买粮食的。那人"噢"了一声,想走。九财叔喊住他:"你卖点粮食给我们,我们用钱买。"他这么克制,是想用他的枪伤来换取那人卖给我们东西。那人想了片刻,就点头让我们跟他走。那人在前面走,走了一截,在前面转过头等我们,并不想帮我们一把手。

到了他的家里,也就是遇见那个女人的家里,这男人就很热情了,他解开九财叔缠伤的帕子,用熊油给九财叔抹了伤口,又用干净的布给九财叔包扎,并吩咐他老婆给我们一人炒了一大碗香喷喷的洋芋。我们已经看见了他堂屋里堆着的一大堆洋芋,个儿很小,估计是剁了给猪吃的,但卖给我们就能解决问题。

我们吃了洋芋,烤干了衣裳,就被安排到他的牛栏屋的楼上,那上面堆着柔软干爽的苞谷衣壳子,还盖着他给我们的一床被子,美美地睡了一觉。就在我们睡觉的当儿,那个人给我们准备了一担洋芋,只准备了一担,因为九财叔有伤,他的箩筐就空着了,担子里还有他们种的一些水菜,如茄子和芫荽。芫荽不多,只有一把。我们醒来后见到那担洋芋,九财叔又问他有肉吗?他说真要的话他可以杀一头羊给我们。我们说要,他就把一头山羊牵来了,一刀下去,羊就倒了,就剥皮,掏肚,把肚里的下水煮了一锅,让我跟九财叔吃了。九财叔看着那满满一担问他多少钱,要他说个价,他说,你们看着给吧。九财叔想了想,说八十块钱。那人说随便吧,就给了他八十块钱。九财叔又问有没有"三步倒",那人说,你们要"三步倒"干什么?九财叔说山上老鼠太多。那人找了半天,出来说没有了,用完了。那人又给九财叔砍了根拐杖,问他碍不碍事?九财叔拄着拐杖走了几步,还行。交易完我一直想提醒九财叔,让那人打个收条,但九财叔似乎不给我机会,我以为他会记着这事的,因为祝队长交待过,但这事让九财叔忘了个一干二净。

回程的路上,我就问这事,九财叔不置可否,含糊其辞。问急了,九财叔就说,到时我们做个证就行了。他对我说:"我们讲一百二十块。"我说:"为什么?"他说:"你二十我二十。"他就先把二十块钱给了我,要我拿上。他不打条子是想黑踏勘队的钱!我说这干不得吧。他说天知地知你知我知。"老子把那二十块钱终于搞回来了。"九财叔的表情已经是一种很舒畅的表情,甚至把腿伤都忘了,虽然拄着拐杖,但走得比我还雄壮。他说他们难不倒我,你做初一我做十五,老子也不是好惹的。他在雨水和泥泞中瘸着腿兴奋地絮絮叨叨,带着凯旋的气势。二十块钱终于愈合了他心中那撕裂的巨壑般的伤口。九财叔骂那个人道:"他妈的,这毵人,我还没找他付医药费呢。"他说:"他为什么要杀羊给我们,还不是理亏了,送给我补枪伤的。"他要我估这一担的价,我摇摇头,估不好,他说怎么估至少也得一百五。

我们在半路上意外地碰到了老麻和小谭,他们等不及了,说大伙都饿着。老麻说话很不利索,原来他一边接我们一边沿途采野蘑菇,为试蘑菇有没有毒,把舌头试麻了,毒蘑菇是麻舌头的。

回到营地,听说九财叔绊上了垫枪,都来看他。洋芋果小杜还来给他治了伤,擦了药,用白纱布包扎了。但是九财叔的伤红肿了,他们说是感染了。九财叔吃了他们的药,晚上大家吃羊肉,吃洋芋,非常高兴。虽然没能吃上大米,但那些瘦小的洋芋果也是九财叔差一点用命换来的。看来他们对我们的印象就要好起来了,九财叔这条腿的血流得值。

但是事情总是莫名其妙地凑巧碰在一起,就在这天的晚上,发生了一桩意想不到的怪事。

我们回来后就雨如瓢泼,还响起了罕见的冬雷。我们正脱衣睡觉时,就听见王博士喊我们:"你们都过来!"我和老麻披衣过去,不知道发生了什么事,他们的帐篷里没有光,熄灭了灯。有人打电筒,也被喝令关了,他们手上都攥着东西,有刀,有枪。等大家都安静下来,祝队长在黑暗中说:

"刚才听见了枪声。你们没听见吗?"

他问我们,我们就竖起耳朵来听。果然,有隐隐约约的枪声。后来枪声越来越大,好像在周围的山头,还能听见人的喊叫声,好像有一伙人!

"都听见了! 我们怎么办?"姓王的博士说,声音有点颤。

接着又响起了一阵轰隆隆的冬雷声,还有风雨声,呜呜的,一阵一阵地扑向悬崖。加上河谷里澎湃愤怒、捶胸顿足的水声,还有那本已存在的马嘶声,尖声的、固执的马嘶,现在全来了,在我们吃掉了一只羊后全来了。

"你们真是买来的吗?"祝队长这时突然说出了这么一句。

我忙说:"是买来的。"

"带上重要的东西,赶快撤退!"祝队长端着枪说。

枪声东一阵,西一阵,是不是有人包围了我们?我们在密集的枪声里赶快带上东西,特别是仪器,他们包上重要的资料,往后山一条隐蔽的路而去,那儿通向一块高岩。上去有个一线天,易守难攻,一夫当关,万夫莫开。九财叔因枪伤和发烧,就留在了棚子里。我心里挺纳闷的,我们花钱买了东西,人家来找我们什么事啊,未必是打劫的? 那时候我没时间想了,我给他们挑着东西,往上爬着。人没休息,又出怪事。来打劫就打劫吧,反正我们没啥。就在我们往上走时,枪声模糊起来。小谭说:"这只怕是个误会。"我听见小杜说,这可能是个自然现象。也许是杨工也许是龙工在黑暗中说:"马嘶岭没马,为何能听见马叫? 我看都是风声作怪。"王博士说:"马嘶岭之所以叫马嘶岭,据当地的地方志说,是因为过去这山上有许多野马。"

争论不休时,祝队长一声吼说:"都不许说话!"

我们选定了一线天的一个凹处,那儿背风,避雨。坐下来后,他们又忍不住继续说话了。有说是风声,有说是自然现象,说是一种什么磁铁矿现象,因为这一带过去打过不少仗,土匪火并,官府剿杀,恰好打仗时遇打雷下雨,把那些枪声喊声全录进去了,以后一打雷下雨,这声音就出现了。他们争论我们无权插嘴。不过我心中支持这种说法,这等于是替我跟九财叔解脱,不然就会让祝队长怀疑我们,以为我们是偷了别人的东西,让人追赶来了。不相信我们的还有王博士,他对那种说法反唇相讥道:"老官中了枪也是磁铁矿现象?"

哦,我明白了,枪声加上九财叔腿上的枪伤,这一穿起来,我们就完蛋了! 难怪难怪! 我们成了嫌疑人,这一趟是黄泥巴掉到裤裆里,不是屎也是屎了。我好一阵绝望,这些人咋就不信我们? 这些人还是有文化的人呀,咋就跟乡清算队的横子们一样蛮不讲理呢? 事情就问到为什么没让对方写个收条。这事我们有愧,这事都是九财叔的鬼点子。我就只好说我不知道,是九财叔办的。这事我不能多讲,免得两人讲的对不上。我只是说羊肯定是买的,我们要人家杀的,全部是一百二十块钱。

"我们可没有偷羊啊!"我喊道。

"或者,你们是不是跟山里的人说了这儿的事? 说我们有钱,有物?"他们问。"你们暴露了我们。"

我对他们说:"我们去四川什么也没说,我们只说我们是探矿队的,在马嘶岭探矿。"

"问题是,你们没有打收条。"他们说。再问收我们钱卖羊卖洋芋的那一家姓什么,我也回答不出,我们真没有问人家姓什么。在我们山里,吃过人家的饭不问人家姓名很正常。你走累了,一声大哥,一声大姐,就可以找人家借宿,吃饭,然后只记得"松树坡"、"柏子岩"、"赵家坪"这些地名,并不知这家姓甚名谁。

越问我越说不清,他们就越不信任我们。是偷的,抢的,哄骗来的,要追杀我们,老官已经负伤了,他是逃脱的,人家又追过来了……这些狐疑正在我们那里悄悄蔓延,我已经嗅到了那种气味。

我在恐惧中坐着,我希望出现一些有利于我们的结果。

下半夜还没有动静,他们要我去"侦察侦察",我就下去了。我急急去棚子,九财叔躺在那里,发着高烧,眼睛瞪得贼圆贼圆,嘴里吐着火红的热气,脸颊像泼了一桶猪血。我给他额上渴了个冷毛巾,他醒过来恍恍惚惚地看着我,说:"红薯都收不回来了……"

"你说家里的红薯吗?"我问。

"地里的……"

他记挂着他地里的红薯,肯定想着这么大的雨他三个妮子怎么去挖红薯。他问我怎么人都不在了?我说你不知道?我问他听见枪声和喊声没有,他摇摇头。他烧昏了,他肯定没听见,他可能梦见了家里还未挖的红薯地。我弄醒了他,我说坏事了,你中了枪,周围又响起了枪声,没打收条的事他们又问得紧,是不是他们知道了那四十块钱的事?我心里很害怕,就把二十块钱掏了出来,塞到九财叔手里。九财叔不接,说:"到哪儿知道去?你这成不了大事的,你就死咬着一百二!"

天亮了,雨住了,几只猕猴在树上发出了呼唤太阳的安静唉叫。东边,有一晃而过的朝霞,只有浅浅一线,但很爽眼。视野渐渐地开阔起来,我等着踏勘队的回来。没有事的,他们没有事,我们也没有事,没有什么来打劫他们的人,全是雨天的怪现象,这马嘶岭就是这样奇怪,不过是虚惊一场。他们没有发现那四十块钱的事,发现不了的,一切随着白天和天晴的到来都会过去。他们会把这一切忘了。我这么祈祷着,祝队长他们果然回来了。

整整一天都平安无事,阳光亮得人晕晕醉醉的,风也温暖柔和起来。睡了一天,那些人神清气爽了,呼朋唤友,要打牌了,要唱歌了。哪来的侵扰我们生活的四川劫匪和捉拿我跟九财叔的农民啊,没有!我真高兴。

平安无事了。他们吃着我们的洋芋,也无话了。

他们继续在周围圈定矿体边界线。

那天傍晚我们回到营地时,却没见炊烟袅袅,厨房冷火无声。这就奇怪了。大家紧张地走进营地，去厨房一看，翻了天，老麻和九财叔双双躺在各自的铺上，两人头破血流，老麻最可怕，嘴张着，却掉了几颗牙齿。

他们两个打架了。九财叔先动的手，他为什么要动手，他肯定有他的道理。是在替老麻择菜时，老麻伤了九财叔的自尊。老麻像个领导喊九财叔过去择菜，他是想埋汰九财叔几句，因为那些茄子是些收尾的茄子，又有筋又有虫眼。老麻说："老官哪，你碰见了鬼市吧？"九财叔眼就直了。老麻又说："这像是鬼市上买回来的菜。"他显然不满意这些菜。九财叔就没好气地回了一句："我买的羊肉呢，你切的时候是不是变成了人肉？"老麻一听就打了个寒噤。这营地没人，就他们两个，老麻可能因为害怕而觉得要在气势上压倒对方，便说："老官你有什么资格凶啊，我说你碰见鬼市又不是我说出来的。""那是谁说的？"九财叔当时就浑身乱颤得不能自持，他又问："你说是谁说的？"他要问个所以然。他忽然就站起来揪住了老麻的衣领，唾着老麻的鼻子说："我跟你说，你不要仗势欺人，你跟老子一样，出苦力的，你能得到个什么？这些东西是我拿命换来的，用命换的，你知道吗？！"他可能越想越气，一拐杖扫过去，老麻就倒了。老麻作垂死挣扎，抓到锅铲就铲九财叔的头，九财叔脑袋一偏躲过了，一拐杖再横扫过去，打到了老麻的嘴。老麻哇地嚎了起来，他喊："让省里的领导来判你的刑！"

他把踏勘队的说成是省里的领导。最后"省里的领导"祝队长他们决定扣老麻三天工资，让九财叔挑上箩筐回家。

这是打架后的第二天早上。九财叔听了那个决定，眼珠子就要掉出来了，他的嘴唇嗫嚅着，想说话，说不出，后来终于哭嚎起来："为什么要我走？为什么要我走？！"

所有人都蒙了，看他哭。祝队长说，因为你打掉了人家的门牙，这儿不准打架，不是放牛场。因为是你先动的手，为了维护踏勘的正常秩序，经研究，只好让你下山了。可九财叔不走，只是哭，哭得鼻涕都流了下来，埋着头，用一双锉子般的手揩着涕泪。他不接工钱，不签字，坐在那儿，好不伤心。

这事就僵了，也没人再说什么。可老麻急，老麻肿着牙床和腮帮，眼巴巴地要等着九财叔走。他没有等到那个激动人心的时刻，他看见九财叔还在这里，赖着不走。他不服啊，不解气啊，就用猛烈的剁刀声表示着他的态度。等人散了，九财叔偶然抬起头来，看一眼厨房，眼里全是刀子！

"叔，你怎么办？"我问他。

他没回答我。嘴巴在动着。后来我听清了,他在说:"我给妮子筹几个学费……"

我听见了"学费"这两个字,我听得很清楚。他未必还想让三个妮子去读书?我后来突然想他真的会的,他多少天来都是这么想的。就冲着那一个红发卡,冲着那些手机和钱,冲着小他一辈的人对他的吼叫,他迟早会下决心把孩子们送到学校去的。

"你是说,让她们去上学?"我问。

他点点头。

看来他们真的想要他走了,我也不想呆了,我更加思念我身怀六甲的水香,我拼命地想她。我就对九财叔说:"算了吧,要走我们一起走。"可九财叔摇着头。

这样僵持着怎么办呢,九财叔竟挑起箩筐跟踏勘队一起外出了!并没有要他去,再说他的腿还没有痊愈,走路还有点瘸。小谭就出来说老官你不能做,你的腿挑不起。这样行不行,除了不少你的工钱,还补助一百块钱,你走吧。这不少了,我想九财叔会同意的,可九财叔不表态,以沉默作答,这更坚定了他们要赶九财叔走的决心。我当时不知道,踏勘队一致认为九财叔是个危险人物,在这样的荒山野岭,必须要提高警惕。种种印象加迹象表明,九财叔对踏勘队有威胁,并非是个善良之辈,这一次斗殴就是一个证明。

多难受啊,九财叔和大家。大家干着活,九财叔挑着空筐跟着他们。我把我挑的东西分给他挑,他感激地看着我。这一天非常难熬,非常漫长。

而老麻在营地整整一天都在盼着九财叔灰溜溜地回来,乖乖地卷起他的破铺盖滚蛋。老麻甚至用老虎钳子将九财叔的碗夹掉了一只角,并在那个缺碗里撒了一泡尿。老麻看着黄灿灿的尿,咧着嘴笑。到了夕阳西下时,九财叔也没一个人孤零零地出现在老麻面前,而是跟大家一起回的。老麻于是将那些烂了的、长了芽的小洋芋果都煮进了锅里。结果可想而知,那天晚上大家吃了这些毒洋芋后,一个个都拉起了肚子。

在拉肚子中大家把九财叔忘了,我和九财叔什么都没拉,肚子好好的,我们扛得住。老麻对他导演的这出戏很高兴:"看你们都吃了些什么!"他说,"我也没办法,就这些洋芋了。"老麻把责任推给了九财叔和我,煽动踏勘队对我们的仇恨。九财叔在晚饭吃洋芋的时候吃出了一股尿臊味,可是他没有说什么。即便是大家不停地拉肚子,也没把怨气撒到我们头上,至少没有公开撒到我们头上。老麻就开始索赔了。那天晚上,老麻高声在营地说:"一百一颗!"

他要九财叔赔他的牙齿。若是一对一,老麻是不敢在九财叔面前这么嚣张的,九财叔那只右眼里透出的寒气,让人见了会不由自主打三个激灵,但老麻仗着祝队长们对他的暗地支持,有恃无恐。算算,我们来马嘶岭有二十一天了,也就二百一十块钱,九财叔扣掉二十,只有一百九十块钱,要按这个价赔老麻的两颗牙齿,九财叔还得倒贴十块钱。当九财叔听到他还得拿出十块钱来,他的脸一下子就垮了,他是多么无望。他张着嘴看着祝队长和在灯光尽头豁牙暗笑的老麻,除了乞求之外,看不出他要大肆行凶的念头。他的嘴巴两边稀黄的胡子和皱折成了一个大大的括号,宽大单薄的下巴就托着那个"括号",十分的无奈。那只鼓起的眼睛现在只是一个浑浊的晶体,充满了惶然,另一只有些塌陷的眼睛眯缝着,满是意想不到的驯良。

九财叔走出来,他一定是很难办,他算了算,他走,工钱加上踏勘队补助一百,还有个两三百块,不走,赔了老麻的,能剩多少?但现在老麻又不让他走,要索赔——他走又不能走,留又不能留。

晚上的风很大,依然是北风,河谷的冬汛好像在做最后的挣扎,在宽阔无边的河床上扑腾着,整个山岭到处是它们的腥味。九财叔在吃着什么,我闻到了一股刺五加果的味道。九财叔摘了不少的刺五加,那种豌豆样大的黑果子。这两天因为他无法安眠,就吃这个。

"把他们杀了!"

这天晚上,九财叔作出了最后的决定。他狠狠地嚼着刺五加,开始看他的斧头。

"你,咋说?"他问我。

"我,我……"

"事情成了,我们就安逸了。"他说。

"你跟我搞。"他鼓着劲说。

"搞了,我们就过安逸日子了。"

"叔,你声音小点行么。"我说。

"不要怕的,跟我搞。"

我也觉得九财叔进退两难的时候他是会什么也不顾的。他的这个决心让那些钱和财物如此逼近我们,好像就在手边,唾手可得。我在被子里,闭着眼睛,那些钱啊仪器啊就在我的头顶飘荡,还有红牛仔裤和发卡和小小的薄薄的录音机,还有好多手机。它们飘呀飘呀,它们穿行在蓝色的天空里,像一些鸟飞着,穿梭着……我看见水香穿着红牛仔裤,别着红发卡,站在马嘶岭河谷的对面向我喊着:

"回来啊治安,治安快回来!"

我的梦被惊醒了!我听见了真实的男人的喊声:"有东西!有东西!"

睁眼一看,营地亮如白昼,瞬间,又倏地进入了黑暗。怪光又出现了!这光总是在晴朗的晚上出现!有人敲起了脸盆搪瓷碗,并且放起了枪。马嘶岭是一片恐慌中的混乱。

"注意隐蔽,不要面对它!"有人喊。

光没有了。

"这东西把我们折磨得太苦了!"祝队长啐着,"怪事,他妈的!"

大家一字排开在门口,要死守我们的营地。老麻抱出了柴火,说:"点火吧?"

"点!"火就点起来了。因为没了汽油,已经有几天都没发电了。火点了起来,半干半湿的柴烧得啪啪乱响。

"是不是有什么东西把远处县城或镇上的灯光反射过来了?"有人说。

"别想那么多,把火加大些,烧!去砍树,砍棒子给我们!"祝队长敞着羽绒衣,哑着喉咙在那儿指挥。我就跟九财叔去坡上的灌木丛砍树了。大家打着电筒,有的举起箭竹做的火把。找准了树,一顿砍伐,一根根胳膊粗的树棒就到了大家手里,树枝就被他们抱去投进了火里。

在砍树时九财叔很兴奋,我听他说:"来了,来了好!都来都来!"我们砍了一会儿,回到棚子里,祝队长他们的帐篷里全是削砍木棒的声音,是在把木棒砍光滑。老麻一个人也在厨房里砍,还发出"嘿嘿"的虚张声势的声音。九财叔一头的汗,对我说:"机会来了,一定要搞!"

"咋搞啊?"我说。

"一斧头一个,你管那么多!"他说。

我说:"不能啊,叔,这是犯法的。"

"鸡巴法,"他说,"跟我搞。"

"现在就动手么,叔?"我真的好怕。

"迟早的事,要趁他们分散,下狠手,让他们连哼都不能哼。"他咬牙切齿地说。

我松了一口气。他说的是白天趁他们在野外分散工作时下手。

他躺下来又说:"搞一次,用一辈子。"

九财叔呀,你害了我!我又想,跟着这种胆大的人,说不定真能一下子翻身呢。谁不想翻身啊,有这个机会,说不定是老天促成的。黄连垭的人没这个机会,我跟九财叔有这个机会,为什么不干呢?

"要是山下的人知道了来找他们呢?"我担心地问。

"我们早就走了,山下的人又不知道我们是哪里的。我估了估,马上要落大雪,大雪封山,进不来了,雪一埋,一直到来年的五月,野牲口都会把他们啃干净了。寻不到,还以为他们跌进河里淹死了……"

早晨,在水沟边洗脸时,眼睛充血的九财叔转过头来问我:"今年七月你家的羊渴死了几只?"我说三只。他喔了一声。"我两头种羊全渴死了。"九财叔说。他摸着包头的帕子,帕子上有斑斑血迹,那是头被老麻打破了流出的血。

我正准备走,他突然叫我:"你磨磨。"

他要我磨斧!昨晚所说的一切又在我头脑里响了起来。他还是要杀呀?我看看他,就蹲下身在水边磨起斧来。我在问我,我要杀人吗?今天的天气没有什么不同,气氛也没有什么两样。开山斧本来就很快,我无力地磨着,瞅瞅旁边的九财叔,他无事一样,好像很平静,没有什么恶念。

一切都跟往常一样,我庆幸一样。这天继续圈定矿界。

早晨的雾气很大,我们出去四面都没有路,到处烟雾腾腾,像着了山火一般,我们摸索着走路。九财叔跟上来了,他箩筐里的东西不知是谁装的。"带上了么?"他小声地问我,是指我的开山斧。开山斧本来就在身上,每天都插在腰间的。我感到他这天真要动手。我借故扯鞋跟,落在了后头。我忐忑地走着,雾越来越浓,有人在路上说着话,我什么也没听见。

到了工作地,雾还是很浓。我到处找九财叔,我希望见不到他,可还是看到了他。他袖着手,干坐着,抽着烟,烟锅在雾中忽闪忽闪。我们的浑身都被雾打湿了,雾里有很稠密的鸟叫。这天只要雾散,肯定是个焦晴焦晴的天气。我在想着我怎么办,我浑身不自在,心上巨石滚动的声音又响起了,轰隆隆,轰隆隆……好不容易熬到快中午的时候,突然有人喊我,要我到祝队长那儿去一下。当时我就快昏厥过去了,我在想完了,他们发现我们的计划了!我冒着冷汗,不由自主地摸着腰上的斧子,好在还有雾,喊我的龙工没有看到。到了祝队长那儿,祝队长若无其事地说:"明天,你们挑石头下去,水退了。"我没说话。

祝队长又说:"老麻也去,他说他要补牙齿,他去补完牙齿,再挑东西回来。"我放心了,就说:"行哪。"我又问:"那……我表叔也下去吗?"祝队长说:"下去,怎么不下去,你们三人一起下去。"当时他们做了决定,把九财叔交给山下后勤分队的处理,这比较安全些,他们带了信下去。可我不知道,我当时只是说:"他们在路上打起来了咋办?"祝队长说:"你们前后走嘛,不要一起走。"我说:"三个人怎么走还是一条路,老麻也不情愿的。"祝队长就说:"你劝劝他们嘛。"我说:"劝不住的。"

九财叔正伸着颈子在坡上等着我,见我来了,他哼了一声,说:"没用的,留与不留都没用了。"我给他说:"他们要我们明日下山。"他却说:"没用了。"我说老麻也要跟我们一起下山。他说你别给我说这个,没用了。我就骗他说,他们要你挑。他从鼻子里哼了一声,削断了一根树枝,他用手试试开山斧的刃口,说:"没用了。"他站起来,用斧头砍进一棵树,一棵糙皮松里,我看到新出的太阳正好照在了那把斧头上。

雾渐渐开了。九财叔的手指头有血珠子滚了出来。他放进嘴里去吮吸,我就开始吃早上带出来的煮洋芋,吃得冷揪揪的。九财叔也吃,木木地嚼着,从嘴角往外掉着洋芋渣儿。

雾全开了,这每天金贵的好时间他们就抓紧忙活起来。我正在搬仪器,就听见有人在树林里大声说:"你干吗老跟着我?"是树林中的一个坎子下,而当时并没有人,我没看到人。但循声看去,坎子上却出现了九财叔。说话的好像是王博士,我没见到他的人。我正在找是不是王博士,总算看见了那个田螺头,黑油油的头发在白晃晃的巴茅里,像一只头朝下的鸭子的尾巴浮在水中。就在这时,只见一道寒光一闪,那黑油油的头发就不见了!我听见了什么东西倒地的声音,有点像鹞鹰拍击着翅膀的声响,估计是压下了一些树枝和草丛。

九财叔动手了!

九财叔已经冲到了我面前,握着开山斧,脸色惨白地说:"搞!"

我的第一个反应是:王博士已经不在了!九财叔拽住了我,他是在"告诉"我发生的事,指令我赶快行动。他拽着我向另一个地方跑,说:"快!"

我的大脑无法反应过来,就已经被他拖下水了。事情来得太突然,已经出了人命,一条人命跟十条人命是一回事,必须赶快灭口。这容不得我多想,也容不下九财叔多想。就听见有人喊:"小王,小王!"话音未落,斧头就落到了祝队长头上。只见祝队长头上有白花花的东西飞溅出来,眼镜弹到一棵树干上,手晃晃,就倒地上了。不知为什么,九财叔并没有再给他一斧头,而是挥舞起斧子在树丛中左右开弓乱砍一气,见什么砍什么。

"九财叔!"我喊。

九财叔转过头来,注视着我,他醒了神,丢下斧头就蹲下地去,拉祝队长腰上的那个腰包。没有声息了的祝队长这时候突然在草丛中动弹起来,一只手捂着头,一只手捂着包,不让拉。我看到祝队长睁开了血淋淋的眼睛,九财叔在地上摸起开山斧,祝队长用颤抖急迫的声音对九财叔说:"你、你放了我,我给你一、一辆小汽车。"

九财叔大声问:"在哪儿?"

祝队长气短,半天才说出:"在……县城。"

因为祝队长捂包的手死死不松开,九财叔就与他争夺着,回头对我吼道:"快来呀!"

我的开山斧已抽出来了,可我迟迟下不了手,我看看祝队长说:"叔,他给你乌龟车啊!"

我的话让祝队长听到了,他睁开一双血淋淋的眼睛向我求救:"你、你、你……"

"还不快动手!"

九财叔的一声断喝,让我手起斧落,我闭上眼睛就是一下,我听到祝队长在我的斧下一声惨嚎,就像年猪在刀下的惨嚎一样!我再一睁眼,祝队长的口里就冲出一块黑红色的血块来,并从嘴里发出"噗"的一声,脸突然变成紫茄色,头坚定地歪向了一边。

九财叔拉开了那个腰包,果然掉出来手机,他又抓钱,完全是钱,全都是一模一样的大钱。他要我解祝队长腰包的带子,我去解,解不开,他就用斧头一刀割了,割开了,他把钱再塞进那个腰包。此刻祝队长已经三魂缈缈,七魄飘飘。九财叔抓上那个黑色的腰包,还抽出了祝队长绑腿里的那把美国猎刀,要我提上遗弃在草丛中的那个像夜壶一样的数字水准仪。我们又去搜王博士的口袋,搜出了手机,还有钱包。没有多少钱,有一张他经常看的照片,他与他老婆的照片,戴方形帽子的照片。

"咋办,叔?"我浑身哆哆嗦嗦地问。

九财叔把箩筐倒空,然后装那些搜来的东西,我也学着他把资料和石头倒出来,只装仪器。我们挑着担子往营地跑去时,就撞上了那四个人。离营地不远,在一个冈坡上,估计全在那儿。杨工和龙工这两个烟鬼都抽着烟在小声嘀咕并记录什么,都蹲着的。九财叔向我一招手,丢下箩筐就蹿过去了,照那两个人一人一斧,像敲岩羊的头。两个人手上的东西一撒手,就仰面倒地了,烟在草丛里还冒着烟。

这时可能让小谭听到了什么,他突然站起来,像一只受惊的兔子,伸起脖子朝我们这边看。他看到了什么?他看到了两个杀红了眼的人,两个农民,手上提着山里人特有的开山斧,他还看见了两个倒地的人。他拔腿就跑!洋芋果小杜还弓着背对着仪器看什么,她背对着我们,她耳朵里塞着耳机,她什么也没听到。小谭撒开脚丫子跑时也没喊什么,他跑错了方向,一堵石崖拦住了他的路。他想爬崖,却又转过身来往另一个方向跑,九财叔已经离他不远了,他就一头迎了上来,从绑腿里抽出一把跳刀:"我跟你们拼了!"我听见他这么从喉咙里大吼道,声音是一种哭声,一种类似于哭泣的愤怒的声音,从牙齿缝里射出来的声音。我一转头忽然看到了一双好柔亮的眼睛,是小杜的眼睛!她带着诧异的眼睛!她一定看到了撂在坡上的倒在那儿的杨工和龙工。她一定惊诧,那些低矮的巴山冷杉的枝条把她看到的一切都割得零零碎碎。

"你死了!"

九财叔向我喊,高声骂我。他的声音也变了形。我转过身去看时,他已经与小谭扭打在一起了,我看见血花飞翔,就像有无数只红色的蜻蜓从风中溅了起来,一定有人中了刀!

九财叔完了,我就完了!我拼命向他们跑去,树枝一路抽打着我的脸,好像全是在与我作对,整座山,全在反抗!我被抽打着,脸上火辣辣的,眼睛都花了,我不顾一切地冲了过去。我看见了一只龇牙咧嘴的猴子,薄薄的刀条脸上全是汹涌的血水,现在已经扭曲得像棵秋扁豆了。

"你们这些土匪!"

他来夺我的斧,我不能让他夺我的斧,我的斧举得很高,只是没有砸下去。可九财叔不知出于什么原因,一把将小谭推到我怀里。他手上的跳刀就刺进了我胸口,我一阵尖锐的疼痛,本能地一让。听见了一声尖细的叫喊,是发生在那边的,九财叔的斧敲中了小杜。我看见小杜摇晃着抓住了一棵树,头发散开了,一眨眼,那头又埋在了九财叔的手上,好像是在咬他。

我这儿的事依然在发生,面前的小谭再一次用头向我撞来,我一个趔趄,后退一步,站稳了。他全身都在淌血,像一匹发了疯的野牲口。我看看胸前,棉衣破了个小口,没血出来。我听见九财叔在狂骂我,他用手挡着小杜,向我挥着开山斧,好像在示意要我用家伙。我又闭上眼睛,朝小谭的头上砍去。斧背砸瘪脑壳的声音真的很难听,短促,沉闷,哑声哑气,就像砸一个未成熟的葫芦。我干完了一件事,我握着开山斧站在山坡上,我看到的小谭扑倒在地上,抱着一块大石头,好像要亲吻。这个山里娃子就这么完了。接着又响起了小杜的几声连续的尖叫,油嫩嫩的声音,后来就没有了,我知道小杜也完了。我最后看见九财叔直起了他的腰杆,在扬眉吐气,手上拿着一个红彤彤的东西,是一只发卡!

我抹了一把脸上憋出的汗,心尖又疼。我瘫坐在地上,看到旁边的小谭正怒目直视着我。他没有闭眼。我想把他的眼珠子挡住,我没有力量了,我只好自己闭上眼,泪水突然从紧闭的眼里往外咕噜噜冒出来。我怀疑冒出的是血,是从心里流出的血,又从眼里流出了。我不想证实。那一摊摊的血在我的眼前恣肆飞旋,我一阵恶心,胃里似有千百条蠕虫搅动,胃液顿时冲天而出。

我吐得一塌糊涂。我无力地抬起头,看到九财叔正在拉小杜红裤子前的拉链。

"别这样,叔!"

我冲过去就拽住了九财叔的手:"叔,别这样!"我死死地拽着,我一掌就把九财叔推出了老远。九财叔在地上爬着,支楞起脑壳不解地望了我一眼,他手上拿着许多东西,估计洗劫得差不多了。他恶毒地骂了我一句,就说:"快!快!"他挑上了箩筐就跑。

我跟在他后头,我看到了前面不远的树丛间出现了一群红腹锦鸡,这些林中的舞女,发出一阵振聋发聩的聒叫:"茶哥!茶哥!茶哥!"这时,天已经大晴,西坠的夕阳突然间挂在万山空阔的天边,苍山滚滚,晚霞滔滔,好像在洗浴那一轮夕阳!我回过头,马嘶岭上,那几个或蜷或卧的人,都在夕晖里透明无比,像一块块形状各异的红水晶,静静地搁在那儿,神奇瑰丽得让人不敢相信!

我被这壮观的景象惊呆了,我站在那儿,手拿着开山斧,脚下像生了根一样。我发现我另一只手在裤兜里紧紧攥着,好像捏着一个东西,拿出来一看,是一张玻璃糖纸。那时候我听见河谷的风吹过来一阵喧哗之声,好像一个窥视的人一样,那声音在山岭上曲曲折折地游动,又折回了河谷,在群山间回荡,就像一阵惊叫!我发现我的泪水像泉涌一样不可遏止,澎湃而下。

我在后头慢慢走到营地,九财叔正在往箩筐里装东西,他要我快装。老麻不在了,我四下寻找,在一个坡前看到了倒下的老麻。

"装啊!装啊!"九财叔喝令我。

"装,你要什么?装!"他说。他问我。他要给我分钱,还丢给我一把好跳刀。

我说:"我不要钱,我不要刀,我只要那个录音机。那里面有我,有我唱的歌!"

他不听我的,硬是把一些乌七八糟的东西塞进我箩筐里。他教训我:"你这个小杂种,你想跟老子过不去?"

我只好挑上他给我装的满满的一担。他还说:"睡袋也是好的,他娘的,他们睡这么好的褥子。"

我们挑着东西,开始往河谷溯水而上。我发现九财叔从离开马嘶岭起就已经神经错乱了,他在前头急急挑着,不停地说:"装啊,装啊,装啊……"

九财叔时不时回过头来骂一句:"蛋毯!蛋毯!"不知道骂谁。他目空一切了,那只杀人不眨眼的右眼环顾四周,真像一个独眼鬼。我陡然觉得那奇怪的白光就是从他的右眼里发出的!

我们在河谷转悠的第三天,天空乌云滚滚,九财叔突然甩下担子,纵身跳进河中。他飞快地划着水,在水中又拍又打,他真的疯了。好在他没被河水卷走,我喊着他,把他从河里拉上岸来,他浑身抖得不行。那天傍晚,我们又遇见了几头野猪,九财叔毫不惧怕,抽出开山斧就杀入野猪群,奇怪的是,那些凶猛的山中之王,那天被他砍得哇哇大叫,四散奔逃。九财叔砍跑了野猪,又在地上拔食野草。

确实没有吃的了,我只好跟着疯了的九财叔啃吃野草,吃蛐蛐菜、鹅儿肠、云雾草。我们在山里转悠了九天,衣衫褴褛,饥寒交迫。第九天的夜里,山里飘起了大雪,这一场大雪一下子就没了膝。九财叔不让我歇息,不让我们进山洞,那个大雪纷飞的晚上,我们不停地在森林里转圈,早晨到了梨树坪河边。白雪皑皑的黄连垭已经在望了!已经快走出森林了,快到家了!我给他说快到家了,我说:"九财叔,那是黄连垭。"我指给他看。九财叔恍恍惚惚地看着远处的山冈,看看我,又看看自己挑着的担子,停了下来。我们坐下,他好像清醒了。他问我:"我们是到哪儿去的?"我说是回家呀。他说我们从哪儿来的?我说是马嘶岭啊。他左看右看,说:"我们杀了他们是吧?"我说是的。他说:"这是他们的东西?"我说是的,我就拿出他给我的钱来说这是你分给我的。他问多少？我数数说三千多。

"三千多？"他说。

我说："还有这些东西。"我翻出藏在睡袋里的三个手机说："还有这个。"

他想起了什么，就去翻自己的箩筐，也翻出了手机和钱，还有那两个红发卡，还有一些仪器。他指着我的东西："都是我们两人对半平分的？"

我说："是啊，平分的。"

"我们杀了人，你也杀了人，我们都杀了人。你杀了几个？"

我忙说："我没杀人，我没有！"

他说："这些钱够你用了。水香生了么？"

我说："我不知道。"我说："他们不会沿我们的脚印找来么？"

"你看看哪有脚印？"他说。

我去看来路，雪真的掩盖了我们走来的脚印。森林里一片恍白，阳光在云中模模糊糊，好像天要晴了。

"你发财了。你没杀人却发财了。"

"我们一起干的！"我说。

"你是个无用的卵货。你这家伙。"九财叔说。"我肚子饿了，你能弄点吃的来么？"

到哪儿弄吃的去，前面梨树坪我记得是有个代销店的，在福利院门口。我说："前面能买到吃的了，快到家了。"

他说："我们商量这些仪器先藏哪儿？"

我说："随便吧，叔，先找个山洞藏着吧。"

他直直地看我，好半天，笑了，说："今年能过一个好年了。"

我说："我心不安实。"

九财叔就站起来，重新挑上了担子。走了几步，他忽然指着河里，对我说："看，水里是什么？"我放下担子就去河边，一阵狂风袭来，我的头上就落下了重东西——九财叔在背后冷不丁给了我一斧头，用的是斧背，就觉得脊椎一阵压榨，我的颅骨顿时瘪进去了，脚一失重，扑通一声，跌进冰冷的河里，就什么也不知道了。

我没想到九财叔会对我动手，他是想独吞那些财产——他清醒过后悔了，那么些现钱，也不排除他彻底地想杀人灭口。我根本没防备。所有的经过就是这样——我被人救了起来。

九财叔被梨树坪的几十个村民围着搜山抓住了。那也保不了命,他和我一样得毙。我等待死期来临,等着当八大脚的爹来收他儿子的尸骨。

八大脚我爹怕是没想到,他会从这么远的县城抬回他的儿子。又一想,小谭得绝症的母亲假如还活着,她又未必想到会这么远从南山抬回她的儿子——这全乡第一个大学生,魂都丢在了南山的马嘶岭。

高墙外的那轮太阳照着铁窗,我无意间从兜里掏出了那张糖纸——这是惟一没被警察搜走的东西。我把糖纸放在眼前,对着那轮可爱的温暖的太阳,天空全变成了红色。我又想起那个让我惊讶的傍晚,我们离开马嘶岭的那个傍晚,那些红水晶一样的透明无声的死者。我的意识突然觉得,结局只能是这样的,他们最后只能在那儿——在那个时刻,安安稳稳地躺在那里,永远地躺在那里。

这是为什么呢?这种想法让我至死也弄不明白。

原载《人民文学》2004 年第 3 期